GOLDMANN
ARKANA

Buch

Der historische Chaim Vital war ein Schüler des großen Rabbis Itschak Luria, der im 16. Jahrhundert eine noch heute existierende Kabbala-Schule gründete.
Chaim Vital hat einen großen Traum: Er will das »Buch der Bücher« schreiben und damit die jüdische Geheimlehre Kabbala, die bislang nur wenigen Eingeweihten vorbehalten war, allen Menschen zugänglich machen. Doch dann verliebt sich Chaim unsterblich in Francesa, die Tochter seines Meisters Itschak Luria. Dieser stellt ihn vor die Wahl: entweder seiner sinnlichen oder seiner spirituellen Sehnsucht zu folgen …
Geert Kimpen entrollt ein historisches Tableau vor unseren Augen, wie es farbenprächtiger, sinnlicher und kenntnisreicher kaum sein könnte. »Der Kabbalist« vereint die zauberhaft-mystische Atmosphäre des Heiligen Landes mit der spirituellen Weisheit der jüdischen Geheimlehre.

Autor

Geert Kimpen, Jahrgang 1965, studierte Theaterregie an der Amsterdamer Kunsthochschule. Er hat mehr als 30 Theaterstücke geschrieben und inszeniert und in ganz Europa aufgeführt. Als Buchautor hatte er (zusammen mit seiner Frau Christine Pannebakker) in den Niederlanden bereits Bestsellererfolg mit »Het Liefdesdagboek« (»Liebestagebuch«). 2004 beendete er alle seine Theaterverpflichtungen, um sich auf Reisen durch Europa, nach Israel, Ägypten, die Türkei und USA und auf eine spirituelle Suche zu machen. »Der Kabbalist« ist das Ergebnis dieser Suche.

GEERT KIMPEN

DER KABBALIST

Die Geschichte von Chaim Vitals
Suche nach den Geheimnissen
der Schöpfung

Roman

Aus dem Niederländischen
von Hildegard Höhr

GOLDMANN
ARKANA

Die deutsche Erstausgabe erschien 2007 bei Arkana, München.
Die niederländische Originalausgabe erschien 2006 unter dem Titel
»De Kabbalist« bei de Arbeiderspers, Amsterdam.

Vlaams
Fonds
voor de
Letteren

Die Übersetzung dieses Buches wurde gefördert
vom Flämischen Literaturfonds
(Vlaams Fonds voor de Letteren – www.vfl.be)

FSC
Mix
Produktgruppe aus vorbildlich
bewirtschafteten Wäldern und
anderen kontrollierten Herkünften

Zert.-Nr. SGS-COC-001940
www.fsc.org
© 1996 Forest Stewardship Council

Verlagsgruppe Random House FSC-DEU-0100
Das für dieses Buch verwendete FSC-zertifizierte Papier *München Super*
liefert Arctic Paper Mochenwangen GmbH.

1. Auflage

Vollständige Taschenbuchausgabe Juli 2010

Lektorat: Stefanie Beck
Umschlaggestaltung: UNO Werbeagentur München
SB · Herstellung: CZ
Satz: Greiner & Reichel, Köln
Druck: GGP Media GmbH, Pößneck
Printed in Germany
ISBN: 978-3-442-21914-8

www.arkana-verlag.de

Glücklich ist der Mann, der unter den unzähligen Menschen seine Seelengefährtin trifft.

Für Christine und Zonneke

Man vergilt es einem Lehrer schlecht,
wenn man immer nur der Schüler bleibt.
(Friedrich Nietzsche, *Also sprach Zarathustra*)

Aus Respekt und Dankbarkeit für meinen Lehrer
Rabbi Michael-ben-Pesach

INHALT

Teil III

Teil IV

Teil V

TEIL I

Safed 1563. Winter. *(jüdische Zeitrechnung: 5323)*

1 והו Vav Heh Vav: **Der Gott, der in Vergangenheit, Gegenwart und Zukunft weilt**

Es war kein Mord, sagte er sich, sondern ein Unfall, ein tragisches Missgeschick. Schließlich hatte sein Vater die Sache auf die Spitze getrieben, nicht er. Er hatte seinem Vater ja auch nicht ständig seine zwanghafte Verehrung für die *Tora* vorgeworfen. Warum wollte dieser ihn dann bei seinem Studium der Alchimie einfach nicht in Ruhe lassen?

Die Alchimie beschrieb die Geheimnisse des Lebens viel unmissverständlicher als die Tora, daran bestand überhaupt kein Zweifel. Sie bot konkrete Methoden an, Rezepte, Anleitungen, eine praxisbezogene Wissenschaft also, die man experimentell überprüfen konnte.

Bei der Tora hingegen war nur sicher, dass nichts sicher war. Nicht einmal bei der Auslegung des unbedeutendsten Verses in den *Fünf Büchern Mose* herrschte Einigkeit. Seit Jahrhunderten diskutierten *Rabbis* darüber, was genau in der Bibel eigentlich gemeint war, und schrieben Kommentar um Kommentar. Offenbar war es unmöglich, den Entwicklungsstand eines Menschen zweifelsfrei festzustellen. Deshalb versuchte wahrscheinlich einer den anderen mit immer dickeren Büchern und immer vageren Auslegungen zu übertrumpfen. Auch sein Vater hatte sich dieser jahrhundertealten Tradition mit Inbrunst gewidmet. Immerzu brüstete er sich mit der Anerkennung und dem Ansehen, die er aufgrund seiner Bücher genoss.

Doch das war Chaim nicht genug. Er suchte nach konkreten Antworten. Er wollte die Geheimnisse des Lebens ergründen, wollte wissen, was der Sinn des Daseins war. Ob es ein Leben nach dem Tode gab. Ob das Leben ein Produkt der Willkür oder des Zufalls war. Ob der Mensch sein Leben nach seinem eigenen Willen steuern konnte. Vor allem aber wollte er wissen, wer Gott war – falls er existierte. Wenn es diesen Gott gab, wollte er, Chaim, eine echte, lebendige Beziehung zu Ihm. Von Mann zu Mann. Schließlich war er nach Seinem Ebenbild geschaffen. Wenn das so war, sollte Er sich auch zeigen und sich nicht hinter unergründlichen Bibelversen verbergen, die jeder auslegen konnte, wie es ihm passte. Er wollte, dass Gott ihn als Seinesgleichen ansah.

Sein Vater war es gewesen, der die Konfrontation gesucht hatte. Wie ein lästiger Terrier schnappte er immer wieder zu, schleppte ihn am Hosenbein zur Tora zurück. Wie oft hatte Chaim versucht, ihm klarzumachen, dass dies verlorene Liebesmühe war? In den drei Jahren seines Studiums der Alchimie war Chaim bereits auf mehr Antworten gestoßen, die ihn viel weiter gebracht hatten, als in all den Jahren davor, in denen er sich folgsam der Tora widmete.

Was kümmerte ihn das Wehgeschrei der ganzen Stadt darüber, dass er den Pfad der Tora verlassen hatte? Safed war in dieser Hinsicht ein Dorf. Man wurde auf Schritt und Tritt beobachtet. Jeder war in erster Linie darauf bedacht, nicht anzuecken und das mühsam errungene Ansehen in der Gemeinschaft nicht aufs Spiel zu setzen. Schließlich waren alle auch wirtschaftlich aufeinander angewiesen. Man kaufte voneinander, arbeitete zusammen, nutzte die gleichen Kontakte. Und man teilte den Glauben und die Rituale und besuchte die gleichen Synagogen.

Doch Chaim wollte seinen eigenen Weg gehen. Er schwamm gegen den Strom und schloss Freundschaften mit *Muslimen*, während die übrigen Juden mit den Anhängern dieser Religion nur rein geschäftlich verkehrten. Ein arabischer Freund hatte ihm ein Buch über Alchimie ausgeliehen, das sein Leben schlagartig veränderte. Die Erkenntnisse und Verheißungen, die darin beschrieben wurden, versetzten ihn in einen verzückten Taumel. Sollte es ihm eines Tages gelingen, Gold herzustellen, würde sich auch seine menschliche Natur in »Gold« verwandeln. Dann wäre er unsterblich, im Besitz aller Weisheit und allen Reichtums, und seine Seele hätte den Zustand der Vollkommenheit erreicht.

Je heftiger sein Vater ihn als Ketzer verurteilte und ihn teuflischer Praktiken bezichtigte, umso stärker wurde seine Entschlossenheit, dieses Ziel zu erreichen. Zwischen ihm und seinem Vater entbrannte ein Wettstreit. Eines Tages würde er ihn mit seinen Einsichten und Resultaten verblüffen. Er würde beweisen, dass das Tora-Studium in eine Sackgasse führte und dass die Antworten in der Alchimie zu finden waren. Über seine Experimente verfasste er genaue schriftliche Aufzeichnungen. Er träumte davon, ein alchimistisches Werk zu schreiben, das alle bisherigen Versuche, dieses Wissen zu vermitteln, übertraf und der Menschheit als Wegweiser dienen konnte. Von den dicken Werken seines Vaters würde dann niemand mehr sprechen. Die Tora wäre überflüssig geworden. Sie würde als das angesehen werden, was sie war: das Dokument einer altmodischen, primitiven Denkweise, liebenswert zwar, aber naiv, sehr naiv.

Wenn Chaim so über Tora und Judentum sprach, spuckte sein Vater Gift und Galle. Für ihn war es unerträglich, dass sein Sohn seine Wurzeln leugnete und dass er all das, wofür sein Vater lebte und woran er glaubte, als wertlos abtat.

Josef Vitals ganze Hoffnung war eine Wanderung durch die Hügel um Safed, die ihm seinen Sohn wieder näherbringen würde. Vielleicht dachte er dann an die Spaziergänge, die sie unternommen hatten, als er noch ein Kind und das Wort seines Vaters ihm heilig gewesen war. Vielleicht erinnerte er sich, wie sein Vater ihm beibrachte, der Natur mit Ehrfurcht zu begegnen. Ehrfurcht gegenüber der Vollkommenheit der Schöpfung, in der Gott alles, was der Mensch brauchte, bereitgestellt hatte. Vielleicht wurde ihm auch wieder bewusst, dass alle Dinge sich gegenseitig im Gleichgewicht hielten und dass alles recht war, so wie es war. Doch was er damals gesagt hatte, schien in ein Fass ohne Boden gefallen zu sein. Chaims einzige Reaktion auf diese Bemühungen war hochmütiges Gelächter.

Als es heftig zu schneien begann, suchten sie Schutz in der Grotte des *Schimon bar Jochai*. Es hieß, der berühmte Kabbalist habe sich dort dreißig Jahre lang vor den Römern verborgen gehalten, nachdem diese ihn zum Tode verurteilt hatten. Zunächst schien es, als löse sich die Kälte zwischen Vater und Sohn in der Geborgenheit der Grotte auf. Einen Moment lang glaubte der Vater sogar, als er sich bewundernd über die *Kabbala* geäußert hatte, er könne seinen Sohn erreichen. Chaim fühlte sich nun einmal zum Mystischen hingezogen. Die buchstäbliche Tora vermochte ihn nicht mehr zu bezaubern. Aber vielleicht konnten ihn die in den fünf heiligen Büchern enthaltenen verborgenen Bedeutungen wieder zur Herde zurückführen? Zwar akzeptierten Lehrer der Kabbala üblicherweise nur Schüler, die bereits das vierzigste Lebensjahr erreicht hatten, doch würde er mit Hilfe seiner Beziehungen sicherlich eine Ausnahmegenehmigung für seinen Sohn aushandeln können. Aber diese Hoffnungen erwiesen sich als voreilig. Chaim durchschaute den Manipulationsversuch des Vaters. Gab dieser Mann denn nie auf? Konnte er nicht ein einziges Mal einfach nur mit ihm reden, ohne ihn bekehren zu wollen? Der starrsinnige Glaube des Alten, im Recht zu sein, brachte Chaim zur Weißglut.

Es war kein Mord, es war ein Unfall, ein tragisches Missgeschick gewesen. Das hatte er auch gesagt, als er völlig außer Atem in Safed ankam. Niemand hatte an seiner Darstellung gezweifelt. Unverzüglich war eine Expedition aufgebrochen, um den Leichnam des angesehenen Tora-Kommentators zu bergen. Nur seiner Mutter vertraute Chaim an, was tatsächlich geschehen war – eine verhängnisvolle Ehrlichkeit, die er wahrscheinlich bis in alle Ewigkeit bereuen würde. Niemals mehr wollte Chaim sein Geheimnis einem anderen Menschen offenbaren. Ihm stand eine glänzende Zukunft bevor, und dieser tragische Unglücksfall durfte keinen Schatten darauf werfen.

Safed 1570. Sommer, sieben Jahre später
(jüdische Zeitrechnung: 5330)

2 מחי Mem Chet Jod: **Der Gott, der euch Glanz gibt**

Chaim Vital war der Sohn des berühmten Tora-Kommentators *Josef Vital*. Er war fünfundzwanzig Jahre alt, ein gutaussehender junger Mann mit einem wachen Geist. Alle Zeit, die er erübrigen konnte, widmete er dem Studium der Kabbala. Jeden Morgen um drei Uhr besuchte er mit neun anderen Männern den Unterricht des Kabbala-Meisters *Cordovero*. Weil Chaim stets als Erster eintraf, hatte er den Schlüssel in Verwahrung. Wenn er die *Synagoge* aufschloss, war ihm, als würde zugleich sein Herz geöffnet. Er liebte es, in der vollkommenen Dunkelheit und Stille zu beten. Erst danach zündete er die Kerzen an und brachte den rechts in der Halle liegenden kargen Unterrichtsraum in Ordnung. Chaim war der jüngste Schüler, dem Cordovero jemals erlaubt hatte, an seinem Unterricht teilzunehmen. Die neun anderen waren vierzig Jahre alt oder älter. Erst in diesem Alter wurde man für reif genug erachtet, mit dem Kabbala-Studium zu beginnen. Ein Mann hatte zu diesem Zeitpunkt in seinem Beruf Fuß gefasst, eine gute Frau gefunden, und seine Kinder waren groß genug, dass sie nicht mehr die gesamte Aufmerksamkeit beanspruchten. Mit vierzig Jahren verfügte man über die Zeit und den Raum, die es brauchte, um sich spirituellen Zielen widmen zu können.

Chaim wurde in Safed von Neid und übler Nachrede verfolgt. Viele Kabbala-Schüler glaubten, sie hätten ein größeres Anrecht als er, von Cordovero persönlich unterrichtet zu werden. Greise, die Chaims Großväter hätten sein können und schon seit Jahrzehnten die Kabbala studierten, mussten zähneknirschend mit ansehen, dass dieser Jüngling wie ein Weiser behandelt wurde.

Unter den Kabbala-Lehrern in Safed gab es eine klare Hierarchie, und niemand zweifelte daran, dass Cordovero die Position ganz oben auf der Stufenleiter zustand. Er wiederum ernannte zehn Schüler, die ebenfalls unterrichteten. Je näher ein Kabbala-Lehrer dem Kreis um Cordovero stand – im besten Fall also dessen Schüler war –, umso höheres Ansehen genossen auch die Schüler dieses Lehrers.

Chaim hatte sich in dieser Hierarchie hochgearbeitet, indem er geduldig bei weniger angesehenen Lehrern studierte. Sorgfältig hatte er Lehrer um Lehrer gewählt, bis der alte *Zimra*, ein Schüler Cordoveros, ihn akzeptierte. Er hatte gehofft, sich bei Zimra so hervortun zu können, dass dieser ihn schließlich dem Meister, nach dessen direkter Unterweisung Chaim sich sehnte, empfahl. Dann konnte er direkt aus der labenden Quelle trinken. Doch der eitle Zimra, ein Weltenbummler, erfüllte diese Hoffnung nie. Zimra redete nur über sich selbst.

Deshalb bemühte sich Chaim schließlich, immer dort aufzutauchen, wo Cordovero sich gerade aufhielt. Er besuchte die gleichen Synagogen wie der verehrte Meister, kaufte in den gleichen Geschäften ein und unternahm barfuß Wanderungen in den Hügeln, in denen auch Cordovero barfuß zu wandern pflegte. Auf einer dieser Wanderungen kreuzten sich ihre Wege, und Chaim fasste sich ein Herz und sprach den großen Lehrer an.

»Meister Cordovero«, erklärte Chaim unumwunden, »ich sehne mich so sehr danach, Gott kennenzulernen. Es heißt, Ihr wüsstet, wie ich ihm begegnen kann.«

Cordovero musste unwillkürlich lächeln. Chaims Ungestüm erinnerte ihn an seine eigene Jugend. Auch er hatte sich im Alter von zwanzig Jahren dazu getrieben gefühlt, mit dem Studium der Kabbala zu beginnen. Ihm war – so sagte er manchmal –, als hätte er bis zu seinem zwanzigsten Lebensjahr geschlafen. Kein einziger Gedanke, den er in jener Zeit gehabt hatte, war ihm von Nutzen gewesen.

»Junger Mann«, antwortete er, »bis zu dem Augenblick, in dem du hinter dem Baum hervorsprangst, kannte ich dich noch nicht. Weil du mich gesucht hast, bist du von nun an in meinen Gedanken. Wenn ich nachher beim Abendessen mit meiner Frau über andere Dinge rede, bedeutet das nicht, dass du für mich aufhörst zu existieren. So existieren wir alle unablässig in den Gedanken Gottes.«

»Dann brauchen wir also nur Seine Aufmerksamkeit auf uns zu ziehen«, rief Chaim hoffnungsvoll aus.

»Oder umgekehrt«, erwiderte Cordovero mit leuchtenden Augen. »Vielleicht ist ja Gott hinter dem Baum hervorgesprungen, um deine Aufmerksamkeit zu erhaschen. Gott existiert in allen Dingen, und alle Dinge existieren in Gott. Doch wir werden erst lebendig, wenn wir ihn suchen. Erst dann merken wir, dass er immer schon in uns war und nur darauf gewartet hat, dass wir uns wünschen, ihm zu begegnen.«

Cordovero hatte dem jungen Mann daraufhin spontan angeboten, seinen Unterricht zu besuchen. Zimra war außer sich vor Wut.

»Du machst einen schrecklichen Fehler, Cordovero. Dieser Chaim taugt nichts. Eines Tages wirst du bereuen, diesen Speichellecker in deine Klasse aufgenommen zu haben. Und am gleichen Tag wird man mich als den lang ersehnten *Messias* anbeten«, rief

Zimra ihm pathetisch zu. Danach hatte der selbstgefällige Weltenbummler den Kontakt zu Cordovero abgebrochen und war zu einem seiner erbittertsten Gegner geworden. Doch das kümmerte Chaim reichlich wenig. Er hatte Zimras Platz eingenommen und war der glücklichste junge Mann in Safed. Erhobenen Hauptes schritt er durch die Straßen, und der Spott seiner Mitmenschen glitt an ihm ab wie ein sanfter Regenschauer im März.

Eines Morgens erklärte Cordovero eines der Grundprinzipien der Kabbala: die Überwindung des Egoismus.

»Es ist gut, wenn der Mensch seinen Egoismus so weit wie möglich entwickelt. Denn durch die Konfrontation mit seinem Egoismus kann sein Charakter korrigiert werden. Ein Kabbalist hat keine Wünsche. Nein, eigentlich hat er von Natur aus viele Wünsche. Es geht vielmehr darum, die Absicht, die diesen Wünschen zugrunde liegt, zu transformieren.«

Obwohl es von Cordovero hieß, er sei der Kabbala-Lehrer, der sich am klarsten auszudrücken wusste, gelang es ihm diesmal nicht, sich verständlich zu machen. Was er auch darzulegen versuchte, es blieb unbeholfenes Gestammel. Als er zu einem erneuten Versuch ansetzte, standen Schweißperlen auf seiner Stirn.

»Aber Rabbi Cordovero«, unterbrach ihn Chaim, »ein Wunsch bleibt doch ein Wunsch, gleich, welche Absicht ihm zugrunde liegt. Schaut, ich wünsche mir, der größte Kabbala-Schriftsteller aller Zeiten zu werden. Wie kann ich dieses Verlangen transformieren?«

Joschua, ein Silberschmied, der seine Schmuckstücke stolz zur Schau trug und Chaims Halbbruder war, seufzte laut auf. Es ärgerte ihn, dass Chaim bei jeder Gelegenheit darauf hinweisen musste, dass er einen Kommentar zum *Sohar* schrieb, der wichtigsten Schrift der Kabbalisten und Schimon bar Jochais Meisterwerk.
»Ich vermute, dass deine Absicht, der größte Kabbala-Schriftsteller aller Zeiten zu werden, egoistisch ist«, antwortete Cordovero. »Weil du berühmt sein und bewundert werden willst.«

»Das will ich natürlich auch«, gab Chaim zu, »aber vor allem möchte ich, dass so viele Menschen wie möglich die Kabbala kennenlernen.«

»Dann wäre es dir gleichgültig, ob dein Name auf dem Buch steht oder nicht?«, fragte Cordovero.

Chaim lachte. Er fühlte sich ertappt.

»Natürlich möchte ich die Menschen wissen lassen, dass ich dieses Buch geschrieben habe.«

»Und damit dienst du nur einem einzigen Interesse, nämlich deinem eigenen. Im Grunde wünschst du dir, das wundervollste Buch über die Kabbala zu schreiben – ein Buch, das den Menschen die Gesetze des Universums erläutert. Dieses Bestreben ist altruistisch. Es verkörpert den Wunsch, das Wissen, das du selbst empfangen hast, weiterzugeben.«

»Und je mehr Wissen ich empfange, umso mehr kann ich weitergeben«, fuhr Chaim fort. »*Das* meint Ihr also, wenn Ihr sagt, ein Kabbalist solle viele Wünsche haben?«

»Ausgezeichnet, Chaim. Gegen das Bestreben, vom Leben unendlich viel empfangen zu wollen, ist nichts einzuwenden. Doch wenn wir zu geben aufhören, trocknet die Quelle der Freude an diesem Empfangen aus. Dann vermag nichts von dem, was wir noch empfangen, die Leere in unserem Herzen zu füllen. Das höchste Prinzip des Universums ist uneigennütziges Geben, frei von jeder Erwartung einer Gegenleistung.«

»Dann darf ich für das Buch kein Geld verlangen?«, fragte Chaim.

»Wenn sich überhaupt jemand findet, der Geld für ein Buch von Chaim Vital übrig hat«, mischte sich Joschua ein. Größere Gegensätze als Chaim und sein Bruder waren kaum vorstellbar. Joschua war zwanzig Jahre älter und konnte seinen jüngeren »unechten« Bruder auf den Tod nicht ausstehen. Dass Chaim von seinem Vater bevorzugt worden war, hatte Joschua nie verwinden können.

Die anderen Schüler schlugen beifällig mit den Löffelchen gegen die Kaffeetassen. Sie waren hocherfreut darüber, dass Joschua diesem Wichtigtuer endlich einmal den Kopf zurechtrückte. Joschua trommelte mit seinen Händen triumphierend auf dem Tisch. Chaim jedoch wartete ungerührt auf die Antwort seines Meisters.

Cordovero schloss müde die Augen. In Gedanken versunken spielte er mit seinem schwarzen Bart, und sein Atem ging schwer. Durch die kleinen Buntglasscheiben fiel das erste fahlgelbe Licht der über dem Hügel aufgehenden Sonne in den Raum.

»Bei allem, was Gott erschuf, heißt es in der Tora: ›Und Gott sah, dass es gut war.‹ Nur bei der Erschaffung des Menschen ist es nicht vermerkt. Was meint ihr, warum das so ist?«

»Für unseren berühmten Schriftgelehrten Chaim Vital ist es natürlich ein Kinderspiel, diese Frage zu beantworten«, unterbrach Joschua die erwartungsvolle Stille. »Vielleicht kann er uns bei unserem nächsten Treffen mit einem Vortrag zu diesem Thema beglücken?«

»Was für ein Zufall! Das wollte ich gerade selbst vorschlagen, Joschua. Natürlich nur, wenn unser Meister damit einverstanden ist«, sagte Chaim. Joschuas Versuch, ihn lächerlich zu machen, war wirkungslos verpufft.

»Ich setze mein ganzes Vertrauen in dich, Chaim. Mein Geist ist heute nicht sehr klar. Ich leide ein wenig unter Atemnot. Wenn Gott will, werde ich mich das nächste Mal auf deinen Stuhl setzen.«

Chaim nahm die missgünstigen Blicke der anderen nicht wahr. Das hatte Cordovero doch wohl ironisch gemeint!

»Jeder Lehrer lehrt, was ihm zu lehren beschieden ist. Unsere Seelen kommen hier jeden Morgen zusammen, weil dies vorbestimmt ist. Im Moment bin ich euer Meister. Doch in einem anderen Leben kann ich Chaims Schüler sein. Welche Rolle wir hier auf Erden spielen, ist unwichtig. Eines Tages in vielleicht nicht allzu ferner Zukunft wird meine Seele die Erde verlassen.«

»Was meint Ihr damit?«, fragte *Schlomo*, einer von Cordoveros ergebensten Schülern, der als Kunstmaler den Lebensunterhalt für sich und seine Frau verdiente. »Ihr seid doch nicht krank? Können wir etwas für Euch tun? Soll ich kurz das Fenster öffnen, damit frische Luft hereinkommt?«

»Ihr seid doch erst achtundvierzig, und es ist ja wohl etwas verfrüht, wenn Ihr schon jetzt Prophezeiungen über Euren Tod macht«, versuchte Joschua ihm zu schmeicheln.

»Unmittelbar nach meinem Tod wird ein anderer meinen Platz einnehmen«, fuhr Cordovero unbeirrt fort. »Vieles, was er sagen wird, beinhaltet das Gegenteil von dem, was ihr von mir gelernt habt. Doch widersprecht eurem neuen Meister nicht. Was er euch lehrt, stammt aus der Quelle, der auch ich mein Wissen verdanke, und diese Quelle ist die absolute Wahrheit. Seine Seele trägt einen Funken der Seele Schimon bar Jochais in sich. Der von Gott inspirierte Verfasser des Sohar selbst wird euch unterrichten. Ich wünschte, ich könnte dies miterleben. Gebt acht, denn wer sich ihm in den Weg stellt, behindert die Verbreitung des göttlichen Wissens.«

In diesem Augenblick dachten alle Schüler das Gleiche: Er sprach von Chaim. Ihr schlimmster Albtraum sollte wahr werden. Der Schüler, den sie am liebsten die Treppen der Synagoge hinuntergestürzt hätten, sollte ihr neuer Lehrer werden. Was für eine unmenschliche Prüfung!

»Wie lautet sein Name?«, fragte Joschua mit salbungsvoller Stimme. Zwar fürchtete er die Antwort, doch wollte er Gewissheit haben.

»Das kann ich nicht sagen. Er will nicht, dass jetzt schon bekannt wird, wer er ist.«

Chaim errötete. Auch er vermutete, dass er gemeint war. Er spürte die bösen Blicke der übrigen Schüler. Zu schweigen schien ihm die einzig richtige Antwort. Sollten sie sich doch den Kopf darüber zerbrechen, ob er derjenige war, der anonym bleiben wollte, dachte er und lachte in sich hinein.

Cordovero ignorierte den lautlosen Kampf, der unter seinen Schülern tobte. Der Reihe nach schaute er sie an. Alle blickten ihm mit einem Ausdruck tiefer Frömmigkeit entgegen; alle träumten davon, einmal seinen Platz einzunehmen, und verfolgten argwöhnisch, ob sein Blick auf einem von ihnen besonders lange ruhte.

»Demut ist die wichtigste Eigenschaft eines Menschen, der zu Wissen gelangt ist«, fuhr Cordovero fort und sah Chaim unverwandt an. »Die Art, wie wir als Menschen miteinander umgehen, spiegelt den Stand unserer spirituellen Entwicklung.«

Dann wandte er seinen Blick Joschua zu. »Schau in dein Herz, ob du niemanden verfluchst, niemandem Schlechtes nachsagst, niemandem etwas Böses wünschst. Weisheit äußert sich in so einfachen Dingen wie einem aufrichtigen Lächeln, einem herzlichen Gruß, einer Geste des Mitgefühls gegenüber einem Feind. Schau dir die Sonne an, die jeden Tag über den Bergen aufgeht. Es gibt keinen Grund dafür, dass sie dies immer wieder aufs Neue tut. Es ist ein Geschenk, eine freundliche Geste des Schöpfers. Aber auch ein Appell an uns, Wärme in die Welt zu bringen und so in Harmonie mit Ihm zu leben.«

Joschua senkte mürrisch den Kopf.

»Das Einzige, was ich über meinen Nachfolger noch sagen kann, ist, dass er sich während meines Begräbnisses durch eine Wolke offenbaren wird.«

Niemand verstand, was Cordovero damit sagen wollte. Auch Chaim nicht. Oder war vielleicht die Wolke gemeint, auf der er aus der Synagoge schwebte, weil er sich seinem Traum, einmal der berühmteste Kabbalist der Welt zu werden, an diesem Tag etwas näher wähnte?

3 הי״ Heh Jod Jod: Der Gott, der alle deine Wege kennt

Chaim schleuderte den Sohar in eine Ecke des Zimmers und warf alle seine Aufzeichnungen um sich. Er hatte sich an diesem Tag bei Abraham, dem Besitzer der Tuchmacherei, in der Chaim in großen Farbbottichen Wolle färbte, krankgemeldet.

Das Städtchen Safed, auf einem großen Hügel in Nordgaliläa gelegen, war weithin für seine edlen Stoffe bekannt, denen es seinen Reichtum verdankte. Spanische Juden hatten Safed zu einem Zentrum des Tuchhandels und des Schneiderhandwerks gemacht. Viele von ihnen hatten in Spanien heimlich den Sohar studiert. Vor die Wahl gestellt, entweder Christen zu werden oder das Land zu verlassen, entschieden sie sich für Letzteres und begannen in dem Städtchen, in dessen Nähe das Grab Schimon bar Jochais, ihres Helden und ihrer Zuflucht, lag, ein neues Leben. Von den zehntausend Juden, die mittlerweile in Palästina lebten, wohnten etwa sechstausend in Safed.

So war dort eine jüdische Gemeinschaft entstanden, die nicht nur materiell, sondern auch geistig erblühte. Überall gab es Schulen, die Schüler in der Tora oder in der Kabbala unterrichteten.

Die Juden lebten und arbeiteten friedlich mit den Muslimen zusammen, die das ganze *Osmanische Reich* und somit natürlich auch Safed beherrschten. Der türkische Gouverneur, *Abu Siffin*, regierte streng, aber gerecht über Juden und Muslime. Man respektierte den Glauben der anderen und trieb miteinander Handel. Safed war für alle Juden, die ihre Religion in Spanien heimlich praktizieren mussten, ein Paradies.

Stoffe zu färben war eine einfache, rechtschaffene Arbeit, wie sie sich für einen Kabbalisten geziemte, und Chaim erledigte sie mit ebenso großer Hingabe, wie er sich in seinen freien Stunden der Kabbala widmete. Kam in seiner Arbeitszeit, in der er Wollstränge färbte und trocknete, ein Bekannter des Wegs, grüßte er diesen nicht. Jede Minute, die er seinem Brotherrn vorenthielt, war in Chaims Augen Diebstahl. Er war eifrig bemüht, jeden Augenblick des Tages in Harmonie mit den Gesetzen des Universums zu leben.

Dies war der erste Tag, an dem er seinen Pflichten als Färber nicht nachkam. Er hatte starke Kopfschmerzen vorgeschoben. Abraham, ein gewiefter, aber ehrlicher Händler, hatte keinen Grund, Chaim nicht zu glauben, und ließ ihn nach Hause gehen.

Schließlich bescherte das Universum Chaim genau das, worum er regelrecht gebeten hatte: Kopfschmerzen. Seine Absicht, den Tag zu nutzen, um das Rätsel zu lösen, warum Gott bei der Erschaffung des Menschen *nicht* »sah, dass es gut war«, entsprang einzig und allein seiner Sucht nach Ruhm und Ehre. Er wollte seinen Meister am nächsten Morgen mit einer brillanten Erklärung in Staunen versetzen. Er wollte beweisen, dass er ein würdiger Nachfolger Cordoveros werden würde. Doch auch im Sohar fand er keine Antwort. Die Buchstaben schienen ihren Sinn nicht preisgeben zu wollen, und je länger er brütete, desto weniger verstand er den Text. Er wirkte auf Chaim, als sei er dem wirren Geist eines Verrückten entsprungen.

Missmutig setzte er sich ans Fenster und biss lustlos in einen Apfel. Von seiner Kammer aus konnte er den größten Teil des jüdischen Viertels überblicken. Emsig versuchten Kaufleute in den engen, gewundenen Gässchen Frauen ihre Waren zu verkaufen, die heftig gestikulierend den Preis herunterhandelten. Chaim lebte sehr bescheiden. Er gab wenig Geld aus und war zudem sehr geübt im Feilschen. Diese einfache Kammer im zweiten Stock war sein Zufluchtsort. Ein Bett, ein massiver Holztisch, an dem er studierte und aß, seine Bücher und zahlreiche Blätter mit Notizen, die er in einem Kabinenkoffer aufbewahrte, waren sein ganzer Besitz.

Plötzlich erinnerte er sich wieder daran, wie er einst im Alter von vierzehn Jahren einen berühmten Handleser aufgesucht hatte. Schon damals war ihm klar gewesen, dass er in dieser Welt etwas Überragendes schaffen wollte.

Der ägyptische Handleser, der in ganz Safed für seine Künste bekannt war, strich über die Linien in Chaims Händen. Er blies seinen warmen Atem über die feuchten Handflächen des Jungen, der das Zittern seiner Hände beschämt zu verbergen versuchte. Es war dunkel in dem Raum, und der Handleser näherte sein Gesicht dem von Chaim und sagte: »Die Linien deiner linken Hand sind die Wege, die bei deiner Geburt bereits vorgezeichnet sind; der Verlauf deines Lebens über Straßen des Reichtums oder der Armut, des Erfolgs und des Scheiterns. Die Linien deiner rechten Hand sind die Wege, für die du dich selbst entschieden hast.«

Er verglich die beiden Hände genau und vermaß die Länge einiger Linien mit einem Lineal. Chaim bemühte sich, nicht ständig auf die dicken Lippen des Wahrsagers, die mit kleinen eiternden Pusteln übersät waren, zu starren, obwohl sein Blick wie magisch davon angezogen wurde.

»Diese Linie«, erklärte der Mann, während er mit einem schmutzigen Fingernagel über eine zwischen Daumen und Zeigefinger beginnende und zum Handgelenk führende Linie kratzte, »ist die Lebenslinie. Sie zeigt, wie dein Leben verlaufen wird. Auf dieser Linie ist schon früh ein Bruch zu erkennen. In den nächsten Jahren wird dein Herz von Gedanken erfüllt sein, die dich vom Studium der Tora abhalten. Du wirst den Büchern Mose drei Jahre lang keine Beachtung schenken.«

Diese Voraussage war eingetroffen. Als er fünfzehn Jahre alt geworden war, hatte er sich plötzlich allem widersetzt, was mit dem Judentum zusammenhing. Stattdessen hatte er ein brennendes Interesse an einem Buch über Alchimie entwickelt, das ein arabischer Freund ihm gegeben hatte. Darin wurde auf mysteriöse Weise die Herstellung eines Elixiers der Unsterblichkeit beschrieben. Chaim wusste, dass das menschliche Leben Geheimnisse barg, die sich nur erschlossen, wenn man sich voll und ganz ihrer Ergründung widmete. Er wünschte sich nichts sehnlicher, als einer dieser Eingeweihten zu werden, und versuchte mit großer Hingabe, die Geheimsprache der Alchimie zu entschlüsseln. Sein Vater war zunächst wütend auf ihn gewesen, dann verzweifelt, bekümmert und schließlich zutiefst enttäuscht. Obwohl sein Sohn schon sehr früh eine besondere Begabung für das Studium der Tora hatte erkennen lassen, begab er sich nun in ein heidnisches Labyrinth, in dem seine Seele verloren gehen würde.

Doch genau wie der Handleser prophezeit hatte, war nach drei Jahren jenes tragische Unglück geschehen. Chaim war überzeugt, dass die Kräfte, die er zu erforschen versuchte, sich gegen ihn gewendet hatten. Alle Experimente missglückten. Die alchimistischen Symbole verfolgten ihn in seinen Albträumen. Er suchte Trost bei seinem Bruder Joschua, der gehorsam den Anweisungen seines Vaters und dem Pfad der Tora folgte. Die Bewunderung seines kleinen Bruders schmeichelte ihm. Joschua erzählte ihm von den Geheimnissen der Kabbala, die er selbst gerade erst kennenlernte, und stellte Chaim dem Lehrer vor, der ihn seit kurzem unterrichtete. Noch fanatischer als zuvor auf die Alchimie stürzte Chaim sich nun auf diese neue Passion, als müsse er die drei verlorenen Jahre aufholen – als könnte er durch das Studium der Kabbala seinen Vater wieder zum Leben erwecken.

Doch der Handleser hatte auch eine erschreckende Voraussage gemacht.

»Siehst du diese Gabelung in der Lebenslinie?«, fragte er.

Chaim sah, dass sich seine Lebenslinie an einem bestimmten Punkt teilte.

»Der Punkt auf deiner Lebenslinie, der sich unter deinem Mittelfinger befindet, entspricht dem Alter von fünfunddreißig Jahren. Die Gabelung liegt ungefähr am Punkt deines fünfundzwanzigsten Lebensjahrs. Das ist sehr ungewöhnlich. Bei den meisten Menschen spaltet sich die Lebenslinie erst im Alter von vierzig Jahren. Das bedeutet, dass dir zwei Wege offenstehen, von denen der eine in die Hölle und der andere ins Paradies führt. Für welchen von beiden du dich entscheidest, bleibt dir überlassen. Wählst du den kurzen Weg, der zur Hölle führt, wird es auf der ganzen Welt keinen schlechteren Menschen als dich geben, und du wirst sehr jung sterben. Wählst du hingegen den Weg zum Paradies, wirst du die höchste Weisheit erreichen, die einem Menschen zuteilwerden kann.«

Nun war er also fünfundzwanzig Jahre alt und stand somit an dem Punkt, wo er der Prophezeiung zufolge vor eine schwerwiegende Entscheidung gestellt würde. Doch es gab in seinem Leben keinerlei Anzeichen für einen solchen Wendepunkt.

Er wollte einen Kommentar schreiben, der den Sohar der ganzen Menschheit erschließen würde. Dieses Streben war zu seinem Lebenselixier geworden. So würde er Unsterblichkeit erlangen. Denn zu seiner Überraschung hatte er entdeckt, dass nicht nur die Alchimie, sondern auch die Kabbala den Menschen für unsterblich hielt.

Die Sonne war bereits hinter die Hügel gesunken. Chaim hob sein Buch vom Boden auf und setzte sich wieder an den Tisch.

Er wollte sein Können unter Beweis stellen, indem er die verfluchte Passage enträtselte – diese wenigen Verse, die bei ihm stechende Kopfschmerzen verursacht hatten. Doch er irrte orientierungslos in einem Wald undurchdringlicher Regeln umher, bis er vor lauter Erschöpfung einnickte.

Erst ein Klopfen an der Tür weckte ihn. Es war *Anna*, seine Hauswirtin. Anna wohnte im Erdgeschoss. In der ersten Etage hatte sie eine *Tarot*-Praxis, wo den ganzen Tag Menschen ein und aus gingen, hauptsächlich Frauen, die Anna wegen ihrer Liebesprobleme um Rat baten. Anna konnte ausgezeichnet zuhören. Sie gab den Frauen genau die Ratschläge, die sie hören wollten. Doch sie hatte auch eine schlechte Eigenschaft: Geheimnisse, die andere Menschen ihr anvertrauten, konnte sie nicht für sich behalten. Wenn man ihr sein Herzeleid offenbarte, konnte man sicher sein, dass es am nächsten Tag das Gesprächsthema auf dem Frühmarkt war. Als sie Chaim einmal die Karten legte, hatte sie lachend gesagt: »Was ist das denn hier? Ich sehe, dass du eine gewisse Anna heiraten wirst. Da könntest du mir jetzt aber ruhig ein bisschen mehr den Hof machen!«

Das würde dir wohl passen, hatte Chaim gedacht. Lieber sterbe ich unverheiratet. Anna hatte zwar ein schönes, offenes Gesicht, doch mit ihrem etwas ungepflegten Äußeren war sie keine Frau, die einem Mann zur Zierde gereichte.

Anna schaute sich mit mitleidigem Blick in der Kammer um, die einem Schlachtfeld glich.

»Na, hast du schon wieder so viel geschrieben?«

Chaim zuckte mit den Schultern.

»Ein alter Mann wollte zu dir.«

»Ein alter Mann?«

»Wäre dir ein Mädchen lieber gewesen? Mädchen sind meist nicht so verrückt auf Bücherwürmer, Chaim. Es war ein Landstreicher, glaube ich. Er sagte, du solltest so schnell wie möglich zu Cordovero, deinem Meister, kommen.«

»Heute Abend noch?«

»Ja, sofort!«

Chaim erschrak. Er war noch nie bei seinem Meister zu Hause gewesen.

»Ich mache mich sofort auf den Weg.«

»Ich würde mich an deiner Stelle erst einmal etwas frischmachen. Du siehst ziemlich zerknittert aus. Und das am *Schabbat*!«

Als sie die Tür schloss, entblößte ihr breites Grinsen Zähne, deren strahlendes Weiß durch einen dunklen Spalt zwischen den Vorderzähnen noch unterstrichen wurde.

Das muss gerade *sie* sagen, dachte er und lächelte.

Chaim hatte gar nicht bemerkt, dass die Sonne schon untergegangen war und der Schabbat begonnen hatte. An diesem Tag kleideten sich die jüdischen Einwohner von Safed in ihre schönsten Gewänder. Weil die Stadt eine Anlaufstelle für Einwanderer aus allen europäischen und arabischen Regionen war, hätte ein Reisender denken können, er befände sich mitten im Karneval von Venedig.

Chaim schaute in den Spiegel und sah, dass seine Halskrause in seinem Gesicht rote Abdrücke hinterlassen hatte. So konnte er sich tatsächlich nicht blicken lassen. Er war ein stolzer junger Mann. Weil an seinem Arbeitsplatz auch Kleider hergestellt wurden, konnte er sich maßgeschneiderte Kleidung aus den feinsten Stoffen besonders günstig anfertigen lassen. Rasch entkleidete er sich und wusch sein Gesicht mit viel kaltem Wasser. Dann brachte er seinen üppigen braunen Lockenschopf in Ordnung, fuhr mit dem Kamm durch seinen rötlichbraunen Bart und ließ ein frisch gestärktes Hemd mit steifer Halskrause über seinen muskulösen Rumpf gleiten. Er legte seidene Hosenbänder an und befestigte seine königsblaue Kniehose daran. Nach einem zufriedenen Blick in den Spiegel setzte er sich einen Hut mit einem schmalen Damastband auf. Dann tänzelte er in glänzenden schwarzen Schuhen die Treppe hinab.

4 הרי Heh Resch Jod:
Der Gott, der über den Berg hinausschaut

Deborah, die bucklige Frau seines Meisters, öffnete Chaim die Tür. Ihre Augen waren rot gerändert.

»Dass du so schnell gekommen bist, Chaim. Woher weißt du es?«

»Anna hat mir die Nachricht weitergegeben.«

»Ach ja, Anna …«, seufzte die Frau.

»Du musst noch etwas warten, Chaim. Ich hoffe, du verstehst das.«

»Natürlich.«

Selbst wenn Chaim den ganzen Schabbat hätte warten müssen, hätte er es widerspruchslos getan. Er setzte sich im Flur auf einen Stuhl. Hin und wieder hörte er ein herzzerreißendes Schluchzen. Was war da nur los? Hoffentlich hatte der Kummer nichts mit seinem Besuch zu tun.

Erst nach einigen Stunden führte Cordoveros Frau ihn die Treppe hinauf in eine schlichte Kammer. Dort lag der Meister in tiefem Schlaf. Das Zimmer war nur schwach durch zwei Kerzen beleuchtet. Nachdem die Frau den Raum verlassen und die Tür hinter sich geschlossen hatte, wachte Cordovero auf.

Es war, als käme er aus einer anderen Welt. Erstaunt schaute er sich im Zimmer um, als wüsste er nicht, wo er sich befand. Doch dann erblickte er Chaim, und er war von einem Augenblick auf den anderen hellwach. Seine Augen begannen zu leuchten, und er summte fröhlich.

»Komm näher, mein Freund«, sagte er und klopfte auf sein Bett. »Setze dich zu mir.«

Cordovero hatte ihn bisher noch nie als seinen Freund bezeichnet. Chaim wurde von einem starken Glücksgefühl ergriffen. Er wusste, dass an diesem Tag etwas geschehen würde, das sein ganzes Leben veränderte. Vielleicht würde Cordovero ihm anbieten, sein Assistent zu werden, um ihn auf den fernen, großen Tag vorzubereiten, an dem er in die Fußstapfen seines Meisters treten würde.

»Als du hinter dem Baum aufgetaucht und auf mich zugesprungen bist, hast du mich gefragt, wie du Gott begegnen könntest. Die gleiche Frage hat *Moses* Gott gestellt, als dieser aus dem brennenden Dornbusch mit ihm sprach. Weißt du, was Gott antwortete?«

»Dass kein Mensch sein Angesicht ansehen kann und dass man Gott nur von hinten sehen kann«, antwortete Chaim. Er war stolz, dass er die kabbalistische Antwort wusste.

»Genau«, bestätigte Cordovero lachend, »weil du Gott nur sehen kannst, wenn er an dir vorbeigegangen ist. Gott reist immer inkognito. Erst wenn du auf das, was dir in deinem Leben zugestoßen ist, zurückschaust, siehst du, wie Gott darin gewirkt hat. Dann erst erkennst du den Segen, der in deinem Unglück lag.«

»Und doch möchte ich so gern Gottes Angesicht schauen«, antwortete Chaim unbeirrbar.

»Chaim«, fragte Cordovero ernst, »antworte mir ehrlich und aufrichtig: Hast du jemals von Rabbi *Itschak Luria* gehört?«

Chaim erbleichte. Oh Gott, dachte er, mein Meister glaubt, ich sei ihm untreu geworden! Natürlich hatte er von Rabbi Itschak Luria gehört. Kein anderer Namen wurde in Safed häufiger erwähnt. Cordovero waren doch hoffentlich keine Gerüchte zu Ohren gekommen, dass Chaim sich mit diesem Itschak eingelassen hätte? Dieser war vor drei Monaten mit seiner Familie von Ägypten nach Safed gezogen, was an und für sich nicht außergewöhnlich war. In Safed sammelten sich alle Juden, die sich mit der Kabbala beschäftigten. Unzählige Rabbis kamen, studierten eine Zeit lang in der Stadt und gründeten manchmal auch selbst Studiengruppen. Die Ortsansässigen betrachteten diese Pilger mit einer gewissen Herablassung. In den meisten Fällen kannten sie die Kabbala nur sehr schlecht, und sobald sie auch nur ein Fünkchen der wahren Lehre verstanden hatten, glaubten sie, über alle Weisheit der Welt zu verfügen, und zogen schon bald wieder in ihre Heimat zurück. Jemand, der in Safed als unscheinbarer Anfänger angesehen wurde, konnte in seiner Heimat den Helden spielen. Doch die wahren Kabbalisten blieben in Safed. Sie wussten, dass es auf der ganzen Welt keinen Ort gab, an dem sie den unablässigen Prozess der Weiterentwicklung und Vervollkommnung besser durchlaufen konnten als hier.

Im Gegensatz zu den meisten anderen Einwanderern war Rabbi Itschak Luria schon bald in aller Munde gewesen. Er war so vermessen gewesen, sich direkt an Cordovero zu wenden und ihn um Unterricht zu bitten. Das grenzte natürlich an Wahnsinn, denn kein anderer Anfänger hätte die Dreistigkeit besessen, bei dem größten lebenden Meister der Kabbala in die Lehre gehen zu wollen. Selbst wenn er durch einen Zufall die Möglichkeit erhalten hätte, an einer Unterrichtsstunde Cordoveros teilzunehmen, er hätte doch nichts begriffen! So als wäre jemand, der Arabisch lernen wollte, zufällig in einen Arabischkurs für Fortgeschrittene hineingeraten. Cordovero lehrte auf dem allerhöchsten Niveau, auf dem sich ein Mensch überhaupt bewegen konnte, und seine Unterweisungen waren einer kleinen Gruppe auserlesener Schüler vorbehalten.

Deshalb war Chaim völlig entgeistert gewesen, als er gehört hatte, dass Cordovero Itschak Lurias Ersuchen stattgegeben hatte. Er selbst hatte ungeheure Anstrengungen unternehmen müssen, um sich einen Platz in Cordoveros Gruppe zu erobern, und dieser hergelaufene Ägypter bekam schon nach einem Tag eine Audienz bei dem großen Meister?

»Rabbi Itschak Luria, sagt Ihr? Sicherlich habe ich von ihm gehört«, antwortete Chaim mit spöttischem Ton. Er lachte herzhaft, um keinen Zweifel daran bestehen zu lassen, wie er über diesen Luria dachte.

»Wer hat nicht schon von ihm gehört? Ganz Safed redet über ihn. Es wird sogar behauptet, er habe Euch gebeten, ihm Privatunterricht zu geben.«

»So ist es tatsächlich«, antwortete Cordovero. »Und, was hältst du davon?«

»Etwas Besseres hätte nicht passieren können, Meister. Ich ärgere mich wie Ihr über all die Einwanderer, die in Safed herumlaufen und sich gebärden, als hätten sie höchstpersönlich den Sohar geschrieben! Wenn Ihr Itschak auf seinen Platz verweist, könnt Ihr all diesen Pseudo-Kabbalisten eine Lehre erteilen.«

»Wie meinst du das?«, fragte Cordovero.

Offenbar wollte sein Meister ihn testen. Er musste sich große Mühe geben, eine präzise und ausgewogene Antwort zu formulieren. Nachdenklich strich er sich über seine Locken.

»Es ist Eitelkeit, Meister«, begann Chaim. »Wir wissen alle, dass das Studium der Kabbala ein langwieriger Prozess ist. Ich beschäftige mich mittlerweile seit sieben Jahren mit nichts anderem als damit, meine dunkle Seele durch den Sohar erleuchten zu lassen. Ich hatte großes Glück. Ich bin in dieser Stadt aufgewachsen und fand deshalb während meines Studiums immer einen neuen Lehrer, der mich zur nächsthöheren Stufe zu geleiten vermochte. So bin ich schließlich Euer Schüler geworden. In Safed und auf der ganzen Welt weiß jeder, dass es kein höheres Niveau gibt als dasjenige, das Ihr erreicht habt. Es wäre also verrückt zu glauben, dass jemand, der im fernen Ägypten aufgewachsen ist, bar jeden Wissens und all der Lehrer, an denen unsere Stadt so reich ist, in solche Höhen aufsteigen könnte.«

Chaim war mit Leib und Seele bei seiner Schilderung und deklamierte seine Sicht in Form tiefsinniger Verse: »Die Kabbala ist eine Erfahrung. Wie Johannisbrot. Man kann in allen Einzelheiten beschreiben, was Johannisbrot ist, doch wenn man es nicht gekostet und somit erfahren hat, weiß man trotzdem nichts darüber. Möglicherweise ist Itschak in einem blinden Wahn gefangen. Meiner Ansicht nach sollte er wie jeder andere Unterricht von Schülern von Schülern von Schülern von Euch erhalten. Dann beginnt er auf einem Verständnisniveau, das ihm zugänglich ist.«

Cordovero hustete. Er hatte eine schwache Lunge, und jeder, der ihn kannte, war an sein schweres Atmen, Röcheln und Schnaufen gewöhnt. Chaim verstand das Husten als Ermutigung und setzte noch eins drauf, um, wie er meinte, seinem Meister zu gefallen.

»Jemand, der wirklich gemäß der Kabbala lebt, weiß, dass man Mitmenschen mit ebendem Respekt und der Liebe behandeln sollte, die man auch dem Schöpfer entgegenbringt. Ein wahrer Kabbalist verschwendet keine Zeit mit Nabelschau. Wenn er in seiner Entwicklung wirklich schon so weit fortgeschritten wäre, dass er es verdient hätte, von Euch unterwiesen zu werden, wäre ihm klar gewesen, dass nicht der Schüler den Meister, sondern der Meister seine Schüler sucht.«

Cordovero zog eine Augenbraue hoch. Chaim beeilte sich, seinen Kurs zu korrigieren.

»Aber ehrlich gesagt, Meister, kümmere ich mich nicht um all die Klatschgeschichten, die über Euch und ihn kursieren. Ich lebe nur für mein Studium, das meine gesamte Aufmerksamkeit und Kraft erfordert. Ich habe keine Zeit, mich mit all den Fremden zu befassen, die unsere Stadt besuchen, geschweige denn mit dem Gerede, in dem so viele ihre Zerstreuung finden.«

Cordovero ließ seinen väterlichen Blick auf Chaim ruhen. Nach längerem Schweigen fragte er: »Und wie kommst du mit deinem Studium voran, Chaim?«

Chaim dachte angestrengt nach und beschloss, Cordovero ehrlich zu antworten.

»Ich fühle mich wie eine Zwiebel, Meister. Schicht um Schicht tritt der Egoismus meines Wesens zutage. Manchmal bin ich blind gegenüber den egoistischen Begierden, die mit meinem Charakter regelrecht verwachsen zu sein scheinen. Es ist, als würden mir diese erst viele Jahre später bewusst! Ich ziehe stets zuerst den rechten und dann den linken Schuh an. Dies sind feste Gewohnheiten, die man nicht mehr erkennt, weil sie einem als so natürlich erscheinen. Aber der Sohar ist eine bittere, glücklicherweise jedoch auch eine sehr wirksame Medizin. Jede Seite dieses Buchs enthüllt wie ein Zauberspiegel unsere wahre Natur. Manchmal möchte ich diesen Spiegel zerschlagen. In solchen Augenblicken hasse ich es, das groteske Spiegelbild meiner selbst anschauen zu müssen. Doch dann weiß ich: Nicht das Spiegelbild hasse ich, sondern mich selbst, meine unvollkommene Seele, die mit all ihren Makeln widergespiegelt wird …«

Cordovero nickte. Chaim hatte den Leidensweg jeder Seele beschrieben, die sich für den Weg der Kabbala entschieden hatte, einen Weg des Auf und Ab, der Verzweiflung und der Euphorie.

Es entstand ein langes Schweigen. Nur das rasselnde Atmen Cordoveros war in der kleinen, fensterlosen Kammer zu hören. Chaim brannte darauf zu erfahren, warum der Meister ihn zu sich gerufen hatte. So geehrt er sich fühlte, war ihm doch ein wenig unwohl dabei, auf Cordoveros Bett zu sitzen, als handle es sich um einen Krankenbesuch. Cordovero sah zwar bleich aus, doch krank wirkte er eigentlich nicht.

»Es fällt mir schwer, mich zu konzentrieren, Meister, seit ich weiß, was für eine schwere Aufgabe auf meinen Schultern ruht«, sagte Chaim aufs Geratewohl. »Natürlich ist mir klar, dass Ihr mich meintet, als Ihr über Euren Nachfolger spracht. Diese Aussicht ist zwar sehr verlockend, aber ich bin mir nicht sicher, ob ich wirklich weit genug fortgeschritten bin, um diese Aufgabe erfüllen zu können.«

Er blickte auf das friedvolle Gesicht seines Meisters, der mit geschlossenen Augen dalag und tief in Gedanken versunken zu sein schien. Plötzlich öffnete Cordovero seine Lider und schaute ihn mit glühenden Augen an.

»Du bist ein Tor, Chaim. Du bist der größte Tor, den ich kenne.«

Vor Schreck rutschte Chaim von der Bettkante. Verwirrt schaute er seinen Meister an. Er rappelte sich auf, und Cordovero ergriff seine Hand und zog ihn zu sich heran. Dann flüsterte er: »Ich will, dass du Rabbi Itschak Lurias Schüler wirst.«

Chaim schaute ihn zuerst erstaunt an und brach dann in Lachen aus. Das musste ein Scherz sein. Der zum Nachfolger auserwählte Schüler sollte bei einem absoluten Anfänger in die Lehre gehen? Doch Cordovero verzog keine Miene und blickte ihn unverwandt an.

»Was sagt Ihr da? Das meint Ihr doch wohl nicht ernst! Was habe ich denn falsch gemacht? Darf ich nicht mehr Euer Schüler sein?«

»Ich will, dass du tust, was ich dir sage, Chaim.«

»Aber Meister, bin ich denn so dumm, dass ich wieder auf der Stufe eines Anfängers beginnen muss? Findet Ihr, dass meine Fortschritte nicht ausreichen? Studiere ich nicht intensiv genug? Sagt mir, was ich tun muss. Ich bin bereit, alles zu tun, wenn ich nur Euer Schüler bleiben darf!«

»Das Einzige, was du tun musst, ist, meinem Befehl zu folgen.«

Chaims Welt stürzte zusammen. Er sank vor Cordoveros Bett auf die Knie und flehte ihn an: »Aber ich bin Euch doch immer treu gewesen, in allem. Wenn Ihr uns auftrugt, das nächste Kapitel zu studieren, habe ich die nächsten drei vorbereitet. Mein ganzes Leben habe ich Euch geweiht. Warum verstoßt Ihr mich? Warum wollt Ihr, dass ich bei einem Scharlatan in die Lehre gehe?«

Cordovero richtete sich im Bett auf und sprach heftiger, als Chaim es bei ihm jemals zuvor erlebt hatte.

»Du kannst dir nicht vorstellen, wie kurzsichtig du bist, Chaim. Ich will, dass du unverzüglich zu Rabbi Itschak gehst. Lass alles stehen und liegen, und gehe zu ihm. Das ist keine Bitte, Chaim, sondern ein Befehl.«

Cordovero ließ sich in die Kissen zurücksinken und gab damit zu verstehen, dass das Gespräch beendet war. Das verschlossene Gesicht des Meisters zeigte ihm, dass jeder weitere Einwand sinnlos war.

Chaim verließ das Haus, ohne sich zu verabschieden. Er war erschüttert. Statt dass sein Meister, wie er gehofft hatte, ihm eine besondere Gunst zuteil werden ließ, hatte dieser ihn hinausgeworfen. Er war so fassungslos, dass seine Nasenflügel bebten.

Von der glänzenden Zukunft, die er sich ausgemalt hatte, war nur ein Scherbenhaufen geblieben. Wie würden die anderen über ihn herziehen!

»Hast du das von Chaim gehört? Ja, dieser eitle Geck, der glaubte, reif genug zu sein, um Schüler des großen Cordovero werden zu können. Cordovero hat ihn rausgeworfen und ihn zu diesem Ägypter, diesem Itschak Luria, geschickt! Was für eine Erniedrigung! Armer Chaim …«

Der Abend, der so vielversprechend begonnen hatte, war plötzlich zur Hölle geworden.

5 עלמ Ajin Lamed Mem: **Der Gott, der Wolken vertreibt**

Chaim konnte die Freude, mit der die Gemeinschaft der Juden von Safed den Schabbat willkommen hieß, nicht teilen. Während der Feier in der Synagoge sprach er mit niemandem und murmelte beim Abschied nur pflichtschuldig »Schabbat Schalom«. Danach irrte er stundenlang umher. Sein Gesicht war ausdruckslos, und seine Beine bewegten sich wie von selbst, ohne dass er die Welt um sich her wahrnahm.

Nur das spärliche Licht des Mondes beleuchtete seinen Weg. Safed lag auf halber Höhe an einem Hang, und oberhalb der Stadt erstreckten sich Blumenfelder, dichte Wälder und zerklüftete Felsen, die den Aufstieg zum Gipfel erschwerten.

Der Sommer hatte gerade begonnen, und die Hitze ließ auch nachts eine schweißfeuchte Spur zurück. Grillen zirpten ohrenbetäubend, Insektenschwärme tanzten durch die schwüle Sommernacht, und aufgeschreckte Tiere zischten oder fauchten. Hier und da rauschten Wasserläufe, die sich ihren Weg in das Tal bahnten.

Doch Chaim merkte von alldem nichts. Plötzlich fand er sich

auf dem Gipfel eines Berges wieder, in Hockstellung und an den Stamm einer dicken Tanne gelehnt. Er schaute zum Wipfel des Baumes auf, der sich unter der Last tausender reifer Tannenzapfen bog. Chaim konnte sich nicht daran erinnern, wie er hierhergekommen war, doch das zaghafte Blinzeln der Sonnenstrahlen zeigte ihm, dass er die ganze Nacht unterwegs gewesen sein musste.

Sein Haar war zerzaust und das Gesicht mit salzigen Tränen bedeckt, vermischt mit scharfen Sandkörnern und gelblichem Blütenstaub. Den Hut hatte er irgendwo auf dem Weg verloren. Er, der nie das Haus verließ, ohne sich davon überzeugt zu haben, dass sein Äußeres makellos war, saß nun wie ein verwitterter Eremit da und starrte vor sich hin.

Ich könnte mich einfach vom Berg hinabstürzen, dachte er pathetisch, was würde das schon ausmachen? Alles, wofür ich gelebt habe, ist jetzt dahin.

Er war wütend auf Cordovero. Das hatte er wirklich nicht verdient! Alles hatte er für seinen Meister getan und die einfachsten Aufgaben übernommen, um den Unterricht zu ermöglichen: den Studienraum renoviert, die Wände gestrichen, die wackeligen Tische ausgebessert, den Stuhl Cordoveros mit zwei bequemen Armlehnen ausgestattet. Vor jeder Unterweisung war er eine Stunde früher gekommen, um alles gründlich zu reinigen, als handle es sich um einen Tempel. Er kochte Kaffee und sorgte dafür, dass immer koscheres Backwerk da war. Während des Unterrichts notierte er möglichst genau alles mit, auf dass kein Wort der Weisheit seines Meisters verloren ginge. Diese Aufzeichnungen arbeitete er dann zu Hause aus und schrieb sie anschließend eigenhändig neunmal für alle seine Mitstudenten ab. Nie prahlte er damit, dass er diese Aufgaben übernommen hatte. Er hatte es aus Liebe zu seinem Meister getan. Und zum Schöpfer. In dem Wissen, dass jede uneigennützige Tat anonym und demütig vollbracht werden musste.

Aber vielleicht hätte er sich doch hin und wieder selbst auf die Schultern klopfen sollen. Vielleicht war er *zu* demütig gewesen. Cordovero hatte offenbar keine Vorstellung davon, wie treu Chaim ihm ergeben war. Sollte er nicht besser sofort zurückgehen und ihm das sagen?

Doch noch während er darüber nachdachte, wurde ihm klar, dass das zwecklos wäre. Noch nie hatte Cordovero so entschieden gewirkt wie bei dem Satz »Das ist keine Bitte, Chaim, das ist ein Befehl«.

Er schaute sich die schmutzigen Einkerbungen auf seinen Handflächen an. Der ägyptische Handleser hatte ihm damals erklärt, Gott graviere diese Linien mit unvorstellbarer Präzision in die Hände eines jeden Menschen.

»Aus deinen Händen kannst du den Sinn deines Lebens ablesen. Sie zeigen, dass alles, was dir widerfährt, bedeutungsvoll ist.«

»Das glaube ich nicht«, hatte Chaim frech erwidert, um sein Unbehagen zu überspielen. »Ich glaube einfach nicht, dass alles schon im Voraus festgelegt ist. Ich selbst bestimme den Verlauf meines Lebens.«

»Natürlich«, hatte der Handleser geantwortet. »Du wärest verrückt, wenn du es jetzt glauben würdest. Du bist ja noch grün hinter den Ohren und kennst noch nicht die Verzweiflung, die die Stürme deines Lebens bringen. Erst dann wirst du die Landkarte deiner Hände schätzen lernen. Erst dann wirst du sehen, dass ein göttlicher Plan für dich existiert, der dich vor eine Wahl stellt. Wie du dich entscheidest, bleibt dir selbst überlassen. Du kannst die Hölle oder das Paradies wählen.«

In seiner Erinnerung hörte Chaim noch immer das heisere Lachen des Ägypters.

Stand er jetzt an der Weggabelung, die entweder in die Hölle oder ins Paradies führte? Cordovero konnte doch nicht im Ernst meinen, dass er Schüler eines Pilgers werden sollte! Wahrscheinlich hatte er ihm auf diese Weise nur zu verstehen geben wollen:

»Hör auf. Es hat keinen Sinn. Du bist nicht reif genug für diese Arbeit.«

Er hatte sich manchmal selbst gefragt, ob er nicht seine jungen Jahre vergeudete, indem er nur mit alten Männern zusammenarbeitete und studierte. Warum suchte er sich nicht wie jeder andere eine gute Frau und gründete eine Familie? Schimon bar Jochai hatte sicherlich nicht ohne Grund empfohlen, erst ab dem vierzigsten Lebensjahr mit dem Studium der Kabbala zu beginnen. Ein Mann musste in dieser niederen Welt zunächst etwas erreichen, bevor er sich höheren Zielen widmen konnte. Vielleicht entpuppte sich der Vorsprung, den er jetzt zu gewinnen glaubte, letztendlich als das genaue Gegenteil. Vielleicht ging er dem Leben aus dem Weg und verpasste dadurch die Lektionen, die in der täglichen Mühsal verborgen lagen.

War *das* der Weg zum Paradies: ein ganz normales Leben zu führen? Oder meinte Cordovero ganz unmissverständlich das, was er gesagt hatte? Sollte er wirklich alles stehen und liegen lassen und Itschak Luria aufsuchen?

Wenn dies ein Befehl war, würde er ihm folgen. Er würde beweisen, dass er bereit war, sich bis zum Äußersten zu erniedrigen. Vielleicht wollte sein Meister ihn nur auf die Probe stellen, und der Albtraum wäre nach einem einzigen Treffen mit Itschak vorbei. Dann würde er im Beisein aller Mitstudenten für seine bedingungslose Treue gepriesen werden …

6 יזל Jod Sajin Lamed: **Der Gott des Gartens Eden**

»Itschak Luria – Gewürzhändler« las Chaim auf einem kupfernen Aushängeschild über einem elfenbeinfarbenen Tor. Er stand vor einem prunkvollen Gebäude am Rand des jüdischen Viertels. Die meisten Pilger wohnten in einfachen Unterkünften, die sie in einem der zahlreichen Gasthäuser im arabischen Teil der Stadt mieteten. Offenbar sah Itschak seinen Aufenthalt in Safed nicht als vorübergehend an.

Es war noch früh am Morgen, und in der Straße hing ein trüber Nebel, den hier und dort ein goldener Sonnenstrahl durchbrach. Chaim widerstrebte es, an dieser Tür zu läuten. Wie sollte er es nur über sich bringen, einen Mann, den er zutiefst verachtete, zu bitten, ihn als Schüler anzunehmen? Ihm war, als befände er sich in einem Albtraum.

Durch die Bleiglasscheiben sah er Kerzenlicht schimmern. Itschak war also schon wach. So gehörte es sich auch. Ein Kabbalist verbrachte die Morgenstunden mit Studium und Gebet. In den Stunden vor Tagesanbruch war die menschliche Natur für die Gesetze des Universums am empfänglichsten. Ein kleiner Pluspunkt für Itschak. Allerdings brauchte man dafür kein großer Gelehrter der Kabbala zu sein; jeder Anfänger wusste das.

Schließlich nahm Chaim seinen ganzen Mut zusammen und zog an der weißen Schnur. Das Läuten einer hellen Glocke unterbrach die weihevolle Stille des Tagesanbruchs. Einen Augenblick lang überlegte er, dass er jetzt noch weglaufen könne, doch dann riss er sich zusammen und beschloss, die Prüfung durchzustehen.

Etwas weiter entfernt klapperte eine Tür. Dann hörte er Schritte, und endlich wurde die Eingangstür geöffnet. Vor ihm stand eine kleine ägyptische Frau in strahlend weißer Kleidung. Sie hatte langes schwarzes Haar und blickte ihn so liebenswürdig und fröhlich an, dass Chaim errötete.

»Schabbat Schalom. Sei willkommen, Chaim«, sagte sie. »Mein Mann erwartet dich. Ich heiße Sarah.«

Sie führte ihn eine kleine Treppe hinab durch einen oasenartigen Innenhof voller schneeweißer Blumen, die den kühlen Morgentau abschüttelten und ihre Blütenkelche der Sonne zuwandten. Er betrat hinter Sarah das Haus. Drinnen tauchte der Lichterglanz unzähliger Kerzen die prunkvoll ausgestattete Eingangshalle in ein verzaubertes Licht. Chaim stand mit offenem Mund da und staunte. Die Kronleuchter, die Wandkandelaber, der weiße Teppich – die Empfangshalle des Himmels hätte nicht schöner sein können.

Sie gingen weiter und erreichten einen Raum, in dem es paradiesisch duftete: Nelken, Pfeffer, Basilikum, Rosmarin, Lorbeer und viele andere aromatische Stoffe standen dort in großen Säcken. In der Mitte des Raumes befand sich ein ausladender schwarzer Schreibtisch.

»Hier empfangen wir unsere Kunden«, sagte Sarah und führte ihn durch ein weitläufiges Magazin, in dem noch viel mehr Säcke voller Gewürze in Reih und Glied auf großen Holzregalen lagerten. Am anderen Ende des Magazins befand sich eine Tür, die in die Privaträume führte.

Chaim hatte noch nie einen so riesigen Speisesaal gesehen. An der Wand hing eine wunderschöne Darstellung des Lebensbaumes.

Da erst sah er an dem Tisch aus Zypressenholz ein junges Mädchen sitzen, das in die Tora vertieft war. Ihr langes Haar bedeckte ihr Gesicht, doch als Chaim eintrat, warf sie neugierig ihre pechschwarzen Locken zurück. Der erstaunte Blick zweier Gazellenaugen, die ihn anlachten, traf ihn ins Innerste seiner Seele.

»Dies ist Francesa, meine fünfzehnjährige Tochter«, sagte Sarah.

»Ihr müsst Chaim sein«, antwortete das Mädchen amüsiert. »Gestern noch habe ich in einem Brief über Euch geschrieben – nichts besonders Gutes. Euretwegen musste ich von meinen Freundinnen in Kairo Abschied nehmen.«

Chaim brachte nur ein dümmliches Lachen zustande. Er hatte keine Ahnung, wovon sie sprach. Er schämte sich seiner zerknitterten Kleidung. Ihre kindliche Unschuld, gepaart mit koketter

Weiblichkeit, wirkte so überwältigend auf ihn, dass er seinen Blick nicht mehr von ihr losreißen konnte.

Sarah deutete auf eine kleine Treppe, die aus dem Speisesaal zu einer Tür hinabführte.

»Itschak ist in seinem Studierzimmer«, erklärte sie. »Trete nur ein.«

Er ging die Treppe hinab, öffnete die Tür und stand in einem kleinen Raum, dessen Fenster dem Innenhof zugewandt waren. Vor einem cremefarbenen Tisch saß ein Mann mit gelocktem blondem Haar.

Itschak stand auf und wandte sich Chaim zu. Er war etwa fünfunddreißig Jahre alt, und in den Winkeln seiner hellblauen Augen zeichneten sich Krähenfüße ab.

»Schabbat Schalom, Chaim. Ich bin so froh, dass ich dich endlich kennenlerne. Komm, nimm dir einen Stuhl.«

Chaim setzte sich an den Schreibtisch. Er wusste nicht, was er von alldem halten sollte. Dieser Mann sollte Itschak sein? Niemand hatte seinen Reichtum auch nur mit einem Wort erwähnt. Und niemand hatte gesagt, dass er ein so netter Mensch war.

Sei auf der Hut, Chaim, ermahnte er sich. Lass dich nicht von dem schönen Schein blenden. Dieser Mann muss irgendeine geheime Absicht verfolgen; anders kann es gar nicht sein.

»Ich habe schon früh mit dem Studium der Kabbala begonnen«, eröffnete Chaim das Gespräch. »Meine Lehrer waren die führenden Rabbis dieser Stadt. Seit einigen Jahren ist Rabbi Cordovero mein Meister. Ich hörte, Ihr hättet ihn gebeten, Euch als seinen Schüler anzunehmen?«

»Rabbi Cordovero war ein weiser Mann, Chaim.«

»War? Er lebt doch noch«, unterbrach Chaim ihn. Itschak schaute ihn an, als wolle er etwas sagen, lächelte dann aber nur. Erst nachdem er ein Glas Wasser eingeschenkt hatte, fuhr er fort.

»Ich habe alles gelesen, was er geschrieben hat, und ich wollte ihn unbedingt persönlich kennenlernen. Sein Werk ist von unschätzbarem Wert. Ihm ist es gelungen, die vielen Strömungen und Deutungen der Kabbala, die im Laufe der Jahrhunderte entstanden sind, wieder zu vereinen. Fein säuberlich hat er die Spreu vom Weizen getrennt. Er war ein außergewöhnlich begabter Kabbalist, der größte, den diese Stadt hervorgebracht hat – abgesehen von Schimon bar Jochai natürlich!«

Chaim war irritiert, weil Itschak über Cordovero erneut in der Vergangenheitsform gesprochen hatte. Doch sprach dieser Fremde andererseits so natürlich und offen, dass man ihm keine üblen Absichten unterstellen konnte.

»Dass Ihr als Fremder das außerordentlich hohe Niveau der Unterweisungen Cordoveros so leicht zu begreifen vermögt, ist fürwahr ungewöhnlich. Vielleicht könnt Ihr mir helfen, ein Problem zu lösen, mit dem ich mich seit einiger Zeit vergeblich abmühe.«

Chaim war entschlossen, Itschak auf die Probe zu stellen. Er würde diesen Studenten aus reichem Hause entlarven. Er freute sich schon auf das Gestammel, das nun folgen würde.

»Du fragst dich, weshalb Gott bei der Erschaffung des Menschen nicht sagte, dass es gut war? Das erkläre ich dir gerne.«

Erneut war Chaim wie vor den Kopf gestoßen. Woher konnte Itschak wissen, mit welchem Problem er rang? Dafür gab es nur eine Erklärung: Er und Cordovero mussten unter einer Decke stecken, und dieser hatte ihn über Chaims Problem in Kenntnis gesetzt. Doch wozu das alles? Welche Absicht verfolgte er mit einem so durchsichtigen Komplott?

»Schau«, sagte Itschak, »vor der Erschaffung der Welt war Gott nicht zu erkennen: Er war unbegrenzt, undefinierbar und ohne Ende. Alles, was existierte, war Gott. Um sich selbst zu erkennen, musste er sich etwas zurückziehen – stelle es dir wie ein kleines schwarzes Loch in einem unendlichen Meer aus Licht vor oder wie einen Lehrer, der sich abwendet, um seinem Schüler die Möglichkeit zu geben, aus sich selbst heraus zu einer Einsicht zu gelangen. Gott hat den Menschen als unvollkommenes Wesen geschaffen. Doch er hat ihm einen freien Willen gegeben. Der Mensch muss lernen, in seinem Herzen Entscheidungen zu treffen, die es ihm ermöglichen, dem Sinn und Zweck seines Lebens gerecht zu werden, so dass er selbst sagen kann: ›Und ich sah, dass es gut war.‹«

Diese simple Antwort brachte Chaim völlig aus der Fassung, doch verbarg er seine Bewunderung, indem er schnell die Frage folgen ließ: »Und wie stellt Ihr Euch dann ›Gott‹ vor?«

»Wir wollen einander doch wenigstens duzen, wenn wir schon über solch schöne Dinge reden. Jedenfalls hat Gott ganz gewiss keinen blonden Bart wie ich«, lachte Itschak. »Deshalb spreche ich lieber von der Schöpfungskraft. Es handelt sich um die Intention, sich in jeder Sekunde neu zu erfinden, in Millionen von Formen, in allem, was uns umgibt. Schau dir nur an, wie reich die Schöpfung ist. Die gesamte Natur hat sich aus diesem Verlangen heraus, immer schöner und komplexer zu werden, entwickelt. Von der kleinsten Fliege bis zu den Planeten und Sternen. Jedes lebende Wesen strebt danach, sich zu seiner bestmöglichen Form hin zu entwickeln.«

Itschaks Augen strahlten. Mit seinen großen fleischigen Händen unterstrich er jede Erläuterung.

»Dann ist also die gesamte Schöpfung unvollkommen. Alles entwickelt sich unablässig.«

»Nein, zwischen dem Menschen und dem Rest der Schöpfung besteht ein großer Unterschied. Natürlich haben wir auch primäre Bedürfnisse: zu essen, zu trinken, zu schlafen und uns fortzupflanzen. Doch unsere höheren Wünsche sind auf die geistige Entwicklung gerichtet. Je höher die Wünsche eines Menschen sind, in umso stärkerem Maße lebt er im Einklang mit den Gesetzen des Universums. Wir Menschen sind Schöpfer unserer eigenen Wirklichkeit. Was uns umgibt, ist die materialisierte Wirklichkeit unserer Wünsche. Stell dir also einmal vor …«

»Dass wir den Wunsch hätten, die Welt zu verbessern …«, ergänzte Chaim.

»Genau! Stell dir vor, wozu wir dann in der Lage wären! Solange wir uns gehässig und selbstsüchtig verhalten, umgibt uns eine grausame und egoistische Welt. Es ist nicht naiv, die Welt verbessern zu wollen. Doch wenn wir den Zusammenhang zwischen dem Zustand unserer Welt und unserem eigenen Gemütszustand nicht erkennen, dann ist das naiv. Wenn wir lernen, auf eine Weise zu wünschen, die unseren Eigennutz überwindet, bringen wir uns mit der grundlegenden Kraft des Universums in Einklang: mit der ewig schöpferischen Kraft!«

»Werden wir dann wie Gott?«, fragte Chaim erstaunt.

»Wir *sind* schon Götter, Chaim. Wir müssen uns nur daran erinnern, dass wir aus der gleichen Grundsubstanz gemacht sind wie alles im gesamten Universum. Wenn es uns gelingt, uns die Gesetze dieser Bausteine zu eigen zu machen, existiert keine Begrenzung mehr, weder zeitlich noch räumlich oder materiell: nur die Intention, die erschafft und sich selbst unablässig neu erfindet.«

Chaim wurde heiß und kalt zugleich. Diese Erklärung war in ihrer ganzen Einfachheit brillant. Sie war so einfach, dass er nicht begriff, warum er nicht selbst darauf gekommen war. Wie konnte ein Mann aus Ägypten so selbstverständlich erklären, was nicht einmal dem größten Rabbi von Safed zu erklären gelungen war? Was für eine Blamage! Er konnte doch nicht einen wichtigtuerischen Pilger als seinen Meister akzeptieren!

»Wir leben schon jetzt im Garten Eden, Chaim. Wir glauben, wir seien daraus verbannt, weil unsere Seele ihre Augen geschlossen hält. Tatsächlich jedoch ist die Welt, die uns umgibt, nur ein Spiegelbild unseres Inneren. Indem wir uns verändern, verändern wir die Welt. Wir tragen den Schlüssel zum irdischen Paradies in unserer eigenen Tasche. Wir leben bereits in einer Welt der Einheit, klammern uns aber noch an die Vorstellung der Abgetrenntheit. Dies ist das irdische Paradies – sofern wir uns dieser Erfahrung öffnen. Alles in dieser Schöpfung ist meisterlich und spiegelt die Größe des Herrn.«

Chaim starrte den Mann, unter dessen borstigen Augenbrauen ihn kluge Augen anschauten, wütend an. Er stand auf, warf seinen Stuhl um und rannte aus dem Zimmer, die kleine Treppe hinauf in den Speisesaal. Francesa sprang überrascht auf. »Ist etwas passiert?«, fragte sie.

Am liebsten hätte Chaim sich vor sie gekniet, den Kopf in ihren Schoß gelegt und gejammert: »Was passiert mit mir? Was ist nur los?«

Doch er warf ihr nur einen hilflosen Blick zu und flüchtete durch das Magazin, das Büro und die Eingangshalle zurück in den Garten. Sarah, die ein paar frisch geschnittene lilienweiße Blumen in der Hand hielt, fragte ihn, ob er der Familie beim Frühstück Gesellschaft leisten wolle. Doch Chaim rannte weiter auf die Straße und über das glatte Kopfsteinpflaster, als wäre ihm der Teufel auf den Fersen.

7 הקמ Heh Kuf Mem:
Der Gott, der Licht ins Dunkel bringt

Es war Schabbat, und Chaim brauchte nicht zu arbeiten. Nach der langen Schabbat-Feier in der Synagoge schloss er sich den ganzen Tag ein, und dabei hallten die Stimmen von Cordovero und Itschak in seinem Kopf wider.

»Du bist ein Tor, Chaim. Du bist der größte Tor, den ich kenne.«

»Rabbi Cordovero war ein weiser Mann, Chaim.«

»Wir sind schon Götter, Chaim. Wir müssen uns nur daran erinnern.«

Er hatte das bleiche Antlitz Cordoveros vor Augen, die struppigen, blonden Augenbrauen von Itschak, die zurückschwingenden schwarzen Haare von Francesa. Er schlug seinen Kopf gegen die Wand, um die Bilder zu vertreiben.

Itschak hatte ihn mit so großer Herzlichkeit empfangen. Wenn er die Gedanken anderer Menschen lesen konnte, hätte er doch auch seine schlechten Absichten erkennen müssen. Chaim war dem Befehl Cordoveros, sich bei Itschak als Schüler anzumelden, nicht nachgekommen. Er hatte Itschak nur besucht, um ihn bloßzustellen und um zu sehen, dass dieser von der Kabbala nichts verstand.

Er wollte Itschak in die Knie zwingen und sehen, wie er um Vergebung flehte. Dann hätte Chaim ihm wohlwollend über den Kopf gestrichen und gesagt: »Dies ist die Falle der Selbstüberschätzung, in die wir alle irgendwann einmal tappen. Ich kenne jemanden, bei dem du dich auf meine Empfehlung hin als Schüler anmelden kannst. Dort kannst du auf die einzig richtige Weise die Grundlagen der Kabbala erlernen.«

Chaim stach sich mit der Spitze seiner Gänsefeder tief in den Finger, so dass sich sein Blut mit der Tinte vermischte. Alles war völlig anders gekommen! *Er* hatte sich blamiert. Das Problem, das ihm die größten Schwierigkeiten bereitet hatte, war für Itschak ein Kinderspiel gewesen. Itschak hatte es so einfach erklärt, dass kein Zweifel bestehen konnte: Er verstand nicht nur, worüber er sprach, sondern es waren auch seine eigenen Gedanken, die er wiedergab. Offensichtlich hatte Itschak alle seine irdischen Wünsche realisiert. Ein Mann, der keine ihn selbst betreffenden Wünsche mehr hatte, konnte sich mit ganzer Kraft den Wünschen der Welt um ihn herum widmen. Und an seinen Erklärungen war zu erkennen, dass er nichts als Mitgefühl hegte. Nicht die geringste Spur von Hochmut, Spott oder eitler Besserwisserei war zu erkennen gewesen – Eigenschaften, die, wie Chaim nur zu gut wusste, seine eigenen Dämonen waren und die es zu bezwingen galt.

Die Lust am Essen und Trinken war ihm vergangen. Er jammerte ununterbrochen. Der Einzige, an den er seine Klage richten konnte, wer der Schöpfer. Chaim schrie all seinen Kummer und seine Verzweiflung ins Universum hinaus, er flehte um Vergebung und bat um Befreiung aus dieser Hölle. Er geißelte sich mit seinem Ledergürtel und hörte darüber nicht einmal das besorgte Klopfen seiner Hauswirtin an der Tür.

Den ganzen Tag über wagte er sich nicht aus dem Haus. Den Spiegel, in dem er sich so oft selbst bewundert hatte, zerschmetterte er. Chaim war sicher, dass er zum Gespött von ganz Safed werden würde. Die Leute hörten nichts lieber als Geschichten über Scheitern und tiefen Fall, über erfolgreiche Menschen, die von ihrem Sockel gestürzt worden waren. Seine Eitelkeit war auf gnadenlose Weise bestraft worden. Nun würden alle in ihm »den gefallenen Rabbi« sehen. Chaim kroch unter das Bett, um sich vor dem Auge des Schöpfers zu verbergen.

Wie hatte er jemals denken können, er verstehe etwas von der Kabbala? Er verstand gar nichts! All die Jahre seines Studiums waren wie Samenkörner, die auf felsigen Boden gefallen waren. Nichts hatte gefruchtet. Jede Weiterentwicklung, die er bei sich gesehen zu haben glaubte, war reine Einbildung gewesen. Er war genau der Kabbalist, den er in anderen so sehr verachtete: ein Mann vieler Worte, aber ohne Glauben.

Chaim wusste nicht, wie es nun weitergehen sollte. Auch wenn Itschak ihm als weise erschienen war, konnte er ihn unmöglich als seinen Lehrer akzeptieren. Er hatte so viele Jahre gearbeitet und studiert, um in den exklusiven Kreis um Cordovero aufgenommen zu werden, und alles deutete darauf hin, dass er selbst einmal der Nachfolger seines Meisters werden würde. Aufgrund dieser großzügigen Segnungen hatte er bisher nicht ein einziges Mal mit seinem Schöpfer gehadert oder geschrien: »Warum ich?« Doch nun flehte er ihn jammernd wie ein Kind, dem jemand sein Lieblingsspielzeug weggenommen hatte, an.

»Warum, Herr? Warum?«, schluchzte er stundenlang, bis er erschöpft in einen tiefen Schlaf fiel.

Regungslos lag sein Kopf auf dem Tisch. Chaims Körper war nur ein schlafendes, klopfendes Herz, während seine Seele sich zu den höchsten Höhen des Verstehens aufzuschwingen versuchte. Doch auch in seinen Träumen irrte er weiter durch das Labyrinth der Selbstsucht. Auf den ersten Blick heiter wirkende Lehrer entpuppten sich als Plagegeister, die ihn quälten, indem sie ihm einen falschen Weg wiesen. Eine Seele, die nicht von uneigennützigem Verlangen geführt wird, irrt im Himmel ebenso verloren umher wie ihr menschliches Spiegelbild auf der Erde. So stolpern Seele und Körper wie ein Blinder und ein Tauber durch die Ewigkeit und können das Tor zum Königsreich nur mit vereinten Kräften finden.

Als Chaim nach langem, unruhigem Schlaf erwachte, sah er nur seinen zerbrochenen Spiegel und die Seiten mit seinen Aufzeichnungen, die um ihn herum auf dem abgenutzten Holzboden verstreut waren, als stille Zeugen seiner Verzweiflung.

Es war Sonntagmorgen. Seine Seele hatte sich fürs Erste ausgetobt. Er zog seine Arbeitskleidung an und beschloss, dem Spott der Stadtbewohner zu trotzen. Er musste weitermachen, auch wenn er noch nicht wusste, wie.

8 חבו Chet Beth Vav: **Der Gott des ewigen Lebens**

Chaim verließ seine Kammer, um zur Arbeit zu gehen. Doch auf der Treppe fing ihn seine Hauswirtin ab, die wie ein Raubvogel auf ihre Beute gelauert hatte.

»Gepriesen seid Ihr, Ewiger, unser Gott, König von Zeit und Raum, gerechter Richter.«

Annas Stimme hatte selbst bei den feierlichsten Sätzen einen heiteren Klang. In ihren hellgrünen Augen blitzte immer der Schalk, und ihre Fröhlichkeit machte das leicht ungepflegte Äußere großenteils wett. Schönheitstipps, die Freundinnen ihr gaben, schlug sie unbekümmert in den Wind. Sie war zuversichtlich, dass sie einmal einem Mann begegnete, der Gefallen an ihrem Wesen finden würde, und nicht daran, wie sie sich zurechtmachte. Das ältere Haus, in dem sie mit Chaim wohnte, hatte sie von ihrem früh verstorbenen Vater geerbt. Anna war eine sehr eigenwillige Frau, und vielleicht war sie deshalb mit ihren fünfunddreißig Jahren noch ledig.

»Was willst du damit sagen, Anna?«, fragte er gereizt. Chaim war nicht zu einem Schwätzchen aufgelegt. Hatte man sich erst einmal auf ein Gespräch mit ihr eingelassen, kam man nur schwer wieder von ihr los.

»Ich weiß ja, dass du ihn sehr geliebt hast, aber dass du dich so gehen lassen würdest, hätte ich doch nicht gedacht. Du bist den ganzen Tag und die ganze Nacht nicht vor die Tür gegangen. Ich habe dich nur brüllen und beten gehört. Zwei Freundinnen von mir hast du einen riesigen Schrecken eingejagt. Gerade hatte ich ihnen nämlich erzählt, ich hätte einen sehr ruhigen Mieter, einen Schreiber. ›Du meinst wohl eher einen brüllenden Säugling‹, haben sie daraufhin gesagt.«

Es wunderte Chaim überhaupt nicht, dass Anna schon über seinen Niedergang informiert war. Und es konnte ihm auch nichts anhaben. Er hatte sich darauf eingestellt, dass er in den kommenden Wochen immer wieder damit konfrontiert werden würde. Er war nun nicht mehr das Wunderkind der Kabbala – Safeds ganzer Stolz –, sondern glich eher einem Vogel, der seine Flügel an der Sonne verbrannt hatte und erst wieder neu fliegen lernen musste.

»Aber du musst dich beeilen! Der Leichenzug ist schon an unserem Haus vorbeigezogen. Ich habe noch nie so viele Menschen auf den Beinen gesehen!«

»Leichenzug? Wer ist denn gestorben?«

»Armer Chaim, du bist ja völlig durcheinander! Dein Meister, der große Rabbi Cordovero, ist tot. Er wird heute Morgen begraben.«

Chaim brach zusammen. Cordovero? Tot? Das konnte nicht wahr sein! Sein Magen zog sich zusammen, er würgte und erbrach Galle. Anna hielt ihn mit der ganzen Kraft ihres zarten Körpers fest, weil sein schlaffer Leib sonst die Treppe hinuntergerollt wäre.

»Chaim! Mein armer Junge!«

Sie wischte ihm mit ihrer Schürze den Mund ab und streichelte seine Wange, als wäre er ein Kind.

»Bleib hier sitzen. Ich hole dir ein Glas Wasser.«

Natürlich hatte Cordovero angekündigt, dass er sterben werde. Doch Chaim hatte das eher für eine abstrakte Aussage gehalten, in jedem Fall für etwas, das in ferner Zukunft geschehen würde. Cordovero war der einzige Mensch auf der Welt gewesen, den er liebte und schätzte. Er war der Meister, nach dem er sich sein Leben lang gesehnt hatte, sein Held, sein Vorbild, so wie er selbst einmal werden wollte. Jetzt, wo der Leuchtturm eingestürzt war, an dem er sich im Sturm des Lebens orientiert hatte, blieb ihm nichts anderes mehr übrig, als sich auf den Klippen zum Schlafen niederzulegen. Er war nun von allen verlassen. Es gab auf Erden niemanden mehr, der ihm den Weg zum Schöpfer weisen konnte.

Chaim riss sich zusammen. Jetzt war nicht der richtige Zeitpunkt, sich in seinem Kummer zu ergehen. Solange der Verstorbene noch nicht begraben war, galt es, sich ausschließlich auf dessen Seelenheil zu konzentrieren. Cordovero brauchte jetzt Unterstützung für seine große Reise, nicht die ihm Nahestehenden. Chaim stürmte die Treppe hinunter, um den Trauerzug möglichst schnell zu erreichen. Dabei warf er Anna um, die gerade mit einem Glas Wasser zurückkam. Sie fluchte kurz und kräftig, klopfte sich den Staub vom Rock und lief rasch hinter Chaim her. Um keinen Preis durfte sie ein Begräbnis verpassen.

Der Trauerzug war nicht schwer zu finden. Offenbar befand sich ganz Safed auf den Beinen, um Cordovero zu seiner letzten Ruhestätte zu begleiten. Die vielen Menschen verstopften die engen Gassen. Chaim versuchte erst gar nicht, sich zur Spitze des Zuges vorzuarbeiten, sondern reihte sich an dessen Ende ein, zwischen den Menschen, die Cordovero kaum persönlich gekannt hatten, es sich aber nicht hatten nehmen lassen, beim Tode dieses großen Mannes ihre Zugehörigkeit zur engen Gemeinschaft der Bürger von Safed zu demonstrieren. Sie hielten es für ihre Pflicht, die Trauer der Familie mitzutragen und sie fortan zu unterstützen.

Der in Laken gewickelte Leichnam Cordoveros wurde von seinen Söhnen getragen. Ihnen folgte Deborah, seine Frau, von Schmerz überwältigt. Sie glich einem alten, knorrigen Baum und wurde von ihren Nachbarinnen gestützt. Es folgten zahlreiche Prominente wie der alte Richter *Karo*, Cordoveros engste Freunde und neun seiner Schüler. Der Platz am Ende des Trauerzuges war genau das, was ihm jetzt zustand, dachte Chaim.

Am Rand der Stadt hielt der Trauerzug inne. Unmittelbar hinter dem steinernen Stadttor lag ein kleines Gebäude, wo die Trauerreden gehalten wurden. Doch wegen der vielen Menschen beschloss man, die Zeremonie draußen stattfinden zu lassen. Cordoveros Leichnam ruhte auf einem flachen Felsblock.

Die erste Rede hielt Richter Karo, der nicht nur wegen seines ehrwürdigen Alters von achtzig Jahren weit und breit großes Ansehen genoss. Seine Abhandlung über das jüdische Gesetz und die Art, wie er es anwendete, hatte ihn weit über Safed hinaus berühmt gemacht.

Gestützt von seinem sechzehnjährigen Sohn *Jehuda* stieg der alte Mann auf einen kleinen Hügel, von dem aus die Menge ihn gut sehen und hören konnte. Alle hielten den Atem an.

»Manchmal tritt ein Mensch in unser Leben, von dem wir schon im ersten Augenblick wissen: ›Er wird mein Leben verändern.‹ Als sei es gestern gewesen, erinnere ich mich daran, wie Cordovero, als er gerade achtzehn geworden war, bei mir anklopfte. Er stellte mir eine für ihn dringliche Frage zum jüdischen Gesetz. Die Frage selbst war nicht außergewöhnlich, doch die Getriebenheit, mit der er nach einer Antwort suchte, entfachte meine eigene Leidenschaft. Er wurde für zwei Jahre mein Schüler. Danach ging er seinen eigenen Weg. Die Antworten, die er in der Tora nicht fand, entdeckte er schließlich in der Kabbala. Als Mann der Wahrheit begnügte er sich nicht mit vagen Antworten. Jeder Mann stellt sich irgendwann die großen Fragen des Lebens: Wer bin ich? Warum bin ich? Was ist der Sinn des Lebens? Und was geschieht, wenn dieses Leben endet? Auf diese letzte Frage hat mein junger Freund nun leider viel zu früh eine endgültige Antwort gefunden. Cordovero, Kamerad, du warst so standhaft wie die *Lade*, in der wir die Tora aufbewahren und schützen. Safed ohne dich ist wie eine Synagoge ohne Lade. Du wirst mir fehlen! Oh mein Gott, nur der Schöpfer weiß, wie sehr du mir fehlen wirst!«

Dann schwieg er und schaute lange auf den stattlichen leblosen Körper, der vor ihm lag. Nur wer Karo sehr gut kannte, bemerkte den gebrochenen Blick seiner alten Augen. Mit bebender Stimme stimmte er ein Lied an; doch sein Gesang wurde jäh von einem herzzerreißenden Schrei der untröstlichen Witwe unterbrochen.

Es dauerte eine ganze Weile, bis ein zweiter Redner das Wort ergriff.

Plötzlich sah Chaim genau über dem Felsen, auf dem Cordoveros Leichnam lag, eine graue Wolke. Sein Herz stockte. Ihm kam Cordoveros Prophezeiung in den Sinn, dass sein Nachfolger sich durch eine Wolke offenbaren werde. Es schien, als sei er der Einzige, der die Wolke wahrnahm. Hatte Cordovero vielleicht doch ihn gemeint? Oder bildete er sich alles nur ein? Er zwang sich, seinen Blick von der Erscheinung abzuwenden, und konzentrierte sich stattdessen auf die Trauerreden, die nun folgten.

9 ייל Jod Jod Lamed: **Der Gott der Hingabe**

Chaim sah all die Männer an sich vorüberziehen, die in seinem Leben wichtig gewesen waren. Alle Kabbalisten der Stadt würdigten den großen Geist, dessen Wissen und dessen Glaube jedes menschliche Maß überstiegen. Karos Worte hatten jeglichen Anflug von Rivalität unter ihnen im Keime erstickt. Immer neue Menschen traten vor, um mit ihren eigenen Worten auszudrücken, was Cordovero für sie bedeutet hatte.

Chaim konnte sich nicht dazu durchringen, es ihnen gleichzutun. Die von vielen Tränen begleiteten Trauerbekundungen rauschten an ihm vorüber, während er mit seinen Gedanken ganz woanders war.

Nur Zimra, der Cordovero so scharf angegriffen hatte, nachdem dieser Chaim als seinen Schüler angenommen hatte, nutzte die Gelegenheit, sich in seiner Trauerrede geschickt als Nachfolger des Meisters ins Spiel zu bringen. »Nur ein wirklich großer Mann vermag die Lücke zu füllen, die Cordovero hinterlassen hat.«

Als die Söhne Cordoveros die Totenbahre ihres Vaters wieder aufheben wollten, trat plötzlich noch ein letzter Redner vor. Er stieg auf den kleinen Hügel. Im strahlenden Sonnenlicht stand ein Mann von kraftvoller Statur mit wehendem blondem Haar, der in ein blendend weißes Gewand gekleidet war. Ein erstauntes Raunen erhob sich. Das war doch Itschak Luria, jener ägyptische Pilger, der so viel Staub aufgewirbelt hatte, weil er Cordoveros Schüler werden wollte. Die Menge verstummte. Was wollte dieser Fremde all den bereits gesprochenen Worten denn noch hinzufügen? Für wie wichtig hielt er sich denn, dass er das Wort ergriff?

»Rabbi Cordovero hat uns am Freitagnachmittag im Alter von achtundvierzig Jahren verlassen«, begann Itschak selbstsicher.

Chaim war zutiefst erschüttert, als ihm plötzlich klar wurde, dass er Cordovero erst am Freitagabend einen Besuch abgestattet hatte. Er erinnerte sich an die weinende Frau des Meisters, an das stundenlange Warten auf dem Gang, das heftige Schluchzen, das er gehört hatte, und den unnatürlich tiefen Schlaf Cordoveros, als Chaim die Schlafkammer betrat. Aber er hatte doch mit ihm gesprochen! Und Cordovero hatte ihn einen Toren genannt und ihm befohlen, Itschak aufzusuchen! Wie konnte er zu diesem Zeitpunkt schon tot gewesen sein?

»Cordovero hat allen menschlichen Egoismus überwunden. Niemand führte ein demütigeres Leben als er. Doch warum müssen wir heute von einem Mann Abschied nehmen, der sich von allen irdischen Sünden befreit hat?«

Joschua stieß Zimra an und zischte: »Was glaubt er denn, wer er ist? Der Messias?«

»Die einzige Erklärung, die das Unrecht seines Todes für uns erträglich macht, ist, dass er wegen der Erbsünde des ersten Menschen, um *Adams* willen, gestorben ist. Cordovero hatte seine Aufgabe auf Erden vollbracht. Der Mensch ist eine in einen Körper gekleidete Seele. Cordovero hat seine Kleidung abgelegt, aber seine nackte Seele setzt ihre unendliche Reise fort. Vielleicht werden seine Schriften eines Tages ihren Glanz verlieren, doch sein Leben wird uns immer inspirieren. Cordovero hat uns die Welt der Verzweiflung enthüllt. Nun ist die Zeit für einen Mann gekommen, der die Welt der Harmonie offenbart.«

In den hinteren Reihen wurde gezischelt, dieser blonde Prophet solle besser den Mund halten. Itschak gab den Söhnen Cordoveros durch ein Nicken zu verstehen, dass er seine Rede beendet hatte. Man hätte eine Stecknadel fallen hören können. Eines war sicher: Über diese Angelegenheit würde sich nach der Bestattungsfeier noch mancher das Maul zerreißen.

Der lange Zug setzte sich erneut in Bewegung und folgte dem felsigen Pfad, der zur Begräbnisstätte hinabführte. In der heißen Sommersonne war dies äußerst beschwerlich. Der alte Karo schlurfte Schritt für Schritt weiter, und der übrige Zug passte sich seinem Tempo respektvoll an. Das ganze Tal war vom leisen Murmeln der Psalmen erfüllt, die die Trauernden rezitierten. So gelangte der Zug erst nach einer Stunde zu dem Felsen, an dem bereits eine Grube ausgehoben worden war. Man hatte einen Platz zwischen den Gräbern der angesehensten Rabbis ausgesucht, der von hohen Bäumen beschattet wurde. Doch Itschak sorgte erneut für Aufruhr.

»Halt!« rief er. »Dies ist nicht der Platz, an dem er begraben werden soll.«

Viele unterdrückten nur mit großer Mühe den Drang, Itschak zum Schweigen zu bringen. Aus Respekt vor der tiefen Trauer der Familie bezwangen sie ihren Unmut.

»Sieht denn außer mir niemand, was ich sehe?«, fragte Itschak. Er erntete nur misstrauische und böse Blicke. Schließlich beendete Chaim das feindselige Schweigen.

»Ich habe es auch gesehen.«

»Dann sag' es, Chaim«, erwiderte Itschak. »Erzähle, was du gesehen hast.«

»Als Karo seine Rede hielt, sah ich hoch über Cordovero eine Wolke«, murmelte Chaim.

Jetzt war das Maß voll. Vor allem für die Schüler von Cordovero. Schockiert über den plötzlichen Tod ihres Meisters, hatte keiner von ihnen auch nur einen Moment an dessen Vorhersage gedacht. Doch nun wurden sie schlagartig aus ihrer Betäubung gerissen, und ihre Ambitionen erwachten wieder. Ganz offensichtlich versuchte Chaim, die Führung an sich zu reißen. Das durften sie sich nicht gefallen lassen. Doch bevor sie reagieren konnten, rief Itschak:

»Schaut nur! Seht ihr die graue Wolke genau über dem Leichnam? Dies ist eine Ehrenbezeugung des Schöpfers, die in jeder Generation nur einem oder zwei Menschen zuteil wird. Sie ist ein Zeichen, das Cordoveros Größe bestätigt.«

Alle schauten empor und wollten ihren Augen nicht trauen, doch tatsächlich schwebte genau über dem Leichnam eine graue Wolke.

»Diese Wolke ist dem Leichnam Cordoveros schon gefolgt, als er noch in der Stadt war, und sie hat ihn nicht einen einzigen Augenblick verlassen«, erklärte Itschak feierlich.

Das verblüffte Schweigen schlug in ein heftiges Geschrei um, und sowohl Itschak als auch Chaim mussten sich zahllose Vorwürfe und Beleidigungen gefallen lassen. Es fehlte nicht viel, und sie wären mit Steinen beworfen worden, die einige Hitzköpfe schon drohend in ihren Händen hielten. Da hob Karo seine zitternden Arme. Die erregten Gemüter beruhigten sich wieder, und alle warteten darauf, was der Richter zu sagen hatte.

»Es ist wahr, dass über Cordoveros Leichnam eine Wolke schwebt«, stellte er fest und ergänzte laut und deutlich: »Diese Wolke bewegt sich jetzt weiter, und mir scheint, wir sollten ihr folgen.« Niemand wagte es, Karo zu widersprechen. Die Söhne luden die Totenbahre erneut auf ihre Schultern, und die Trauernden setzten sich murrend in Bewegung. Aller Augen waren auf die Wolke gerichtet.

Eine Viertelstunde später kam die Wolke zum Stillstand. Einen Augenblick lang leuchtete sie hell in einem Kranz aus goldenem Licht auf.

»An dieser Stelle möchte Cordovero begraben werden«, erklärte Itschak.

Alle blickten Karo an. Auch er hatte das Aufleuchten gesehen. Mit einem Nicken pflichtete er Itschak bei.

Die Totengräber begannen, eine Grube auszuheben. Die Totenbahre stand auf einem Felsen, von dem aus man einen phantastischen Blick auf den Berg *Meron* hatte, wo Schimon bar Jochai begraben lag. Dieser Standort würde die beiden überragenden Größen der Kabbala auf ewig miteinander verbinden, nur durch ein Tal aus Zeit und Raum getrennt.

Noch bevor Cordovero an diesem Ort seine letzte Ruhe gefunden hatte, schmiedeten viele bereits Pläne, wie bei der Wahl des Nachfolgers doch noch ein Wörtchen mitzureden war. Keinesfalls durfte zugelassen werden, dass Chaim diesen Platz einnahm, denn er stand ihm nicht zu – oder, was noch schlimmer wäre, dieser merkwürdige Fremde. In aller Stille hatte der Kampf um die Nachfolge des Kabbala-Lehrers begonnen.

Chaim selbst verspürte nur eine Art innerer Ruhe, hervorgerufen durch die seltsamen Ereignisse der letzten Tage. Auf unerklärliche Weise hatte alles seinen Sinn und seine Bedeutung gehabt. Was das allerdings für seine eigene Zukunft bedeutete, war ihm nicht klar. Doch erfüllte ihn erstmals der unerschütterliche Glaube, dass sein Leben gelenkt wurde.

Noch lange nachdem der letzte Stein auf das Grab gelegt worden war, saß er gegen einen Baum gelehnt neben der letzten Ruhestätte seines Meisters.

TEIL II

Safed 1570. Sommer, sieben Tage später
(jüdische Zeitrechnung: 5330)

10 מלה Mem Lamed Heh: **Der Gott, der sein Licht verbreitet**

Nach siebentägiger Trauer um Cordovero erwachte Chaim am Morgen des achten Tages um zwei Uhr. Ihm war, als würde er gerufen. Er wusch sich, kleidete sich an und ging durch die dunklen Straßen zur Synagoge. Wie gewöhnlich schloss er die Tür auf, betete und zündete dann die Kerzen an. Nach dem Gebet betrat er den Unterrichtsraum, in dem er die Weisheit seines Meisters empfangen hatte. Still und trostlos lag der Raum da. Jegliche Beseelung schien sich verflüchtigt zu haben – so wie das Wasser aus den Feuchtigkeitsflecken im gebrannten Kalk an den Wänden herausgetrocknet war. Chaim setzte sich auf seinen gewohnten Platz und schlug den Sohar auf. Er setzte sein Studium an der Stelle fort, wo er vor über einer Woche aufgehört hatte.

»Chaim?«

Er schaute auf, sah Itschak vor sich stehen und wunderte sich überhaupt nicht darüber. Ihm war, als sei diese Begegnung schon in den Lebenslinien seiner Handfläche vorgezeichnet gewesen. Itschak setzte sich, und Chaim bereitete ihm eine Tasse Kaffee zu, so wie er es immer für Cordovero getan hatte. Sie schwiegen lange. Dann begann Itschak mit leiser Stimme zu erzählen. So leise, dass Chaim dicht an ihn heranrücken musste, um jedes Wort zu verstehen.

»Vor ungefähr vier Monaten war ich noch in Kairo. Ich wohnte ganz allein in einem schönen, abgelegenen Haus auf einer Insel, Jazirat al-Rawda, mitten im Nil. Meine Frau und Francesa wohnten in der Stadt. Sieben Jahre lang sahen sie mich nur am Schabbat. Um meine Konzentration nicht zu stören, besprach ich mit Sarah nur das Allernötigste, und auch dabei verlor ich möglichst wenige Worte. An allen anderen Tagen widmete ich mich Tag und Nacht meinem Studium. Ich bahnte mir einen Weg durch die vielen Seiten. Es war, als müsste ich eine Geheimsprache entziffern. Manchmal vertiefte ich mich eine ganze Woche lang in einen einzigen Absatz des Sohar und bettelte und flehte darum, diese wenigen Zeilen wirklich zu verstehen. Ich analysierte die zweiundzwanzig hebräischen Buchstaben, die Gott mit seinem Atem in unser Herz eingepflanzt hat. Ich wandelte auf all den Pfaden der Weisheit, die diese Buchstaben im Grunde sind. Bis zur Erschöpfung berechnete ich ihren Zahlenwert, den Zusammenhang und den Kontext, in dem Gott sie in der Tora diktiert hatte. Es war ein Auftrag meines Herzens, dem ich wider besseres Wissen folgen musste. Ich war überzeugt, dass es mir gelingen würde, die geheime Bedeutung zu entschlüsseln und dieses Wissen für die ganze Menschheit zu erschließen.«

»Wovon hast du denn gelebt?«, fragte Chaim.

Itschak hob beschwörend seine Arme.

»Ohne Sarahs Verständnis wäre es mir nie gelungen. Sie unterstützte meine Mission, indem sie mir völlige Freiheit ließ. Sarah entpuppte sich als erstaunlich gute Händlerin. Sie machte aus meinem bescheidenen Marktstand für Pfeffer und Getreide ein exklusives Handelshaus, wo es Gewürze und Kräuter zu kaufen gab, die sonst nirgends erhältlich waren. Sie trieb Handel mit Kaufleuten aus aller Herren Länder. Glücklich ist der Mann, der unter den unzähligen Menschen seine Seelengefährtin trifft.«

Chaim sah Itschaks schöne Frau wieder vor sich. Sie war anders als alle Frauen, die er je kennengelernt hatte. Ein Mann, der eine Frau wie sie an seiner Seite hatte, konnte es mit der ganzen Welt aufnehmen. Trübselig dachte er daran, dass er selbst noch nie ein Mädchen geküsst hatte.

»Warum seid Ihr nach Safed gezogen? Ihr hattet doch in Ägypten alles, was Ihr brauchtet«, fragte Chaim.

»Das dachte ich auch, ja. Doch eines Tages, vor genau vier Monaten, gab es einen sintflutartigen Wolkenbruch. Ich war es gewöhnt, mich von nichts ablenken zu lassen. Doch das Wasser prasselte mit solcher Kraft auf das Dach meines Hauses, dass es einstürzte. Als ich ins Freie flüchtete, sah ich, dass die Insel von dem wirbelnden Wasser verschluckt wurde. Ich lief zum Strand, um mein Boot zu suchen, doch die Wellen hatten es zu Kleinholz zerschlagen. Bruchstücke meines Hauses flogen umher. Ich hatte keine andere Wahl, als mich in die schäumenden Wogen zu stürzen und gegen den Strom zu schwimmen. Es donnerte und blitzte, und ich wurde vom Wasser in die Tiefe gezogen, wie ein Stück Treibholz hin- und hergeworfen und schließlich von einer riesigen Welle ans Ufer gespült. Nachdem ich wieder zu mir gekommen war, humpelte ich durch die Stadt und suchte Sarah und Francesa. Glücklicherweise waren sie in Sicherheit, und ich konnte ruhigen Gewissens zur Synagoge gehen, denn mir war, als würde ich dorthin gerufen.«

Genauso wie ich heute Morgen hierherkommen musste, dachte Chaim.

»Es war, als sei die Sintflut ausgebrochen, um mich zur Synagoge zu führen. Doch dort war niemand. Ich betete. Als ich mein Gebet beendet hatte, spürte ich eine Hand auf meiner Schulter. Ich drehte mich um, und dort stand ein alter Landstreicher.

Sein Gesicht war bis zur Unkenntlichkeit verwittert, und er war blind. Trotzdem erkannte ich ihn sofort. Es war der Mann, der mir fünfundzwanzig Jahre früher den Weg zur Kabbala gewiesen hatte. Ich wusste, dass er mir auch jetzt, obwohl er blind war, wieder den Weg weisen würde.«

»Schalom, alter Mann, es ist lange her, dass ich Euch sah. Wo seid Ihr gewesen?«

»Ich bin gerade aus Safed zurückgekehrt. Das liegt nicht weit vom *See von Tiberias* entfernt. Hast du schon davon gehört?«

»Ja, das ist die Stadt der Kabbalisten in Galiläa. Ich habe alle Bücher von Rabbi Cordovero studiert. Er ist doch der angesehenste Lehrer der Kabbalisten in Safed?«

»Trotz deiner selbst gewählten Verbannung bist du gut informiert. Safed ist eine heilige Stadt. Sie liegt auf einem Berg, wie ein Nest geborgen, eine wahre Brutstätte für Gedanken und Ideen. Die Stadt ist von einem leuchtenden Kreis aus Licht umgeben. Und selbst die Luft ist dort so ätherisch, dass sie alle Schwere aus Kopf und Gemüt vertreibt. In Safed werden große Dinge geschehen, Dinge, die Himmel und Erde verändern werden. Das Licht aus Safed wird die ganze Welt erhellen. Kennst du Chaim Vital?«

Chaim schlug das Herz bis zum Halse. Das war nicht möglich! Ein alter Mann in Ägypten hatte über ihn gesprochen? Wer sollte das denn sein? Ob es einer der vielen Pilger gewesen war, die Chaim nie beachtet hatte?

»Ich hatte noch nie von dir gehört, Chaim«, fuhr Itschak fort, »doch der alte Mann erklärte mir, du würdest in meinem Leben eine sehr wichtige Rolle spielen. Er sagte: ›Deine Tage hier in Ägypten sind gezählt. Es ist an der Zeit, deine Sachen zu packen. Begib dich mit deiner Familie so schnell wie möglich nach Safed. Du wirst dort erwartet. Lange genug hast du allein studiert, nun musst du dein Wissen mit anderen teilen.‹

Ich wusste, dass ich keine andere Wahl hatte, gab dem Alten

ein Almosen und verließ die Synagoge. Doch dann eilte ich noch einmal zurück und rief: ›Wer hat Euch zu mir geschickt?‹

Der alte Mann war wie vom Erdboden verschluckt. So wie er schon vor fünfundzwanzig Jahren spurlos aus meinem Leben verschwunden war. Natürlich war meine Frage dumm gewesen!«

Itschak lachte und schlug den Sohar auf.

»Sollen wir hier anfangen?«

Und so begann Chaims erste Unterrichtsstunde bei Itschak. Das unergründliche Wirken des Universums hatte diese beiden Männer zusammengeführt. Als sei die ganze Kette der Geschehnisse einem festen Plan gefolgt – angefangen von dem Unwetter in Ägypten über den Tod Cordoveros bis hin zu der inneren Stimme, die beide am Morgen dieses Tages um drei Uhr in die Synagoge getrieben hatte. Der Schöpfer selbst musste dies gerichtet haben. Der Lehrer hatte seinen Schüler gefunden.

Chaim wollte Itschak gerade mit unzähligen Fragen überhäufen, als draußen das Geräusch von Schritten erklang. Dann wurde die Tür mit einem Ruck aufgerissen, Joschua stand da und schaute die beiden mit einem breiten Grinsen an.

»Dachte ich es mir doch, dass du mit deinem ägyptischen Freund unter einer Decke steckst«, rief Joschua triumphierend. »Nach eurer geschmacklosen Scharade während Cordoveros Begräbnis war das ja nicht anders zu erwarten. Was für ein billiger Trick, auf diese Weise zu versuchen, Euch als Nachfolger unseres Meisters einzuschleichen. Aber ich werde das nicht auf sich beruhen lassen, Brüderchen. Ich werde mich persönlich bei Richter Karo dafür verwenden, dass ihr als Scharlatane entlarvt werdet, die die Kabbala entweihen.«

Noch bevor Chaim oder Itschak etwas darauf erwidern konnten, hatte Joschua die Tür schon wieder zugeschlagen und mit lautem Getöse die Synagoge verlassen.

Am Abend suchte Chaim alle seine ehemaligen Mitschüler auf. Er wollte ihnen von seiner Begegnung mit Itschak berichten: dass Cordovero ihn zu Itschak geschickt hatte, dass der Vorfall mit der Wolke Itschak ohne jeden Zweifel als ihren neuen Lehrer ausweise und dass sie ihm unbedingt eine Chance geben mussten.

Sogar an seinem Arbeitsplatz hatte er nicht an sich halten können. Während der ganzen Mittagspause sprach er mit einer Leidenschaft über Itschak, als hätte er sich bis über beide Ohren in ihn verliebt. Dass Itschak offenbar Chaims Gedanken lesen konnte, beeindruckte die Arbeitskollegen ganz besonders.

»Er spricht deine Gedanken aus, bevor du sie selbst gedacht hast!«

»Ist er eine Art Hellseher?«, hatte Abraham, sein Brotherr, misstrauisch gefragt.

»Nein, aber er sieht die Wirklichkeit so, wie sie ist«, erklärte Chaim voller Begeisterung. »Menschen sind für ihn ein offenes Buch. Er sieht, wer du wirklich bist, was du brauchst, warum du hier bist. Als würde er alles registrieren, was in seiner Umgebung geschieht.«

»Dann soll er einmal zu uns kommen«, lachte Ruth, eine schielende, korpulente Frau. »Ich frage mich jeden Tag, warum ich hier bin. Ich mache alles sauber, und ihr bringt sofort alles wieder in Unordnung.«

Im Laufe des Tages kam ein Kollege nach dem anderen zu Chaim und fragte, ob Itschak auch einzelnen Rat gebe. Chaims Geschichte hatte sie neugierig gemacht und lange vergessene Träume wieder aufleben lassen. Das Leben musste doch mehr beinhalten als den bloßen Broterwerb. Sie alle hatten einmal das Bedürfnis verspürt, sich aus ihrem engen Dasein zu befreien. Doch sie waren in der Wirklichkeit ihres kleinen Lebens gefangen und fanden nicht mehr aus ihr heraus. Vielleicht würde dieser Ägypter ihnen ja ein Fenster öffnen, einen neuen Ausblick auf eine sinnvollere Existenz.

Bei seinen Mitstudenten erwiesen sich Chaims Bemühungen als weniger erfolgreich. Im Gegenteil, ihm wurden alle Türen vor der Nase zugeschlagen. Niemand war bereit, sich auf ein Gespräch mit ihm einzulassen. Untereinander hatten sie mittlerweile wegen der Nachfolge Cordoveros regen Kontakt gepflegt. Da sie damit gerechnet hatten, dass Chaim sich selbst als Nachfolger ausgeben oder seinen neuen ägyptischen Freund für diese Aufgabe empfehlen würde, hatten sie schon längst einen Gegenangriff vorbereitet. Chaim war nun ihr erklärter Feind. Die neun Männer hatten ihre Streitigkeiten untereinander vorerst beigelegt und eine gemeinsame Front gebildet.

Zuallererst ging Chaim zu Joschua. Ihm war, als hätte er Blei in den Schuhen. Er suchte seinen Halbbruder in dessen Silberwarengeschäft auf, wo die prachtvollsten Werkstücke in den Auslagen funkelten. Die Bewohner von Safed investierten ihr Geld gern in die schönen Dinge, die Joschua mit kundigen Händen fertigte. Alle Stücke, die Joschua verkaufte, waren handgefertigte Unikate. Wer es sich leisten konnte, sein Haus und seine Frau mit diesen kunstvollen Silberarbeiten zu schmücken, bewies dadurch seinen Erfolg und Wohlstand.

Als Chaim eintrat, legte Joschua, der lesend hinter der Ladentheke saß, sein Buch zur Seite und erhob sich. Er lachte, und sein goldenes Gebiss blitzte auf.

»Womit kann ich dir dienen, Chaim«, fragte er zuckersüß. »Brauchst du vielleicht eine silberne Hundekette, damit dein ägyptisches Herrchen dich an der Leine herumführen kann?«

»Ich möchte mit dir reden, Joschua. Ich kann verstehen, dass du keine besonders hohe Meinung von Itschak hast. Bis vor einer Woche ging es mir genauso.«

»Bis du die Chance erkannt hast, dich mit ihm zu verbrüdern?«

»Welchen Vorteil hätte das für mich, Joschua?«

»Vielleicht, dass du dann wieder den Lieblingsschüler deines Lehrers spielen könntest oder seinen treuesten Anhänger? Oder um sein Assistent oder Nachfolger werden zu können – so wie du dir schon dein Leben lang einen Weg nach oben leckst.«

Chaim schwieg. Er wusste, dass Joschua so über ihn dachte. In ihrem Kummer über den Tod ihres Vaters waren sich die Brüder für kurze Zeit nähergekommen. Joschua hatte sich damals dazu verleiten lassen, Chaim den Weg zur Kabbala zu eröffnen. Doch dass Chaim so viel schneller Fortschritte gemacht und einen Lehrer nach dem anderen für sich eingenommen hatte, nagte an ihm.

Allerdings musste Chaim zugeben, dass sein Bruder nicht völlig Unrecht hatte. Er selbst machte keinen Hehl aus seinem Ehrgeiz. Doch in der augenblicklichen Situation ging es ihm tatsächlich nur darum, auch Joschua die Weisheit Itschaks nahezubringen. Dieser würde staunen, wenn er erst einmal an Itschaks Unterricht teilnahm. Chaim konnte sich keinen geeigneteren Nachfolger Cordoveros als ihn vorstellen.

»Wir haben unseren eigenen Kandidaten, lieber Bruder«, sagte Joschua.

»Wen denn?«

»Den Einzigen, dem dies zusteht: Zimra.«

»Zimra?«, rief Chaim überrascht aus. »Aber dieser Mann reicht Itschak doch nicht einmal bis zum Fußknöchel.«

»Wir haben einstimmig bei Richter Karo für seine Ernennung plädiert. Er wird ein weises Urteil fällen, wie wir es von ihm gewöhnt sind. Und nun muss ich dich bitten, meinen Laden zu verlassen. Ich habe noch einiges zu erledigen. Als Geschäftsinhaber ist man nicht wie du um fünf Uhr mit der Arbeit fertig.«

Verblüfft verließ Chaim den Laden. Cordovero würde sich im Grabe umdrehen, wenn er das alles wüsste, dachte er missmutig.

12 ושר Vav Sajin Resch: **Der Gott, der sich an alles erinnert**

Chaim schlenderte durch die Gässchen von Safed. Er war zu unruhig, um nach Hause zu gehen. Plötzlich stand er vor dem Hause Itschaks. Durfte er seinem neuen Meister spontan einen kurzen Besuch abstatten? Oder war das zu aufdringlich? Er konnte der Versuchung nicht widerstehen, den Zug der Türglocke zu betätigen.

Im nächsten Augenblick öffnete sich das große weiße Portal, und Sarah lächelte ihn freundlich an.

»Ich habe dich schon erwartet. Du isst doch mit? Wir haben schon für dich gedeckt.«

»Komme ich nicht ungelegen?«

»Ein Freund kommt nie ungelegen. Und wir haben heute Abend noch mehr Besuch.«

Aus dem Esssaal ertönte Francesas helles Mädchenlachen.

»Ja, so eigensinnig war dein Vater«, hörte Chaim eine bekannte Männerstimme, die gleich darauf in lautes Gelächter ausbrach. Als Chaim eintrat, verstummte das Lachen abrupt. Zimra schaute ihn offen an.

»Dort kommt die Ursache meines Unglücks«, rief Francesa fröhlich. »Darf ich vorstellen, dies ist Rabbi Zimra.« Sie sah entzückend aus. Ihr eng anliegendes cremefarbenes Kleid akzentuierte ihre noch nicht voll erblühte Weiblichkeit auf atemberaubende Weise.

»Wir kennen uns schon, Mädchen«, sagte Zimra und streckte Chaim seine riesige Hand entgegen.

Zögernd erwiderte Chaim den Händedruck.

»Woher kennt ihr euch?«, fragte Sarah.

»Chaim war mein Schüler«, antwortete Zimra schnell.

»Was für ein Zufall! Dann habt Ihr sowohl meinen Vater als auch Chaim unterrichtet«, rief Francesa verwundert aus.

»Ich wusste nicht, dass Ihr mit Itschak bekannt seid«, sagte Chaim reserviert. Er wusch sich die Hände und setzte sich Zimra gegenüber an den Esstisch. Chaim war klar, dass Zimra ihn verabscheute, seit er dessen Platz in Cordoveros Kreis eingenommen hatte. Doch nun gab Zimra sich ihm gegenüber betont freundlich. Sarah schenkte den beiden Männern Wein ein, und das dunkelhäutige Dienstmädchen trug einen üppigen Salat auf.

»Kommt Itschak etwa nicht zum Essen?«, fragte Zimra in tadelndem Ton. »Als guter Jude kann er es doch wohl nicht zulassen, dass seine beiden Schmuckstücke allein mit zwei fremden Männern dinieren!«

»Er ist noch mit seinen Studien beschäftigt«, antwortete Sarah.

Zimra zog seine dicken schwarzen Augenbrauen hoch.

»Schade«, sagte er nachdenklich. Nach einer langen Pause fuhr er wohlgemut fort: »Jammerschade, dass er diese wunderbare Vorspeise verpasst. Sie ist köstlich!« Er steckte sich ein großes Salatblatt in den Mund und wandte sich kauend Francesa zu.

»Offenbar hat sich dein Vater überhaupt nicht verändert. Auch damals war er ständig in die Bücher vertieft.«

Angeekelt beobachtete Chaim, wie Zimras Mund mit einem schmatzenden Geräusch auf- und zuklappte.

»Ich kenne Itschak aus der Zeit, als ich noch in Ägypten wohnte, Chaim«, erklärte Zimra ungeniert. »Ich werde nie vergessen, wie der kleiner Itschak – höchstens vierzehn Jahre war er alt, sah aber aus wie zwölf – das erste Mal zu mir kam. Er sagte: ›Rabbi Zimra, ich möchte, dass Ihr mir die Kabbala erklärt.‹ So ein kleiner Kerl, der noch kein einziges Barthaar hatte!«

Francesa lachte. Chaim ärgerte sich, weil es so aussah, als fände sie Zimra sympathisch. Doch aus Höflichkeit stimmte er in das Gelächter ein.

»›Du willst die Kabbala studieren‹«, schilderte Zimra den Fortgang jenes Gesprächs, während er zwischen seinen Zähnen eine Tomate zermahlte. »›Mir ist klar, dass Ihr mich für viel zu jung haltet, doch ich kann nicht mehr warten. Bitte gebt mir eine Chance.‹ Der kleine Kerl rührte mich, weil er so ehrlich fragte. Ich beschloss, ihm eine Chance zu geben, damit er selbst einsah, dass er besser noch ein paar Jahre warten und dann wiederkommen würde. Um ihn auf die Probe zu stellen, fragte ich ihn, warum am Eingang des *Felsendoms* in *Jerusalem*, wo einst der *Tempel des Königs Salomo* gestanden hatte, zwei Vögel abgebildet seien. Das war natürlich eine Fangfrage, aber Itschak antwortete ohne zu zögern: ›Um Frauen zu warnen, ihre Männer nicht zu törichten Taten herauszufordern.‹«

»Wieso?«, fragte Francesa.

Zimra hatte auf diese Frage nur gewartet und machte sich genüsslich daran, das junge Mädchen mit seinem Wissen zu unterhalten.

»König Salomo«, dozierte er, »war so weise, dass er die Sprache der Tiere verstehen konnte. Eines Tages hörte er, wie ein Vogelmännchen zu seinem Weibchen sagte: ›Siehst du diesen Mann dort, das ist der König. Er glaubt, dass er mächtig ist, aber ich kann mit einem einzigen Flügelschlag seinen berühmten Tempel umwerfen.‹ – ›Bist du wirklich so stark?‹, fragte das Weibchen bewundernd. ›Dann beweise es mir.‹ Daraufhin winkte König Salomo das Vogelmännchen zu sich heran und fragte es, warum es so dick auftrage. Der kleine Vogel zitterte und antwortete, er versuche nur, seine Frau zu beeindrucken. Nachdem er zu ihr zurückgeflogen war, fragte sie ihn: ›Was wollte der König von dir?‹ – Er antwortete: ›Der König hat sich meine Drohung angehört und mich angefleht, von meinen Plänen Abstand zu nehmen.‹ Daraufhin verwandelte Salomo die Vögel in Stein und stellte sie vor den Eingang seines Tempels als Warnung davor, aus falschem Stolz heraus Frauen imponieren zu wollen.«

Rabbi Zimra schlug sich lachend auf die Knie. Grüne Salatfetzen spritzten aus seinem Mund.

»Und das hat dein Vater gewusst«, sagte er und griff nach Francesas Hand. »Mir verschlug es die Sprache. Ich versuchte zu verbergen, wie sehr er mich beeindruckt hatte. Ich sagte, seine Antwort sei gar nicht so schlecht gewesen, doch ich würde ihn erst unterrichten, wenn er einen Bart hätte. Drei Wochen später stand er wieder da und präsentierte mir stolz einen kleinen Flaum auf seinem Kinn!«

Francesa schenkte Zimra ein Lächeln und entzog ihm beiläufig ihre Hand.

»Ja, ja, dieser Itschak«, fuhr Zimra fort. »An Selbstvertrauen mangelte es ihm ganz bestimmt nicht. Eines Tages kam er zu mir und sagte: ›Meister, in Eurem Unterricht sitzen drei Itschaks.‹ – ›Ja und?‹, fragte ich. – ›Von diesen dreien werde ich der größte Lehrer werden.‹ Ich bin gespannt, ob er sich daran noch erinnert. Jetzt möchte ich ihn aber sehen, Sarah. Seit ich ihn das letzte Mal gesprochen habe, sind fünfzehn Jahre vergangen. Nun mach schon! Wo bleibt dein Mann denn nur?«

»Er studiert, Rabbi Zimra, und ich störe ihn dabei nie. Vielleicht kommt er ja später noch …«

»Vielleicht aber auch nicht«, beendete Francesa den Satz.

»Ach komm schon«, fuhr Zimra verärgert fort. »Schließlich bin ich sein Lehrer! Er wird von mir heute Abend mehr lernen als aus seinen Büchern. Ich habe wichtige Neuigkeiten für ihn. Ich werde ihn weiter unterrichten … falls er immer noch so brillant ist, wie ich ihn in Erinnerung habe.«

Das Dienstmädchen räumte die Teller ab. Chaim warf Sarah einen raschen Blick zu. Er fragte sich, wie sie Zimras Angebot aufnehmen würde. Doch ihr Gesicht ließ nichts erkennen. An ihrem freundlichen Ausdruck hatte sich nichts geändert.

»Hat es geschmeckt?«, fragte sie.

»Als ob mir ein Engel auf die Zunge gepinkelt hätte«, antwortete Zimra lachend und ließ seinen runden Bauch wackeln, bis er nach Luft schnappen musste.

»War Chaim denn auch ein brillanter Schüler, Rabbi?«, fragte Francesa.

Zimra verschluckte sich am Wein und hustete.

»Chaim«, wiederholte Zimra bedächtig. »Da fragst du mich was.«

»Ihr macht mich neugierig«, ermunterte Francesa ihn. Inzwischen stellte das Dienstmädchen eine ganze Palette von Schalen mit aromatisch duftenden Gerichten auf den Tisch.

»Das habe ich lange nicht mehr gehabt, Sarah. Eine gute ägyptische Mahlzeit. Itschak hat mit dir das große Los gezogen.«

»Die Freunde meines Mannes sind auch meine Freunde, Rabbi Zimra. Aber erzählt doch. Auch ich bin neugierig zu hören, was Chaim für ein Schüler war.«

Verzweifelt suchte Chaim nach einer Möglichkeit, diese peinliche Situation abzuwenden. Ihn wunderte ohnehin, dass Zimra ihn bisher geschont hatte. Ein unglücklicher Zufall hatte sie hier zusammengeführt, und sie hatten beide nach Kräften versucht, ihre Vergangenheit Vergangenheit sein zu lassen. Die Damen ahnten natürlich nichts von dem tiefen Groll, den Zimra Chaim gegenüber hegte.

»Was ist das?«, fragte Chaim und deutete auf eine der Schalen.

»Ful Mudammas, ein Bohneneintopf. Sehr lecker mit etwas Brot«, antwortete Sarah.

»Schaut«, begann Zimra, während er eine große Portion Bohnen zerkaute, »ich will nicht länger um den heißen Brei herumreden. Die Schüler Cordoveros haben vorgeschlagen, dass ich ihr neuer Lehrer werde. Wie er möchte ich genau zehn Schüler haben und mit ihnen mein Wissen teilen. Diese zehn Schüler symbolisieren die zehn Intentionen des Lichts, die Emanationen Gottes. Natürlich ist in diesem Rahmen kein Platz für Chaim. Sein kleines Licht ist nicht in der Lage, dem Göttlichen Ausdruck zu geben. Deshalb bin ich hier.«

Ein unbehagliches Schweigen breitete sich aus. Erst jetzt wurde Sarah klar, dass das Zusammentreffen dieser Gäste problematisch sein könnte. Chaim sagte nichts. Er tat, als sei er vollauf damit beschäftigt, das Bohnenpüree auf seinem Brot zu verteilen. Nur Francesa behielt ihre natürliche Leichtigkeit.

»Wenn ich Euch richtig verstanden habe, Rabbi Zimra, seid Ihr gekommen, um meinen Vater zu fragen, ob er wieder Euer Schüler werden will«, erklärte sie kichernd.

»Ich halte es nicht für angemessen, derartige Dinge mit seiner nicht einmal geschlechtsreifen Tochter zu besprechen«, entgegnete Zimra scharf und warf seine Gabel auf den Teller. »Sarah, ich habe lange genug gewartet. Nun hole endlich deinen Mann!«

»Rabbi Zimra, ich empfange Euch mit allen Ehren, wie es einem früheren Lehrer Itschaks gebührt und wie Itschak es von mir erwartet. Wenn unsere Gesellschaft Euch nicht genügt, respektiere ich das. Ich hoffe dennoch, dass Ihr das Mahl mit uns fortsetzen werdet.«

Chaim staunte über Sarahs diplomatisches Geschick. Mit größter Zuvorkommenheit und Freundlichkeit hatte sie die Regeln des Hauses klargestellt.

»Guten Appetit, Rabbi Zimra«, sagte Francesa.

Zimra schaute sie wütend an.

»Dann sei wenigstens du eine gehorsame Tochter, und hole deinen Vater«, fuhr er sie an und holte mit einer Hand zu einer Ohrfeige aus.

Ohne nachzudenken, fing Chaim Zimras Arm in der Luft ab und sagte drohend: »Rabbi Zimra, jetzt geht Ihr zu weit. Wenn man im Hause eines anderen zu Gast ist, respektiert man dessen Regeln. Es ist ungehörig, diese beiden Damen so einzuschüchtern. Ihr solltet Euch dafür entschuldigen.«

»Was glaubst du eigentlich, wer du bist, dass du dir herausnimmst, so mit mir zu reden? Ein Niemand! Ein Intrigant. Aber mit deinen Spielchen ist jetzt Schluss, junger Mann. Du wirst nirgends mehr zum Zuge kommen. Dafür werde ich sorgen.«

Zimras Kopf war feuerrot angelaufen. Seine Lunge pfiff wie ein Blasebalg. »Und du, Sarah, kannst deinem Mann etwas ausrichten. Ich werde dafür sorgen, dass nicht ein einziger Lehrer in Safed ihn als Schüler annehmen wird. Wer einem früheren Meister keine Ehrerbietung erweist, ist keines Lehrers würdig. Guten Abend.«

Er stolzierte zur Tür, stolperte jedoch über eine Stufe. Sarah half ihm auf und begleitete ihn ruhig zum Ausgang, während er sich hastig entfernte.

»Weshalb verlassen bloß alle Männer im Laufschritt unser Haus?«, fragte Francesa und warf Chaim einen schelmischen Blick zu. »Wenn das so weitergeht, finde ich nie einen Ehemann!«

»Ich glaube, darüber brauchst du dir keine Sorgen zu machen, Francesa«, antwortete Chaim etwas verlegen.

Francesa blickte ihn mit großen unschuldigen Augen an, spießte mit ihrer goldenen Gabel eine Kichererbse auf und schob sie sich ganz langsam in den Mund. Die Erbse verschwand zwischen ihren vollen Lippen. Während sie den Blick auf Chaim ruhen ließ, zerkaute sie langsam die Erbse. Dann ließ sie die Gabel auf den Boden fallen und bückte sich gleichzeitig mit Chaim, um sie aufzuheben. Die Hände beider berührten sich, und Chaims Blick wurde wie magnetisch von den runden Formen des Mädchens, die sich unter dem Kleid abzeichneten, angezogen. Sein Magen verkrampfte sich, und sein Körper brannte wie Feuer. Francesa schien ihm alle Zeit der Welt zu gönnen, sich sattzusehen. Chaim verschlug es den Atem. Er spürte, wie seine Hand auf der ihren brannte.

»Was macht ihr denn da unter dem Tisch?«, fragte Sarah, die plötzlich wieder hereingekommen war.

»Wir suchen Francesas Gabel …«, stammelte Chaim.

»Heute Abend passieren lauter kleine Unfälle«, kam Francesa ihm zu Hilfe und kniff ihn im Schutz des Tisches neckisch ins Knie …

Schließlich trug Chaims Begeisterung für Itschak doch noch Früchte. Allerdings kam der Erfolg aus einer unerwarteten Richtung. Am nächsten Morgen klopfte jemand kurz vor Ende des Unterrichts an die Tür. Es war Abraham. Jene Mittagspause, in der Chaim seinen Arbeitskollegen so leidenschaftlich von Itschak erzählte, war eine der wenigen Situationen gewesen, in denen sein Brotherr den Menschen, die für ihn arbeiteten, Gesellschaft geleistet hatte. Mit abwesendem Blick hörte Abraham zu.

»Chaim hat mir gestern so begeistert davon erzählt, dass er in Euch seinen Meister gefunden hat. Das hat mich seltsam tief berührt, und ich konnte die ganze Nacht nicht schlafen«, begann Abraham stockend. »Ich bin ein vielbeschäftigter Mann. Mein großes Unternehmen bringt viele Sorgen mit sich. Aber ich habe schon lange das Gefühl, dass es im Leben mehr geben muss, als zu arbeiten und Geschäfte zu machen. Ich bin nicht nur auf diese Welt gekommen, um schöne Stoffe zu verkaufen und anderen Menschen Arbeit zu geben. Ich bemühe mich, bei meinen Geschäften ehrlich zu sein. Und ich tue mein Bestes, alle Gebote und Verbote zu beherzigen. Aber allmählich blute ich aus, als hätte meine Seele die Flucht ergriffen …«

Noch nie hatte Chaim Abraham so reden hören. Bisher konnte sich dieser nur für Stoffe begeistern. Trotzdem hatte er seinen Brotherrn immer sehr geachtet. Abraham hatte ganz klein angefangen und im Laufe der Jahre eines der größten Ateliers von Safed aufgebaut. Chaim hätte nie geahnt, dass sich in diesem erfolgreichen Kaufmann eine verzweifelte Seele verbarg. Abraham, der stets wie aus dem Ei gepellt umherlief, bot in diesem Moment einen herzerweichenden Anblick.

»Ich habe Angst, mein Leben zu beenden, ohne etwas Sinnvolles getan zu haben – dass ich bei meinem Tode eine volle Schatztruhe zurücklasse, aber dem Schöpfer mit leeren Händen entgegentrete, weil ich nicht getan habe, was ich in diesem Leben eigentlich hätte tun müssen. Und ich habe das Gefühl, Ihr könntet mir weiterhelfen …«

»Ich? Wie könnte ich Euch helfen?«, fragte Itschak. Chaim wunderte sich über die Antwort seines Meisters. Für ihn musste es doch ein Kinderspiel sein, Abrahams wunden Punkt bloßzulegen. Er fühlte sich blamiert. Er hatte seinen Meister in den höchsten Tönen gelobt; nun sollte dieser ihn nicht im Stich lassen, vor allem nicht seinem Brotherrn gegenüber.

»Chaim hat mir erzählt, dass Ihr erkennen könnt, womit ein anderer Mensch in seinem Innersten kämpft. Ihr würdet in kürzester Zeit feststellen, was ein anderer braucht. Deshalb bitte ich Euch: Schaut mich an und sagt mir, was ich tun muss …«

Itschak warf Chaim einen bösen Blick zu. Dieser wischte sich den Schweiß von seinen feuchten Handflächen. Er hatte geglaubt, Itschak würde sich darüber freuen, dass er ihn so gerühmt hatte. War ihm denn nicht klar, dass ihn bisher noch niemand als Kabbala-Lehrer ernst nahm? Wenn Chaim nicht dafür sorgte, dass Itschaks Autorität anerkannt wurde, wer sollte es dann tun? Zimra würde alles daransetzen, um Itschak zugrunde zu richten. Itschak konnte Zimras Gerede nur widerlegen, wenn er seine Fähigkeiten unter Beweis stellte, und zwar gegenüber jedem, der dafür offen war. Abraham war jetzt seine erste Chance.

Unterdessen hatte Itschak seinen Blick auf Abrahams Stirn gerichtet, als stünde dort etwas geschrieben. Unsicher zupfte sich Abraham ein paar Flusen von seiner Kleidung.

»Ihr braucht Euch nicht zu schämen, weil Ihr ein guter Geschäftsmann seid«, brach Itschak das Schweigen. »Mit dem Reichtum, den Ihr anhäuft, könnt Ihr viel Gutes tun. Denn ein reicher Mann ist nicht jemand, der viel hat, sondern jemand, der viel gibt. Das Leben hat Euch reich beschenkt. Nun ist es an der Zeit, dass Ihr selbst etwas gebt. Darin liegt der Sinn Eurer Existenz und Eure Bestimmung.«

»Aber ich gebe ohnehin schon viele Almosen, Rabbi Luria«, verteidigte sich Abraham.

»Ihr müsst so viel geben, dass es Euch weh tut. Erst wenn Ihr mehr gebt, als Euch vernünftig erscheint, wird Euer Herz Ruhe finden. Danach werdet Ihr noch mehr geben, weil Euch das mehr Freude machen wird, als alle Goldstücke der Welt anzuhäufen.«

Abraham schaute ihn zweifelnd an. Das war nicht die Antwort, die er sich erhofft hatte. Er hatte erwartet, dieser fromme Seher würde ihm raten, intensiver die Tora zu studieren. Doch der Gedanke, sein schönes Geld zu verschenken, behagte ihm gar nicht. So viel, dass es schmerzte! Wann wäre dieser Punkt erreicht? Wenn er ein Zehntel seines Gewinns verschenkte? Er musste sich eingestehen, dass ihm das nicht sonderlich weh tun würde. Doch schon das war ein riesiger Betrag.

»Und dann ist da noch etwas. In der Tora steht geschrieben: ›Ihr sollt euren Nächsten nicht unterdrücken und berauben.‹«

»Aber ich bin doch ein ehrlicher Mann, nicht wahr, Chaim? Was wollt Ihr damit sagen?«

»Schaut tief in Euer Herz, Abraham, ob Ihr dieses Gebot wirklich voll und ganz befolgt. Mehr kann ich Euch nicht sagen.«

Abraham schaute ihn bestürzt an. Er war stolz darauf, dass er seine Arbeiter immer gut und pünktlich bezahlte. Und nun unterstellte Itschak ihm, dass er seine Leute unterdrückte oder gar betrog. Wie konnte dieser Mann es wagen! Vor Empörung zitterte er so stark, dass seine Zähne aufeinanderschlugen und er kein Wort mehr herausbrachte.

Er lüftete kurz seinen Samthut und machte kehrt.

»Das war mein Brotherr«, zischte Chaim, während Abraham die Synagoge verließ.

»Ich habe ihn nicht hergebeten«, antwortete Itschak. »Ich will nicht, dass du so große Reden schwingst, Chaim. Ich möchte nicht, dass du Menschen zu mir schickst, die meine Tricks sehen wollen. Ich bin dein Lehrer. Für etwas anderes habe ich keine Zeit.«

»Aber es wäre egoistisch, wenn nur ich von deinen Einsichten profitieren würde. Es ist doch meine Pflicht, andere Menschen wie Abraham, die aufrichtig nach Erfüllung streben, den Weg zu Euch zu weisen.«

Itschak seufzte. »Chaim, wenn ich dir sage, warum du auf die Erde gekommen bist, würdest du nur noch mit dem Kopf in den Wolken umherlaufen. Aber eines will ich dir verraten: Auf deinen Schultern ruht eine große Aufgabe, die du nur vollbringen kannst, wenn deine Seele vollkommen gereinigt und frei von Sünden ist. Glaube mir, wenn wir das erreichen wollen, haben wir alle Hände voll zu tun.«

Um Itschak daran zu hindern, seine Gedanken zu lesen, entgegnete Chaim schnell: »Aber die Menschen haben keine Achtung vor dir, Itschak. Niemand nimmt dich ernst. Wie sollst du jemals als Cordoveros Nachfolger akzeptiert werden? Wie sollen wir jemals eine Gruppe zusammenbringen?«

»Es ist tatsächlich wichtig, in einer Gruppe zu studieren.«

»Na also«, warf Chaim ein.

»Aber eine Gruppe entsteht von selbst. Die Seelen, die dir auf deinem Lebensweg begegnen, triffst du nie zufällig. Oft sind unsere größten Feinde auch unsere größten Meister. Sie spiegeln unsere eigenen Schwächen, und indem wir lernen, sie zu lieben, gelangen wir auf der Leiter, die uns zum Schöpfer führt, eine Stufe höher. Nicht, indem wir sie ins Gesicht schlagen wollen …«

Chaim wurde rot.

»Aber er hat Francesa bedroht …«

»Und du warst nur zu gern bereit, die Rolle des Helden zu spielen, um sie zu verteidigen, nicht wahr?«

»Hätte ich zulassen sollen, dass er sie schlägt?«

»Vielleicht hätte sie diese Erfahrung gebraucht. Wir können

andere Menschen nicht vor Schmerz bewahren. Wir können ihnen nicht einmal helfen, ihren Schmerz zu tragen. Trost ist ein schlechter Heiler. Jeder bekommt im Leben genau das, was er braucht. Und glaube mir, Francesa braucht keinen Mann, der sie beschützt.«

Chaim wusste, dass er niemals tatenlos hätte mit ansehen können, wie jemand diesem Mädchen etwas antat.

»Ich weiß, dass du dich von ihr angezogen fühlst, Chaim. Aber der Schöpfer hat dir eine andere Frau bestimmt.«

Zum ersten Mal wurde Chaim damit konfrontiert, welche Nachteile es hatte, wenn ein Meister die tiefsten Empfindungen seines Schülers durchschaute. Wenn es jemanden gab, dem er jetzt seine Gefühle nicht hätte offenbaren wollen, dann war es Itschak. Doch sein Meister mochte noch so brillant sein, in diesem Fall lag er falsch. Seit gestern war Chaim sich sicher, dass Francesa und er füreinander bestimmt waren. So etwas hatte er noch nie zuvor gespürt. Er verlangte mit Leib und Seele nach ihrem weichen Körper. Chaim verabschiedete sich hastig und ging zur Arbeit …

14 סאל Samech Alef Lamed: **Der Gott, der den Reichtum erhöht**

Als Chaim in das Atelier kam, bot sich ihm ein unglaublicher Anblick. Abraham war auf einen der Webstühle geklettert. Itschak hatte er in seinen edelsten Kleidern aufgesucht, als wäre er selbst ein Aushängeschild des Unternehmens. Doch nun stand er in einen Jutesack gekleidet da, der nur notdürftig seine Blöße bedeckte. Er hatte sich in der Asche seines Ofens gewälzt, und wenn Chaim ihn nicht gekannt hätte, würde er glauben, Hiob sei aus dem Grabe auferstanden. Er schlug sich mit einem Stück

Holz auf den Rücken, auf dem sich die blutigen Striemen mit Asche vermischten.

»Ich bin ein Sünder«, brüllte er. »Ich bin nichts. Weniger als nichts. Mein Leben ist ein einziger Scherbenhaufen. Der Schöpfer würde keinen Heller für mein Leben geben. Verflucht sei ich!«

Die Arbeiter hatten sich in diskretem Abstand versammelt und sahen sich das Spektakel fassungslos an. Keiner wusste, wie er reagieren sollte oder wie man Abraham zur Vernunft bringen konnte. Ein böser Geist schien in ihn gefahren zu sein. So hatte ihn noch keiner von ihnen erlebt. Der gewiefte, liebenswürdige Kaufmann hatte sich in ein Monstrum verwandelt, das sich selbst peinigte.

Abraham sank in sich zusammen und saß regungslos da. Chaim wollte ihm von dem Webstuhl herunterhelfen, doch da sah Abraham ihn mit einem fast verliebten Blick an.

»Chaim, mein Retter«, flüsterte er. »Sag mir, was ich dir schuldig bin. Lass mich Buße tun.«

»Ihr seid mir überhaupt nichts schuldig, Abraham. Ihr seid ein guter Mann. Ihr habt mich immer gerecht behandelt.«

»Schweig«, schrie Abraham. »Ich bin ein Betrüger! Ein Betrüger! Gott selbst sieht, wie verdorben mein Wesen ist. Ich muss meine Strafe abbüßen. Ich muss leiden.«

Dann wandte er sich wieder seinen Arbeitern zu, die das Geschehen immer noch wie erstarrt verfolgten. Ein paar alte Weberinnen weinten, weil ihr Herr sich so quälte.

»Sagt mir bitte: Wem von euch schulde ich Geld? Wen von euch habe ich nicht ehrlich bezahlt? Wer hat zu wenig Geld bekommen?«

Niemand antwortete. Abraham war als einer der redlichsten Brotherren der Stadt bekannt. Nie bezahlte er seine Leute auch nur einen Tag zu spät, und nie verrechnete er sich. Jede Überstunde notierte er, und am Ende der Woche wurde alles bis auf den letzten Heller genau ausbezahlt. Alle wussten, dass das nicht selbstverständlich war, und priesen sich glücklich, bei Abraham arbeiten zu können.

»Na los! Ich weiß, dass ihr Angst habt, die Wahrheit zu sagen! Ich habe euch erniedrigt und betrogen. Keine Angst! Es ist Zeit für mich, meine Schuld zu begleichen. Rächt euch an eurem Ausbeuter. Bewerft mich mit Steinen. Los, macht schon!«

»Ihr habt uns immer ehrlich bezahlt«, sagte Ruth, die schielende Putzfrau. »Führt Euch nicht so albern auf.«

Nach diesen Worten riss sich Abraham den Jutesack vom Leib und wälzte sich wimmernd in einem Haufen Brennnesseln, den er auf dem Boden ausgebreitet hatte. Nur Chaim verstand seine flehentliche Bitte, stand aber wie angewurzelt da, fassungslos darüber, was die Worte seines Meisters bei Abraham bewirkt hatten. Die Haut des Kaufmanns war durch die Brennnesseln feuerrot geworden. An vielen Stellen platzten die Brandblasen auf, und je mehr Haut sich abschälte, umso glückseliger leuchteten Abrahams Augen. Er lachte, sprang auf, rannte in sein Kontor und kam kurz darauf mit einer Geldschatulle zurück, deren gesamten Inhalt er auf einen Tisch schüttete. Hunderte kleiner silberner Münzen rollten in alle Richtungen.

»Bitte nehmt davon! Nehmt, was ich euch zu wenig gegeben habe. Dieses Geld gehört nicht mir, sondern euch. Ich habe es euch vorenthalten.«

Nun schwang Ruth sich zur Sprecherin der Gruppe auf.

»Abraham, Schluss mit dieser lächerlichen Vorstellung. Ihr solltet Euch schämen. Wenn Ihr nicht mein Brotherr wäret, würde ich Euch den Hintern versohlen. So geht man nicht mit Geld um. Wenn Ihr so weitermacht, bringt Ihr uns noch in Versuchung. Hört auf mit diesem Selbstmitleid. Das Geld gehört Euch, und Ihr schuldet niemandem von uns etwas.«

»Vielleicht mir …«, sagte Fatima, eine junge dunkelhäutige Araberin mit einem violett-roten Weinflecken auf dem Hals, der von ihrem ebenmäßigen Gesicht ablenkte.

Alle erschraken. Weil die anderen über ihr entstellendes Mal und ihren arabischen Akzent oft Witze machten, war sie meist sehr still. Doch an ihrer Arbeit gab es nichts auszusetzen. Sie war eine der fleißigsten Näherinnen, und sie fertigte mit ihren schlanken, schwieligen Fingern die wunderschönsten Kleidungsstücke. Abraham warf sich ihr zu Füßen.

»Vielen Dank, Fatima, vielen Dank. Sage mir, welches Unrecht ich dir zugefügt habe. Wie kann ich meine Schuld wiedergutmachen?«

»Ich habe letzte Woche Arbeit mit nach Hause genommen. Ich wusste, dass Ihr den Gouverneur nicht enttäuschen wolltet. Seine Amtskleidung musste rechtzeitig fertig werden, obwohl er sie erst so spät in Auftrag gegeben hatte. So habe ich die Stickarbeit zu Hause gemacht«, stammelte sie in ihrem besten Hebräisch.

Abraham erbleichte. Abu Siffin, der Gouverneur, hatte ihn beauftragt, ihm innerhalb einer Woche ein überreich verziertes Gewand für sein Amtsjubiläum zu schneidern. Das war eigentlich unmöglich zu schaffen gewesen, denn die Arbeit hätte normalerweise mindestens drei Wochen in Anspruch genommen. Weil es ihm trotzdem gelungen war, das Gewand fristgerecht zu liefern, hatte er schon jetzt einen starken Zustrom neuer arabischer Kunden, die ebenso anspruchsvolle Arbeiten in Auftrag gaben wie der Gouverneur. Möglicherweise würde Abraham nun sogar mehr Arbeiter einstellen müssen, um den Auftragszuwachs bewältigen zu können.

»Das hast du mir nicht gesagt, Fatima. Nie habe ich bei dir vorbeigeschaut, weil ich wusste, dass du gut arbeitest. Ich habe mich nie bei dir bedankt und dir nie Komplimente gemacht. Und in aller Stille warst du die treueste unter meinen Arbeiterinnen. Sogar zu Hause, wo ein kleiner Junge auf dich wartet, hast du mir deine Zeit geschenkt.«

»Das erschien mir völlig normal, Herr. Wenn Eure Geschäfte gut gehen, geht es uns doch auch gut.«

Zum ersten Mal fühlte Abraham sich in einen anderen Menschen ein, indem er Fatimas Sorgen und Nöte spürte. Ihm war, als sei er selbst die alleinstehende Mutter, die nach einem Tag harter Arbeit ihrem Kind nicht einmal zu Hause ihre volle Aufmerksamkeit schenken konnte. Sie musste nächtelang durchgearbeitet haben, um den Stoff in komplexen Mustern mit Goldfäden zu durchwirken. Vielleicht war sie sogar böse geworden, wenn ihr kleiner Junge geschrien hatte, um ihre Zuwendung zu erzwingen. Und das alles, weil Abraham unersättlich nach immer mehr Wohlstand, nach noch mehr Kunden und noch größerem Ansehen hungerte!

Gerührt dachte er an seine eigene Mutter zurück. Wie er all das Neue, das er in der Welt entdeckt hatte, unbekümmert mit ihr teilen konnte. Sie war die Frau gewesen, die sich für alles interessierte, was ihn beschäftigte, und die ihm immer wieder Anregungen gegeben, ihm ihr Vertrauen geschenkt und an ihn geglaubt hatte. Nur aufgrund des Selbstvertrauens, das sie in ihm genährt hatte, war er so weit gekommen, wie er jetzt war – so weit, dass er es offenbar nötig hatte, einem anderen kleinen Jungen die heißersehnte Aufmerksamkeit zu stehlen, indem er die gesamte Zeit seiner Mutter für sich in Anspruch nahm.

»Nimm, Fatima. Nimm alles, was dir zusteht. Nimm alles, was ich dir jemals vorenthalten habe.«

Trotz der vorwurfsvollen Blicke ihrer Kollegen schien Fatima keine Gewissensbisse zu haben. »Wie kann sie es wagen«, flüsterten die anderen. Nur weil sie ein paar Abende zu Hause gearbeitet hatte! Sie konnte froh sein, dass sie diese Arbeit im Atelier eines Juden überhaupt bekommen hatte, dass sie freundlich aufgenommen worden war und ein Zuhause gefunden hatte.

Fatima näherte sich dem Tisch, auf dem die blinkenden Silbermünzen lagen, nahm sich eine der kleinsten Münzen und ging dann wieder zu Abraham.

»Ich danke Euch, verehrter Meister«, sagte sie. »Aber nun hört bitte auf, Euch selbst zu quälen. Gott hat Euch diesen Körper nicht geschenkt, damit Ihr ihn misshandelt.«

Sie deutete ungeniert auf ihren Weinflecken. »Euch gegenüber ist er barmherziger gewesen als zu mir.«

»Ich bin dir zu großem Dank verpflichtet, Fatima«, antwortete Abraham gerührt. »Mit deiner Hilfe kann ich mein Herz reinwaschen. Du hast meinem unersättlichen Verlangen nach Reichtum eine Grenze gesetzt. Wie oft habe ich im *Talmud* gelesen: ›Wer Geld verlangt, wird mit Geld nie zufrieden sein.‹ Das habe ich nie verstanden. Dank dir kann ich nun die Verbindung zum wahren Ziel meines Lebens wiederherstellen.«

Dann ging Abraham zum Tisch und nahm zwei große Hände voller Münzen. Er hielt sie Fatima hin.

»Jede Minute, die ich dir und deinem Kind gestohlen habe, kann kein Geld der Welt zurückbringen.«

»Jede Minute, die ich für Euch arbeite, bin ich ein gutes Vorbild für mein Kind. Obwohl es noch so klein ist, zeige ich ihm dadurch, dass es sein Leben selbst in die Hand nehmen und sich aus eigenen Kräften eine Zukunft aufbauen kann.«

»Nimm dieses Geld, Fatima.«

Langsam wurde Abraham wieder er selbst, doch hatte er sich stark verändert. Sein Blick war so weich geworden, wie er es seit seiner Kindheit nicht mehr gewesen war. Der Kaufmann schaute seine Arbeiter liebevoll an.

»Ich gebe euch heute allen frei.«

Sprachlos verließ einer nach dem anderen den Arbeitsplatz. Nur Chaim blieb zurück.

»Ihr seid ein großer Mann, Abraham, ein gesegneter Mann«, sagte er, nachdem alle anderen gegangen waren.

»Nur der Schöpfer ist groß, Chaim«, antwortete Abraham leise, »und der Mann, der in seinem Namen hier auf Erden spricht, dein Meister. Er hat Recht. Es ist eine Wonne zu geben. Und es war nicht einmal mein Eigentum, sondern es ist der Reichtum des Schöpfers, der mir anvertraut wurde. Ich möchte deinen Meister fragen, ob ich sein Schüler werden kann.«

»Dann würde ich mir aber vorher etwas anziehen«, meinte Chaim lächelnd.

15 ייי Jod Jod Jod: **Der Gott der Intuition**

Als Chaim nach Hause kam, wartete Francesa auf der Treppe.

»Schalom, Chaim. Ich wollte dich sprechen.«

»Schalom, Francesa. Weiß dein Vater, dass du hier bist?«

»Was würde das ändern? Er weiß sowieso alles. Du weißt doch, dass er in den Gesichtern lesen kann. Es ist unmöglich, etwas vor ihm zu verbergen.«

Chaim sah das Mädchen an. Die heiße Sommersonne fiel auf ihr verschwitztes Kleid. Er wusste nicht, was er tun sollte. So freizügig hatte sich ihm gegenüber noch nie ein Mädchen verhalten. Vielleicht lag das daran, dass in ihrem Heimatland andere Sitten herrschten. Ein Mädchen aus Safed wäre nie auf den Gedanken gekommen, sich so wie Francesa zu verhalten.

»Ich würde mir gern ansehen, wie du wohnst.«

Auch das noch! Er konnte diesem Mädchen doch nicht seine schlichte Kammer zeigen. Verglichen mit dem Palast, in dem ihre Eltern wohnten, lebte er in einer Klosterzelle. Und was würden die Leute sagen, wenn er in seiner Kammer ein Mädchen empfinge? Wenn er allerdings hier auf der Straße mit Francesa weiterredete, gäbe er den Leuten noch viel mehr Gelegenheit, sich das Maul über ihn zu zerreißen.

»Dann komm herein«, sagte er hastig, öffnete die Tür und nahm sie mit die Treppe hinauf. Auf der ersten Etage verabschiedete sich Anna gerade von einer überglücklichen Frau, die offenbar die Tarotkarte »Die Herrscherin« gezogen hatte. Die Herrscherin trägt einen magischen Gürtel auf ihren Lenden, der sie unwiderstehlich macht. Nun war alles verloren! Wenn Anna ihn mit einem Mädchen sah, würde das bald ganz Safed wissen. Mit übertrieben lauter Stimme sagte er: »Ja, komm nur mit, dann gebe ich dir das Buch deines Vaters, das du holen sollst. Komm hier lang.«

Anna warf Chaim ein schelmisches Lächeln zu.

»Guten Tag«, sagte Francesa fröhlich zu Anna.

»Guten Tag, schönes Mädchen«, antwortete Anna.

»Wie glücklich Sie aussehen«, fügte sie an Annas Kundin gewandt hinzu.

»Oh ja«, seufzte die strahlende Frau nur und trippelte nach unten.

Chaim stolperte fast über seine eigenen Füße, so schnell versuchte er sein Zimmer auf der zweiten Etage zu erreichen. Er machte sich am Schloss zu schaffen und ließ die Tür sperrangelweit auf stehen, nachdem Francesa eingetreten war, damit Anna nur nicht auf falsche Gedanken käme.

Francesa bewegte sich in dem von der Sonne aufgeheizten Raum, als wohnte sie dort schon seit Jahren. Sie öffnete das Fenster und lehnte sich anmutig hinaus. Obwohl ihn ihre Dreistigkeit irritierte, konnte Chaim seinen Blick nicht von ihrem herzförmigen Gesäß abwenden.

»Was für eine schöne Aussicht du hier hast!«

»Komm vom Fenster weg, Francesa. Dort kann dich jeder sehen!«

Er zog schnell die tiefblauen Vorhänge zu. Nun lag das Zimmer in einem Dämmerlicht.

»Wie gemütlich. Sollen wir ein paar Kerzen anzünden? Wo hast du deine Zunderdose?«

Nervös suchte Chaim auf seinem Schreibtisch und gab ihr die Dose. Geschickt schlug sie den Metallring gegen den Feuerstein, und als das Stückchen Baumwolle Feuer fing, zündete sie damit die Kerzen an.

Dann ließ sie sich auf seine Kissen in der Zimmerecke fallen und blickte ihn ernst an.

»Freust du dich nicht darüber, dass ich dich besuche?«

»Aber natürlich, Francesa. Natürlich. Nur …«

»Nur was?«

»Du weißt doch, dass ein Mann und eine Frau, die nicht miteinander verheiratet sind, nicht allein in einem Raum zusammen sein dürfen. Außerdem ist mir eine andere Frau bestimmt …«

»Bist du verlobt?«, fragte sie erschrocken.

»Nein, nein, ich gebe mich überhaupt nicht mit Frauen ab. Abgesehen von meiner Arbeit beschäftige ich mich nur mit der Kabbala. Dein Vater sagte mir, dass eine andere Frau …«

»Mein Vater weiß vielleicht viel, aber was Frauen angeht, sollte er besser seinen Mund halten«, sagte sie spöttisch. »Du weißt doch, dass er mit seiner Nichte verheiratet ist?«

»Ist deine Mutter …«

»Seine Nichte, ja. Mein Großvater starb, als mein Vater sieben Jahre alt war. Meine Großmutter zog mit ihm zu ihrem Bruder nach Ägypten. Und ihr Bruder hatte eine sehr hübsche Tochter. Weil mein Vater immer nur mit seinen Büchern beschäftigt war, lernte er natürlich keine Frauen kennen. Bis er eines Tages von seinem Buch aufschaute und eine bildschöne kleine Nichte erblickte. Er hat sie geheiratet, als sie fünfzehn Jahre alt war.«

»Das muss vorbestimmt gewesen sein«, antwortete Chaim.

Sie schwiegen eine Weile. Francesa setzte sich auf.

»Es war sehr ungehörig von dir, unter dem Tisch nach meiner Hand zu greifen.«

»Das war nicht absichtlich. Es tut mir leid. Ich wollte …«

»Mich anschauen? Glaubst du, ich hätte deine Blicke nicht bemerkt? Bist du immer so unverfroren?«

»Nein, Francesa, wirklich nicht. Vergib mir. Ich …«

»Woran denkst du, wenn du mich anschaust?«, unterbrach sie die Stille.

»Ich …«

Sie erhob sich, und beide standen sich jetzt gegenüber. Sie zeigte sich ihm in ihrer ganzen Pracht. Chaim konnte seinen Blick nicht von ihr abwenden. Er betrachtete schüchtern ihre Fußknöchel, ihre mädchenhaften Knie.

Ihm war, als könne sein Blick den dünnen Stoff ihres feuchten Kleides durchdringen.

»Weißt du eigentlich, was du tust?«, sagte sie. »Kannst du dir auch nur im Entferntesten vorstellen, wie es sich anfühlt, so glühende Blicke auf der Haut zu spüren?«

Beschämt kniff Chaim die Augen zu und spürte nun, wie ihre Blicke über seinen Körper strichen. Nie war er sich seiner Männlichkeit bewusster gewesen. Es war, als würde sein Körper dort, wo ihr Blick auf ihm ruhte, zum Leben erweckt. Ein nie gekanntes blindes Verlangen überwältigte ihn und tobte in seinem Körper. Das gleiche Verlangen, das einen Künstler dazu treibt, ein Bild zu malen. Das Verlangen, das die stärkste Antriebskraft auf Erden ist. Alles Geschaffene entsteht aus einem Wunsch, aus einem feurigen Verlangen, das dem Menschen Flügel verleiht. Doch das größte Wunder, das die Begierde hervorbrachte, war – wie Chaim jetzt wusste – das Leben selbst.

Die Fensterscheiben beschlugen, und ein Schweißtropfen lief an Francesas Hals hinunter. Wenn ein Wunsch in Erfüllung geht, hält die Welt ehrfürchtig den Atem an und wird still.

In diesem Moment kam Anna die Treppe herauf.

»Hallo, Chaim, ist das schöne Mädchen noch bei dir? Frage sie, ob sie bei mir ein Glas Wasser trinken möchte«, rief sie schon von weitem. Der Traum zerplatzte. Die Koordinaten von Zeit und Raum fielen wieder an ihren Platz zurück.

»Äh, ja, Anna, ich frage sie.«

Mit einem um Entschuldigung bittenden Blick schaute er Francesa an. Sie blies die Kerzen aus, lief lachend zur offenen Tür und schnappte sich im Vorbeigehen ein Buch von seinem

Schreibtisch. Als sie an ihm vorbeikam, streifte sie mit ihrer Hand über seinen verschwitzten Haarschopf.

»Das tut gut, so ein Glas Wasser«, sagte sie zu Anna, die sie misstrauisch anschaute. »Bei diesem Wetter ist man immer durstig.«

16 מיה Mem Jod Heh: **Der Gott, der zusammenführt**

Richter Karo schaute durch das Bleiglasfenster der Synagoge, von dem aus man eine wunderschöne Aussicht auf den Berg Meron hatte. An klaren Abenden konnte man von hier aus mit bloßem Auge sogar das Grab von Schimon bar Jochai sehen. Doch im Augenblick war die Spitze des Berges in tintenblaue Wolken gehüllt. Nach dem trägen Sommertag war es schnell unheilverkündend dunkel geworden. Der Wind, der die Bäume in eine demütige Verbeugung zwang, kündigte ein schweres Unwetter an. Richter Karo schickte ein Stoßgebet zu Schimon bar Jochai, damit dieser ihm helfe, eine weise Entscheidung zu treffen.

An diesem Abend musste er Cordoveros Nachfolger bestimmen. Da er mit dem Verstorbenen sein ganzes Leben lang befreundet gewesen war, hatte er sich vorgenommen, diese Aufgabe mit größtmöglicher Umsicht zu erfüllen. Vielleicht war dies sogar die folgenschwerste Entscheidung, die er in seiner gesamten Laufbahn treffen musste.

Die Kabbala hatte jahrhundertelang im Verborgenen existiert, und nur eine Handvoll Eingeweihte hatten sich ihr gewidmet. Weil das Wissen von Generation zu Generation hauptsächlich mündlich überliefert worden war, waren die Grundlagen dieser Lehren im Laufe der Jahrhunderte verunreinigt worden. Cordovero hatte es zu seiner Lebensaufgabe gemacht, alle ihre Strömungen zu untersuchen und sie anhand der einzigen allgemein anerkannten Grundlagenwerke zu überprüfen: der Tora und des Sohar von Schimon bar Jochai. Er hatte zahlreiche Bücher geschrieben, diese aber nur sehr zögernd veröffentlicht. An vielen Werken hatte er bis zum Ende seines Lebens gefeilt. Deshalb lag nun ein gewaltiger Wissensschatz im Hause seiner Witwe – Manuskripte, die es wert waren, dass man sich gründlich mit ihnen beschäftigte und weiter an ihnen arbeitete, um sie später als Standardwerke der Kabbala der Öffentlichkeit zugänglich machen zu können.

Karo hielt es für ungeheuer wichtig, Cordoveros Nachfolger mit größter Sorgfalt auszuwählen, damit dessen Lebenswerk keinen Schaden nähme. Wer an der Spitze der Hierarchie der Kabbala-Lehrer stünde, würde die augenblickliche Schülergeneration und alle zukünftigen beeinflussen. Der Nachfolger Cordoveros, der sein Lebenswerk vollenden sollte, würde die Grundlagen der Kabbala endgültig festlegen.

Richter Karo hatte große Ehrfurcht vor den Lehren der Kabbala. Wie kein anderer war er sich dessen bewusst, dass dieses Wissen um ein Vielfaches wichtiger war als das jüdische Gesetz, dem er selbst sein Leben gewidmet hatte. Der *Schulchan Aruch*, Karos Buch, das als Standardwerk der jüdischen Gesetzgebung galt, regelte das tägliche Leben. Doch die Weisheit der Kabbala konnte die ganze Welt und die Menschheit verändern. Würde wirklich jeder Erdenbewohner die Kabbala kennen und ihr gemäß leben, dann wäre der Schulchan Aruch überflüssig. Die jetzige Generation war auserwählt, die so mystisch anmutende Kabbala zu übersetzen, sie verständlich und konkret zu machen. Danach würde dieses Extrakt noch einige Jahrhunderte reifen müssen, bevor man es der Allgemeinheit zugänglich machen könnte. Erst im einundzwanzigsten Jahrhundert einer anderen Zeitrechnung, so hatte Schimon bar Jochai geschrieben, würden die Seelen von Millionen von Menschen von einer Leidenschaft für die Kabbala ergriffen werden.

Bei oberflächlicher Betrachtung schien die Entscheidung einfach. In der vergangenen Woche hatte Karo mit fast allen Schülern Cordoveros gesprochen. Sie hatten übereinstimmend geäußert, es gebe nur einen einzigen Mann, der über das gleiche Maß an Autorität verfüge wie Cordovero und der deshalb als neuer höchster Lehrer der Kabbalisten in Frage komme: Rabbi Zimra.

Heute Abend würde er mit Zimra sprechen. Verliefe dieses Gespräch zu seiner Zufriedenheit, würde Karo seinen Beschluss bekannt geben.

Jehuda, Karos sechzehnjähriger Sohn aus früherer Ehe, rekelte sich gelangweilt auf einer von der Zeit gezeichneten Bank. Karo hoffte, dass Jehuda einmal sein Nachfolger werden würde, doch hatte der Junge bisher noch keinerlei Talent für die Rechtsprechung, geschweige denn Interesse daran, erkennen lassen. Karo beruhigte sich mit dem Gedanken, dass Jehuda, wenn er erst einmal ein Mann geworden wäre, sein Studium schon ernster nehmen würde. Er hatte eine Schwäche für den Jungen, und aufgrund seines weisen, fortgeschrittenen Alters hatte er mehr Geduld mit ihm, als ein jüngerer Vater aufgebracht hätte.

Karo setzte sich neben seinen Sohn.

»Heute Abend muss ich entscheiden, ob Zimra das neue Oberhaupt der Kabbalisten werden soll, Jehuda«, erklärte er seinem Sohn. »Ich möchte, dass du das Gespräch aufmerksam verfolgst und mir danach einen Rat gibst.«

Jehuda schaute ihn gleichgültig an. Ihn interessierte nicht sonderlich, wer das neue Oberhaupt der Kabbalisten werden würde. Er hatte die charakteristischen Eigenschaften seiner Mutter geerbt. Sie war außergewöhnlich begabt im Einrichten von Wohnungen gewesen. Ihr kurzes Leben widmete sie der Verschönerung der blauen Synagoge und der Unterrichtsräume, in denen Karo lehrte. Sie hatte seine Studenten angeleitet, die Malerarbeiten auszuführen, und Vorhänge anfertigen lassen. Ausrangierten Möbeln hauchte sie ein zweites Leben ein und kombinierte sie stilvoll zu einem geschmackvollen Ganzen. Jehuda konnte Rebecca, seine junge Stiefmutter, absolut nicht ausstehen, weil sie keinerlei Gefühl für die Einrichtung zeigte, die seine Mutter gehegt und gepflegt hatte.

Zimra betrat die Synagoge.

»Schalom, Richter Karo. Es tut mir leid, dass ich zu spät bin. Ich habe Eure Vorladung erhalten. Glücklicherweise handelte es sich nicht um eine Anklage«, fiel er mit der Tür ins Haus und ließ sein typisches dröhnendes Gelächter ertönen.

»Schalom, Rabbi Zimra. Ich bin froh, dass Ihr Euch die Zeit nehmen konntet. Dies ist mein Sohn Jehuda.«

Zimra streckte dem Jungen jovial seine Hand entgegen, doch als dieser sie ergreifen wollte, zog Zimra die seine rasch zurück, rief: »Reingefallen!«, und brach abermals in schallendes Gelächter aus.

Er ließ sich neben Jehuda auf die Bank plumpsen, schlug ihm kameradschaftlich auf die Schulter und wandte sich dann wieder Karo zu.

»Ich habe von dem Problem, das sich jetzt stellt, gehört. Es muss baldmöglichst ein neues Oberhaupt der Kabbalisten gefunden werden. Ich werde von verschiedenen Seiten gedrängt, diese Aufgabe zu übernehmen. Doch ich bin ein vielbeschäftigter Mann, Richter Karo.«

»Ich habe gehört, dass Ihr viele Reisen unternehmt, um die *verlorenen Stämme Israels* zu suchen«, entgegnete Karo.

Die Juden konnten es nicht verwinden, dass zehn der zwölf jüdischen Stämme, die aus der Nachkommenschaft der zwölf Söhne *Jakobs* hervorgegangen waren, von den *Assyrern* einst verbannt wurden. Diese zehn Stämme waren seit fast zweitausenddreihundert Jahren spurlos verschwunden.

»Da habt Ihr recht gehört«, rief Zimra, der nichts lieber tat, als sich über seine eigenwillige Mission auszulassen. »Ich bereite eine Reise nach *Abessinien* vor.«

»In Oberägypten? Dort wohnen doch nur Schwarze, keine Juden.«

»Ich habe eine merkwürdige Chronik gefunden, die von einem Reisenden mit Namen *Eldad ha-Dani* stammt. Er wird auch ›Eldad der *Daniter*‹ genannt. Dieser Mann behauptet, ein Nachfahre des Stammes *Dan* zu sein. Dieser Stamm soll nach dem Einfall der Assyrer nach Abessinien geflohen sein. Sein Bericht enthält so viele markante Details, dass ich geneigt bin, ihm zu glauben.«

»Und diesen Stamm wollt Ihr suchen?«, fragte Karo interessiert.

»Ist es nicht die Pflicht eines jeden Juden, alle Stämme wieder in Jerusalem zu vereinen, um der Ankunft des Messias den Weg zu bereiten? Dazu hat uns doch der Prophet *Jesaia* aufgefordert.«

»Das ist richtig«, stimmte Karo zu. »Schade, ich hatte gehofft, Ihr könntet die Nachfolge von …«

»Lieber Karo«, unterbrach Zimra ihn schnell, »ich bin ein Mann, der weiß, was Verantwortung ist. Als mein Name in der Stadt plötzlich in aller Munde war, habe ich meine Reisepläne für unbestimmte Zeit verschoben. Cordovero war mein bester Freund und …«

»Ist das wahr? Ich hatte gehört, Ihr hättet Euch mit ihm überworfen.«

Zimra schaute Karo verdutzt an. Zum ersten Mal ließ er kurz seine Maske der Jovialität fallen. Er schmatzte nachdenklich mit seinen feuchten Lippen und fuhr dann mit unverminderter Begeisterung fort.

»Hört, Richter Karo, Cordovero war ein guter Mann, und ich habe sehr gern mit ihm zusammengearbeitet. Natürlich habe ich mich nie als einen richtigen Schüler von ihm verstanden. Ihr wisst sicher, dass ich vierzig Jahre lang Oberrabbi der jüdischen Gemeinschaft in Ägypten war. Mein Buch über die mystische Bedeutung des hebräischen Alphabets …«

»Ich habe Euch nach Eurer Beziehung zu Cordovero gefragt«, unterbrach Karo ihn.

»Ach ja, nun, Cordovero und ich, wir waren eher Partner. Durch meine scharfsinnigen Fragen habe ich seine Gedanken oft in neue Bahnen gelenkt. Eines Tages erzählte er mir dann, er habe Chaim Vital als Schüler angenommen. Das war ein unverzeihlicher Fehler. Chaim stand als Schüler ganz am Anfang. Er hätte noch eine Menge lernen müssen. Mir war klar, dass das Niveau von Cordoveros Gruppe durch seine Gegenwart stark sinken würde.«

»Hattet Ihr kein Vertrauen zu Cordoveros Einsicht?«

»Er war viel zu gutgläubig, Richter Karo. Chaim ist sehr gerissen. Er hat Cordovero eingewickelt. Ich hatte ihn zwar gewarnt, doch er wollte nichts davon wissen. Wie Ihr seht, habe ich Recht behalten. Denkt nur an das Theater mit ›dieser Wolke‹ …«

»Was meint Ihr mit dieser Wolke?«, warf Karo ein.

Zimra sagte nichts mehr. Er hatte sich verplappert. Den neun Schülern Cordoveros hatte er strikt verboten, dessen Prophezeiung zu erwähnen, falls Karo sie befragen würde. Er wollte möglichst schnell über diesen Punkt hinwegreden, doch da mischte sich Jehuda ein.

»Ihr wisst doch, Vater, die Wolke, die beim Begräbnis Cordoveros der Totenbahre folgte.«

»Ja, aber was hat das mit unserer Angelegenheit zu tun?«

»Nichts«, erklärte Zimra lachend, während er krampfhaft nach Luft schnappte. »Überhaupt nichts.«

In diesem Augenblick brachen Donner und Blitz über Safed los. Der Regen klatschte auf das Dach der Synagoge, und sie mussten lauter sprechen, um einander zu verstehen.

»Was hat es mit dieser Wolke auf sich?«, fragte Karo Jehuda.

»Man munkelt, Cordovero habe in seiner letzten Unterrichtsstunde gesagt, sein Nachfolger werde sich bei seinem Begräbnis durch eine Wolke offenbaren.«

Zimra warf theatralisch den Kopf zurück, um zu unterstreichen, dass er dies für dummes Gerede hielt.

»Das würde ja bedeuten, dass der Ägypter die Nachfolge Cordoveros antreten müsste«, rief Karo ungläubig aus.

»Man munkelt in Safed alles Mögliche, Karo«, sagte Zimra. »Ich bin erstaunt, dass Ihr dem auch nur die geringste Beachtung schenkt.«

»Kennt Ihr diesen ...?«

»Itschak. Itschak Luria. Sicher, ich habe ihn unterrichtet.«

»Und?«

»Nach dem Tode meiner Frau habe ich ihn aus dem Auge verloren. Wie Ihr wisst, bin ich damals viel gereist, um ...«

»Ja, ja, ich weiß«, unterbrach Karo ihn ungeduldig.

»Ich habe ihn gestern besucht. Er ist jetzt sechsunddreißig, also fast alt genug, um mit dem Studium der Kabbala zu beginnen. Ich hatte vor, ihn wieder als Schüler anzunehmen.«

»Wollte er es auch?«

»Ich habe ihn nicht zu Gesicht bekommen. Seine Frau weigerte sich, ihn in seinen Studien zu stören. Er hat mich mit seiner Frau und seiner Tochter allein gelassen! Das war wirklich sehr ungehörig. Und ich sage Euch noch etwas: Chaim Vital war ebenfalls dort. Ich habe sogar gehört, dass Chaim und Itschak sich morgens im Unterrichtsraum Cordoveros treffen und die Kabbala studieren! Es kann gar nicht anders sein, als dass die beiden unter einer Decke stecken.« Zimra ließ seinem Zorn nun freien Lauf.

Richter Karo begab sich zu der Lade, in der die Tora-Rollen aufbewahrt wurden. Er legte seine Hand auf die kunstvoll verzierten Türen, als wolle er auf diese Weise Kraft schöpfen. Dann entschloss er sich, das zu tun, was jeder ehrbare Richter an seiner Stelle getan hätte: Er würde jeder Spur, so unwichtig sie auf den ersten Blick auch erscheinen mochte, nachgehen und sie genau in Augenschein nehmen.

»Mir scheint es das Beste zu sein, dass Ihr und Eure Anhänger an einem Treffen der beiden teilnehmt«, sagte er.

»Was? Ich soll bei Itschak Unterricht nehmen? Ihr beliebt zu scherzen, Karo!«

»Ich möchte, dass Ihr seine Fähigkeiten prüft. Stellt ihm kritische Fragen. Macht es ihm schwer. Dann können wir ihn zumindest mit guten Gründen von der Liste der Kandidaten streichen, die als Nachfolger Cordoveros in Frage kommen.«

Zimras Gesicht hellte sich auf, und er war wieder sichtlich guter Dinge. Dieser Aufforderung würde er nur zu gerne nachkommen.

»Ach so habt Ihr es gemeint, Richter Karo. Mit dem größten Vergnügen.«

17 ללה Lamed Lamed Heh:
Der Gott, der in euren Träumen spricht

Chaim erwachte mit einem lauten Schrei aus seinem Traum. Er schlug mit den Händen um sich. Schweiß rann ihm über die Stirn, und er schämte sich zutiefst, einen solchen Traum gehabt zu haben.

»Chaim! Chaim! Was ist los?«

»Nichts, Anna«, rief Chaim in Richtung Tür. »Ein Albtraum, sonst nichts.«

»Ich mache dir einen Anistee.«

Noch bevor er ihr zurufen konnte, dass dies nicht nötig war, hörte er sie schon die Treppe hinunterlaufen. Ihm war es sehr recht, jetzt nicht allein sein zu müssen. Er kroch aus dem Bett, zündete eine Kerze an und räumte rasch sein Zimmer auf. Dann ließ er Anna herein, und beide setzten sich an seinen Schreibtisch.

»Hier, eine Tasse heißes Wasser mit Anis, das vertreibt die Dämonen«, sagte Anna fröhlich. »Du hast mich zu Tode erschreckt. Es hörte sich an, als würdest du umgebracht. Ich hätte mir wohl besser einen anderen Mieter gesucht. Jetzt sitze ich mit dir allein in deiner Kammer. Na ja, du empfängst hier ja auch junge Mädchen. Ich habe es niemandem verraten. Dafür musst du jetzt aber auch über unser Zusammensein hier den Mund halten.«

Eigentlich war sie wirklich in Ordnung, dachte Chaim. Ein bisschen aufdringlich vielleicht, und sie mischte sich in alles ein, aber nett war sie trotzdem.

»Ich kann Träume deuten, Chaim. Wusstest du das? Wenn du mir deinen Traum erzählst, sage ich dir, was er bedeutet.«

»Das ist nicht nötig, Anna. Ich würde ihn am liebsten so schnell wie möglich wieder vergessen.«

»Träume sind Geschenke, Chaim. Sie sagen dir etwas über deine Geheimnisse. Das gilt auch für schlechte Träume. Ein Traum, den niemand versteht, ist wie ein Brief, der ungeöffnet liegen bleibt.«

Er wusste selbst, dass dieser Traum bedeutsam war. Aber er wollte über die darin enthaltene Botschaft nicht nachdenken. Manche Wahrheiten sah man sich besser nicht zu genau an.

»Jetzt erzähl schon, Chaim. Mir ist klar, dass du mich für das größte Klatschmaul von Safed hältst. Und vielleicht bin ich das ja auch. Aber ich kann auch ein Geheimnis bewahren. Das habe ich dir doch schon bewiesen. Schau, meine Lippen sind versiegelt.«

Zweifelnd schaute er sie an. Konnte er ihr wirklich vertrauen? Er kannte niemand anderen, der ihm hätte helfen können.

»Ich habe von Francesa geträumt …«, begann er zögernd.

»Oh je«, sagte Anna. Er blickte sie verärgert an.

»Entschuldigung, erzähle nur weiter.«

»Von ihrem Besuch hier gestern. Sie … tut mir leid, Anna, aber ich kann das einfach nicht erzählen.«

Anna legte ermutigend eine Hand auf sein Knie.

»Na los, Chaim. Glaube mir, dass es kaum etwas gibt, was ich in meinem Leben nicht schon gehört habe. Mich kann also nichts mehr überraschen. Wenn du wüsstest, was die Leute mir alles erzählen. Manchmal habe ich das Gefühl, dass ich nicht in Safed wohne, sondern in *Sodom* oder *Gomorrha*.«

Dies ermutigte Chaim. Er wusste, dass Anna alle Schlafzimmergeheimnisse kannte. Mehr als einmal hatte sie ihm von solchen Dingen erzählt. Vor allem die amourösen Abenteuer der Frau Schlomos, eines anderen Schülers von Cordovero, hatten ihn oft zum Lachen gebracht. Er tat zwar immer so, als interessierte es ihn überhaupt nicht, hörte dann aber trotzdem begierig zu.

»Francesa ließ das Kleid von ihrem Körper herabgleiten. Sie stand nackt vor mir. Sie war so ...«

»Schön«, ergänzte Anna mitfühlend.

»Sie ähnelte einer ägyptischen Priesterin, ihr Schamhaar war rot gefärbt. Sie trat näher und umarmte mich. Ihre Haare dufteten so köstlich wie Lavendel. Sie küsste mich. Sie strich mit ihrer Zunge über meinen Hals, meine Ohren, mein Haar, meinen Mund. Vor Erregung wurde ich fast verrückt. Ihre Hände streichelten mich überall. Dann kleidete sie mich aus. Ich wusste, dass das alles nicht sein durfte und sein konnte, aber mein Körper brannte wie Feuer. Mein Verstand hatte sich in nichts aufgelöst. Ich ... ich traue mich nicht, Anna.«

Die hellseherische Hauswirtin fand sichtlich Gefallen an der Geschichte. Sie schenkte Chaim ein warmes Lächeln, und er starrte wie gebannt auf den kleinen dunklen Spalt zwischen ihren Schneidezähnen.

»Nun komm schon, Chaim. So ungewöhnlich ist dieser Traum nicht.«

»Doch, das ist er, Anna. Ich nahm sie in meine Arme und legte sie hier auf meinen Tisch. Sie ... öffnete ihre Beine, und ich nahm sie, blind vor Begierde. Vor meinen Augen war Nebel. Ich kniff sie zusammen. Da ...«

»Da …«, versuchte Anna, ihn anzuspornen.

»Da öffnete ich die Augen und sah, dass sich Francesa in eine zahnlose alte Frau verwandelt hatte. Sie brach in ein grausiges Gelächter aus und zog sich die Haut und das Fett von ihren Brüsten, so dass ihre blutigen Milchdrüsen sichtbar wurden. Ich schreckte zurück, doch sie klemmte mich zwischen ihre behaarten Beine, und ihr Geschlecht verwandelte sich in einen Echsenkopf mit messerscharfen Zähnen, der sein Maul weit aufsperrte und zubeißen wollte, und dann …«

»Dann wurdest du wach?«

»Ja.«

Anna nickte. Sie verstand.

»*Lilith* hat dich heimgesucht.«

»Lilith?«

»Ja, die erste Frau Adams. Die Frau, die von Gott vertrieben wurde, weil sie Adam gleich sein wollte. Adam war ihr nicht gewachsen. Doch sie sann auf Rache. Sie tötet neugeborene Kinder und macht seit Anbeginn der Zeit Jagd auf schwache Männer, denen sie in Träumen erscheint. Sie weiß immer genau, wann sie zuschlagen muss, und schwebt über Männern, die allein schlafen. Sie nimmt die Gestalt einer schönen Jungfrau an und bietet sich den Männern an. Zuerst weckt sie die Wollust, und dann zeigt sie ihr wahres Gesicht. Sie kopuliert sicher tausendmal pro Nacht und gebiert mit Hilfe dieses sündig vergossenen Samens in der Geisterwelt Dämonen. Sogar der frommste Mann wird irgendwann von ihr heimgesucht. Es kostet ungeheure Kraft, ihr Widerstand zu leisten. Bist du gekommen?«

»Anna, bitte«, rief Chaim beschämt.

»Du musst dich reinigen.«

»Anna. Hör auf.«

Anna kicherte. Neckend warf sie einen Blick auf Chaims Beine, der diese daraufhin rasch übereinanderschlug. Nervös nahm er einen Schluck Anistee.

»Aber weshalb verbindet sie sich in meinem Traum mit Francesa? Sie ist doch so rein? Was kann das bedeuten, Anna?«

Anna schaute ihn bekümmert an und streichelte kurz über seine Wange.

»Ich glaube, dass du das selbst weißt, Chaim.«

18 יחו Jod Chet Vav: **Der Gott, der uns die andere Seite zeigt**

Annas Besorgnis erregende Traumdeutung hatte Chaim zu sehr beunruhigt, als dass er danach wieder hätte einschlafen können. Deshalb war er aufgestanden und hatte sich zur *Mikwe* begeben, dem rituellen Reinigungsbad auf dem Friedhof. Nachdem er sich im eiskalten Wasser gewaschen hatte, war er zur Synagoge gegangen. Er wollte gerade den Unterrichtsraum aufräumen, da polterten seine neun Mitstudenten herein. Angeführt von Zimra fielen sie wie eine Räuberbande in das Bethaus ein. Offensichtlich hatten die Männer die Nacht durchgemacht, um im Voraus die Ernennung Zimras zu feiern. Sie lallten, rochen nach billigem Wein, sangen zotige Lieder und machten sich über Chaim lustig. Jonathan und Samuel, zwei starke Männer, hatten ihn auf einen Tisch gesetzt, und das Grüppchen tanzte im Kreis um ihn herum – einen ägyptischen Volkstanz imitierend. Joschua ließ sogar kurz seine Hose herunter, woraufhin sich die anderen, halb auf den Tischen liegend, vor Lachen ausschütteten.

In diesem Augenblick trat Itschak ein. Die Männer, alle schon in respektablem Alter, grinsten wie ertappte Schüler und nahmen dann auf Zimras Aufforderung hin Platz.

»Willkommen, meine Herren«, begrüßte Itschak sie. »Ihr solltet nichts glauben, was ihr nicht selbst geprüft habt. Euer Kommen zeugt von Mut.«

Dann setzte er sich vor sie, schloss die Augen und summte eine monotone Melodie. Chaim blickte besorgt in die Runde. Doch die Männer beruhigten sich.

»Mögen wir heute Morgen nichts, was unrein ist, als rein bezeichnen, und nichts, was rein ist, als unrein. Ich möchte euch in ein kabbalistisches Geheimnis einweihen. Es ist ein ehrfurchtgebietendes Geheimnis, das ihr nicht verstehen werdet. Bitte entscheidet euch im Voraus, euren Widerstand aufzugeben. Ihr braucht es noch nicht zu verstehen, geschweige denn zu glauben.«

»Ihr habt doch gerade gesagt, dass wir alles selbst prüfen sollen«, unterbrach ihn Schlomo, der Maler.

»Genau, aber diese Erforschung findet nirgendwo anders als in dir selbst statt. Gehe zuerst tief in dich und bringe danach deine Kritik vor – falls sie dann noch besteht.«

Zimra und Joschua tauschten verschwörerische Blicke aus.

»Das Geheimnis ist: Es gibt nichts Gutes in dir.«

In diesem Moment betrat Abraham den Raum. Doch Itschak war so konzentriert mit der Enthüllung des Geheimnisses befasst, dass er den Neuankömmling nicht beachtete.

»Ich wiederhole: Es gibt nichts Gutes in dir. Falls du auch nur das kleinste Quäntchen Gutes in dir findest, ist das Selbstbetrug.«

Chaim war sich sicher, dass dies auf ihn gemünzt war. Er fühlte sich durch und durch schlecht. Bei Francesas Besuch hatte er sich von seinen Trieben mitreißen lassen. Er hatte seinen Meister betrogen und hätte das Mädchen vor sich selbst beschützen müssen. Er schämte sich seines Verlangens und seines sündigen Traumes.

»Alles Gute, was wir uns selbst zusprechen, ist Schein. Solange unsere Seele befleckt ist, kann sie die vollkommene Güte des Universums nicht aufnehmen. Wir können dieses absolut Gute erst verstehen, wenn wir uns von dem Gefühl, wir seien gut, befreit haben.«

»Dann habe ich, obwohl ich meine Schuld beglichen habe, in dieser Welt immer noch nichts Gutes zustande gebracht?«, fragte Abraham ungläubig.

Itschak strahlte. »Ganz genau, Abraham! Du hast es verstanden!«

»Aber wenn das, was ich getan habe, schlecht war, dann habt Ihr mich zu dieser schlechten Tat angespornt«, fuhr Abraham entrüstet fort.

Die Atmosphäre war zum Schneiden. Die Schüler hatten in Abraham einen unerwarteten Verbündeten gefunden. Über sein dramatisches Schuldbekenntnis war am Vortag überall in der Stadt geredet worden. Viele hatten sich darüber lustig gemacht, dass Abraham, der stets perfekt gekleidete Kaufmann, in einen Jutesack gekleidet einer Mohrenfrau zu Füßen gefallen war.

»Du musstest dies tun, Abraham, weil du deine Arbeiterin benachteiligt hattest, auch wenn du dir dessen nicht bewusst warst. Aber du hast es nicht aus Güte ihr gegenüber getan, sondern um deiner selbst willen. Du wolltest dich korrigieren. Du wolltest deine Schuld abtragen. Und indem du das getan hast, hast du Fatima eine Schuld aufgebürdet. Sie hatte gar nicht vor, für ihre Überstunden Geld zu verlangen. Du hast sie dazu gezwungen. Fatima nahm das Geld an, um dich von deiner Schuld zu befreien, und nun hat sie selbst eine Schuld. Wird sie das Geld für sich gebrauchen, oder wird sie es ihrerseits verschenken?«

»Wir können wohl davon ausgehen, dass die Mohrenfrau es für sich behält«, versuchte Zimra ihn zu provozieren.

»Dann wird sie merken, dass in ihr nichts Gutes ist. Ihre vermeintlich gute Tat, unbezahlte Überstunden zu machen, war möglicherweise gar nicht so selbstlos. Vielleicht hatte sie tagsüber nicht hart genug gearbeitet. Oder sie hatte gehofft, Abraham würde ihr mehr bezahlen, weil sie den Auftrag seines wichtigsten Kunden zu dessen Zufriedenheit erledigt hatte.«

»Und was ist, wenn sie das Geld verschenkt?«, fragte Schlomo.

»Sehr unwahrscheinlich«, scherzte Zimra.

»Genau das Gleiche. Dann verschenkt sie es aus Eigennutz, um sich zu korrigieren. Genau wie Abraham. Sie schenkt nicht aus Güte, sondern um ihr Gewissen zu entlasten.«

»Wenn ich deiner Argumentation folge, ist eigentlich alles völlig egal, Itschak. Was wir auch tun, es ist falsch«, stellte Zimra fest.

»Ja, all unser Handeln ist egoistisch.«

»Was nützt uns denn eine solche Weisheit: Wenn wir etwas tun, dann machen wir es doch nur aus Eigennutz? Meinst du etwa, dass wir nur zum Guten gelangen, indem wir etwas Böses tun? Dann kann ich ja gleich zu morden anfangen. Pass bloß auf, Chaim«, rief Joschua fröhlich aus und machte über dem Kopf seines Bruders mit den Händen Würgbewegungen. Er war überzeugt, dass sein Freund Zimra den Sieg schon in der Tasche hatte. Itschak wartete ruhig ab, bis sich der allgemeine Aufruhr wieder gelegt hatte.

»Nehmen wir einmal an, jemand fügt deinen Kindern Böses zu. Wenn du sie rettest, indem du diesen Mann ermordest, bist du dann ein schlechter Mensch? Und wie ist es, wenn du einen Tyrannen ermordest, der sein Volk unterdrückt und unermesslich viel Leid verursacht hat? Dienen solche Morde nicht einem höheren Ziel?«

Zimras Trabanten lachten übertrieben laut, weil ihnen nichts Besseres einfiel. Ihr Spott übertönte das Mantra, das in Chaims Kopf widerhallte: »Es war kein Mord, es war ein Unfall, ein tragisches Missgeschick.«

»Willst du etwa allen Ernstes sagen, wenn wir das Recht in die eigenen Hände nehmen, tun wir Gutes?«, schnaubte Zimra entrüstet.

»Nein, ich spreche von der Absicht. Wir tun Gutes in den seltenen Augenblicken, in denen wir in völliger Übereinstimmung mit den Gesetzen des Universums uneigennützig handeln, in Augenblicken, in denen wir über uns selbst hinauswachsen und uns nicht um unser eigenes Seelenheil kümmern, in Situationen, in denen wir ohne nachzudenken handeln, um jemandem ohne jedes Eigeninteresse etwas zu geben, unter Gefährdung unseres eigenen Lebens und all dessen, was uns lieb und teuer ist.«

»Könnt Ihr ein Beispiel dafür nennen?«, fragte Schlomo, dem Itschaks Auffassung gar nicht so abwegig erschien.

»Ein gutes Beispiel ist Abraham«, antwortete Itschak. »Nicht, dass er eine Handvoll Münzen verschenkte, hat ihn gereinigt, sondern dass er Reue empfunden hat. Ihm ist zum ersten Mal in seinem Leben klargeworden, dass er nie so rechtschaffen war, wie er immer glaubte. Er hat direkt in das hässliche Gesicht seiner Habsucht geschaut. Seine aufrichtige Reue hat ihn für immer verändert. Von nun an wird er sich immerzu fragen, ob er vielleicht nicht genug Gutes getan hat – dies wird ihm zur zweiten Natur werden. Irgendwann wird ihm das Geben größere Freude machen, als selbst etwas zu bekommen. Wenn er diesen Punkt erreicht hat, ist er wirklich von seiner Sünde gereinigt. Dann wird das *Kainsmal* von seiner Stirn verschwinden.«

»Glaube doch nicht, was er sagt, Abraham«, rief Zimra aus. »Dieser Mann richtet dich zugrunde. Die ganze Stadt rühmt dich als rechtschaffenen Brotherrn, der seine Leute gut behandelt.«

»Du hast sogar meinem Brüderchen Arbeit gegeben!«, ergänzte Joschua lachend. »Itschak ist selbst auf dein Geld aus.«

Die Augen aller waren auf Abraham gerichtet.

»Ich habe mich noch nie in meinem Leben so gut gefühlt wie in dem Augenblick, als ich Fatima das Geld gab.«

»Du musst selbst wissen, was du tust. Ich jedenfalls habe genug gehört. Danke für Eure Gastfreundschaft, Itschak. Kommt, Freunde, wir gehen.« Sechs von Zimras Gefolgsleuten standen sofort auf, doch Schlomo und zwei andere blieben sitzen.

»Nun kommt schon, Jungs, oder wollt ihr euch dieses Geschwafel noch länger anhören?«, versuchte Joschua sie anzuspornen.

»Ich bleibe«, erklärte Schlomo ruhig. »Ich glaube, ich kann hier noch etwas lernen.«

Joschua explodierte.

»Du hast wohl Angst, dass du deine Frau mit einem anderen Kerl im Bett findest, wenn du zu früh nach Hause kommst.«

Nun setzte sich auch Jonathan, der diese Bemerkung als ziemlich ungehörig empfand, wieder hin. Die vier Sitzengebliebenen ließen sich durch nichts bewegen, den anderen zu folgen. Fassungslos trat Zimra mit seinen fünf verbliebenen Anhängern den Rückzug an.

Als wieder Ruhe einkehrte, wandte Itschak sich an Abraham.

»Glaube nicht, dass das, was du getan hast, nichts war, Abraham. Ein Schmetterling, der auf einer Blume in Ägypten landet, kann hier in Safed ein Erdbeben auslösen. Alles beeinflusst alles. Jede noch so geringe Reinigung, die wir in uns vollziehen, hat unabsehbare Konsequenzen. Und letztendlich werden wir feststellen, dass das Geben uns größere Freude schenkt als alles Geld der Welt.«

Abraham lächelte. Er war sich dessen bewusst, dass es für ihn noch viel zu tun gab. Doch er hatte nun wieder einen Traum, für den zu leben es sich lohnte. Dieser Traum zielte nicht darauf, seine eigenen Interessen zu fördern, sondern an der Entstehung einer liebevolleren Welt mitzuwirken.

Itschak fuhr fort: »Du stehst jetzt an einem wichtigen Wendepunkt in deinem Leben. Wenn du dort stehenbleibst, sind deine Tage gezählt. Tust du hingegen, was ich dir auftrage, wirst du noch zweiundzwanzig Jahre leben.«

Bestürzt schaute Abraham ihn an.

Dann erwiderte er entschlossen: »Sage mir, was ich tun muss.«

»Du musst nach Jerusalem reisen und jene alte Mauer auf dem *Berg Moria* aufsuchen, die als Schuttabladeplatz benutzt wird. Es ist die einzige Stützmauer, die vom Tempel Salomos stehengeblieben war, als *Herodes* ihn wiederaufbaute. Lade deine Gebete und Tränen an dieser Mauer ab, so wie die Einwohner von Jerusalem es mit ihrem Abfall machen. Vielleicht widerfährt dir der Segen, dort die Gegenwart Gottes zu erfahren. Dann sind dir noch weitere zweiundzwanzig Jahre vergönnt.«

Abraham erhob sich auf der Stelle, um Itschaks Auftrag auszuführen.

»Ach ja, Chaim«, sagte Itschak, als auch die anderen Schüler den Raum verließen. »Ich hatte dir schon gesagt, dass meine Tochter dir nicht bestimmt ist. Es hat keinen Sinn, meinem Unterricht beizuwohnen, wenn du das, was ich sage, in den Wind schlägst. Du musst dich entscheiden: Francesa oder mein Unterricht.«

In Chaims Kopf überschlugen sich die Gedanken. Sich für Itschak zu entscheiden bedeutete, bis auf den Grund seiner Seele hinabzutauchen – dunkle Gefilde, die er lieber gemieden hätte.

19 נגא Nun Nun Alef: **Der Gott, der hört, was ihr wirklich sagt**

Im gleichen Augenblick lag Karo keuchend neben seiner jungen Frau Rebecca. Diffuses Sonnenlicht fiel durch die Buntglasscheiben der Schlafkammer. Das Geheimnis der unverwüstlichen Gesundheit Karos waren zweifellos die drei Frauen, die in sein Leben getreten waren. Zweimal war er Witwer geworden und hatte sehr gelitten, doch jedes Mal hatte der Schöpfer ihm erneut eine bezaubernde Frau gesandt, die seine Lebenslust neu entfacht hatte. Jetzt war er achtzig, und der Liebesakt verlangte ihm einiges ab, doch es war für ihn Ehrensache, es seiner achtundzwanzigjährigen Frau an nichts fehlen zu lassen. Er verfügte zwar nicht mehr über das Ungestüm der Jugend, doch er wusste genau, was eine Frau brauchte. Rebecca hätte sich keinen hingebungsvolleren Liebhaber wünschen können. Den Genuss noch auskostend, streichelte sie mit ihren warmen Händen über seine magere Brust, die heftig auf und ab wogte. Ihr dickes rotes Haar lag wie ein Fächer auf den Kissen ausgebreitet.

»Kein Wunder, dass du zwei Frauen in den Tod gejagt hast«, sagte sie neckend und küsste seine schmalen Lippen.

»Mein Gott«, keuchte er, »den Verpflichtungen eines guten Ehegatten nachzukommen ist für mich eine harte Prüfung.

»Die hast du mit Bravour bestanden«, sagte sie. »Sollen wir noch einmal?«

»Grundgütiger, nein«, stöhnte er. »Du musst dich an die Arbeit machen. Gleich stehen hier wieder die vielen hungrigen Studenten vor der Tür, die ihr Frühstück haben wollen.«

Karo hatte einen Teil seines eigenen Hauses, das unmittelbar neben seiner Schule und der Synagoge stand, als Garküche eingerichtet. Weil viele seiner Studenten sehr bedürftig waren, wurde dort unter Rebeccas Anleitung jeden Tag für sie gekocht. Im Laufe der Zeit hatten sich auch einige der weniger wohlhabenden Stadtbewohner eingefunden und sich unter die zukünftigen Richter gemischt. Die zahlreichen Missgeschicke, die diese Menschen in ihrem Leben heimgesucht hatten, verhalfen den Studierenden zu tiefen Einsichten bezüglich der Anwendung des Gesetzes. Jedes Problem, über das ein Richter urteilen musste, hatte viele Seiten. Und ein gerechtes Urteil konnte nur fällen, wer nicht nur das Gesetz richtig auslegte, sondern auch Mitgefühl hatte und viel Verständnis für die Wechselfälle des menschlichen Lebens aufbrachte.

»Ich habe dir noch gar nicht von Deborahs Geschenk erzählt«, sagte Rebecca und setzte sich auf. Karo genoss die Aussicht auf die mit Sommersprossen gesprenkelten Brüste seiner Frau.

»Deborah? Meinst du Cordoveros Witwe?«

»Ja. Wie du weißt, war diese arme Frau, die ja auch noch hinkt, seit dem Tode ihres Mannes regelmäßig in unserer Garküche zu

Gast. Cordovero hat ihr keinen Heller hinterlassen – zumindest dachte sie das.«

Auch Karo richtete sich nun auf. »Wie meinst du das?«

»Sie ist jetzt reich!«

»Reich? Hatte er irgendwo einen Schatz versteckt?«

»Nein, das nicht. Aber ihr Mann hat natürlich ziemlich viele unveröffentlichte Schriften hinterlassen. Stapelweise. Und gestern kam jemand zu ihr und bot ihr für diese Manuskripte ein Vermögen an.«

»Was?«, rief Karo. »Und ist sie darauf eingegangen?«

»Was hätte sie denn sonst tun sollen? Und aus Dankbarkeit hat sie ein Zehntel des Erlöses für unsere Garküche gespendet! Übrigens auf den Rat des Käufers hin.«

Karo verließ das Bett. Er wusste nicht, was er von dieser Entwicklung halten sollte, aber sie gefiel ihm ganz und gar nicht. Cordoveros Manuskripte standen seinem Nachfolger zu, und den musste er erst noch ernennen.

»Freust du dich denn gar nicht darüber?«, fragte Rebecca.

»Wer war dieser Mann?«, fragte er zurück und kleidete sich an.

»Danach habe ich nicht gefragt.«

»Ich weiß nicht, ob wir uns darüber freuen sollten, Rebecca. Ich muss jetzt gehen. Bis heute Abend«, verabschiedete sich Karo. Er hastete zur Mikwe, um sich nach dem ehelichen Verkehr zu reinigen.

Als Karo eine Stunde später die blaue Synagoge betrat, war Jehuda gerade dabei, die Bänke umzustellen.

»Was machst du da?«, fragte Karo.

»Meiner Meinung nach ist diese Anordnung besser, Vater. Und vielleicht sollten wir die Polster neu beziehen lassen. Ich dachte an Königsblau.«

Karo schüttelte den Kopf. Wie sollte er diesen Jungen nur jemals dazu bringen, sich nicht in erster Linie für das Mobiliar, sondern vor allem für das Gesetz zu interessieren? In diesem

Moment betrat Zimra mit seinem Gefolge in sichtlich heiterer Stimmung die Synagoge.

»Schalom, Karo, Schalom Jehuda«, grüßte Zimra selbstbewusst. »Ich habe getan, was Ihr mir aufgetragen habt. Wir haben an einer Unterrichtsstunde Itschaks teilgenommen.«

»Ach ja?«, erwiderte Karo angenehm überrascht. »Erzählt, wie war es?«

»Dieser Mann ist gefährlich«, antwortete Zimra mit einem Ausdruck größter Besorgnis.

»Man sollte ihm verbieten, die Kabbala zu lehren«, ergänzte Joschua.

»Wirklich?«, entgegnete Karo neugierig. »Warum haltet ihr ihn denn für gefährlich?«

»Es ist bestürzend«, antwortete Zimra in unheilverkündendem Ton, »wenn wir ihm glauben, können wir Euren Schulchan Aruch ins Feuer werfen. Dieser Mann stellt sich über das Gesetz. Er hat wortwörtlich gesagt, zu morden könne gerechtfertigt sein!«

Karo schaute Zimra schockiert an.

»Hat er das wirklich gesagt?«

Joschua pflichtete Zimra bei, und die anderen bekräftigten es in allen Tonarten.

»Und was halten eure anderen Freunde davon?«

Ein peinliches Schweigen entstand.

»Sie sind bei Itschak geblieben«, gab Samuel schließlich zu.

»Dann sind sie also von Itschak angetan?«, fragte Karo, der gar nichts mehr verstand.

»Ich weiß auch nicht, was mit ihnen los ist«, antwortete Joschua schnell. »Itschak hat etwas Hypnotisches. Vielleicht sind sie dadurch in seinen Bann geraten. Mein Bruder Chaim beispielsweise führt sich auf, als sei er Itschaks Schoßhündchen. Wenn Ihr hören würdet, was Itschak behauptet hat, wäret Ihr sicher wie wir überzeugt, dass er ein gefährlicher Geisteskranker ist.«

»Ihr fünf steht also immer noch bedingungslos auf Zimras

Seite, aber vier von euren Freunden und Chaim Vital scheinen Itschak zu bevorzugen. Das sind genau fünf gegen fünf. Darüber muss ich nachdenken.«

»Lieber Karo«, sagte Zimra mit deutlicher Anspannung in der Stimme, »mir scheint, Ihr wisst jetzt genug. Es ist wirklich an der Zeit, eine Entscheidung zu fällen.«

Er holte mühsam Luft und fuhr fort: »Ihr habt doch selbst gehört, wie Itschak durch seine Äußerungen die Autorität untergräbt. Außerdem möchte ich Euch noch einmal darauf hinweisen, dass ich wegen dieser Angelegenheit meine Reise nach Abessinien verschoben habe. Ihr könnt mich doch nicht so zappeln lassen!«

»Ich habe Euch nicht gebeten, Eure Pläne zu ändern, Zimra. Falls Ihr Eure Kandidatur zurückziehen wollt, respektiere ich das.«

Sofort zeigte Zimra wieder sein allerfreundlichstes Lächeln.

»So habe ich das natürlich nicht gemeint. Ich bin nur so begeistert von meiner zukünftigen Aufgabe, seit ich mir die Werke meines guten Freundes Cordovero noch einmal angeschaut habe. Mich juckt es in den Fingern, sie zu überarbeiten.«

»Dann habt *Ihr* seine Werke also gekauft«, stellte Karo verblüfft fest.

Zimra zuckte die Achseln und erwiderte bescheiden: »Ich bin mir sicher, dass es sinnvoll war, der Witwe dieses Geschenk zu machen. Und ich vertraue darauf, dass Ihr eine weise Entscheidung treffen werdet.« Er drückte Karo die Hand. »Kommt, Freunde, lasst uns gehen.«

Karo stützte sich mit seiner knochigen Hand auf die Schulter seines Sohnes.

»Was würdest du an meiner Stelle tun, Jehuda?«, fragte Karo, als die Männer die Synagoge verlassen hatten.

»Ich? Ich finde Zimra abscheulich. Ich würde mich einmal mit Itschak unterhalten.«

Karo lächelte. Er war stolz auf seinen Sohn. Genau dieser Gedanke war ihm auch schon gekommen.

»Komm«, sagte er. »Gib deinem Vater den Spazierstock. Wir gehen.«

20 מומ Mem Vav Mem: **Der Gott der aufrichtigen Reue**

Karo wurde ehrerbietig von den Markthändlern begrüßt, die ihre Stände bestückten. Weil er so beschäftigt war, kam er nur selten in die Stadt. Karo war überaus beliebt. Viele, die sich verfeindet hatten, hatte er wieder zu Freunden gemacht. Das Geheimnis seines Erfolgs bestand darin, möglichst niemanden zum Verlierer werden zu lassen. Er war stets bemüht, seine Urteile so abzufassen, dass sich die verfeindeten Parteien am Ende die Hände reichen konnten. Der Handschlag, der eine solche Versöhnung besiegelte, wurde zu einer spirituellen Erfahrung: Wenn die beiden Handflächen einander berührten, entstand eine Verbindung zwischen zwei Seelen. Karo half beiden Beteiligten zu erkennen, wie sie zur Entstehung des Problems beigetragen hatten. Dadurch weckte er bei beiden Parteien die Bereitschaft, nach einer fairen Lösung zu suchen.

Während des langen Abstiegs zum jüdischen Teil der Stadt stützte Jehuda seinen Vater. Er hielt hin und wieder inne, um in einem Geschäft ausgefallene Stoffe zu betrachten, doch der Vater wies ihn jedes Mal zurecht, dazu hätten sie keine Zeit. Es bereitete Jehuda einige Mühe, seinen Vater vor einem Sturz zu bewahren. Manchmal war das Pflaster glatt und tückisch, so dass auch Jehuda seine liebe Mühe damit hatte.

Itschak erwartete die beiden schon vor dem elfenbeinweißen Tor seines Hauses.

»Ich wäre auch zu Euch gekommen, Richter Karo. Vom Gericht bis hierher ist es ziemlich weit. Seid willkommen.«

Karo und Jehuda folgten Itschak in den Speisesaal. Jehuda war überwältigt von der prachtvollen Einrichtung der Wohnung.

»Sieh nur diesen Teppich, Vater! Und dieses Gemälde! Phantastisch!«

Francesa saß am Esstisch und schrieb einen Brief an eine ihrer ägyptischen Freundinnen. Sie schilderte in allen Einzelheiten, was auf Chaims Zimmer geschehen war. Verstört blickte sie auf, als ihr Vater mit den Besuchern eintrat.

»Soll ich gehen?«, fragte sie Itschak.

»Nein, Mädchen, bleib ruhig sitzen«, erwiderte Karo, der von Francesas Liebreiz sehr angetan war. »Wir bleiben nicht lange. Ich bin Karo, und das ist mein Sohn Jehuda.«

Die beiden jungen Leute begrüßten einander etwas distanziert. Das weiße Kleid steht ihr ganz gut, dachte Jehuda, aber dazu ein Schal als Farbtupfer würde Wunder wirken.

»Euer Geschäft scheint gut zu gehen, Itschak«, eröffnete Karo das Gespräch.

»Ehrlich gesagt, ist es das Verdienst meiner Frau Sarah. Sie ist die geborene Geschäftsfrau. Es ist eine wahre Freude, ihr zuzuschauen, wenn sie mit Kaufleuten aus der ganzen Welt handelt.«

»Wenn sie genauso charmant ist wie Eure Tochter, kann ich mir vorstellen, dass es nicht so einfach ist, mit ihr zu handeln«, entgegnete Karo und zwinkerte Francesa zu. »Offenbar wusstet Ihr, dass ich kommen würde, also wisst Ihr wahrscheinlich auch, warum ich Euch besuche.«

»In der Tat. Ich bedauere, dass Ihr annehmt, ich würde mich in meinem Unterricht über das Gesetz erheben. Ihr habt ein sehr weises Buch geschrieben. Eure Beschreibung des jüdischen Gesetzes, der Schulchan Aruch, wird noch vielen Generationen nach uns als Orientierungshilfe für ein rechtschaffenes Leben dienen.«

»Habt Ihr es gelesen?«, fragte Karo geschmeichelt.

»Ja, als ich noch in Ägypten lebte.«

»Wie lange seid Ihr nun schon in Safed?«

»Fast vier Monate.«

»Vier Monate und schon in aller Munde«, erwiderte Karo. »Ich war neunundvierzig, als ich aus *Adrianopolis* nach Safed kam. Aber ich habe viel länger gebraucht, um mir hier einen Namen zu machen.«

»Sich einen Namen zu machen ist nicht schwer, Richter Karo, aber sich einen guten Namen zu machen, das dauert lange.«

»Das ist wahr«, stimmte Karo lächelnd zu. »Und im Augenblick zumindest scheint Euch das nicht so gut zu gelingen. Habt Ihr tatsächlich Mord als eine gute Tat bezeichnet?«

Itschak lachte.

»Sechs Zeugen behaupten das«, erklärte Karo ernst.

»Das habe ich tatsächlich gesagt«, bestätigte Itschak und nickte bekräftigend. »Aber dazu müsst Ihr wissen, dass ich in meinem Unterricht nicht über die irdischen Gesetze spreche, die Ihr so vortrefflich anwendet, sondern über die Gesetze des Universums.«

»Das ist mir klar«, sagte Richter Karo. »Aber vorläufig sind wir alle noch auf Erden. Soll ich Euch von einem Mord freisprechen, weil Ihr Euch damit verteidigt, dass er nach den Gesetzen des Universums eine gute Tat war?«

»Die Tora beschreibt viele Wirklichkeiten, Richter Karo. Ihr wendet das Gesetz so an, wie Moses es uns schriftlich und mündlich diktiert hat. Das ist zweifellos sehr wichtig, weil wir mit seiner Hilfe unser Zusammenleben organisieren können. Es ermöglicht uns, zivilisiert miteinander umzugehen. Diese Gesetze dienen dazu, uns das Zusammenleben so angenehm wie möglich zu machen.«

»Genau«, bestätigte Karo, »und Mord zählt doch sicher nicht dazu?«

»Die Kabbala beschäftigt sich mit einer umfassenderen Wirklichkeit als derjenigen, in der wir hier auf Erden gefangen sind.

Natürlich müssen wir hier einen Mörder bestrafen und einsperren. Doch aus einer höheren Sicht, die unser Verständnisvermögen übersteigt, kann sich ein Mord in manchen Fällen als notwendig erweisen.«

»Ihr meint, dass Gott einen Mord gewollt haben kann?«

»Einen Mord zu begehen ist für den Mörder eine Chance, zu echter Reue zu gelangen. Wenn er wirklich einsieht, dass seine Tat Unrecht war, und wenn er sie bereut, respektiert er danach aus einer inneren Notwendigkeit heraus das Leben anderer Menschen. So kann es bei ihm zu einer Korrektur kommen, die ihn weit über seinen Eigennutz hinauswachsen lässt. Reuige Sünder können zu Einsichten gelangen, die vollkommen Rechtschaffende niemals erreichen. In der himmlischen Buchführung hat Reue einen wesentlich höheren Wert als das bürgerliche Leben eines Menschen, der sich treu an alle Vorschriften hält.«

»Wie bitte?«, rief Karo aus. »Wollt Ihr damit sagen, dass diejenigen, die das Gesetz nicht übertreten, minderwertig sind?«

»Wenn sie sich von Angst leiten lassen, ja. Wenn sie ihre Träume aufgeben, weil sie Angst haben, Fehler zu machen. Wenn ihr ganzes Streben darauf gerichtet ist, ein braves Leben ohne große Wünsche und Sehnsüchte zu führen. Der Schöpfer will, dass wir Großes tun. Er möchte, dass wir die Welt erobern und verbessern. Und er möchte, dass wir werden wie er selbst: Schöpfer einer neuen Welt.«

Nach den ruhig vorgebrachten Ausführungen Itschaks schwieg Richter Karo lange. Sein altes Gehirn konnte der kabbalistischen Argumentation zwar folgen, aber das ausgeprägte Gerechtigkeitsgefühl, das er im Laufe seines Lebens entwickelt hatte, protestierte dagegen. Das Problem bestand darin, dass »Reue« nicht messbar war. Er hatte sich als Richter viel zu oft scheinbar aufrichtige Reuebekundungen von Tätern anhören müssen, die kurze Zeit später ohne die geringsten Skrupel genau das gleiche Verbrechen erneut begingen. Solche Menschen spielten Reue vor, um das Strafmaß zu verringern. Wollte man herausfinden, wie aufrichtig ein Mensch bereute, musste man dem Betreffenden die Möglichkeit geben, dies unter Beweis zu stellen, was natürlich mit dem Risiko verbunden war, dass er erneut Menschen Schaden zufügte. Ein Gericht war eine Institution, die den Interessen der Allgemeinheit diente. Aufgabe der Rechtsprechung war es nicht, die Menschen zum Vergeben anzuhalten.

Itschak schaute ihn mit sanftem Blick an.

»Der Glaube geht über den Verstand hinaus«, sagte er ruhig, als hätte er die widerstreitenden Gedanken in Karos Geist gehört. »Die Schöpfung straft nicht, aber wir müssen die Konsequenzen all dessen, was wir tun, tragen. Und auch wenn diese Konsequenzen einer Strafe gleichen mögen, sind sie doch stets ein freundlicher Fingerzeig des Schöpfers zu unserem Wohlergehen. Gott ist immer auf unserer Seite.«

»Und das Opfer des Mörders?«, fragte Jehuda plötzlich.

Freudig überrascht schaute Karo seinen Sohn an. Gewöhnlich schwieg Jehuda bei solchen Diskussionen. Offenbar hatte Itschak sein Herz angesprochen. Vielleicht würde ja aus der Kabbala die Rechtsprechung der Zukunft hervorgehen. Vielleicht würde sie zu einer Art Kompass werden, an dem die Menschheit sich in Zukunft orientieren würde, nachdem sie ein höheres Niveau erreicht hatte. Karo selbst würde das wohl nicht mehr erleben, aber vielleicht war die Kabbala die Sprache der Jugend, der folgenden Generation.

»Eine sehr gute Frage«, sagte Itschak. »Vielleicht hat das Opfer auf einer höheren Ebene die Möglichkeit zur endgültigen Korrektur, zur Vervollkommnung erhalten. Vielleicht ermöglicht es durch die buchstäbliche Hingabe seines Lebens einem anderen Menschen, seine Lektion zu lernen, und dadurch hat es dem Gesetz des Gebens in seiner allerhöchsten Form Genüge getan.«

»Vater könnte wahrscheinlich sogar jemanden dafür begeistern, sich ermorden zu lassen«, warf Francesa fröhlich ein.

Karo lachte laut auf. Dann erhob er sich mühsam.

»Itschak Luria, ich möchte Euch bitten, meinen Sohn Jehuda als Schüler anzunehmen.«

Jehuda erschrak. Warum sollte er sich von diesem Mann unterrichten lassen? Er fand ihn langweilig und hochtrabend. Würde er sich von nun an jeden Morgen solche Diskussionen anhören müssen?

»Richter Karo, ich werde ihn wie meinen eigenen Sohn aufnehmen.« Itschak legte eine Hand auf die Schulter des Jungen.

Karo war gerührt. Endlich hatte er einen Lehrer gefunden, dem es gelingen würde, die Leidenschaft seines Sohnes zu entfachen. Nachdem die beiden Männer einen Blick väterlichen Einvernehmens gewechselt hatten, wandte Itschak sich an Francesa.

»Liebes Töchterchen, darf ich dir Jehuda, deinen zukünftigen Ehemann, vorstellen?«

21 עממ Ajin Mem Mem: **Der Gott der Leidenschaft**

Mit kraftvollen Bewegungen zog Chaim in der sengenden Sonne die Wolle durch die rote Farbe.

Das satte Türkischrot wurde aus pulverisierter *Krappwurzel* hergestellt, einem Pulver, das sehr teuer war, weil seine Herstellung mühsam und langwierig war. Zudem musste sie nachts stattfinden, da man annahm, die Wurzel verliere bei Sonnenlicht ihre Färbekraft.

Als alle Fasern der Wolle von der tiefroten Farbe durchdrungen waren, wrang Chaim die Stränge aus. Je mehr Wolle in einem Bottich gefärbt wurde, umso preisgünstiger wurde das Färben. Nach dem Farbbad hing er die Wolle zum Trocknen auf. Chaim gefiel dieses Handwerk. Weil er dabei seine ganze Kraft einsetzen musste, entspannte sich sein Geist.

Als er gerade einen neuen Ballen Wolle in den Bottich werfen wollte, stand plötzlich Francesa vor ihm und warf sich in seine mit roter Farbe beschmierten Arme.

»Halte mich bitte ganz fest, Chaim«, schluchzte sie. »Es wird das erste und das letzte Mal sein.«

Sie bebte, und Chaim drückte sie allen guten Sitten zum Trotz fest an sich und versuchte, sie zu beruhigen.

»Was ist denn los, Francesa? Warum bist du so verstört?«

Fatima, die dunkelhäutige Näherin, die an einem kleinen Tisch im Freien saß und Knöpfe annähte, stand auf, nahm ihre Arbeit mit und ließ die beiden allein.

»Mein Vater will, dass ich Jehuda zum Mann nehme.«

»Jehuda? Den Sohn von Karo? Aber er ist doch …«

»Ich will nicht, Chaim. Seit ich dich das erste Mal gesehen habe, bin ich verliebt in dich.«

Fatima, die noch einmal zurückgekehrt war, um ihre Schere zu holen, entfernte sich hastig wieder, als sie dies hörte.

»Auch ich denke viel an dich, Francesa«, war das Einzige, was Chaim herausbrachte.

»Es gibt nur noch eine Möglichkeit, Chaim. Du musst dich mit mir verloben, jetzt sofort.«

Chaim löste sich aus der Umarmung, nahm ihre Hände und sagte: »Mich mit dir verloben? Wie denn?«

»Nach den Gesetzen des Moses und Israels kann ein Mann sich auf drei verschiedene Arten mit einer Frau verloben. Durch einen Ring als Symbol für Geld, durch ein Dokument und durch Beischlaf«, erklärte Francesa stolz. Sie hatte sich diesen Plan schon auf dem Weg zu Chaim zurechtgelegt.

»Aber Francesa, ich habe keinen Ring, und ich habe auch kein Geld, um einen Ring zu kaufen, der deiner Schönheit angemessen wäre.«

»Das ist nicht nötig, Chaim«, sagte sie lächelnd, obwohl sie ein wenig enttäuscht wirkte.

»Von Karo eine Verlobungsurkunde zu bekommen ist wohl auch unmöglich. Schließlich geht es um seinen Sohn.«

Wieder lächelte sie. Jetzt erst wurde ihm klar, worauf sie hinauswollte. Bestürzt schaute er sie an.

»Was uns bleibt, ist der Beischlaf«, sprach sie seinen Gedanken laut aus.

»Aber Francesa, weißt du eigentlich, was du da sagst?«

»Chaim, du liebst mich doch genauso sehr wie ich dich?«

»Ja, ich glaube schon.« Sofort bereute er, dass er seine Liebe nur so zurückhaltend zum Ausdruck brachte. Doch das schien Francesa nicht zu stören.

»Wenn wir uns in Gegenwart von zwei Zeugen vereinigen, sind wir vor dem Gesetz verlobt. Dann kann nichts und niemand uns daran hindern zu heiraten, in einer Ehe zu leben.«

Sie sagte dies mit einer solchen Selbstverständlichkeit, dass Chaim lachen musste. Francesa schaute ihn unbeirrt an.

»Das ist ein altes Gesetz aus der Zeit von Moses, Francesa. Niemand wendet es noch buchstäblich an. Sicher, in absoluten Ausnahmefällen, aber …«

»Das Gesetz des Moses ist doch das Gesetz des Schöpfers! Kann es denn jemals veralten? Chaim, zweifelst du etwa daran, dass wir füreinander bestimmt sind? Wenn das so ist, dann sag es mir ehrlich.«

Chaim fühlte sich völlig überrumpelt. Es schien, als sei sein Traum Wirklichkeit geworden. Er war überwältigt von Francesas direkter Annäherung. Ihm war, als stünde Lilith persönlich vor ihm. Francesa schlug ihm genau das vor, wonach es ihn so sehr verlangte. Aber so schnell und auf diese Weise? Die Ereignisse schienen sich zu überstürzen. Was war ihrem Vater, seinem Meister, nur eingefallen, dieses Mädchen, das Chaim teurer als alles andere auf der Welt war, mit Jehuda zu verloben? Dass Itschak ihm seine Tochter nicht gönnte, war für ihn schon unbegreiflich genug, aber dass sie jetzt Jehuda zu gesprochen wurde! Welcher Meister würde etwas so Abscheuliches tun? Er sah sie vor sich stehen. Das hinreißende, bezaubernde Mädchen, das ihn mit tränenumflorten Augen fragend anblickte. Das makellos weiße Kleid, auf dem sich jetzt Farbspuren von seinen Händen abzeichneten. Noch nie hatte ein Mädchen ihn so erregt. Francesa gehörte zu ihm, da war er sich sicher. War ihr Vorschlag wirklich so töricht? War dies nicht tatsächlich die einzige Möglichkeit, den Plan ihres Vaters zu vereiteln? Was empfahl die Kabbala in solchen Fällen? Selbst sein Traum, das ultimative Buch über die Kabbala zu schreiben, würde für ihn jegliche Bedeutung verlieren, wenn er es ihr nicht als Erster vorlesen könnte. Musste er nicht jetzt und für alle Zeiten seinem Herzen folgen und sich hier und jetzt auf ewig mit ihr verbinden?

»Bitte, Chaim. Es ist unsere einzige Chance«, sagte sie leise.

Er empfand es als unerträglich, dass ein so schönes Mädchen ihn anflehte. Kein anderer Mann hätte Francesa widerstehen können. Er wollte nicht, dass sie sich derart vor ihm erniedrigte. Sie verströmte ungeheure Leidenschaft. Die Hitze seines Verlangens löste alle seine Vorbehalte in Luft auf.

»Gut«, sagte er.

Ein strahlendes Lächeln brach sich durch ihre Tränen Bahn, und ihre Lippen legten sich auf die seinen. Noch nie hatte es eine solche Vereinigung zweier Münder gegeben. Sie ließ die Zahnräder der Zeit stillstehen und sog allen Raum, der die beiden Menschen umgab, in sich auf.

Ohne den Kuss zu unterbrechen, hob Chaim Francesa mit seinen starken Armen hoch. Wie warm und weich sie war. Dieses Mädchen gehörte zu ihm. Sie war von Geburt an dazu bestimmt, seine Frau zu werden. Er würde sie zur Frau machen und sie ihn zum Mann. Genauso, wie er es in seinem Traum gesehen hatte, wollte er sie zu dem Tisch tragen. Als Francesa bereitwillig ihre Beine ausstreckte und seine Lenden umschloss, trat sie gegen den Farbbottich und brachte ihn ins Wanken. Chaim verlor das

Gleichgewicht. Sein Ellbogen gab dem Bottich den endgültigen Stoß, und die dicke Farbe ergoss sich über sie. Francesa schrie vor Vergnügen laut auf. Die Farbe tropfte wie rotes Blut von ihr herab. Wie eine blutrünstige Sirene stürzte sie sich mit heiserem Lachen auf Chaim.

Auf dem Innenhof liefen die Arbeiter zusammen. Sie lachten, als sie den sonst so ernsten Chaim mit einem jungen Mädchen in einem Teich aus roter Farbe zappeln sahen. Nur Ruth, die alte Putzfrau, trat vor und zog Francesa aus der glitschigen Umarmung.

»Na los …«, rief Francesa Chaim mit heiserer Stimme zu. »Mach doch!«

Doch Ruth zerrte sie von Chaim fort und schimpfte ihn gleichzeitig aus.

»Wie kannst du es wagen, du frecher Kerl! Es gehört sich nicht, mit einem unverheirateten Mädchen zusammen zu sein und es zu betatschen! Und was fällt *dir* ein, du kleine Teufelin? Hier wird gearbeitet! Das ist kein Bordell! Was für eine Dirne bist du nur? Ich werde dich sauber schrubben, dass dir Hören und Sehen vergeht!«

Sie schleifte Francesa, die nach Chaim schrie, an einem Arm zum Waschplatz. Er schaute ihr hilflos hinterher.

Als Fatima die Gruppe der lachenden Kollegen verließ und ins Haus zurückkehrte, rollten ihr Tränen über das Gesicht.

TEIL III

Safed 1570. Herbst, sieben Wochen später
(jüdische Zeitrechnung: 5330)

22 יהה Jod Heh Heh: **Der Gott, der Vater und Mutter ist**

Francesa war schon tagelang an ihr Bett gefesselt. Ihre Hände und Füße waren mit Schifferknoten an den Holzpfosten befestigt. Sarah tat es in der Seele weh, dies mit ansehen zu müssen, doch sie hatte Itschaks Entscheidung akzeptiert, weil Francesa sich anders nicht mehr bändigen ließ. Sie erkannte das Mädchen, das einmal ihre Tochter und Freundin gewesen war, nicht mehr wieder. Francesa hatte ihnen das Leben zur Hölle gemacht. Nachdem sie zuerst unablässig geweint und gejammert hatte, begann sie allmählich ihre Eltern zu terrorisieren. Angefangen hatte dies alles eines Morgens, als Sarah mit einem Kaufmann aus Italien über eine große Bestellung verhandelt hatte. Während Sarah ihn durch das Magazin führte, damit er die Qualität der Waren begutachten konnte, war Francesa plötzlich aus einem Jutesack mit Thymianblättern aufgetaucht und hatte mit verstellter Stimme gerufen: »Willkommen im Haus des Teufels!«

Der Kaufmann erschrak so sehr, dass ihn fast der Schlag getroffen hätte. Daraufhin hatte Francesa hysterisch gelacht und ein paar Stellagen umgeworfen, und der Staub getrockneter

Kräuter war in einer riesigen Wolke durch den Raum gewirbelt: ein gelbgrüner Nebel, wie die Hölle auf Erden.

»Schnapp dir meine Mutter, du geiler Italiener, das willst du doch, oder?«, schrie sie.

Der Kunde hatte sich stolpernd einen Weg durch das Chaos gebahnt und das Haus fluchtartig verlassen. Mit Sarahs Gewürzhandel wollte er nie mehr etwas zu tun haben.

Doch dies war nur der Anfang gewesen. Seither hatte Francesa mit obszönen Bemerkungen, provozierenden Gesten und aggressiven Verwünschungen jeden Besucher zu Tode erschreckt, so dass es unmöglich geworden war, einen Gast zu empfangen. Nachdem Francesa eines Nachts mit einem Messer neben dem Bett der schwarzen Köchin gestanden und ihr angedroht hatte, ihr die Augen auszustechen, wenn sie ihrem Vater kein Gift ins Essen mischte, hatte die Frau gekündigt.

Trotz all seiner Weisheit vermochte auch Itschak nichts gegen die Zerstörungswut Francesas auszurichten. In der Kabbala gab es keine Empfehlungen für den Umgang mit einem so heftigen Liebeskummer. Seine Tochter hasste und verfluchte ihn wegen dem, was er ihr angetan hatte.

Sarah nahm all ihren Mut zusammen und klopfte an die Tür zu Francesas Schlafraum. An diesem Abend sollte die offizielle Verlobungsfeier von Francesa und Jehuda stattfinden. Es war der letzte Schabbat vor ihrer Hochzeit, und Jehuda sollte in der Synagoge aus der Tora rezitieren. Die Zeremonie würde in Karos blauer Synagoge stattfinden, und der alte Richter hatte mehrfach erklärt, er freue sich sehr, seine zukünftige Schwiegertochter wiederzusehen. Danach sollte es ein Fest geben, mit der Braut als strahlender Mittelpunkt. »Lass mich in Ruhe«, schrie Francesa.

Als Sarah eintrat, war sie auf das Schlimmste gefasst. Ihr Mutterherz war schon seit Wochen untröstlich. Wo war ihr liebes Mädchen? Würde sie ihre Tochter, die sie so sehr liebte, jemals wiedersehen?

Francesa kämpfte wie ein Tier, das in der Falle festsaß. Sie bäumte sich mit der ganzen Kraft ihres jungen Körpers auf und riss an den Seilen, die sie an das Bett fesselten. In ihren Bemühungen, ihrer Gefangenschaft zu entkommen, schien sie über unerschöpfliche Kräfte zu verfügen.

»Francesa, Kind ...«, begann Sarah.

»Ich bin nicht dein Kind. Ich bin das Kind des Teufels. Des Teufels, der sagt, er sei dein Mann, und der mit seinem schwarzen Samen nur Satanskinder zeugen kann.«

An verletzende Äußerungen dieser Art war Sarah mittlerweile gewöhnt, und sie ließ sich dadurch nicht mehr aus der Fassung bringen. Sie trat an das Bett ihrer Tochter. Als sie ihre Hand auf Francesas Stirn legen wollte, spuckte diese ihr mit aller Kraft ins Gesicht. Doch Sarah hatte sich vorgenommen, sich durch keine Provokation einschüchtern zu lassen. Irgendwo in diesem Mädchen, in das der Teufel gefahren war, musste ihre liebe Tochter versteckt sein, ein verletztes Mädchen, das unter schrecklichem Kummer litt, weil man ihm verboten hatte, mit seiner ersten großen Liebe zusammen zu sein.

Sarah kannte das überströmende Gefühl der Liebe nur zu gut. So weit sie zurückdenken konnte, hatte sie Itschak geliebt – seit er zum ersten Mal mit seiner Mutter bei ihren Eltern zu Besuch gewesen war. Sie hatte damals das deutliche Gefühl gehabt, dass es ein Wiedersehen war, als seien sie voneinander getrennt und nun vom Schicksal wieder zusammengeführt worden. Doch sie war mit ihrer Freude allein geblieben. Itschak hatte sie gar nicht beachtet. Der ernste Junge hatte sich einzig und allein für die Tora interessiert. Er hatte immer nur studiert. Und Sarah schaute ihm dabei zu – stundenlang, tagelang, jahrelang, während er seine Bücher las. Hätte Itschak nicht letztendlich Gefallen an ihr gefunden, sie hätte sich wahrscheinlich so gefühlt wie jetzt Francesa. Liebe vermochte ein ungeahntes Reservoir an Leidenschaften freizusetzen. Sarah wusste, dass ein Mensch, der mit äußerster

Intensität liebte, durch nichts aufzuhalten war. Sie schaute in die vor Wut blitzenden Augen ihrer Tochter. Francesa schien sie mit ihrem Blick vernichten zu wollen. Die Mutter versuchte, ihren Abscheu zu verbergen und dem hasserfüllten Blick mit Sanftmut zu begegnen. Als sie über Francesas glänzendes pechschwarzes Haar strich, warf diese heftig ihren Kopf hin und her, um der Zuwendung zu entgehen.

»Ich weiß, was du fühlst«, sagte Sarah.

Francesa lachte hysterisch auf.

»Ich bin die *Hure von Babylon*«, kreischte sie. »Niemand weiß, was ich fühle.«

»Nein«, erwiderte Sarah ruhig. »Du bist mein liebes Mädchen. Du hast großen Kummer. Dein Herz blutet, und deshalb blutet auch meines. Ich wünschte, ich könnte dein Leid tragen, ich könnte deinen Schmerz auf mich nehmen. Du bist mein Fleisch und Blut. Jeder Aufschrei aus deinem Herzen verletzt das meine. Glaube mir, ich liebe dich. Es gibt niemanden, den ich mehr liebe als dich.«

Schaum stand vor Francesas Mund. Ihre Mutter tupfte den Speichel ab, der aus ihren Mundwinkeln floss, und fuhr dann ruhig fort, ihrer Tochter ihre Liebe zu versichern. Aus Francesas Mund strömte ein fauliger Geruch, weil sie schon tagelang nichts mehr gegessen hatte. Ihre Mutter schien mit ihrer Liebe nur Salz in die eiternden Wunden zu streuen. Mit einer unvorstellbaren Kraft, die eigentlich nicht aus ihr selbst kommen konnte, versuchte sie, die Stricke zu zerreißen, die ihre Hände und Füße fesselten. Ihre Nase blutete, und auch zwischen ihren Beinen floss Blut. Doch Sarah fuhr fort, wie in einem inständigen Gebet die Liebe zu ihrer Tochter zu besingen. Francesas Körper bäumte sich auf, und es war, als risse plötzlich eine zu stark gespannte Saite auf einer Zither. Sie fiel auf das Bett zurück, und ihr Körper entspannte sich. Jeder Widerstand schien sich verflüchtigt zu haben. Verwundert schaute sie ihre Mutter an.

»Mutter«, fragte sie, »Mutter, was ist nur passiert? Warum liege ich hier in Fesseln?«

Sarah umarmte sie und weinte. Wochen waren vergangen, seit sie das letzte Mal jene Francesa gesehen hatte, die sie einst in ihren Armen gewiegt hatte: das sonnige, strahlende Kind, das immer lachte und alle Herzen eroberte. Eine Tochter, in die sie verliebt gewesen war.

»Warum bist du so traurig, Mutter?«, fragte Francesa.

»Ich habe dich lieb, mein Kind, so unendlich lieb. Du hast mir so gefehlt.«

»Wo ist Vater jetzt?«, fragte sie mit einer fast kindlichen Stimme.

»Vater arbeitet an einer Rede für ... deine Verlobung heute Abend. Sein größter Wunsch ist, dass du dabei sein kannst.«

»Ja, natürlich«, sagte Francesa. »Ich muss doch an meiner eigenen Verlobungsfeier teilnehmen. Soll ich mein rotes Kleid anziehen?«

Sarah wurde von Rührung überwältigt. Sie konnte kaum glauben, dass alles wieder gut war. Die vergangenen Wochen kamen ihr wie ein böser Traum vor, und Francesa schien sich an nichts von alldem zu erinnern.

»Erinnerst du dich noch an die Geschichte vom verliebten Mond, die ich dir erzählt habe, als du klein warst?«, fragte sie, gleichzeitig lachend und weinend.

Francesa nickte.

»Der Mond war verliebt, so verliebt, dass er nichts mehr essen konnte und deshalb schrumpfte, bis er nur noch ein dünner Strich war. So dünn, dass er jammerte: ›Ich bin so klein, dass unter meinen Fittichen kein Platz mehr ist und ich dich nicht mehr beschützen kann. Schau mich nicht an, Sonne, du kannst mich ja doch nicht mehr sehen.‹ Als die Sonne das Jammern des Mondes hörte, kam sie aus ihrem Palast, beladen mit Geschenken, und suchte den Mond auf. Da sah sie, dass er schwarz und zusammengeschrumpft war. Er hatte all seine Schönheit verloren. Doch die Sonne umarmte den Mond und küsste ihn…«

»Und so wurde er wieder voll und erlangte seine Schönheit und sein Strahlen zurück«, beendete Francesa die Geschichte.

»Ich binde dich los«, sagte Sarah.

Geschickt löste Sarah den Knoten vom linken Bettpfosten. Es tat ihr im Herzen weh zu sehen, wie das dicke Seil das Handgelenk ihrer Tochter aufgescheuert hatte. Sie küsste die Wunde und machte sich daran, den Knoten am rechten Bettpfosten zu lösen. Während sie sich noch damit abmühte, umklammerte Francesa plötzlich mit ihrem linken Arm den Hals ihrer Mutter und nahm sie in den Würgegriff. Der Angriff kam für Sarah völlig überraschend, und sie schaute hilflos in die blutrünstigen Augen ihrer Tochter.

»Du verdienst den Tod«, sagte Francesa ruhig. »Eine Mutter, die ihr Kind im Fegefeuer schmoren lässt, soll selbst in der Hölle braten.«

Sarah bekam keine Luft mehr, und ihr Körper war wie gelähmt. Aber dann setzte sie sich doch zur Wehr und versuchte, sich aus Francesas eiserner Umklammerung zu befreien. Doch es gelang ihr nicht, den Würgegriff zu lockern. In ihre Tochter schien die Kraft eines Golems gefahren zu sein. Sarah war völlig machtlos. Ihr wurde schwarz vor Augen. Wenn ich für dich sterben muss, dachte sie, dann tue ich das, mein liebes Kind.

In diesem Moment trat Itschak ein. Die plötzlich eingekehrte Stille weckte seine Neugierde, und er hatte sich lautlos genähert, um an der Tür zu horchen. Er stürmte auf das Bett zu und riss mit einer einzigen kraftvollen Bewegung Francesas Arm fort. Während Sarah hustend zu sich kam, band er den Arm seiner Tochter wieder am Bettpfosten fest, diesmal mit einem doppelten Schifferknoten.

23 מבה Mem Beth Heh: **Der Gott der Tatkraft**

Die Straßen waren wie ausgestorben. Alle Juden waren in der Synagoge, um den Schabbat zu feiern. Karos blaue Synagoge war bis auf den letzten Platz gefüllt. Alle wollten dabei sein, wenn Jehuda als angehender Bräutigam aus der Tora rezitierte, die das Paar durch ihr gemeinsames Leben geleiten würde.

Die Frauen hatten Körbe voller Süßigkeiten, Rosinen und Nüsse mitgebracht, mit denen sie das Brautpaar nach der Segnung bewerfen wollten. Dadurch wurde symbolisch der Wunsch ausgedrückt, das Paar möge eine große Nachkommenschaft haben.

Chaim schlenderte durch die verlassenen Straßen. Er feierte keinen Schabbat mehr. Das Leben war für ihn zur Hölle geworden, aus der es kein Entrinnen gab. Zum Beten fehlte ihm die Zuversicht. War dies die Güte des Schöpfers? Er, Chaim, hatte sein Leben auf Treibsand gebaut. Der Sohar war ein Märchenbuch für Männer, die ihre Schäfchen im Trockenen hatten. Für einen jungen Mann wie ihn, der mitten im Leben stand, gab es darin keine einzige brauchbare Antwort. Dieses Machwerk enthielt nur lauter theoretisches Gefasel, hochtrabendes Gerede, das mit dem wahren Leben nicht das Geringste zu tun hatte.

Schon seit sieben Wochen besuchte er Itschaks Unterricht nicht mehr. Er hielt diesen Ägypter für einen Scharlatan, der es einzig und allein darauf abgesehen hatte, mit Hilfe einer raffinierten Strategie zum Oberhaupt der Kabbalisten zu werden. Dass er seine Tochter dem Sohn des Richters Karo zur Frau gegeben hatte, war ein meisterhafter Schachzug gewesen. Durch die Verbindung seiner Familie mit der Familie des einflussreichsten Mannes in Safed hatte Itschak sich von heute auf morgen an die Spitze katapultiert.

Chaim war für ihn nichts weiter als ein Mittel zum Zweck gewesen, durch das er sich dieses hohe Ansehen hatte sichern können. Erst jetzt durchschaute er die schlauen Listen Itschaks. Weil Chaim als der beste Schüler Cordoveros gegolten hatte, hatte Itschak zunächst versucht, sich mit seiner Hilfe Geltung zu verschaffen. Als er dann gemerkt hatte, dass Chaim nicht beliebt war und über keinerlei Einfluss verfügte, hatte er ihn wie eine heiße Kartoffel fallen gelassen. Als kluger Stratege war Itschak klar gewesen, dass er das Vertrauen Karos gewinnen musste. Geduldig hatte er gewartet, bis der große Richter ihn selbst aufgesucht hatte, um nicht den Eindruck zu erwecken, er sei begierig, die Position des höchsten Kabbalalehrers zu übernehmen. Doch da Itschak auf Karos Besuch schon lange vorbereitet gewesen war, hatte er Chaim von Anfang an klarzumachen versucht, er solle sich jeden Gedanken an eine Ehe mit Francesa aus dem Kopf schlagen. Jehuda sollte sein Schwiegersohn werden. Die Stärkung seiner Verbindung zu Karo durch das Band des Blutes machte seinen Sieg perfekt. Dass er dadurch sowohl seine Tochter als auch seinen wichtigsten Schüler an den Rand des Abgrundes gebracht hatte, interessierte ihn überhaupt nicht.

Chaim stand draußen auf der Schwelle der blauen Synagoge und lauschte den feierlichen Gesängen. Sogar auf der Straße spürte man, dass alle gespannt auf den Augenblick warteten, in dem Jehuda aus der Tora vorlesen würde.

Verfluchter Jehuda! Jeder wusste, dass dieser Kerl nichts taugte. Er war eine Schande für seinen weisen Vater. Ein Schwächling, für den niemand ein gutes Wort übrig hatte. Doch seit er Itschaks auserwählter Schüler geworden war, hielten alle große Stücke auf ihn. Dass Richter Karo, dessen Rechtsprechung überall gerühmt wurde, so blind sein konnte, war Chaim unbegreiflich. Sosehr Karo seinen Sohn auch lieben mochte, ihm musste doch klar sein, dass Jehuda keinerlei Begabung für die Kabbala zeigte!

Ständig hatte man Chaim in den vergangenen Wochen die große Neuigkeit unter die Nase gerieben. Die Stadt schwirrte vor Erregung. Natürlich verbreitete sich Chaims Balgerei im Farbbad in Windeseile, und viele hatten eine geradezu gehässige Freude daran gehabt, sich an seinem Unglück zu weiden. Chaim zog sich vollkommen in sich selbst zurück und sprach mit niemandem mehr.

Nach Feierabend hatte Fatima versucht, Chaim aufzumuntern. Chaim hatte es sich zur Gewohnheit gemacht, im arabischen Viertel einzukaufen, weil er dort in Ruhe gelassen wurde. An einem Marktstand, wo er gerade ein paar Äpfel kaufte, sprach sie ihn an.

»Du siehst so traurig aus«, hatte sie mit ihrem kehligen Akzent gesagt. »Hast du nicht Lust, heute Abend zu mir zum Essen zu kommen? Ich koche sehr gut. Mein Onkel kommt auch.«

Doch er hatte höflich abgelehnt. Er brauchte keine Gesellschaft. Kopfschüttelnd hatte er ihr nachgeschaut und gesehen, wie sie ein Stück weiter von einem bulligen Mann belästigt wurde. Doch bevor er sich zum Helfen entschlossen hatte und während er noch überlegte, wer dieser Mann war, der ihm bekannt vorkam, hatte ein Markthändler dem Kerl eine ordentliche Abreibung verpasst.

Chaim lachte hämisch über sich selbst. Als ob ich es mit diesem Schurken hätte aufnehmen können, dachte er. Ich bin zu nichts gut! Plötzlich hörte er Jehudas hohe Stimme. Ihn fröstelte, als er seinen Rivalen aus der Tora die Passage über die Söhne von *Eva* vorlesen hörte:

»Und Abel wurde ein Schäfer, Kain aber wurde ein Ackermann. Es begab sich aber nach etlicher Zeit, dass Kain dem HERRN Opfer brachte von den Früchten des Feldes. Und auch Abel brachte von den Erstlingen seiner Herde und von ihrem Fett. Und der HERR sah gnädig an Abel und sein Opfer, aber Kain und sein Opfer sah er nicht gnädig an. Da ergrimmte Kain sehr und senkte finster seinen Blick.«

Genauso ist es bei mir, wollte Chaim schreien. Genau wie bei *Kain* übersieht der Schöpfer alle Opfer, die ich auf mich genommen habe. Ich werde für meine Liebe bestraft, statt belohnt. Er ergötzte sich an der Vorstellung, Jehuda niederzuschlagen, bis das Blut aus seinem Körper strömte, so wie Kain es mit *Abel* gemacht hatte. Würde Francesa ihm dann als Einzige zujubeln? Oder hatte sie sich in ihr Schicksal gefügt, und würde sie gleich ihren zukünftigen Ehemann ausgelassen mit Walnüssen bewerfen? Tag und Nacht hatte er an nichts anderes mehr denken können als an sie. In seinen Albträumen vergnügte sie sich unermüdlich mit Jehuda, der plötzlich vor Männlichkeit nur so strotzte. Die beiden waren in allen Erscheinungsformen, die die *Arche Noah* an Bord gehabt hatte, in seinen Träumen aufgetaucht. Als trompetende Kraniche, sich paarende Pferde, sich umeinander windende Schlangen. Diese abscheulichen Bilder waren so realistisch, dass es ihm nicht gelang, sie aus seinem Kopf zu vertreiben. Nachts heulte er oft wie ein Hund an der Kette, doch er öffnete nicht einmal mehr Anna die Tür, wenn diese in solch einem Augenblick bei ihm anklopfte.

Chaim hörte den Jubel, der Jehuda entgegenschlug, während er mit Süßigkeiten beworfen wurde. Da erhob er sich tapfer und traf die einzige Entscheidung, die ihn von dem schwelenden Brand in seiner Seele zu erlösen vermochte. Chaim würde Safed verlassen. Für immer.

24 לכב Lamed Kaf Beth: **Der Gott der Lebensmission**

Inmitten des Festtrubels, der in der Synagoge herrschte, trat Zimra auf Itschak zu und umarmte ihn herzlich.

»Glückwunsch, mein Freund«, sagte er. »Du bekommst einen wundervollen Schwiegersohn. Es freut mich sehr für dich, dass du nun in Safed deinen Platz gefunden hast. Übrigens, wo ist deine entzückende Tochter?«

Bevor Itschak Zimras heikle Frage beantworten konnte, schob Schlomo ihn zur Seite und beglückwünschte seinen Lehrer.

»Danke, Schlomo«, sagte Itschak. »Übrigens wollte ich dich um etwas bitten: Würdest du bei der Vermählung Zeuge sein?«

»Ich?«, fragte Schlomo überrascht.

»Ich habe dich in den letzten Wochen sehr zu schätzen gelernt«, erklärte Itschak. »Und das Gemälde, das Sarah nach unserer Ankunft in Safed von dir gekauft hat, bedeutet mir sehr viel. Es ist, als enthülle es sich Schicht um Schicht. Ich entdecke jeden Tag eine neue Ebene, genau wie in der Tora. Auch Francesa mag es sehr. Deshalb also.«

»Oh«, antwortete er. Er errötete und schwieg verlegen.

Diesen Augenblick nutzte Zimra.

»Darf ich noch kurz etwas sagen? Wie du weißt, habe ich Corderos Manuskripte gekauft. Ich möchte sie dir gerne schenken, Itschak.«

»Wie großzügig«, erwiderte Itschak.

»Dir als seinem Nachfolger stehen sie zu. Außerdem gehe ich auf Reisen und weiß nicht, was ich damit anfangen soll.«

»Vielen Dank, Zimra.«

»Nichts zu danken. Ich werde dafür sorgen, dass Joschua sie dir überbringt. Ich wünsche dir viel Freude damit!«

Zimra bahnte sich einen Weg durch die ausgelassene Menge und verließ die Synagoge. Nun musste er nur noch ein paar Dinge mit Joschua regeln. Danach konnte er ruhigen Herzens seine Reise antreten. Joschua wartete vor der Synagoge, und sie gingen gemeinsam zu ihm nach Hause.

»Ich werde dich vermissen«, sagte Joschua, als er das Zopfbrot brach und in Salz stippte.

»In ein paar Monaten bin ich zurück.« Zimra schenkte sich großzügig Wein ein und sprach den Segensspruch.

»Ich bewundere, wie du mit Itschak umgehst«, sagte Joschua. »Und nun schenkst du ihm auch noch Cordoveros Werke!«

Zimra lächelte geheimnisvoll und kippte den Wein genüsslich hinunter.

»Dieses Geschenk ist nur eine kleine Investition in die Zukunft. Itschak wird sie mir doppelt und dreifach zurückbezahlen. Ich möchte dir etwas anvertrauen, Joschua«, sagte er mit gesenkter Stimme.

»Erzähle«, sagte Joschua neugierig.

»Natürlich reise ich nach Abessinien, um den *Stamm Dan* zu suchen. Ich habe aber auch noch etwas viel Wichtigeres vor. In einer alten abessinischen Schrift, *Kebra Nagast*, habe ich Hinweise gefunden, nach denen sich im Land der Abessinier die *Bundeslade* befindet.«

Joschua verschluckte sich an einer Olive.

»Die Bundeslade? In Abessinien? Wie ist das möglich?«, fragte er hustend. Zimra schlug ihm ein paarmal kräftig auf den Rücken und legte dann seine dicken Hände auf Joschuas Schultern.

»Dazu müssen wir weit in die Geschichte zurückgehen«, erklärte Zimra, der froh war, mit jemand anderem über seine Entdeckungen reden zu können. »Genauer gesagt, zurück in die Zeit von König Salomo, unserem König Salomo, der in Jerusalem den ersten Tempel erbauen ließ, und in der Mitte des Tempels einen prachtvollen Raum, das *Allerheiligste*, in dem die Bundeslade aufbewahrt wurde. Und in dieser herrlichen, mit Gold verkleideten Lade befand sich das Gesetz, das Gott selbst geschrieben und Moses in der Wüste gegeben hatte.«

Zimra verlieh seiner Erzählung Nachdruck, indem er immer wieder kräftig in Joschuas gespannte Schulter kniff. Dieser hörte gebannt zu und sah alles lebhaft vor sich.

»In jener Zeit lebte in Abessinien die schönste Frau der Welt, die *Königin von Saba*. Ihr waren Geschichten über die Weisheit Salomos zugetragen worden, und sie wollte ihn kennenlernen.

Sie machte sich auf die lange Reise, und dort angekommen, überhäufte sie ihn mit Geschenken und stellte ihm zahlreiche Rätselfragen, die er alle beantworten konnte. Sie war beeindruckt von seiner Weisheit, dem prachtvollen Tempel, der die Lade beherbergte, und seinen bewegenden Liebesgedichten. Sie verliebte sich in ihn und er sich in sie. Viele Monate später, als sie wieder nach Abessinien zurückgekehrt war, gebar sie seinen Sohn *Menelik*, einen schönen Jungen, der ihr Aussehen und seine Weisheit besaß. Der Junge hörte immer wieder von seinem weisen Vater, und er brannte darauf, Salomo kennenzulernen. Als er zwanzig wurde, war der Zeitpunkt für die lange Reise gekommen. Als Salomo ihn sah, rief er aus: ›Wahrhaftig, du bist mein Sohn!‹ Er überhäufte den jungen Mann mit seiner Liebe und mit zahlreichen Geschenken. Ein Jahr lang blieb Menelik am Hof seines Vaters. Doch die Höflinge waren eifersüchtig auf ihn und drängten Salomo, ihn zu seiner Mutter zurückzuschicken. Salomo antwortete ihnen: ›Wenn ihr mir meinen Sohn nehmen wollt, dann sollen auch eure Söhne nach Abessinien gehen.‹ So geschah es. Mit den Söhnen aller wichtigen Würdenträger des Hofes reiste Menelik nach Abessinien zurück. Unter seinen Reisegefährten befand sich auch *Azarius*, der Sohn des Hohenpriesters, der aus Jerusalem etwas sehr Kostbares mitnahm …«

»Die Bundeslade«, riet Joschua.

»Genau! Als Menelik dies erfuhr, waren sie schon eine ganze Weile unterwegs. Er war erschüttert, weil er wusste, dass Gott selbst in der Lade wohnte. Auch wusste er, dass die Lade die Juden unbesiegbar gemacht hatte. Tausenden von Menschen brachte sie den Tod.«

»Ja«, unterbrach Joschua ihn verzückt und stach mit seinem Messer kampflustig in die Luft. »Mit Hilfe der Lade haben wir die Völker auf der anderen Seite des *Jordans* besiegt. Sie hat sogar die Mauern von *Jericho* einstürzen lassen!«

»So ist es«, bestätigte Zimra und kostete genüsslich die Erinnerung an diese legendären Siege aus. Er setzte sich Joschua gegenüber, leerte in einem Zug einen weiteren Becher Wein und setzte seine Erzählung mit flüsternder Stimme fort: »Menelik hatte Zweifel, ob es richtig war, die Lade mitzunehmen.«

»Das ist verständlich«, rief Joschua. »Schließlich vernichtet sie jeden, der sich ihr nähert. Es war lebensgefährlich, sie mit auf die Reise zu nehmen.«

»Richtig«, bestätigte Zimra und fuhr dann mit listigem Gesichtsausdruck fort: »Aber da der Sohn des Hohenpriesters die Lade nur mit dem Einverständnis Gottes hatte stehlen können, hielt Menelik die ganze Sache für vorbestimmt. Azarius war von seinem Vater eingeweiht worden, und er kannte die geheimen Namen Gottes. Er allein sollte die Lade hüten.«

Joschua verstummte. Die Juden hatten ihre Bemühungen, die Bundeslade wiederzufinden, schon vor Jahrtausenden aufgegeben. Ihre Hoffnungen waren nun einzig und allein auf den Messias gerichtet. Erst nach seiner Ankunft würde die Lade wieder auftauchen, und dann würden sie den Tempel von Jerusalem zum dritten und letzten Mal neu aufbauen.

Joschua wurde schlagartig bewusst, was dies bedeutete: »Wenn diese Geschichte stimmt und du die Lade findest, dann ...«

»... bin ich der Messias«, sagte Zimra bescheiden.

Joschua pfiff durch seine Goldzähne.

»Nun verstehe ich, warum es dir nichts ausmacht, dass du nicht der neue oberste Lehrer der Kabbalisten geworden bist.«

»Ich glaube, dass alles nach Gottes Plan verläuft«, erklärte Zimra mit einem Ausdruck frommer Bescheidenheit. »Er will, dass ich die Nachkommen des Königs Salomo und der Königin von Saba finde. Die Hüter der Bundeslade.«

Zufrieden füllte Zimra seinen Becher erneut mit Wein und spülte diesen samt dem roten Bodensatz hinunter.

»Ich wünschte, ich könnte mitkommen«, sagte Joschua verträumt. »Was für ein Abenteuer!«

»Das ist ausgeschlossen«, entgegnete Zimra streng und füllte seinen Becher ein weiteres Mal. »Du hast eine andere wichtige Aufgabe. In den letzten Schriften Cordoveros fand ich eine Andeutung, nach der Itschak die geheimen Namen Gottes in der Tora entdeckt hat. Wer in der Lage ist, diese Namen korrekt auszusprechen, wird von der Lade beschützt und gesegnet. Genau wie der Hohepriester, der als Einziger einmal im Jahr, zu *Jom Kippur*, das Allerheiligste betrat und den Namen Gottes aussprach. Wenn wir die Lade in unsere Hände bekommen wollen, muss ich diesen Namen kennen. Deshalb will ich, dass du an Itschaks Unterricht teilnimmst und genau darauf achtest, ob er sein Geheimnis verrät.«

»Das tue ich gern für dich, Zimra.«

»Ich danke dir«, erwiderte dieser. »Hier hast du den Schlüssel zu meinem Haus, damit du Itschak die Manuskripte bringen kannst. Du bist wirklich ein Freund, auf den man sich verlassen kann. Bis bald.«

»Aber du hast gar nichts gegessen«, sagte Joschua.

Zimra nahm noch einmal einen großen Schluck Wein.

»Tut mir leid, aber ich habe keinen Hunger. Ich bin so aufgeregt wegen meiner Reise. Lebe wohl, Joschua.«

Erst draußen merkte Zimra, wie sehr ihm der Wein zu Kopf gestiegen war. Er fühlte sich über alles erhaben. Er war der Mann, der den Juden Jerusalem wiedergeben würde, der Mann, der die Muslime verjagen würde. Der Messias. Er spürte das alkoholversetzte Blut durch seine Adern strömen. Wie schön es doch wäre, wenn er diese glorreiche Aussicht mit einer Frau teilen könnte. Da erinnerte er sich an das hübsche Mädchen, das er am Nachmittag auf dem arabischen Markt gesehen hatte. Ein Markthändler hatte ihm eine Abreibung verpasst, weil er sie belästigt hatte, doch anschließend war er ihr heimlich bis zu ihrem Haus gefolgt. Schöne Frauen hatten sie ja, diese Mohren. Schauen wir doch einmal, ob sie mich noch erkennt, dachte er und grinste in sich hinein.

Chaim fiel es nicht schwer, sich von seinem Zuhause zu verabschieden. In Safed gab es für ihn keine Zukunft mehr. Nachdem ihm dies klar geworden war und er sich zum Aufbruch entschlossen hatte, fühlte er sich erleichtert. In dieser Nacht sollte es geschehen. Noch vor Tagesanbruch wollte er sich auf den Weg machen. Er hatte bereits alles geregelt, was zu regeln gewesen war. Abraham würde früh genug merken, dass er nicht mehr zur Arbeit kam, und es würde ihm nicht schwerfallen, Ersatz für ihn zu finden. Anna hatte er als Entschädigung das Geld für einige Monate Miete auf den Tisch gelegt. Außerdem hinterließ er ihr einen Kabinenkoffer voller Bücher und Schriften, seinen einzigen Besitz, der einen gewissen Wert hatte. Vielleicht würde sie diese Dinge verkaufen können. Er selbst wollte nichts mitnehmen außer Geld. Er wusste nicht, wohin ihn seine Reise führen würde.

Leise schlich er die Treppe hinunter. Er wollte vermeiden, dass Anna plötzlich vor ihm stünde und ihm eine Szene machte. Nachdem er behutsam die Tür geschlossen hatte, warf er noch einmal einen Blick auf das alte Haus, in dem er so lange gewohnt hatte. Doch der Anblick ließ ihn innerlich kalt. Ohne Francesa war dieses Haus ein Haus wie jedes andere.

Chaim ging durch die dunklen Gassen von Safed. Er verspürte keinerlei Bedürfnis, ein letztes Mal all jene Orte aufzusuchen, mit denen er so viele Erinnerungen verband. Er wollte fort. Alle guten Erinnerungen hatten einen negativen Beigeschmack bekommen. Dieses Kapitel seines Lebens war abgeschlossen. Es wurde Zeit, sich dem vor ihm liegenden neuen Leben zuzuwenden. In einer anderen Stadt wollte er ganz von vorn beginnen. Als unbeschriebenes Blatt. Vielleicht würde er auch für den Rest seines Lebens umherziehen. Alles war ihm recht. Alles war besser, als hierzubleiben.

Nachdem Chaim den jüdischen Teil der Stadt hinter sich gelassen und schon fast das Stadttor im arabischen Viertel erreicht hatte, hörte er plötzlich ein herzzerreißendes Wehklagen. Obwohl er sich eigentlich nicht aufhalten wollte, ließ ihn die flüchtende schattenhafte Gestalt eines großen Mannes innehalten. Er vergaß für einen Moment seine eigenen Sorgen. Das Gefühl, dass da jemand in Not war, brachte ihn von seinem Vorhaben ab.

Vorsichtig ging er in die Richtung, aus der das Jammern kam. In einer kleinen Seitengasse stieß er auf ein Haus, dessen Eingangstür aufgebrochen war. Er ging hinein und stand in einer armseligen Wohnung. Das Schluchzen kam aus dem oberen Stockwerk. Nachdem er die Treppe hochgestiegen war, sah er ein völlig verwüstetes Zimmer. Auf dem Boden lag eine Frau mit zerrissenen Kleidern, die bei seinem Anblick zu schreien anfing. In einer Ecke des Raumes lag ein kreischendes Kind. Die Frau glaubte offenbar, dass der Eindringling zurückgekommen war. Sie kroch zu ihrem Säugling und schrie auf Arabisch, er möge verschwinden. Fast hätte Chaim kehrtgemacht, aber dann brachte er es doch nicht über sich, diese Frau, die offensichtlich in großer Not war, ihrem Schicksal zu überlassen. Mit den wenigen Worten Arabisch, die er beherrschte, versuchte er, das Vertrauen der Frau zu gewinnen. Da sagte sie plötzlich: »Chaim?«

Jetzt merkte auch Chaim, wen er vor sich hatte. Es war Fatima, seine Arbeitskollegin. Was war ihr zugestoßen? Ohne nachzudenken, zog Chaim seine Jacke aus und reichte sie Fatima. Er drehte sich taktvoll um, damit sie ihre Blöße bedecken konnte. Erst dann fragte er sie, was geschehen sei.

Fatima stand auf und liebkoste das Baby, das völlig außer sich war. Sie drückte es an sich und versuchte mit zugeschnürter Kehle ein arabisches Kinderlied zu singen. Dann erzählte sie stockend von ihrem schrecklichen Erlebnis.

»Jemand klopfte heftig an der Tür, aber ich öffnete nicht. Wer klopft denn schon mitten in der Nacht an der Tür? Doch das Pochen hörte nicht auf. Ich hatte Angst. Mein Mann ist tot, und ich sorge allein für meinen Kleinen. Wir versteckten uns im Schlafzimmer. Dann wurde die Eingangstür eingetreten. Schwere Schritte kamen die Treppe hinauf. Als der kleine Josef uns durch sein Weinen verriet, wurde auch die Tür zur Schlafkammer aufgebrochen. Ein großer Mann trat ein. Und … widerlich!«

Als sie wieder daran dachte, was der Mann ihr angetan hatte, krümmte Fatima sich vor Schmerz zusammen. Chaim kniete neben ihr nieder. Seine Gegenwart beruhigte sie etwas.

»Er hat fürchterliche Dinge getan. Ich habe nur an meinen kleinen Josef gedacht. ›Tue, was du willst, aber lass ihn in Ruhe‹, habe ich geschrien. Er war wie ein Tier. Ein betrunkenes, plumpes Tier. Dann hat er mein ganzes Geld gefordert. Und meinen Schmuck. ›Kein Schmuckstück kann deinen violetten Fleck verbergen, du Mohrenhure‹, hat er gesagt. Ich besitze nun nichts mehr von Wert, Chaim. Sogar das Geschenk Abrahams, das ich für Josefs Zukunft zurückgelegt hatte, hat er gefunden. Aber ich werde nicht zulassen, dass er mein Leben zerstört. Ich habe keine andere Wahl. Ich muss für Josef sorgen. Ich werde ihm zeigen, dass es nicht darum geht, wie oft man fällt. Was zählt, ist, wie oft man wieder aufsteht.«

»Weißt du, wer er ist, Fatima? Kennst du ihn?«, fragte Chaim.

»Er ist sehr groß und ekelhaft fett. Schon heute Nachmittag auf dem Markt hat er mich belästigt. Er muss mir gefolgt sein.«

»Das habe ich gesehen! Ich sah, wie ein Markthändler dem Kerl einen Schlag verpasste. Irgendwoher kenne ich ihn. Aber bevor ich ihn mir richtig anschauen konnte, war er schon verschwunden. Wie furchtbar, Fatima.«

»Es ist ein Segen, dass du da bist, Chaim«, sagte Fatima und schaute ihn an. Das Kind war an ihrer Brust eingeschlafen. Sie saßen zu dritt auf dem Boden. Auf eine merkwürdige Weise war die Situation sogar anheimelnd. Sie waren zwei verletzte Seelen, die beieinander Schutz suchten.

»In meiner Jackentasche ist Geld«, sagte Chaim. »Das kannst du behalten.«

Dann stand er rasch auf und ging. Mehr konnte er für Fatima nicht tun. Es gefiel ihm, alles, was er besaß, hier zurückzulassen. Er machte sich auf zum Stadttor. Ihm liefen Schauer über den Rücken, aber diesmal nicht wegen seines eigenen Schicksals.

26 ומב Vav Mem Beth: **Der Gott, der das Wasser schuf**

Hinter dem Stadttor gelangte er zu dem kleinen Gebäude, wo vor nicht allzu langer Zeit die Grabreden für seinen unvergleichlichen Meister Cordovero gehalten worden waren. An dieser Stelle hatte er einst die graue Wolke gesehen. Damals glaubte er, dass sie nur für ihn erschienen war – dass sein größter Traum in Erfüllung gegangen war –, dass Cordovero ein Zeichen gesandt hätte, um ihn als den größten lebenden Kabbalisten auszuweisen. Warum hatte Chaim nicht gerufen: »Schaut, dort hängt eine Wolke über Cordovero!« Itschak war ihm zuvorgekommen. Chaim hatte seine Chance verpasst. Er hatte mit Itschak darüber reden wollen, es aber dann doch nicht gewagt. Chaim hatte sofort akzeptiert, dass Itschak der Meister und er der Schüler war. Er war sehenden Auges in die Falle getappt. Alles wäre völlig anders verlaufen, wenn er, Chaim, als der neue Meister erkannt worden wäre. Itschak hätte ihn auf den Knien angefleht, Francesa zur Frau zu nehmen. Denn dieser Mann war nur darauf aus, in Safed zu Ansehen zu gelangen. Mit denen zu weinen, die ihm am meisten nutzen konnten, das war seine Strategie.

Chaim wanderte an den Grabsteinen entlang den Berg hinab. Die Begräbnisstätte erstreckte sich über die gesamte Bergflanke. Die Gräber der weisen Männer und Frauen waren blau gefärbt. Als Chaim daran dachte, wie er früher davon geträumt hatte, sich durch ein außergewöhnlich frommes Leben einen blauen Grabstein zu verdienen, konnte er nur noch den Kopf darüber schütteln. Wenn er sich dadurch das Zusammensein mit Francesa erkaufen konnte, würde er sich auf der Stelle mit einem grauen Felsbrocken einverstanden erklären.

Plötzlich hörte er ganz in der Nähe ein Platschen, dem Geräusche folgten, als ob jemand mit Kraft ins Wasser ein- und auftauchte. Am Rande des Begräbnisplatzes befand sich, in die Felsblöcke gehauen, die Mikwe, das Ritualbad der Juden. Jemand, der um diese Zeit ein reinigendes Bad nahm, musste ein besonders schlechtes Gewissen haben. Ob es der Mann war, der Fatima vergewaltigt hatte? Chaim bekam es mit der Angst zu tun, aber er beschloss, trotzdem nachzuschauen. Wenn es der Täter war, könnte er vielleicht, während der Mann noch im Wasser saß, Fatimas Eigentum zurückholen. Chaim war kein Held, doch im Augenblick war es ihm gleichgültig, ob er sich in Gefahr begab. Er schlich so leise wie möglich zwischen den Felsen zur Mikwe. Doch da stolperte er über einen Stein, und der Mann im Bad schaute sich um.

»Chaim? Chaim, komm her. Du brauchst keine Angst zu haben.«

Vorsichtig näherte er sich. Als er sah, wer im Becken stand, erbleichte er. Da wäre der Räuber noch besser gewesen! Am liebsten hätte er auf der Stelle kehrtgemacht.

»Ich bin es, Itschak. Lauf nicht weg.«

Chaim drehte sich um.

»Hast du Fatima beraubt?«, schnaubte er. Er durchsuchte Itschaks weiße Kleider, die neben dem Becken lagen. Diese lächerlichen weißen Kleider, die Itschak an jedem Schabbat trug. Mit Abscheu hatte Chaim registriert, dass jene Schüler, die zuerst Zimra die Treue gehalten hatten und jetzt zu Itschak übergelaufen waren, sich an jedem Schabbat weiß kleideten. Er fand nichts Verdächtiges in Itschaks Taschen.

»Wo hast du die Beute versteckt?«

Itschak lachte.

»Chaim, was ist in dich gefahren? Wovon redest du?« Er wollte aus dem Becken klettern, aber Chaim trat ihm auf die Hand, und er ließ sich sofort wieder ins Wasser fallen.

»Was tust du hier, Itschak?«

»Chaim, ich komme doch jede Nacht hierhin. Bevor ich unterrichte, besuche ich die Begräbnisstätte, um Kraft zu schöpfen. Hier liegen so viele weise Männer begraben, einige von ihnen schon seit langem vergessen. Ich lege mich mit ausgestreckten Armen und Beinen auf ihre Grabsteine, mein Gesicht den Gesichtern der Verstorbenen zugewandt. So vereinigt sich meine Seele mit der ihren. Sie helfen mir.«

»Wer um diese Zeit ein rituelles Bad nimmt, tut es, weil er mit einer Frau zusammen war«, warf Chaim etwas lahm ein. Vor ein paar Wochen war er selbst mitten in der Nacht hierhergekommen, um sich gegen seine bösen Träume zu wappnen.

»Richtig«, sagte Itschak. »Ist es nicht die Pflicht jedes jüdischen Mannes, sich am Schabbat mit seiner Frau zu vereinen?«

Chaim packte Itschaks Kleider und hob sie über seinen Kopf, als wolle er sie ins Wasser werfen.

»Zum letzten Mal, Itschak, hast du Fatimas Kleider zerrissen?«

»Was denkst du selbst, Chaim?«

Chaim ließ seine Arme sinken. Ihm war klar, dass seine Anschuldigungen unsinnig waren. Doch er verabscheute diesen Mann so sehr, dass er ihm am liebsten alle Sünden dieser Welt zugeschoben hätte. Er warf die Kleider auf den Boden, spuckte in das Wasser und machte sich davon.

»Chaim. Du hast ein großes Werk vollbracht. Es ist kein Zufall, dass du mich jetzt aufsuchst.«

Er blieb stehen. Was meinte Itschak mit dem großen Werk?

»Ich weiß nicht, was du getan hast, aber deine Seele ist durch die Pforte gegangen. Obwohl deine ganze Welt ins Wanken geraten ist, hast du dich doch selbst hintangestellt. Du bist über dich selbst hinausgewachsen. Du hast in deiner Bilanz von Gut und Böse eine wichtige Korrektur erreicht.«

Chaim drehte sich zu Itschak um.

»Warum hast du mir das angetan, Itschak? Ich liebte sie. Da du alles weißt, hast du das doch sicher auch gewusst.«

Itschak stieg aus dem Becken. Das kalte Wasser lief über seinen muskulösen Körper.

»Nur die Lust verband euch, Chaim. Sexuelles Verlangen sollte dem Verlangen entspringen, sich als göttlicher Funken mit dem göttlichen Funken des Partners zu verbinden und so eine himmlische Einheit auf Erden zu manifestieren. Wenn zwei Seelen einander wirklich erkennen, sind sie wie ein Mensch, der in einem Teich sein Spiegelbild sieht. Du hast nicht ihre Seele geliebt, sondern ihren attraktiven jungen Körper begehrt.«

»Das ist nicht wahr. Ich habe sie wirklich geliebt. Ich habe nie eine andere als sie geliebt.«

Itschak ging zu ihm und nahm Chaims Gesicht in seine großen Hände.

»Chaim, du hast die vergangenen Wochen in Leere zugebracht. Du hast nicht mehr studiert. Du hast die Bücher, die deine Seele genährt haben, verstauben lassen. Wut und Neid haben dich verzehrt. Du wolltest Francesa nur, um dein Verlangen zu stillen.«

»Ich wollte sie, weil sie zu mir gehört, Itschak, weil sie meine Seelengefährtin ist.«

»Du bist gerade noch rechtzeitig aus der Leere erwacht, Chaim. Der Schabbat gibt uns Gelegenheit, unser Leben zu erforschen. Über unser tägliches Leben nachzudenken und uns wieder auf den Schöpfer hin zu orientieren. Doch es steht geschrieben: ›Wer den Schabbat entweiht, der ist des Todes.‹ Deine Leere war eine Entweihung des Schabbats. Und die Strafe ist auf dem Fuße gefolgt: Deine Seele ist ausgeblutet. Was hat dich gerettet, Chaim?«

Chaim schluchzte und fiel auf die Knie.

»Nichts. Ich will weg aus Safed. Ich besitze nichts mehr. Ich habe alles, was ich hatte, einer Frau gegeben, die es dringender braucht als ich. Fatima.«

»Sei ihr dankbar, Chaim. Was du ihr gegeben hast, ist so viel heilsamer als all die Wünsche, die du an den Schöpfer gerichtet hast. Wirklich gut zu sein bedeutet, etwas zu tun, das man nicht zu tun braucht. Er hat dich erhört. Jetzt, nachdem du alle deine Wünsche mit seinem einzigen Wunsch, nur zu geben, verbunden hast, werden auch alle deine Wünsche erhört werden.«

»Aber ich habe nichts mehr, Itschak, keinen Besitz, kein Ziel, für das ich lebe, keine Frau, die ich lieben könnte. Nichts.«

»Alle deine Wünsche werden in Erfüllung gehen, und zwar in stärkerem Maße, als du es dir im Augenblick vorstellen kannst. Du bist gesegnet, Chaim«, erklärte Itschak ruhig. »Du warst ein schlafender Kutscher mit einem lahmen Pferd und einer klapprigen Kutsche. Doch jetzt bist du erwacht. Jetzt musst du dich um dein Pferd und deine Kutsche kümmern und deinem Leben eine Richtung geben. Dein Name bedeutet nicht umsonst ›Leben‹. Wenn sich dein eigener Name in dir selbst offenbart, wirst du zum Kutscher deiner selbst und der kosmischen Kräfte. Jedes Mal wenn jemand deinen Namen nennt, wird dies für dich zu einer intensiven Erfahrung. Dann enthüllt sich dir dein eigenes Mysterium. Im Namen eines Menschen ist die Essenz seines Lebens enthalten. Die Buchstabenkombination zeigt an, welche Aufgabe diesem Menschen in seinem Leben zugedacht ist. So wirst du wachsen, bis du eines Tages wirklich Chaim bist. Das Leben. Der Baum des Lebens. *Ez Chaim.*«

»Was geschieht nur mit mir, Itschak? Seit du in mein Leben getreten bist, ist es ein einziges Durcheinander. Warum tust du mir das an?«

Itschak setzte sich neben das Wasserbecken.

»Glaube mir, Chaim, ich möchte nur das Allerbeste für dich.

Ich habe Größeres mit dir im Sinn, als du es dir in deinen kühnsten Träumen vorstellen kannst. Du wirst die Welt verändern. Und zwar mit der Kraft, die Moses nutzte, um das Meer zu teilen. Komm, zieh deine Kleider aus. Indem du in dieses Wasser tauchst, kehrst du zur Quelle zurück. Dann wirst du selbst merken, dass ein Bad in der Mikwe zu dieser Nachtstunde einer Wiedergeburt gleicht.«

Willenlos zog Chaim seine Kleider aus, ging zum Rand des Beckens und sprang ohne nachzudenken hinein. Die Kälte des Bergwassers traf ihn wie ein Schock. Unter Wasser krümmte er sich zusammen und sprang dann mit aller Kraft hoch. Das wiederholte er sieben Mal, wie es das Ritual verlangte. Er spürte, wie der Sauerstoff seinen Körper durchströmte. Das Wasser spülte alle seine Sorgen weg. Prustend schaute er Itschak an, der lachend am Rand des Beckens stand. Dann sprang Itschak direkt neben ihn in das Becken und tauchte seinen Kopf unter Wasser.

»Das hattest du noch bei mir gut, für den Tritt auf die Hand!«

Ein Lächeln stahl sich zögernd auf Chaims Lippen. Er wusste immer noch nicht, ob er diesem Mann vertrauen konnte und warum dieser in sein Leben getreten war. Itschak las offenbar seine Gedanken.

»Komm mit zum Unterricht, Chaim. Ich habe dich vermisst.«

27 לאו Lamed Alef Vav: **Der Gott, der das Böse vertreibt**

Chaim ging mit Itschak zur Synagoge. Als sie den Unterrichtsraum betraten, schauten die anderen Schüler verdutzt auf und grüßten ihn distanziert.

»Von jetzt an werden wir einander am Schabbat unsere Sünden bekennen«, begann Itschak. »Wenn wir aus eigenem Antrieb unsere Fehler eingestehen, erschweren wir es dadurch dem Übel, in uns zu wuchern. Eine Gruppe wie diese ist ein geschützter Ort, an dem wir ehrlich sein können. Es wird Freude und Trost in eure Herzen bringen.«

Unbehagen breitete sich in der Gruppe aus. Sünden gestand man vielleicht seinem besten Freund, manchmal seiner Frau, aber einer Gruppe?

Itschak fuhr fort: »Wir alle stammen aus der gleichen Quelle. Die Gesamtheit unserer Seelen ist Gott. Wir identifizieren uns so sehr mit unserem Körper, dass wir glauben, wir wären allein. Wir müssen für das Wohl unseres individuellen Wesens kämpfen. Wir müssen deshalb anderen Schaden zufügen. Wenn wir uns anderen Menschen mitteilen, entdecken wir, wie sehr wir einander ähneln. Wir merken dann, dass das Böse, das wir anderen antun, immer auf uns selbst zurückschlägt. Aber noch wichtiger ist: Wir entdecken, dass jede Wohltat, die wir einem anderen Menschen erweisen, uns selbst in höchstem Maße zum Segen gereicht.«

Die Männer fühlten sich ganz und gar nicht wohl in ihrer Haut. Sie hatten sich daran gewöhnt, die Unterrichtsstunden mit Zuhören zu verbringen. Doch jetzt war es, als rüttelte Itschak sie wach. Sie sollten etwas preisgeben, das jeder lieber für sich behielt. Die Theorie sozusagen auf die Praxis anwenden. Keiner von ihnen verspürte auch nur die geringste Lust, den anderen seine Schwächen zu offenbaren.

»Jehuda, fängst du an?«, fragte Itschak. Es war einer der wenigen Augenblicke, in denen Jehuda wach war.

»Meine Sünden? Hilfe, habt Ihr ein paar Tage Zeit?« Er versuchte, sich mit einem Scherz aus der Affäre zu ziehen.

Itschak schaute ihn erwartungsvoll an. Jehuda sah keinen Ausweg mehr.

»Also gut. Wenn Ihr es unbedingt wissen wollt. Meine größte Sünde ist wahrscheinlich, dass ich sehr schlecht über Euch denke. Ich empfinde Euren Unterricht als langweilig. Ich verstehe überhaupt nichts. Und Euch scheint gleichgültig zu sein, ob ich schlafe oder nicht. Ich komme nur deshalb weiter hierher, weil mein Vater mich dazu zwingt. Und was die Heirat anbetrifft, die Ihr mit ihm zusammen arrangiert habt, so ist sie für mich der reinste Albtraum. Francesa ist ein entzückendes Mädchen, aber ich fühle mich nicht zu ihr hingezogen. Ich komme mir vor wie eine Schachfigur in Eurem Machtspiel. Dass sie gestern nicht auf ihrem eigenen Verlobungsfest war, spricht für sich.«

Alle saßen wie versteinert da und schauten Jehuda an. Das hatte ihm niemand zugetraut. Jehuda hatte in einem Atemzug alles herausgebracht, was jeder von ihnen irgendwann einmal gedacht hatte.

»Sehr gut, Jehuda. Ich bin froh, dass du so ehrlich bist«, sagte Itschak.

Alle hatten äußerst gespannt darauf gewartet, wie Itschak reagieren würde. Es schien ihm nicht das Geringste auszumachen.

»Ich habe wohl gemerkt, dass mein Unterricht nicht gerade zu deinen Lieblingsbeschäftigungen zählt. Tatsächlich halte auch ich es für besser, wenn du nicht mehr kommst. Viele Wege führen zum Schöpfer. Und dass dein Weg ein anderer ist als der meine, ist völlig in Ordnung. Ich weiß, dass es hier noch mehr Leute gibt, die sich langweilen und die nichts von dem, was ich sage, verstehen. Aber sie nehmen weiter teil, weil es ihnen Ansehen verschafft. Ich halte es für Unsinn, einem Unterricht, den man nicht versteht, Stunde um Stunde beizuwohnen. Der Glaube geht nun einmal über den Verstand. Und deinem Glauben fehlt es an nichts, Jehuda. Das wusste ich schon, als ich dich das erste Mal sah.«

Jehuda war über die milde Reaktion Itschaks erstaunt. Er fühlte sich nicht in seiner Würde verletzt, und Itschak behandelte ihn nicht wie einen dummen Jungen.

»Zu deiner Hochzeit mit Francesa am morgigen Tag möchte ich nur Folgendes sagen: Weder ich noch dein Vater haben euch zusammengebracht. Das habt ihr selbst getan. War es nicht deine Idee, mich zu besuchen?«

Jehuda gab zu, dass tatsächlich er seinem Vater den Besuch vorgeschlagen hatte. Aber das habe nicht das Geringste mit der Absicht zu tun gehabt, Itschaks Tochter zu begegnen. Er habe sie ja nicht einmal gekannt.

»Es war nicht deine bewusste Absicht, sondern die Absicht deiner Seele. Ebenso fühlte Francesas Seele sich berufen, bei unserem Zusammentreffen anwesend zu sein. Ihr wäret euch sowieso begegnet. Selbst wenn wir in Ägypten geblieben wären, hätte das Schicksal dich und Francesa eines Tages zusammengeführt. Ich verstehe, warum ich so etwas behaupten kann. Meine einzige Antwort lautet: Ich bin alt und erfahren.«

»Aber wenn sie einander doch nicht wollen?«, warf Chaim ein, der erneut Hoffnung schöpfte. Ihm war bisher noch nie der Gedanke gekommen, dass Jehuda vielleicht genauso unglücklich über den Verlauf der Dinge war wie er selbst. Zum ersten Mal empfand er Sympathie für diesen Jungen, der ihm in seinen Träumen nur als ekelhaftes Fabeltier erschienen war.

»Du weißt es doch besser, Chaim«, sagte Itschak verständnisvoll. »Jehuda und Francesa sind beide sehr dem Körperlichen verhaftet. Sie erhalten in diesem Leben die Chance, gemeinsam mehr Tiefe zu gewinnen. Sie sind junge Seelen. Daran ist nichts falsch. Sie selbst haben sich entschieden, einen kleinen Schritt weiterzukommen. Glücklich ist der Mann, der auf dem Pfad der Wahrheit wandelt, so dass seine Seele den wahren Lebensgefährten findet. So gelangt er zur Vervollkommnung, die der ganzen Welt zum Segen gereicht.«

»Nur mir nicht«, sagte Chaim.

»Auch dir wird diese Ehe Segen bringen, Chaim. Sie wird dich deiner Seelengefährtin näherbringen. Ich möchte dich um einen besonderen Gefallen bitten. Kannst du Francesas zweiter Zeuge bei der Trauung sein?«

»Was?«, rief Chaim aus. Er traute seinen Ohren nicht. Wie hätte Itschak ihn noch tiefer demütigen können? Wie sollte er es über sich bringen, Zeuge einer Liebe zu sein, die keine Liebe war? Zeuge seiner eigenen großen Liebe!

»Du brauchst mir jetzt nicht zu antworten, Chaim. Ich bitte dich nur, es dir gut zu überlegen.«

»Wer weiß denn, ob Ihr Euch die Seelenverwandtschaft Eurer Tochter mit Jehuda nicht einfach nur ausgedacht habt, um Eure Familie mit der des Richters Karo zu verbinden?«, mischte sich *Datan*, einer der Schüler, in die Diskussion ein.

»Wie kannst du so etwas über unseren Meister sagen«, empörte sich Joschua. Wie Zimra ihn gebeten hatte, versuchte er, Itschak zu umschmeicheln und seine Gunst zu gewinnen. Dass sein Bruder Chaim wegen seiner unglücklichen Liebe zu Francesa unter großem Kummer litt, bereitete ihm eine merkwürdige Freude.

»Ich bin einzig und allein deshalb nach Safed gekommen, weil ich Chaim begegnen wollte, Datan. Ich hatte in Ägypten ein sehr angenehmes Leben. Aber ich habe ein Zeichen bekommen. Und Zeichen darf man niemals ignorieren. Chaims Schicksal und das meine sind untrennbar miteinander verbunden. Er ist der Einzige, der meine Belehrungen wirklich versteht. Eigentlich unterrichte ich nur seinetwegen.«

Chaim wurde rot. Ihm war nicht klar gewesen, dass Itschak ihn für so wichtig hielt.

»Ich möchte, dass du mein Wissen aufschreibst, Chaim.«

»Was?«

»Mir fehlt die Geduld zum Schreiben«, erklärte Itschak. »Meine Gedanken sind so schnell, dass meine Hand ihnen nicht folgen kann. Noch bevor die Tinte des Satzes, den ich niederschreibe, getrocknet ist, bin ich im Geiste schon am Ende des Kapitels angelangt. Du bist jemand, der schreiben kann. Deshalb mussten wir einander begegnen.«

Chaim war überrumpelt. Das war die Chance seines Lebens, sein großer Traum. Er wollte ein Buch schreiben, das der Menschheit das gesamte Wissen der Kabbala zugänglich machen würde. Aber ihm fehlten die notwendigen Kenntnisse. Dieser Lehrer hier verfügte über das, wonach er selbst suchte, konnte aber nicht schreiben. Trotzdem blieb Chaim weiter misstrauisch, und er fragte kurz angebunden: »Bist du deshalb nach Safed gezogen?«

»Ja, allerdings habe ich das damals selbst noch nicht gewusst. Wenn ein alter Mann dir etwas einflüstert, musst du darauf hören, auch wenn du nicht verstehst, warum. Du kannst mir glauben, Datan, dass mich absolut nicht interessiert und auch nie interessieren wird, wer in Safed das Sagen hat. Auch jetzt nicht, wo ich selbst es bin.«

Dass Chaim so in den Himmel gehoben und die bestehende Rangordnung in Safed einfach mit Füßen getreten wurde, nahmen ihm Datan und einige seiner Kameraden sehr übel.

»Meiner Meinung nach macht Ihr alles absichtlich so kompliziert, weil Ihr es selbst nicht versteht. Ist ein wahrer Meister nicht jemand, der das Unbegreifliche verständlich machen kann?«, fragte Datan ihn in herausforderndem Ton.

»Vielleicht dein Meister, Datan«, antwortete Itschak. »Vielleicht muss dein Meister dich noch finden.«

»Mir reicht's, dein Unterricht kann mir gestohlen bleiben! Du hast Recht, Jehuda, es ist alles nur Unsinn.«

Unter großem Getöse stand Datan auf, und ihm folgten *Abiram* und noch ein paar andere Schüler, die sich schon seit Wochen fragten, warum sie sich eigentlich jeden Morgen so früh aus dem Bett quälten.

»Ich bewundere euren Mut«, sagte Itschak, »euch für euren eigenen Weg zu entscheiden. Ich wünsche euch, dass ihr findet, was ihr sucht.«

Dann stand auch Jehuda auf.

»Ich denke, ich gehe auch, Meister. Ob es nun der Schöpfer

war oder ob Ihr und mein Vater es arrangiert habt, meine Heirat ist in jedem Fall unausweichlich. Ich werde versuchen, das Beste daraus zu machen.«

»Weise Worte, Jehuda. Du versuchst nicht, deinem Schicksal auszuweichen. Damit zeigst du, dass du ein Mann bist.«

»Das ist das erste Mal, dass jemand mich einen Mann nennt«, antwortete Jehuda lächelnd.

28 ראה Resch Alef Heh: **Der Gott der Irrenden**

Es war der Vorabend der Hochzeit. Nachdem ihre Eltern das Haus verlassen hatten, um die letzten Stunden des Schabbat auf dem Feld direkt vor der Stadt zu feiern, war es Francesa gelungen, das neue Dienstmädchen davon zu überzeugen, dass sie sich eines Besseren besonnen hatte: Sie wolle nichts lieber, als zur Mikwe gehen.

»Ich möchte mich vor meiner Hochzeit morgen so gerne reinigen«, hatte sie in flehentlichem Ton erklärt. »Dazu ist doch jede jüdische Braut verpflichtet.«

Daraufhin hatte das Dienstmädchen sie gerührt losgebunden und ihr beim Einpacken ihres Waschzeugs geholfen.

»Ihr werdet allen Kummer hinter Euch lassen«, hatte die Frau gesagt. »Eure Eltern werden stolz sein.« Doch die angehende Braut hatte alles andere als ein reinigendes Bad im Sinn.

»Warum hast du nichts unternommen?«, fragte Francesa Chaim immer wieder.

Ihm fiel auf diese Frage keine Antwort ein. Er erzählte ihr, dass er wochenlang wie betäubt umhergelaufen und Zielscheibe des allgemeinen Spotts gewesen war. Dass er Tag und Nacht nur von ihr geträumt hatte. Dass er, nachdem er vor der Synagoge Jehudas

Tora-Lesung gehört hatte, die Stadt verlassen wollte. Und dass Itschak ihn davon abgehalten und ihn gebeten hatte, ein Buch über sein, Itschaks, Wissen zu schreiben – das Buch, von dem Chaim schon sein ganzes Leben lang geträumt hatte. Vielleicht war er tatsächlich feige gewesen, ja. Er hätte sich vielleicht einen Plan ausdenken können. Er hätte sie entführen oder sogar mit Jehuda ein Abkommen schließen können. Doch nichts hatte er unternommen. Jetzt, in der letzten Nacht vor dem schicksalhaften Tag, verstand er sein Verhalten selbst nicht.

»Vielleicht hat mein Vater doch Recht gehabt«, sagte sie. »Vielleicht hast du mich nie wirklich geliebt. Vielleicht warst du nur in mich verliebt, weil ich dir gerade gut gelegen kam. Für mich jedenfalls bedeutete es mehr, viel mehr sogar.«

»Sag so etwas nicht, Francesa. Ich kann gar nicht beschreiben, wie sehr ich gelitten habe.«

»Und jetzt?«, fragte sie herausfordernd. »Wenn du jetzt die Möglichkeit bekämest, das Schicksal nach deinen Wünschen zu lenken? Schließlich bin ich noch nicht verheiratet.«

Er schaute sie erschrocken an. Hatte sie sich wieder etwas Neues ausgedacht? Francesa versetzte ihn immer wieder in Erstaunen. Sie war so viel mutiger als er. Vielleicht hatte er sie deshalb nicht verdient.

»Nimm mich mit nach Jerusalem. Oder Kairo. Oder wohin auch immer. Ich werde dir überallhin folgen.«

Sein Herz machte einen Satz. So einfach war es tatsächlich. Sie könnten gemeinsam die Stadt verlassen und für immer zusammen sein. In einer anderen Stadt gemeinsam eine Zukunft aufbauen. Das Schicksal gab ihm eine Chance. Er müsste sie nur ergreifen. Er würde für immer der ihre sein, sie Tag und Nacht lieben.

»Oh, Francesa …«, sagte er und schloss sie leidenschaftlich in seine Arme. Er roch ihr parfümiertes Haar und spürte ihren weichen, erregenden Körper dicht an seinem eigenen. Dieses Mädchen war für ihn geschaffen. Es gab in seinem Leben nichts

Wichtigeres als diese Liebe. Er würde so seinem eigenen Lebenstraum folgen. Und er würde den Preis dafür zahlen. Vermochte Liebe nicht jedes Hindernis zu überwinden? Er schaute in ihre strahlenden Augen und näherte seinen Mund langsam dem ihren, der sich begierig öffnete. Mit den Fingerspitzen erkundeten sie jede Pore im Gesicht des geliebten Menschen. Ihre Herzen brannten lichterloh. Funkensprühenden Feuersteinen gleich, pressten sich ihre Becken verlangend gegeneinander. Die Aussicht auf das bevorstehende Abenteuer fachte ihre Leidenschaft noch stärker an. Chaim fühlte sich wie *Simson*, der Seile zerreißen konnte, als würden Flammen an ihnen zehren. Und selbst wenn Francesa seine Delila sein sollte, die ihn seiner Haare und damit seiner Kraft berauben würde, war er bereit, für sie zu sterben. Begierig schob er mit seinen Händen Francesas rotes Kleid hoch. Er strich über die glatte glühende Haut ihres Rückens.

Da klopfte es an der Tür.

»Anna«, flüsterte Chaim.

»Nicht aufmachen!«, zischte Francesa.

»Keine Angst. Man kann ihr vertrauen. Wirklich«, beruhigte Chaim sie und ging zur Tür.

»Oh, Anna«, sagte Chaim erhitzt, »ich folge endlich meinem Herzen. Ich gehe mit Francesa fort. Wir brechen noch heute Nacht auf.«

»Aha«, sagte Anna trocken. »Dann müssen wir das feiern. Ich habe den Wein schon bei mir.«

Sie setzten sich an Chaims Schreibtisch. Chaim und Francesa ließen einander keinen Augenblick los. Sie spielten mit ihren Händen, streichelten einander über die Haare und den Rücken und küssten sich in jedem passenden und unpassenden Augenblick.

»Soll ich euch die Zukunft lesen?«, fragte Anna.

»Nein«, sagte Francesa erschrocken. »Ganz gleich, was in unseren Handflächen geschrieben steht, von jetzt ab bestimmen wir unser Schicksal selbst. Wir vertrauen auf die Barmherzigkeit des Schöpfers. Er ist der Einzige, der verändern kann, was in den Sternen geschrieben steht.«

»Aber er hätte uns doch keine Handlinien geschenkt, wenn diese uns in unserem Leben nicht als Wegweiser dienen könnten. Bestimmt ist all das, was jetzt geschieht, in unsere Hände eingezeichnet«, sagte Chaim. »Dann wird uns dies eine Stütze sein, und wir können Kraft daraus schöpfen.«

»Schöpfst du denn nicht genug Kraft aus unserer Liebe?«, fragte Francesa spitz.

»Es ist doch egal, Francesa. Unser Beschluss steht doch fest«, beendete Chaim die Diskussion und streckte Anna eine Hand hin.

Francesa ließ Chaim los und schaute in die entgegengesetzte Richtung. Mit dieser Sache wollte sie nichts zu tun haben. Anna betrachtete lange Chaims Handfläche. Ihre Finger strichen sanft über die Linien seiner Hand. Aber sie sagte nichts. Chaim merkte, dass ihre Augen feucht wurden. Er bekam ein mulmiges Gefühl. War es vielleicht doch wichtiger, ein Buch zu schreiben, als der Liebe seines Lebens zu folgen? Aber eine Familie zu gründen war doch eine wichtige Aufgabe; schließlich galt dies als das größte Verdienst eines Mannes.

»Mach schon, Anna. Spanne mich nicht länger auf die Folter. Was siehst du?«

»Francesa hat Recht, Chaim. Ihr könnt damit nichts anfangen. Ihr habt euch entschieden. Einem Traum muss man wider besseres Wissen folgen.«

»Wir müssen los, Chaim. Man wird mich vermissen und mich dann suchen. Wir müssen uns beeilen.«

Francesa stand auf und ging entschlossen zur Tür.

Chaim schaute Anna fragend an. Er brauchte von ihr eine Bestätigung dafür, dass diese Entscheidung weise war; er wollte, dass sie ihm ihren Segen gab. Aber Anna wollte ihn nicht beeinflussen.

Sie bemühte sich, Chaim so neutral wie möglich anzuschauen, doch unwillkürlich entfuhr ihr ein winziges Kopfschütteln.

»Los, Chaim, worauf wartest du noch«, drängte Francesa.

Anna nahm das Amulett, das sie ständig bei sich trug, und legte es Chaim um den Hals.

»Die drei Engel auf diesem Amulett werden dich beschützen. Nun geh.«

Chaim dankte ihr und ging zur Tür.

»Nimm dich vor Lilith in Acht, Chaim«, sagte Anna leise.

Erschrocken schaute er Francesa an, und plötzlich sah er nicht mehr das aufregende junge Mädchen vor sich, sondern die alte zahnlose Frau mit den aufgerissenen Brüsten.

»Höre nicht auf sie«, krächzte ihre raue Stimme.

Die zahnlose Frau streckte ihre Zunge heraus und fuhr Chaim damit über das Gesicht. Er hatte Todesangst.

»Ich will dich! Liebe mich! Ich will deinen Samen!«

Ihre knochige Hand streichelte sein Geschlecht.

Er schrie und versetzte der alten Frau einen Schlag. Doch es war Francesa gewesen, die nun mit blutendem Kopf am Türpfosten lag.

»Bist du verrückt geworden!«, schrie sie. »Höre nicht auf Anna. Sie hat dich behext. *Sie* ist Lilith!«

Er schaute Anna an, die mit starrem Blick dastand, als ob sie sich vor dem Bösen zu schützen versuchte.

»Sei ein Mann! Nimm mich! Nimm mich!« Francesa klang, als sei sie betrunken. Ihre sanften Augen sprühten Feuer wie ein Drachen, und sie zog ihr Kleid hoch und spreizte ihre behaarten Beine.

»Geh weg, Francesa, geh weg!«, schrie er und versuchte, Francesa aus seinem Zimmer zu schieben. Doch sie setzte sich mit der Kraft eines starken Mannes zur Wehr. Er zog sie an den Haaren, und sie kratzte und biss, wo sie nur konnte. Anna schaute regungslos zu.

»Ich will dich, Chaim«, wiederholte Francesa unentwegt. »Auch wenn es nur einmal ist. Ich will dich in mir. Ich will deine Natternbrut tragen.«

Er schlug sie hart, und ihre Nase fing an zu bluten, aber sie kicherte wie ein unschuldiges Schulmädchen.

»Ja, lass mich bluten, Chaim. Dann wird mein jungfräuliches Blut für dich fließen, mein Süßer.«

Chaim wurde blind vor Wut und vergaß, dass er mit dem Mädchen, das er so sehr liebte, kämpfte. Er nahm Francesa in den Klammergriff, hob sie hoch und trug das zappelnde, spuckende und Obszönitäten schreiende Mädchen in den Flur und die Treppe hinunter. Francesa kreischte die ganze Zeit über und kämpfte wie eine Löwin. Schließlich warf er sie mit dem letzten Rest seiner Kraft auf die Straße und schlug schnell die Tür hinter sich zu. Francesa raffte sich sofort wieder auf und hämmerte hysterisch gegen die Tür. Chaim floh die Treppe hinauf und rannte in seine Kammer. Dort starrte Anna immer noch regungslos vor sich hin. Als er aus dem Fenster schauen wollte, um festzustellen, ob Francesa noch da war, flog ein Stein durch die Buntglasscheibe und traf ihn an der Stirn. Blut spritzte aus der Wunde. Dann erst wurde es still.

29 אומ Alef Vav Mem: **Der Gott der Verbundenheit**

Die Hochzeit fand im märchenhaften Garten von Itschaks Haus statt. Silberkerzen und Herbstastern standen in voller Blüte und tranken das Sonnenlicht mit geöffneten Kelchen. Die gekerbten Stämme der zwei Meter hohen Palmen bildeten die Pfähle einer *Chuppa* aus glänzender Seide. Die Baldachine waren mit goldenen Kordeln verziert. Durch das offene Dach schaute man in einen wolkenlosen Himmel. So gedachte man der Segnung, die dem Stammvater *Abraham* zuteil geworden war, dessen Nachkommen so zahlreich waren wie die Sterne am Himmel. Jehuda wartete unter diesem Dach, das das zukünftige Heim des Hochzeitspaares symbolisierte, auf seine Braut. Der Junge wirkte sehr ernst. Er hatte beschlossen, sein Schicksal in Würde zu tragen. Sein hübsches gebräuntes Gesicht ließ keine Gefühlsregung erkennen.

Alle hielten den Atem an, als Francesa, begleitet von ihrem Vater, ins Freie trat. Sie war bildschön in ihrem strahlend weißen Kleid aus feiner ägyptischer Seide. Das Dekolleté war tief ausgeschnitten und mit kleinen weißen Röschen und Perlen verziert. Unter dem eng anliegenden Mieder setzte ein glockenförmiger Reifrock an und verlieh der jungen Frau etwas Majestätisches. Ihr Kopf war unter einem fein bestickten Crêpe-Schleier verborgen.

Jehuda hatte sie kurz vorher selbst verschleiert, um sich, wie die Überlieferung es verlangte, davon zu überzeugen, dass er die richtige Frau vor sich hatte. Als sie einander in die Augen schauten, erkannten sie, dass sie beide trauerten. Sie hatten einander nichts vorzuwerfen; sie waren Schicksalsgefährten. Beide spielten nur ihre tragische Rolle in den erhabenen Träumen ihrer Väter. Für sie war dies keine Hochzeit zwischen zwei jungen Verliebten, die es gar nicht erwarten konnten, sich gemeinsam in das Abenteuer des Lebens zu stürzen, sondern hier vermählten sich die offenbarte Tora und die verborgene Kabbala. Richter Karo und Itschak waren das Hochzeitspaar, nicht sie. Bevor Jehuda Francesas Schleier lüftete, hatte er ihr ermutigend zugezwinkert. Und sie antwortete ihm tapfer mit einem leichten Kopfnicken.

Langsam ging Francesa auf den Mann zu, mit dem sie von nun an ihr Leben teilen würde, und umrundete ihn siebenmal, auf dass sich die sieben Pforten seiner Seele öffneten und er sich völlig mit ihr verbände. Es war ein Tanz von kosmischer Schönheit, den die Zuschauer mit offenem Mund verfolgten. Mit ihrer graziösen Anmut schlug die Braut alle Gäste in ihren Bann. Nie zuvor hatten sie miterlebt, dass eine Braut dieses Ritual mit einem solchen Selbstbewusstsein vollzog.

Die Psalmenverse, die zitiert wurden, schienen eigens für diesen Augenblick geschaffen zu sein. Mit stolzer Stimme rezitierte Karo: »Königstöchter sind unter Euren Schönen, erhaben, zu Eurer Rechten Eure Gemahlin in dem glänzenden Gold von *Ofir*.«

Richter Karo leitete die Zeremonie persönlich. Der alte Vater sprach mit kraftvoller Stimme den Segen über den Wein und forderte das Brautpaar auf zu trinken.

»Als Gott die Welt schuf«, sagte Karo mit strahlendem Blick, »war der Mensch ein androgynes Wesen. Daraus machte er Mann und Frau. Zwei Wesen, die es in ihrer Getrenntheit immer wieder danach verlangt, eins zu werden. Ich wünsche, dass ihr einander ebenso ausschließlich lieben werdet, wie Adam und Eva es taten, als sie die einzigen Menschen auf Erden waren.«

Francesa wandte ihren blumengeschmückten Kopf selbstbewusst Jehuda zu.

Chaim, der als Zeuge direkt neben dem Brautpaar stand, schaute zu Boden, als Jehuda sittsam einen einfachen goldenen Ring auf Francesas rechten Zeigefinger schob. Schlomo, der zweite Zeuge, kniff ihn kurz in seine Hand.

»Francesa, mit diesem Ring bist du mir anvertraut nach dem Gesetz Mose und Israels.«

Als Karo die *Ketuba*, den Ehevertrag, vorlas, schaute Jehuda starr vor sich hin. Er hatte sich vorgenommen, sich die Passage, in der er versprach, seine Frau zu kleiden, zu ernähren und ihr körperliche Freuden zu verschaffen, ungerührt anzuhören. Ohne zu zögern, setzte er seine Unterschrift unter das Dokument. Dann forderte Karo das Paar auf, ein zweites Mal von dem Brautwein zu trinken. Francesa und Jehuda nahmen die Gläser und leerten sie in einem Zug, als wollten sie sich Mut antrinken.

Nachdem Karo mit ein paar anderen Gästen zusammen die

sieben Segnungen gesprochen hatte, wies er seinen Sohn an, das Glas mit dem rechten Fuß zu zertreten. Damit wurde nicht nur der Zerstörung des Tempels von Jerusalem gedacht, sondern dies war auch ein Symbol für die Zerbrechlichkeit der Ehe und der Vereinigung von Mann und Frau. Jehudas erster Versuch schlug fehl. Obwohl er mit aller Kraft auf das Glas getreten war, blieb es ganz. Alle hielten gespannt den Atem an, als Francesa es probierte. Doch auch bei ihr blieb das Glas unversehrt. Ihr helles Lachen, in das bald alle Gäste einstimmten, löste die Spannung. Gemeinsam wagten sie einen dritten Versuch. Diesmal zersprang das Glas in tausend Scherben, und alle jauchzten: »*Massel tov*! – Viel Glück!«

Karo winkte voller Stolz Itschak zu, auch eine Rede zu halten. Itschak versuchte, das Beben in seiner Stimme zu verbergen.

»Der Mensch ist als Mikrokosmos der Welt geschaffen. Jeden Tag erschafft Gott eine Welt, indem er die richtigen Partner zusammenbringt. Er formt die Kraft der Nachkommen, noch bevor sie geboren sind. In früheren Zeiten wählte ein Mann bei der Verlobung, wenn er sagte: ›Vereinigt euch nun mit mir gemäß dem Gesetz Mose und Israels‹, zwei Zeugen. Das Paar vereinigte sich und trennte sich dann für zwölf Monate, um die Hochzeit vorzubereiten. Die Verlobung war eine Zeit, in der die zukünftige Braut sich ganz auf ihre Verbindung mit diesem einen Mann vorbereitete und sich allen anderen Männern gegenüber verschloss. Das war der eigentliche Sinn der Verlobungszeit. Gleich werdet ihr, Jehuda und Francesa, eure Ehe vollziehen. Durch die körperliche Vereinigung werdet ihr zu einer Seele. Was der Lauf der Geschichte unwiderruflich getrennt zu haben scheint, wird in euch auf ewig verbunden. Francesa symbolisiert dabei die Geheimnisse der Tora und Jehuda die steinernen Tafeln, die Moses auf dem Berg von Gott empfing. Chaim und Schlomo können stolz darauf sein, dass sie Zeugen dieser kosmischen Vermählung sein werden. Möge die Liebe des Brautpaars den Ruhm von

Safed, dem Ort, wo die Tora ihre Geheimnisse enthüllte, über die ganze Welt verbreiten.«

Sarah hätte nur zu gern gewusst, was ihr Kind in diesem Moment dachte, und sie schluckte den Kloß, der ihr im Halse steckte, herunter. Sie hatte die Rede ihres Mannes mit ungläubigem Blick verfolgt. Ihr war nur zu deutlich bewusst, wie sehr sich ihr Kind gegen diese Verbindung zur Wehr gesetzt hatte. Auch sie hatte einmal rechts von ihrem Mann unter der Chuppa gestanden und damit das symbolische Versprechen gegeben, ihrem Mann während der ganzen Ehe eine Stütze zu sein und nicht von seiner Seite zu weichen. Dieses Versprechen einzuhalten war ihr noch nie so schwergefallen wie an diesem Tag.

Richter Karo dankte Itschak und übernahm wieder die Rolle des Zeremonienmeisters. Er gab Sarah ein Zeichen, die Braut zu entschleiern und sie den Gästen vorzuführen. Die Anwesenden stießen Seufzer der Bewunderung aus. Francesa strahlte. Sie glich einer Göttin, deren Schönheit die Menschen blendete. Nichts an ihr deutete darauf hin, dass sie noch am Vortag mit einem anderen Mann aus der Stadt hatte fliehen wollen. Sie schaute ihren Bräutigam mit einem so verlangenden und verliebten Blick an, dass er kurz die Fassung verlor.

Sarah umarmte ihre Tochter, und ihre Tränen hinterließen auf den Schultern des Hochzeitskleides feuchte Flecken.

»Du bleibst immer mein liebes Kind«, flüsterte sie. »Ich werde dir in allem beistehen. Vergib mir, wenn ich etwas nicht gut gemacht habe.«

Dann folgte Itschak. Er küsste und umarmte seinen Schwiegersohn.

»Ihr seid füreinander geschaffen. Glaube mir«, flüsterte er ihm zu. Jehuda schaute ihm direkt in die Augen, als wollte er sagen: Woher in Gottes Namen willst du das wissen?

Die Umarmung zwischen Francesa und ihrem Vater fiel frostig aus. Als er sie in seine Arme schloss, verkrampfte sich ihr

Körper. Itschak fand keine Worte. Was der Körper seiner Tochter ihm mitteilte, ging ihm durch Mark und Bein.

Nachdem alle Gäste dem Brautpaar gratuliert hatten, ergriff Richter Karo erneut das Wort.

»Nun bitte ich die beiden Zeugen, Schlomo und Chaim, den tatsächlichen Ehevollzug, den *Jichud*, zu bezeugen. Und während Francesa und Jehuda sich vereinigen, seid ihr alle hier eingeladen, ein gutes Glas Wein auf das Brautpaar zu trinken.«

Francesa und Jehuda gingen unter Applaus in das Haus, und Schlomo und Chaim folgten ihnen.

»Eine Hochzeit ohne Musik ist schlimmer als ein Begräbnis ohne Tränen«, rief der *Badchen*, der das Fest organisierte. Das kleine Orchester stimmte fröhliche Tanzmusik an. Karo legte seinen Arm um Itschaks Schulter, und unter dem Klatschen der fröhlichen Gäste versuchten sie, den Takt zu finden.

»Sagt nicht, dass die Musiker nicht spielen können, wenn ihr selbst nicht tanzen könnt«, rief der Badchen lachend.

30 לוו Lamed Vav Vav: **Der Gott des Gebets**

Der kleine Zug bewegte sich schweigend durch das Haus, die ausladende Wendeltreppe hinauf zu Francesas Schlafgemach. Dies sollte der Höhepunkt der Hochzeit sein. Francesa fühlte sich wie ein Lamm, das zum Opferaltar geführt wurde. Das Brautpaar und die beiden Zeugen blickten starr vor sich hin.

Nach den erschütternden Ereignissen des Vorabends hatte Chaim das Gefühl, aus einem Albtraum erwacht zu sein, der Wochen angedauert hatte. Zum ersten Mal seit langem fühlte er sich wie ein Mann, der dem Leben furchtlos entgegentrat. Jeder große Traum erforderte Opfer. Wenn er seine Lebensaufgabe vollbringen wollte, durfte er jetzt nicht wanken. Doch trotz seiner Entschlossenheit fiel es ihm nicht leicht, diesen Teil seiner Aufgabe zu erfüllen.

Das Brautpaar und die Zeugen betraten Francesas Schlafgemach. Ihre Mutter hatte das Bett mit weißen Rosenblättern bestreut. Die Vorhänge waren zugezogen, und an mehreren Stellen standen Glasschalen mit Schwimmkerzen, die den Raum in ein romantisches Licht tauchten. Hier musste der körperliche Vollzug die Gültigkeit der Ehe besiegeln. Niemand sagte etwas, und die Atmosphäre war angespannt. Chaim und Schlomo überprüften den Raum flüchtig, damit gewährleistet war, dass sich kein ungebetener Gast darin befand und das Brautpaar wirklich zum ersten Mal allein sein konnte. Als sie den Raum danach hastig wieder verlassen wollten, sagte Francesa: »Ihr habt doch gehört, was mein Vater gesagt hat. Früher haben die Zeugen darüber gewacht, dass die Vereinigung auch tatsächlich stattfand. Ich will, dass ihr dableibt.«

»Aber das hat er doch nicht wörtlich gemeint, Francesa«, stammelte Schlomo. »Sogar in früheren Zeiten war dies eher eine Ausnahme. Und die Zeugen waren nur anwesend, wenn der Bräutigam dies ausdrücklich wünschte.«

»Habt ihr Angst?«, fragte sie herausfordernd. »Angst, Zeuge einer kosmischen Vermählung zu sein?«

Sie lief zur Tür, schlug sie zu, drehte den Schlüssel um und gab ihn Jehuda, der die Frau, mit der er nun fast verheiratet war, ungläubig anschaute. Wollte sie die Ehe auf diese Weise doch noch verhindern? Chaim und Schlomo warfen einander unschlüssige Blicke zu.

Francesa schloss kurz die Augen, als wollte sie sich vor einem Sprung in die Tiefe sammeln. Dann trat sie einen Schritt vor und schenkte den drei Männern ihr lieblichstes Lächeln. Sie drehte sich um ihre Achse, und ihr Rock fächerte sich wie ein Schirm auf, während die Blicke der Männer ihr atemlos folgten.

Francesa drehte langsam Jehuda ihren Rücken zu. Unsicher

schaute er die beiden Zeugen an, die offenbar auch nicht wussten, wie sie sich verhalten sollten.

»Hilf mir«, forderte Francesa.

Zögernd knöpfte Jehuda die unzähligen winzigen Knöpfchen entlang der ranken Linie ihres Rückgrats auf. Chaim und Schlomo bekamen eine Gänsehaut, während sie den quälend langsamen Vorgang verfolgten. Aus dem Garten schallte wehmütige jüdische Musik und das Lachen und Reden der Gäste herauf. Schlomo versuchte, sich jedes Detail dieser schmerzlich schönen Szene einzuprägen. Er musste sie malen. Wenn es ihm gelänge, die Vielschichtigkeit dieser Situation auf die Leinwand zu bannen, würde ein Bild entstehen, das vor Traurigkeit vibrierte.

Als Jehuda die Mitte der schier endlosen Reihe von Knöpfen erreicht hatte, ließ Francesa das Kleid langsam und beherrscht von ihren Schultern gleiten. Drei Augenpaare hefteten sich wie gebannt an den nackten Rücken des Mädchens – die schlanke Schulter und die gespannte Haut, wie die unerforschte Landschaft des gelobten Landes. Sie trat aus ihrem Reifrock, drehte sich um und zeigte sich ohne Scham in ihrer ganzen Schönheit. Eva im Garten Eden hatte ihr Ebenbild gefunden.

»Francesa, gib mir den Schlüssel, ihr braucht nicht …«, bat Chaim, dem dies alles zu viel wurde.

»Die Ehe muss besiegelt werden«, unterbrach Francesa ihn, und ihr Blick verweilte kurz auf Annas Amulett, das um Chaims Hals hing. Wie schön sie ist, dachte er. Der Körper der jungen Frau atmete Verlangen und Leidenschaft. Ihre Formen waren vollkommen, sie stand in der Blüte ihrer Jugend. Die Natur hatte in ihr einen Gipfel ihrer Ausdrucksmöglichkeit erreicht.

Francesa war sich der schüchternen und gleichzeitig schmachtenden Blicke bewusst, die auf ihrem Körper ruhten. Ganz langsam ging sie zu ihrem Bett. Dort schmiegte sie sich in die weichen Kissen und warf die Rosenblätter in die Luft, so dass sie sanft wie ein leichter Frühlingsregen herabrieselten.

»Komm, Jehuda«, sagte sie, »tue, was ein Mann und Ehegatte tun muss.«

Quälend langsam kleidete Jehuda sich aus. Chaim hatte Mitleid mit ihm. Wie musste der Junge diesen Augenblick gefürchtet haben. Jehuda hatte einen muskulösen, sonnengebräunten Körper. Einen Körper, der noch nicht ausgewachsen war und dessen Proportionen etwas unfertig wirkten. Sein Geschlecht verkroch sich verängstigt zwischen seinen Beinen. Er legte sich neben Francesa auf die Kissen, und nach einem furchtsamen Blick in Chaims Richtung legte er einen Arm um sie.

Chaim ergab sich dieser beschämenden Situation und war fest entschlossen, seinen Blick nicht abzuwenden. Er wusste, dass dies die einzige Möglichkeit war, die Wunde seines Herzens von den letzten Eiterresten zu befreien. Er musste den Tatsachen ins Auge sehen.

Francesa legte sich auf die Seite und küsste Jehuda hingebungsvoll. Reserviert erwiderte er ihren Kuss. Sie schlang ein Bein um ihn und setzte sich auf ihn. Selbstbewusst wie eine Amazone umklammerte sie ihn. Ihre Zunge streichelte seine Brust, und ihre Hände glitten über seinen zitternden Körper. Jehuda ließ den Liebestanz der jungen Frau über sich ergehen. Er war nicht in der Lage, aktiv daran teilzunehmen. Sein ganzer Körper sträubte sich dagegen und konnte nicht lügen. Sein Fleisch schrie die schmerzliche Wahrheit heraus, und je stärker sich Francesa wie eine begabte Kurtisane auf ihre Beute stürzte, desto schlaffer wurde seine Männlichkeit. Von unten drang begeisterter Applaus durch das geöffnete Fenster. Schließlich hielt Schlomo es nicht mehr aus. Er sagte: »Ich habe genug gesehen. In meinen Augen seid ihr Mann und Frau.« Hastig suchte er in den Taschen von Jehudas Hose nach dem Schlüssel und verließ das Zimmer. Beschämt bedeckte Jehuda sein Gesicht.

Als die Tür ins Schloss fiel, schaute Francesa Chaim hilfesuchend an. War dies eine allerletzte Bitte an ihn, sie aus dieser Ehe zu erretten? Wenn Chaim erklären würde, die Ehe sei nicht vollzogen worden, würde sie für nichtig erklärt.

Francesa schloss kurz ihre Augen, als sie mit Schaudern die Bilder des Vorabends wieder vor sich sah. Diese frigide alte Jungfer war schuld gewesen. Schon als sie Anna das erste Mal auf der Treppe begegnet war, hatte sie gewusst, dass sie sich vor ihr in Acht nehmen musste. Diese Rivalin kämpfte nicht mit den Waffen der Weiblichkeit, sondern sie führte ihre angebliche Weisheit ins Feld. Sie musste Lilith heraufbeschwören, um diesen Kampf zu gewinnen. Natürlich war es auch keine Glanzleistung von Chaim gewesen, sich dadurch einschüchtern zu lassen. Doch Francesa wusste nur zu gut, wie schnell männlichen Mystikern die Phantasie durchging. Das kannte sie zur Genüge von zu Hause. Sie hatte am Vorabend zum letztmöglichen Mittel gegriffen und sich Chaim offen und ganz direkt angeboten, was jedoch verlorene Liebesmüh gewesen war. Offenbar war sie nicht an einen leidenschaftlichen Liebhaber, sondern an einen Exorzisten geraten, der in ihr eine Ausgeburt des Teufels sah. Sie betete zu Gott, er möge ihren Geliebten zur Vernunft kommen lassen. Lange schauten Chaim und Francesa einander an.

»Hilf mir«, sagte sie.

Chaim wandte seinen Blick von der schrecklichen Szene ab.

Während er hinausging, sagte er: »Herzlichen Glückwunsch! Ihr seid jetzt Mann und Frau.«

Nachdem Schlomo die gute Nachricht verkündet hatte, brandete im Garten Jubel auf. Während Chaim die Treppe hinunterging, schickte er ein Stoßgebet zum Schöpfer, dass er Lilith für immer vertrieben habe. Chaim hatte einmal gelesen, ein Gebet sei ein brennender Pfeil, der Gottes Ohr zu treffen versuche. Traf dieser Pfeil ins Schwarze, wurde das Gebet erhört. Verfehlte er hingegen sein Ziel, blieben zwei Möglichkeiten. Entweder hatte der Pfeil ein anderes Ziel getroffen, oder er war wirkungslos zu Boden gefallen.

TEIL IV

Safed 1570. Herbst, sieben Wochen später
(jüdische Zeitrechnung: 5330)

31 מנד Mem Nun Dalet: **Der Gott der Furchtlosigkeit**

Am Ende von Chaims letztem Arbeitstag hatte Abraham alle seine Mitarbeiter zusammengerufen. Im sanften orangefarbenen Licht des frühen Abends hing Chaim gerade die letzten Stränge Wolle, die er gefärbt hatte, zum Trocknen auf, als seine Kollegen ihn mit einem melancholischen Chorgesang überraschten. In dem mit Kalkstein ausgelegten Innenhof, wo er so viele Jahre seines Lebens zugebracht hatte, genoss er diese Abschiedsgeste in vollen Zügen. Etwas verlegen trat Abraham vor und wandte sich an ihn.

»Lieber Chaim, Itschak hat uns vor kurzem im Unterricht gefragt: ›Was würdet ihr tun, wenn ihr noch einen Tag zu leben hättet? Wenn ihr das, was ihr in dieser Situation machen würdet, nicht jetzt auf der Stelle macht, handelt ihr wider den Schöpfer, wider eure Seele und wider euer Leben auf Erden.‹ Du, Chaim, hast dich entschieden, von jetzt ab genau das zu tun, was du tun musst, nämlich dein Buch zu schreiben. Du wirst uns fehlen. Ein so hingebungsvoller Mitarbeiter wie du war für mich ein Segen. Wir alle werden dich nie vergessen.«

Dann trat Stille ein. Abraham war kein Redner, und auch unter seinen Arbeitern befand sich niemand, der es gewöhnt war,

Reden zu halten. Deshalb räusperte Chaim sich und machte selbst den Anfang:

»Vielen Dank euch allen. Ich bin jeden Tag gerne hierhergekommen, und das verdanke ich euch. Dieses Haus war für mich ein zweites Zuhause.«

Durch wohlwollenden Applaus ermutigt, fügte er hinzu: »Abraham, ich danke dir, dass du mir all die Jahre die Möglichkeit gegeben hast, mich selbst zu ernähren und zu kleiden und mir ein Dach über dem Kopf zu verschaffen. Das Wichtigste jedoch war, dass ich mich dadurch in meiner freien Zeit ganz auf mein Studium konzentrieren konnte. Ein Mann, der in Not ist, kann nur an seinen leeren Magen denken, nicht an Gott. Sogar im *Midrasch* steht geschrieben: ›Es gibt nichts Schlimmeres auf der Welt als Armut; sie ist das allerschlimmste Übel.‹ Ihr habt mich zu einem reichen Mann gemacht. Einem Mann, der die Zeit hatte, den Reichtum der Tora zu erwerben.«

»Das hast du sehr schön gesagt, mein Junge«, rief Ruth und klatschte anerkennend. Darauf folgte ein langer Applaus, der sowohl Chaim als auch Abraham galt. Chaims Worte hatten alle daran erinnert, wie glücklich sie sich schätzen konnten, ein Dach über dem Kopf zu haben, ihre Kinder ernähren und großziehen zu können und jeden Morgen einen Grund zum Aufstehen zu haben. Keiner von ihnen jedoch nutzte seine freie Zeit, um sich darüber hinaus weiterzuentwickeln. Einige fragten sich in diesem Augenblick zum ersten Mal, wo ihre ganze Zeit geblieben war. Wenn sie zu Hause waren und nicht arbeiten mussten, aßen und tranken sie, widmeten sich ab und zu der Liebe und schliefen. Sie taten nichts weiter, als die Bedürfnisse ihres Körpers zu erfüllen. Insofern unterschied sich ihr Leben nicht allzu sehr vom Leben wilder Tiere. Der einzige Unterschied war, dass sie nicht auf die Jagd, sondern zu ihrer Arbeitsstelle gingen. Wo war in ihrem Leben das Abenteuer geblieben? Warum suchten sie nicht mehr nach Antworten auf jene großen Fragen, die sie als Kinder ihren Eltern gestellt hatten: Warum sind wir hier? Was ist der Sinn unseres Lebens? Was ist unsere Bestimmung? Diese Menschen bewunderten Chaim, weil in seinen Augen noch die Leidenschaft der Jugend leuchtete und weil er sich für die Unsicherheit entschieden hatte und seinem Herzen folgte. Er begab sich auf eine Entdeckungsreise, zu der sie selbst nicht aufzubrechen wagten.

Chaim schaute seine applaudierenden Kollegen an. Die gerührte Bewunderung, die er in ihren Augen sah, machte ihn verlegen. Lange ruhte sein Blick auf Fatima, der sein Abschied stark zuzusetzen schien. Ruth schob sie nach vorne, und sie überreichte ihm ein Paket.

»Das ist eine warme Jacke für den Winter. Sie ist von uns allen«, sagte sie. »Und hier ist noch ein kleines Geschenk von mir.«

Sie zog einen rot gefärbten Wollfaden aus ihrer Schürzentasche.

»Den hast du gefärbt. Ich gebe ihn dir als Erinnerung. Dieser Wollfaden ist am Grab von *Rachel* gesegnet worden.«

Rachels Grab in *Bethlehem* war ein Wallfahrtsort, der rege von Muslimen und Juden besucht wurde. Bei Begräbnissen war es Brauch, einen roten Wollfaden siebenmal um das Grabmal zu wickeln und unterdessen einen Psalm zu singen und Gebete zu rezitieren. Danach wurde der lange Faden in Stücke geschnitten und als Armband getragen.

»Ich hoffe, dass dieses Armband deine Verbindung zu uns aufrechterhält. Wenn es dir von jemandem umgebunden wird, der dich lieb hat, schützt es dich vor dem bösen Blick. Hüte dich vor meinem Onkel *Haman*.«

»Wie meinst du das?«

»Eure Schabbatfeiern an dem *Johannisbrotbaum*, der auf seinem Grund steht, ärgern ihn sehr. Ich habe manchmal Angst, dass er … Dieses Bändchen wird dich in jedem Fall beschützen.«

Chaim konnte sich nicht vorstellen, dass ihnen der alte arabische Bauer, auf dessen Feld sie jeden Freitagabend den Schabbat willkommen hießen, jemals etwas antun würde. Er war zwar sehr jähzornig, doch meist ließ er sie nach einer heftigen Schimpftirade in Ruhe.

Während Fatima das Armband mit sieben Knoten an Chaims linkem Handgelenk befestigte, erzählte sie vom Mut der biblischen Rachel.

»Rachel liebte Jakob. Doch in ihrer Hochzeitsnacht tauschte ihr Vater sie gegen ihre Schwester *Lea* aus. Jakob protestierte am nächsten Tag, und ihr Vater versprach, wenn Jakob sieben Jahre für ihn arbeite, dürfe er auch Rachel heiraten. Rachel klagte nie. Als Hirtin hielt sie ihre Schafherde beisammen, indem sie die Beine der Tiere mit einem langen roten Wollfaden miteinander verband. Ebenso sorgte sie für den Zusammenhalt der Familie. Weil er ihr ›wahrer Jakob‹ war, kümmerte sie sich um Leas Kinder, als wären es ihre eigenen. Sogar den Söhnen, die Jakob von den Sklavinnen hatte, war sie wie eine Mutter.«

Chaim dankte Fatima etwas verlegen für diese Geste der Zuneigung. Dann wandte er sich seinen Kollegen zu. Den Männern schüttelte er nacheinander die Hand oder klopfte ihnen auf die Schulter; den Frauen schenkte er ein herzliches Nicken.

»Jetzt kannst du nicht mehr mit jungen Mädchen in der Farbe herumplantschen, Chaim«, sagte Ruth und zwinkerte ihm mit ihrem schielenden Auge zu. Die anderen lachten. Nachdem er sich von allen verabschiedet hatte, verließ die kleine Gruppe den Innenhof. Morgen würde ihr Leben wieder seinen gewohnten Lauf nehmen, mit dem einzigen Unterschied, dass am roten Färbebottich ein neuer Mitarbeiter stehen würde. Sie trösteten sich mit dem Gedanken, dass es ihnen ja gut ginge. Und schließlich mussten sie doch für ihre Familien sorgen. Chaim hingegen brauchte auf niemanden Rücksicht zu nehmen. In ihrer Situation wäre es töricht, den eigenen Träumen zu folgen. Sie wussten nicht einmal mehr, wonach es sie einst am stärksten verlangte. Wer wollte denn auch nur einen einzigen Gedanken an den törichten Jungentraum verschwenden, einmal eine Reise über das Meer zu unternehmen? Oder welche Frau würde sich an ihren Mädchentraum erinnern wollen, einmal eine Prinzessin zu sein, die liebevoll über ein Phantasieland regierte? Das alles war kindlicher Unsinn gewesen. Sie waren mit der Arbeit, die Abraham ihnen gab, zufrieden und auch mit dem gerechten Lohn, der es ihnen ermöglichte, ihre Kinder zu ernähren. Idealen jagten die Charaktere in Theaterstücken nach, nicht Menschen aus Fleisch und Blut.

Chaim blieb mit Abraham allein zurück.

»Ich bewundere dich«, sagte Abraham. »Du zahlst den Preis für deine Träume und folgst einfach deinem Herzen. Was du tust, ist sehr unvernünftig, aber unvernünftige Menschen haben stets die größten Leistungen vollbracht.«

Er schenkte Chaim ein Glas seines besten Weines ein. Sie setzten sich an den kleinen Holztisch, an dem sonst Fatima ihre wundervolle Handarbeit anfertigte.

Chaim prostete ihm zu und sagte: »Manchmal kommt es mir so vor, als wäre ich eine Figur aus einem Roman, dessen letzte Seite schon geschrieben ist.«

»Bist du neugierig, wie dieser Roman ausgehen wird?«, fragte Abraham.

»Ja, natürlich«, sagte Chaim. »Aber ich habe trotzdem keine Lust, auf der letzten Seite nachzuschauen und mir damit die Freude am Lesen zu verderben.«

»Glaubst du, dass du die Kapitel, die noch vor dir liegen, durch dein Leben umschreiben kannst?«, fragte Abraham. Er sprach mehr zu sich selbst als zu Chaim.

Genau das Gleiche hatte Chaim auch schon Itschak gefragt. Dieser erklärte ihm daraufhin, dass im Geheimcode der Tora die Lebensläufe aller Menschen verzeichnet waren. Und damit nicht genug, auch alle alternativen Entwicklungen waren dort vermerkt. Allein in den letzten Monaten hatte es viele Momente in Chaims Leben gegeben, die einen anderen Verlauf hätten nehmen können. Was wäre geschehen, wenn er die anderen Besucher des Begräbnisses auf die Wolke hingewiesen hätte, bevor Itschak dies getan hatte? Was, wenn er mit Francesa die Stadt verlassen hätte, um mit ihr zusammen anderswo ein neues Leben zu beginnen? Und was wäre, wenn er weiterhin Wolle färbte, statt sich für eine unsichere Zukunft zu entscheiden und sich ganz und gar der Kabbala zu widmen? Veränderungen der äußeren Umstände hatten ihren Ursprung immer im Inneren. War ein Leben, in dem es keinerlei Wandlung gab, nicht so, als würde man als Toter zwischen den Lebenden weilen? In seinem Tagebuch hatte er sein Leben einmal mit dem Umherirren in einem Labyrinth verglichen, wobei er immer wieder vor die Entscheidung gestellt werde, entweder einen dunklen oder einen hellen Weg einzuschlagen. Würden unterschiedliche Entscheidungen auch völlig verschiedene Lebensverläufe hervorbringen? Oder handelte es sich dabei nur um geringfügige Abweichungen, die letztendlich auf das gleiche Endergebnis hinausliefen? Oder fanden alle diese Leben gleichzeitig statt, und er erlebte nur eine Variante davon?

»Worum es in meinem Lebensbuch in der Essenz geht und wohin dies letztlich führt, das ist Gottes Geschichte. Es steht in Seiner Hand geschrieben«, sagte Chaim mit mehr Überzeugung, als er tatsächlich verspürte. »Das hat der Schöpfer desjenigen, der meinen Lebensroman geschrieben hat, schon lange und für alle Ewigkeit festgelegt. Vielleicht existieren verschiedene Realitäten nebeneinander, und es hängt von unseren Entscheidungen und Handlungen ab, in welcher Welt wir leben. In einer Welt, in der sich unsere Träume erfüllen, oder in einer Welt des Kummers und der Qual.«

Die beiden Männer saßen schweigend zusammen. In der Stille des kühlen Abends war nur das leise aufgeregte Pochen ihrer Herzen zu hören, die sich nach einer überraschenden Apotheose sehnten.

»Du weißt zumindest, dass du noch zweiundzwanzig Jahre vor dir hast«, sagte Chaim.

»Ja«, sagte Abraham und dachte an seine wundersamen Erlebnisse in Jerusalem zurück. In den ersten drei Tagen nach seiner Ankunft dort lag er in Lumpen gekleidet in seiner Unterkunft, fastete, betete und klagte. Erst dann wagte er es, die Westmauer aufzusuchen, wie Itschak es ihm aufgetragen hatte. Die Mauer konnte man unter all dem Müll, den die Einwohner dort aufgehäuft hatten, kaum sehen. Doch für Abraham war der Müllabladeplatz genau die richtige Umgebung. Er kniete sich mitten im Abfall nieder und betete weinend. Als er Stunden später kurz die Augen öffnete, erblickte er oben auf der Mauer eine Frau, die ihm den Rücken zuwandte. Aus Respekt vor dem Schöpfer hatte er ihre überirdische Erscheinung später nicht genauer beschreiben wollen. Er warf sich in den Abfall und schrie: »Mutter, Mutter Zions, weh mir, dass ich Eure prachtvolle Erscheinung geschaut habe.« Dann riss er sich sämtliche Kopf- und Barthaare aus und schlief nach einer langen Zeit des Klagens erschöpft ein. Im Traum kam die *Schechina*, die weibliche Gottheit, zu ihm, legte eine Hand auf seine Stirn und wischte ihm mit der anderen die Tränen ab. Sie sprach: »Sei getrost, Abraham, mein Sohn, es gibt Hoffnung für dich und das jüdische Volk. Noch zu deinen Lebzeiten wird die Bundeslade sich einem Auserwählten offenbaren.«

Als Abraham Itschak darüber berichtet hatte, sagte dieser: »Du bist gesegnet, dass du die Schechina hast schauen dürfen, den weiblichen Aspekt Gottes. Dein Kainsmal ist verschwunden. Du bist von Sünden reingewaschen, und dir sind zweiundzwanzig weitere gesunde Lebensjahre gewiss.«

»Glücklicherweise sehe ich dich morgens noch beim Unterricht«, unterbrach Abraham seine Tagträumereien. »Hier habe ich noch etwas für dich.«

Er gab Chaim zwei Silberstücke. Damit würde er die ersten Wochen über die Runden kommen. Was danach geschehen würde, war ungewiss.

Safed 1570. Spätherbst, sechzehn Tage später
(jüdische Zeitrechnung: 5330)

32 מיכ Mem Jod Kaf: **Der Gott des aufkeimenden Samenkorns**

Ein kalter Wind blies durch Chaims Winterjacke. Es war schon tiefer Herbst, und das vormals grüne Tal hatte sich in einen rostbraunen Flickenteppich verwandelt. Chaim war stundenlang mit Itschak umhergewandert. Nun saßen sie auf der Spitze des Berges Meron, der dem Hügel, auf dem Safed erbaut war, gegenüberlag. Seit Chaim nicht mehr arbeitete, nahm Itschak ihn immer häufiger auf längere Wanderungen mit. Er gab seine Belehrungen lieber in dieser Umgebung als in den behaglichen Räumlichkeiten der Synagoge. Chaim war eigentlich kein passionierter Wanderer, doch seine Ausflüge mit Itschak waren für ihn Exkursionen durch die Schöpfung. Itschak lehrte Chaim, die Welt mit anderen Augen zu betrachten.

»Alles in dieser Welt hat eine Berufung. Jede Blume, jedes Tier und natürlich auch jeder Mensch folgt einer bestimmten Mission. Es gibt kein Unkraut, das nicht einzigartig eine bestimmte Krankheit zu heilen vermag«, erklärte Itschak. »Jeder Grashalm hat seinen Schutzengel, der ihn zum Wachsen ermuntert.«

Es war, als stünde er in Kontakt mit allen Lebewesen, die ihnen unterwegs begegneten. Er konnte die Kälte in den Bäumen nachempfinden, spürte, wie sie die Säfte aus ihren Zweigen und Blättern zurückzogen. Wie es sie traurig machte, ihren grünen, mit so viel Liebe geschaffenen Schmuck verdursten zu lassen. Wie sie alten Männern ähnlich wurden, die sich in einen Zustand der Reglosigkeit zurückzogen, als warteten sie auf den Tod. Um dann nach einer Zeit vollkommener Ruhe aus dem Schoß der Erde wiedergeboren zu werden. In einem immerwährenden Kreislauf von Leben, Tod und Wiedergeburt, der dem gleichen Rhythmus unterlag wie die Seele des unsterblichen Menschen. Die ganze Welt war ein lebender Organismus, und jedes Wesen strebte nach Wachstum und der Entfaltung seines Potenzials. Itschak hatte grenzenlose Ehrfurcht vor jedem lebenden Wesen, weil sich ihm darin die Größe und Vielfalt des Schöpfers offenbarte. Nicht die Sonne selbst betete er an, sondern die Kraft des Schöpfers, die sich in der Sonne manifestierte. Er tötete nicht einmal eine Mücke, die ihm den Schlaf raubte.

»Alle Dinge sind in einem perfekten Zusammenspiel miteinander verbunden. Wird ein einziger Baum gefällt, verändert sich das Leben unzähliger Wesen für immer. Nichts ist ohne Grund geschaffen.«

Sogar den Felsblöcken begegnete Itschak mit Liebe und Mitgefühl. Scheinbar leblos, waren sie tatsächlich das vorläufige Ergebnis von Prozessen, die sie in Millionen von Jahren zu dem geformt hatten, was sie jetzt waren – der vollkommene Ausdruck ihres Wesens.

Gemeinsam saßen sie am Grab von Schimon bar Jochai, der schon vierzehn Jahrhunderte vor ihnen versucht hatte, die Tora zu entschlüsseln. Dies war einer der Lieblingsplätze Itschaks, an dem er zu bar Jochais Seele in Kontakt treten konnte. Ein *Zaddik* oder ein Heiliger starb nach Auffassung der Kabbalisten nie. Seine Lebensenergie blieb auf der Erde immer spürbar. Itschak gelangte an diesem Ort zu neuen Einsichten, die er an seinen Schüler weitergab.

Doch an diesem Tag war Chaim ganz in Gedanken versunken. Die dritte Woche seines neuen Lebens ging allmählich zu Ende. Trotz aller Sparsamkeit würde er mit dem Rest seines Geldes bestenfalls noch eine Woche auskommen. Nachdem er seine Arbeit gekündigt hatte, wollte er nicht mehr darüber nachdenken, wie er seinen Lebensunterhalt bestreiten konnte. Sein Verlangen, das Buch zu schreiben, hatte jegliche Sorge darüber in den Hintergrund rücken lassen. Deshalb waren die vergangenen Wochen die glücklichsten seines Lebens gewesen. Endlich tat er das, was ihm vorbestimmt war. Sein Leben stand nun ganz im Zeichen dieser Aufgabe. Doch er hatte zu wenig Zeit. Morgens nahm er am Unterricht teil. Danach unternahm er mit Itschak oft stundenlange Wanderungen und führte Gespräche mit ihm. Zu Hause arbeitete Chaim seine Aufzeichnungen aus und studierte die heiligen Schriften. Er konnte es sich kaum noch vorstellen, diese Lebensaufgabe mit einer normalen ganztägigen Erwerbsarbeit zu vereinbaren. Doch nun forderte die Realität ihren Tribut. Der Winter stand vor der Tür, und Chaim hatte weder eine Einkommensquelle noch Erspartes. Obwohl er sich schämte, sah er keine andere Möglichkeit, als Itschak um Hilfe zu bitten.

»Du willst Geld von mir«, hatte dieser Chaims lange und umständliche Erklärung zusammengefasst.

»Ja«, antwortete Chaim zögernd.

»Ich habe Geld. Mehr Geld, als ich jemals ausgeben könnte, und ich musste nie dafür arbeiten. Hin und wieder gebe ich Sarah einen Hinweis, wenn ich beispielsweise den Eindruck habe, es sei der richtige Augenblick dafür, weißen Pfeffer in Sumatra einschiffen zu lassen und auf dem Amsterdamer Markt anzubieten. Mehr brauche ich für all meinen Reichtum nicht zu tun. Ja, ich könnte dir Geld geben. So viel wie du willst. Aber ich tue es nicht.«

Chaim zuckte zusammen. Itschak war seine letzte Hoffnung gewesen. Er hatte in ihm einen Freund gesehen. Ein schöner

Freund war das allerdings, der ihm erst den Mund wässrig machte und dann seine bescheidene Bitte ohne mit der Wimper zu zucken ausschlug. Bei jedem Gottesdienst in der Synagoge spendete Itschak vier Silberstücke für wohltätige Zwecke. Das war für Chaim ein ganzer Monatslohn. Er wollte das Geld von Itschak doch nur leihen, nicht geschenkt. Chaim war gekränkt. Er zog sich seine Wollmütze über die Augen, um sich vom Anblick des »Freundes« einen Moment lang zu erholen.

»Wenn ich dir Geld gäbe, würde ich dir damit nicht helfen, Chaim«, erklärte Itschak und machte mit dem Holz, das sie gemeinsam gesammelt hatten, ein Feuer.

Doch, ganz sicher würdest du das, dachte Chaim mürrisch.

Die blauen Flammen züngelten an dem feuchten Holz empor, das wütend prasselte und zischte und sich dann geschlagen gab.

»Eines Tages hörte Schimon bar Jochai, wie einer seiner Freunde die römischen Besatzer wegen ihrer schönen Kurbäder, Brücken und Straßen pries«, begann Itschak zu erzählen. »Doch Schimon wies ihn zurecht: ›Die Straßen legen sie nur an, um ihre Heere schneller ans Ziel zu bringen. Sie bereichern sich an den Brücken, indem sie Zölle erheben, und die Kurbäder dienen nur ihrem eigenen Vergnügen.‹ Als den Römern die kritischen Äußerungen Schimons zu Ohren kamen, verhängten sie die Todesstrafe über ihn. Schimon und sein Sohn mussten fliehen, und sie versteckten sich in dieser Grotte.«

Chaim erschrak. Itschak sprach von der Grotte, in deren Nähe sein Vater in den Tod gestürzt war – von der Grotte, die das größte Geheimnis seines Lebens verbarg. Ob Itschak wohl schon von seinem Verbrechen wusste? Das war ausgeschlossen, versuchte sich Chaim zu beruhigen. Es war kein Mord gewesen, sondern ein Unfall, ein tragisches Missgeschick.

»Die Römer gaben ihre Suche nach Schimon nicht auf«, fuhr Itschak fort. »Dreizehn Jahre lang mussten er und sein Sohn sich verstecken. Es heißt, die beiden hätten sich von den Früchten eines Johannisbrotbaums ernährt, der vor ihrer Grotte wuchs. Ich nehme an, dass das nur die halbe Wahrheit ist. Schimon und sein Sohn haben die Zeit genutzt, um die Tora zu studieren. Er hat in jener Grotte den Sohar geschrieben. Nicht das Johannisbrot hielt sie am Leben, sondern die Entschlossenheit, mit der sie sich ihrer Lebensaufgabe widmeten: in einer dunklen Grotte ein leuchtendes Juwel zu schreiben, das Licht in die Welt bringen würde.«

In der kühlen Luft schlugen die Flammen gefährlich in alle Windrichtungen. Chaim stand auf. Er wusste nicht, was er mit dieser Geschichte anfangen sollte. Doch da er seine Mütze immer noch tief über seine Augen gezogen trug, trat er mitten in das Feuer.

»Pass auf«, rief Itschak, riss Chaim zur Seite und löschte den Schwelbrand an seinem Hosenbein. Als dieser erschrocken seine Mütze hochzog, blickte er direkt in Itschaks hellblaue Augen.

»Warum ich?«, fragte Chaim. »Warum hast du mich dazu ausersehen, dieses Buch zu schreiben? In Safed gibt es doch sicher klügere Köpfe und bessere Schreiber, als ich es bin.«

»Das habe ich mich auch gefragt. Du hast Recht. Es gibt hier mehrere Herren, die angesehener sind als du. Glaubst du nicht, dass es auch mir töricht vorkommt, nach all den Jahren der Selbstverbannung meine Insel verlassen zu haben? Und dass ich meine Frau und meine Tochter aus Kairo geholt habe, der Stadt, in der sie sich wohlfühlten, und dies alles nur, um hier in der Nähe eines jungen Wollfärbers zu leben?«

Chaim konnte immer noch nicht glauben, dass Itschak wirklich seinetwegen nach Safed gekommen war. Natürlich verbrachte er viel Zeit mit Itschak, doch Chaim war ja nicht sein einziger Schüler.

»Aber weißt du, Chaim«, fuhr Itschak fort, »jetzt, nachdem ich so schnell berühmt geworden bin, sind sie alle zu mir gekommen, diese ehrenwerten Herren. Sie haben weise Bücher geschrieben, und sie sind zweifellos Rabbis, fromme und rechtschaffene Männer – so scheint es zumindest. Doch nicht einer von ihnen lebt, was er zu sein vorgibt. Sie verbergen ihre Schattenseiten in der Tiefe der Nacht. Sie sehen aus wie vollkommene Porzellanfiguren, doch in ihrem Inneren sind Risse entstanden, die früher oder später ihre makellose Oberfläche zerstören werden.«

Chaim wusste, dass Itschak Recht hatte. Die pikanten Tragödien unglücklicher Ehefrauen, die Anna in ihrem Sprechzimmer zu hören bekam, hatten ihn oft schockiert. Angesehene Rabbis trieben es im Verborgenen. Fromme Lehrer teilten mit ihren jungen Schülern das Bett. Alle Sünden, die Moses beschrieben hatte, kamen auf dem heiligen Berg vor.

Doch sofort fielen ihm seine eigenen Sünden ein. Eifersucht, hochmütiger Ehrgeiz und unzüchtige Phantasien bildeten nur den Anfang einer langen Reihe von Unzulänglichkeiten.

»Nicht dass du perfekt bist«, sagte Itschak, der offenbar seine Gedanken gelesen hatte. »Deshalb bist du ja hier, als Mensch, genau wie ich. Wenn deine Seele schon völlig erleuchtet wäre, bräuchtest du die Erfahrung dieses Lebens nicht. Doch deine Seele ist bereits entwickelt und kann wie ein Baum das Licht, das ich über ihn ausstreue, aufnehmen.«

Chaim lächelte. Ein schöneres Kompliment hätte er sich nicht wünschen können. Itschak hatte ihn in einem Atemzug einen Schriftsteller und eine weit entwickelte Seele genannt. Doch dann fiel ihm wieder ein, wie schroff sich sein Lehrer geweigert hatte, ihm Geld zu leihen. Wie sollte er mit dem Schreiben jemals Geld verdienen können? Sein Lächeln erstarrte.

»Aber vor meiner Grotte steht kein Johannisbrotbaum«, sagte er verdrießlich.

»O doch«, sagte Itschak und löschte mit seinen Füßen das Feuer. »Warte es nur ab.«

»Schlürf nicht so«, sagte Anna gereizt.

Chaim schaute sie von oben herab an.

»Du bist nicht meine Mutter«, antwortete er.

»Nein, aber du behandelst mich so, als wäre ich es. Jeden Abend schlingst du dein Essen hinunter, sagst kaum etwas und rennst gleich danach wieder nach oben, ohne auch nur ein einziges Mal Dankeschön zu sagen.«

Chaim versuchte, den großen Schluck Hühnersuppe, den er gerade in seinen Mund befördert hatte, so leise wie möglich hinunterzuschlucken. Dann legte er den Löffel nieder.

»Ich bin verliebt, Anna, verstehe das doch.«

»Du bist in letzter Zeit ständig verliebt. Wenn nicht in süße junge Hexen, dann in blonde Herren, die dich völlig durcheinanderbringen.«

»Du verstehst überhaupt nichts«, rief Chaim verärgert. »Ich werde ein wichtiges Werk schreiben, ein Werk, das die Menschheit verändern wird.« Er lief zur Tür.

»Vielleicht musst du dich erst einmal selbst verändern. Du bist ziemlich ungenießbar geworden. Und deine Miete bezahlst du auch nicht mehr!«

»Sobald ich Geld habe, bekommst du es. Auch für das Essen.«

»Wenn du morgen nicht bezahlst, fliegst du raus. Hier hast du deine Hühnersuppe!«

Sie schnappte sich die Suppenschale und warf sie mit aller Kraft in Richtung Tür. Chaim gelang es gerade noch, die Tür hinter sich zu schließen, bevor die Schale dagegen krachte und in tausend Stücke zersprang.

Er flüchtete die Treppe hinauf in seine Kammer und schloss sich ein. Es war eiskalt. Bei jedem Atemzug sah er vor seinem Mund ein Wölkchen. Chaim hatte kein Geld mehr, um Holz für den Ofen zu kaufen, und ihm fehlte die Zeit, um selbst welches zu sammeln. Er zog sich die Winterjacke an, die seine Arbeitskollegen ihm geschenkt hatten.

»Wahrscheinlich bekommt sie ihre Tage«, murmelte er. Dann kroch er mit seinen Aufzeichnungen ins Bett, zog die Decke über sich und versuchte weiterzumachen, wo er stehengeblieben war.

Eines Tages wird sie stolz sein, dass ich mit ihr zusammen in einem Haus gewohnt habe und dass sie für mich kochen durfte, dachte er.

Annas Unterlippe zitterte vor Wut, als sie die Scherben zusammenkehrte. Sie hasste Chaim. Seit er völlig unter Itschaks Einfluss stand, hatte er sich stark verändert. Mit gemischten Gefühlen hatte sie verfolgt, wie er seine Arbeit kündigte. Sie hatte ihn nicht gefragt, wie er in Zukunft seine Miete zu bezahlen gedenke, doch schon nach wenigen Tagen hatte er ihr von sich aus eröffnet, dass er in den kommenden Monaten kein Geld haben werde, um seine Zahlungsverpflichtungen zu erfüllen. Von niemand anderem hätte sie sich so etwas gefallen lassen. Doch sie hatte eine Schwäche für Chaim. Sie wusste, er folgte einem Traum, und sie wollte ihm nicht die Flügel stutzen. Auf eine merkwürdige Weise glaubte sie an ihn und war sich sicher, dass er früher oder später wieder auf den Boden zurückkehren würde. Doch schon bald war es mit Chaim bergab gegangen. Er wurde immer magerer und verwahrloste zusehends. Früher hatte er Wert auf gute Kleidung gelegt, doch nun schien ihm sein Aussehen völlig gleichgültig zu sein. Vor einer Woche beobachtete sie ihn auf dem Markt, als die Händler schon ihre Ware eingepackt hatten, wie er heimlich das zurückgelassene faulende Obst einsammelte. Da hatte sie es nicht länger mit ansehen können und ihm noch am gleichen Abend eine üppige Mahlzeit gebracht, die er wie ein hungriger Wolf verschlang. Nun tauchte er schon seit Tagen zur Essenszeit bei ihr auf, und sie aßen gemeinsam. Dies war ihr kleines Geheimnis. Niemand brauchte zu wissen, dass sie so viel Zeit allein miteinander verbrachten, obwohl sie nicht verheiratet waren. Anna genoss seine Gesellschaft. Sie hatte ihr Leben lang für sich selbst gesorgt, und war die meiste Zeit über allein gewesen. Für Chaim zu kochen war für sie zu einer Mission geworden, etwas, das ihr Erfüllung schenkte. Sie dachte den ganzen Tag darüber nach, was sie am Abend Leckeres zubereiten wollte. In ihr war ein Gefühl erwacht, das sie selbst nicht so recht zu benennen wusste. Eine fürsorgliche Ader. Doch gleichzeitig sträubte sich etwas in ihr dagegen, es als mütterlich zu bezeichnen. Heute war ihr klar geworden, dass er sie tatsächlich wie eine Mutter behandelte. Er verhielt sich wie ein undankbarer Sohn, der es als selbstverständlich ansah, dass sein Essen immer rechtzeitig auf dem Tisch stand. Ein mürrischer Sohn, dem sie erst beibringen musste, dem Schöpfer für sein Essen zu danken. Denn ungesegnete Nahrung stärkte zwar den Körper, aber nicht die Seele. Er war ein Sohn, der nur redete, wenn ihm gerade der Sinn danach stand. Einer, der ihr nie Komplimente für die Mahlzeiten machte, die sie mit so viel Sorgfalt zubereitete. Sie hatte sich bemüht, sich zurückzuhalten; bemüht, dem, was er tat, mit Respekt zu begegnen, und sich damit getröstet, dass es keine Ewigkeit dauern könnte, ein Buch zu schreiben. Doch heute Abend war ihr der Kragen geplatzt. Sie hatte ihn hinausgeworfen. Einerseits verfluchte sie ihn, doch andererseits fehlte er ihr jetzt schon. Sie würde sich nur sehr schwer daran gewöhnen können, wieder allein zu essen.

In seinem Bett dachte Chaim darüber nach, dass er sie am nächsten Tag mit einem kleinen Geschenk überraschen wollte. Doch dann fiel ihm ein, dass er ja nicht einmal genug Geld besaß, um Tinte zu kaufen. Mit bangen Augen starrte er in die Dunkelheit.

Die silberne Glocke an der Tür von Joschuas Laden klingelte nicht oft. Im Laufe der Jahre hatte er gelernt, den ganzen Tag in passiver Konzentration zu verharren. Sobald das Glöckchen ertönte, konnte er sich blitzschnell in einen Zustand äußerster geistiger Wachsamkeit versetzen, wie eine Katze, die minutenlang regungslos eine Maus belauerte und das kleine Tier dann mit einem blitzschnellen Schlag ihrer Pfote in ihre Gewalt brachte. Seine Augen wurden dann glasklar, und mit einem strahlenden Lächeln empfing er jeden Kunden.

»Guten Morgen, meine Damen. Eure Schönheit stellt meinen Silberschmuck völlig in den Schatten.«

Joschua war einer jener Männer, die Frauen ungeniert Komplimente machen konnten. Aus seinem Munde klangen sie nicht, als wolle er ihnen den Hof machen, sondern als sei er ihresgleichen – jemand, der die weibliche Natur mit ihrer Gefallsucht und ihrem Hang zu schönen Dingen kannte und die kleinen Sorgen der Frauen wirklich verstand.

Sarah lächelte, während Francesa sich sofort der gläsernen Ladentheke näherte und die ausgestellten Silberarbeiten aufmerksam musterte.

»Wir suchen einen Ring für Francesa«, sagte Sarah.

»Einen Ring«, wiederholte Joschua und nahm behutsam und ohne jede Scham Francesas Hand in die seine, was diese mit abwesendem Blick über sich ergehen ließ. »Es wird nicht einfach sein, einen Ring zu finden, der die Anmut dieser Hand zu unterstreichen vermag.« Als sei sie aus Porzellan, legte er die Hand vorsichtig auf das Glas der Verkaufstheke.

»Hier liegen meine schönsten Stücke. Ist eines darunter, das Euch gefällt?«

Francesa schaute sich die liebevoll ausgestellten Ringe kritisch an. Sie waren mit den seltensten Edelsteinen besetzt und mit kunstvollen Gravuren und Ziselierarbeiten versehen, einer prunkvoller als der andere. Schließlich deutete sie auf einen Ring mit einem roten Rubin, der glitzerte und funkelte.

»Eure Tochter hat Geschmack, Sarah, das muss ich sagen«, erklärte Joschua lächelnd. »Natürlich weiß ich nicht, ob das für Euch Anlass zur Freude sein sollte.«

»Sie hat Geburtstag«, entschuldigte sich Sarah. »Sie wird heute sechzehn, und ich will ihr etwas Schönes schenken. Außerdem fällt ihr Geburtstag diesmal auf *Chanukka.*«

»Herzlichen Glückwunsch, Francesa«, sagte Joschua, während er den Ring sehr vorsichtig aus der Glastheke nahm. Er führte die Damen zu einem kleinen Tisch aus Nussbaumholz, der im Laden stand, schenkte ihnen Kaffee ein und drehte dann den Spiegel so, dass er Francesas Hand reflektierte. Wenn man Silberschmuck verkaufen wollte, musste man eine besondere Atmosphäre kreieren. Es war wichtig, den Kunden ganz behutsam ein Gefühl der eigenen Bedeutung und des Luxus zu vermitteln. Dieses Spiel beherrschte Joschua perfekt.

Er zog sich weiße Handschuhe an und schob den prachtvollen Ring ganz langsam auf Francesas Finger.

»Eine ausgezeichnete Wahl«, sagte er gerührt. »Dieser Ring hat offenbar nur darauf gewartet, an Eurer Hand seine Pracht zu entfalten.«

»Er sieht wunderschön aus«, bestätigte Sarah. Sie hoffte, durch das großzügige Geburtstagsgeschenk die Freundschaft, die sie einst mit ihrer Tochter verbunden hatte, zumindest teilweise wiederherstellen zu können. Wie lange war es her, seit ihr Köpfchen kleiner gewesen war als die Brust, an der sie getrunken hatte, seit sie in unbändiges Lachen ausgebrochen war, wenn Sarah ihr Bäuchlein gekitzelt hatte, und in ihren Augen ein grenzenloses Vertrauen gelegen hatte. Nun war sie mit ihren sechzehn Jahren eine verheiratete Frau. Das Vertrauen ihres kleinen Mädchens war durch die erzwungene Heirat für immer gebrochen worden.

»Er gefällt mir nicht«, sagte Francesa. »Komm, Mutter, wir gehen.«

Joschua erschrak. Er hatte geglaubt, das Vögelchen sei ihm sicher und er bräuchte die Falle nur noch zuschnappen zu lassen. Sein Gehirn arbeitete fieberhaft. Francesa hatte sich den teuersten Ring in seinem Laden ausgesucht. Wenn er ihn verkaufte, war der Gewinn eines ganzen Jahres gesichert. Doch Francesa hatte Sarah schon zur Tür gezogen.

»Wartet«, rief Joschua. »Ihr habt vollkommen Recht, Francesa. Meine wirklich exklusiven Ringe stelle ich nicht in meinem Geschäft aus. Das wäre viel zu riskant. Setzt Euch doch wieder hin, ich hole sie.«

Francesa lächelte. Genau so hatte sie es sich vorgestellt. Als ihre Mutter sie damit überraschte, dass sie sich zu ihrem Geburtstag ein Geschenk ihrer Wahl aussuchen dürfe, sagte sie, ohne zu zögern, sie wolle »einen Ring«. Das war die Gelegenheit für sie, Chaims Bruder nach ihrer Pfeife tanzen zu lassen. Zusammen mit ihrer Mutter nahm sie wieder auf den goldbestickten Stühlen an dem Tischchen Platz.

Joschua holte noch einmal tief Luft und kehrte dann mit seinem verführerischsten Lächeln in den Laden zurück. In einer silbernen Schale hatte er drei Ringe drapiert, Meisterwerke der Schmiedekunst, die einander an zeitloser Schlichtheit übertrafen. In die Ringe waren jeweils drei hebräische Buchstaben graviert, deren Anblick tief ins Herz traf.

»Dies ist die Göttin des Schutzes: Alef. Lamed. Dalet; dies die Göttin der bedingungslosen Liebe: Heh. Heh. Ajin; und dies ist die Göttin der Heilung: Mem. Heh. Schin«, verkündete Joschua feierlich. »Tut mir leid, dass ich sie Euch nicht gleich gezeigt habe, aber ich wollte den Geldbeutel Eurer Mutter schonen. Außerdem wollte ich sie eigentlich gar nicht verkaufen.«

Als Sarah den entzückten Blick ihrer Tochter sah, zwinkerte sie Joschua aufmunternd zu. Ihr war es gleich, was das Geschenk kosten würde. Für ein Lachen auf dem Gesicht ihrer Tochter hätte sie alles gegeben.

Andächtig hörte Francesa Joschua zu, während er erzählte, wie die drei Ringe entstanden waren. Sie stellten drei *geheime Namen Gottes* dar, die Itschak in seinem Unterricht enthüllt hatte. Drei von zweiundsiebzig geheimen Namen. Joschua war Zimras Bitte nachgekommen und hatte den Unterricht aufmerksam verfolgt, um alle Namen zu sammeln. Eigentlich hatte er die Ringe für sich selbst angefertigt, weil ihn die scheinbar willkürlichen Buchstabenkombinationen, von denen eine eigenartige Kraft ausging, sehr berührten.

»Man braucht nur mit den Fingern über die Buchstaben zu fahren, schon spürt man die Energie der Liebe, des Schutzes und der Heilung«, erklärte er begeistert.

Erst als Joschua beim besten Willen nichts mehr über die Ringe zu erzählen wusste, traf Francesa ihre Wahl. Kokett deutete sie auf die Göttin des Schutzes. Joschuas Herz machte vor Freude einen Satz. Wieder hatte sie den kostbarsten Ring gewählt. In ihm waren auf raffinierte Weise fünf Metallarten miteinander verbunden: Gold, Silber, Kupfer, Zinn und Blei. Den Vorschriften eines alten kabbalistischen Buches folgend, hatte er den Ring bei Vollmond in einer Nacht nach dem Schabbat angefertigt und die Arbeit daran abgeschlossen, bevor der Hahn krähte. Seine Hände zitterten, als er ihr das Meisterwerk anpasste. Die drei Buchstaben Alef, Lamed und Dalet schimmerten an ihrem Finger wie Diamanten.

»Dieser Ring schützt Euch vor dem bösen Blick übel gesinnter Menschen. Und er löst Eure eigenen schlechten Gedanken und Euren eigenen bösen Blick auf, wenn er auf andere fällt«, erklärte er.

»Wie schön«, seufzte Sarah auf.

»Zu schön, um wahr zu sein«, sagte Francesa und zog den Ring der Göttin des Schutzes resolut von ihrem Finger. »Den Ring mit dem Rubin fand ich auch wunderschön, Mutter. Ich würde mich sehr freuen, wenn ich den mit dem Rubin bekäme.«

Joschuas Adamsapfel hob und senkte sich, während er versuchte, mit dieser zweiten überraschenden Wendung der Dinge fertigzuwerden. Wieder schien ihm die Beute im letzten Moment zu entwischen. Blitzschnell versuchte er abzuwägen, ob es besser wäre, etwas zu sagen oder zu schweigen.

»Aber Francesa«, wandte Sarah ein, »dieser Ring ist doch in jeder Hinsicht schöner. Ich will, dass du diesen nimmst. Wie viel kostet die Göttin des Schutzes, Joschua?«

Er räusperte sich kurz, um Zeit zu gewinnen. »Sechshundert Silberstücke, Sarah«, sagte er schließlich, obwohl er den Ring zehn Minuten früher noch für fünfhundert abgegeben hätte.

Sarah erschrak. Das war sogar für sie sehr viel Geld.

Dann fügte Joschua genau im richtigen Moment hinzu: »Aber weil ich so dankbar bin, dass ich am Unterricht Eures Mannes teilnehmen darf, würde ich ihn Euch für fünfhundertfünfzig Silberstücke überlassen.«

»Und wie viel kostet der rote Rubin?«, fragte Francesa.

»Zweihundertfünfzig«, antwortete Joschua etwas zu schnell. Weil er von der Frage überrumpelt war, hatte er den Preis nicht mehr hochsetzen können.

»Wir nehmen die Göttin«, sagte Sarah bestimmt.

»Jetzt reicht es, Mutter«, fuhr Francesa sie unerwartet heftig an. »Willst du mein Leben lang alle Entscheidungen für mich treffen? Ist es nicht genug, dass ich mir meinen Mann nicht selbst auswählen konnte?«

Sarah wurde rot. Francesa hatte Recht. Es war ein Geschenk an sie, das sie selbst aussuchen sollte. Sarah hatte für den teuersten Ring nur plädiert, um sich von ihrem Schuldgefühl zu befreien – obwohl sie genau wusste, dass ihr dies mit keinem Ring der Welt gelingen würde. Sie machte Francesa eine viel größere Freude, wenn sie die Wahl ganz und gar ihr überließ.

»Entschuldigung, Francesa«, sagte Sarah. »Weißt du was? Ich habe für beide Ringe nicht genug Geld bei mir. Bleib du hier und probiere sie noch einmal an. Ich gehe inzwischen nach Hause und hole Geld.«

Francesa umarmte ihre Mutter. »Danke schön, Mutter.«

Als Sarah das Geschäft verließ, konzentrierte Joschua sich ganz darauf, die junge Frau zur Wahl des teureren Ringes zu bewegen. Doch bevor er mit seiner Offensive beginnen konnte, ergriff Francesa selbst die Initiative.

»Ein spannender Morgen für dich, Joschua, nicht wahr?«, stellte sie fest.

»Ich möchte nur, dass meine Kunden zufrieden sind. Der Ring, den Ihr wählt, soll Euch glücklich machen, Francesa.«

»Glaubst du, ein Ring könnte einen Menschen glücklich machen?«, fragte sie frech.

Joschua war sprachlos. Dieses Mädchen war die schwierigste Kundin, die er jemals hatte. Er hatte das Gefühl, sie triebe ein Spielchen mit ihm. Alle seine Tricks schienen an ihr abzuprallen.

»Stell dir vor, jemand ist in Gefahr, das Dach über seinem Kopf zu verlieren. Jemand, der schon tagelang friert und sich sein Essen zusammenstehlen muss … Würde so ein Mensch glücklich, wenn er diesen Ring bekäme?«, fragte Francesa.

Jetzt war Joschua sicher, dass dieses Mädchen etwas im Schilde führte.

»Nun, der Ring würde ihn in jedem Fall beschützen. Außerdem könnte er ihn verkaufen«, antwortete Joschua vorsichtig. »Damit könnte er seine Probleme lösen.«

»Verkaufen«, sagte Francesa versonnen, während sie langsam an den anderen im Laden ausgestellten Silberarbeiten entlangschlenderte. »Das ist eine gute Idee, Joschua. Aber wer würde einen solchen Ring von einem Bettler kaufen? Würde nicht jeder denken, dass der Ring gestohlen war? Wer würde sich an solcher Ware die Finger verbrennen wollen?«

»Es könnte ein Erbstück sein«, sagte Joschua.

»Ein brillanter Schachzug!«, rief Francesa aus und wandte sich wieder dem stark schwitzenden Joschua zu. »Dann wäre der Käufer seine Schuldgefühle los und bräuchte nicht zu befürchten, in eine illegale Transaktion hineingezogen zu werden. Nehmen wir einmal an, der Bettler käme mit einer solchen Geschichte zu dir, Joschua. Wie viel würdest du ihm bieten?«

Joschua schwante allmählich, worauf Francesa hinauswollte. Dieses Mädchen besaß den Scharfsinn ihres Vaters, auch wenn sie ihn für andere Zwecke einsetzte. Er fühlte sich in die Enge getrieben und beschloss, ehrlich zu sein.

»Fünfzig«, sagte er, »weil die Geschichte über das Erbstück mir zweifelhaft erschiene.«

Mit strahlenden Augen schaute sie ihn an.

»Mit diesen fünfzig Silberstücken hättest du eine wunderschöne Arbeit erworben, die du für das Zehnfache verkaufen könntest. Aber du hättest auch eine gute Tat vollbracht, und der Bettler würde sich mit den fünfzig Silberstücken plötzlich wie ein reicher Mann fühlen.«

Das Lächeln auf Joschuas Gesicht erstarrte zu einer Grimasse.

»Meinst du mit dem armen Bettler vielleicht Chaim?«, fragte er.

»Wie klug von dir! Ganz genau. Ich meine deinen Bruder Chaim. Kannst du dir vorstellen, was fünfzig Silberstücke für ihn bedeuten?«

Joschua wusste nur zu gut, in welch armseliger Lage sich sein Bruder befand. Doch er hatte auch nicht einen Augenblick lang erwogen, ihm zu helfen. Er verzehrte sich vor Eifersucht darüber, dass es Chaim gelungen war, sich nun auch bei Itschak eine Sonderstellung zu erobern. Dass sein Bruder deswegen auf dem Existenzniveau eines Bettlers leben musste, hatte er mit Genugtuung registriert. Er sah es als Beweis dafür an, dass das Leben letztlich doch gerecht war. Doch nun wollte Francesa ihn dazu bringen, Chaim zu helfen. Damit verlangte sie schier Übermenschliches von ihm. In diesem Augenblick kehrte Sarah wieder zurück.

»Hast du dich entschieden, Francesa?«, fragte sie erwartungsvoll.

»Fast«, antwortete Francesa und schaute Joschua fragend an. Der Geschäftsmann in ihm siegte. Er bekam nur selten die Gelegenheit, ein so teures Stück zu verkaufen. Ihn wurmte weniger, dass er fünfzig Silberstücke abgeben sollte, sondern vielmehr, dass ausgerechnet sein Bruder sie bekommen sollte. Aber vielleicht fiel ihm ja noch eine Möglichkeit ein, dies zu verhindern. Er signalisierte Francesa sein Einverständnis mit einem leichten Nicken.

»Ich will die Göttin des Schutzes, Mutter«, erklärte Francesa.

»Das freut mich sehr«, lachte Sarah und küsste sie.

»Ich freue mich auch, Mutter«, sagte Francesa.

35 ירת Jod Resch Tav:
Der Gott, der in Stille unter euch weilt

Joschua bahnte sich pfeifend einen Weg durch die dicke Schneedecke, unter der Safed lag. So heiß wie es im Sommer sein konnte, so bitter kalt waren die Winter dort. Joschua hatte beschlossen, sein Versprechen Francesa gegenüber sofort einzulösen. Bevor er dies nicht getan hätte, würde er sich an der riesigen Summe, die er an diesem Tag verdient hatte, nicht so recht erfreuen können. Mit den fünfhundert Silberstücken konnte er viele Monate lang ungehindert seiner geheimen Leidenschaft nachgehen.

Sein Bruder würde Augen machen, wenn er plötzlich vor seiner Tür stünde. Kopfschüttelnd betrachtete er das heruntergekommene Haus, in dem Chaim wohnte. Wie hatte der Vater nur jemals glauben können, sein jüngerer Bruder würde mehr Erfolg haben als er? Man brauchte sich doch das hier nur mal anzusehen. Es war eine Schande für die Familie. Wie gern hätte er seinem Vater von dem grandiosen Geschäft berichtet, das er an diesem Morgen abgeschlossen hatte. Vielleicht wäre dieser dann zum ersten Mal stolz auf seinen Sohn gewesen. Doch sein Vater lebte nicht mehr. Vor genau sieben Jahren war er durch einen tragischen Unglücksfall ums Leben gekommen. Sogar die letzten Stunden seines Lebens hatte er mit Chaim verbracht. Allerdings hatte Joschua immer das Gefühl gehabt, dass Chaim irgendwie mitschuldig an dem Unfall war – aber das war eine Vermutung, die er niemals auszusprechen wagte.

Er wischte sich mit einem Ärmel die Nase trocken und betätigte dann die Türglocke. Weil er nicht sofort Schritte auf der Treppe hörte, zog er immer wieder ungeduldig am Glockenseil.

»Joschua!«, rief Anna freudig überrascht aus, als sie die Tür öffnete. »Weißt du etwas Neues von Chaim? Wie geht es ihm?«

»Das müsstest du eigentlich besser wissen als ich«, antwortete Joschua. Er fühlte sich gekränkt, weil sie sich nicht zuerst nach seinem Wohlbefinden erkundigt hatte. »Schläft er etwa mitten am Tag, weil er nicht selbst an die Tür kommt?«

»Er ist nicht hier. Ich dachte …« Im gleichen Augenblick erkannte sie schon, wie vergeblich ihre neu aufkeimende Hoffnung war. »Ich dachte, er wäre bei dir.«

»Bei mir? Aber Anna, du weißt doch wohl selbst, dass wir einander nicht gerade die Tür einrennen«, erklärte Joschua lachend und entblößte dabei seine goldenen Zähne.

»Wie furchtbar! Wo mag er denn nur sein?«, fragte Anna besorgt.

»Bin ich der Hüter meines Bruders?«, zitierte Joschua Kain. »Ich bin hierhergekommen, um mich nach ihm zu erkundigen. Wann hast du ihn das letzte Mal gesehen?«

Anna wirkte so besorgt, dass auch Joschua ein ungutes Gefühl bekam. Vielleicht war es ja kein Zufall, dass er ausgerechnet heute, am Todestag seines Vaters, aufgrund des Zusammentreffens bestimmter Umstände erstmals seit Jahren seinen jüngeren Bruder besuchte. Anna vergewisserte sich kurz, ob keine neugierigen Zuhörer auf der Straße unterwegs waren, zog Joschua dann am Ärmel in den Hausflur und schloss die Tür.

»Wir haben uns gestern gestritten«, beichtete sie betreten. »Er zahlt keine Miete mehr und weil er nichts zu essen hatte, habe ich jeden Tag für ihn gekocht.«

»So ein Schmarotzer!«, pflichtete Joschua ihr bei.

»Das fand ich auch. Deshalb habe ich ihm gesagt, dass er ausziehen soll«, fuhr Anna fort. »Allerdings tat mir das sofort danach schon wieder leid. Ein paar Stunden später hat er sich entschuldigt und gesagt, er schäme sich dafür, die Miete nicht mehr bezahlen zu können.«

»Dann soll er doch arbeiten gehen!«, rief Joschua empört aus. »Genau wie alle anderen auch!«

»Chaim hat ja gearbeitet. Tag und Nacht. Er ist gerade dabei, ein Buch zu schreiben.«

Verärgert warf Joschua seine Hände hoch.

»Ein Buch«, schnaubte er. »Das ist doch keine Arbeit. Niemand kann vom Schreiben leben. Soll er es doch in seiner freien Zeit tun und niemandem damit zur Last fallen.«

Anna schwieg. Sie hatte keine Lust, mit Joschua darüber zu diskutieren und Chaim zu verteidigen. Sie war zutiefst beunruhigt. Den ganzen Tag lang bereute sie schon, dass sie Chaim Vorwürfe gemacht hatte. Aber sie hatte sich mit dem Gedanken getröstet, dass er vielleicht bei Joschua untergekommen war. An wen hätte er sich denn sonst auch wenden sollen? Itschak hatte ihm schon einmal seine Hilfe verweigert. Und all das ausgerechnet jetzt, in der Woche vor Chanukka, dem Lichterfest, einer Zeit, in der alle friedlich zu Hause saßen und jeden Abend auf der Chanukkia, dem neunarmigen Kerzenständer, eine neue

Kerze anzündeten. Jetzt, wo alle darauf warteten, dass in ihrem Leben ein Wunder geschah.

»Er hat alle seine Sachen eingepackt und gesagt, er wolle nicht mehr auf meine Kosten leben. Dann hat er mir noch geschworen, dass er eines Tages seine Mietschulden bezahlen werde.«

»Du bist viel zu gut zu ihm gewesen, Anna«, sagte Joschua ernst.

»Mitten in der Nacht ist er fortgegangen. Ich war noch zu wütend auf ihn und zu dickköpfig, um zu fragen, wohin er ging«, berichtete Anna in weinerlichem Ton.

»Natürlich hätte ich ihn bei mir aufgenommen«, sagte Joschua großspurig. »Aber er ist nun einmal so eigensinnig.«

Umständlich kramte er in seiner Jackentasche herum.

»Sag mir, wie hoch dein Schaden ist, Anna. Ich werde ihn begleichen. Ich werde die Schande reinwaschen, die er über meine Familie gebracht hat.«

»Nein, Joschua«, wehrte Anna beleidigt ab und schob die Hand von sich, in der ein paar Geldstücke lagen. »Das will ich nicht. Es geht mir nicht um das Geld.«

Joschua warf einen vielsagenden Blick auf das baufällige Treppenhaus und sagte dann arrogant: »Soweit ich sehe, schwimmst auch du nicht gerade im Geld. Also nimm schon.«

Plötzlich konnte Anna Chaims starke Abneigung gegen seinen Bruder verstehen. Es war töricht von ihr gewesen zu glauben, er würde bei ihm Hilfe suchen. Ihre Augen sprühten Feuer. »Behalte dein Geld. Ich bin mir ganz sicher, dass Chaim zu seinem Wort stehen wird. Mich interessiert nur, wo er jetzt ist. Er holt sich bei dieser Kälte womöglich noch den Tod.«

Mit hochgezogenen Augenbrauen steckte Joschua das Geld wieder ein.

»Tot ist er jedenfalls nicht. Heute Morgen war er bei Itschaks Unterricht in der Synagoge.«

Es gibt also doch Wunder, dachte Anna erleichtert.

Joschua konnte am nächsten Morgen beim Unterricht kaum aufpassen. Er hatte nur Augen für seinen jüngeren Bruder Chaim gehabt. Obwohl dieser immer magerer wurde und zusehends verwahrloste, schien er nicht an seiner Situation zu verzweifeln. Im Gegenteil, seine Augen glühten vor Eifer, alles, was Itschak über Chanukka lehrte, in sich aufzusaugen.

»Es ist das Jahr 165 vor ihrer Zeitrechnung. Die Griechen haben Jerusalem besetzt und Salomos Tempel entweiht. Sie haben griechische Altäre errichtet und uns gezwungen, ihrem Gott Zeus Schweineopfer darzubringen. Doch ein einziger Mann vermag den Lauf der Geschichte zu verändern: Judas Makkabäus. Drei Jahre lang kämpft er mit seinen treuen Soldaten gegen die Griechen, bis es ihnen schließlich gelingt, die Besatzer in die Flucht zu schlagen. Doch im Tempel machen sie eine schockierende Entdeckung: Die Lichter des siebenarmigen Leuchters, die dort immer brennen sollen, sind erloschen. Sie suchen im ganzen Tempel nach dem speziellen Öl, das erforderlich ist, um die Lichter wieder anzuzünden. Doch sie finden nur einen kleinen Krug mit einer Ölmenge für einen einzigen Tag. Sie wissen, dass die Herstellung neuen Öls acht Tage dauert. Trotzdem zünden sie den Leuchter an und vertrauen auf Gott. Dann geschieht ein Wunder. Die geringe Menge Öl hält acht Tage vor, genau so lange, bis sie wieder neues Öl haben. Deshalb entzünden wir an diesem Einweihungsfest jeden Tag eine Kerze mehr in dem Leuchter: von rechts nach links, weil rechts die Seite Gottes ist, so wie wir auch von rechts nach links schreiben. So gedenken wir des Wunders, das sich damals zutrug und das sich in unserem eigenen Leben jedes Jahr aufs Neue vollziehen kann – sofern wir unbegrenztes Vertrauen haben und von absoluter Gewissheit erfüllt sind.«

Chaims Gänsefeder kratzte unablässig über das Papier, er

wollte auf keinen Fall ein Wort seines Meisters missen. Was für ein merkwürdiger Junge er doch ist, dachte Joschua. Es war, als lebte er in einer anderen Welt. Er fragte sich, ob er Chaim genauso hassen würde, wenn dieser nicht sein Halbbruder wäre. Verstärkte das Blutsband den Hass? Hätte Chaim ihn sonst einfach nicht interessiert? Erst als der Unterricht zu Ende war, konnte Joschua seinen Blick von ihm abwenden. Bestürzt hörte er Itschaks Worte.

»An diesem Chanukka wird vielleicht ein noch größeres Wunder geschehen«, sagte Itschak leise. »Uns könnte sich eine Chance bieten, wie es sie nur einmal in Jahrhunderten gibt. Eine Gelegenheit, die sich nur dann eröffnet, wenn wir uns mit der gleichen Überzeugung wie Judas Makkabäus in unsere Aufgabe stürzen.«

»Was denn?«, stammelte Schlomo. »Was müssen wir tun?«

»Den zerstörten Tempel des Salomo wiederaufbauen«, antwortete Itschak.

Die Männer waren schockiert. Der Wiederaufbau des dritten Tempels war einer Generation Auserwählter vorbehalten. Dies würde geschehen, wenn der Messias die Menschheit für würdig befände, ihn zu empfangen. Dann kehrte auch die Bundeslade wieder auf die Erde zurück und erhielt erneut einen Platz im Allerheiligsten. Das jüdische Volk würde triumphieren und Gottes Botschaft in der Welt verbreiten. Die Schüler Itschaks konnten sich einfach nicht vorstellen, dass sie die auserwählte Generation sein sollten.

»Uns bleiben noch ein paar Tage, wenn wir Jerusalem rechtzeitig zu Chanukka erreichen wollen. Unterwegs werde ich euch alle zweiundsiebzig geheimen Namen Gottes lehren, die, in der richtigen Weise kombiniert, den einen unaussprechlichen Namen bilden. Den Namen, den der Hohepriester des Tempels einmal im Jahr ehrfürchtig aussprach, um der blendenden Erscheinung der Schechina standhalten zu können. Denn damals weilte sie noch auf der Lade zwischen den beiden Cherubim in der dunklen Kammer des Tempels, dem Allerheiligsten. Wenn wir diesen Namen kennen, sind wir als Gruppe stark genug, um vor der Bundeslade um Vergebung zu bitten und die Ankunft des Messias vorzubereiten.«

»Willst du damit sagen, dass sich die Bundeslade immer noch in Jerusalem befindet?«, fragte Joschua interessiert.

Itschak lächelte geheimnisvoll, ging aber nicht auf die Frage ein.

»Wenn man mit der richtigen Intention und den richtigen Menschen am richtigen Ort ist, kann man Ungeheures vollbringen. Als ob man von der Erde aus geradewegs durch die Pforten des Universums träte, die bis dahin verschlossen waren. Es ist, als löse sich die Seele vom Körper und bade eine Ewigkeit lang im unendlichen Licht. Man kann sich vorstellen, was für eine ungeheure Entwicklung man dann durchmacht – eine Entwicklung, die die Seelen aller Menschen auf ein höheres Niveau hebt. So können wir die Menschheit zur Umkehr bewegen. Indem wir uns gemeinsam erheben, leiten wir den Wiederaufbau des dritten und letzten Tempels von Jerusalem ein. Denkt darüber nach, ob ihr bereit seid, diesen gigantischen Sprung zu wagen. Wenn ihr aus ganzem Herzen ›ja‹ sagt, treffen wir uns morgen am Johannisbrotbaum, wo wir immer bei Sonnenuntergang den Schabbat willkommen heißen.«

Die Schüler verließen die Synagoge in unbehaglichem Schweigen. Bisher war das Kabbala-Studium für sie zwar eine ernste Angelegenheit gewesen, der sie sich mit Hingabe gewidmet hatten, aber sie waren noch nie so direkt gefordert worden. Entwicklung war ein langsamer Reifungsprozess, so wie Wein jahrelang lagern musste, bis sein Geschmack sich vollständig entfaltete. Man konnte nie genau voraussagen, wann ein Wein seine Vollendung erreichen würde. Unauffällig reifte er in der Dunkelheit und Stille des Kellers heran. Ebenso entwickelte sich bei den Schülern die

Weisheit ganz allmählich. Im Laufe der Jahre wurden sie nach und nach besser, ohne dass sie selbst hätten sagen können, wann genau welches Stadium erreicht war. Die meisten von ihnen erwarteten gar nicht, in diesem einen Leben zur Vollkommenheit zu gelangen. So groß ihre Entwicklungssprünge auch sein mochten, seit Itschak sie unterrichtete, hatten sie immer wieder das Gefühl, am Anfang zu stehen und alles noch einmal lernen zu müssen, so wie jemand nach einem schweren Unfall das Laufen neu lernen musste.

Durch Itschaks Einladung zu einem so einzigartigen Ereignis bekamen sie es mit der Angst zu tun. Waren sie wirklich bereit, blind einen solchen Sprung in die Tiefe zu wagen? Wo würde das hinführen? Wären sie danach völlig verändert? Würde all das, woran ihr Herz hier auf Erden hing, ihre Familie, ihre Freunde, ihr Beruf, für sie nach einer solchen Reinigung noch irgendeinen Wert haben? Wären sie überhaupt noch Menschen unter Menschen? Oder würden sie Itschak ähnlich werden, einem Mann, der anders war als alle anderen, dessen Seele so erhaben über den Seelen seiner Mitmenschen schwebte, dass er schrecklich einsam sein musste. Für ihn gab es hier auf Erden nichts mehr zu lernen und nichts mehr zu verwirklichen. Er war nur noch da, um zu geben. Wollten sie denn wirklich so werden wie er? Sie sehnten sich zwar nach einer Veränderung in ihrem Leben, doch die Vorstellung, sich dann selbst ändern zu müssen, ängstigte sie. Joschuas Einwände gegen das Projekt waren eher praktischer Art. Schon gestern hatte er seinen Laden eine Zeitlang geschlossen, um Chaim in seiner Wohnung aufzusuchen. Würde er am nächsten Tag mit Itschak nach Jerusalem aufbrechen, bliebe sein Geschäft fast eine ganze Woche lang verwaist. Und das ausgerechnet jetzt, wo ihm das erste Chanukka-Wunder schon widerfahren war. Joschua wusste, dass das Glück nie allein kam, genau wie das Unglück. Wie viele Kunden würde er verlieren? Itschak konnte noch so viel von einem großen Wunder erzählen, das sich am Himmelsgewölbe abzeichnete, wie ein Riss, der in eine andere Dimension wies – Joschua waren die Wunder, die auf dieser Seite des Himmels geschahen, doch lieber.

Er versteckte sich hinter einem knorrigen Olivenbaum, der vor dem Eingang der Synagoge stand. Es war dunkel und eisig kalt. Er war fest entschlossen herauszufinden, wo Chaim wohnte, seit seine Hauswirtin ihn auf die Straße gesetzt hatte. Erst nach langer Zeit verließen Itschak und Chaim, in ein Gespräch vertieft, die Synagoge. Joschua wartete noch einen Moment, bis er ihnen in einiger Entfernung durch die Gassen folgte. Wenn er ihnen zu dicht auf den Fersen bliebe, würde der knirschende Schnee ihn verraten.

Itschak und Chaim redeten ununterbrochen, während sie durch das Stadttor die Stadt verließen und über einen Pfad ins Tal hinunterstiegen. Ab und zu hielten sie kurz inne, und Itschak deutete auf etwas.

»Hier liegt der Schwiegervater Schimon bar Jochais begraben«, erklärte er Chaim. »Er war so bescheiden, dass er keinen Grabstein wollte.«

Itschak und Chaim umrundeten siebenmal die Felsen, während sie in einem Psalm Gottes mächtigen Schutz anriefen: »Denn er errettet dich vom Strick des Jägers und von der verderblichen Pest. Er wird dich mit seinen Fittichen decken, und Zuflucht wirst du haben unter seinen Flügeln.«

Joschua zweifelte am Sinn seines Vorhabens. Wie lange wollte er diese Verfolgung noch fortsetzen? Die Kälte kroch in seinen Körper, und in den Schuhen aus gegerbtem Ziegenleder erfroren allmählich seine Zehen. Weil der Tag anbrach und es langsam immer heller wurde, lief er zunehmend Gefahr, entdeckt zu werden. Vielleicht täte er besser daran, möglichst rasch zu seinem Laden zurückzukehren und Chaim am nächsten Tag beim Unterricht zu fragen, wo er wohnte. Doch sein Drang, das Geheimnis zu enthüllen, siegte über die eisige Kälte.

Unterdessen hatten Itschak und Chaim das Tal durchquert und stiegen nun den Berg Meron hinauf. Es irritierte Joschua, dass die beiden keinen Augenblick lang schwiegen. Itschak schien den Berg wie ein offenes Buch zu lesen, dessen Worte allein er kannte.

Andererseits konnte Joschua froh darüber sein, weil sie so sein Zähneklappern und das Stampfen seiner Füße nicht hörten, mit dem er sich zwischendurch aufzuwärmen versuchte. Erst als die Sonne an diesem Tag, einem der kürzesten des Jahres, ihren höchsten Punkt erreicht hatte, verabschiedeten sich die beiden freundschaftlich voneinander.

»Ich gehe noch ein kurzes Stück weiter«, hörte Joschua Chaim sagen.

Itschak umarmte Chaim und schlug ihm aufmunternd auf den Rücken. Chaim ging weiter, und Itschak machte sich auf den Rückweg ins Tal. Joschua versteckte sich schnell hinter dem Stamm eines Nadelbaums.

Als Itschak vorbeikam, sagte er ganz beiläufig: »Hallo, Joschua, bist du auch unterwegs? Ist das nicht eine schreckliche Kälte?« Dann setzte er ungerührt seinen Weg fort.

Joschua schämte sich. Wie hatte er so etwas tun können! Ohne länger zu versuchen, sich zu verstecken, rannte er den Weg hinauf. Chaim war wie vom Erdboden verschluckt. Wo mochte er um Himmels willen sein? Joschua suchte alle dichtbewachsenen Stellen in der näheren Umgebung ab, bis ihm der Geruch eines Feuers in die Nase stieg. Als er diesem folgte, stieß er auf einen kleinen Seitenweg, der versteckt hinter einem Felsen lag, und sah in der Ferne Chaims Silhouette.

Chaim stand vor dem Eingang einer Grotte und machte Feuer.

37 חעמ Chet Ajin Mem: Der Gott, der gibt, um zu teilen

Wie ein Reisender, der durch die Wüste irrte und nach Tagen eine Oase entdeckte, stolperte Joschua auf das flackernde Feuer zu. Er hockte sich so nah wie möglich an die Flammen, aber die Hitze vermochte das Eis, das sich auf seinem Gesicht und in seinem Bart festgesetzt hatte, nicht zu schmelzen. Auch Chaim saß zähneklappernd am Feuer. Nur ganz langsam tauten die beiden wieder auf.

»Ich war gerade in der Nähe. Deshalb habe ich mir gedacht, ich schaue mal kurz vorbei«, sagte Joschua.

Chaim lachte. Niemand wusste, nicht einmal Itschak, dass er in dieser Grotte sein Lager aufgeschlagen hatte. Von Joschua hatte er am allerwenigsten erwartet, dass dieser sein Versteck entdecken würde.

»Willkommen in der Grotte des Schimon bar Jochai«, sagte Chaim.

»Ist das die Grotte?«

»Ja, hier hat er den Sohar geschrieben.«

Ungläubig schüttelte Joschua den Kopf.

»Anna hat mir gesagt, du seist völlig abgebrannt. Wie bist du an etwas zu essen gekommen?«

»Ich habe vor der Grotte einen Johannisbrotbaum gepflanzt«, sagte Chaim verlegen.

»Einen Johannisbrotbaum?«, wiederholte Joschua entgeistert. »Chaim, weißt du denn nicht, wie lange es dauert, bis so ein Baum Früchte trägt?«

»Ja sicher, siebzig Jahre«, murmelte Chaim fast unhörbar.

»Und du hast dir nie Gedanken darüber gemacht, ob du damit in nächster Zukunft deinen Hunger stillen kannst?«, rief Joschua aus.

»Wenn Vater und Großvater nicht so umsichtig gewesen wären, einen Johannisbrotbaum zu pflanzen, hätten wir uns auch niemals von seinen Früchten ernähren können. Auch wenn ich selbst nie etwas davon haben werde, hielt ich es doch für meine Pflicht, für meine Nachkommen einen solchen Baum zu pflanzen.«

»Du musst einen furchtbaren Hunger haben«, sagte Joschua. »Ich will dich nicht beleidigen, Chaim, aber aus deinem Mund riecht es abscheulich. Du musst wirklich etwas essen. Bei der Kälte hier brennt dein Körper völlig aus.«

»Nach ein paar Tagen legt sich das schlimmste Hungergefühl«, antwortete Chaim schulterzuckend. Doch das Rumoren in seinem Bauch, das dem Knurren eines Bären ähnelte, erzählte eine ganz andere Geschichte.

»Ich kann dir nur einen Becher Eiswasser mit Nussgeschmack anbieten«, sagte Chaim, füllte zwei Becher mit gesammelten Nüssen und Schnee und stellte sie zum Auftauen neben das Feuer.

»Mir läuft das Wasser im Munde zusammen«, erwiderte Joschua. Er knöpfte seine Jacke auf, zog einen mit Geldstücken gefüllten Beutel aus der Innentasche und warf ihn Chaim zu.

»Hier, für dich, von deinem großen Bruder.«

Chaim blickte gleichgültig auf den Geldbeutel, der vor seinen Füßen gelandet war.

»Das nehme ich nicht an«, sagte er und warf ihn zurück.

»Sei nicht so eigensinnig, Brüderchen. Vater hätte gewollt, dass ich dir helfe.«

»Hier ist es passiert«, sagte Chaim.

Er starrte vor sich hin. Genau an dieser Stelle hatte vor sieben Jahren der Kampf stattgefunden. Der Schrei seines Vaters klang ihm immer noch in den Ohren.

»Das Unglück?«

»Ja«, antwortete Chaim ohne jeden Gefühlsausdruck. »Dort ist er gestolpert und ausgerutscht.«

Joschua kroch vorsichtig an den Rand des Felsens und schaute nach unten. Ihm wurde schwindelig.

»Mein Gott«, sagte er, »so einen Aufprall hätte niemand überlebt. Und wo warst du?«

»Ich ging ein Stückchen hinter ihm. Ich musste aufpassen, dass ich selbst nicht ausrutschte. Du siehst doch, wie glatt es hier ist. Es war ein Unfall, ein tragisches Unglück«, erwiderte Chaim mit erzwungener Ruhe. »Komm zurück, bevor du selbst hinunterfällst.«

Joschua glaubte ihm nicht. Bei einem Wetter wie diesem hätten die beiden Wanderer sich dicht an der Felswand gehalten; sie wären niemals am Rand der Schlucht entlanggegangen.

»Wegen dir wohnen wir hier in Safed«, sagte Joschua. »Ich hatte eine unbeschwerte Kindheit in Italien. Bis der Rabbi zu Vater sagte, er werde mit einem besonderen Sohn gesegnet werden, wenn er nach Safed zöge. Da war es um mein sorgloses Leben geschehen. Vater hielt mich wohl nicht für ›besonders‹ genug. Um dich zu zeugen, kam er hierher. Weißt du eigentlich, wie viel Kummer du Vater mit deinem alchimistischen Tick bereitet hast?«

»Bist du hierhergekommen, um mir Vorwürfe zu machen?«, fauchte Chaim ihn an. »Ich widme mich doch jetzt dem Studium der Kabbala, so wie er es sich gewünscht hätte. Ich bin hier, um das endgültige kabbalistische Werk zu schreiben.«

»Jetzt bist du vollends durchgedreht«, rief Joschua fassungslos. »Glaubst du, dass du hier besser schreiben kannst?«

Chaim schaute verlegen ins Feuer. Ihm war klar, dass es schrecklich romantisch klang, aber als er aus seinem Zimmer ausgezogen war, hatte er tatsächlich genau das gedacht. Er identifizierte sich mit bar Jochai, der sich hier verstecken musste, um sein Leben zu retten. Chaim war zu dem Schluss gekommen, dass der einzige sichere Ort für ihn die Grotte war, die bar Jochai dreizehn Jahre lang Schutz geboten hatte.

»Ehrlich gesagt ist bis jetzt nicht viel dabei herausgekommen.

Nicht nur meine Finger frieren hier ein, sondern auch die Tinte.«

Die beiden Brüder lachten über diese unfreiwillige Situationskomik.

»Wie geht es dir denn?«, fragte Chaim, um von seiner eigenen Unbeholfenheit abzulenken.

Einen Augenblick lang war Joschua von Chaims sanftem Blick berührt. Die gleiche Sanftmut hatten auch die Augen seines Vaters ausgestrahlt. Joschua überkam das Bedürfnis, sein Herz auszuschütten. Obgleich er regen Kontakt zu den besseren Kreisen von Safed pflegte, besaß er keine echten Freunde, da jeder Bessergestellte für ihn ein potentieller Kunde war und er sich niemandem wirklich anvertrauen konnte. Wie Chaim war er nicht verheiratet und hatte auch gar kein Bedürfnis danach. Zur Genüge kannte er die Habsucht der Frauen und hatte oft genug erlebt, wie sie ihre Männer in seinem Laden dazu verleiteten, die teuersten Schmuckstücke zu kaufen. Wenn es darum ging, die Portemonnaies ihrer Gatten zu leeren, war er ihr Verbündeter. Er spielte ihr Spiel und kannte ihre Sprache. Doch weil er sich so intensiv in die Natur ihrer Begierden vertieft hatte, dass sie fast zu seiner eigenen wurde, hatten Frauen für ihn nichts Geheimnisvolles mehr. Keine Frau würde es schaffen, ihn mit ihrer Raffinesse zu umgarnen. Das war der Preis seines Erfolgs. So war das Geld ihm eine Art Geliebte geworden, Geld, das ihm ermöglichte, seine teure Passion auszuleben. Doch weil er so stolz darauf war, soeben das teuerste Stück in seiner ganzen Laufbahn als Kunstschmied verkauft zu haben, war sein Bedürfnis, jemandem davon zu erzählen, stärker als die Vorbehalte seinem Bruder gegenüber.

»Ich habe ein phantastisches Geschäft gemacht«, begann er. »Ich hatte in den letzten Wochen drei Ringe angefertigt, die kunstvoller sind als alles, was ich bisher zustande gebracht habe. Sie sind in ihrer Schlichtheit unübertroffen. Ich hatte nicht geglaubt, dass ich sie jemals verkaufen könnte. Niemand wollte den

Preis dafür bezahlen. Deshalb waren sie eigentlich wertlos. Doch vorgestern hat mir die Wunderkraft des Chanukka-Festes geholfen. Ich habe den schönsten Ring für einen Preis verkauft, der alle meine Erwartungen übertraf ...«

Chaim klatschte in die Hände. Er stand auf und umarmte seinen Bruder.

»Wie schön, Joschua. Ich bin stolz auf dich«, sagte er.

Joschua wurden die Knie weich. Wie lange hatte er sich danach gesehnt, diese Worte zu hören. Einen Moment lang war ihm, als hätte er die Stimme seines Vaters gehört. Und als ein dunkler Falter aus der Grotte flatterte, die Männer zweimal umflog und dann verschwand, als hätte er sich in Luft aufgelöst, war er sich dessen ganz sicher. Das war das zweite Chanukka-Wunder gewesen. Joschua wusste, dass manche Dinge nur einmal geschehen. Aber wenn etwas zweimal geschah, musste auch noch ein drittes Mal folgen. Das Auftauchen eines Schmetterlings war immer der Vorbote einer großen Veränderung. So wie sich eine Raupe verpuppte und schließlich zu einem Schmetterling wurde, vollzog sich auch der unmerkliche Transformationsprozess des Menschen. Erst musste unter großer Mühe der Kokon abgeworfen werden, damit die Flügel sich entfalten konnten. Joschua konnte das dritte Chanukka-Wunder kaum erwarten und hob den Geldbeutel auf.

»Ich werde dir das Geld nicht schenken, sondern leihen.«

Chaim schaute ihn mit neu erwachtem Interesse an. Das geliehene Geld würde ihn von seinen Entbehrungen erlösen. Er könnte zu Anna zurückkehren, seine Schulden bezahlen und die Arbeit an seinem Buch fortsetzen. Aber wählte er damit nicht den Weg des geringsten Widerstandes? Würde sein Buch nicht an Tiefe gewinnen, wenn er während des Schreibens litt?

Chaims Grübeleien machten Joschua ungeduldig.

»Gegen Zinsen. Ich leihe es dir gegen Zinsen. Das ist mein letztes Wort.«

Jetzt lächelte Chaim. Ihm war klar, dass es ihm nicht leichtfallen würde, das Geld zurückzuzahlen. Die Zinsen machten dies noch schwieriger. Ihm wurde das Äußerste abverlangt: Er musste ein Buch schreiben und außerdem noch Geld verdienen, um die geliehene Summe samt Zinsen zurückzuzahlen.

»Wie viel ist es?«, fragte Chaim.

»Fünfzig Silberstücke.«

So viel Geld hatte Chaim noch nie auf einmal gesehen. Davon würde er gut ein Jahr leben können.

»Ich bekomme acht Prozent Zinsen pro Monat«, bluffte Joschua und gab Chaim einen freundschaftlichen Klaps auf die Schulter. »Ich erwarte, dass du in einem Jahr mit der Rückzahlung beginnst. Und glaube nicht, dass ich ein Auge zudrücken werde, weil du mein Bruder bist. Ich habe selbst hart für das Geld arbeiten müssen.«

»Ich nehme dein Angebot dankend an, Joschua«, lenkte Chaim endlich ein. »Aber wir müssen die Vereinbarung schriftlich festhalten.«

Joschua hatte gehofft, eine gute Tat tun und als großzügiger Mäzen dastehen zu können. Wenn Chaim das Geld angenommen hätte, hätte er das Gefühl gewonnen, ein besserer Mensch zu sein. Doch nun sah es ganz so aus, als sei er schon wieder der Verlierer.

Die beiden Brüder schleppten den schweren Kabinenkoffer mit Chaims Besitztümern durch das nasskalte Tal, während ihnen der Schnee ins Gesicht stob.

»Wem hast du diesen Ring eigentlich verkauft?«, fragte Chaim schließlich nach langem Schweigen.

»Das ist Geschäftsgeheimnis und geht dich überhaupt nichts an«, antwortete Joschua schlecht gelaunt.

38 יבמ Jod Beth Mem: **Der Gott der Ordnung im Chaos**

In der folgenden Nacht waren sie nur zu dritt: Itschak, Chaim und Schlomo. Der helle Vollmond wurde von der unberührten Schneedecke, die über dem Weideland lag, reflektiert. Das Feld befand sich direkt vor der Stadtmauer und lag sowohl auf jüdischem als auch auf arabischem Gebiet. Es gehörte Haman, einem alten arabischen Bauern, der ein großes Gut besaß. Schon oft hatte er Itschak und seine Schüler von seinem Weideland verjagt. Er war ein starrer, altmodischer Mann, der es nicht ertragen konnte, dass Juden auf seinem Grund und Boden Versammlungen abhielten, obwohl diese Treffen auf Brachland stattfanden, das er nicht nutzte. Doch Itschak ließ sich nicht davon abhalten, sich mit seinen Schülern an jedem Feiertag und Schabbat dort zu versammeln.

»Weshalb quälen wir diesen armen Teufel unablässig?«, hatte Jonathan einmal gefragt. »Irgendwann bekommt er vor Aufregung über unsere Anwesenheit noch einen Herzschlag.«

»Weil das ein Teil seiner Lebensgeschichte ist«, hatte Itschak geantwortet. »Er ist hier, um die Tugend der Verträglichkeit zu erlernen.«

Die drei Männer saßen auf einem Felsen unter den verdorrten Zweigen eines Johannisbrotbaumes und genossen die märchenhafte Stille der weißen Nacht. Chaims Gedanken wanderten zu Anna, die ihn gestern wie einen König empfangen und ein Festmahl aufgetischt hatte, als sei er jahrelang fort gewesen. Sie hatte ihn so innig umarmt, dass Joschua, über die so unverblümt gezeigte Zuneigung schockiert, ohne Abschiedsgruß gegangen war. Als er ihr später am Abend mitgeteilt hatte, er werde am nächsten Tag nach Jerusalem aufbrechen, war Anna ganz still geworden.

»Wie rastlos du bist«, hatte sie gesagt.

»Warum verspäten sich die anderen so sehr?«, fragte Schlomo nach einer Weile.

»Sie kommen nicht mehr«, sagte Itschak.

»Was soll das heißen, sie kommen nicht?«, rief Chaim erstaunt.

»Gestern waren sie alle bei Sarah und haben ihr die erstaunlichsten Gründe dafür genannt, warum sie nicht mitgehen konnten. Jonathan hat gesagt, er könne seinen kleinen Sohn nicht eine ganze Woche lang allein lassen; Abraham fühlte sich nicht würdig, Schechina, Gottes Braut, ein zweites Mal zu schauen; Samuel sagte, weil seine Schuhe gerade repariert würden, könne er keine so lange Reise unternehmen; und dein Bruder Joschua sagte, er erwarte hier ein großes Chanukka-Wunder.«

»Aber du hast doch gesagt, es gehe um das größte Chanukka-Wunder, das nur einmal in ein paar hundert Jahren stattfinde …«, stammelte Schlomo ungläubig.

»Genau«, lachte Itschak.

»Offenbar amüsiert dich das alles«, stellte Chaim gereizt fest.

Schlomo ging wütend im Schnee auf und ab. Es empörte ihn, dass die anderen Löwenjungen – so nannten sie sich seit kurzem selbstironisch – sie im Stich gelassen hatten. War ihnen denn nicht klar, welches Privileg es war, von Itschak unterrichtet zu werden? Was war vom Engagement eines Menschen zu halten, der sich der wichtigsten Aufgabe, die ein Jude in seinem Leben vollbringen konnte, verweigerte? War das alles für sie denn nur ein Spiel gewesen, ein Rätsel, das sie in ihrer Freizeit lösten? Etwas, wodurch sie sich bei anderen interessant machen konnten? Schlomo konnte es nicht fassen, dass seine Mitstudenten sich ausgerechnet jetzt aus der Verantwortung stahlen.

Schlomos Wut machte Chaim stutzig. Es war doch noch nicht zu spät?

»Weshalb gehen wir nicht einfach zu dritt?«, fragte er.

»Weil wir die Chance schon verpasst haben«, antwortete Itschak ruhig. »Nur wenn alle unsere Seelen sich freudig erhoben und zu dieser Mission vereinigt hätten, hätten wir eine Chance gehabt. Jedes Mitglied einer Bruderschaft muss sich mit allen anderen vereinen, als seien sie Glieder eines einzigen Körpers. Alle müssen füreinander durchs Feuer gehen, einander unterstützen, vertrauen und füreinander beten. Die Löwenjungen haben versagt.«

Chaim fiel wie ein gefällter Baum neben Schlomo in den Schnee. Wieder einmal wurde ihm bewusst, dass alles und alle in einem feinmaschigen Netz miteinander verbunden waren, dass jeder Entschluss eines einzelnen Menschen die Welt verändern konnte, dass sich die menschliche Natur aber erst zu höheren Ebenen aufzuschwingen vermochte, wenn sich das schwächste Glied der Kette, der schwächste Mensch erhob; dass alle eins waren und dass jeder Mitmensch Aspekte der eigenen Stärken und Schwächen repräsentierte.

»Nimm es nicht so schwer«, versuchte Itschak ihn zu besänftigen. »Wir spielen alle unsere Rolle in der Schöpfung. Einige Wenige sind sich ihrer Rolle bewusst und staunen über ihr Leben. Doch die meisten gehen so in ihrer Rolle auf, dass sie glauben, sie seien wirklich das, was sie spielen. Ihr Lebensdrama ist vom Chaos geprägt. Und vergiss nicht: Verglichen mit der Ewigkeit sind ein paar Jahrhunderte ein Fingerschnippen. Zeit ist nur der Abstand zwischen Ursache und Folge.«

»Willst du damit sagen, dass es eine weitere Chance geben wird? Eine weitere Möglichkeit, den Tempel wiederaufzubauen?«, fragte Chaim.

»Als ich gestern nach unserer Wanderung an der Begräbnisstätte vorbeiging«, antwortete Itschak ruhig, »sah ich Richter Karo jammernd auf Cordoveros Grabstein liegen. Ich fragte ihn, was los sei. Er erzählte, nach wochenlangem Nachdenken über einige unverständliche Verse in der Tora sei es ihm endlich gelungen, ihre Bedeutung zu ergründen.«

»Aber das ist doch ein Grund zur Freude«, unterbrach ihn Chaim.

»Das habe ich ihm auch gesagt. Doch Karo hatte einen seiner Studenten gebeten, diese Passage zu erläutern. Und erstaunlicherweise hatte dieser Student ihm genau die gleiche Erklärung gegeben, zu der er selbst erst nach wochenlangem Grübeln gelangt war. Das hatte seiner Selbstachtung einen schweren Schlag versetzt. Er fragte sich, ob er vielleicht kein so weiser Richter war, wie er immer geglaubt hatte. Deshalb hatte er in seiner Verzweiflung Cordoveros Grab aufgesucht und ihn angefleht, ein Zeichen zu senden.«

»Der arme alte Mann«, sagte Schlomo. »Es hätte ihn sein Leben kosten können, bei diesem Wetter einen solchen Weg zurückzulegen.«

»Warst du das Zeichen, um das er gebetet hatte?«, fragte Chaim.

»Ich erzählte ihm von einer kleinen Stadt, die ihr Wasser aus einer Quelle hoch oben auf dem Berg bezog«, fuhr Itschak fort. »Nur ein einziger Mann in dieser Stadt verfügte über genügend Kraft, den Berg zu besteigen und mit Hilfe von zwei Eimern die übrigen Stadtbewohner mit Wasser zu versorgen. Er stieg jeden Tag auf den Berg und war viele Stunden unterwegs. Nach seiner Rückkehr füllten die Bewohner ihre Becher mit dem Wasser, das er geholt hatte. Sogar ein Verkrüppelter konnte mühelos seinen Becher füllen.«

»Ich verstehe«, sagte Chaim. »Selbst wenn nur ein einziger Mensch seine geistige Arbeit tut, erhalten dadurch alle Menschen auf der Welt Zugang zum Wissen. Im Sohar heißt es, nur ein einziger rechtschaffener Mensch sei erforderlich, damit die Waage sich zur anderen Seite neige und die Menschheit gerettet werde.«

»Als Gruppe hätten wir dutzende von Eimern Wasser vom Berg holen können. Was hätten wir damit alles erreichen können! Wir hätten den Tempel wieder errichtet, die Öllampe wieder angezündet. Das Licht der Schöpfungskraft in der Welt verbreitet«, rief Schlomo verzweifelt aus.

Er fiel im Schnee auf die Knie, und Tränen flossen aus seinen großen braunen Augen.

Itschak schloss Schlomo väterlich in seine starken Arme.

»Sei nicht so traurig«, sagte er. »Dein starker Glauben kann Berge versetzen. Du hast ein leidenschaftliches Künstlerherz und bist ein Uman, wie wir im Hebräischen sagen. Das Wort Uman ist meinem Empfinden nach mit dem Wort Amen verwandt, was ›Glauben‹ bedeutet.«

»Ich habe ein Lied geschrieben, das ich auf unserer Reise singen wollte«, schluchzte Schlomo. Seine heißen Tränen tropften in den Schnee.

»Sing es, Schlomo«, ermunterte Itschak ihn. »Sing es für uns.«

Mit gebrochener Stimme sang Schlomo schluchzend ein Lied, das den Sternenhimmel in Verzückung versetzte.

»Schabbat, oh Schabbat, meine Braut,
charmant und lieblich, von strahlendem Licht,
hört Euren Bräutigam, oh Braut,
lasst mich Euch schauen, zeigt Euer Angesicht,
oh schöne Frau, und wer Euch schädigt,
möge büßen für die Tat ewiglich.
Oh schöne Frau, von Gott uns geschenkt,
Heilig' Geschenk der Juden im fünften Gebot.
Ach schöne Braut, so weinet doch nicht,
lasst uns Trost sein in all Eurem Leid
Euch lieben als treuer Gatte allezeit.
Verliebt ruht unser Kopf in Eurem Schoß
in der Dämmerung des Abends und im Morgenrot.«

Die drei Männer waren tief bewegt. Lange Zeit verharrten sie schweigend im nassen Schnee.

»Dieses Lied wird einst überall gesungen werden, wo Menschen zusammenkommen, um den Schabbat zu feiern«, sagte Itschak.

Er küsste Schlomo auf beide Wangen. »Du hast das höchste Kunstwerk geschaffen, Schlomo. Die Vollendung in deinem Leben. Der Zeitpunkt für das größte Chanukka-Wunder, das jemals geschehen wird, ist zwar noch nicht gekommen, doch wir drei werden jeder auf unsere Weise einen Eimer Wasser vom Berg hinuntertragen.«

Itschak erhob sich und half Chaim aufzustehen. Schlomo schaute mit einem glückseligen Lächeln in den glitzernden Schnee.

»Komm, wir gehen«, sagte Itschak zu Chaim.

»Aber Schlomo …«

»Er will jetzt allein sein«, sagte Itschak, während das Schwarz des Himmels allmählich in ein Dunkelblau überging. »Den Weg nach Jerusalem muss er allein gehen.«

Ohne zu verstehen, was Itschak meinte, ließ Chaim sich von ihm wegführen. Schlomo stand regungslos da und summte sein Lied. Das Lied, das er *Lecha Dodi* genannt hatte, »Geh, mein Geliebter …«

39 ההה Heh Heh Heh: **Der Gott des Selbstvertrauens**

Haman wurde von einem lallenden Gesang geweckt, der von draußen ins Haus drang. Er bekam Angst. In letzter Zeit hatte er viele üble Geschichten über Plünderer gehört. Fatima, seine gutherzige Nichte, war vor kurzem mitten in der Nacht von einem Räuber überfallen worden. Sie war die Einzige, die ein wenig Licht in seine Einsamkeit brachte.

Seitdem hatte Haman immer eine Mistgabel griffbereit unter

seinem Bett liegen. Obwohl er alt war, würde er sein Eigentum mit aller Kraft verteidigen. Er war stolz auf das fruchtbare Land, das er von seinem Vater geerbt hatte, denn es war ein Teil von ihm. Sein Leben lang hatte er von den Erträgen dieses Bodens leben können. Er war stolz auf seine Ernten, die so reich waren, dass er einen großen Teil davon den Markthändlern verkaufen konnte. Notfalls würde er sein Leben aufs Spiel setzen, um sein Land zu verteidigen.

Haman schlich sich zur Fensterrose und schaute nach draußen. Er sah einen großen mageren Mann, der laut sang und dazu tanzte. Das musste einer dieser Juden sein, die die Dreistigkeit besaßen, sich jeden Freitag auf seinem Grund und Boden zu versammeln. Dass sie jetzt auch noch mitten in der Nacht kamen und einen solchen Lärm machten, konnte nur eine Provokation sein. Sie wollten ihn fertigmachen! Aber da kannten sie Haman schlecht.

Seine Angst war in Wut umgeschlagen. Fatima hatte ihm zwar schon oft gesagt, er solle sich über diese Schabbatfeiern nicht so aufregen, aber er konnte es einfach nicht ertragen. Dass die Juden den Propheten *Mohammed* verleugneten, war für ihn schon schwer genug zu akzeptieren. Aber wenn sie jetzt auf seinem heiligen Stückchen Land auch noch ihre heidnischen Gesänge anstimmten, dann war das einfach zu viel. Er hielt es für die Pflicht eines guten Muslims, sich dagegen zu wehren.

Haman zog Schuhe und Jacke an und stieß die Tür auf. Mit der Mistgabel in den Händen rief er drohend: »Scher' dich von meinem Land! Mach' dich vom Acker! Ich sage das nicht noch einmal!«

Schlomo warf abwesend einen Blick auf den Bauern, aber er war zu tief in Ekstase versunken, als dass er verstanden hätte, was Haman da sagte. Die tiefe Enttäuschung über die abgesagte Reise nach Jerusalem war in Euphorie umgeschlagen. Er war so glücklich über die Voraussage gewesen, die Itschak bezüglich seines

Liedes gemacht hatte, dass er es immer lauter und lauter gesungen hatte und dadurch in einen Rausch versetzt worden war. In seinem Geiste sangen tausende mit ihm, die er dirigierte und anfeuerte.

Wie jeder Künstler hatte er sein ganzes Leben lang versucht, ein Kunstwerk zu schaffen, das ihn unsterblich machte. Jedes Bild, das er malte, war ein neuer Anlauf, den vorigen, fehlgeschlagenen Versuch wettzumachen und sein Ziel zu erreichen. Doch immer wieder war er von sich selbst enttäuscht. Sosehr andere seine Werke loben mochten, er selbst sah nur deren Unvollkommenheit. Nun hatte er zum ersten Mal ein Gedicht geschrieben, weil er vor Aufregung wegen der bevorstehenden Reise nicht hatte schlafen können. Es war, als seien ihm die Worte diktiert worden. Das Gedicht war sein Geschenk an die Menschheit. Wie sehr er hoffte, dass Itschaks Worte sich bewahrheiten würden! Dann hätte er seine Aufgabe vollbracht.

Haman, der jetzt direkt vor ihm stand und schrie und zeterte, hörte Schlomo gar nicht. Er wälzte sich fröhlich im Schnee. Als er ihn schließlich bemerkte, war er überzeugt, dass Haman die Worte seines Liedes mitsang. Wir sind alle Söhne des Stammvaters Abraham, dachte er, und dieses Lied vereinigt uns alle.

Er sah nicht, dass Haman mit seiner Mistgabel in die Luft stach und dass die drei Eisenspitzen auf seinen Bauch gerichtet waren.

»Lasst mich Euch schauen, zeigt Euer Angesicht …«, sang er ununterbrochen.

Selbst als die drei Zinken seinen Bauch durchbohrten, schaute er nur kurz erstaunt auf die dicken Blutstropfen, die den Schnee rot färbten, und fuhr mit seinem Gesang fort.

Das grelle Mondlicht blendete ihn, und er badete in einer Glut strahlenden Lichts, in dem er langsam ertrank.

Haman saß erschüttert neben dem Toten und wusste nicht, was über ihn gekommen war. Er war doch kein Mörder. Dann zog er die Mistgabel aus dem Leichnam des Mannes, als könne er seine Tat ungeschehen machen. Doch der andere blieb reglos im Schnee liegen, ein verzücktes Lächeln im Gesicht.

Von Ferne schaute eine junge Frau zu, die entsetzt die Hände vor den Mund geschlagen hatte.

40 ערי Ajin Resch Jod: **Der Gott der Kraft des Geistes**

Missmutig zündete Joschua am Abend die achte Chanukka-Kerze an. Noch nie war es in seinem Laden so still gewesen wie in der vergangenen Woche. Nicht ein einziges Mal hatte die silberne Glocke geklingelt. Dennoch wartete er jeden Abend voller Vertrauen und mit unerschütterlicher Gewissheit hinter der Ladentheke. Eine einzige Chance wäre genug. Ein einziger Kunde konnte entscheidend sein. Wer es auch sein mochte, er würde seine Beute nicht entkommen lassen. Wie eine Katze würde er seine Zähne in das Nackenfell des Opfers schlagen, es schütteln und mit ihm spielen, bis es ihn anflehte, den teuersten Ring kaufen zu dürfen. In Gedanken hatte er schon alle möglichen Szenarien durchgespielt und sich für jede Art von Zweifel Argumente zurechtgelegt, die nicht von der Hand zu weisen waren. Mit ihrer Hilfe würde er sein Opfer im entscheidenden Augenblick in die Richtung lenken, die seinen Zielen entsprach und würde sogar eine Ratenzahlung akzeptieren, wenn der Kunde nicht über das nötige Geld verfügte. Doch ganz gleich, wer seinen Laden beträte, dieser Mensch würde ihn nicht wieder verlassen, ohne den Ring der Göttin bedingungsloser Liebe oder der Göttin der Heilung gekauft zu haben.

Joshua ermahnte sich, in seiner Konzentration nicht nachzulassen. Er durfte keinen einzigen Moment lang dem Zweifel nachgeben. Er vertraute darauf, dass das ganze Universum an der

Erfüllung seines Wunsches mitwirken würde. Die Stärke seines Glaubens und seiner Gewissheit entschieden darüber, ob diese Vision Wirklichkeit werden würde. Nie zuvor hatte er in einem solchen Maß seine Willenskraft mobilisiert, um ein klar umrissenes, konkretes Ziel zu erreichen. Ununterbrochen murmelte er den Bibelvers: »Es soll nicht durch Heer oder Kraft, sondern durch meinen Geist geschehen, spricht der HERR Zebaoth.«

Zwei Wunder waren bereits geschehen. Einen der Ringe hatte er schon verkauft, und sein Vater war ihm in Form eines Schmetterlings erschienen und hatte ihm seinen Segen gegeben. Es war gar nicht anders möglich, als dass auch das dritte Wunder bereits in der Entstehung begriffen war und jeden Moment Wirklichkeit werden würde.

Er hatte die ganze Ladentheke leergeräumt, um Platz für die beiden sündhaft teuren Ringe zu schaffen. Auch den Silberschmuck aus den übrigen Ausstellungsvitrinen hatte er in den Hinterraum gebracht, damit die Kunden durch nichts abgelenkt würden. Sein Warenangebot bestand im Augenblick nur aus zwei Stücken. Sein Traumkunde hatte die Wahl zwischen Liebe und Heilung. Andere Möglichkeiten ließ Joschua ihm nicht.

Langsam verstrich die Zeit. Sein Laden wurde nur noch von den neun flackernden Kerzenflämmchen beleuchtet. Auf der Straße war kaum noch jemand unterwegs. Alle anderen Läden hatten längst geschlossen.

Das Universum ließ sich in seinem Wirken keine zeitlichen und räumlichen Einschränkungen auferlegen. Hier wurde sein Vertrauen auf die Probe gestellt. Er musste beweisen, dass er es wert war, das Wunder zu empfangen.

Es war normal, dass man vor Erreichen eines großen Ziels einer Feuerprobe unterworfen wurde. Das wusste er. Der Anblick der Ziellinie weckte die Angst vor dem Sieg. Auf den letzten Metern meldeten sich die Zweifel daran, ob man es wert war, so großes Glück zu empfangen. In solchen Augenblicken pflegten

Athleten zu straucheln, oder sie wurden überholt, obwohl der Sieg greifbar nahe war. Nur wer in solch einer Situation trotz eines drohenden Misserfolgs keinerlei Unsicherheit zuließ, wurde erhört. Schon ein Hauch von Zweifel konnte alles zerstören, wofür man ein Leben lang gearbeitet hatte. So mitleidlos waren die Gesetze des Universums. Das Leben glich einem Titanenkampf, *David*, der gegen *Goliath* antrat. Der Mensch, der seine Wirklichkeit verändern wollte, musste in sich Kraft aufbauen, die den Lauf der Sterne zu beeinflussen vermochte.

Erschöpft schlief Joschua ein. Sein Kopf lag auf der Ladentheke.

Er hatte nicht einen Moment daran gedacht aufzugeben. Sein unerschütterlicher Glaube hatte ihn nicht verlassen und wachte sogar während des Schlafs über ihn. Die Kerzen waren erloschen, und außer dem Tosen des Windes war kein Geräusch zu hören.

Mitten in der Nacht erklang das liebliche Geläut der Ladenglocke. Joschua war auf der Stelle hellwach und bemühte sich, in der Dunkelheit sein Opfer zu erkennen.

»Glückliches Chanukka«, schallte es durch den Raum, und dann ertönte ein dröhnendes Lachen, das nur von einem einzigen Mann stammen konnte.

»Zimra?«, fragte Joschua unsicher.

»Ja, hier ist dein guter Freund Zimra«, antwortete der Neuankömmling, während er sich zu dem hinter der Ladentheke sitzenden Joschua vortastete, um ihn in die Arme zu schließen.

»Woher wusstest du, dass mein Laden noch auf ist?«

»Ich bin gerade von meiner Reise zurückgekehrt und hoffe, du hast meinen Schlüssel noch, Freund! Ich dachte mir, schaue doch einmal nach, ob du alter Landstreicher bei Joschua unterkommen kannst, denn ich habe wenig Lust, die heutige Nacht in einem kalten Haus zu verbringen. Und siehe da, tatsächlich hast du die Tür für mich offen gelassen!«, erklärte Zimra und lachte. »Könntest du mir kurz mit dem Gepäck helfen?«

Vor der Tür stand eine mit Koffern und Kisten beladene Reisekutsche. Während Zimra sich bei dem Kutscher leutselig mit einem Trinkgeld bedankte, schaffte Joschua das Gepäck in seinen Laden.

»Ich hätte große Lust auf einen Wein«, sagte Zimra, nachdem Joschua die Tür abgeschlossen und Zimra in sein Wohnzimmer mitgenommen hatte, das mit Silberwaren aus dem Geschäft vollgestopft war.

»Du bist aber schnell zurückgekommen, Zimra«, sagte Joschua mit einem strahlenden Lachen. »Ich dachte, du würdest noch ein paar Monate länger bleiben.«

»Für den Messias reichen drei Monate allemal, um seine Mission auszuführen«, erklärte Zimra und lachte schallend.

»Hast du die Lade gefunden?«, fragte Joschua gespannt.

Zimra setzte sich auf die Vorderkante seines Stuhls und sagte in verschwörerischem Ton: »Ich habe große Entdeckungen von historischer Bedeutung gemacht und die Nachkommen von König Salomo und der Königin von Saba im Land der Abessinier gefunden.«

»Was?«, rief Joschua. »Erzähl!«

»Sie werden *Falaschas* genannt, Eindringlinge«, fuhr Zimra fort. »Doch sich selbst nennen sie Beta Israel, ›das Haus von Israel‹. Es sind mindestens fünfhunderttausend.«

»Fünfhunderttausend? Hier in Safed wohnen nur sechstausend Juden!«

»Ja, aber sie bilden in ihrem Land trotzdem eine Minderheit. Der Kaiser *Sarsa Dengel* rottet sie mit seinem Heer aus. Er führt schon seit sieben Jahren einen Kreuzzug gegen sie, weil er sie zum christlichen Glauben bekehren will – obwohl sie gläubige Juden sind, die im Prinzip den gleichen Riten folgen wie wir. Die Falaschas haben sich in die Berge zurückgezogen, und es ist sehr schwer, diese zu belagern. Als ich dort war, fiel der König der Falascha dem abessinischen Kaiser in die Hände. Ich habe mit eigenen Augen gesehen, dass der Kaiser ihm anbot, sein Leben zu schonen, wenn er nur Maria um Gnade anflehe. Doch der Falascha-König sagte: ›Lieber tausche ich eine Welt voller Lügen gegen eine Welt der Gerechtigkeit ein. Schenke mir Licht statt Dunkelheit. Töte mich, und tue dies schnell.‹ Daraufhin wurde er mit einem Schlag geköpft. Sein Glaube ermutigt die noch immer kämpfenden Falaschas, nicht aufzugeben, so aussichtslos ihre Situation auch erscheinen mag. Doch sie sind ein unglaublich mutiges Volk. Ich sah, wie Frauen sich von den Felsen stürzten und dabei Gott anriefen. Es ist ihnen lieber, Selbstmord zu begehen, als den Soldaten in die Hände zu fallen und womöglich vergewaltigt zu werden.«

Joschua war stolz darauf, dass er der Erste war, der diese faszinierende Geschichte hörte.

»Wie kannst du dir sicher sein, dass die Falaschas von König Salomo und der Königin von Saba abstammen?«

»Seit wann feiern wir *Purim*?«

»Seit ungefähr zweitausend Jahren«, schätzte Joschua. »Als Esther verhinderte, dass Haman die persischen Juden abschlachtete?«

»Genau. Und die Falaschas kennen das Purim-Fest nicht. Sie hatten also schon seit mindestens zweitausend Jahren keinen Kontakt mehr zu anderen Juden. Inzwischen habe ich jedoch herausgefunden, dass ihre Geschichte noch weiter zurückreicht. Tatsächlich sind die Falaschas Nachkommen von Moses.«

»Von Moses?«

»Ja, Moses wuchs am Hof des Pharaos von Ägypten auf.«

»Ja, natürlich«, sagte Joschua ungeduldig.

»Aber vielleicht weißt du nicht, dass Moses als junger Mann ein wichtiger Kriegsherr war. Als General führte er die ägyptischen Truppen bei der Eroberung Abessiniens an.«

»Woher weißt du das?«

»Aus den Büchern des *Flavius Josephus*, unseres wichtigsten Geschichtsschreibers. Die Abessinier glaubten, sie seien sicher, weil es in der Wüste, die Moses mit seinen Truppen durchqueren musste, von Giftschlangen nur so wimmelte. Aber Moses sandte seinem Heer eine große Kolonie von Ibissen voraus, die die Schlangen vertrieben. So konnten er und seine Leute unversehrt durch die Wüste ziehen und die abessinischen Städte in einem Überraschungsangriff besetzen. *Tharabis*, die Tochter des Königs, bewunderte die Klugheit und Kraft Mose. Sie bot an, ihm die Hauptstadt Saba zu überlassen, wenn er sie heirate. Und das tat er! Tharabis empfing ein Kind von Moses, und ihr Sohn war der erste einer langen Linie abessinischer Könige, die alle von Moses abstammen.«

»Was für eine Geschichte!«, seufzte Joschua. »Demnach stammte auch die Königin von Saba, in die König Salomo sich verliebte, von Moses ab?«

»Genau. Und deshalb konnte Menelik die Bundeslade sicher von Jerusalem nach Abessinien überführen. Weil die Lade in jüdischen Händen blieb, billigte Gott diese Transaktion offenbar.«

»Ist die Lade denn immer noch in jüdischen Händen?«

»Ja und nein«, antwortete Zimra geheimnisvoll. »Menelik hat die Bundeslade auf die abessinische Insel *Tana Kirkos* im *Tanasee* gebracht: Dort hat sie über tausend Jahre in einem Zelt gestanden! Einmal im Jahr wurde sie mit Blut besprenkelt, so wie man es auch in Salomos Tempel getan hatte. Doch vor zwölfhundert Jahren bekehrte sich ein abessinischer König, *Ezana*, zum Christentum. Er ließ im ganzen Lande Kirchen bauen und verfügte, die Lade solle in einer dieser Kirchen untergebracht werden. In allen anderen Kirchen ließ er Nachbildungen der Lade aufstellen.«

»Heißt das, man braucht gar nicht erst anzufangen, nach der richtigen Kirche zu suchen?«

»Genau. Denn wo ließe sich ein Baum besser verstecken als in einem Wald?«

Zimra machte eine Pause.

Dann fuhr er mit einem breiten Lächeln fort: »Doch die Falaschas behaupten, die jüdischen Priester von Tana Kirkos hätten ihrem König eine Nachbildung zugesandt und die echte Bundeslade in Sicherheit gebracht.«

»Und die Christen wiederum glauben, dass sie die echte haben«, sagte Joschua schadenfroh.

»Ja. Ihre ›echte‹ Lade soll in der Kirche der *Sankt Maria von Zion* in *Axum* gestanden haben. Doch diese Kirche wurde vor fünfunddreißig Jahren von Muslimen verwüstet.«

»Wohin haben die jüdischen Priester denn nun die echte Bundeslade gebracht?«, fragte Joschua ungeduldig.

Zimra musterte Joschua mit einem schnellen Blick. Auf diese Sensationsgier hatte er gesetzt. Nun brauchte er Joschua nur noch mit ein wenig Geschick vor seinen Karren zu spannen.

»Wie laufen die Geschäfte?«, wechselte Zimra schnell das Thema.

Joschua seufzte. Zimras phantastische Geschichte hatte ihn für einen Augenblick seinen eigenen Traum vergessen lassen. Er erzählte Zimra, dass er fest damit gerechnet hatte, an diesem Chanukka-Fest ein Wunder in Form eines außergewöhnlich guten Verkaufs zu erleben. Doch nun war es kurz vor Tagesanbruch, und die Chancen standen mittlerweile ziemlich schlecht. Zimras schlaue Äuglein leuchteten.

»Zeig mir doch einmal die Ringe, die du gern verkaufen würdest.«

Joschua ging in den Laden und holte seinen kostbaren Besitz. Zimra nahm die Ringe nacheinander behutsam in die Hand. Seine Bewunderung wirkte fast aufrichtig.

»Dies sind zwei der geheimen Namen Gottes, die Itschak uns enthüllt hat. Wie versprochen habe ich gut aufgepasst. Nach Itschaks Erklärungen besteht der unaussprechliche Name Gottes aus *zweiundsiebzig Namen,* die in einer bestimmten Reihenfolge rezitiert werden müssen. Hin und wieder spricht er in seinen Belehrungen über einen solchen Namen. Übrigens hatte Itschak vor ein paar Tagen plötzlich einen törichten Plan. Er forderte uns auf, das Chanukka-Fest mit ihm in Jerusalem zu feiern und bei diesem Anlass den Tempel wieder zu errichten.«

Nun hing Zimra an Joschuas Lippen.

»Hat er etwas über die Lade gesagt?«

»Nein, ich habe ihn sogar gefragt, ob er glaube, dass sie sich in Jerusalem befinde. Aber darauf hat er nicht geantwortet. Glaubst du denn, dass die Lade in Jerusalem ist?«

Zimra lächelte.

»Ich bin weit gereist, Joschua, und ich habe in allen Regionen der Welt kunstvolle Schmiedearbeiten gesehen, aber das hier übertrifft alles, was ich kenne.«

Er will mich kaufen, dachte Joschua, er braucht mich. Die ganze Woche lang war es sein größter Wunsch gewesen, diese Schmuckstücke zu verkaufen. Jetzt, kurz vor Ende des Chanukka-Festes, in der dunkelsten Stunde der Nacht, bot sich ihm die Möglichkeit, seinen Traum in Erfüllung gehen zu lassen. Aber das hatte seinen Preis – wie alle Wünsche, die die Menschen tief in ihren Herzen hegen.

»Was willst du von mir, Zimra?«, fragte Joschua mit eiskalter Stimme.

»Ich will, dass du dich mit Chaim versöhnst.«

»Wie bitte?«

»Du sollst ihn dazu bringen zu glauben, dass eure Rivalität begraben ist. Er soll dir völlig vertrauen. Und dann sollst du ihn, wenn ich es dir sage, verraten ...«

»Jeder Ring kostet tausend Silberstücke«, sagte Joschua trocken.

Zimra nickte ungerührt.

»Und ich verkaufe sie nur zusammen«, fügte Joschua hinzu. Er versuchte, so ruhig wie möglich zu bleiben, obwohl sein ganzer Körper prickelte.

»Abgemacht«, sagte Zimra lachend. »Und jetzt hole uns noch eine Flasche von deinem guten Wein. Diese hier ist nämlich leer.«

41 דמב Dalet Mem Beth: **Der Gott der Verträglichkeit**

Der türkische Gouverneur Abu Siffin, der über Safed und das Umland herrschte, ritt mit zehn Soldaten über das Feld, das gerade ständig im Gespräch war.

»Dort«, rief einer der Soldaten und wies mit der Schwertspitze auf den fünfzehn Meter hohen Baum am Rande des Ackers. Im Schritttempo näherte sich Abu Siffins Pferd dem rissigen Baumstamm und schnaubte nervös. Es scharrte mit einem Huf über den Boden, als ob es graben wollte. Auch die anderen Pferde mussten von ihren Reitern mit strenger Hand zu dem hochgewachsenen Baum gelenkt werden.

Verblüfft betrachtete Abu Siffin die Baumkrone. Trotz des strengen Winters und der dicken Schneedecke stand der Johannisbrotbaum in voller Blüte. An den knorrigen, tiefen Ästen hingen dicke rote Hülsen und verströmten ihren typischen muffigen Geruch. Eine penetrante Ausdünstung, die er als Kind in seinem Heimatland so oft auf der Plantage seines Vaters gerochen hatte.

Abu Siffin zog sein mit Edelsteinen besetztes goldenes Krummschwert aus der Scheide und schnitt ein großes *Kirat* – so nannten die *Araber* die Früchte des Baumes – ab. Er riss die rote Bohne, die entfernt einem länglichen Brot ähnelte, auf und biss mit seinen schneeweißen Zähnen hinein. Das Fruchtfleisch, das er zwischen seinen Zähnen zermahlte, schmeckte angenehm nach

Kakao. Er spuckte in hohem Bogen einen der zwölf Samenkerne, die jedes Kirat enthielt, aus, fing ihn aus der Luft und wog ihn in seiner Hand. Schon die Griechen hatten entdeckt, dass jeder dieser Kerne aus dem Kirat genau gleich viel wog, immer an die 0,197 Gramm. Deshalb hatten sie das Kirat zur Maßeinheit für Gold gemacht. Verstimmt warf Abu Siffin den Kern gegen die lederige Rinde des Stamms. Das war eine dieser mysteriösen Geschichten, für die er wenig übrig hatte. Alles folgte dem Prinzip von Ursache und Wirkung. Deshalb musste es auch für diese außergewöhnliche Erscheinung eine Erklärung geben.

Unterdessen hatten zwei der Reiter Haman unsanft aus seinem Bett geholt. Der alte Mann hatte nicht einmal die Zeit gehabt, sich etwas Warmes anzuziehen, und man führte ihn dem Gouverneur barfuß vor.

»Ist das dein Baum?«, fragte Abu Siffin freundlich, während er versuchte, sein nervöses Pferd zu beruhigen.

»Ja, Gouverneur«, sagte Haman unterwürfig.

»Dann bin ich neugierig auf dein Geheimnis. Jeder weiß, dass ein Johannisbrotbaum erst im Frühjahr Früchte trägt. Wie kommt es, dass dein Baum schon jetzt in voller Blüte steht?«

Mit niedergeschlagenem Blick antwortete Haman: »Ich weiß es nicht, Gouverneur. Gestern ist es passiert. Als ich morgens aus dem Fenster schaute, habe ich mich zu Tode erschrocken. Es ist ein Wunder. Für einen Mann allein sind es viel zu viele Früchte. Deshalb habe ich sie zu einem fairen Preis auf dem Markt angeboten. Ich will aus den Segnungen, die *Allah* mir gewährt hat, keinen Profit schlagen.«

Genau diese Geschichte machte unter den Arabern der Stadt die Runde, und sie war auch dem Gouverneur bald zu Ohren gekommen. Doch er wollte sie nicht glauben. Wenn ein Baum mitten im Winter so üppig Früchte trug, ging das nicht mit rechten Dingen zu. Abu Siffin tat nichts lieber, als Geheimnisse aufzudecken. Er war fest entschlossen, das Rätsel dieses Baumes zu lösen.

Seine klugen Augen musterten den alten Bauern. Der erfahrene Kriegsmann in ihm merkte, dass dieser Mann etwas verbarg.

»Ich glaube dir nicht«, sagte Abu Siffin barsch und brachte sein Pferd dazu sich aufzubäumen. Haman sank förmlich in sich zusammen.

»Dies ist guter Boden, Abu Siffin«, jammerte Haman, während er mit seinen Händen im Schnee grub und dem Gouverneur eine Handvoll gefrorener Erde zeigte. »Er hat meiner Familie über Generationen Wohlstand gebracht. Dieser Boden wurde mit Liebe beackert. Das ist doch ein Verdienst und kein Verbrechen!«

Abu Siffin gab dem pechschwarzen Hengst die Sporen und galoppierte über das weite Land von Hamans Gut. Als er zu dem zitternden Mann zurückkehrte und vor ihm anhielt, sagte er: »Du lügst. Der Rest deiner Felder ist abgestorben und öde, so wie es im Winter normal ist. Es muss einen bestimmten Grund dafür geben, dass nur dieser Baum Früchte trägt.«

»Ich weiß es wirklich nicht«, log Haman.

»Soldaten«, befahl Abu Siffin.

Zwei Reiter stiegen von ihren Pferden und gingen auf Haman zu. Sie warfen ihn in den Schnee und ritzten mit ihren Schwertern über die ganze Länge seines Rückgrats die Haut auf. Haman schrie gellend auf. Das wässrige Blut färbte die Haut des alten Mannes hellrot.

»Gnade, Gnade, Gouverneur. Ich sage Euch die Wahrheit.«

Abu Siffin war zufrieden. Er bedeutete den Soldaten mit einem Kopfnicken, sie sollten dem Bauern wieder auf die Beine helfen.

»Ihr müsst wissen, Gouverneur, dass an jedem Schabbat eine Gruppe von Juden zu diesem Baum kommt und dort betet und singt. Ich habe sie schon unzählige Male verjagt, aber sie kommen jeden Freitag wieder. Aber das hier ist mein Grund und Boden, und ich will nicht, dass Juden hier Feste feiern.«

Haman schnappte nach Luft. Ängstlich vergewisserte er sich, ob Abu Siffin seine Wut teilte und ob er über die Entweihung seines Bodens ebenso empört war wie er selbst. Doch Abu Siffin nickte nur, um anzudeuten, dass Haman mit seinem Bericht fortfahren sollte.

»Vor ein paar Tagen wurde ich mitten in der Nacht von Gesang aus dem Schlaf gerissen. Der Sänger war einer der Juden, die jeden Freitag kommen. Ich habe ihm dreimal gesagt, er solle sich fortscheren, aber er hat mir sein schmutziges Gebet trotzdem weiter direkt ins Gesicht gesungen. Er wollte mich provozieren, und das hat er auch geschafft. Mich packte die blinde Wut. Ich weiß, dass es unrecht war, aber ... Ich habe ihn getötet.«

Abu Siffins Gesicht war immer noch unbewegt, als ließe das Mordgeständnis ihn kalt.

»Ich verstehe nicht, was das mit diesem Baum zu tun hat«, sagte er unwirsch.

»Ich habe seine Leiche mit Mist bedeckt und sie hier unter diesem Baum vergraben. Am nächsten Tag geschah das Wunder: An den Zweigen gingen zahllose rötliche Blüten auf. Und als ob die Zeit beschleunigt würde, konnte man schon am Mittag zusehen, wie sich aus den Blüten Früchte entwickelten.«

Abu Siffins Gesicht ließ Ungehaltenheit erkennen. Er sah immer noch keinen Zusammenhang.

»Wer war dieser Mann?«, fragte er.

»Ich kenne seinen Namen nicht. Ich glaube, er war Künstler. Er gehört der Gruppe um Itschak Luria an, der von den Juden so verehrt wird.«

Erstaunt zog Abu Siffin seine dicken schwarzen Augenbrauen hoch. Über diesen Itschak hatte er schon viele Geschichten gehört, und er hatte ihn sogar schon einmal aufgesucht, weil ihn alles, was gewöhnliche Menschen als Wunder bezeichneten, irritierte. Itschak war seiner Bitte, ihm etwas über die Kabbala zu erzählen, bereitwillig nachgekommen. Abu Siffin war als begeisterter Rechenkünstler fasziniert davon, dass die Kabbalisten den Buchstaben einen numerischen Wert zuschrieben.

»Man hat mir gesagt, die Kabbala werde die Mathematik des menschlichen Denkens genannt. Die Algebra des Glaubens. Sie könne Seelenprobleme mit der gleichen Logik lösen, die auch beim Lösen von Gleichungen eingesetzt wird. Ist das wahr?«

»Ihr seid ein Mann, der den Verstand sehr hoch schätzt«, hatte Itschak zu ihm gesagt. »Mit Euren Qualitäten könntet Ihr ein großer Kabbalist werden. Ihr habt eine scharfe Intuition; nur vertraut Ihr dieser zu wenig. Die Kabbala schafft eine Verbindung zwischen dem Verstand und dem Glauben. Jeder hebräische Buchstabe hat einen Zahlenwert. Deshalb erzählt uns die Tora nicht nur eine literarische, sondern auch eine mathematische Geschichte. Die Schönheit der Mathematik liegt in ihrer Exaktheit. Mathematik ist eine klare Sprache, die keinen Raum für Deutungen lässt. Daher hat Gott die Gesetze des Universums in dieser perfekten Sprache aufgeschrieben. Schauen wir uns beispielsweise den Zahlenwert des Wortes Tora an: 611. Und dann den Zahlenwert der Wissenschaft, die im Hebräischen Mada heißt: 114. Und dann den Wert von Umanut, dem Wort für Kunst: 497. Wenn wir die beiden zusammenzählen …«

»Dann macht das 611, die Zahl der Tora«, hatte Abu Siffin amüsiert geantwortet. »Ihr beschäftigt Euch also mit Eurer Bibel auf der Grundlage eines künstlerischen und eines wissenschaftlichen Ansatzes.«

Ohne an die Tora zu glauben, war Abu Siffin von ihrer mathematischen Schönheit beeindruckt. Diese Schönheit kam schon allein durch das Zusammenfügen des ersten und des letzten Buchstabens der fünf *Bücher Mose* zum Ausdruck: Die Buchstaben Beth und Lamed bilden zusammen das hebräische Wort Lev – »Herz«.

Zum Abschied hatte Itschak zu ihm gesagt: »Mit dem, was wir glauben, schaffen wir die Welt, in der wir leben.«

Obwohl es in völligem Widerspruch zu seiner rationalen Denkweise stand, vermutete Abu Siffin nun einen Zusammenhang zwischen dem unter dem Baum begrabenen kabbalistischen Künstler und dem plötzlichen Heranreifen der Früchte am Johannisbrotbaum. Doch sein Verstand vermochte das Rätsel nicht zu lösen, und das verstimmte ihn.

»Hast du noch Verwandte?«, fragte er.

Erstaunt über diese Frage antwortete Haman: »Nur Fatima, eine Nichte, die in der Stadt wohnt.«

»Dann kann sie sich glücklich preisen«, grinste Abu Siffin. »Sie erbt diesen fruchtbaren Boden und deinen Hof.«

Haman wurde leichenblass. Erben? Bedeutete dies, dass er …

Abu Siffin gab einem Soldaten den Befehl, Fatima in der Stadt zu suchen und ihr die Nachricht zu überbringen. Dann wandte er sich wieder Haman zu. Wie er wusste, waren die meisten Menschen im Angesicht des Todes bereit, die Wahrheit zu sprechen. Vielleicht verheimlichte der Bauer doch noch etwas, das zum Verständnis dieses unerklärlichen Naturphänomens beitragen könnte.

»Du wirst gehängt werden. Wenn du einen Mann getötet und begraben hast, der, wie du behauptest, ein solches Wunder bewirkt hat, dann muss er ein Heiliger gewesen sein. Dafür gibt es nur eine Strafe: den Tod.«

Haman fielen vor Schreck fast die Augen aus dem Kopf. Noch bevor er ein Wort herausbringen konnte, spürte er, wie die Schlinge unsanft um seinen Hals gelegt wurde. Ein Soldat zerrte ihn zu dem Baum und befestigte das Seil an den dicken Ästen. Dann wartete er auf den Befehl des Gouverneurs.

»Hast du deinem Geständnis noch etwas hinzuzufügen?«, fragte Abu Siffin kühl.

»Ich bereue es, Gouverneur. Ich habe einen großen Fehler gemacht. Straft mich, aber lasst mich bitte am Leben. Ich weiß, ich bin ein jähzorniger Mann und hätte mich beherrschen müssen.«

Gleichgültig nickte der Gouverneur dem Soldaten zu, wendete sein Pferd und preschte davon.

Zu zweit hoben sie Haman hoch. Das Seil schnitt ihm in den Hals und blockierte die Luftröhre. Mit zappelnden Füßen schaute er über das Land seiner Väter. Als die Lunge sich entleerte, geriet sein Körper in Panik. Die Soldaten hatten schon längst das Weideland verlassen, als Haman immer noch mit dem Tode rang. Panik und Wut verschwanden, und Ruhe breitete sich in ihm aus. In diesen letzten Sekunden wurde ihm plötzlich klar, dass das Land, auf das er schaute, nie sein Land oder das seiner Vorfahren gewesen war. Es war das Land des Schöpfers, das dieser ihm nur zur Bewirtschaftung überlassen hatte, damit er seinen Lebensunterhalt verdienen konnte. Mit einem Gefühl der Dankbarkeit hauchte er seinen letzten Atem aus. Dann hing sein Körper schlaff und bewegungslos am Seil.

Die Soldaten fanden weder Fatima noch ihren kleinen Sohn Josef. Das Haus war leer, und keiner ihrer Nachbarn hatte sie in den letzten beiden Tagen gesehen. Auch ihr Brotherr Abraham konnte sich nicht erklären, dass seine sonst so zuverlässige Mitarbeiterin plötzlich weggeblieben war.

Der Gouverneur ließ verkünden, solange Fatima sich nicht melde, stehe der Ernteertrag des Bodens und des Bauernhofes Esther, Schlomos Frau, zu.

42 כלי Kaf Lamed Jod: **Der Gott der Fruchtbarkeit**

Als Chaim die tragische Nachricht über die Ermordung Schlomos hörte, eilte er zu dessen Witwe, um ihr sein Beileid auszusprechen.

Doch Esther, eine lebensfrohe Italienerin, wirkte nicht so, als würde sie trauern. Sie war im katholischen Italien aufgewachsen und stand in Safed in einem zweifelhaften Ruf. Man munkelte, sie nehme es mit der ehelichen Treue nicht allzu genau, und wenn die Frauen ihr auf dem Markt begegneten, zogen sie ihre Ehemänner mit sich fort. Esther kleidete sich immer auffällig und trug stolz ihre weiblichen Formen zur Schau, als handle es sich dabei um Ware, die auf dem Markt feilgeboten würde.

Chaim wusste nicht, was er von Esthers Unbekümmertheit halten sollte.

»Ihr Kabbalisten glaubt doch an die *Reinkarnation*. Warum sollte ich dann trauern? Er ist ja schon als eine reiche Ernte am Johannisbaum zurückgekehrt. Früchte voller Samenkernen. Am Ende hat der Schöpfer seine Gebete doch noch erhört.« Sie lächelte, während sie dies sagte.

Chaim wurde rot. »Willst du damit sagen …«

»Dass er wollte, aber nicht konnte, ja. Er war ein Goldstück von einem Mann und mein bester Freund. Wir haben viel zusammen gelacht und gefeiert. Bis er wieder in Schwermut verfiel. Das hielt oft Monate an. Weil er keine Kinder bekommen konnte, hoffte er, dass seine Gemälde ihn überleben würden. Aber er war mit dem, was er geschaffen hatte, nie zufrieden. Einen Moment lang vielleicht, wenn er wieder einmal ein Kompliment bekommen hatte. Dann lebte er auf wie ein kleiner Junge, dem jemand Süßigkeiten geschenkt hatte. Am glücklichsten war er, wenn er ein Bild verkaufte. Euer Lehrer, Itschak, hat ihm ein großes Werk abgekauft, als er gerade nach Safed gezogen war. Eine wunderschöne Darstellung des Lebensbaums. Ez Chaim. Er hat einen guten Preis dafür bezahlt. Drei Tage lang haben wir geprasst, getrunken und gefeiert.«

Plötzlich brach ihre muntere, heisere Stimme, mit der sie die Erinnerungen heraufbeschworen hatte, und sie schrie wie ein wildes Tier in Geburtswehen.

»Dieser elende Schuft!«, fluchte sie. »Schlomo wird mir so fehlen!«

»Er hat ein wunderbares Lied hinterlassen«, versuchte Chaim sie zu trösten.

»Ich weiß. Das muss er in seiner letzten Nacht geschrieben haben. Ich war nicht zu Hause«, sagte sie traurig, die Augen auf den Boden gerichtet. Doch dann fuhr sie wieder lebhaft fort: »Ich fand es auf seinem Schreibtisch. Er war völlig begeistert von eurem Plan, nach Jerusalem zu reisen und dort Chanukka zu feiern. Er war ein Mensch, der sich seine kindliche Begeisterung bewahrt hatte.«

Chaim dachte bei sich, dass Esther überhaupt nicht dem Bild entsprach, das die anderen von ihr hatten. Er war froh, dass er sich nie über sie lustig gemacht hatte, so wie die anderen Kabbala-Schüler. Wenn jemand zu spät zum Unterricht kam, hieß es immer: »Hast du vielleicht unterwegs Esther getroffen?« Schlomo hatte solchen Spott von sich abprallen lassen. Chaim verstand nun, dass sich das Geheimnis der Seelenverwandtschaft nur den unmittelbar Beteiligten in seinem ganzen Reichtum offenbarte. Allem Gerede zum Trotz hätte Schlomo keine bessere Frau haben können.

»Lass uns auf Schlomo anstoßen«, sagte Esther mit ihrer rauen Stimme und schenkte zwei Becher Wein ein.

»Auf Schlomo«, sagte Chaim mit einem wehmütigen Lächeln, und er bedauerte zutiefst, dass er sich nicht bemüht hatte, diesen Mann besser kennenzulernen.

Esther trank das Glas in einem Zug aus und leckte sich mit der Zunge die Tropfen von ihren vollen Lippen. Sie schaute Chaim mit ihren klaren grünen Augen amüsiert an.

»Du bist doch dieser Bücherschreiber«, sagte sie.

Chaim errötete. Solange es noch kein Buch gab, auf dem sein Name stand, empfand er es als eitel, sich in aller Öffentlichkeit als Schreiber zu bezeichnen. Trotzdem hatte eine innere Gewissheit ihn ergriffen, die ihm sagte, dass er sein Ziel erreichen würde. Er war überzeugt davon, dass er das Buch schreiben würde, das der Menschheit die Geheimnisse des Universums offenbaren würde. In seinem Herzen existierte dieses Buch bereits.

»Ja«, sagte er zum ersten Mal laut, als ob er damit seiner Zukunft eine unumkehrbare Richtung gäbe, »ich bin der Bücherschreiber.«

»Ich hätte mir dich anders vorgestellt, älter«, sagte sie neckend. »Und hässlicher. Gerne würde ich einmal etwas von dir lesen.«

»Es wird wohl noch eine Weile dauern, bis mein Buch fertig ist«, antwortete Chaim.

»Ein Buch musst du in einem Atemzug schreiben, Chaim«, beschwor sie ihn, während sie sich vorbeugte und eine Hand auf sein Knie legte. »Es ist genau wie bei einer Schwangerschaft. Wenn du einmal empfangen hast, gibt es keinen Weg zurück. Das Kind führt in deinem Bauch ein eigenes Leben. Du brauchst nichts weiter zu tun, als es mit dem, was du zu dir nimmst, zu nähren. Und an einem bestimmten Tag muss es heraus. Du bekommst Wehen. Du denkst, du stirbst, und du glaubst, dass noch nie jemand auf Erden so etwas Übermenschliches hat durchstehen müssen. Das Gebären ist der schmerzhafteste Teil. Aber wenn das Kind erst einmal auf deinem Bauch liegt, brauchst du nur noch stolz zu sein und die Nabelschnur durchzuschneiden.«

Chaim spürte, dass sie Recht hatte. Sie hatte den Weg, der vor ihm lag, perfekt beschrieben.

»Woher weißt du das, du ...«

»... die selbst nie ein Kind geboren hat«, beendete sie den Satz. »Ich habe es so oft bei Schlomo gesehen. Die Entstehung eines Kunstwerks ist die Empfängnis einer universellen Wahrheit. So wie jeder Mensch, der geboren wird, eine Quelle der Weisheit ist – eine Quelle, die alle Geheimnisse des Lebens in sich birgt. Schlomo hat einmal gesagt, während der gesamten Schwangerschaft sei ein Engel mit einer Kerze bei dem Baby und flüstere ihm alle Weisheit des Universums ein. Doch bei der Geburt gebe der Engel dem Baby einen Kuss auf die Oberlippe, und dadurch sinke all dieses Wissen in sein Unbewusstes. Deshalb muss der Mensch in seinem Leben danach streben, die Wahrheit selbst zu erfahren und sich wieder an sie zu erinnern – ganz bewusst. Die kleine Mulde in der Mitte unserer Oberlippe soll uns helfen, daran zu denken. Der Mensch braucht nichts neu zu entdecken, sondern nur wiederzuentdecken.«

»Du beschreibst genau das, was in mir vorgeht, mein Verlangen, das Buch zu schreiben. Es ist, als würde ich im unterirdischen Labyrinth meiner Seele graben und zu Papier bringen, was ich dort finde«, stammelte Chaim.

Esther tätschelte sein Knie.

»Dein Buch ist schon da, Chaim. Genauso wie ein Kind schon wochenlang bei der Mutter ist, bevor es in ihren Bauch gelangt. Du musst es nur noch schreiben.«

»Komm«, beendete sie die vertrauliche Unterhaltung plötzlich und stand auf. »Ich zeige dir Schlomos Atelier.«

Er folgte ihr die Treppe hinab in den Keller. Der große Raum war mit Bildern vollgestopft. Sie hingen irgendwo an den Wänden, waren Rücken an Rücken in Ecken gestapelt oder standen unvollendet auf Staffeleien. Der ganze Raum roch nach dem süßlichen Aroma von Farben, nach Terpentin und Wein.

Chaim konnte sich gar nicht daran sattsehen. Er sah biblische Szenen, mit kräftigen, leidenschaftlichen Strichen auf die Leinwand geworfen, lange Kapitel aus der Tora, die Schlomo in seinen Gemälden auf das Wesentliche reduziert hatte.

»Jammerschade, dass er so viele dieser Arbeiten nie öffentlich zeigen konnte«, sagte Esther, »wegen eures dämlichen jüdischen Verbots, Personen abzubilden. Es war sein großes Geheimnis. Er konnte nicht anders, er musste das alles malen.«

Chaim sah Landschaften, durch die er mit Itschak gewandert war, in Farben, die die Wirklichkeit an Intensität übertrafen. Und er blickte auf Porträts von Menschen, die er kannte, und die lebendiger wirkten als die Betreffenden selbst. Wie konnte jemand aus nichts anderem als einer Farbpalette das reine Leben hervorzaubern? Als wäre nicht das Äußere der Menschen, sondern ihre

Seele verewigt worden. Sogar aus den Stillleben Schlomos, auf denen Früchte und Blumen abgebildet waren, sprach eine ungeheure Kraft und überschäumende Lebenslust. Plötzlich wurde Chaim bewusst, dass das Wort Kabbala nicht nur »Empfangen«, sondern auch »Entdecken von Parallelen« bedeutete. Schlomo war es durch seine Kunst gelungen, die kompliziertesten Theorien der Kabbala in einfachen bildlichen Darstellungen zu erfassen – in einer Verdichtung von Raum, Zeit und Beseelung. War das der Grund, aus dem Schimon bar Jochai die Leser seines Sohars so oft aufforderte, die Augen zu öffnen und wirklich zu sehen? Wer durch Schlomos Augen sah, betrachtete eine Wirklichkeit, die wahrhaftiger war als die Realität selbst.

Chaim war, als würde er zum ersten Mal erfahren, was Schönheit, eine der zehn Eigenschaften des Schöpfers, tatsächlich beinhaltete. Nicht Schlomo, der Künstler, hatte die Schönheit geschaffen. Der Künstler war lediglich das Werkzeug, das die universelle Schönheit der Schöpfung zum Ausdruck brachte, indem er Farben und Linien zu einem göttlichen Spiegelbild der Wirklichkeit zusammenfügte. Ein von Menschenhand geschaffenes Werk, das die Schöpfung zu überflügeln versuchte.

Chaim schreckte aus seinen Gedanken auf, als er in einer Ecke Bilder von Frauen in ihrer ganzen natürlichen Herrlichkeit sah, schönen Frauen in freizügigen Haltungen, wie er sie noch nicht einmal in seinen Träumen gesehen hatte. Esther lachte, als sie merkte, dass er errötete.

»Ziemlich viele Frauen, die eigentlich nur ein Porträt von sich haben wollten, haben hier schließlich nackt dagestanden«, sagte sie lächelnd. »Schlomo hatte etwas Unschuldiges, und damit eroberte er die Herzen. Ihm gelang es, jede Frau zu überreden, sich auszuziehen. Er malte immer zwei Porträts von ihnen: eines, das sie ihrem Ehegatten zeigen konnten, und eines, das er hier aufbewahrte.«

Chaims Blick fiel auf eine große Leinwand, die neben dem Kellerfenster hing und ihm den Atem raubte. Auf dem Gemälde sah er den glatten nackten Rücken eines Mädchens, dessen weißes Kleid lässig um ihre Hüften fiel. Die Gestalt blickte ihm über ihre Schulter direkt in die Augen. Ihr Blick war voller Grauen, voller Hass, voller Verlangen und voller Angst. Unter tausenden hätte er diese feurigen, rehbraunen Augen wiedererkannt. Es waren Francesas Augen. Jener stumme Aufschrei, bevor sie ihre Ehe mit Jehuda vollzogen hatte, der Schlomo und ihn so gepeinigt hatte. Jener Augenblick, der sich unauslöschlich in sein Herz eingebrannt hatte und von Schlomo mit der ganzen Sensibilität und Intensität seiner Farbenpalette auf die Leinwand gebannt worden war.

»Das Töchterchen Eures Lehrers«, sagte Esther, als sie merkte, dass Chaim wie hypnotisiert auf das Bild starrte.

Die Farbenpracht verschwamm in dem Wasser, das sich in seinen Augen sammelte wie in einem überlaufenden See. Esther legte einen Arm um Chaims Schultern.

»Du liebst sie, nicht wahr?«, sagte sie.

»Ja, aber es darf nicht sein«, sagte er. »Itschak hat gesagt, dass mir eine andere Frau bestimmt ist.«

»Das kannst du nur selbst herausfinden«, sagte Esther sanft.

Chaim schüttelte wehmütig den Kopf. »Sie ist verheiratet.«

Esther kräuselte unwillkürlich ihre vollen Lippen angesichts so viel rührender Unschuld.

»Ich schenke dir das Gemälde«, sagte sie und nahm es von der Wand. »Ich bin mir sicher, dass es nirgendwo besser aufgehoben ist als bei dir.«

Mit dem großen, in Jute verpackten Bild unter dem Arm ging Chaim durch die vom Regen aufgeweichten Straßen nach Hause, fest entschlossen, das Buch zu schreiben und sein Leben zu leben.

TEIL V

Safed 1571. Spätherbst, 52 Wochen später
(jüdische Zeitrechnung: 5331)

43 מנק Mem Nun Kuf:
Der Gott der Verantwortlichkeit

Das ganze Haus duftete nach dem süßen Aroma knuspriger Latkes. Anna hatte auf dem Markt die saftigsten Kartoffeln ausgesucht, sie geraspelt und mit feingeschnittenen Zwiebeln und geschlagenen Eiern vermischt. Die in Öl ausgebackenen Kartoffelküchlein standen dampfend in ihrer schönsten Porzellanschüssel auf dem Tisch. Obwohl die Dämmerung schon angebrochen war, hatte Anna beschlossen, sich nicht darüber aufzuregen, dass Chaim offenbar einmal wieder jedes Gefühl für Zeit und Raum verloren hatte.

Sie war festlich gekleidet und trug ein für ihre Verhältnisse ziemlich gewagtes blaues Kleid. Auch dieses Jahr hatte sie einen großen Chanukka-Wunsch. Ihre Freundschaft mit Chaim hatte im Laufe des vergangenen Jahres an Tiefe gewonnen. Sie aßen jeden Abend gemeinsam und unterhielten sich angeregt über fast alles, was ihre Herzen bewegte. An manchen Tagen war Chaim schweigsam. Dann rang er mit einer Passage in seinem Buch, deren tieferen Sinn er nicht erfasste. Doch meist war er guter Dinge und erzählte ihr begeistert von seinen Fortschritten. Sie empfand es als eine besondere Ehre, auf diese Weise an seinem Abenteuer teilhaben zu dürfen. In den seltenen Augenblicken, in denen ihn Selbstzweifel überkamen, sprach sie ihm Mut zu. Ihr anfängliches Misstrauen seinem Meister Itschak gegenüber war einer vorsichtigen Neugier gewichen. Doch wenn Chaim seinen Meister allzu überschwänglich lobte, holte sie ihn jedes Mal auf den Boden der Tatsachen zurück.

»Er ist nicht der Messias, Chaim, auch wenn du das vielleicht glaubst«, sagte sie dann manchmal.

Sie hörte Chaim die Treppe hinunterkommen und setzte sich schnell in lässiger Haltung an den festlich gedeckten Tisch, die aufgeschlagene Tora vor sich.

Als er anklopfte, rief sie so beiläufig wie möglich »Ja«.

Chaim trat mit einem dicken Bündel Papier ein, das er mit einem lauten Knall auf den Tisch legte. »Es ist fertig!«, verkündete er voller Stolz.

Erwartungsvoll blickte er auf Anna. Sie schaute von der Tora auf und sah ihn verständnislos an, als ob sie gerade an einer besonders spannenden Stelle beim Lesen unterbrochen worden wäre.

»Was schaust du mich so komisch an, Anna? Hast du nicht gehört, was ich gesagt habe? Es ist fertig! Mein Manuskript ist fertig!«

»Und meine Latkes sind kalt«, entfuhr es ihr. Sie bereute es, kaum, dass sie es ausgesprochen hatte.

»Glückliches Chanukka, Chaim«, fügte sie schnell mit sanfter Stimme hinzu.

»Ja, dir auch«, erwiderte er mechanisch. »Aber schau einmal her: Das ist mein Buch. Der Traum ist Wirklichkeit geworden!«

Weil er fürchtete, das Öl der Latkes könnte auf sein Buch tropfen, schob er die Schüssel zur Seite. Anna stand gereizt auf, wuchtete den Papierstapel vom Tisch und ließ ihn neben dem Kamin auf den Boden fallen. Dann stellte sie die Schüssel wieder genau dorthin, wo sie gestanden hatte. Doch als sie Chaims enttäuschten Blick sah, wurde ihr Herz weich.

»Ich bin stolz auf dich, Chaim, wirklich. Aber auch ich habe mein Bestes gegeben …«

»Das ist mit Sicherheit das beste Kabbala-Buch, das jemals geschrieben wurde«, fiel er ihr erneut ins Wort und setzte sich fröhlich gelaunt an den Tisch. »Vielleicht mit Ausnahme des Sohar. Lass uns das heute Abend feiern, Anna. Los, zünde die Chanukka-Kerzen an.«

Anna ging zum Kaminsims, um die erste Kerze rechts im Leuchter anzuzünden. Doch noch bevor die Flamme aufloderte, rief Chaim schon: »Pass auf, lass in der Nähe meines Buches bloß keine Kerze brennen! Gar nicht auszudenken, was alles passieren könnte!«

Sie stand mit dem Rücken zu Chaim gewandt und holte tief Luft, um das Gefühl der Wut, das langsam in ihr hochstieg, unter Kontrolle zu halten. Sie nahm den Kerzenleuchter vom Kaminsims, stellte ihn auf die Fensterbank und zündete entschlossen die Kerzen an.

»Schön. Meine Güte, habe ich einen Bärenhunger. Komm, lass uns anfangen, Anna. Sonst sind die Latkes gleich hinüber.«

Anna war gerade im Begriff zu explodieren, als draußen im Flur das tiefe Läuten der schweren kupfernen Türglocke ertönte. Auch das noch, dachte sie. Wahrscheinlich irgendeine verzweifelte Seele, der sie noch schnell die Zukunft aus den Karten lesen sollte. Anna wollte die Tür nicht öffnen, doch Chaim lief schon die Treppe hinunter.

»Joschua?«, hörte sie Chaim erstaunt ausrufen. »Was für eine Überraschung, komm herein.«

Für ihre Verhältnisse waren die beiden Brüder im vergangenen Jahr sehr freundlich miteinander umgegangen. Joschua hatte sich an sein Versprechen Zimra gegenüber gehalten und sich um eine gute Beziehung zu Chaim bemüht. Die frühere Rivalität war anderen Sorgen gewichen. Dank der großen Summe, die er für die drei Ringe bekommen hatte, konnte er sich zügellos seiner geheimen Leidenschaft widmen – einer Leidenschaft, der er hoffnungslos verfallen war, die ihn ein Vermögen kostete, alle seine Gedanken beherrschte und ihn jetzt in große Schwierigkeiten gebracht hatte.

Anna fühlte sich einen Augenblick lang wie die unglücklichste Frau auf Erden. Als Joschua eintrat, blieb er verblüfft stehen und schaute sie an. Er setzte sein schönstes Verkäuferlächeln auf und sagte: »Anna, als Gott die Frau schuf, muss er an dich gedacht haben. In dem blauen Kleid siehst du einfach hinreißend aus. Die Farbe ist wie für dich geschaffen.« Und mit einem Augenzwinkern setzte er noch hinzu: »Ein schöner Ring an einem deiner Finger würde das Bild vervollständigen. Komm doch einmal in meinen Laden.«

»Was mein Bruder doch für ein Charmeur ist! Findest du nicht, Anna?«, sagte Chaim lachend.

Ich wünschte mir, du hättest auch ein bisschen davon abbekommen, dachte Anna bei sich.

»Joschua, ich habe große Neuigkeiten«, verkündete Chaim und stellte sich auf seinen Stuhl.

»Heiratet ihr?«, fragte Joschua überrascht, doch dann fing er Annas betroffenen Blick auf.

Chaim lachte. »Du Witzbold! Nein, mein Manuskript ist fertig. Schau, dort liegt es.«

»Schön«, sagte Joschua, »dann kannst du ja jetzt wieder zu arbeiten anfangen.«

»Das kann man wohl sagen«, pflichtete Chaim ihm enthusiastisch bei, während er wieder vom Stuhl herabstieg. »Natürlich ist das hier nur die erste Fassung. Ich muss noch zahllose Korrekturen einarbeiten, und mit dem Aufbau des Buches bin ich auch noch nicht zufrieden. Aber die Grundlage ist fertig, und sie ist gut.«

»Darf ich?«, fragte Joschua Anna und setzte sich auf ihren Platz.

Warum nicht, dachte Anna. Ich hänge hier ja doch nur als überflüssige Dekoration wie ein blauer Vorhang am Fenster herum. Aus seiner Innentasche holte Joschua ein sorgfältig aufgerolltes Blatt Pergament hervor, das er bedächtig entrollte.

»Kennst du das hier, Chaim?«

»Aber sicher«, sagte Chaim ruhig. »Unser Vertrag. Gut, dass du selbst daran gedacht hast. Ich wollte morgen zu dir kommen und ihn verlängern.«

»Verlängern?«

»Ja, ich brauche noch ein halbes Jahr, um dem Manuskript den letzten Schliff zu geben. Deshalb wollte ich noch zusätzlich etwas Geld leihen.«

Joschua musterte Chaim erstaunt.

»Weißt du eigentlich, wie viel Geld du mir inzwischen schuldest?«

»Klar«, sagte Chaim. »Du hast mir fünfzig Silberstücke zu acht Prozent Zinsen geliehen. Das sind genau vierundfünfzig Silberstücke.«

»Armer Chaim«, sagte Joschua, und in seiner Stimme schwang Mitleid. »Rechnen war noch nie deine Stärke, aber das ist nun wirklich ein sehr peinlicher Fehler …«

Anna nahm Joschua den Vertrag ab und las ihn durch. Sie nickte, um zu signalisieren, dass sie verstanden hatte.

»Hier steht, acht Prozent pro Monat plus Zinseszinsen. Das macht … hundertfünfundzwanzig Silberstücke und neunundachtzig Centime«, sagte Anna.

Überrascht schauten die beiden Brüder Anna an.

»Ich kann mit Zahlen ganz gut umgehen«, sagte sie von oben herab und zuckte die Achseln.

Chaim pfiff durch die Zähne. Durch die getönten Fensterscheiben sah er Schneeflocken niederfallen. Der Abend hätte so schön werden können. Er ging die Treppe hinauf in seine Kammer und kam wenig später mit zwei Silberstücken in der Hand zurück.

»Das ist alles, was ich noch habe«, sagte er.

Joschua nahm die Silberstücke, ließ sie in seine Tasche gleiten, stand auf und rückte seinen Hut auf dem Kopf zurecht. Höflich nickte er Anna zu und sagte dann trocken zu Chaim: »Wir sehen uns morgen vor Gericht. Dort wird sich bestimmt eine Lösung finden. Glückliches Chanukka.«

Chaim saß niedergeschlagen am Tisch. Anna stellte sich hinter ihn und legte ihm tröstend ihre warmen Hände auf die Schultern.

»Ich habe noch etwas Geld«, sagte sie, während sie seine angespannten Muskeln massierte. »Zwar nicht den ganzen Betrag, aber doch …«

»Nein, das will ich nicht, Anna«, sagte Chaim. Ihre Annäherung behagte ihm nicht. »Ich will den Preis für meine Träume selbst bezahlen.«

»Sieh es als Mitgift an«, flüsterte sie.

»Jetzt ist nicht der richtige Augenblick für solche Scherze«, antwortete er gereizt. »Ich muss eine Lösung finden.«

Er stand auf und ging zur Tür.

»Und das Essen?«, fragte Anna.

»Tut mir leid, ich habe keinen Appetit mehr«, sagte er und zog die Tür hinter sich zu.

Anna löschte die Chanukka-Kerzen, nahm einen der ausgetrockneten Latkes aus der Schüssel, segnete ihn und biss beherzt hinein.

Zimra hatte es sich auf den weichen Polstern des Sofas am großen Fenster der blauen Synagoge gemütlich gemacht und hörte sich Joschuas Bericht aufmerksam an.

Im Laufe des letzten Jahres hatte er in Safed sehr an Ansehen gewonnen. Das lag unter anderem daran, dass er sich öffentlich stets lobend und respektvoll über seinen ehemaligen Rivalen Itschak geäußert hatte. Auch die vielen großzügigen Spenden für wohltätige Zwecke waren seinem Ruf zugute gekommen. Als Zeichen seiner Demut hatte er Richter Karo angeboten, ihm unentgeltlich als Hilfsrichter zur Seite zu stehen. Trotz anfänglicher Skepsis war Karo mittlerweile begeistert über die Mitarbeit. Zimra, der vierzig Jahre lang als Rabbi und Richter in Ägypten gewirkt hatte, erwies sich als integerer Vertreter des Rechts, und außerdem nahm er Karo eine Menge Arbeit ab.

Der alte Richter hatte ihm vertrauensvoll die Streitigkeit der beiden Brüder um die Rückzahlung eines Darlehens übergeben. Karo nahm an der Verhandlung nur teil, um das Urteil zu bestätigen.

Nachdem Joschua seinen Bericht beendet hatte, schaute er Zimra selbstzufrieden an, und dieser wandte sich an Chaim.

»Hast du dem etwas hinzuzufügen?«, fragte Zimra.

»Nichts«, antwortete Chaim. »Mein Bruder hat völlig Recht. Nur habe ich das Geld nicht.«

Joschua strahlte siegesgewiss. Auch er wusste, dass sein Bruder nichts besaß. Doch weil er den Fall vor Gericht gebracht hatte, hoffte er, dass sein Freund Zimra sich seiner unangenehmen Lage annehmen würde. Er brauchte das Geld dringend. Seine kostspielige Passion war außer Kontrolle geraten, und seine Gläubiger verstanden keinen Spaß. Außerdem wollte er seinen Bruder übertrumpfen und ein einziges Mal offiziell zum Sieger ernannt werden – wenn schon nicht von ihrem gemeinsamen

Vater, dann wenigstens vom Gericht, das schließlich nichts Geringeres als die Tora repräsentierte.

Zimra las sorgfältig den Vertrag.

»Wer hat das geschrieben?«, fragte er.

»Ich, Richter Zimra«, antwortete Chaim. »Joschua hat es diktiert, und ich habe es aufgeschrieben.«

»Warst du bei vollem Bewusstsein, als du das getan hast, und standest unter keinerlei Zwang?«

»Ganz bestimmt nicht. Ich habe sogar selbst darauf gedrängt, dass diese Vereinbarung schriftlich festgehalten wurde«, bestätigte Chaim.

Zimra wirkte nachdenklich. Er zog die Augenbrauen hoch und warf Karo einen vielsagenden Blick zu. Dieser hatte seinen Gänsekiel niedergelegt und verfolgte den Fall aufmerksam.

»Unerhört«, brummte Zimra. »Weißt du nicht, dass das jüdische Gesetz es verbietet, dass Angeklagte gegen sich selbst Zeugnis ablegen? Dein Körper und dein Leben sind Geschenke des Schöpfers, und du beleidigst Ihn, indem du mit diesen Gaben so undankbar umgehst. Du solltest dich schämen.«

Karo hingegen war von Chaims verhängnisvoller Ehrlichkeit beeindruckt. Dass die beschuldigte Partei alles Erdenkliche anführte, um die Schuld von sich zu weisen, erlebte er nur zu oft. Er staunte immer wieder darüber, wie Menschen die grauenhaftesten Verbrechen vor sich selbst rechtfertigten. Besonders faszinierte ihn, dass solche an den Haaren herbeigezogenen Argumente stets auch ein Körnchen Wahrheit enthielten und die ganze Angelegenheit in einem anderen Licht erscheinen ließen. Karo war nach tausenden von Gerichtsverhandlungen, die er geleitet hatte, zu dem Schluss gekommen, dass kein Verbrechen völlig grundlos geschah. Doch letztlich hatte Itschak ihm zum ersten Mal haarklein auseinandergelegt, was er intuitiv schon lange selbst vermutete. Keine Straftat war einfach nur ein unseliges Missgeschick oder ein rein zufälliges Ereignis. In jedem

Mord, jedem Diebstahl und jeder Vergewaltigung verbarg sich eine Lektion sowohl für den Täter als auch für das Opfer. Glücklicherweise brauchte er sich zu diesem Thema nicht zu äußern. In seinen Schlussplädoyers versuchte er immer, die beiden Streitenden zu bewegen, einander zu vergeben. Hass mit Hass zu vergelten war keine Lösung. Gerade das nahezu übermenschliche Gebot, einen Feind wie sich selbst zu lieben, wies dem Menschen den Weg in eine bessere Welt. In eine Welt, in der sie einander keinen Schaden mehr zufügten, weil sie wussten, dass sie sich damit nur selbst etwas antaten.

»Ich kenne dich als intelligenten jungen Mann«, sagte Zimra mit einem ironischen Lächeln an Chaim gewandt. »Aber diese Vereinbarung hast du offenbar in einem Anfall geistiger Umnachtung aufgeschrieben und unterzeichnet. Unser hebräisches Wort für Zinsen, Nesjech, bedeutet nicht umsonst ›Biss‹. Wenn eine Schlange dich beißt, tut das weh, aber wirklich schmerzhaft und manchmal sogar tödlich wird ein solcher Biss erst, wenn die Wunde anschwillt und du krank wirst. Hast du dir jemals überlegt, wie du in einem einzigen Jahr hundertsechsundzwanzig Silberstücke zusammensparen wolltest, um deinen Verpflichtungen nachzukommen?«

»Ich habe nicht darüber nachgedacht, Richter Zimra«, bekannte Chaim. »Ich habe einfach darauf vertraut, dass alles in Ordnung gehen wird.«

»Ich würde so etwas eher Dummheit als Vertrauen nennen«, sagte Zimra. Joschua grinste. Es bereitete ihm sichtlich Genugtuung, sein kluges Brüderchen so vorgeführt zu sehen. »Außerdem hast du aus der riesigen Summe von fünfzig Silberstücken maximalen Profit schlagen können. Mir ist zu Ohren gekommen, dass du ein Buch geschrieben hast.«

»Das ist richtig«, bestätigte Chaim.

»Ohne die Hilfe deines Bruders wäre dieses Buch nie zustande gekommen.«

»Dafür werde ich ihm auch ewig dankbar sein.«

Mit einem Ausdruck von Strenge wandte Zimra sich Joschua zu und sagte: »Wenn zwei Parteien einen Vertrag abschließen, sind beide gleichermaßen verantwortlich. Der Gläubiger hat beim Aufsetzen eines Vertrags die Pflicht, sich davon zu überzeugen, ob es dem Schuldner überhaupt möglich ist, seine Schulden zu begleichen. Hattest du gute Gründe für die Annahme, dass Chaim diese riesige Summe nach einem einzigen Jahr bezahlen könnte?«

»Nein«, gestand Joschua.

Zimra erhob sich mit einem zufriedenen Ausdruck. Er fühlte sich in seinem Element, wenn er die Macht, die das Richteramt ihm verlieh, mit seiner Eitelkeit als spiritueller Lehrer kombinieren konnte. Er konnte sich kaum etwas Schöneres vorstellen, als die abstrakte Tora auf konkrete Situationen anzuwenden. Während er geschickt mit dem silbernen *Jad* jonglierte, dem Zeigestock, mit dem die Tora gelesen wurde, ging er zur Lade, in der die Torarollen aufbewahrt wurden.

»Glaubt ihr denn, Gott habe unklare Verträge geschlossen, als er Moses die Tora diktierte? Bis ins kleinste Detail hat Er den Vertrag, den Er mit dem Menschen in seinem Bunde schloss, festgelegt. Glasklare Vereinbarungen, die nicht misszuverstehen sind, weil jede menschliche Handlung die ganze Welt und das ganze Universum beeinflusst. Er nahm Verträge äußerst ernst«, sagte er und tippte mit seinem Stock gegen die Lade. »Solltet ihr dies dann nicht auch als eure Pflicht ansehen?«

Joschua und Chaim nickten eifrig wie zwei Schuljungen, die getadelt wurden. Als sei er Gott selbst, stieg Zimra die sechs Stufen der *Bima*, des Lesepults in der Mitte der Synagoge, hinauf, um das Urteil zu verkünden. Jede dieser Stufen symbolisierte einen Wochentag, weil der Mensch jeden Tag von neuem danach streben musste, eine höhere spirituelle Ebene zu erreichen.

»Jeder Vertrag ist heilig«, dröhnte Zimras Stimme durch die

Synagoge, während er auf der Plattform stand, die die siebte und höchste spirituelle Ebene symbolisierte. »Sogar dieses gedankenlos beschriebene Stück Papier. Ich verurteile dich dazu, monatlich zwei Silberstücke zurückzuzahlen, bis du deine Schuld abgetragen hast.«

Chaim seufzte. Zwei Silberstücke waren viel Geld. Genau so viel, wie er an Miete bezahlen musste. Er würde Abraham also in jedem Fall um Arbeit bitten müssen. Doch selbst wenn er wieder Arbeit als Färber bekäme, bliebe ihm nichts zum Leben.

Aber auch Joschua war unzufrieden. Er brauchte einhundertfünfundzwanzig Silberstücke, und zwar möglichst bald.

Als Zimra gerade die Treppe vom Lesepult wieder hinabsteigen wollte, erhob sich Richter Karo.

»Werter Amtsbruder, ich habe Eure Urteilsfindung mit Interesse und Bewunderung verfolgt. Aber ich hätte da noch eine kleine Frage …«

»Selbstverständlich«, antwortete Zimra jovial. »Vier Augen sehen immer mehr als zwei.«

»Ich danke Euch. Wenn ich es richtig verstanden habe, schuldet Chaim seinem Bruder hundertfünfundzwanzig Silberstücke. Aber wenn er zwei Silberstücke im Monat zurückzahlen soll, dauert es fast dreiundsechzig Monate, bis Joschua die ganze Summe zurückerhalten hat. Das ist eine ziemlich lange Zeit, nicht wahr?«

Joschua war hocherfreut darüber, dass nun sogar Karo ihm beistand. Er hatte sich in der Vergangenheit schon mehrfach wegen dubioser Geschäfte vor Karo verantworten müssen. Das hatten unzufriedene Kunden veranlasst, die glaubten, dass Joschua ihnen einen zu großen Betrag in Rechnung gestellt hatte. In solchen Fällen war Joschua immer zu einer gütlichen Einigung bereit gewesen und deshalb nie verurteilt worden. Offenbar wollte Karo ihn nun wegen dieser früheren Nachgiebigkeit belohnen.

»Ich wollte die Sache nicht auf die Spitze treiben, Richter Karo«, erklärte Joschua in einschmeichelndem Ton. »Schließlich ist er mein Bruder. Aber ich finde, dass an dem, was Ihr sagt, etwas dran ist. Außerdem steht in unserem Vertrag, dass so lange Zinsen fällig werden, bis die letzte Centime zurückbezahlt ist.«

»Gut, dass du das gesagt hast, Joschua«, antwortete Karo und strahlte ihn an. »Das gibt mir die Möglichkeit, einen Vers aus *Exodus* zu zitieren. Es steht geschrieben: ›Wenn du Geld verleihst an einen aus meinem Volk, an einen Armen neben dir, so sollst du an ihm nicht wie ein Wucherer handeln; du sollst keinerlei Zinsen von ihm nehmen.‹ Die Tora verbietet also, dass wir Juden einander Zinsen berechnen.«

»Aber ich habe diese Bedingung doch akzeptiert, Richter Karo, indem ich den Vertrag unterzeichnet habe«, verteidigte Chaim seinen Bruder.

»Genau deshalb hat mein ehrwürdiger Kollege Zimra dich verurteilt, vom heutigen Tag an die Zinsen zu bezahlen. Allerdings gibt es noch eine andere Möglichkeit. Darf ich, Amtsbruder?«

»Natürlich«, sagte Zimra mit gespieltem Lächeln.

Chaim und Joschua verfolgten gespannt, wie der alte Karo nun selbst die Treppe zum Rednerpult hinaufstieg. Chaim wollte nichts anderes, als weiter an seinem Buch arbeiten zu können. Das vergangene Jahr war die wunderbarste Zeit in seinem ganzen Leben gewesen. Er hatte genau das getan, wofür er auf Erden war. Er empfand die Arbeit des Schreibens als sehr erfüllend. Bei der Vorstellung, wieder Wolle färben zu müssen, überkam ihn Verzweiflung.

»Wenn du deinen Verstoß gegen die Tora tatsächlich wiedergutmachen willst, Joschua«, sprach Karo ernst und warf einen Seitenblick auf Zimra, als suche er dessen Bestätigung, »erlässt du deinem Bruder am besten die Schuld.«

Joschua lachte entrüstet auf. »Warum sollte ich das tun, Richter Karo? Mir scheint, seine Schuld an der ganzen Sache ist größer als die meine.«

»Du könntest dein Darlehen in einen *hetter iska* umwandeln.«

»In eine Investition?«, riefen beide Brüder überrascht aus.

»In einen *hetter iska*«, wiederholte Karo. »Eine Investition in deinen Bruder Chaim. Dadurch wirst du sozusagen Teilhaber des Unternehmens Chaim Vital. Als Gegenleistung erhältst du jährlich einen Anteil, beispielsweise zehn Prozent des Gewinns, den Chaim im betreffenden Jahr erzielt hat.«

»Aber Richter Karo«, protestierte Joschua, »er hat in der Tuchmanufaktur achtundvierzig Silberstücke im Jahr verdient. Dann bekäme ich ja nur 4,8 Silberstücke pro Jahr, und es dauerte zehn Jahre, bis ich auch nur mein sogenanntes *hetter iska* zurück hätte, einmal ganz abgesehen von einem Gewinn!«

»Vielleicht unterschätzt du deinen Bruder. Chaim ist der brillanteste Kabbala-Schüler von Safed. Nicht wahr, Rabbi Zimra?«

Dieser nickte widerwillig mit seinem dicken Kopf.

»Es kann gar nicht anders sein, als dass er eines Tages seinen geistigen Reichtum versilbern wird. Das entspricht dem Gesetz des Universums«, fuhr Karo fort.

Joschua bekam es allmählich mit der Angst zu tun. Das lief ja alles in eine völlig falsche Richtung. Hilfesuchend schaute er Zimra an, doch dieser bedeutete ihm mit einem kurzen Blick, er könne nun auch nichts mehr ausrichten. Mit einem solchen Urteil hatte Joschua ganz und gar nicht gerechnet. Statt seinen Triumph über Chaim zu feiern, musste er erneut erleben, dass Lobeshymnen auf seinen Bruder gesungen wurden. Karo prophezeite ihm sogar zukünftigen Reichtum, und das, obwohl Joschua Chaim doch gerade in dieser Hinsicht bisher immer übertrumpft hatte.

»Ich bin einverstanden«, sagte Joschua schließlich und reichte seinem Bruder widerwillig die Hand. »Da bist du aber gerade noch einmal davongekommen, Brüderchen. Du kannst sicher sein, dass ich meine Investition gut im Auge behalten werde.«

Dann nickte er Karo kurz zu, bedachte Zimra mit einem wütenden Blick und verließ die Synagoge – wieder einmal als Verlierer und ohne das so dringend benötigte Geld.

Karo und Zimra stiegen die Treppen zu beiden Seiten der Bima hinunter.

»Eine brillante Ergänzung«, verabschiedete sich Zimra kurz angebunden. »Ich bitte Euch, mich jetzt zu entschuldigen. Ich habe noch eine Verabredung.« Dann hastete er aus der Synagoge.

Karo legte seine alte magere Hand auf Chaims Schulter.

»Dass du diesen Vertrag unterzeichnet hast, war sehr dumm von dir, Chaim«, sagte er. »Vielleicht schwebst du mit deinem Kopf zu sehr in den Wolken. Du musst dafür sorgen, dass du mit beiden Füße auf der Erde bleibst.«

Chaim nickte.

»Ich möchte, dass du heute Abend zu mir zum Essen kommst, denn ich möchte dich etwas fragen.«

Überrascht schaute Chaim in die leuchtenden Augen des Richters.

Unterdessen eilte Joschua durch die Straßen von Safed. Wie komme ich bloß zu Geld, grübelte er und versetzte einer streunenden Katze, die ihm vor die Füße lief, einen Tritt.

»Joschua«, rief Zimra, der hinter ihm hergelaufen war. »Joschua, es tut mir leid. Ich konnte nichts machen. Warum bist du denn nicht zu mir gekommen, wenn du so dringend Geld brauchst? Ich habe dir doch gesagt, dass du zu Chaim freundlich sein sollst.«

»Ich war ein ganzes Jahr lang nett zu ihm, Zimra. Aber jetzt habe ich Probleme, Geldsorgen.«

»Was ist denn los?«

»Das geht dich nichts an«, antwortete Joschua abrupt.

»Beruhige dich«, besänftigte Zimra ihn. »Wenn du mit zu mir nach Hause kommst, gebe ich dir das Geld. Aber sei weiter freundlich zu Chaim. Du weißt doch: Die wahre Größe eines Mannes zeigt sich darin, wie er mit einem anderen umgeht, der ihm nichts Gutes will. Außerdem hast du es mir versprochen!«

»Also gut«, sagte Joschua, erleichtert, dass er seine Schuld endlich bezahlen konnte ...

45 אי״ע Alef Jod Ajin: **Der Gott des Verlangens**

Der große Speisesaal, in dem sich an diesem Tag wieder Karos zahlreiche Studenten an Rebekkas Wintersuppe gütlich getan hatten, war leer bis auf den Tisch in der Mitte, an dem Chaim lebhaft mit dem alten Richter diskutierte. Weil Karo ein sehr zuvorkommender Gastgeber war, hatte Chaim seine höfliche Zurückhaltung schon bald aufgegeben. Er redete frei heraus über sein Buch, sein Studium und seine Freundschaft mit Itschak.

»Ich wusste doch, dass du auf dem guten Weg bist«, sagte Karo väterlich und tätschelte ihm die Wange. »Auch wenn du deinem Vater früher einige schlaflose Nächte bereitet hast.«

Es war ein Unfall, ein tragisches Unglück, konnte Chaim nur denken.

»Damals habe ich ihn zu beruhigen versucht. Als du dich in die Alchimie verirrt hattest, habe ich ihm etwas prophezeit. Ich glaubte an deine herausragende Begabung. Ich habe ihm gesagt ...«

Rebekka legte warnend einen Finger auf die Lippen ihres Mannes und zwinkerte ihm zu.

Er biss ihr spielerisch in den Finger und sagte dann mit verliebtem Blick: »Du hast recht, Liebling. Ich greife vor. Aber ich möchte es so gern erzählen.«

Sie presste ihre vollen Lippen auf seinen schmalen Mund. Chaim wusste nicht mehr, wohin er schauen sollte, und fing an, die leeren Teller aufeinanderzustapeln.

Dann wandte Karo sich wieder an seinen Gast: »Nachdem du mit dem Kabbala-Studium angefangen hattest, suchte ich deinen damaligen Lehrer, Rabbi *Alschich*, auf. Ich bat ihn, sich besonders sorgfältig und behutsam deiner anzunehmen. Schon damals wusste ich, dass dir etwas Großes vorbestimmt war.«

Chaims Herz schwoll vor Stolz. Seit er sich selbst bewiesen hatte, dass er ein Buch schreiben konnte, verspürte er eine Art Allmachtsgefühl. Er hatte nicht geahnt, dass Karo ihn schon so lange beobachtete und dass er sogar als sein Schutzengel aufgetreten war.

»Du kannst dich überaus glücklich schätzen, von Itschak auserwählt worden zu sein. Ist dir das eigentlich klar?«, fragte Karo und seufzte. »Vor einigen Wochen habe ich ihn gefragt, ob er auch mich unterrichten wolle. Er hat mit formvollendeter Höflichkeit geantwortet, er fühle sich durch meine Bitte zwar geehrt, doch aus den Büchern Cordoveros könnte ich mehr Nutzen ziehen als aus seinem Unterricht. Daraufhin fragte ich ihn: ›Glaubst du, mein einundachtzigjähriger Verstand sei nicht mehr scharf genug?‹ Aber er hatte Recht. Sobald Itschak richtig loslegte, nickte ich ein. Armer Jehuda, ich habe ihn oft getadelt, wenn er während Itschaks Unterricht wieder einmal eingeschlafen war.«

Wehmütig starrte Karo in das Glas mit tiefrotem Wein. Rebekka strich ihm über seine spärlichen Haare.

»Wie geht es Jehuda jetzt?«, fragte Chaim aus reiner Höflichkeit. Eigentlich wollte er es gar nicht wissen, und noch viel weniger, wie es ihm mit seiner Frau Francesa erging. Er hatte sich alle Mühe gegeben, die beiden für immer aus seinen Gedanken zu verbannen. Manchmal war er sehr zufrieden mit sich, weil er glaubte, dies sei ihm endlich gelungen, doch dann erschienen sie wieder in seinen Träumen, und er wachte mitten in der Nacht schweißgebadet auf. Er wusste, dass Jehuda nicht nur sein, sondern auch Karos wunder Punkt war.

Es klopfte an der Tür. Rebekka eilte durch den Saal, um zu öffnen.

»Das kannst du ihn selbst fragen«, lächelte Karo verheißungsvoll. »Er und seine zauberhafte Frau werden uns heute Abend Gesellschaft leisten.«

Chaim spürte, wie sich seine Nackenhaare aufrichteten, als er Francesas vertraute Stimme hörte, die ihre Schwiegermutter begrüßte. Mit unnachahmlicher Anmut durchquerte sie hüftenschwingend den langgestreckten Esssaal. Sie ging direkt auf Chaim zu und streckte ihm ihre Hand entgegen.

»Schalom, Chaim. Lange ist es her«, sagte sie leichthin.

»Ja«, war alles, war er herausbringen konnte, während er an ihrem Finger den Ring der Göttin des Schutzes entdeckte. Nun wurde ihm klar, wer die wohlhabende Kundin gewesen war, von der Joschua ihm im Jahr zuvor erzählt hatte. Also verdankte er sein Darlehen indirekt ihr. Sie musste für den Ring ein Vermögen bezahlt haben. Voller Dankbarkeit betrachtete er die junge Frau. Ihr Bild hatte sich ihm unauslöschlich eingeprägt. Jeden Abend schaute sie ihn von dem schmerzlich schönen Bild Schlomos herab an. Jetzt, in der Rolle der reiferen, anmutigen Gattin, war ihre Schönheit zur vollen Entfaltung gelangt. Nur ihre Augen strahlten nicht mehr so wie früher und verrieten unterdrückten Kummer.

Unterdessen hatte Jehuda seinen Vater umarmt, und er begrüßte Chaim. Für diesen war die Zeit stehengeblieben. Seine Hand war an der warmen Haut Francesas wie festgefroren. Sein Blick hatte sich in ihre Augen versenkt, als versuche er, den Wert ihrer gemeinsamen Geschichte auszuloten.

»Darf ich kurz stören«, sagte Jehuda. Alle lachten, und Chaim umarmte den Mann, der mit seiner großen Liebe verheiratet war, kameradschaftlich.

Ungeduldig wartete Karo, bis Rebekka auch den Neuankömmlingen Wein eingeschenkt hatte, und bedeutete ihr dann, sich zu ihm zu setzen. Als er das Wort ergriff, verschränkten sich seine knochigen Finger mit den ihren: »Ich habe über diese Angelegenheit lange mit Rebekka geredet und dann einen Entschluss gefasst. Weil diese Entscheidung euch alle angeht, habe ich euch heute Abend eingeladen.«

Mit geweiteten Pupillen starrte Chaim Karo an. Wollte er nun enthüllen, was er seinem Vater prophezeit hatte? Und wenn ja, was hatte das mit Jehuda und Francesa zu tun? Oder wollte er etwa deren Ehe auflösen? Chaim war plötzlich von ebenso großer Furcht wie Hoffnung erfüllt.

»Jehuda, mein Sohn«, begann Karo mit belegter Stimme, »ich bin dir ein schlechter Vater gewesen. Ich wollte dich in ein Korsett zwängen, das dir nicht passt. In meinen Träumen habe ich dir ein Leben vorgezeichnet, wie eine Rolle, in die du nur hineinzuschlüpfen brauchtest. Aber trotz meiner vermeintlichen Weisheit hatte ich ganz vergessen, dass du eine eigene Seele hast, mit eigenen Wünschen und Vorlieben und einem eigenen Willen. Viel zu lange habe ich dagegen angekämpft. Dank deiner Stiefmutter Rebekka bin ich ganz allmählich zu dieser Einsicht gelangt.«

Verwundert schaute Jehuda Rebekka an. Ausgerechnet diese Frau, die er nie gemocht hatte, sollte erkannt haben, wie verzweifelt er sich bemüht hatte, den Vorstellungen seines Vaters gerecht zu werden? Eine Rolle zu spielen, die ihm absolut nicht lag? Wie er alles daran gesetzt hatte, seine wahre Natur zu unterdrücken? Würde sein Vater ihn jetzt von seiner ehelichen Pflicht gegenüber Francesa entbinden?

»Rebekka hat mir die Augen geöffnet«, fuhr Karo bewegt fort. »Durch sie habe ich erkannt, wie du ununterbrochen um meine Anerkennung gerungen hast. Sie hat mir deine große Seele gezeigt, die ich in Ketten gelegt habe. Ich bin froh, dir heute Abend die Fesseln abnehmen zu können, auf dass du deine Flügel ausbreiten kannst.«

Francesas feuchte Hände suchten unter dem Tisch sowohl Jehudas als auch Chaims Hand. Strahlend vor Glück schaute sie die beiden Männer an, die in ihrem Leben eine so große Rolle spielten, und wartete auf die befreienden Worte Karos.

Der alte Mann räusperte sich. »Meine Entscheidung wird sich auf das Leben von euch allen dreien auswirken.«

»Nun komm schon, mach' es nicht so spannend, Liebling, heraus damit!«, ermunterte Rebekka ihren Mann mit strahlendem Gesicht.

»Gut«, sagte Karo. »Jehuda, ich entbinde dich von der Aufgabe, mein Nachfolger als Richter zu werden, so wie ich es vorgesehen hatte. Erst jetzt ist mir wirklich klar geworden, wie wenig dich das jüdische Gesetz interessiert. Du hast andere große Talente. Ich möchte, dass du die Möglichkeit erhältst, diese zu entfalten, unterstützt von deiner vorbildlichen Frau.«

Erschüttert schaute Jehuda seinen Vater an. Er hätte nicht sagen können, was ihn mehr aus der Fassung brachte: die totale Kehrtwendung seines Vaters, ihn nicht zu seinem Nachfolger zu machen, oder seine eigene abgrundtiefe Enttäuschung darüber, dass der Vater sein größtes Herzeleid immer noch nicht erkannt hatte – dass er mit einer Frau verheiratet war, die er nicht liebte.

»Chaim«, fuhr Karo unbeirrt fort und genehmigte sich einen großen Schluck Wein, nachdem das Wichtigste gesagt war. »Der Vorfall mit Joschua heute Morgen hat mich zu der Überzeugung gebracht, dass es gut für dich wäre, wenn du dich mit der praktischen Anwendung des Gesetzes der Tora befassen würdest. Gerechtigkeit gibt dem Menschen Kraft. Wenn man ein Spiel nicht verlieren kann, weil es keine Regeln gibt, kann man es auch nicht gewinnen. Deshalb ist das Gesetz so wichtig. Mit seiner Hilfe kannst du in dieser Welt etwas bewegen. Das ist doch dein großer Traum, nicht wahr? Alles, was Menschen tun, ist entweder ein Verstoß gegen das Gesetz der Tora oder dessen Erfüllung. Entweder schadet eine Tat dieser Welt, oder sie hilft ihr zu gedeihen. Das Gesetz gibt dem Menschen eine Orientierung. Ich möchte, dass du mein Assistent wirst, damit ich dich zu meinem Nachfolger ausbilden kann, genau wie ich es deinem Vater vorausgesagt habe. Was hältst du davon, Junge?«

Chaims Kinnlade fiel herunter. Ihm war, als wäre seine Leidenschaft, die soeben noch lichterloh gebrannt hatte, abrupt mit einem Eimer Wasser gelöscht worden. Er war bestürzt darüber, dass noch so viel Leidenschaft für Francesa in ihm schwelte. Das großartige Angebot, Karos Assistent zu werden, eine Position, von der die meisten Studenten nur träumen konnten, erschien ihm belanglos in Anbetracht dessen, dass Francesa ihm erneut entglitt. Einen Augenblick lang hatte er sich wie der Held in einem Märchen gefühlt, der endlich seine Prinzessin bekam. Er starrte stumm Francesa an, deren Gesichtsausdruck den zertrümmerten Säulen des Tempels von Jerusalem glich.

Es irritierte Karo, dass die jungen Leute die große Neuigkeit schweigend aufnahmen. Er schenkte sich Wein nach und schaute unsicher Rebekka an.

»Ich glaube, sie müssen erst einmal verarbeiten, was sie gehört haben«, sagte sie in aufmunterndem Ton. »Vielleicht sollten wir sie jetzt allein lassen.«

Karo dankte ihr diesen weisen Rat mit einem anerkennenden Lächeln.

»Du hast Recht, Rebekka. Mögen sie unter sich sein.«

Er leerte sein Glas in einem Zug, und Rebekka half ihm auf.

»Ich habe viel mehr getrunken, als für mich gut ist«, murmelte er. »Wann werde ich nur die Tugend der Mäßigung erlernen?«

»Komm, mein Lieber, wir gehen«, sagte Rebekka, die wusste, was nun folgen würde, wenn sie nicht eingriffe: eine weitschweifige Selbstanklage bezüglich seiner Unfähigkeit, seine körperlichen Gelüste zu zügeln, gefolgt von der Befürchtung, eines Tages deswegen auf dem Scheiterhaufen zu sterben.

»Ach ja, Chaim«, fügte Karo noch rasch hinzu, während er schnell die Flasche Wein, die auf dem Tisch stand, an sich nahm. »Du wirst vier Silberstücke im Monat verdienen. Das ist zwar nicht viel, aber es wird dich lehren, in aller Bescheidenheit über Menschen Recht zu sprechen, die viel weniger oder viel mehr als du verdienen. Wenn du dann später wirklich mein Nachfolger wirst, hast du ein gutes Auskommen.«

Während die drei jungen Leute Karo enttäuscht nachschauten, wankte dieser in seine angrenzenden Privaträume, wobei eine zitternde Hand keck auf Rebekkas rundem Hinterteil ruhte.

46 אשה Schin Alef Heh:
Der Gott der Seelenverwandtschaft

Im Kamin knisterte das Feuer behaglich, während Anna auf der Kante ihres Schaukelstuhls saß und den letzten Satz von Chaims Manuskript las. »Diejenigen, die dieses Buch sowohl mit ihrem Verstand als auch mit gläubigem Herzen gelesen haben, verstehen es wirklich.«

Sie ließ das Blatt Papier auf den Boden fallen und schaukelte langsam vor und zurück. Es war, als habe das Buch all ihre Sinne intensiviert. Als habe es sie zum Mittelpunkt des Universums werden lassen, in dem alles mit allem verbunden war. Es hatte eine unvorstellbare, schwindelerregende Kraft in ihr freigesetzt. Es kam ihr jetzt vor, als sei sie jahrelang wie eine Blinde durch Landschaften gewandert, die sie nun plötzlich in ihrer ganzen Farbenpracht wahrnahm. Das Buch erschien ihr wie der Schlüssel zu einem Wissensschatz, den sie immer in sich getragen hatte, aber nie erschließen konnte. Ihr ganzer Körper pulsierte vor

Glück über die Einsicht, dass alles im Leben eine Bedeutung hatte, dass nichts ohne Grund geschah. Dass das Leben einem üppigen Festmahl glich, dessen Geschmäcke einander beeinflussten und verstärkten, und dass jede Zutat sich aufgrund der vielen verschiedenen Kombinationsmöglichkeiten immer wieder anders auswirkte. So wurde das Leben zu einem opulenten Festschmaus.

Sie sprang aus ihrem Schaukelstuhl und wollte gerade die Treppe hinaufeilen, als ihr gerade noch rechtzeitig einfiel, dass es vielleicht doch schicklicher wäre, einen Morgenrock über ihr rosafarbenes durchsichtiges Nachthemd zu ziehen. Dann fuhr sie sich noch schnell mit einer Bürste durchs Haar und entdeckte zu ihrer Überraschung im Spiegel eine strahlende Frau. Plötzlich empfand sie es als jammerschade, dass sie in der Vergangenheit so wenig Wert auf ihr Äußeres gelegt hatte. Schon als junges Mädchen beschäftigte sie sich lieber mit den Angelegenheiten ihrer Freundinnen als mit der Frage, welches Kleidungsstück ihr am besten stünde. Sie ging zu der Schatzkiste, in der sie das Geld aufbewahrte, das sie von ihren Kunden bekam. Esther, die Witwe Schlomos, hatte ihre Konsultation beim letzten Mal mit einer neuen Erfindung aus Italien bezahlt, einem silberfarbenen Döschen, das eine rote Creme enthielt. Esther hatte ihr erklärt, damit könne man sich die Lippen färben. Anna hatte sich köstlich darüber amüsiert, war aber überzeugt gewesen, dass es unberührt in ihrer Kiste liegen bleiben würde, bis sie es eines Tages einer Freundin schenken würde. Doch die Lebensfreude, die das Buch in ihr geweckt hatte, animierte sie jetzt dazu, diese Creme einmal auszuprobieren. Sie färbte sich sorgfältig die Lippen, schmückte ihre Haare mit einem bunten Band und stellte fest, dass das Nachthemd … sehr vorteilhaft ihre schönen Formen unterstrich.

»Chaim, Chaim«, rief sie ungeduldig, während sie an die Tür seiner Kammer klopfte. Sie hörte ein erschrockenes Brummen und Rumoren. Schläfrig öffnete Chaim die Tür.

»Was ist los?«, fragte er. »Träume ich? Du siehst so merkwürdig aus.«

Sie hatte nicht einen Augenblick darüber nachgedacht, dass es schon mitten in der Nacht war. Anna lachte, als sie Chaims zerzaustes Haar sah. In seinem kurzen Nachthemd zitterte er.

»Chaim, du bist ein weiser Mann«, sagte sie.

»Oh«, sagte er, »schön zu hören.«

Er wollte die Tür zuschlagen, doch Anna hatte schon einen Fuß in den Rahmen gestellt und folgte ihm in seine Kammer. Er kroch wieder ins Bett und zog die Decken über sich, während Anna eine Kerze anzündete. »Ich habe gerade dein Buch gelesen«, platzte es aus ihr heraus.

Sofort schoss Chaim wieder hoch und setzte sich kerzengerade in seinem Bett auf. Schon seit zwei Tagen wartete er ungeduldig auf ihre Reaktion. Sie hatte in dieser Zeit kein Wort über das Buch verloren, und er selbst war zu stolz gewesen, sie danach zu fragen. Morgen nehme ich das Buch wieder an mich, hatte er am Abend noch gedacht, als er das Manuskript unberührt neben dem Kamin hatte liegen sehen.

»Und?«, fragte er und bemühte sich, möglichst beiläufig zu klingen.

»Ich hatte wirklich große Angst, es zu lesen, weil ich dich nicht hätte belügen können. Ich dachte, ich kann dir nie mehr unter die Augen treten, wenn ich es nicht gut finde. Ich weiß ja, wie viel es dir bedeutet.«

»Und?«, wiederholte Chaim.

»In einem Zug habe ich es ausgelesen und konnte gar nicht mehr aufhören. Dieses Buch hat so viel Kraft, birgt so viel Reichtum. Du kannst stolz auf dich sein, Chaim.«

Das hatte er hören wollen. Solange das Buch sich innerhalb seiner vier Wände befand, konnte es alles sein, was er sich erträumte. Doch sobald er es Anna gegeben hatte, hatte es sich in ein wehrloses Opfer verwandelt. Nun musste es aus eigener Kraft überzeugen. Das Buch war zu einem unabhängigen Wesen geworden, das mit einer eigenen Stimme zu seinen Lesern sprach.

»Sage mir, was dich angesprochen hat. Was hat dir besonders gefallen?«, fragte er, begierig nach weiteren Komplimenten.

Anna schob ihren Stuhl näher an Chaims Bett und stellte die Kerze zwischen sich und ihn. Sein kindliches Bedürfnis nach Bestätigung rührte sie. Ein heftiger Hagelschauer prasselte gegen die Bleiglasfenster.

»Am schönsten finde ich das Kapitel über die Seelenverwandtschaft. Wie du diesen Aspekt mit dem Planeten Saturn in Verbindung bringst, dem Planeten der Reinkarnation. Dass der neunundzwanzigjährige Zyklus von *Saturn* um die Sonne mit den ersten neunundzwanzig Jahren eines Menschenlebens korrespondiert. Ich habe schon oft festgestellt, dass Menschen bis zu ihrem neunundzwanzigsten Lebensjahr so wirken, als irrten sie ziellos umher. Als würden sie noch mit irgendeinem Kummer aus einem früheren Leben ringen. Erst wenn sie dieses tiefe Tal des Herzens durchwandert haben, folgt gewöhnlich die Zeit der Wiedergeburt. Es kann kein Zufall sein, dass so viele Menschen in diesem Alter weder ein noch aus wissen. Noch viel auffälliger ist aber, dass sie, nachdem es ihnen gelungen ist, ihr Seelenleid zu heilen, damit belohnt werden und ihren Seelengefährten finden. Vielleicht drücke ich es etwas ungeschickt aus …«

»Doch«, unterbrach Chaim sie schnell, »du hast es sehr gut zusammengefasst. Es ist wunderbar, aus deinem Mund zu hören, was ich geschrieben habe. Ich selbst habe auch um die richtigen Worte gerungen. Ich habe nur die Weisheit von Schimon bar Jochai und Itschak niedergeschrieben.«

»Was ist Weisheit wert, wenn sie nicht geteilt wird, Chaim? Es ist deine Aufgabe, dieses Wissen in der Welt zu verbreiten, und das tust du auf eine sehr einfühlsame Weise«, sagte Anna begeistert.

»So dass sogar du es verstehst«, neckte Chaim sie.

Anna zog arrogant eine Augenbraue hoch und konterte: »Wirst du nicht demnächst siebenundzwanzig? Dann hast du ja noch einiges an Arbeit vor dir.«

»Es war mir sehr wichtig, dass du es liest«, versuchte Chaim sie zu besänftigen. »Du bist die Einzige, der ich meine Arbeit im Moment anvertraue. Aber sprich weiter. Ich habe ein ganzes Jahr lang an diesem Buch gearbeitet; ich will mehr hören!«

»Darf ich zu dir unter die Decken kommen, Chaim? Hier ist es so kalt.«

»Natürlich«, sagte Chaim, der sich plötzlich überrumpelt fühlte. »Fällt dir an mir eigentlich nichts auf?«, fragte sie und beleuchtete mit der Kerze ihr Gesicht.

»Deine Lippen«, rief er, »was ist passiert? Hast du etwas gegessen, das dir nicht bekommen ist?«

Anna stellte die Kerze wieder hin und kroch zu ihm in das schmale Bett. Chaim bemühte sich verzweifelt, so zu tun, als sei dies völlig normal. Es war mitten in der Nacht, und es war kalt. Sie unterhielten sich. Natürlich wärmte man sich dann gemeinsam unter der Bettdecke. Er rückte so weit wie möglich an die Wand, damit sie ihn nicht berührte. Als Anna die Decken über ihren Körper zog, lag er halb im Freien. Doch er wagte nicht, nun seinerseits an der Decke zu ziehen, weil sie dies hätte missverstehen können. Gemeinsam lauschten sie dem Hagel, der in Böen gegen die Scheiben prasselte.

»Also«, ergriff Chaim schließlich mit belegter Stimme das Wort. »Nun leg schon los. Was ist mit meinem Buch?«

»Ich finde es so erstaunlich, wenn du schreibst, dass schon vierzehn Tage vor der Geburt eines Menschen entschieden wird, wer auf Erden sein Seelengefährte sein wird«, sagte sie leise.

»Ach, wieso denn?«, fragte er gespielt gleichgültig.

»Dass alle Männer und alle Frauen als zwei Hälften einer Seele geboren werden, die sich auf der Erde zu vereinigen versuchen. Dass niemand geboren wird, um allein zu sein. Ich frage mich, wie man diesen Seelengefährten findet. Wie erkennt man ihn?«, flüsterte sie.

Sie drehte sich auf die Seite und betrachtete das Profil des Mannes, über den sie in letzter Zeit so viel nachdachte. Seine scharfe Nase, sein lockiges Haar, seine leuchtenden Augen, in denen sich sogar im Halbdunkel das Licht widerspiegelte.

Anna verbarg ihr Gesicht im Kopfkissen. Wie einem beim Betreten eines Stalls die Wärme des Viehs entgegenschlägt, so wurde sie plötzlich von dem dominanten Geruch seines warmen kraftvollen Männerkörpers überwältigt. Instinktiv drückte sie ihre Hüften gegen die Matratze und fühlte sich wie eine Tulpe, die zum ersten Mal ihren Blütenkelch öffnet.

»Es ist so schön, wenn du schreibst, dass die Menschen, die ihren Seelengefährten endlich treffen, sich fühlen, als wären sie nach einer langen Reise nach Hause zurückgekehrt. Dass sie dann kaum miteinander zu sprechen brauchen, weil sie einander ohne Worte verstehen. Dass sie nur noch lächeln können, weil sie einander schon öfter in ihrem Leben begegnet sind, ohne sich zu erkennen. Dass die zwei Seelen zueinander gefunden haben, weil sie zwei Hälften eines Ganzen sind.

»Ja«, brachte Chaim nur mühsam heraus. Annas Flüstern und ihre sanften Bewegungen schüchterten ihn ein. Aus den Augenwinkeln sah er, dass sie auf dem Bauch lag und dass sich ihr Körper kaum merklich hin- und herwiegte.

Sie spürte seinen Blick und wandte ihm ihr Gesicht zu. Ihre Stimme klang jetzt nüchtern.

»Du hast ja so Recht, wenn du betonst, wie wichtig es ist, dass man in diesem Leben seinen Seelengefährten findet, dass sich alle Kräfte der spirituellen Welt zusammentun, um zwei Seelen auf Erden zusammenzubringen; dass wir alle Seelen auf einer unendlichen Reise sind; dass wir nur die Augen aufzumachen, zu beten und nach den Zeichen Ausschau zu halten brauchen, die das Leben uns gibt.«

»Manchmal treffen Menschen die falsche Entscheidung«, brummte Chaim. »Oft hängt das mit einem früheren Leben zusammen, damit, dass man mit einer anderen Seele noch etwas zu klären hat. Nachdem dies geschehen ist, kann man eine solche Ehe in Freundschaft auflösen. Ich glaube, dass Jehuda und Francesa deshalb heiraten mussten. Was genau sie miteinander klären müssen, wissen nur sie allein. Der Rest der Welt kann sich keinen Reim darauf machen. Nach ihrem wahren Seelengefährten können sie erst suchen, wenn sie ihre Aufgabe gemeinsam gelöst haben.«

Anna fühlte sich wie eine Wasserpfütze im Wüstensand, die in der Hitze blitzschnell verdunstet. Ein eiskalter Schauer lief ihr über den Rücken, der gerade noch so warm von Verlangen gewesen war. Sie stand auf. Von dem Gemälde an der Wand schaute Francesa sie mit triumphierendem Blick an.

Es hatte aufgehört zu hageln. Nur der hohle Klang schneller Schritte, die sich einen Weg durch die schmelzenden Hagelpfützen bahnten, drang von der Straße herauf.

»Zeigst du mir einmal kurz deine Hand?«, bat sie Chaim.

Aus sicherem Abstand streckte er ihr seine Hand entgegen. Mit Hilfe des Kerzenlichts untersuchte sie die Linie, die horizontal vom kleinen Finger zum Mittelfinger verlief, die Herzlinie.

»Deine Liebeslinie hat drei Verzweigungen nach oben«, sagte sie. »Das bedeutet, dass es in deinem Leben drei Frauen gibt, die um deine Gunst buhlen. Um herauszufinden, welche von ihnen deine Seelengefährtin ist, musst du das reine Gefühl deiner allerersten Verliebtheit herbeirufen. Die Frau, die dich in den Zustand der Unschuld versetzt, den du als ein kleiner Junge empfunden hast, ist diejenige, die du suchst.«

Chaim zog die Decke über seinen durchgefrorenen Körper. Er erhaschte gerade noch einen Blick auf die verwischte Farbe auf Annas Lippen, als sie die Kerze ausblies. Ohne ein weiteres Wort verließ sie seine Kammer.

Chaim konnte sich nicht erinnern, dass er je in ein Mädchen verliebt war, bevor er Francesa kennengelernt hatte. Die einzige andere Frau, die er sehr geliebt hatte, war seine Mutter gewesen. Doch jeden Gedanken an sie hätte er am liebsten für immer verbannt.

Safed 1572. Sommeranfang, sieben Monate später
(jüdische Zeitrechnung: 5332)

47 לאו Lamed Alef Vav: **Der Gott, der von Habgier befreit**

Mit Chaim und Richter Karo als Zeugen setzten Itschak und Esther ihre Unterschrift unter den Vertrag.

Esther hatte das Land Hamans und seinen Bauernhof eineinhalb Jahre lang als Belastung empfunden. Sie konnte den Anblick des Ortes, an dem ihr Mann ermordet worden war, einfach nicht mehr ertragen. Ihre Hoffnung, dass irgendwann Fatima auftauchen würde, um ihren Anspruch auf ihr Erbe geltend zu machen, hatte sich als vergeblich erwiesen. Fatima blieb spurlos verschwunden. Da war Esther die Idee gekommen, sich von dem unseligen Besitz zu befreien, indem sie Itschak und seinen Schülern das Recht übertrug, das Gelände und den Hof zu nutzen. Sie war überzeugt davon, dass sie Schlomo auf diese Weise die größte Ehre erwies.

»Schlomo lag nicht viel an Besitz«, erklärte sie. »Wenn er Geld hatte, gab er es sofort wieder aus. Als wir heirateten, hatte er kein Geld, um einen Ring für mich zu kaufen. Stattdessen schenkte er mir ein Gemälde, mit dem er seine Liebe zum Ausdruck brachte. Mein Vater, ein sehr wohlhabender Hausbesitzer, sagte einst, er könne sich keinen reicheren Schwiegersohn als ihn wünschen.«

Chaim hatte bei der Abfassung des Vertrags darauf geachtet, dass Esther jederzeit die Möglichkeit hatte, ihr Eigentum wieder in Besitz zu nehmen, falls sie dies wünschte.

Richter Karo war von Chaims Arbeitsweise sehr angetan. Trotz ihres großen Altersunterschiedes inspirierten sie sich. Wenn sie zu zweit die Schriften studierten, reichten Tora und Kabbala einander die Hand. Sie konnten stundenlang darüber diskutieren, dass der Mensch in jedem Augenblick seines Lebens die Möglichkeit hatte, sich für die Wahrheit oder für die Lüge zu entscheiden. Dass es verführerisch war, Lügen vor sich selbst als Ausgeburten der Ehrlichkeit hinzustellen. Und dass es dem Schöpfer in seiner grenzenlosen Güte gleich war, welche Entscheidung man traf. Er hatte ja alle Zeit der Ewigkeit. Sein Blick war barmherzig, und er gab dem Menschen immer wieder eine neue Chance. Richter Karo und Chaim bemühten sich, aus der gleichen Barmherzigkeit heraus Recht zu sprechen. Der Fehltritt selbst war weniger wichtig als das Warum, durch das er entstanden war. Was hatte den betreffenden Menschen in jenem kurzen Augenblick dazu verleitet, sich für das Böse statt für das Gute zu entscheiden? Welche grundlegende Wahrheit konnte er dadurch lernen?

Chaims Herz reifte, indem er sich jeden Tag mit solchen Fragen auseinandersetzte. Das Zentrum der Welt war nun nicht mehr sein eigener Nabel. Er entwickelte Mitgefühl mit den Ärmsten. Sein Wesen wurde sanfter. Er arbeitete hart und sorgfältig. Die intensive Beschäftigung mit dem Gesetz gab Chaim Wurzeln.

»Um Gott begegnen zu können, musst du mit den Füßen auf dem Boden stehen und deinen Kopf himmelwärts richten. So kannst du die göttliche Energie in deinen Alltag fließen lassen«, hatte Karo ihm gesagt.

Sogar Zimra hatte sich anerkennend über Chaims rasche Entwicklung geäußert: »Sollte der Tod dich ereilen, Karo, was Gott verhüten möge, dann ist die Rechtsprechung in guten Händen.«

»Diese Vereinbarung muss noch vom Gouverneur genehmigt werden«, sagte Karo nach dem Vertragsabschluss. »Denn Fatima ist immer noch rechtmäßige Eigentümerin. Aber ich glaube nicht, dass Abu Siffin Schwierigkeiten machen wird.«

Esther und Itschak besiegelten die Übertragung mit einem Händedruck.

»Jeden Freitagabend werden wir am Johannisbrotbaum Schlomos Lied singen, um den Schabbat als Braut zu empfangen«, sagte Itschak.

»Wie schön«, lächelte Esther traurig. »Jeder Künstler möchte, dass seine Werke nach seinem Tode weiterleben. Wie sieht es mit deinem Buch aus, Chaim?«

»Es ist fertig«, antwortete er stolz.

Itschak schaute ihn überrascht an. »Fertig? Das hast du mir gar nicht erzählt.«

»Ich habe meine erste Fassung völlig überarbeitet«, entschuldigte sich Chaim. »Ich bin noch dabei, ihr den letzten Schliff zu geben. Aber Karo überhäuft mich so mit Aufgaben, dass ich nur nachts an dem Buch arbeiten kann.«

»Ich habe dir nicht versprochen, dass deine Aufgabe leicht sein würde«, sagte Karo. »Aber du bist noch jung und hast keine Familie, für die du sorgen musst.«

»Gib mir das Buch, Chaim«, befahl Itschak ernst. »Ich kann es auch korrigieren. Schließlich …«

»Nein«, entgegnete Chaim heftiger als beabsichtigt. »Ich will es selbst zu Ende bringen. Ich weiß genau, was daran noch zu machen ist.«

Itschak schwieg und starrte Chaim sekundenlang mit seinem hypnotisierenden Blick an. Dann verzogen sich seine Lippen zu einem freundlichen Lächeln.

»Chaim schreibt mein Buch«, erklärte er Karo. »Ich habe nicht die Geduld, es selbst zu tun. Er hat das Talent dazu, es zu Papier zu bringen.«

Bestürzt schaute Chaim seinen Meister an. Wollte er damit sagen, dass es *sein* Buch sei? Dass Chaim nur als eine Art Sekretär fungierte? Oder war dieser Verdacht nur das Ergebnis seiner Überempfindlichkeit?

»Ich hatte es so verstanden, als würdest du ein eigenes Buch schreiben!«, stellte Esther verwundert fest.

Dankbar nickte er ihr zu. Er hatte es also nicht falsch verstanden. Doch er fand nicht die richtigen Worte, um sich zu verteidigen. Im Beisein von Karo und Esther wollte er kein kindisches Streitgespräch über seine Urheberschaft beginnen. Doch was war nur plötzlich in Itschak gefahren?

Das angespannte Schweigen wurde durch Gejohle unterbrochen, das von draußen hereindrang. Es hörte sich an, als würde jemand öffentlich gerädert.

Alle vier verließen eilig die Synagoge. Auf dem nahegelegenen Marktplatz war eine wütende Menge zusammengekommen. Viele hatten gegen eine Frau, die auf dem Holzgestell eines Marktstandes stand, die Fäuste erhoben.

»Hör endlich auf mit diesem verrückten Gerede, du Hexe«, schrie ein wütender Gemüsehändler.

»Mit deinen Hiobsbotschaften verjagst du unsere Kunden«, pflichtete ihm ein magerer Schuhmacher bei.

»Meine Zukunft hat sie richtig vorhergesagt«, rief eine junge Mutter. »Sie hat gesagt, ich bekäme sechs Söhne. Hier, seht selbst, wie viele es sind.« Sie zeigte den Menschen um sie herum ihren Nachwuchs. »Warum sollte sie diesmal Unrecht haben?«

»Warum sollte ich lügen?«, sagte die Frau auf dem Holzgestell, die sich durch die unerwartete Unterstützung ermutigt fühlte.

Jetzt erst merkte Chaim, dass es Annas helle Stimme war, die den allgemeinen Unmut hervorgerufen hatte. Mein Gott, dachte er, sie ist mondsüchtig geworden, ich muss ihr helfen. Er kämpfte sich durch die dicht gedrängte Menge nach vorn.

»Glaubt mir doch«, rief Anna verzweifelt. »Das Ende ist nahe.

Safed wird innerhalb eines Monats untergehen! Viele von euch werden es nicht überleben. Unsere Stadt wird von der größten Katastrophe heimgesucht werden, die Safed jemals erlebt hat. Flieht! Flieht, solange es noch möglich ist. Das Unheil kann uns jeden Augenblick treffen. Rettet euer Leben!«

Karo hatte sich im Kielwasser seines jungen Hilfsrichters nach vorn gedrängt. Die Menschen wichen zur Seite, als sie merkten, dass er das Wort ergreifen wollte.

»Warum denn?«, wandte Karo sich an Anna. »Warum soll eine Katastrophe unsere Stadt treffen?«

Weil der weise Richter diese verrückte Frau offenbar ernst nahm, bekamen viele es jetzt wirklich mit der Angst zu tun. In banger Erwartung schauten alle zu Anna auf.

»Ich habe einen prophetischen Traum gehabt, Richter Karo«, sagte Anna. Sie war sehr angespannt. »Und meine Träume täuschen mich nie. Ich habe von einem Löwen geträumt, dessen Hunger unstillbar ist. In seiner Gefräßigkeit zerreißt er jeden, der seinen Weg kreuzt. Erst wenn der Löwe sich schlafen legt, wird in der Stadt wieder Ruhe einkehren. Mehr weiß ich auch nicht. Nur, dass es nicht mehr lange dauern wird. Jetzt haben wir noch Zeit, uns in Sicherheit zu bringen. Später werden die Stadttore verschlossen sein, und alle, die in der Stadt geblieben sind, müssen warten, bis sich der Löwe ausgetobt hat.«

Wieder richteten sich die Augen aller auf Karo. Dieser schaute Anna eindringlich an. Sein Instinkt sagte ihm, dass diese Frau es ernst meinte. Er wusste, dass sich der Fall einer Stadt in der jenseitigen Welt bereits dreißig Tage vorher ankündigte. Wenn die Stadt es verdiente, offenbarte sich die bevorstehende Katastrophe den gerechten Oberhäuptern des Gemeinwesens durch den Mund von Kindern, einfachen Leuten und manchmal sogar durch einen Vogel. Dies ermöglichte es den Würdenträgern, die Bewohner zur Reue aufzurufen und so die Katastrophe im letzten Augenblick abzuwenden. Doch es war absurd, eine Stadt einzig und allein aufgrund des Traumes einer Kartenlegerin zu evakuieren. Karo suchte Unterstützung bei Itschak, doch dieser war in der Menge verschwunden. Er musste sich auf sein eigenes Urteil verlassen.

»Ich glaube, dass du die Wahrheit sprichst«, sagte er zögernd.

Eine Welle der Erschütterung ging durch die Menge.

»Aber ich glaube nicht, dass Flucht eine Lösung ist. Gerade wenn unsere Stadt von einer Katastrophe heimgesucht wird, müssen wir zusammenhalten. Wir müssen tapfer unser Los tragen und einträchtig dafür sorgen, dass sich das Blatt wendet. Du sprichst von einem unsichtbaren Feind. Einem hungrigen Löwen, der gefüttert werden muss. Was das auch bedeuten mag, wir wollen dafür sorgen, dass wir an dem Tag, an dem sich der Löwe zeigt, seinen Hunger mit etwas anderem als Menschenfleisch stillen können.«

Die Menge applaudierte. Niemand wollte Safed verlassen. Die Bewohner liebten die Stadt, die ihnen allen zu Wohlstand verholfen hatte. Sie konnten sich nicht vorstellen, dass es einen Feind gab, der ihre Stadt in die Knie zwingen konnte. Safed war ein heiliger Ort, der oben auf einem Berg lag und von einem Ring aus klarem Licht umgeben war. Dieser Schutz würde ihnen auch helfen, schwierige Zeiten durchzustehen. Karo hatte Recht. Nur Feiglinge flohen. Wenn es sein musste, würden sie ihre Stadt mit Leib und Seele verteidigen.

»Ihr versteht es nicht«, versuchte Anna den Applaus zu überschreien. Erst als Karo seine Hand wieder ausstreckte, wurde es still.

»Ich erkläre hiermit den kommenden Monat zur Fastenzeit. Lasst uns diese Prophezeiung zum Anlass nehmen, uns zu besinnen. Unsere Stadt lebt in großem Wohlstand. Dies ist ein Segen, kann aber auch ein Fluch sein. Wenn wir nur noch vom Gewinn besessen sind, verdrängen wir unsere spirituellen Bestrebungen. Ist es euer eigenes Verdienst, dass ihr Gewinn macht? Sucht die

Harmonie mit dem Schöpfer, indem ihr dafür dankbar seid, dass ihr euren Überfluss mit anderen teilen könnt. Gebt ihn denjenigen, die nicht so vom Glück gesegnet sind wie ihr. Mildtätigkeit bedeutet auch Rechtschaffenheit. Wenn ihr einen Monat lang fastet und viel Gutes tut, wird das Leben der Rechtschaffenen möglicherweise verschont.«

Diesmal gab es keinen Applaus. Einen ganzen Monat zu fasten war sehr hart. Besonders jetzt, wo die Tage so lang waren, denn in einer solchen Fastenzeit durft man erst nach Sonnenuntergang essen. Außerdem gefiel es den meisten nicht, dass sie noch mehr Almosen geben sollten. Ihrer Meinung nach gaben sie sowieso schon mehr als genug. Sollten sie nun wegen eines törichten Traums ihr sauer verdientes Geld verschenken? Die Hälfte der Einwohner Safeds beschloss, Karos Rat zu folgen; die andere Hälfte glaubte, dass es schon nicht so schlimm würde.

Auf Anna achtete niemand mehr. Während sich alle wieder an die Arbeit machten, kümmerte sich Chaim um die völlig verstörte Wahrsagerin. Er half ihr von dem Holzgestell herunter und brachte sie nach Hause.

»Glaubst du mir wenigstens, Chaim?«, fragte sie. »Bitte, so glaube mir doch. Du bist in Gefahr. Lass uns zusammen fliehen.«

»Ich glaube dir, Anna, wirklich«, beruhigte Chaim sie, »aber Karo hat Recht. Wir dürfen jetzt nicht einfach davonlaufen.«

48 מצר Mem Zadi Resch: **Der Gott der Freiheit**

Chaim brachte Anna nach Hause und redete ihr gut zu, sich ins Bett zu legen, um sich von den aufwühlenden Ereignissen zu erholen. Dann ging er zu Itschak. Es behagte ihm nicht, wie Itschak über sein Buch gesprochen hatte. Er konnte sich nicht vorstellen, dass dieser das Buch als sein eigenes Werk ansah. Vielleicht hatte er sich überfahren gefühlt, weil die Arbeit schon so weit gediehen war, ohne dass Chaim ihm davon berichtet hatte. Doch Chaim hatte ihn überraschen wollen. Er wollte das Buch ganz fertigstellen, drucken lassen und dann das erste Exemplar seinem Meister mit der Widmung »Für den Löwen der Kabbala« übergeben.

Als er in die Straße einbog, in der Itschak wohnte, wurde er plötzlich aus seinen düsteren Gedanken gerissen. Datan und Abiram, zwei ehemalige Schüler, die Itschaks Unterricht empört verlassen hatten und nun nichts anderes mehr taten, als üble Gerüchte zu verbreiten, standen schimpfend vor dem elfenbeinweißen Eingangsportal von Itschaks Haus.

»Für den Fluch dieser Kartenlegerin bist einzig und allein du verantwortlich«, brüllte Abiram, der Größere der beiden.

»Mit deinem mystischen Theater bringst du die ganze Stadt in Gefahr«, setzte Datan hinzu.

Als Itschak auf die Straße kam, verstummten die beiden zunächst, fassten dann aber neuen Mut, weil Itschak nichts unternahm, und setzten zu einer neuen Schimpftirade an.

»Den Reichtum hast du bestimmt deiner schwarzen Magie zu verdanken«, geiferte Datan.

»Und dein ägyptisches Weib ist auch nie in der Synagoge. Ist sie sich etwa zu fein dafür?«, schrie Abiram gehässig.

Chaim sah, wie sich in seinem Meister die Wut ansammelte und dann wie das kochend heiße Wasser eines Geisirs emporschoss.

»Möge der Boden unter euren Füßen euch verschlingen! Wann werdet ihr euren Unglauben endlich bereuen? Habt ihr eure Lektion immer noch nicht gelernt? Ich werde den Boden über euren Köpfen feststampfen!«

Als die beiden Männer diese schreckliche Verwünschung hörten, standen sie zuerst wie versteinert da und ergriffen dann die Flucht. Chaim war schockiert. Er hatte seinen Meister noch nie wütend gesehen. Itschak hatte die Sanftmut, die Chaim schon bei seiner ersten Begegnung mit ihm so tief beeindruckt hatte, ihm gegenüber immer bewahrt. Er besaß eine so starke Überzeugungskraft, dass er nie seine Stimme zu erheben brauchte. Chaim hatte nicht geahnt, dass in diesem freundlichen Mann ein bösartiges wildes Tier hauste. Vorsichtig trat er näher. Itschak stand immer noch mit sprühenden Augen mitten auf der Straße, als wollte er die fliehenden Gestalten bei lebendigem Leibe verschlingen.

»Itschak«, fragte Chaim vorsichtig, »ist alles in Ordnung?«

»Komm herein, Chaim«, antwortete dieser, als sei nichts geschehen. »Wir haben Dringendes zu erledigen.«

Er drehte sich um und trat völlig entspannt durch das Tor in seinen Garten, und Chaim folgte ihm in einigem Abstand.

Es war ein milder Sommertag, und sie setzten sich unter eine Palme, wo auf einem Holztisch eine Schale mit saftigen Erdbeeren stand.

»Was war das?«, begann Chaim zögernd. »Ich habe dich noch nie so gesehen. Gut, sie haben hässliche Dinge gerufen, aber was du gesagt hast …«

»Hör zu, Chaim«, sagte Itschak ernst. »Was deine Hauswirtin heute Nachmittag auf dem Markt prophezeite, stimmt. Uns steht eine große Katastrophe bevor. Datan und Abiram sind Inkarnationen derjenigen, die sich gegen Moses erhoben haben. Mir werfen sie vor, ich würde mich wie der von Gott Auserwählte verhalten. Neid ist ein übles Gift. Sie glauben nicht, dass ein Mensch Einsichten erwecken kann, die ihrem Verstand nicht zugänglich sind. Zur Zeit des Moses wurden sie bei lebendigem Leibe vom Wüstensand verschlungen; aber auch jetzt erwartet sie ein schrecklicher Tod, wenn sie nicht bereuen. Weißt du, was das Böse ist, Chaim? Weißt du, wer der Pharao von Ägypten ist? Der unsichtbare Feind, die Dunkelheit in dir selbst. Dein Egoismus. Der alte Mann in Kairo hatte Recht, als er mir sagte, dass in

Safed Großes geschehen werde. Der Kampf zwischen Licht und Dunkelheit hat begonnen, ein schrecklicher Kampf, der viele Opfer fordern wird. Ich rate dir dringend, einen Monat lang zu fasten und dich zu reinigen.«

»Ja, natürlich«, sagte Chaim.

Er erschauderte. Itschak war kein Pessimist. Er sprach immer voller Hoffnung über die Welt. Aber das hier war eine apokalyptische Prophezeiung. Als ob das Ende nahe wäre. War auch Chaims dunkle Seite an diesem Kampf beteiligt? Weshalb machte er, Chaim, nur so viel Aufhebens darum, wem die Ehre gebührte, dieses Buch geschaffen zu haben? Musste er nicht ehrlicherweise zugeben, dass es ihm ohne Itschak niemals möglich gewesen wäre, alle diese Erkenntnisse aufzuschreiben? Chaim fühlte sich schuldig. Er hatte sich ungeniert an Itschaks Quelle gelabt und weigerte sich nun, den Urheber zu nennen.

»Uns bleibt nicht mehr viel Zeit zusammen, Chaim«, erklärte Itschak unumwunden. »Ich muss dir noch sehr viel beibringen, damit du mein Buch beenden kannst.«

Dein Buch, wollte Chaim ausrufen. Es ist *mein* Buch! Doch wie ein Tierbändiger schickte er das dunkle Tier in seinem Inneren in den Käfig zurück. Mühsam schluckte er herunter, was er hatte entgegnen wollen. Beschämt senkte Chaim den Blick.

Itschak schlug Exodus, Kapitel 14, in der Tora auf und deutete mit dem Finger auf Vers 19.

»Lies«, forderte er Chaim auf. Dieser gehorchte sofort.

»Da erhob sich der Engel Gottes, der vor dem Heer Israels herzog, und stellte sich hinter sie. Und die Wolkensäule vor ihnen erhob sich und trat hinter sie …«

Es war die Passage, die beschrieb, wie das jüdische Volk während seiner Flucht vor dem Heer der Ägypter am Strand des Roten Meeres in die Enge getrieben worden war.

»Dieser Vers hat zweiundsiebzig Buchstaben«, sagte Itschak. »Nun lies Vers 20.«

»… und kam zwischen das Heer der Ägypter und das Heer Israels. Und dort war die Wolke finster, und hier erleuchtete sie die Nacht, und so kamen die Heere einander die ganze Nacht nicht näher.«

»Auch das sind zweiundsiebzig Buchstaben«, stellte Itschak fest. »Jetzt Vers 21.«

»Als nun Mose seine Hand über das Meer reckte, ließ es der HERR zurückweichen durch einen starken Ostwind die ganze Nacht und machte das Meer trocken, und die Wasser teilten sich«, las Chaim. »Auch zweiundsiebzig Buchstaben, nehme ich an?«

Itschak lächelte.

»Genau, denn in diesen drei Versen sind die *zweiundsiebzig Namen Gottes* verborgen«, erklärte Itschak triumphierend.

Chaim zog fragend seine Augenbrauen hoch.

»Ganz einfach, wenn du den ersten Buchstaben des ersten Verses, den ersten Buchstaben des zweiten Verses und den ersten Buchstaben des dritten Verses miteinander verbindest, kommt der erste geheime Name Gottes zum Vorschein.«

»Vav, Heh, Vav«, buchstabierte Chaim.

»Richtig«, bestätigte Itschak, »und dies gilt auch für alle anderen zweiundsiebzig Buchstabenkombinationen.«

»Und das sind die Namen Gottes, von denen du schon einige in unserem Unterricht enthüllt hast?«, stammelte Chaim verblüfft.

»Ja. Aber dich lehre ich jetzt als Einzigen alle Namen. Denn jeder Name trägt die Kraft in sich, ein Rotes Meer in dir selbst zu teilen, um alle deine Schwächen zu beseitigen. Die Namen sind scharf wie Meißel, und wenn du über sie meditierst, durchschneiden sie alle Hindernisse deines Lebens.«

»Unglaublich«, stöhnte Chaim auf. Die Buchstaben tanzten vor seinen Augen. Er hatte diese Passage unzählige Male gelesen, ohne auch nur das Geringste von dem unvorstellbaren Geheimnis zu ahnen, das sich nun entfaltete. Wahllos deutete er auf einen der Buchstaben des ersten Verses: den Buchstaben Mem. Er zählte nach und stellte fest, dass es der sechzigste Buchstabe war. Dann suchte er in den beiden anderen Versen nach den entsprechenden sechzigsten Buchstaben. Mem. Zadi. Resch. »Das ist ein besonders schöner Name: der Gott der Freiheit«, sagte Itschak. »Mit diesem Namen kannst du dich ganz von der Dunkelheit in dir befreien. Tatsächlich war das jüdische Volk gar nicht vor den Ägyptern auf der Flucht. Vielmehr ist das Wort ›Ägypten‹ ein Synonym für ›die dunkle Seite in dir‹ – für den Menschen, der ein Sklave seiner Selbstsucht ist. Moses hatte die Juden gerade erst vom Pharao befreit, und sie befanden sich noch in der Wüste, als sie schon anfingen, sich bei ihm zu beklagen. Datan und Abiram hetzten sie auf. Manche wollten sogar wieder nach Ägypten zurück, statt die Flucht fortzusetzen. Ihre Sklaverei war ihnen immer sehr gelegen gekommen, um ihre eigene dunkle Seite zu entschuldigen. Nun wurde ihnen bewusst, dass die Freiheit sie dazu verpflichtete, sich zum Licht hin zu orientieren. Doch ihr Glaube war zu schwach, als dass sie sich ganz dem Schöpfer anvertraut hätten. Lieber entschieden sie sich für die Sicherheit ihrer Sklaverei. Sogar Moses wurde geprüft, als er mit seinem Volk vor dem Roten Meer stand. Er flehte Gott um Hilfe an, doch Gott antwortete: ›Geht weiter, lauft in das Meer hinein.‹ Moses musste absolutes Vertrauen und die Gewissheit in sich selbst finden, dass sich das Meer kraft seines Glaubens teilen würde. So konnte er Ägypten besiegen.«

»Beziehungsweise die Dunkelheit, die er hinter sich ließ«, fügte Chaim hinzu. »Verfügen alle zweiundsiebzig Namen Gottes über eine so gewaltige Kraft?«

»Wenn mir die Zeit bleibt, werde ich sie dich alle lehren«, antwortete Itschak. »Wer die geheimen Namen Gottes kennt, weiß alles, was es zu wissen gibt. Nur dann kannst du das Buch schreiben, das alle Weisheit und alles Wissen enthält.«

»Dein Buch, meinst du. Mein Lohn ist die Anonymität«, sagte Chaim leise.

Itschak schaute ihn eindringlich an. Er wusste, wie sehr Chaims Herz sich nach Anerkennung sehnte, wie sehr Chaim das Bedürfnis hatte, durch seine Schriften Unsterblichkeit zu erlangen. »Niemand wird wissen, dass ich es geschrieben habe«, sagte Chaim trübsinnig.

»Schreibst du dieses Buch für dich selbst oder für die Menschheit?«, fragte Itschak.

Die gleiche Frage hatte Cordovero ihm vor langer Zeit gestellt. Er wusste die Antwort nicht. Sollte er denn das, worauf er so stolz war, einfach verschenken? War das gemeint, wenn davon die Rede war, dass er das Geben in seiner höchsten Form erlernen müsse? Er wusste jetzt, dass er das nicht schaffen würde. Sein ganzes Leben lang hatte er sich gewünscht, ein Buch zu schreiben, das alle Weisheit, die der suchende Mensch erstrebt, enthielte. Und dieses Buch wuchs nun unter seinen Händen wie ein Kind im Bauch seiner Mutter. Er würde sich niemals davon distanzieren können. Er hatte es mit so viel Liebe großgezogen, wie sollte er da jemand anderen als dessen Vater bezeichnen können?

»Arbeite einfach weiter an dem Buch«, sagte Itschak. »Sorge dich nicht darum, was einmal damit geschehen wird. Kümmere dich nur darum, dass es fertig wird.«

Aber es *ist* so gut wie fertig, wollte Chaim einwenden. Doch das Lächeln seines Meisters ließ ihn schweigen.

»Du hast Recht«, lenkte er ein. »Wenn ich dieses Geheimnis nicht in meinem Buch enthülle, dann ist es wie ein Rosinenbrot ohne Rosinen.«

Itschak biss in eine der saftigen Erdbeeren.

»Wir haben zusammen noch viel zu tun, Chaim.«

Bis tief in die Nacht hinein enthüllte Itschak ihm die Bedeutung einiger Namen. Chaim rauchte der Kopf. Er war so überwältigt von allem, was er gehört hatte, dass es ihm gar nicht mehr möglich war, sich darum zu sorgen, wessen Name letztendlich auf dem Einband des Buches stehen würde.

Safed 1572. Sommer, 27 Tage später
(jüdische Zeitrechnung: 5332)

49 ילי Jod Lamed Jod:
Der Gott des Lichts und der Dunkelheit

Am siebenundzwanzigsten Tag seiner Fastenzeit, in der Mitte des Sommers, war Chaim mit seinen Kräften am Ende. Er wachte nicht wie gewohnt um zwei Uhr nachts auf. Als er die Augen öffnete, fiel das Sonnenlicht schon in voller Stärke durch die Fenster. Er geriet in Panik. Als er aus dem Bett springen wollte, um zum Gericht zu hasten, gehorchten ihm seine Beine nicht mehr. Sein ganzer Körper schmerzte und fühlte sich schwer an. Er glühte vor Fieber und hatte großen Durst, doch er war sogar zu schwach, um nach dem Becher mit Wasser neben seinem Bett zu greifen. Als er dies versuchte, wurde ihm sofort schwarz vor Augen, und er versank erneut in einen tiefen Schlaf.

Wenn Anna noch in dem Haus gewohnt hätte, hätte sie mit Sicherheit gemerkt, dass etwas nicht stimmte. Doch als Chaim am Tag ihrer Prophezeiung nachts nach Hause gekommen war, hatte er auf seinem Bett einen Brief von ihr gefunden.

»Lieber Chaim, ich kann hier nicht mehr bleiben. Ich reise nach *Tiberias*. Dort kann ich bei Verwandten wohnen. Wenn du willst, bist du dort sicher auch willkommen. Nur glaube ich nicht, dass du mir folgen wirst. Ich habe deine Entscheidungen immer respektiert, aber diesmal würdest du wirklich besser auf meinen Rat hören. Andernfalls erwartet dich eine furchtbar schwere Zeit. Was immer du auch tust, Chaim, du sollst wissen, dass ich an dich denke und für dich bete. Ich werde sofort zurückkehren, wenn der Löwe zu wüten aufgehört hat, um zu sehen, wie es dir geht. Sei vorsichtig. Du wirst mir fehlen. Ich hoffe sehr, dass wir einander wiedersehen, wenn alles vorbei ist. Deine Anna.«

Er hatte über ihren gefühlvollen Abschiedsbrief lächeln müssen. Doch ohne sie kam ihm das Haus leer vor. Ihre gemeinsame Mahlzeit war immer ein Augenblick der Geborgenheit gewesen, des Zuhause-Seins, des Miteinander-Teilens ihrer Erlebnisse und dessen, was sie beschäftigte. Nun war niemand mehr da, dem er seine Geschichten erzählen konnte. »Was ist Weisheit, die man nicht teilt«, hatte Anna zu ihm gesagt. Genau so empfand er es jetzt. Er hätte seine Einsichten so gerne mit jemandem geteilt. Wissen wurde erst real, wenn man es anderen weitergeben konnte. Das entsprach dem universellen Prinzip des Gebens. Nun konnte er seine Einsichten nur noch seinen imaginären Lesern mitteilen. Aber diese waren noch in weiter Ferne. Er fühlte sich so, wie der Schöpfer sich selbst im Midrasch beschrieb: »Wenn ihr meine Zeugen seid, dann bin ich der Schöpfer. Aber ohne Zeugen bin ich nichts.« Chaim fühlte sich oft wie ein Nichts.

Stunden später wurde er durch das Läuten der schweren kupfernen Türglocke geweckt. Seine Kammer war dämmrig dunkel, und es dauerte eine Weile, bis ihm klar wurde, dass das Läuten nicht Teil seines Traumes, sondern Wirklichkeit war. Wieder gelang es ihm nicht aufzustehen. Ich bin gelähmt, dachte er. Er versuchte, seine Arme zu bewegen. Obwohl sie bleiern schwer waren, schaffte er es schließlich, die Bettdecken zurückzuschlagen. Auf seine Arme gestützt, kroch er durch das Zimmer. Er litt unter Atemnot und schwitzte aus allen Poren. Das irritierende Läuten trieb sein Fieber in die Höhe. Als er endlich das Fenster erreicht hatte, versuchte er, sich an der Fensterbank emporzuziehen. Er hatte das Gefühl, sein Rücken würde entzweibrechen und die Schultern zerreißen, doch er schaffte es schließlich, das Fenster zu öffnen. Dann wurde ihm schwarz vor Augen.

Itschak hatte ihm das Äußerste abverlangt. Mit einer merkwürdigen unterschwelligen Nervosität hatte er den Unterricht intensiviert, als ob er Chaim in kürzester Zeit sein gesamtes Wissen vermitteln wollte.

»Ohne tägliche Disziplin ist die Kabbala nur eine Freizeitbeschäftigung«, hatte er oft gesagt, um seine Schüler zu motivieren. Itschak holte Chaim abends vom Gericht ab und fuhr ohne Begrüßung fort, wo er morgens aufgehört hatte. Obwohl Chaim jung, kräftig und wissensdurstig war, hatte er manchmal das Gefühl, sein Kopf würde platzen. Auch Karo strapazierte seine geistige Aufnahmefähigkeit bis zum Äußersten, und er hatte keinen Augenblick mehr Ruhe.

Spät abends zu Hause versuchte er, so viel wie möglich von dem, was er an diesem Tag gelernt hatte, aufzuschreiben. Wenn jemand um Mitternacht an dem Haus vorbeikam, in dem Chaim lebte, konnte er sein unaufhörliches Gemurmel hören. Chaims Aufgabe war schier unlösbar. Es war einfach zu viel Stoff, und er hatte nicht genug Zeit, um alles in Ruhe durchzuarbeiten.

Sein Körper hatte sich inzwischen an den ausgehungerten Zustand gewöhnt und vertrug mittlerweile kaum noch Nahrung. Er spie fast alles sofort wieder aus. Nur Suppe und Wasser behielt er bei sich. Chaim war zu einem Schatten seiner selbst geworden. Unter seiner Haut zeichneten sich die Knochen ab. Seine Augen waren stumpf und lagen tief eingesunken in den Augenhöhlen. Sein Haar war dünn geworden und sein Gesicht grau. Er litt unter Schlafmangel und kämpfte den ganzen Tag gegen die Müdigkeit an.

Aufgrund der vielen neuen Belehrungen Itschaks erschienen ihm einige der schon geschriebenen Kapitel des Buches jetzt als zu banal. Hinter jeder Einsicht lag eine weitere Bedeutungsebene, so wie bei einer Zwiebel Haut auf Haut folgte. Hinzu kamen völlig neue Themen, die in der ersten Version seines Textes noch gar nicht enthalten gewesen waren – Themen, die eigentlich genügend Stoff für ein eigenes Buch geboten hätten, die er aber trotzdem in sein Manuskript einarbeiten wollte. Wie hatte er sich nur so überschätzen können, als er zu Joschua gesagt hatte, in einem halben Jahr sei die Arbeit an seinem Buch beendet. Nun fragte er sich manchmal, ob ein ganzes Leben wohl ausreichen würde, um alles, was er lernte, zu Papier zu bringen.

Fast jede Nacht schlief er auf seinem Schreibtisch ein und wurde pünktlich um zwei Uhr wieder wach, um zur Mikwe zu eilen, wo Itschak schon auf ihn wartete. Dort tauchten der Lehrer und der Schüler neunmal im eiskalten Wasser unter und brüllten dann wie die Parole einer geheimen Vereinigung junger Männer die Verse aus Exodus, in denen beschrieben wird, wie Moses das Rote Meer teilte.

Joschua erschrak, als er seinen Bruder bewusstlos im Fensterrahmen hängen sah.

Er tat nun, was er schon mehrmals hatte tun wollen, sich aber bisher nicht getraut hatte: Er drückte mit aller Kraft seine Schulter gegen die Tür und brach so das altersschwache Schloss auf. Dann rannte er nach oben und fand Chaim mit fieberheißem Körper bewusstlos auf den Boden.

»Chaim, Chaim, was ist los mit dir!«, rief Joschua.

Er übergoss Chaims Gesicht mit Wasser aus dem Krug. Chaim öffnete müde seine Augen.

»Hilf mir«, brachte er mit letzter Kraft heraus.

50 פהל Peh Heh Lamed: **Der Gott der Unabhängigkeit**

Joschua war auf dem Stuhl neben Chaims Bett eingeschlafen. Der Arzt hatte ihm empfohlen, die ganze Nacht Wache zu halten, weil es gar nicht gut um Chaim stand.

»Ich weiß nicht, ob er es schafft«, murmelte der Arzt. »Er reagiert nicht. Das Weiß seiner Augen ist gelb, und er hat fast keinen Puls mehr. Ich kann es jetzt nur noch mit einem Aderlass versuchen.«

Er setzte zwölf Blutegel auf Chaims schwitzende Brust, die sich mit seinem kranken Blut vollsaugten. Doch auch das brachte kaum Linderung. Im Gegenteil: Seine Haut wurde noch fahler, und sein Atem setzte manchmal ganz aus.

»Wenn sich sein Zustand heute Nacht verschlechtert, musst du mich holen«, hatte der Arzt zum Abschied gesagt. »Gib ihm jedes Mal, wenn er wach wird, einen Löffel dieses Trunks aus *Quassienholz* und *Rizinussamen*. Das treibt die schlechten Säfte aus. Ich komme auf jeden Fall morgen früh wieder vorbei.«

Sowohl Itschak als auch Karo hatten Joschua gebeten, nach dem Rechten zu sehen, als Chaim nicht bei ihnen aufgetaucht war. Joschua hatte bis zum Abend damit gewartet. Er hatte keine Lust, Kunden zu verlieren, nur um nachzuschauen, was jetzt schon wieder mit seinem mimosenhaften Brüderchen los war. Doch als er Chaim in einem so schrecklichen Zustand antraf, überkamen ihn Schuldgefühle. Hätte er Chaim früher aufgesucht, hätte der Arzt vielleicht noch etwas ausrichten können. Nun hing das Leben seines Bruders, der ihn sein ganzes Leben lang mit seinen eigenen Schwächen konfrontiert hatte, an einem seidenen Faden. Joschua hätte eigentlich froh sein müssen, von seinen Dämonen erlöst zu werden, doch er verspürte nur Wut. Selbst im Tod würde Chaim ihn übertreffen. Ganz Safed würde um den vorzeitigen Tod des vielversprechenden jungen Mannes trauern, der ohne jeden Zweifel einmal das Oberhaupt aller Kabbalisten geworden wäre, der bereits in jungen Jahren Bücher schrieb, die andere erst am Ende ihres Lebens hätten schreiben können. Der Mythos, der sich schon jetzt um seinen Bruder rankte, würde durch seinen vorzeitigen Tod noch größer werden. Nichts berührte mehr als der plötzliche Tod eines jungen Menschen in der Blüte seines Lebens. Es konfrontierte alle anderen mit ihrer eigenen Sterblichkeit.

Joschua graute bei dem Gedanken daran, dass Chaims Grab ein Wallfahrtsort werden könnte, an dem Kabbalisten sich auf dem blauen Stein niederwerfen würden, um zu seiner geheiligten Seele in Kontakt zu treten. Gleichzeitig schämte er sich, weil er von Eifersucht verzehrt wurde, während sein Bruder neben ihm mit dem Tode rang. Obwohl Chaim ihm immer fremd geblieben war, weil sie nicht die gleiche Mutter gehabt hatten, war er doch sein Bruder. Trotz ihres unterschiedlichen Charakters teilten sie viele Erinnerungen. Niemand außer ihnen war mit den kleinen Gewohnheiten ihres Vaters so vertraut, und sie erkannten sie ständig bei einander wieder. Ein sanftmütiger Blick, die Art, wie sie ihren Hut aufsetzten, das kräftige Ausschreiten beim Gehen – Eigenarten des Vaters, die in ihrer Motorik erhalten geblieben waren.

Joschua schreckte auf, als plötzlich die Tür zu Chaims Kammer laut quietschte. Eine massige Gestalt kam keuchend auf ihn zu und kniete vor seinem Stuhl nieder.

»Joschua, Freund, der Arzt hat mir schon gesagt, dass es schlecht steht.«

Als Joschua Zimras Stimme erkannte, atmete er erleichtert auf.

»Ich bin sofort hergekommen. Offenbar ist es in eurer Familie eine Gewohnheit, nachts die Tür offen stehen zu lassen. Wie sieht es aus?«, flüsterte Zimra.

Joschua bedeutete ihm, still zu sein, und führte ihn aus dem

Zimmer. Sie ließen sich in Annas Beratungsraum im ersten Stock nieder. Joschua setzte Wasser auf, um Zimra eine Tasse Kaffee zu bereiten.

»Wie nett von dir, Zimra, dass du vorbeikommst. Ich weiß nicht, wie es steht. Der Arzt sagt, es bestehe Grund zu ernster Sorge. Ich glaube, es sieht nicht gut aus.«

Zimra schenkte Joschua einen mitfühlenden Blick, während er seinen Atem zu beruhigen versuchte.

»Ist dies das Zimmer von …«

»Dieser Hexe? Ja«, antwortete Joschua lächelnd. »Nachdem sie den Untergang prophezeit hatte, hat sie die Stadt verlassen.«

Zimra nickte.

»Also bleibt es allein dir überlassen, für dein Brüderchen zu sorgen«, sagte er, sich langsam vortastend. »Und das ist sicher nicht gut für dein Geschäft.«

»Genau«, bestätigte Joschua, während er den Kaffee auf den Tisch stellte. Darüber hatte er sich noch gar keine Gedanken gemacht. Er hatte nicht weiter als bis zum nächsten Tag gedacht. Es war fraglich, ob sein Bruder es auch nur bis zum Tagesanbruch schaffen würde. Im Grunde hatte Joschua ihn schon aufgegeben. Deshalb hatte er zwar über die Beisetzung nachgedacht, sich aber keinen Augenblick lang damit beschäftigt, dass die Krankheit sich auch noch eine Weile hinziehen könnte. Tatsächlich würde wohl in diesem Fall von ihm erwartet, dass er sich um seinen Bruder kümmerte. Was sollte dann aus seinem Geschäft werden? Er konnte es doch nicht auf unbestimmte Zeit schließen!

Zimra war zufrieden mit der Verwirrung, die er bei Joschua gestiftet hatte. Wenn er mit dem wahren Zweck seines Besuchs Erfolg haben wollte, musste er sehr behutsam vorgehen.

»Das war's dann wohl mit deiner Investition«, stichelte er weiter.

»Welcher Investition?«, fragte Joschua abwesend. Er überlegte immer noch fieberhaft, wie er es anstellen könnte, in den kommenden Tagen sein Geschäft offen zu halten.

»Du hast doch Geld in Chaim investiert. Dank Richter Karo hast du ein Anrecht auf einen Teil des Gewinns, den er jedes Jahr macht. Allerdings sieht es ganz so aus, als ob daraus nichts werden würde.«

Joschua fragte sich, warum Zimra ihn an jene peinliche Niederlage vor dem Gericht erinnerte, für die er ja schließlich mitverantwortlich war.

Zimra spürte, dass er sein Ziel fast erreicht hatte. Der Augenblick der größten Verwirrung war der Punkt, an dem er zuschlagen musste.

»Aber dafür bist du jetzt Chaims Alleinerbe«, fuhr Zimra mit ungerührter Miene fort.

Verblüfft schaute Joschua ihn an.

»Erbe?«, rief er höhnisch. »Als ob es bei meinem Bruder etwas zu erben gäbe! Außerdem ist er noch nicht tot.«

»Und doch würde sein tragischer Tod dir nicht zum Nachteil gereichen«, sagte Zimra.

»Sag, worauf du hinaus willst, Zimra. Ich finde es geschmacklos, über das Erbe meines Bruders zu sprechen, während er oben um sein Leben kämpft«, fuhr Joschua ihn an.

»Gut. Ich möchte nicht länger um den heißen Brei herumreden. Ich will sein Buch.«

»Sein Buch?«

»Karo hat mir gesagt, dass Itschak deinem Bruder alle zweiundsiebzig geheimen Namen Gottes offenbart habe. Chaim habe ihm stolz erzählt, er werde diese Namen in seinem Buch enthüllen. Vielleicht weiß er sogar, wie man diese Namen kombinieren muss, damit sie zusammen den unaussprechlichen Namen Gottes ergeben. Du weißt, dass ich diesen Namen brauche, um der Macht der Lade standhalten zu können. Du solltest mir doch helfen, in ihren Besitz zu kommen! Erinnerst du dich noch?«

Es widerte Joschua an, dass Zimra ihn in diesem Augenblick an ihre Vereinbarung erinnerte, seinen Bruder zu verraten. Auf dem Sterbebett! Dieser Mann war wie ein Aasgeier, der neben einem verwundeten Tier saß und wartete, bis es sein Leben aushauchte.

Zimra wusste, dass er jetzt Härte zeigen musste.

»Hör gut zu, Joschua. Jetzt ist nicht der richtige Augenblick, um sentimental zu werden. Es ist kein Geheimnis, dass wir beide deinem Bruder nie viel Sympathie entgegengebracht haben. Ich will sein Buch, und zwar heute Abend noch. Wenn er stirbt, wird Itschak der Erste sein, der Anspruch darauf erhebt. Und Karo wird es ihm zubilligen. Dann stehen wir beide mit leeren Händen da.«

Er legte eine kurze Pause ein, um Joschua die Möglichkeit zu geben, sich über die Lage der Dinge klar zu werden. Dann zog er als letztes schlagendes Argument einen großen Geldbeutel aus seiner Jackentasche und warf ihn achtlos auf den Tisch.

»Noch einmal zweitausend Silberstücke. Gib mir das Buch, Joschua. Es ist dein rechtmäßiges Eigentum. Ohne dein Geld hätte Chaim es nie schreiben können.«

Etwas in Joschua zerbrach. Sosehr er seinen Bruder gehasst hatte, dies ging ihm zu weit. Wie würde er sich selbst jemals wieder in die Augen schauen können, wenn er das Erbe seines Bruders verhökerte, während dieser noch nicht einmal tot war? Das Buch war Chaims Lebenswerk. Er musste jetzt seinen Bruder verteidigen.

»Scher dich fort, Zimra«, schrie er. »Ich will nichts mehr mit dir zu schaffen haben. Du bist ein Monster! Dass du es wagst, mir so etwas vorzuschlagen! Was ist bloß in dich gefahren, seit du hinter der Lade her bist? Du bist ein gemeingefährlicher Irrer!«

Zimra wartete mit unbewegtem Gesicht, bis Joschua sich ausgetobt hatte. Dann spielte er wie ein versierter Glücksspieler seinen letzten Trumpf aus. Er hätte das lieber vermieden, aber das, worum es jetzt ging, war zu wichtig. Im Krieg und in der Liebe zählte nur der Sieg.

»Reg dich nicht so auf, Joschua«, sagte er ruhig. »Ich weiß, dass du diesen gefüllten Geldbeutel hier nur zu gut gebrauchen kannst. Ich weiß, wie teuer dein Lebensstil ist und wo du dein Geld lässt.«

Joschua war, als hätte er einen Schlag in den Magen bekommen. Das war nicht möglich! Niemand wusste, wofür er so viel Geld brauchte. Niemand kannte seine geheime Passion. Er hatte sein Geheimnis so tief verborgen, dass es sogar ihm selbst manchmal schien, als hätte er gar nichts damit zu schaffen. Zimra konnte unmöglich etwas darüber wissen.

»Ich weiß nicht, wovon du redest«, stammelte Joschua.

»Das weißt du nur zu gut, Joschua«, fuhr Zimra unbarmherzig fort. »Und all die kleinen Jungen von vierzehn, fünfzehn Jahren aus dem arabischen Viertel, die für viel Geld ihre Ehre an dich verkauft haben, werden es niemals vergessen. Wahrscheinlich haben sie sich über dein üppiges Schweigegeld gefreut, aber die Wunden der Erniedrigung, die du ihrer Seele zugefügt hast, werden sie immer begleiten.«

»Du lügst!«, schrie Joschua in ohnmächtiger Wut, und seine Stimme überschlug sich. »Du willst mich fertigmachen. Hau ab!«

»Weshalb fünfzehnjährige Jungen, Joschua?«, fragte Zimra hämisch. »Weil Chaim dich in diesem Alter in den Schatten gestellt hat und du für deinen Vater nicht mehr existiertest? Müssen die arabischen Jungen jetzt dafür büßen? Du hättest dir doch denken können, dass sie sich früher oder später rächen würden.«

Joschua würgte. Niemand konnte sein Geheimnis kennen. Wenn er seinen perversen Gelüsten nachging, ließ er allergrößte Vorsicht walten. Um alle Spuren zu verwischen, bezahlte er seinen arabischen Kuppler fürstlich. Für jede seiner Ausschweifungen hatte er sich ein raffiniertes Alibi besorgt, und er trug eine Ledermaske, um nicht erkannt zu werden. Er wählte jedes Mal einen anderen Ort für die Treffen, und sie fanden tief in der Nacht statt. Außerdem gab er dem Araber, der ihn erpresste, sein ganzes Geld. Dieser kassierte jeden Tag und drohte, ihn zu verraten, falls er nicht zahlte. Er musste die undichte Stelle sein. Wahrscheinlich hatte er Zimras Geld nicht widerstehen können. So war Joschuas abscheuliche Schattenseite ans Tageslicht gekommen, seine Maske abgerissen worden. Er spürte den brennenden Schmerz des Selbstekels, den er immer unterdrückt hatte. Wie ein flügellahmes Vögelchen war er Zimra nun völlig ausgeliefert. Irgendwo hatte er immer gewusst, dass er früher oder später für seine Taten würde büßen müssen. Jedes Mal wenn er seine Gelüste befriedigt hatte, war ihm zu Bewusstsein gekommen, dass er diesen kurzen Genuss mit einer höllischen Zukunft würde bezahlen müssen. Jeder musste seine Verfehlungen irgendwann bezahlen. Er sah die nassen Lippen seines Anklägers, einem Drachenmaul gleich, das ihn zu zerreißen drohte.

»Hol das Buch, Joschua, und ich werde schweigen. Mein Ehrenwort.«

Nie hätte er geglaubt, dass ausgerechnet Zimra ihn an den Pranger stellen würde. Nun zeigte sich, dass es nie eine Freundschaft gegeben hatte. Zimra hatte ihn nur benutzt. Doch war er selbst denn so uneigennützig gewesen? Hatte nicht auch er versucht, durch die Freundschaft zu Zimra sein Ansehen zu vergrößern und sich so an seinem Bruder zu rächen? Nun bot sich ihm die Möglichkeit, seinem Bruder den endgültigen Schlag zu versetzen.

»Dein Bruder ist nur ein Opfer«, sagte Zimra liebenswürdig, »ein kleines Opfer für die Befreiung des jüdischen Volkes.«

Joschua riss sich zusammen. Dann schleppte er sich wie ein Verurteilter auf dem Weg zum Schafott die Treppe hinauf.

51 דני Dalet Nun Jod: **Der Gott des Ultimativen**

Zimra hatte alles sorgfältig vorbereitet. Auf dem Grab Schimon bar Jochais hatte er aus Steinen eine improvisierte Feuerstelle aufgebaut. Darüber hing an einer Konstruktion aus aneinandergebundenen Baumstämmen Chaims Manuskript. Die Flammen züngelten um das kostbare Dokument und drohten, es zu verschlingen. Der Blätterstapel hing an einer dünnen Kordel. Mit Hilfe eines Messers, das bereitlag, konnte er das Bündel mit einer einzigen Bewegung ins Feuer befördern.

Leise in sich hineinlachend beobachtete er, wie Itschak den Meron hinaufstieg. Er hatte ihm durch einen Boten mitteilen lassen, wenn er eine persönliche Audienz beim Messias wünsche, müsse er sich zur Mittagsstunde zum Grab von Schimon bar Jochai begeben.

Obwohl Zimra schon vor mehr als einer Stunde angekommen war, war er immer noch außer Atem. Meine Lunge scheint immer mehr zu schrumpfen, fluchte er innerlich und wedelte den Rauch fort, der ihm ins Gesicht wehte. Er versuchte, seiner Atemnot Herr zu werden, während er Itschak das letzte steile Stück des Meron hinaufsteigen sah.

Das also war sein Schüler, der ihn überflügelt hatte. Itschak hatte sich unter den Juden zweifelsohne in Windeseile einen Namen gemacht. Auf seiner Rückreise von Abessinien hatte er erstaunt festgestellt, dass sogar in Jerusalem Wundergeschichten über Itschak kursierten.

Durch Itschak war die Westmauer auf dem Berg Moria zu einem Wallfahrtsort geworden. An dieser alten Mauer hatten die Juden zuvor keinerlei Interesse gezeigt. Ganz Jerusalem hatte dort seinen Müll abgeladen. Doch seit dem Tuchhändler Abraham dort die Schechina erschienen war, galt die Mauer als heilig. Dass Abraham durch dieses Ereignis mit zweiundzwanzig zusätzlichen Lebensjahren gesegnet worden war, hatte sich wie ein Lauffeuer verbreitet. Es erfüllte die Herzen aller mit Hoffnung, dass die vertriebene Schechina, der weibliche Aspekt Gottes, schon bald zurückkehren und sich wieder auf der Bundeslade im Tempel niederlassen würde. Dann würden die Juden ihre Freiheit zurückerlangen und wieder ihr eigenes Land besitzen. Deshalb begaben sie sich nun zur *Klagemauer* – so nannten die Muslime die Wand spöttisch – und sprachen dort laut ihre Bittgebete. Abu Siffin, der Gouverneur, hatte untersuchen lassen, warum die Juden den Müllabladeplatz plötzlich so ehrfürchtig behandelten. Nachdem er erfahren hatte, dass Itschak diese alte Schutzmauer für einen Überrest des Tempels Salomos hielt, streute er mehrere Geldbeutel mit Silberstücken über dem Müll aus. Daraufhin hatten mehr als zehntausend Arme einen Monat lang auf der Suche nach dem Geld in dem Abfall herumgewühlt, bis dieser schließlich vollständig beseitigt war. Dann hatte Abu Siffin die Mauer mit Rosenwasser abwaschen lassen – als Geste des guten Willens und als Zeichen der Hochachtung des Gouverneurs Itschak gegenüber.

»Schalom, Zimra«, rief Itschak mit einem herzlichen Lächeln. »Du bist also der Messias.«

»Schalom, Itschak«, antwortete Zimra genauso jovial. »Ich freue mich sehr, dass du mich endlich erkennst. Es zeugt von Weisheit, dass du dem Messias zu Diensten sein willst.«

Itschak lachte laut.

»Ehrlich gesagt, hatte ich mir den Messias etwas anders vorgestellt. Aber wenn ich kann, will ich dir gerne helfen, Zimra.«

»Das ist schön«, sagte Zimra zuckersüß. »Ich habe Nachforschungen über dich angestellt und ein paar bemerkenswerte Dinge herausgefunden.«

»Aha, erzähle!«

»Bevor du dich hier in Safed niedergelassen hast, hast du versucht, in Jerusalem eine Gruppe Anhänger um dich zu scharen. Aber dort waren die Menschen etwas nüchterner als hier. Nachdem dir dies nicht geglückt war, kamst du nach Safed und hattest mehr Erfolg.«

»Richtig«, sagte Itschak. »Ich hätte besser auf den alten Landstreicher gehört, der mir auftrug, sofort nach Safed zu gehen. Seit ich mich hier niederließ, fand ich den geeigneten Nährboden für meine Ideen.«

»Und glaubtest, du selbst seist der Messias«, ergänzte Zimra. »Das ist nur zu menschlich. Nachdem es dir gelungen ist, eine Gruppe um dich zu scharen, die für dich durchs Feuer geht. Es ist dir sogar gelungen, von hier aus auch in Jerusalem Fuß zu fassen.«

»Ach ja?«

»Du weißt doch, dass die Westmauer, die du für den letzten Überrest des Tempels hältst, jetzt angebetet wird?«

»Ja.«

»Nun, dank deiner vortrefflichen Intuition ist es mir gelungen, den genauen Standort der Bundeslade auszumachen. Als ich von meiner Reise nach Abessinien zurückkehrte, habe ich in Jerusalem Nachforschungen angestellt. Ich habe mich an deiner Mauer orientiert und so im Felsendom unter dem *Gründungsstein* einen Keller gefunden, in dem sich ein runder Marmorstein befindet; das muss der Eingang zum Allerheiligsten sein.«

Itschak seufzte tief und schaute Zimra bekümmert an. Er setzte sich auf einen Felsen neben ihm. Das Feuer in der Feuerstelle sengte das unterste Blatt des Papierbündels an und hinterließ hellbraune Flecken darauf.

»Ich weiß nicht, ob es dir klar ist, Zimra, aber das Papier kann jeden Augenblick in Flammen aufgehen«, warnte Itschak.

»Ach das«, sagte Zimra. »Das ist das Manuskript deines Schülers Chaim. Ich habe es gekauft, aber es hat für mich wenig Wert. Ein nettes Stück Arbeit, aber nicht das, was ich gesucht habe. Ich hatte gehört, in diesem Buch würden die zweiundsiebzig Namen Gottes enthüllt, aber offenbar ist ihm nicht genug Zeit geblieben.

Schade. Mir schien, dies sei der richtige Ort, es in Flammen aufgehen zu lassen.«

Itschak wollte aufstehen und das Bündel vor dem Feuer retten, doch Zimra packte sein Messer und zwang Itschak, sich wieder hinzusetzen. »Ich weiß, dass dir das Buch sehr wichtig ist«, sagte Zimra lächelnd. »Du hast viele Talente, aber schreiben kannst du leider nicht. Schon als du noch ein kleiner Junge warst, musste ich dich zwingen, dir Notizen zu machen. Schreiben war dir immer verhasst.«

»Du hast Recht«, gab Itschak zu. »Ich brauche Chaim, damit er mein Wissen niederschreibt. Mir selbst ist das völlig unmöglich, weil alles miteinander verbunden ist. Wenn ich versuche, ein Thema in Worte zu fassen, ist es, als trete ein See über seine Ufer. Wie könnte ich jemals ausdrücken, was meine Seele weiß? Wie könnte ich es jemals in einem Buch erfassen? Chaim ist der Einzige, der den Strom zu kanalisieren und auf verständliche Weise zu Papier zu bringen vermag.«

»Er *war* der Eeinzige.« Zimra lächelte mit gespieltem Bedauern. »Es sieht nicht so aus, als ob er noch länger als drei oder vier Tage leben wird, hat mir der Arzt heute Morgen gesagt.«

Itschak wusste, dass Zimra die Wahrheit sprach. Chaims Leben hing an einem seidenen Faden. Sein Schüler kämpfte um sein Leben, und er konnte nichts tun. Er hatte alle Mitglieder seiner Gruppe aufgefordert, für Chaim zu beten, aber er wusste selbst, dass Chaims Zeit gekommen war.

Und er wusste noch etwas: So seltsam es auch sein mochte, nur eine Freveltat konnte Chaims Leben retten, ein großes Unrecht seine Zeit auf Erden verlängern. Bliebe er jedoch auf diese Weise am Leben, musste er großes Leid ertragen. Er bräuchte ein ganzes Leben lang, bis er das erlittene Unrecht als einen Segen sehen konnte – als letztendliche Korrektur seiner Seele, die ihm in der Unendlichkeit größeren Segen schenken würde als der irdische Ruhm, nach dem er sich so sehnte. Itschak wusste, dass nur einer ein so großes Unrecht begehen konnte: er selbst. Er betrachtete den schwelenden Brandflecken, der die unterste Seite des Papierbündels unlesbar zu machen drohte.

»Dieses Buch darf nicht vernichtet werden, Zimra«, sagte Itschak bestimmt.

»Was damit geschieht, liegt ganz in deiner Hand.« Zimras Stimme klang jetzt unnachgiebig. »Verrate mir die zweiundsiebzig geheimen Namen Gottes, damit ich als Messias des jüdischen Volkes der Lade standhalten kann. Dann bekommst du dein Buch.«

»Die Bundeslade? Zimra, sie ist die Wohnstätte aller göttlichen Intelligenz des Universums. Du weißt doch selbst, dass du inzwischen so viele Sünden begangen hast, dass du nicht würdig bist, die Weisheit der Lade zu enthüllen.«

»Ja, ja«, antwortete Zimra gereizt. »Das kannst du sicherlich von meiner Stirn ablesen.«

»Stünde nur etwas auf deiner Stirn, Zimra.«

»Was willst du damit sagen?«

»Es steht *nichts* darauf geschrieben. Weißt du, was das bedeutet?«

Zimra wurde leichenblass.

»Auf deiner Stirn steht kein einziger Buchstabe, Zimra. Du wirst binnen dreißig Tagen sterben. Deine Zeit ist um. Es sei denn, du vollbringst ein besonders großes Werk, eine außergewöhnlich gute Tat, um deine Sünden wiedergutzumachen und zu bereuen.«

»Und dann?«, fragte Zimra in bemüht gleichgültigem Ton.

»Zuerst das Manuskript«, forderte Itschak, der sah, wie sich rote Flammen um den Brandflecken herum ausbreiteten und sich gierig einen Weg zur nächsten Seite fraßen.

»Nein, zuerst die geheimen Namen«, bluffte Zimra, dem der Schrecken in die Knochen gefahren war.

»Selbst wenn ich dich die Namen lehren würde, würde es dir nicht helfen.«

Zimra packte die blinde Wut. Itschak war der Einzige, der ihm helfen konnte. Obwohl dieser nun mit ansehen musste, wie sein Lebenswerk in Flammen aufging, schien ihn selbst das nicht dazu zu bewegen, sein Wissen preiszugeben. Dann musste Zimra eben drastischere Maßnahmen ergreifen. Er holte mit dem Messer aus und schnitt die dünne Kordel mit einer einzigen Bewegung durch. Der schwere Packen Papier plumpste in das Feuer, und einen Augenblick lang schien es, als würde er die Flammen ersticken. Doch im nächsten Moment züngelten sie erneut an den Rändern des dicken Stapels empor. Itschak sprang auf, um das Manuskript zu retten. Doch Zimras Messer schwang zurück und schnitt quer über Itschaks Brust. Das Blut färbte sein weißes Hemd rot. Itschak schreckte zurück, und Zimra stach erneut zu. Itschak gelang es gerade noch rechtzeitig, zur Seite zu springen. Zimras massiger Körper geriet aus dem Gleichgewicht und fiel vornüber. Itschak trat mit aller Kraft gegen den Messergriff, so dass das Messer den Berg hinunterrollte. Als er sich auf das Manuskript stürzen wollte, das nun von den Flammen erfasst wurde, warf Zimra ihm eine Handvoll Steinchen in die Augen, so dass er nichts mehr sehen konnte. Während er sich noch die Augen rieb, zog Zimra mit einem Ruck an seinem Bein. Itschak fiel vornüber auf die züngelnden Flammen, die das Papier zu verzehren drohten. Ohne darauf zu achten, dass die Hitze des Feuers seine Haut versengte, stieß er die Feuerstelle auseinander und packte das Papierbündel gerade noch rechtzeitig, um es vor der vollständigen Zerstörung zu retten. Er erstickte die Flammen mit bloßen Händen und zog erst danach sein schwelendes und blutbeflecktes Hemd aus. Nach Atem japsend sah Zimra, wie das Manuskript gerettet wurde. Itschak löschte die letzten schwelenden Stellen auf dem Papier und wandte sich dann Zimra zu.

»Gib deine Suche nach der Lade auf, Zimra.«

»Niemals. Weshalb interessiert dich das eigentlich? Dein Buch hast du doch jetzt wieder. Wovor hast du noch Angst?«

»Die Lade würde dich wie ein Blitz niederschlagen und nur eine Handvoll Asche von dir übrig lassen.«

»Du und ich, wir sind aus dem gleichen Holz geschnitzt, Itschak. Du bist genauso ehrgeizig wie ich. Davor hast du Angst. Nur einer von uns kann der Messias sein. Und es wäre ein Albtraum für dich, wenn ich es würde.«

Itschak streckte eine Hand aus, um Zimra auf die Beine zu helfen. Er kniete sich vor ihn.

»Es ist fast zu spät für dich, Zimra. Bitte, komme zur Besinnung. Jemand wie du, der so lange in Dunkelheit gelebt hat, muss dringend ans Licht gelangen. Wenn du aufrichtig bereust, schaffst du eine winzige Öffnung, so klein wie ein Nadelöhr. Diese wird allmählich größer werden, bis du schließlich das volle Licht ertragen kannst.«

Zimra lachte laut.

»Was findest du so spaßig?«

»Ich habe den Engel des Todes auf deine Schulter tippen sehen, bester Freund. Es wird sich noch herausstellen, wer von uns beiden länger leben wird.«

Itschak hob mit stoischer Miene das rußgeschwärzte Manuskript auf, doch während er den Berg hinabging, liefen ihm kalte Schauer über den Rücken.

Noch am gleichen Abend brach Zimra, den Tod auf den Fersen, nach Jerusalem auf. Er war fest entschlossen, innerhalb der nächsten dreißig Tage sein Lebenswerk zu vollenden. Er würde die in der Tora verborgenen geheimen Namen selbst entdecken. Und er würde vor Ablauf der dreißig Tage auch die Bundeslade finden.

TEIL VI

Safed 1572. Sommer, sieben Stunden später
(jüdische Zeitrechnung: 5332)

52 הרח Heh Resch Chet: **Der Gott des »Wie oben, so unten«**

Als Itschak gerade zu lesen anfangen wollte, betrat Sarah sein Arbeitszimmer. Irritiert schaute er auf.

»Was ist, Liebste?«

Sarah betrat sein Arbeitszimmer sonst nie. So wie er sich sieben Jahre lang sechs Tage in der Woche in sein Haus auf der Nilinsel zurückgezogen hatte, war dieser Raum seine Insel in Safed. Wenn er dort war, wollte er nicht gestört werden, und Sarah respektierte das. Sie hatte ihn schon als Kind gekannt, und er war immer so gewesen. Bei diesem Mann war alles anders als bei anderen Menschen. Er widmete sein ganzes Leben dem Studium der Kabbala. Selbst wenn sie sich der Liebe hingaben, was nur noch am Schabbat geschah, war Sarah ein kosmisches Instrument, eine Repräsentation der weiblichen göttlichen Kraft, die sich mit dem männlichen Element vereinigte. Itschak nannte Sarah »eine Rippe aus meiner Rippe, Fleisch aus meinem Fleisch«. In der Ehe gab die Frau dem Mann die fehlende Rippe zurück, so dass er wieder zu einem Ganzen wurde. Itschak liebte nicht nur, um sie und sich selbst zu befriedigen, sondern um in den höheren Welten die Verbindung zwischen dem Schöpfer und der Schechina zu stärken. Wie oben, so unten. Er versuchte Gott zu veranlassen, für seine Schechina erneut einen Tempel auf Erden zu bauen. Sogar seine Stellung während des Liebesaktes entsprach der ursprünglichen Haltung von *Adam Kadmon* bei der Erschaffung der Welt. Adam Kadmon war für die Kabbalisten »der erste Adam«, eine Art übernatürliches Wesen, das über die zehn Eigenschaften Gottes verfügte. Ein Riese, der sich wie der Lebensbaum in alle Himmelsrichtungen ausstreckte, mit dem Kopf im Osten, der bis zum Zenith reichte, mit den Füßen im Westen, der rechten Hand im Süden und der linken Hand im Norden. Dass Itschak vor dem Geschlechtsakt Gebete rezitierte und sich danach rituell reinigte, war für Sarah etwas völlig Normales. Sie fühlte sich diesem Mann mit ihrem ganzen Wesen verbunden, und all seine Eigenheiten waren ihr lieb.

Doch jetzt verstand sie ihn zum ersten Mal nicht mehr. Sie las laut vor, was auf dem Titelblatt des umfangreichen Buches stand, das auf seinem Schreibtisch lag.

»›*Ez Chaim, der Baum des Lebens*‹ von Itschak ben Salomo Aschkenasi Luria, auch der ›Ari‹ genannt. *Der Löwe* …« Itschak, was soll das?«

»Das ist mein Buch«, sagte er in einem Ton, der keinen Widerspruch duldete. Selbstbewusst schüttelte er seinen blonden Haarschopf, als schüttle der König der Wildnis seine Mähne.

»Ich dachte, Chaim hätte dieses Buch geschrieben«, entgegnete sie spöttisch und schüttelte ihr glänzendes schwarzes Haar auf genau die gleiche Weise.

Itschak starrte aus dem geöffneten Fenster seines Arbeitsraums. Im Garten saßen hundert junge Männer Schulter an Schulter und schrieben Chaims Buch ab. Er hatte sie unter Karos Studenten angeworben. Sie hatten die Gelegenheit nur zu gern ergriffen, sich innerhalb von vierundzwanzig Stunden etwas dazuverdienen zu können.

Itschak stand auf und wandte sich Sarah zu. Der Ausdruck seines gebräunten Gesichts war voller Wärme und Liebe. Oh nein, dachte Sarah. Nicht dieser Blick! Dem kann ich nicht widerstehen. Bevor es ihm gelungen war, ihr Herz einzufangen, wandte sie ihren Blick ab, ging zum Fenster und schaute den fleißigen jungen Männern bei ihrer Arbeit zu.

Itschak hatte jedem von ihnen sechs beliebige, nicht aufeinander folgende Seiten gegeben, damit sie nicht erkennen konnten, was sie kopierten. Ihr Auftrag bestand darin, die Seiten, die sie erhalten hatten, innerhalb von vierundzwanzig Stunden so oft wie möglich abzuschreiben. Ihre Bezahlung hing von der Zahl der Kopien ab, die sie ablieferten. Alle hatten eine Erklärung unterzeichnet, in der sie sich verpflichtet hatten, mit niemandem über diesen Auftrag zu sprechen. Da sie alle angehende Rechtsgelehrte waren, wussten sie, was eine schriftliche Vereinbarung dieser Art bedeutete. Itschak war sich sicher, dass sie schweigen würden.

»Ich dachte, er sei dein Freund, dein bester Freund.«

»Das ist er auch«, antwortete Itschak ruhig. »Ich mache ihn unsterblich. Durch dieses Buch verbinde ich seinen Namen für immer mit dem meinen.«

Er zeigte ihr die erste Kopie, die die Männer mit vereinten Kräften angefertigt hatten. Zärtlich strich er mit seinen Fingern über das Papierbündel. Er liebte den Geruch frisch getrockneter Tinte. Nach diesem Buch hatte er sich sein ganzes Leben lang gesehnt. Während der Zeit seines freiwilligen Exils auf der Insel im Nil hatte er sich oft gefragt, was er mit all dem Wissen, das ihm offenbart worden war, anfangen sollte. Was war Weisheit wert, wenn nur er sie kannte? Ein König war ein König, weil er ein Land besaß, über das er regieren konnte. Er hatte oft versucht, sein Wissen selbst aufzuschreiben, doch es war ihm nie gelungen, auch nur einen einzigen Satz zu Papier zu bringen. Deshalb war es ihm als ein großer Segen erschienen, dass der alte Landstreicher in der Synagoge ihn nach Safed geschickt hatte. Er wusste, dass der Schöpfer ihm früher oder später eine Möglichkeit aufzeigen würde, das ihm offenbarte Wissen für die Nachwelt festzuhalten. Dass der Mann, der seine Weisheit aufschreiben würde, ein Wollfärber war, hatte er nicht ahnen können. Er vertraute bedingungslos den Zeichen, die ihm auf seinem Lebensweg geschickt wurden. Auch wenn er noch nie einen Buchstaben gelesen hatte, den dieser junge Schreiber zu Papier gebracht hatte – bis jetzt. Heute würde er endlich sehen, wie Chaim seine Belehrungen wiedergegeben hatte.

»Mir erscheint dies alles ganz und gar nicht richtig«, sagte Sarah, während sie die Männer im Garten weiter beobachtete. Ein Tischler hatte in Itschaks Auftrag lange Holztische und -bänke angefertigt, an denen die Studenten ihre Arbeit verrichteten. Er freute sich darüber, mit wie viel Ehrgeiz und Konzentration sie ihren Auftrag erfüllten. Itschak hatte ihnen ans Herz gelegt, nicht nur schnell, sondern auch gewissenhaft zu arbeiten. Selbst wenn sie glaubten, im Original Fehler zu finden, hatten sie diese so zu kopieren, wie sie dastanden.

Bedienstete versorgten die jungen Schreiber mit Essen und Getränken. Itschak hatte Fackeln und Kerzen bereitgestellt, damit sie so lange arbeiten konnten, wie ihre Kräfte es zuließen – möglichst die ganze Nacht lang, so hoffte er.

Itschak legte seine großen Hände auf Sarahs grazile Arme.

»So wie die Lade die göttliche Weisheit im Tempel repräsentiert«, sagte er, »repräsentiert die Frau diese im Hause des Mannes. Du bist meine Schechina, meine göttliche Braut. Durch unsere Vermählung habe ich mich mit meiner weiblichen Seele vereinigt. Durch das Gleichgewicht, das du mir schenkst, kann ich meine Aufgabe in der Welt erfüllen. Das häusliche Glück, das du schaffst, inspiriert die Schöpfung dazu, ebenfalls nach Harmonie zu streben. Denn auch Gott versucht ständig, sich mit seiner Schechina, seiner göttlichen besseren Hälfte, zu verbinden. Unsere Vereinigung ist ein Spiegel der männlichen und weiblichen Kräfte in der Natur. Wenn unser Gleichgewicht gestört wird, gerät auch die gesamte Schöpfung aus dem Gleichgewicht. Und durch unsere Vereinigung lassen wir buchstäblich den Augenblick der Schöpfung wiederauferstehen.«

Sie schaute ihn bekümmert an. Ihr war klar, dass ihm die Ehe heilig war. Sie wusste, dass er ihre weibliche Essenz liebte, mehr als die Frau aus Fleisch und Blut, die sie war. Sie sehnte sich danach, von ihm einfach geliebt zu werden, als eine schöne Frau, nicht als Göttin.

»So versuchst du mich jedes Mal zum Schweigen zu bringen«, sagte sie leise. »Du brauchst mir nicht immer wieder zu erzählen, dass wir Seelengefährten sind. Mein ganzes Leben lang habe ich nichts anderes getan, als dich zu umhegen, damit du dich erinnern konntest, wer du bist. In der Liebe zu dir und zu unserer Tochter habe ich meinen Lebensinhalt gefunden. Aber missbrauche meine bedingungslose Liebe nicht. Was ist die Treue eines Mannes wert, der seinen allerbesten Freund bestiehlt und betrügt?«

Sarah befreite sich aus seinem Griff. Sie sah, dass er nichts darauf zu erwidern wusste. Weder die Tora noch der Sohar lieferten ihm in dieser Situation eine passende Antwort. Die Unbeholfenheit des großen Mannes rührte sie. Einen Moment lang war er nicht der Meister, der Reisende auf einer spirituellen Suche, sondern nur ein Ehemann, der sich von der Frau, die er liebte, verletzt fühlte.

53 וול Vav Vav Lamed: **Der Gott der Lebenskraft**

Es war drückend heiß in dem Raum. Joschua saß mit entblößtem Oberkörper neben Chaims Bett. Auf seinen Schultern bildeten sich Schweißperlen, und seinen Achseln entströmte ein penetranter Geruch. Die Fenster standen weit offen, doch es regte sich kein Lüftchen. Wegen der Hitze und dem beißenden Gestank von Schweiß, Krankheit und Verfall war ihm speiübel.

Chaim saß aufrecht im Bett und starrte mit aufgerissenen Augen die Wand an. Joschua hielt seine Hand fest und redete ununterbrochen auf ihn ein. Mit seinen wie Mantras ständig wiederholten Bekenntnissen versuchte er, zu retten, was nicht mehr zu retten war. Er hoffte, er könnte durch seine Beichte die Vergangenheit ungeschehen machen, die eiternde Wunde der Eifersucht heilen, welche die Brüder entzweit hatte. Seine ohnmächtigen Bemühungen, Chaim zu übertrumpfen. Die widerwärtigen Szenen, in denen junge Araber ihn um Gnade anflehten. Der schändlich vergeudete Same, der ihm immer nur Kummer, nie Erfüllung gebracht hatte. Die entsetzliche Scham, wenn er durch die dunklen Straßen nach Hause geflohen war. Die unablässige Angst, trotz aller Vorsichtsmaßnahmen erkannt zu werden. Die Narben der täglichen Geißelungen auf seinem Rücken, durch die er vergeblich seinen bösartigen Trieb zu mäßigen versucht hatte. Die lederne Maske, die unter zwei Dielenbrettern im Boden seines Ladens versteckt lag. Er gelobte dem Schöpfer, seine sündige Begierde aufzugeben, wenn sein Bruder am Leben bliebe.

Doch Chaim zeigte keinerlei Reaktion. Er weilte in einer anderen Welt. Joschua war ratlos. Die letzten Stunden seines Bruders schienen gekommen.

Einen Augenblick lang hatte er geglaubt, Chaim hätte seinen letzten Atemzug getan. Sein Mund hatte sich krampfartig geöffnet, als verließe seine Seele mit einem gewaltigen lautlosen Schrei den Körper. Doch dann setzte sein Atem wieder ein. Joschua tupfte Chaims Stirn mit einem feuchten Tuch ab und versuchte, ihm etwas zu trinken zu geben. Chaim saß wie versteinert da. Nicht einmal seine Augenlider bewegten sich. Er starrte mit leerem Blick auf die Wand, von der die Farbe abblätterte.

Wenn gleich die Sonne untergeht, beginnt der Schabbat, dachte Joschua. Gesegnet ist, wessen Seele am Schabbat zum Schöpfer zurückkehrt. Joschua sang mit krächzender Stimme Schlomos Lied, das sie seit seinem Tod an jedem Freitagabend unter dem Johannisbrotbaum sangen.

»Schabbat, oh Schabbat, meine Braut,
charmant und lieblich, von strahlendem Licht,
hört Euren Bräutigam, oh Braut,
lasst mich Euch schaun, zeigt Euer Angesicht,
oh schöne Frau, und wer Euch schädigt,
möge büßen für die Tat ewiglich.«

Chaims Haut hatte die Farbe von Pergament angenommen. Seine Lippen waren gesprungen und die Wangen eingefallen. Seine Hand fühlte sich eiskalt an. Es konnte nicht mehr lange dauern. Dies mussten die letzten Minuten seines Lebens sein.

Joschua schaute das Gemälde an und blickte in die unergründlichen Augen Francesas, die sein Bruder geliebt, aber nie bekommen hatte. Musste Joschua sie nicht in der Todesstunde holen? Wäre es nicht Chaims letzter Wunsch, ihre Hand zu halten, während er die Welt verließ?

Plötzlich wurde Chaims Körper von Zuckungen erfasst. Er beugte sich immer wieder vor, als grüße er ehrerbietig jemanden, der vor ihm stünde. Er sabberte und geriet völlig außer sich.

»Was ist los, Chaim?«, rief Joschua ihm beunruhigt zu. »Was siehst du?«

»Zwei Feuersäulen«, lallte Chaim im Delirium, »die eine rot, die andere grün wie Gras. Vater. Mutter. Sie lodern zum Himmelsgewölbe empor. Sie verbrennen mich.«

Joschua kühlte Chaims Gesicht und versuchte, den zitternden Körper zu beruhigen. Doch Chaim bebte weiter wie ein Schilfrohr. Sein ganzer bis auf die Knochen abgemagerter Körper schüttelte sich und zitterte.

»Meine Zeit ist noch nicht gekommen, sagt Vater. Mein Haus ist noch nicht fertig. Es wird noch hart daran gearbeitet. Es ist ein großes Haus.«

Dann fiel er schlaff auf die Matratze zurück. Joschua fühlte seinen Puls. Erst nach einer ganzen Weile spürte er ein leichtes und unregelmäßiges Pochen. Chaim versank erneut in einen komaähnlichen Schlaf. Liebevoll wischte Joschua ihm den Speichel vom Kinn.

»Lass mich nicht allein, Chaim«, sagte er mit Tränen in den Augen. Er wollte das Leben seines Bruders festhalten. Er kroch zu ihm ins Bett und umklammerte den kalten Körper. Erschöpft vom langen Wachen fiel er schließlich in einen tiefen Schlaf.

Am frühen Morgen erwachte er, als eine Hand sein Gesicht betastete. Er erschrak und stieß einen Schrei aus.

»Wer ist das?«, fragte eine müde Stimme.

»Chaim«, rief Joschua. »Bist du wach?«

Chaim saß vorgebeugt im Bett neben Joschua.

»Bist du es, Joschua?« Er umarmte seinen Bruder.

»Was machst du mitten in der Nacht hier in meinem Bett?«, fragte Chaim mit heiserer Stimme.

Joschua versuchte, ihn aufrecht hinzusetzen. »Es ist schon Tag. Mach die Augen auf und schau mich an.«

Da erst merkte er, dass Chaims Augen weit geöffnet waren. Sein Blick wirkte glasig, und seine Augen schienen keinen Lichtstrahl aufzunehmen.

»Es ist so dunkel, Joschua, tiefschwarz. Ich sehe nichts. Sag bitte, dass es Nacht ist.«

»Ich hole sofort den Arzt, damit er sich deine Augen anschaut. Lege dich einfach wieder hin und schlafe noch ein Weilchen.«

Chaim hielt Joschua am Arm fest. »Es ist, als wären meine Linsen vom Feuer versengt. Ich brauche keinen Arzt, Joschua. Ich will jetzt sofort zu Itschak, sonst komme ich zu spät zum Unterricht.«

»Der ist schon vorbei. Heute ist Schabbat, Chaim. Du hast drei Tage im Bett gelegen und musst dich jetzt unbedingt ausruhen. Du siehst sehr schlecht aus, Brüderchen.«

»Ich muss zu Itschak«, sagte Chaim mit fiebrigem Blick. »Mein Buch, wo ist mein Buch? Liegt es noch im Kabinenkoffer, Joschua?«

»Ich schaue gleich nach«, antwortete Joschua so beiläufig wie möglich und ging zu dem Koffer. »Ja, es liegt noch da, Chaim. Warum sollte es auch anders sein?«

»Ich will es fühlen, lass es mich fühlen.«

Joschua schleppte den Kabinenkoffer zu Chaims Bett. Völlig unerwartet hatte Itschak ihm das gestohlene Manuskript am Tag zuvor, als er den Kranken besucht hatte, zurückgegeben.

»Lege es wieder dorthin, wo du es hergeholt hast«, hatte er streng gesagt.

Joschua hatte nicht gewagt, ihn zu fragen, wo er es herhatte. Doch er war froh und dankbar, dass sein Diebstahl auf diese Weise aus der Welt geräumt wurde. Chaim brauchte nicht zu wissen, was sich alles ereignet hatte, wenn er doch überleben sollte.

Joschua öffnete den Koffer und führte Chaims Hand zu dem Papierbündel. Vorsichtig betastete Chaim die Papierseiten.

»Es riecht verbrannt. Was ist damit geschehen?«

»Das bildest du dir ein, Chaim. Wahrscheinlich hast du Albträume über Feuer gehabt. Heute Nacht hast du auch von zwei Feuersäulen gesprochen. Erinnerst du dich? Du hast nach Vater und Mutter gerufen.«

»Mutter?«, fragte Chaim.

»Ja, kannst du dich daran erinnern? Was weißt du noch, Chaim? Weißt du, was ich dir alles erzählt habe?«

»Mein Buch.«

»Mit deinem Buch ist alles in Ordnung.«

Joschua klappte den Deckel des Koffers wieder zu und schob ihn außer Reichweite.

»Jetzt musst du deine Medizin einnehmen und dann wieder schlafen.«

»Bring mich zu Itschak, Joschua, jetzt sofort.«

»Du darfst nicht nach draußen, Chaim, du bist noch …«

»Jetzt«, befahl Chaim.

Joschua seufzte. Er hatte schon oft Geschichten über Sterbende gehört, die noch einmal kurz auflebten, bevor sie die Welt endgültig verließen. Konnte er seinem Bruder einen letzten Wunsch verweigern? Widerstrebend half er Chaim, sich anzukleiden. Nachdem er ihn die Treppe hinuntergeleitet hatte, gingen sie Arm in Arm durch die sonnenbeschienene Hauptstraße der Stadt. Alle paar Schritte versagten Chaim die Beine, und er musste sich auf einer Türschwelle ausruhen, um neue Kraft zu sammeln. Die Straße lag verlassen da. Um diese Zeit waren alle jüdischen Bewohner in der Synagoge.

Auf einer der Treppen, die Querstraßen auf verschiedenen Niveaus miteinander verbanden, trafen sie auf Itschak.

»Chaim«, rief er aufgeregt. »Wie siehst du aus! Komm her, bester Freund.«

Er schloss Chaim in seine kräftigen Arme und küsste ihn. Chaim hing schlapp in der Umarmung.

»Er kann nichts sehen«, erklärte Joschua. »Es ist unverantwortlich, dass er hier draußen herumläuft. Aber er wollte unbedingt zu dir.«

Itschak fühlte seinen Puls. So wie ein Arzt den Gesundheitszustand eines Patienten am Puls ablesen konnte, konnte Itschak daraus entnehmen, wie schwer die Seele eines Menschen erkrankt war.

»Lass das mal meine Sorge sein«, wimmelte Itschak Joschua ab. »Ich werde mich um ihn kümmern.«

»Aber …«

»Geh nur, Joschua. Sarah veranstaltet heute Nachmittag auf dem Bauernhof ein großes Festessen für alle Mitglieder unserer

Gruppe und ihre Familienangehörigen. Es wird dir guttun, dich ein wenig zu entspannen. Geh nur.«

Widerwillig ließ Joschua seinen Bruder in Itschaks Obhut zurück. Würde er ihn noch einmal wiedersehen? Was hatte Itschak vor? Joschua befürchtete, Itschak werde Chaim verraten, dass er das Buch gestohlen und Zimra gegeben hatte. Hätte er Chaims Frage doch nur ehrlich beantwortet! Dann hätte er ihm später seine Sicht der Dinge erklären können. Er hätte sich verteidigen und darauf hinweisen können, dass er das Buch ja auch wieder zurückgelegt hatte. Beunruhigt schaute er zu, wie Itschak seinen Arm um Chaim legte und ihn die Treppen hinunterführte.

54 מהש Mem Heh Schin: **Die Göttin der Heilung**

Es war schon lange nach Mittag, als Itschak und Chaim im Fischerdorf Tiberias ankamen. Ein frischer Wind brachte in der glühendheißen Nachmittagssonne ein wenig Kühlung. Chaims ausgemergelter Körper zitterte. Auf dem Weg hinunter in das Tal, in dem der See lag, hatte der Meister seinen Schüler sogar ein paarmal tragen müssen. Hastig, als sei ihnen der Tod auf den Fersen, hatte Itschak Chaim weitergeschleppt, und sie hatten während der ganzen Reise kein Wort miteinander gewechselt. Chaim war erschöpft und fühlte sich elend. Doch Itschak trieb ihn und sich selbst unerbittlich weiter. Er brachte Chaim zum Fischerhafen.

Am Kai saß ein junger Fischer und blickte trübsinnig vor sich hin. Es sah aus, als schicke er ein Bittgebet zu seinem Schöpfer, ihn von seinem erbärmlichen Leben zu erlösen. Itschak trat auf ihn zu.

»Kann ich dein Boot ausleihen?«, fragte Itschak.

Misstrauisch musterte der Fischer Itschak und den todkranken Mann, der auf dem Boden lag. Wer fuhr denn um diese Zeit noch auf den See hinaus? Die Sonne stand hoch am Himmel, und man hatte in kürzester Zeit einen schlimmen Sonnenbrand. Und überhaupt: Warum sollte er zwei Fremden sein Ruderboot leihen? Wenn sie es nicht zurückbrächten, hätte er noch viel mehr Probleme, als er ohnehin schon hatte.

Aber Itschak schaute ihn nur weiter freundlich an. Er versuchte erst gar nicht, ihn zu überreden. Nur sein Blick brachte wortlos diese Bitte zum Ausdruck. Der junge Fischer wusste nicht, wie er auf dieses Schweigen reagieren sollte. Obwohl er gerade noch die ganze Welt wegen seines Unglücks verflucht hatte, überkam ihn plötzlich das Bedürfnis, das Wenige, was er hatte, zu teilen. Entgegen seiner Gewohnheit sagte er: »In Ordnung. Aber Ihr müsst es wieder hierher zurückbringen.«

Der Fischer kannte sich selbst nicht mehr. Nicht einmal Geld hatte er verlangt. Er half dem fremden, weiß gekleideten Mann und seinem offenbar sehr kranken jüngeren Freund in das Boot. Während er die Vertäuung losband, warnte er die beiden: »Unter der Wasseroberfläche entstehen manchmal starke Strömungen. Seid vorsichtig.«

Itschak nickte und zog einen Geldbeutel aus seiner Tasche. Als der Fischer dem Boot gerade einen Stoß versetzte, um es ins offene Wasser zu befördern, warf Itschak ihm den Geldbeutel zu.

»Schabbat Schalom.«

Fassungslos starrte der junge Mann auf den Beutel. Er enthielt mehr Silberstücke, als er in einem ganzen Monat mit seinem Fischfang hätte verdienen können. Er rannte auf der Stelle nach Hause, um seiner Frau die große Neuigkeit zu überbringen.

Über dem Boot kreisten Möwen, die ohrenbetäubend kreischten. Sie rochen den Fischgeruch des Bootes und hofften auf einen zusätzlichen Festschmaus. Als sie jedoch krankes Menschenfleisch witterten, drehten sie enttäuscht ab und flogen in eine andere Richtung.

Chaim lag von Fieber geschüttelt auf dem Boden des Bootes. Wegen der starken Strömung kamen sie nur mühsam vorwärts.

»Du hast jetzt die Möglichkeit zu einem wichtigen Geständnis«, erklärte Itschak.

Chaim zog nur erschöpft eine Augenbraue hoch.

»Du bist sehr krank«, stellte Itschak fest.

»Was soll ich denn gestehen?«, murmelte Chaim.

»Was du deinem Vater angetan hast«, antwortete Itschak. »Das Fieber und das Schwinden der Lebenskraft sind die Empfindungen deines Vaters in seinen letzten Augenblicken.«

Chaim erstarrte. Itschak konnte unmöglich wissen, was damals geschehen war!

»Erzähle es mir, Chaim. Du hast immer gewusst, dass du dein großes Geheimnis eines Tages würdest lüften müssen. Heute ist es so weit.«

Der letzte Rest seines Widerstandes dagegen, seine Schande zu beichten, schwand schnell dahin. Falls dies die letzten Stunden seines Lebens waren, gab es keinen Grund, diese schwere Last seiner Jugendjahre noch länger zu tragen. Halb im Delirium begann Chaim zu erzählen. Er sah den dunkelsten Tag seines Lebens wieder in allen Einzelheiten vor sich.

»Es war ein Unfall, ein schreckliches Unglück.«

»Was war ein Unglück, Chaim? Erzähle mir alles. Fang von vorne an«, ermahnte Itschak ihn eindringlich.

Chaim tauchte in die nebelhafte Welt seiner Vergangenheit ein und erzählte ohne jeden Gefühlsausdruck, was geschehen war.

»Ich hatte mich auf die Alchimie versteift. Ich wollte Gold herstellen und selbst zu Gold werden. Meinem Vater wollte ich dadurch beweisen, dass man schneller zur Erleuchtung gelangen kann als durch die Tora. Es war jugendlicher Übermut, Itschak.«

Während Itschak zuhörte, versuchte er, sich an einer hochgelegenen Synagoge von Tiberias zu orientieren; doch eine Nebelwand behinderte die Sicht.

»Es war Winter«, stammelte Chaim. »Vater nahm mich mit in die Berge.«

Ein langer Hustenanfall unterbrach seine Erzählung.

»Es fing an zu schneien, und wir suchten Schutz in der Grotte von Schimon bar Jochai. Wieder stritten wir uns. Es fielen laute Worte, es gab Geschrei. Mein Vater hat als Erster geschlagen. Er gab mir eine schallende Ohrfeige, als sei ich ein freches Kind. Ich war achtzehn, Itschak. Damit trat er alles, was ich geworden war, mit Füßen. Da ging etwas mit mir durch. Plötzlich wurde ich zu einem rachsüchtigen Monster und schlug zurück. Alles ging sehr schnell.«

Chaim fühlte sich wie ein kleiner unglücklicher Junge und krümmte sich vor Magenschmerzen und Übelkeit in einer Ecke des Bootes zusammen. Itschak machte keine Anstalten, ihn zu trösten.

»Vater schüttelte mich heftig«, stammelte Chaim kaum hörbar. »Ich schlug ihm mit der Faust in den Magen. Er kroch wimmernd über den gefrorenen Boden. Er zog an meinem Bein. Ich fiel. Kämpfend stolperten wir übereinander. Wir rollten näher an den Abgrund vor der Grotte. Wir hieben aufeinander ein. Er setzte sich auf mich, bereit, mich unbarmherzig ins Gesicht zu schlagen. Da gab ich ihm einen Stoß. Überall war Eis. Die Felsen waren völlig vereist. Vater rutschte auf den Abgrund zu. Ich packte seine Hand. Ich hielt seine Hand, Itschak, aber ich konnte mich nirgends festhalten. Er schleifte mich mit. ›Lass los‹, rief er. Wir wären beide in die Schlucht gestürzt. Ich rutschte immer näher auf den Abgrund zu. Was hätte ich tun sollen? Ich ließ los. Er stürzte brüllend hinab. Ein dumpfer Aufschlag. Ich schaute hinunter. Schnee wirbelte hoch. Ein wimmernder Körper. Der Schnee färbte sich rot. Er war tot.«

Itschak hörte schweigend zu. Er schien mit dem Boot im Kreis zu fahren, als suche er etwas. Seine Manöver ließen keine eindeutige Richtung erkennen.

»Es war kein Mord«, sagte Chaim, nachdem er eine Weile das Bewusstsein verloren hatte. »Es war ein Unfall, ein tragisches Unglück. Oder nicht? Sag doch etwas, Itschak. Bin ich ein Mörder?«

Dann fing er an zu weinen und warf mit letzter Kraft ein Gebet wie eine Strickleiter zum Himmel empor. »Oh Vater, vergebt mir. Ich wollte das nicht. Wirklich nicht. Ich liebte Euch, und ich liebe Euch immer noch so sehr. Kein Tag vergeht, an dem ich nicht alles wieder vor mir sehe.«

Offenbar hatte Itschak plötzlich gefunden, wonach er suchte. Er ruderte mit kräftigen Schlägen zu einem dunkelblauen Kreis mitten im See. Dort brachte er das Boot zum Stillstand. Er nahm einen Holzkrug vom Boden des Bootes und füllte ihn mit der tintenblauen Flüssigkeit.

»Chaim«, rief er aufgeregt. »Chaim. Trink! Das ist heiliges Wasser aus dem Brunnen der Mirjam. Dieses Wasser hat den Durst unseres Volkes gelöscht, als es von Moses durch die Wüste geführt wurde. Dieses Wasser hat den Juden damals das Leben gerettet.«

Verwirrt schaute Chaim ihn an. Wovon redete Itschak nur? Von dem *Brunnen der Mirjam*? Hier im See von Tiberias?

Chaim schüttelte den Kopf.

»Nein, Itschak. Lass mich.«

»Es ist gut, dass du es erzählt hast, Chaim.«

»Ich habe es zum zweiten Mal erzählt, Itschak. Als ich es eines Abends meiner Mutter gestand, fand ich sie am nächsten Morgen. Erhängt. Oh, Mutter«, schluchzte er. »Du hast mich so geliebt, dass du mich retten wolltest.«

»Trink, Chaim. Das Wasser wird dir Vergebung schenken. Es wird dich heilen. Ich würde dies für niemanden außer dir tun.«

Itschak brachte den Becher an Chaims Lippen. Schon bei den ersten Tropfen, die in seinen Mund gelangten, hatte Chaim das Gefühl, heilendes flüssiges Gold zu trinken.

55 הזי Heh Sajin Jod: **Der Gott der Schutzengel**

Die Wasseroberfläche des Sees von Tiberias war in eine orangefarbene Glut getaucht, als Chaim am Ufer wieder zu Bewusstsein kam. Er lag auf einer warmen Sandbank zwischen den Kieseln. Seine Gedanken wiegten sich im Rauschen der Wellen, die auf dem Strand ausliefen und sich dann wieder tief in den See zurückzogen. In der Ferne kreischten zwei Möwen, die um einen dicken *Petrusfisch* kämpften. Langsam öffnete er seine Augen.

»Wie schön«, seufzte er überwältigt vom Anblick der ihn umgebenden Schönheit.

Itschak saß neben ihm und lachte.

»Willkommen auf Mutter Erde, Chaim. Hast du eine gute Reise gehabt?«

Blitzschnell zogen Bruchstücke der verschiedensten Eindrücke an ihm vorüber.

»Was ist mit mir geschehen?«

»Du hast aus dem Brunnen der Mirjam getrunken«, sagte Itschak.

Jetzt erinnerte Chaim sich wieder. Die lange Wanderung in völliger Dunkelheit in Begleitung von Itschak. Seine Krankheit. Seine Erschöpfung. Die Bootsfahrt. Sein Bekenntnis. Das zweite Mal, dass er seine Geschichte erzählt hatte. Und dann … das Wasser, das Itschak ihm zu trinken gegeben hatte. Wasser, das wie Honig schmeckte, der mit altem und neuem Wein vermischt war. Das Getränk hatte seinen Kopf leicht gemacht. Er drehte sich mit einem Ausdruck der Glückseligkeit Itschak zu.

»Ich sehe dich! Ich kann wieder sehen! Was ist mit mir geschehen?«

»Du hast vom Lebenswasser getrunken. Moses hat dem jüdischen Volk während der Reise durch die Wüste die Tora geschenkt. Aber seine Schwester Mirjam hat dem jüdischen Volk das Leben geschenkt. Wo Mirjam mit ihrer Ferse aufstampfte, wurde Wasser gefunden. Ohne sie hätten die Juden das gelobte Land nie erreicht. Mirjams Brunnen schenkt Leben, wenn der Tod unabwendbar zu sein scheint. Sie rettet diejenigen, die gerettet werden müssen. Jetzt war sie für dich hier, verborgen im Wasser des Sees. Ich habe dir davon zu trinken gegeben. Das Wasser hat dich geheilt, obwohl deine Tage gezählt waren. Jetzt bist du ein Schmetterling, der seinen Kokon abgestreift hat. Du brennst darauf, die Flügel auszubreiten und die Welt neu zu entdecken. Du bist voller Vertrauen, und die Welt steht dir offen. Somit stehst du am wichtigsten Scheideweg deines Lebens. Auf deinen Schultern ruht eine große Verantwortung: Du kannst das Los der Menschheit für immer wenden.«

Itschak stand auf, streckte seine Hand nach Chaim aus und zog ihn hoch. Für einen Moment verlor Chaim das Gleichgewicht, doch dann brach er in unbändiges Lachen aus, fing an zu tanzen und zog Itschak an seinem Arm in die Brandung. Itschak antwortete mit einem breiten Lachen, das seine blendend weißen Zähne entblößte, und beide Männer liefen in das laue Wasser des Sees. Sie sangen, spritzten sich ausgelassen gegenseitig nass und ließen sich vornüber in die Wellen fallen. Sie tauchten einander unter und schüttelten sich aus vor Lachen. Das Leben war ihnen noch nie so leicht erschienen wie an diesem schwülen Sommerabend.

Ein alter Landstreicher, der auf einem Felsen am Kai saß, betrachtete die langsam im See versinkende feuerrote Sonnenscheibe und die sich davor abzeichnende Silhouette zweier Männer, die einander minutenlang innig umarmten. Der Alte lächelte zufrieden. Seine Mission war vollbracht. Itschak hatte alles getan, was der Alte ihn in seinen Träumen gelehrt hatte. Die Fackel war an Chaim übergeben worden. Das Schicksal der Menschheit lag nun in seinen Händen. Der alte Engel hatte seine Aufgabe erfüllt. Er schloss die Augen und verschwand, als hätte er nie existiert.

Arm in Arm machten sich Itschak und Chaim auf den Rückweg. Chaim fühlte sich unüberwindlich, als hätte ihn das lange Fasten, das Dahinsiechen, das Beichten und Bereuen seines größten Vergehens in Verbindung mit der Wirkung des heilenden Wassers reingewaschen. Er konnte seiner Mitschuld am Tod seines Vaters nun ohne Furcht ins Auge sehen. Er musste keine Entschuldigungen mehr für seine Tat finden und versuchte nicht mehr, sie zu beschönigen. Es war kein Unglück gewesen, sondern Mord. Und auch seine Mutter hatte er ins Grab gebracht. Seine geliebte Mutter, die ihn nie hatte verändern wollen, die ihn so geliebt hatte, wie er war. Wegen dieser Taten lastete eine gewaltige Verantwortung auf ihm. Wollte er am Ende seines Lebens eine positive Bilanz erreichen, musste er Großes vollbringen.

Als sie auf dem Weg zu Hamans Bauernhof am Rande der Stadt die Begräbnisstätte überquerten, legte Itschak eine Hand auf Chaims Schulter.

»Hör mir jetzt gut zu, Chaim«, sagte er ernst. »Es wird nicht mehr lange dauern, bis unsere Wege sich trennen. Zwei Jahre lang habe ich dich unterrichtet. Ich habe dir praktisch alles, was ich von dem alten Mann gelernt habe, beigebracht. Um wirklich ganz zu verstehen, was ich dich gelehrt habe, musst du nach Jerusalem gehen.«

»Was?«

»Mehr darf ich nicht sagen, Chaim.«

»Und was wirst du dann tun, Itschak?«

»Meine Lebensaufgabe war, dich zu unterrichten und dich einzuweihen. Ich muss dir noch eine einzige wichtige Lektion erteilen, dann ist alles getan«, antwortete er lächelnd.

»Noch eine wichtige Lektion?«

»Unsere Freunde und ihre Familien warten auf Hamans Bauernhof auf uns. Das Ende des Schabbat ist gekommen. Wir wollen der Braut ein feierliches Geleit geben!«

Er legte einen Arm um Chaim und ging mit ihm über das Land zu dem Bauernhof, von dem er sich erträumte, dass er einmal zu einer Synagoge umgebaut werden würde. Chaim war sehr still.

Er dachte über Itschaks Worte nach. Eine böse Vorahnung hatte sich seiner bemächtigt. Durch die großen Fenster des Wohnraumes sahen sie das Licht der Kerzen und des Kamins flackern, und es herrschte eine eigenartige Stille. Meist wurde bei solchen Anlässen bis in die späten Abendstunden getanzt, gesungen und gegessen. Doch diesmal schien es, als säßen ihre Freunde beim Gebet zusammen.

Als Itschak die Tür öffnete, wurde er von düsteren Blicken seiner Schüler und ihrer Familien empfangen.

»Was ist hier los?«, fragte er lachend. »Was für eine Trauerstimmung. Schaut einmal, wer hier ist … Chaim ist vom Tode auferstanden.«

»Du weißt es also noch nicht«, unterbrach Jonathan, dessen kleiner Sohn an seiner Brust schlief, die spannungsgeladene Stille.

»Was?«

»In Safed ist die *Cholera* ausgebrochen. Die Stadttore sind geschlossen. Keiner darf hinein oder heraus. Wird sind gezwungen hierzubleiben.«

Itschak fiel die Kinnlade herunter. Das war der Anfang vom Ende. Er musste seine Gruppe jetzt so gut wie möglich durch diese schweren Zeiten geleiten.

»Gibt es schon viele Tote?«, fragte er nach einer Weile.

»Nach dem, was die Torwächter sagen, muss es furchtbar sein«, berichtete Abraham. »Unzählige Türen sind schon mit einem weißen Kreidekreuz markiert, das Zeichen dafür, dass es dort Opfer gegeben hat. Die Seuche tobt durch die Stadt, und überall sterben Menschen innerhalb weniger Stunden.«

Itschak und Chaim setzten sich zu ihren Freunden ans Feuer und versuchten, das Gehörte zu verarbeiten.

»Und Francesa?«, fragte Chaim plötzlich. »Wisst ihr, ob Francesa noch lebt?«

»Sie wollte nicht mitkommen«, sagte Sarah, während sie ihren

Mann anschaute. »Sie wollte nicht mit dir unter einem Dach leben.«

Unbehagliche Blicke wurden ausgetauscht. Niemand fühlte sich in der Lage, die schreckliche Nachricht auszusprechen. Schließlich erhob sich Esther, Schlomos Witwe, und ging zu Chaim.

»Wir wissen nur, dass Jehuda eines der ersten Opfer war. Er wurde heute Nachmittag begraben.«

56 נתה Nun Tav Heh: **Der Gott, der geradeheraus spricht**

Hamans Bauernhof war so groß, dass alle Kabbala-Schüler mit ihren Familien dort untergebracht werden konnten. Alle Kammern, Ställe und Scheunen wurden genutzt. Jeder hatte die Möglichkeit, sich mit seiner Familie zurückzuziehen. In der Stille der lauen Nacht sprachen alle noch lange über die tragischen Ereignisse. Sie sorgten sich um Freunde und Verwandte, die in der Stadt geblieben waren und jeden Augenblick der unbarmherzigen Krankheit zum Opfer fallen konnten. Säuglinge spürten die Nervosität ihrer Eltern und ließen sich nicht beruhigen. Niemand wusste, wie lange sie hierbleiben mussten und was sie erwartete, wenn die Stadttore wieder geöffnet wurden. Safed wäre wahrscheinlich nicht mehr wiederzuerkennen. Der an Hochmut grenzende Optimismus der wohlhabenden Stadt, der das Schicksal so lange wohlgesonnen gewesen war, war gebrochen, ihr übermütiges Gefühl der Unbezwingbarkeit bestraft worden. Manche fragten sich, ob es wirklich ein Segen war, außerhalb der Stadttore in Sicherheit zu sein. Das Abgeschnittensein von jeglicher Information war möglicherweise noch unerträglicher, als Augenzeuge des grauenvollen Sterbens zu sein.

Chaim und Joschua waren auf dem Heuboden einquartiert worden. Die Brüder lagen nebeneinander und hingen ihren düsteren Gedanken nach. Hin und wieder wurden sie durch das Flügelschlagen einer Fledermaus oder das Huschen einer im Stroh verborgenen Ratte aufgeschreckt.

»Dass ausgerechnet du an meinem Krankenbett gewacht hast«, sagte Chaim plötzlich.

»Ach«, antwortete Joschua nach längerem Schweigen, »das hättest du doch auch getan.«

»Hast du geglaubt, ich würde sterben?«

»Es ist ein Wunder, dass du noch lebst, Chaim. Der Arzt hatte dich aufgegeben.«

»Tut es dir leid?«

»Was?«

»Dass ich noch lebe.«

»Chaim, wie kannst du so etwas sagen!«

»Nein, sei mal ehrlich. Tut es dir leid, dass ich noch lebe?« Chaim ließ nicht locker. »Du wärest fast von deinem Quälgeist erlöst worden.«

Joschua schwieg. Er versuchte, ruhig weiterzuatmen. Ihm war nicht klar, was Chaim wusste und was nicht. Hatte Chaim trotz des Fieberkomas seine Beichte gehört? Hatte Itschak ihm erzählt, dass er, Joschua, das Manuskript gestohlen hatte?

»Du bist immer mein großer Bruder gewesen, Joschua«, sagte Chaim. »Immer warst du stärker, schneller und klüger als ich. Ich habe zu dir aufgeschaut und wollte so werden wie du. Du hast mir so gefehlt, als du von zu Hause weggezogen bist und ich allein bei unseren Eltern zurückbleiben musste. Aber ich war stolz auf dich. Erinnerst du dich noch an deinen ersten Laden? Das war natürlich nichts verglichen mit deinem heutigen Geschäft. Ich glaubte damals an dich. Aber du wolltest immer weniger mit mir zu tun haben. Es irritierte dich, wenn ich dich besuchte.«

»Du warst aber auch ein ziemlich arrogantes kleines Bürschchen«, antwortete Joschua lächelnd.

»Ich wollte mit meinem Wissen aus der Tora-Schule glänzen. Ich suchte bei dir die Bestätigung, dass auch ich viel wusste. Weil ich dich mit diesem Wissen nicht beeindrucken konnte, habe ich aufgehört, die Tora zu studieren. Als ich dann die Alchimie entdeckte, hoffte ich, dich damit übertrumpfen zu können. Dich und auch Vater.«

»Und das ist dir gelungen, Chaim. Seit jenem Tag war es, als würde ich nicht mehr existieren. Alles drehte sich nur noch um dich. Und jetzt möchte ich bitte schlafen. Die ganze Woche lang habe ich deine Hand gehalten. Jetzt bin ich erschöpft.«

»Es war kein Unfall.«

»Was?«, fragte Joschua abwesend.

»Es war kein Unfall. Vater und ich hatten Streit. Wir haben gekämpft. Als er über den Felsvorsprung rutschte, habe ich seine Hand losgelassen.«

Joschua setzte sich mit einem Ruck auf und schaute Chaim bestürzt an. Er hatte nie so recht geglaubt, dass ihr Vater gestolpert war. Aber das?

»Dann bist du ein Mörder«, stammelte er. »Der Mörder meines Vaters.«

Chaim schwieg. Er mochte mit seinem Gewissen ins Reine gekommen sein, doch jetzt stand er vor einer fast unlösbaren Aufgabe. Er musste der Welt beweisen, dass diese Tat unvermeidlich, ja sogar notwendig gewesen war. Dass sie ihn dazu bringen sollte, in der Welt seine große Aufgabe zu erfüllen.

»Ich hätte dich sterben lassen sollen«, sagte Joschua.

»Du bist ein guter Mensch. Trotz deines Hasses hast du für mich gesorgt.«

»Sei still!«

»Du könntest dich an mir rächen. Alle hätten Verständnis dafür. Aber dadurch würdest du vor allem dich selbst strafen, denn du müsstest dann selbst die Folgen dieser Tat tragen. Du kannst die Spirale des Hasses durchbrechen und heute entweder eine Zukunft voller Hass oder eine Zukunft voller Liebe schaffen.«

Joschua biss die Zähne zusammen. Er unterdrückte seinen Drang, Chaim zusammenzuschlagen.

»Hat Vater an seinem letzten Tag noch etwas über mich gesagt?«, fragte er schließlich.

»Er hat über nichts anderes gesprochen. Er hat dich als den perfekten Sohn bezeichnet und ständig wiederholt, ich sollte mir ein Beispiel an dir nehmen.«

Joschuas versteinertes Herz zersprang. Warum hatte sein Vater so etwas nie zu ihm gesagt? Warum hatte er nicht ein einziges Mal über die Lippen gebracht, dass er ihn liebte?

»Joschua, es tut mir leid«, sagte Chaim leise. »Ich wollte dir das Leben nicht zur Hölle machen. Wenn du nur wüsstest, wie oft ich den Schöpfer angefleht habe, dir eine gute Frau zu schicken. Ich wollte dich glücklich sehen.«

Wie von der Tarantel gestochen sprang Joschua auf. Wütend schaute er Chaim an.

»Ich brauche keine Frau, Chaim«, schrie er wie von Sinnen. »Mir sind kleine Jungen lieber. Unverdorbene Jungen von fünfzehn Jahren, die alles tun, was ich sage. Die zu mir aufschauen, weil sie Geld von mir bekommen. Die hoffen, irgendwann einmal genauso reich zu werden wie ich. Jungen, die mich bewundern und lieb haben. Hörst du mich, Chaim? Ich brauche keine Frau.«

Chaim war wie betäubt. Was war in seinen Bruder gefahren, dass er solche Dinge sagte?

»Joschua, auch wenn das, was du da gerade gesagt hast, wahr ist, ist es mir egal. Du bist mein Bruder. Ich liebe dich.«

»Ach hör doch auf«, kreischte Joschua. »Tue nicht heiliger, als du bist. Jeder verrät jeden in dieser Welt, Chaim. Und du bist so blind wie ein Maulwurf. Hast du denn noch nicht gemerkt, dass dein großer Freund dich betrügt?«

»Wieso?«, stammelte Chaim, davon überrumpelt, dass Joschua plötzlich alle Register zog.

Joschua kroch über den Holzboden zu dem Strohhaufen und riss ihn auseinander.

»Schau her, Chaim, siehst du, was das ist?«

Im schwachen Schein des Mondlichts, das durch das strohgedeckte Dach fiel, sah Chaim ein Bündel Papier.

»Das ist dein Buch, Chaim. Ich habe es, alle hier haben es bekommen. Sarah hat uns allen heute Nachmittag ein Exemplar davon gegeben, während du mit deinem Freund unterwegs warst. Ich habe das Manuskript gestohlen, während du im Bett lagst und mit dem Tod rangst. Itschak hat es kopieren lassen, Chaim. Und er hat seinen Namen darauf gesetzt, als hätte er es selbst geschrieben.«

»Was sagst du da?«

Er betrachtete das oberste Blatt Papier im Mondlicht. Tatsächlich stand unter dem Titel Itschaks Name.

»Das kann nicht wahr sein!«, stammelte er.

»Willkommen in der Welt der Erwachsenen, Chaim«, sagte Joschua grinsend. »Deine Hauswirtin lag damit gar nicht so falsch. Sie hatte Recht. Der Löwe zieht durch die Stadt und frisst mit seinem unstillbaren Hunger alles, was ihm in die Quere kommt, um seine Finsternis zu nähren.«

»Dann ist Itschak der Löwe!«, flüsterte Chaim erschüttert.

57 חהו Chet Heh Vav: **Der Gott, der uns alles gönnt**

So wie es am Schabbat Brauch war, lasen Itschak und Sarah die Tora, um mit gereinigtem Herzen im Bett den Höhepunkt des Festes zu feiern und die Braut Gottes zu ehren. Doch ein lautes Klopfen an der Tür schreckte sie jäh auf.

»Elender Schuft, Schurke, Dieb!«, brüllte Chaim, während er gegen die Tür der Schlafkammer hämmerte.

Sarah krümmte sich zusammen und versteckte sich unter den Laken. Itschak zog sich rasch eine Hose an und rief zur Tür gewandt: »Bist du es, Chaim?«

»Mach auf, du Feigling«, brüllte Chaim. »Mach auf, wenn du dich traust.«

»Was willst du, Chaim?«, fragte Itschak in salbungsvollem Ton.

»Dir eine Tracht Prügel verpassen, du Betrüger«, schimpfte Chaim.

»Das ist für mich nicht gerade ein überzeugendes Argument, dich hereinzulassen. Wenn du mit mir reden willst, werde ich die Tür öffnen.«

Auf der anderen Seite der Tür wurde es still. Itschak legte seine Hand auf den Riegel des Schlosses, doch Sarah versuchte ängstlich, ihn durch Gestikulieren dazu zu bringen, die Tür nicht zu öffnen.

»Bist du noch da, Chaim?«, fragte Itschak.

Es blieb still. Vorsichtig schob Itschak den Riegel zurück und öffnete die Tür. Sobald sie einen Spalt breit offen war, drückte Chaim mit der Schulter dagegen und verschaffte sich gewaltsam Zutritt. Itschak stolperte und fiel mit seinem Kopf auf den Bettrand. Sarah schrie. Chaim sprang auf seinen Meister und verpasste ihm schäumend vor Wut einen rechten Haken. Aus Itschaks Nase spritzte Blut.

»Hör auf, Chaim, hör auf. Bitte!«, schrie Sarah. Die kleine Frau stand nackt auf dem Bett und brüllte sich die Lunge aus dem Leib. Als Chaim zu einem neuen Boxhieb ansetzen wollte, schaute er kurz zu ihr auf. Diesen Moment nutzte Itschak, um Chaims Arme zu umklammern. So blieb ihm ein weiterer Hieb erspart.

In diesem Augenblick stürmten Samuel und Jonathan, die durch den Lärm aus dem Schlaf gerissen worden waren, in den

Raum. Sie packten Chaim und trennten ihn von ihrem Meister. Er versuchte mit aller Kraft, sich loszureißen, doch Samuel streckte ihn mit einem harten Faustschlag in den Magen nieder. Blut rann aus seinem Mund, und er krümmte sich wimmernd auf dem Boden.

Sarah hatte sich inzwischen in ein Laken gehüllt und versuchte, Itschaks Nasenbluten zu stoppen.

Als Samuel ausholte, um Chaim mit seinem Fuß noch einmal in den Magen zu treten, hielt Itschak ihn zurück.

»Schluss, Samuel, es reicht«, sagte er in einem Ton, der keinen Widerspruch duldete. »Hast du dich abgeregt, Chaim? Können wir jetzt miteinander reden?«

Chaim warf seinem Meister einen hasserfüllten Blick zu.

»Lasst uns jetzt allein. Danke für eure Hilfe. Geht wieder schlafen.«

Samuel und Jonathan zögerten, aber Itschaks strenger Blick überzeugte sie davon, dass er die Situation wieder unter Kontrolle hatte.

»Wie konntest du so etwas tun, Itschak?«, brach es aus Chaim heraus. »Warum hast du, als ich todkrank war, mein Buch Wort für Wort abschreiben und deinen Namen daraufsetzen lassen? Auf ungefähr dreißig Exemplare, wenn ich Joschua richtig verstanden habe. Wie kannst du mich so verraten? Dass du so hinterhältig sein könntest, hätte ich niemals geglaubt!«

»Fünfzig«, verbesserte Itschak ihn.

»Wie bitte?«

»Fünfzig Exemplare.«

»Was fällt dir ein! Warum hast du das getan? Wo sind diese Bücher?«

Itschak stand auf, humpelte auf Chaim zu und streckte ihm eine Hand entgegen, um ihm wieder auf die Beine zu helfen. Doch Chaim stand ohne seine Hilfe auf.

»Setz dich hierhin, Chaim«, sagte Sarah und rückte auf dem

Bett ein Stück zur Seite. Mühsam schlurfte Chaim zum Bett und ließ sich darauf fallen.

»Alle meine Schüler haben ein Buch bekommen, und außerdem habe ich noch ein paar anderen wie Karo ein Exemplar gegeben. Der Rest liegt bei uns zu Hause, im Magazin«, sagte Itschak.

Jede Äußerung Itschaks brachte Chaims Blut noch stärker in Wallung. Seine Worte ließen keinerlei Reue und nicht das geringste Schuldgefühl erkennen.

»Erkläre es ihm«, zischte Sarah, die Itschaks Verhalten ebenfalls unerträglich fand. »Erkläre es uns. Das ist das Mindeste, was du tun kannst.«

Itschak setzte sich auf den Rand des Bettes.

»Gut«, sagte er. »Ich habe das Manuskript aus dem Feuer gerettet. Zimra hat Joschua gezwungen, es zu stehlen, und er wollte mich damit erpressen. Ohne mich gäbe es das Buch jetzt nicht mehr. Nachdem ich es in meinen Besitz gebracht hatte, ließ ich es sofort so oft wie möglich kopieren, damit es nicht mehr verloren gehen kann. Dann habe ich Joschua beauftragt, dein Manuskript wieder in deinen Kabinenkoffer zurückzulegen.«

»Und wieso hast du deinen Namen daraufgesetzt?«, fuhr Chaim ihn an. »Ohne irgendeinen Hinweis oder ein Dankeswort an mich?«

»Weil es mein Buch ist«, antwortete Itschak, ohne eine Miene zu verziehen.

»Keinen Buchstaben hast du davon geschrieben! Du hast doch selbst immer wieder gesagt, dass du nicht schreiben kannst. Du bist ein noch größerer Dieb als Joschua und Zimra zusammen! Wie konntest du mich so schamlos verleugnen!«

Itschak starrte mit versteinerter Miene vor sich hin. Sogar Sarah erschrak vor der Kälte seines Blicks.

»Du hast dieses Buch in meinem Auftrag geschrieben, Chaim. Alles, was darin steht, hast du von mir gelernt. Ohne mich würde es nicht existieren. Deshalb ist es mein Buch.«

Chaim schnappte nach Luft. Er fragte sich verzweifelt, ob Itschak selbst glaubte, was er da sagte.

»Hör zu, Chaim, ich weiß, wie sehr dir dieses Buch am Herzen liegt. Aber jetzt hast du die Möglichkeit zu beweisen, dass meine Belehrungen dich wirklich verändert haben und dass du über deinen Egoismus hinausgewachsen bist. Indem du mir das Buch überlässt, kannst du die endgültige Korrektur in dir vollziehen. Uneigennützig zu geben und das Dunkle mit Licht zu erfüllen ist die Essenz all dessen, was ich dich gelehrt habe.«

»Du glaubst es tatsächlich selbst«, stellte Chaim resigniert fest.

»Dies ist die letzte Lektion, die ich dir erteilen kann, Chaim. Die schwierigste Lektion. Einmal kam ein Mann zu einem weisen Rabbi und fragte …«

»Komm mir jetzt nicht mit solchen Geschichten, Itschak«, fauchte Chaim ihn an.

Itschak stutzte kurz, fuhr aber dann unbeirrt fort.

»Er fragte: ›Rabbi, kannst du mich die gesamte Weisheit der Tora in der Zeitspanne lehren, in der ich auf einem Bein stehen kann?‹ Der Mann stellte sich auf ein Bein, und der Rabbi sagte: ›Liebe deinen Nächsten wie dich selbst. Das ist alles. Der Rest ist Kommentar.‹ Verstehst du, Chaim?«

Chaim drehte sich auf den Rücken und stand dann auf. Hilflos suchte er in Sarahs Blick einen Halt, doch er sah nur, dass sie genauso bestürzt war wie er. Ihr Mann schien auch nicht den geringsten Zweifel daran zu haben, dass sein Verhalten gerechtfertigt war.

»Das Buch enthält übrigens noch einige Fehler und Ungenauigkeiten«, fuhr Itschak fort. »Aber das ist nicht schlimm, ich werde sie beseitigen.«

Chaim explodierte. »Kein Wunder. Mein Buch ist ja auch noch nicht fertig, und ich bin der Einzige, der seinen Aufbau kennt, der weiß, was gemeint ist und was noch daran geändert werden muss. Ich verbiete dir, auch nur einen einzigen Buchstaben darin zu verändern! Es ist *mein* Buch! Und wenn du deinen Egoismus wirklich so weit hinter dir gelassen hast, warum muss dann unbedingt dein Name darauf stehen?«

»Weil mein Name dem Buch das Gewicht gibt, das es braucht, um in der Welt wirken zu können. Diese Ideen zu verbreiten ist meine Lebensaufgabe. Von mir wird man sie annehmen. Von mir werden die Menschen diese Dinge lernen wollen. Deine Lebensaufgabe ist eine andere. Dein Name hat nicht die gleiche Überzeugungskraft wie der meine. Moses war dazu auserwählt, von Gott das Gesetz zu empfangen; nicht sein Bruder Aaron, nicht seine Schwester Mirjam. Auch sie waren wichtig, aber sie hatten andere Aufgaben. Aaron war Hoherpriester, Mirjam erhielt das Volk mit ihren Brunnen am Leben – so wie auch dich.«

»Indem du mich aus dem Brunnen der Mirjam hast trinken lassen, hast du mich verflucht«, rief Chaim. »Der Preis dafür, dass du mir das Leben gerettet hast, ist ein Leben im Schatten. Damit ich noch viele Bücher schreiben kann, die deinen Ruhm verbreiten und dich unsterblich machen.«

»Sogar Mirjam wurde auf ihren Bruder Moses eifersüchtig. Nachdem ihm Gott erschienen war, weigerte er sich, weiterhin mit seiner schönen abessinischen Frau zu schlafen. Mirjam warf ihm vor, er fühle sich wohl plötzlich zu gut für das, was die Pflicht eines jeden normalen Mannes sei. Für ihre Eifersucht wurde sie von Gott auf der Stelle mit Aussatz bestraft.«

»Ist das eine Drohung?«

»Nein, aber du kannst daraus etwas lernen. Mirjam wurde für sieben Tage aus dem Lager der Juden verbannt. Dadurch gelangte sie zur Einsicht. Sie akzeptierte ihre Berufung. Ihr war eine andere Rolle zugedacht als ihrem Bruder, und sie erfüllte ihre Aufgabe fortan mit Hingabe.«

Itschak stand auf und stellte sich vor Chaim. Einen Moment war es, als strahle Licht von ihm aus – ein Licht, das Chaim zwang, sitzen zu bleiben und zuzuhören.

»Menschen haben die gleichen Grundbedürfnisse wie Tiere: Essen, Schlafen, Atmen und Sex. Diese Bedürfnisse bringen zwar dem Körper, nicht aber der Seele Erfüllung. Wenn sie befriedigt sind, wünscht der Mensch sich Reichtum, Macht, Ruhm und Wissen. Das sind die Dinge, die du dein ganzes Leben lang angestrebt hast, Chaim. Leere Worthülsen, wenn sie nicht mit einem Ideal verbunden sind. Doch auch die Lust an diesen Dingen verschwindet, wenn sie in Erfüllung gegangen sind. Du bist nun an einen Punkt gekommen, an dem du den entscheidenden Schritt tun musst. Denn nur eine erfüllte Seele kann dir wahres und ewiges Glück schenken. Du wolltest Gott werden? Dann verhalte dich wie Gott. Bemühe dich, Freude, Liebe und Güte in die Welt zu bringen. Dies ist deine Chance, mit den zehn göttlichen Eigenschaften des Schöpfers zu leben. Willenskraft, Weisheit, Einsicht, Gnade, Macht, Schönheit, Beständigkeit, Pracht, Tatkraft und Realität. Dieses ganze Wissen kannst du selbst entdecken, und die Generationen nach dir können dies auch. Alles Wissen ist in der Tora enthalten. Dieses Buch Gottes wird sich Schicht um Schicht offenbaren. Jedes Mal wenn du die Tora öffnest, begegnest du dem Schöpfer selbst. Der Sohar war die erste schriftliche Gebrauchsanleitung zum Entziffern des Verborgenen. Doch diese war nur für Eingeweihte bestimmt. Meine Aufgabe ist es, mit deiner Hilfe der Menschheit die Schlüssel zu übergeben. Juden und Nichtjuden, Jungen und Alten, Frauen und Männern. Die Tora enthält die unzweideutige Antwort auf jede Frage, die jeder, der heute lebt oder jemals leben wird, sich stellen kann. Sie ist der Geheimcode des Lebens, der Geheimcode all dessen, was war, ist und sein wird. Dein Name wird immer mit meinem verbunden sein, Chaim. Du bist mein auserwählter Schüler. Der Einzige, der wirklich versteht, worum es geht.«

Chaim entzog sich dem hypnotisierenden Blick seines Lehrers. Auch wenn Itschak Recht hatte, wollte er nichts mehr mit alldem zu tun haben. Er fühlte sich verraten, benutzt und manipuliert. Der Mensch, dem er zutiefst vertraut hatte, hatte ihm einen Dolch in den Rücken gestoßen.

»Ich *war* dein Schüler, Itschak. Sieh selbst zu, wie du deine Angelegenheiten regelst. Schreib doch selbst auf, was du lehren willst. Ich will nicht als dein Knecht in die Geschichte eingehen. Ich hasse dich.«

Er schob Itschak zur Seite und ging zur Tür. Nachdem er Sarahs Hand abgeschüttelt hatte, die hinter ihm herlief, um ihn zu beschwichtigen, verließ er den Schlafraum und warf die Tür hinter sich zu.

Zum Äußersten entschlossen stapfte er über Hamans Land zur Stadtmauer. Dort stand er keuchend vor dem hoch aufragenden Gemäuer aus glattgeschliffenen Felssteinen, das ihm den Zugang versperrte. Als er die Schritte marschierender Soldaten näher kommen hörte, versteckte er sich in der Nähe der Mauer und wartete geduldig, bis die Wachpatrouille vorbeigezogen war. Da entdeckte er direkt neben der Stadtmauer eine umgestürzte Tanne. Sein Drang, Itschak und alles, wofür er stand, hinter sich zu lassen, gab ihm die Kraft, den Stamm zur Mauer zu schleppen und aufzurichten. Nach mehreren erfolglosen Versuchen gelang es ihm schließlich, an dem Stamm emporzuklettern und sich auf die Mauerbrüstung zu schwingen. Von dort schaute er auf die Stadt, in der ein unsichtbarer Meuchelmörder mit beispielloser Mordlust gewütet hatte. Es mit der Cholera aufzunehmen erschien ihm besser, als weiter in Itschaks Gesellschaft zu bleiben. Ohne noch einmal zurückzublicken, sprang er über die Mauer.

»Was ist hier los bei euch?«, fragte Esther, die wegen des Lärms nicht einschlafen konnte.

»Chaim ist wütend und hat den Bauernhof verlassen. Ich glaube, er ist zur Stadt gegangen«, antwortete Samuel. Mit Jonathan zusammen hatte er versucht, das Gespräch zwischen Itschak und dessen Lieblingsschüler am Fenster zu belauschen.

»Natürlich wegen seines Buches«, sagte Esther.

»Sein Buch!« Samuel lachte. »Itschaks Buch meinst du wohl. Chaim hat doch nur aufgeschrieben, was Itschak ihm diktiert hat.«

Esther wusste, dass es keinen Zweck hatte, den beiden Männern zu widersprechen. Itschaks Anhänger waren nun, da so großes Unheil über ihren Köpfen schwebte, noch fanatischer geworden. Sie hofften, dass ein Wunder ihres Meisters sie vor der Seuche bewahren würde. Als Sarah sie zu dem Schabbat-Festmahl eingeladen hatte, hatte Esther zunächst gezögert. Abgesehen von Chaim hatte sie für die Kabbala-Schüler wenig übrig. Sie wusste, wie oft Schlomo wegen ihrer eigenen freizügigen Auffassung über die Liebe zur Zielscheibe ihres Spotts geworden war. Doch es war ihr Glück gewesen, dass sie sich entschlossen hatte, mit ihnen zu gehen, da die Stadt nun vom Tod heimgesucht wurde. Außerdem gehörte der Bauernhof ja nun ihr.

Aus Höflichkeit hatte Sarah auch Esther ein Exemplar des Buches gegeben. Als sie auf dem Titelblatt Itschaks Namen gesehen hatte, war ihr, als sei das Buch ihr selbst gestohlen worden. Schon als kleines Mädchen hatte Esther Künstler bewundert. Damals waren die Ateliers der Maler und Bildhauer in Verona, ihrer Heimatstadt, ihr zweites Zuhause gewesen. Bei Chaim hatte sie die Getriebenheit wiedererkannt, die sie an Schlomo so geliebt hatte – das Bedürfnis, die Welt durch ein Kunstwerk ein wenig schöner zu machen; das Ringen mit den eigenen Ängsten und Zweifeln; das Streben, die angeborenen Fähigkeiten möglichst gut zu nutzen.

Für sie war sonnenklar, dass einzig und allein Chaim der Urheber dieses Buches war. Jeder Künstler ließ sich von irgendetwas inspirieren. Nach Itschaks Logik hätte jede Frau, die Schlomo Modell gestanden hatte, behaupten können, das Bild, das er gemalt habe, sei von ihr geschaffen, weil sie darauf abgebildet sei. Kunst basierte immer auf fremden Einflüssen. Entscheidend war jedoch, *wie* der Künstler der Wirklichkeit Form gab. Von Schlomo wusste sie, dass die Qualität eines Kunstwerks davon abhing, in welchem Maße es dem Künstler gelang, die Schönheit der Schöpfung wiederzugeben. Je eindringlicher ein Kunstwerk das Mysterium der Schöpfung enthüllte, umso näher führte es die Menschen an die Quelle. Darin bestand der göttliche Auftrag des Künstlers. Der Schöpfer selbst war der höchste Künstler, der über allen seinen Schöpfungen stand. Doch da jeder Mensch ein Aspekt des Schöpfers war, war jedes Kunstwerk auch eine neue Schöpfung Gottes. Der Künstler war nicht der Maler, sondern er war der Pinsel in den Händen des Schöpfers. Schlomo hatte seine schönsten Gemälde nie signiert, weil ihm bewusst gewesen war, dass er sie als Geschenk von Gott empfangen hatte. Hätte jedoch ein anderer seinen Namen daruntergesetzt – da war Esther sich hundertprozentig sicher –, hätte Schlomo den Betreffenden umgebracht.

Ihr kam die Idee, einmal zu prüfen, ob sich diese Herren, die so schnell über alles und jeden urteilten, an ihre eigenen Prinzipien hielten.

»Ich kann nicht schlafen. Wollt ihr mitkommen und einen Becher Wein mit mir trinken?«

Die Männer schauten einander an. Ein Becher Wein war verlockend. Zwar kannten sie Esthers Ruf, aber sie würden schon auf sich aufpassen. Und da es mitten in der Nacht war, würde ihre Familie sie ja wohl für kurze Zeit entbehren können. Schweigend folgten sie Esther in den Schafstall, der ihr als Quartier zugewiesen worden war. Dieser lag von den Unterkünften der anderen weit entfernt. Als Sarah sie in diesem abgelegenen Stall einquartiert hatte, wechselten die Frauen zufriedene Blicke.

»Hier ist zwar nicht besonders viel Platz«, sagte sie lachend, »aber macht es euch trotzdem gemütlich.«

Sie schenkte den Männern Wein ein und forderte sie auf, ihr in allen Einzelheiten zu erzählen, was geschehen war.

Unterdessen machte sich Magdalena, Jonathans Frau, große Sorgen um ihren Mann. Ihre kleine Tochter auf den Armen wiegend, ging sie ruhelos im Pferdestall auf und ab. Dass er so lange fortblieb, ohne ihr vorher Bescheid zu sagen, war sehr ungewöhnlich. Aber wenn etwas passiert war, wäre doch sicher Samuel, mit dem er zusammen gewesen war, zu ihr gekommen. Ihm würde schon nichts zugestoßen sein, redete sie sich ein, um sich selbst zu beruhigen.

Tatsächlich war ihre Sorge unbegründet, denn Jonathan ging es bestens. Er krümmte sich vor Lachen über die Geschichten, die Esther erzählte. Sie nahm wahrlich kein Blatt vor den Mund, und dass eine Frau dies alles erzählte, machte die Sache noch pikanter. Vielleicht waren drei Becher Wein für einen Mann, der sonst fast nie trank, ja auch etwas viel. Die große Anspannung, unter der sie alle in den letzten Tagen gelitten hatten, fand in diesem harmlosen Spaß ein Ventil. Nur noch ganz vage war er sich bewusst gewesen, dass er mit dem Feuer spielte, als Esther den beiden Männern bei der zweiten Flasche Wein vorgeschlagen hatte, Karten zu spielen.

»Wer verliert, muss etwas ausziehen«, hatte sie augenzwinkernd hinzugefügt.

Dass das kein Scherz gewesen war, zeigte sich, als sie das erste Spiel verlor und ohne zu zögern ihre Bluse aufknöpfte. In diesem Augenblick hätten Samuel und Jonathan sich noch selbst zur Ordnung rufen können. Nun konnte kein Zweifel mehr daran bestehen, wohin dies alles führen sollte. Natürlich war beiden klar, dass ihre Frauen und Kinder sich auf der anderen Seite des Hofes Sorgen machen würden. Jonathan war vernarrt in seinen kleinen Sohn, der ihn vergötterte. Doch das ständige Heulen seiner kleinen Tochter konnte er kaum noch ertragen. Es zerrte so an seinen Nerven, dass er keinen klaren Gedanken mehr zu fassen vermochte.

Samuel erinnerte sich, dass Itschak einmal gesagt hatte, Gott sei kein Moralapostel. Jeder Mensch verfügte über einen unfehlbaren Kompass für sein eigenes Verhalten: sein Gewissen. Die Frage, die sich bei allem, was man tat, stellte – ob man sein Gewissen betrog oder ob man der eigenen Wahrheit folgte –, ließ sich schnell beantworten. Sobald man in die Gefahrenzone kam, sandte der Körper Signale aus. Eine nervöse Anspannung – wie der klagende Ton des *Schofar* am Neujahrstag. Das Horn rief dazu auf, Vergebung für alle Verfehlungen zu erbitten. Sich für die Wahrhaftigkeit zu entscheiden wurde letztlich durch die Erkenntnis erleichtert, dass jede Tat, jede Handlung die ganze Welt beeinflusste.

»Sich für die Wahrheit zu entscheiden ist so, als sei man eine brennende Kerze, die dem Wind standhält«, hatte Itschak gesagt. »Die Fehltritte eines Menschen schwächen seinen Willen und nehmen ihm alle Kraft. Aber seine innere Überzeugung ermöglicht ihm, auch beim schwersten Sturm ein Licht brennen zu lassen.«

Nicht, dass Gott viel darum gab! Der hatte alle Zeit der Welt und konnte warten, bis sich die gesamte Schöpfung aus sich heraus für die Liebe entschied.

Der Wein in seinem Blut ließ Esther noch anziehender erscheinen. Samuel wollte gerade seinem inneren Kampf ein Ende bereiten und sich mit dem Vorwand verabschieden, er müsse kurz nach den Kindern schauen, da sagte Jonathan: »Gut. Die zweite Runde.«

Wegen eines einzigen kleinen Fehltritts würde schon nicht die Welt untergehen, versuchte Samuel sein Gewissen zu beruhigen. Der Anblick einer schönen Frau hatte noch niemanden zugrunde gerichtet.

59 והו Vav Heh Vav: **Der Gott des Glücks**

Die vielen weiß markierten Haustüren, die Chaim auf seinem Weg zu Annas Haus passierte, hatten seine Wut ein wenig abklingen lassen. Innerhalb eines einzigen Tages hatte die Seuche eine erschreckend große Zahl von Einwohnern niedergestreckt. Er blieb einen Augenblick lang vor dem Haus der Familien von Datan und Abiram stehen. Auch diese Tür trug das entsetzliche Zeichen. Vor nicht einmal einem Monat hatte Itschak den beiden den Tod gewünscht. Über welche finsteren Kräfte verfügte dieser Mann? Schickte er alle, die ihm nicht sklavisch ergeben waren, ins Verderben? Wenn diese Krankheit hier länger wütete, würde es in Safed keine lebende Seele mehr geben.

Als er vor der Tür zu Annas Haus stand, die Joschua aufgebrochen hatte, zuckte er nur gleichgültig die Schultern. Das Kostbarste, was er besessen hatte, war ohnehin gestohlen. Missmutig stieg er die Treppe hinauf und ging als Erstes in Annas Wohnung. Sie fehlte ihm sehr. Er setzte sich kurz an den Tisch, an dem sie jeden Tag gemeinsam gegessen und über ihre Erlebnisse gesprochen hatten. Es gab keinen Menschen, dem er mehr von sich anvertraut hatte als ihr. Wenn ihn Zweifel plagten, hatte sie ihn stets wieder aufgerichtet. Sie konnte ihn zum Lachen bringen, und vor allem hatte sie ihn oft davor gewarnt, Itschak allzu sklavisch ergeben zu sein. Sie hatte gesagt: »Du musst an deine eigene Weisheit glauben. Ein Lehrer kann von seinen Schülern immer genauso viel lernen wie sie von ihm.« Anna hatte ihn so bedingungslos geliebt wie eine Mutter. Vielleicht hatte er sie deshalb immer auf Abstand gehalten. Als hätte er nicht zulassen können, dass jemand ihn so liebte, wie er war. Der Raum, den sie in höchster Eile verlassen hatte, wirkte nun wie eine Grabkammer. Plötzlich lief ihm ein Schauer des Entsetzens über den Rücken. Anna baumelte an einem Strick, genauso, wie er seine Mutter gefunden hatte. Doch als er mit den Augen zwinkerte, war das Bild wieder verschwunden. Es musste eine Sinnestäuschung gewesen sein. Hätte er nur auf Anna gehört! Wäre er doch nur mit ihr zusammen und mit seinem Manuskript aus der Stadt geflohen, als dies noch möglich gewesen war. Zum Glück befand wenigstens sie sich in Tiberias in Sicherheit.

Er stieg die Treppe zu seiner eigenen Kammer hinauf und öffnete die Tür. Er tastete sich zum Tisch vor und zündete eine Kerze an. Als er sich umdrehte, starrten ihn aus dem Halbdunkel zwei leuchtende Augen an. Sein Herz machte vor Schreck einen Satz. Er schrie. Instinktiv tastete er nach einem Gegenstand, mit dem er sich verteidigen konnte. Da erst spürte er, dass der Blick freundlich war. Er lachte nervös. Das musste eine Halluzination sein. Das Bild über seinem Bett war für einen Moment zum Leben erwacht. Als stünde Francesa selbst in seiner Kammer. Er rieb sich die müden Augen. Nach einem Tag wie diesem war so etwas eigentlich nicht verwunderlich. Er brauchte jetzt erst einmal Schlaf. Nachdem er zum Bett gestolpert war und sich auf den Rand gesetzt hatte, hörte er plötzlich, dass die Tür aufgestoßen wurde. Zu Tode erschrocken brüllte er so laut, dass die ganze Nachbarschaft es hören konnte. Es dauerte eine Weile, bis er registrierte, dass jemand sagte: »Ruhig, Chaim, ich bin es, Francesa.«

»Francesa?«, fragte er erstaunt.

»Die Haustür stand offen«, sagte sie mit einem nervösen Lachen. »Tut mir leid, dass ich dich so erschreckt habe.«

Chaim war so überrumpelt, dass er kein Wort herausbrachte.

»Entschuldige, dass ich einfach so ins Haus gekommen bin. Aber wo soll ich denn jetzt hin, wo Jehuda tot ist?«

»Ja, ich habe davon gehört. Es tut mir sehr leid«, sagte Chaim endlich.

»Gestern Abend war alles noch wie immer. Jehuda hatte den Abend bei meinem Vater verbracht. Als er zurückkam, war er völlig durcheinander. Er sagte, dieser habe ihm unglaubliche Dinge über seine Seele und seine Sünden offenbart. Und darüber, dass es notwendig sei, diese zu korrigieren. Ich hätte meinen Vater umbringen können. Natürlich wusste ich, dass Jehuda sündigte. Was hätte er auch sonst tun sollen? Er war doch genauso wie ich zu dieser Ehe gezwungen worden. Wider seine Natur. Ich habe ihn sogar dazu ermutigt, zu sündigen und das Leben zu genießen.«

»Was hat dein Vater ihm denn gesagt, das er tun sollte?«

»Zuerst sollte er zweiundsiebzig Tage lang fasten und meditieren, um sich mit dem männlichen Aspekt der Schöpfung zu verbinden. Danach sollte er hunderteinundsechzig Tage fasten und meditieren und sich so mit Schechina, dem weiblichen Aspekt Gottes, verloben. Und an einem dieser Tage sollte er sich neunmal pudelnackt durch den Schnee rollen. Schon allein bei dem Gedanken daran überfiel Jehuda das Grausen. Er hatte zum ersten Mal das Gefühl, ein durch und durch schlechter Mensch zu sein. Dabei hat er nie jemandem etwas zuleide getan.«

Chaim war empört. Offenbar hatte Itschak es versäumt, Jehuda zu erklären, dass die Buße keine Strafe dafür war, dass er Männer liebte, sondern dass sie dazu diente, Jehudas Versäumnis zu korrigieren, seine männlichen und weiblichen Kräfte zu vereinigen. Tatsächlich hieß es im Sohar unzweideutig, der Mensch sei verpflichtet, neues Leben zu geben. Wer dies nicht zumindest anstrebe, weigere sich, ein vollständiges menschliches Wesen zu werden und so das, was er selbst bekommen habe, an andere weiterzugeben: das Leben. Dadurch entziehe er den Seelen, die es danach drängte, ins Leben einzutreten, die Möglichkeit, sich zu materialisieren. Wahrscheinlich hatte Itschak seinen Schwiegersohn anspornen wollen, sich fortzupflanzen. Doch wenn man einem so sensiblen Jungen wie Jehuda eine Buße auferlegte, ohne deren Sinn und Zweck zu erläutern, brachte man ihn an den Rand der Verzweiflung.

»Als Jehuda nach Hause kam, zitterte er richtig«, erzählte Francesa weiter. »Er hatte schreckliche Bauchschmerzen. Ich habe ihn ins Bett gesteckt und ihn mit meinem Körper gewärmt. Aber er kam nicht zur Ruhe. Es wurde immer schlimmer. Er flehte mich an, ihm etwas zu trinken zu geben. Ich holte Wasser, und dann war es, als liefe sein ganzer Körper leer: Aus allen seinen Körperöffnungen spritzte Flüssigkeit. Er schämte sich. Seine Augen fielen ein, seine Haut wurde fahlgrau, und nach einer Stunde sah er aus, als sei er um fünfzig Jahre gealtert. Seine Zunge war mit einem schmutzigweißen Belag aus Schleim bedeckt. Es ging alles so schnell, Chaim. Gegen Mittag war er schon tot.«

Chaim erschauderte. Jehuda musste ungefähr um die Zeit gestorben sein, als er selbst aus seinem tiefen Koma erwacht und mit Joschua zu Itschak aufgebrochen war.

Francesas Kummer brach sich in voller Stärke Bahn, eine tiefe, aufgestaute Trauer, die alles überflutete. Chaim nahm sie in den Arm. Was war nur los? Was richtete Itschak in den Menschen an? Er strich ihr mit seinen warmen Händen über den Rücken, doch nichts vermochte das Zucken und Beben ihres Körpers zu besänftigen. Sie ließ sich zurückfallen und krümmte sich wie ein neugeborenes Kind zusammen, als wolle sie sich vor der Welt verstecken.

»Jehuda war ein guter Mann«, hörte Chaim durch ihr Schluchzen hindurch. »Er hat gelernt, mich zu lieben, auf seine Weise. Er ist gut zu mir gewesen.«

Chaim legte sich neben sie und schloss sie in seine starken Arme. Er hatte großes Mitleid mit Francesa, die so tapfer ihr

Schicksal getragen hatte. Die ganze Zeit über hatte er versucht, sie zu vergessen, obwohl er wusste, dass ihm das nicht möglich war. Jeden Abend war er Zeuge ihrer tiefen Trauer gewesen, wenn er vor dem Einschlafen das Gemälde über seinem Bett betrachtet hatte.

Langsam beruhigte sich Francesa. Ihr Rücken lag gegen seinen Bauch, und er spürte ihre tiefen Atemzüge.

»Ich hatte ihn so lieb, Chaim«, flüsterte sie. »Er hatte ein gutes, weiches Herz. Es war doch nicht seine Schuld, dass er sich von mir körperlich nicht angezogen fühlte. Aber er liebte mich als eine Freundin. Sein sanftes Wesen hat mich verändert. Wir haben gelernt, einander so zu lieben, wie wir wirklich sind, nicht als das, was wir voneinander zu bekommen hofften. Unsere Ehe war ein Irrtum, aber vielleicht auch ein Segen.«

Mit angehaltenem Atem hörte er sich die Geschichte an. Chaim hatte nicht gewusst, dass Jehuda ihr so ans Herz gewachsen war. Er hatte gedacht, sie hätten wie zwei Fremde nebeneinander gelebt. Er spürte, dass Francesa sich verändert hatte, dass sie nicht mehr das leidenschaftliche junge Mädchen war, in das er sich verliebt hatte. Sie wirkte nun viel reifer und weiser.

»Das ist schlimm für dich, Francesa. Wie kommt Karo damit zurecht?«

»Ach, der arme Mann«, antwortete Francesa lächelnd. »Du würdest einen Schrecken bekommen, wenn du ihn sähest. Es ist, als wäre alles Leben in ihm erloschen. Von einem Moment zum anderen hat er sein Augenlicht verloren. Er tut nur noch Buße. Bei Jehudas Begräbnis flehte er, man möge ihn bei lebendigem Leibe auf dem Scheiterhaufen verbrennen. Eine riesige Menge war anwesend. Jehuda war eines der ersten Opfer. Niemand ahnte zu diesem Zeitpunkt, dass wenige Stunden später hunderte von Toten zu betrauern sein würden.«

»Karo glaubt, er könne den verhängnisvollen Kreislauf von Ursache und Folge durchbrechen, indem er sich selbst opfert«, berichtete Francesa und schüttelte den Kopf. »Ich konnte es nicht mehr mit ansehen.«

Auch Chaim hatte sich in der Vergangenheit Karos Phantasien über einen Feuertod anhören müssen. Der Richter erzählte gerne mit großer Bewunderung von seinem Vorbild, dem Märtyrer *Salomon Molcho*, den er auf dem Scheiterhaufen hatte sterben sehen. Die Vorstellung, dass das Feuer alle Sünden verzehrte und man so rein wie frische weiße Wolle in die himmlischen Sphären einging, gefiel ihm offenbar sehr. »Das Einzige, was von deinem sündigen Körper hier auf Erden zurückbleibt«, hatte er gesagt, »ist eine Handvoll Asche auf dem Altar, während deine reine weiße Seele glorreich in den Himmel aufsteigt.«

»Weshalb bist du eigentlich nicht bei meinem Vater, Chaim?«, fragte Francesa plötzlich.

»Er hat mein Buch gestohlen.«

»Was?«

»Er hat es fünfzigmal abschreiben lassen und behauptet jetzt, es sei sein Buch.«

»Aber … jeder weiß doch, dass du es geschrieben hast.«

»Weshalb sollte mich jemand unterstützen? Niemand will sich seine Gunst verscherzen. Schon gar nicht jetzt, wo alle um ihr Leben bangen. Und wahrscheinlich freuen sie sich sogar insgeheim darüber, dass er mich verraten hat.«

»Ach, Chaim, mein Lieber«, sagte Francesa und strich sanft durch sein dünn gewordenes Haar.

»Was für ein Wunder, dass du mit heiler Haut davongekommen bist«, sagte er leise.

Statt zu antworten, zeigte sie ihm den Ring der Göttin des Schutzes.

Zu guter Letzt hatte Magdalena ihren zehnjährigen Sohn geweckt und ihm aufgetragen, so vorsichtig wie möglich nach seinem Vater Jonathan zu suchen. Falls irgendetwas passiert war, solle er ihr sofort Bescheid sagen. Rastlos ging sie in den Ställen auf und ab. Sie wusste, dass dies eigentlich kein Auftrag für einen so kleinen Jungen war, aber sie konnte sich ja nicht mit ihrem Säugling auf die Suche machen. Zu ihrer Erleichterung kehrte er nach kurzer Zeit heil in den Pferdestall zurück.

»Hast du Vater gefunden?«, fragte sie hoffnungsvoll.

»Ja, Mutter.«

»Und? Wo ist er? Ist ihm nichts passiert?«

Der kleine Junge senkte seinen Blick und sagte: »Er hat mich nicht gesehen, weil er mit einer Frau beschäftigt war.«

»Mit einer Frau?«

»Im Schafstall. Sie waren nackt und ...« Der Junge holte tief Luft.

Mit jener Urkraft, die jeder Frau eigen ist, nahm Magdalena ihren kleinen Sohn tröstend in den Arm und hielt ihn fest, während er beschrieb, wie er seinen Vater vorgefunden hatte. Sie strich ruhig und besänftigend über sein kurzgeschnittenes Haar. Der Kleine hatte Dinge gesehen, die das Fassungsvermögen seiner jungen Seele überstiegen. Sogar ihr selbst waren der Schock und die Trauer zu viel, so dass sie jedes Gefühl in sich abtötete, als bliese sie eine Kerze aus.

»Es war ein böser Traum«, sagte sie zärtlich zu dem kleinen Mann, der in diesem Augenblick bereit war, alles zu glauben, was seine Mutter sagte. Die Atmosphäre der Geborgenheit, in der er zum Mann heranwuchs, war in ihren Grundfesten erschüttert. Seine kleine Welt lag in Trümmern. Nie mehr würde er mit grenzenloser Bewunderung zuschauen, wenn sein Vater rituell Schafe schlachtete. Sein Traum, einst genauso groß und stark wie sein

Vater zu werden, hatte sich in einen beschämenden Albtraum verwandelt.

Magdalena legte ihn neben seiner kleinen Schwester schlafen. Eine ganze Weile blieb sie regungslos sitzen und hielt seine schweißfeuchte Hand, bis er aufhörte, sich unruhig herumzuwälzen, und in einen tiefen Schlaf versank.

Dann verließ sie den Pferdestall, überquerte den Hof und klopfte an die Tür der Getreidescheune, in der Samuels Familie untergebracht war.

»Ist dein Mann schon zurück?«, fragte sie Eva, Samuels Frau, und bemühte sich um einen möglichst neutralen Ton.

»Nein, ich mache mir große Sorgen.«

»Schlafen deine Kinder?«

»Ja, endlich.«

»Dann komm mit«, sagte Magdalena bestimmt. »Ich weiß, wo unsere Männer sind.«

Dankbar folgte Eva Magdalena über den gepflasterten Innenhof zum Schafstall am anderen Ende.

»Hier«, sagte sie lächelnd. »Geh du vor.«

Ohne zu verstehen, worauf die andere hinauswollte, stieß Eva die kleine Tür zum Stall auf und schaute hinein. Einige kurze Augenblicke, die eine Ewigkeit zu dauern schienen, blieb es still. Dann ertönte ein gellender Schrei, der alle auf dem Bauernhof aufweckte. Die Menschen strömten auf dem Innenhof zusammen, um festzustellen, was passiert war.

Samuel und Jonathan hatten sich in dem dunklen Schuppen mühsam in ihre Hosen gezwängt und bahnten sich nun einen Weg nach draußen. Dort wurden sie von zwei Rachegöttinnen empfangen, die ihnen Hiebe und Tritte versetzten, wo auch immer sie hintrafen. Obwohl niemand verstand, worum es ging, wurden die beiden fauchenden und zeternden Furien von ihren Männern fortgezogen, die zusammengekauert auf dem Boden hockten und nur noch den Schlägen auszuweichen versuchten.

Um die beiden Frauen zu bändigen, waren jeweils zwei Männer erforderlich.

»Statt uns festzuhalten, solltet ihr euch besser die da vornehmen, die Hure aus Sodom«, schrie Magdalena. »Und unsere schwachen, erbärmlichen Männer, die so heilig tun und sich bei der erstbesten Gelegenheit nicht beherrschen können, solltet ihr euch auch gleich schnappen.«

In diesem Moment kam Esther aus dem Stall. Sie hatte sich rasch Jonathans Hemd übergezogen. Eva und Magdalena tobten vor Wut, doch es gelang gerade noch, sie zurückzuhalten.

»Sprichst du von mir, Magdalena?«, fragte Esther und strich ihre wirren Haare aus dem Gesicht. »Ich habe zu Hause noch ein schönes Gemälde von dir. Es zeigt dich in deiner ganzen natürlichen Schönheit. Willst du es haben...?«

Den beiden betrogenen Ehefrauen stand der Schaum vor dem Mund. Sie warfen der Frau, die ihre Ehe zerstört hatte, alle biblischen Verwünschungen, die ihnen nur einfielen, an den Kopf.

Als schließlich Itschak als Letzter den Innenhof betrat, trat eine angespannte Stille ein, und sogar Evas und Magdalenas Toben ebbte allmählich ab.

»Schert euch fort«, sagte Itschak zu Samuel und Jonathan. »Ihr habt nichts von dem verstanden, womit wir uns die ganze Zeit über beschäftigt haben. Mystische Einsichten offenbaren sich nicht in Visionen, sondern durch das tägliche Bemühen darum, richtig zu handeln. Wenn ihr es nötig habt, die Leere eurer Seele auf diese Weise auszufüllen, hat die Kabbala euch überhaupt nicht erreicht. Ich will euch hier nicht mehr sehen.«

Beschämt zogen die Männer sich die restlichen Kleidungsstücke an und trollten sich davon.

Dann wandte Itschak sich an Esther: »Dies ist dein Bauernhof, Esther. Dass wir hier eine sichere Bleibe gefunden haben, verdanken wir dir. Aber der Preis dafür ist zu hoch. Wir werden deine Gastfreundschaft nicht länger in Anspruch nehmen. Morgen ziehen wir aus.«

Esther nickte kurz und zog sich in den Schafstall zurück, als sei nichts geschehen.

Itschak trat ein paar Schritte vor und stellte sich vor die Gruppe der Menschen, denen er sein Vertrauen geschenkt hatte – eine merkwürdige Versammlung in der beginnenden Morgendämmerung, nach einer schlaflosen Nacht, der ein entsetzlicher Tag vorangegangen war.

»Eva und Magdalena, ich bedaure sehr, dass dies geschehen ist. Ihr müsst jetzt sehr tapfer sein, um damit fertigwerden zu können. Nur Vergebung vermag euren Schmerz zu heilen. Vergebt euren Ehegatten und auch Esther. Nur so könnt ihr diese schmerzliche Geschichte zu etwas Wertvollem transformieren.«

Die beiden Frauen lachten höhnisch auf. Wie sollten sie jemals verzeihen, was ihnen angetan worden war? Ihre Zukunft lag in Scherben. Sie waren nun völlig auf sich gestellt. Eva spuckte verächtlich auf den Boden und legte ihren Arm um Magdalena. Gemeinsam bahnten sie sich mit ungebrochenem Stolz einen Weg durch die Anwesenden, um sich der nun wichtigsten Aufgabe zu widmen: ihre Kinder zu beschützen.

»Das Band unserer Gemeinschaft ist zerrissen«, fuhr Itschak in sachlichem Ton fort. »Ich habe den Engel des Todes gesehen. Er flüsterte mir einen Vers aus dem Buch *Samuel* zu: ›Wenn ihr in eurem Unrecht beharrt, dann werdet ihr weggefegt werden, ihr und euer König!‹ Solange wir miteinander wie Brüder umgingen, waren wir gegen die negativen Kräfte, die in Safed umgehen, gewappnet. Doch jetzt ist es zu spät. Unser Schicksal ist besiegelt.«

Die Gruppe schaute ihn bestürzt an. Vom einen auf den anderen Augenblick ließ er sie als minderwertig fallen. *Sie* waren doch nicht fremdgegangen! Doch Itschak hatte sich schon umgedreht und ging zurück zum Bauernhof. Sie standen sprachlos herum. Die Frauen fassten einander spontan an den Händen, bildeten einen kleinen Kreis und legten ihre Stirnen gegeneinander. Kaum vernehmbar sangen sie ein leises Lied, ein trauriges Lied über das Volk Israel auf seiner Flucht durch die Wüste. Auch die Männer, die nun nicht mehr wussten, wie sie ihre Familie beschützen sollten, suchten Trost. Sie umarmten einander und wiegten sich traurig im Rhythmus des Liedes, die Arme auf die Schultern ihrer Nachbarn gelegt.

Die goldene Krone eines anbrechenden Sommertages riss mit ihren scharfen Spitzen die dünne Schicht des Äthers auf. Da wurde der Augenblick der Nähe plötzlich durch einen dumpfen Schlag beendet.

Sarah war als Erste in der Scheune. Auf dem Boden lag ein besudelter Körper, der vom Spitzboden herabgestürzt war. Als sie ihn auf den Rücken drehte, schaute sie in Joschuas eingefallenes Gesicht. Er war an seiner eigenen angeschwollenen Zunge erstickt, die mit einer grauen Schleimschicht bedeckt war. Sein Bauch glich einer gärenden Masse und sah aus, als würde er jeden Moment platzen.

»Jetzt ist die Cholera auch bei uns angekommen«, sagte Sarah zu den Familien, die sich niedergeschlagen um den Toten versammelt hatten. »Joschua ist das erste Opfer.«

61 ייז Jod Jod Sajin: **Der Gott, der sagt, wie die Dinge stehen**

Itschak hatte gerade eine kurze Erklärung geschrieben, die er schwungvoll unterzeichnete. Sarah, die ihm die katastrophale Neuigkeit überbringen wollte, wurde leichenblass, als sie den Text las.

»Was hat das zu bedeuten, Itschak?«

»Es bedeutet, dass unser ganzer Besitz von nun an dir allein zusteht. Ich möchte, dass alles gut geregelt ist. Falls mir etwas zustoßen sollte.«

»Was meinst du damit, Itschak? Willst du mich verlassen?«

Er schüttelte abwesend seinen Kopf.

»Joschua ist tot«, sagte Sarah.

Itschak nickte. Die Nachricht überraschte ihn nicht. Alles würde jetzt sehr schnell gehen. Es gab keinen Weg zurück. Sarah unterdrückte ihre Verärgerung über seine Ungerührtheit.

»Ich habe neben seinem Bett einen Geldbeutel mit vielen Silberstücken gefunden.«

Sie legte das Geld, das Joschua von Zimra bekommen hatte, auf den Tisch.

»Es ist für Esther«, sagte Itschak. »Wir kaufen ihren Bauernhof. Ich möchte, dass nach meinem Tod hier eine Synagoge errichtet wird, die nach mir benannt werden soll.«

»Steht dieses Geld nicht Chaim zu? Er ist sein Bruder.«

»Es ist schmutziges Geld. Joschua ist damit für den Diebstahl des Manuskripts bezahlt worden. Es muss gereinigt werden. Was könnte man Besseres damit anfangen, als eine Synagoge zu erbauen? Zur rechten Zeit wird das Geld seinen Weg zu Chaim finden.«

»Das ist alles, was du dazu zu sagen hast?«, fragte sie.

»Wieso?«

»Berührt dich denn nichts von alldem, was geschehen ist? Gestern ist dein Schwiegersohn gestorben. Heute einer deiner Schüler. Deine Tochter will nichts mehr mit dir zu tun haben. Dein auserwählter Schüler hasst dich. Wer bist du eigentlich, Itschak Luria?«

»Der Tod kommt immer zur rechten Zeit, Sarah. Die Schöpfung ist vollkommen. So unbegreiflich uns dies auch erscheinen mag.«

Sarah stellte sich vor Itschak und schaute ihm direkt in die Augen.

»Weißt du, was dein Problem ist?«

Itschak schaute sie gleichmütig an.

»Du glaubst, dass du ein Zaddik, ein Heiliger bist, weil du den ganzen Tag in dicken Büchern herumstöberst. Aber die heiligen Männer in der Tora sind Männer der Tat, nicht des Wortes. Nimm nur *Josef* als Beispiel. Er war ein junger, attraktiver Mann, für den die Mädchen auf die Mauer kletterten, um einen Blick auf ihn werfen zu können. Er war ein muskulöser Mann, der als Sklave in der Frau seines Herrn die Lust weckte. Deine Heiligkeit ist so wenig männlich. Du sprühst nicht vor Lebenskraft. Du willst die Welt verändern, aber du empfindest keine Leidenschaft dabei. Deine Nächsten sterben, und du zeigst keinerlei Mitgefühl. Moses führte sein Volk durch die Wüste, aber du lässt die Deinen im Stich und lebst in einer Papierwelt der Heiligkeit.«

»Was ist der Tod?«, sagte Itschak und schlug mit seiner Faust auf den Tisch. »Jehudas äußere Hülle stirbt. Joschuas äußere Hülle stirbt. Mehr nicht. Ihre Seele ist ewig. Seelen wechseln den Körper, so wie ein Mensch seine Kleider wechselt. Jede Seele sucht sich immer wieder den Körper und das Leben, in denen sie sich am besten weiterentwickeln kann. Wir trauern doch auch nicht um einen Baum, der im Winter seine Blätter abwirft. Das gehört zum Leben.«

»Und deine Tochter? Und Chaim? Lassen die dich auch kalt?«

»Nach meinem Tod wird alles klar werden.«

Sarah schüttelte ihren Mann. »Und ich, Itschak, was bedeute ich dir?«

Fassungslos schaute er sie an.

»Wir hatten das Glück, von unserer frühesten Jugend an unter einem Dach zu wohnen. Viele Menschen müssen bis zu ihrem vierzigsten Lebensjahr warten, um ihren Seelengefährten zu finden. Du hast mir ein wunderbares Leben geschenkt. Ich würde auf keine Sekunde unserer gemeinsamen Zeit verzichten wollen.«

Itschak nahm den Geldbeutel vom Tisch und wollte den Raum verlassen.

»Was siehst du jetzt, Itschak?«, fragte sie, während sie ihm den Weg verstellte.

»Ääh, dich … Sarah, meine Reisegefährtin«, antwortete er zögernd.

»Lieber Himmel, versuche doch nur ein einziges Mal, mich so anzuschauen, wie ein Mann eine Frau anschaut. Vergiss, dass wir zusammen aufgewachsen sind. Vergiss, dass wir zwei Hälften einer Seele sind. Vergiss, dass wir zusammen eine Tochter in diese Welt gesetzt haben. Schließe deine Augen und vergiss alles, was du von mir weißt. Alles, was dich an mich erinnert.«

Er schloss seine Augen, doch als er spürte, dass Sarah ihm einen Schal um die Augen binden wollte, drehte er verärgert den Kopf weg.

»Bitte, Itschak«, sagte Sarah sanft.

Widerwillig ließ er sich den Schal umbinden.

»Vergiss, wer ich bin. Vergiss, wer ich war. Du hast mich noch nie gesehen.«

Unterdessen wurde auf dem Hof Joschuas Leichnam gewaschen, und die Vorbereitungen für sein Begräbnis wurden getroffen. Da traten bei drei anderen Schülern Itschaks die ersten Symptome der gefürchteten Krankheit auf. Sie erbrachen Blut, und ihre Fingernägel färbten sich schwarz. Daraufhin wurde Joschuas verwesende Leiche hastig zum Johannisbrotbaum gebracht und in Brand gesetzt. Man beschloss, die Räume neu zuzuteilen. Die Kranken und ihre Familien wurden in der großen Scheune untergebracht, so gut es ging von den anderen Unterkünften entfernt. Jeder musste nun so gut wie möglich für sich selbst sorgen, und diejenigen, die sich noch nicht angesteckt hatten, hielten sich von den Kranken fern. Trotz der brütenden Hitze wurden die Kinder nicht ins Freie gelassen. Überall ertönten Gebete und Gesänge, um die Todesangst zu bannen. Die Cholera war tückisch, und es ließ sich nicht voraussagen, wie rasch sie sich ausbreiten würde. Sie konnte alle dahinraffen oder es bei den bisherigen vier Opfern belassen – dann wären sie glimpflich davongekommen.

Sarah hatte sich inzwischen in herausfordernder Haltung auf dem Bett ausgestreckt. Wenn der Tod tatsächlich vor ihrer Tür stand, wollte sie von dem Mann, dem sie ihr ganzes Leben geschenkt hatte, wenigstens ein einziges Mal richtig geliebt werden.

»Wenn du jetzt gleich den Schal von deinen Augen streifst, Fremder, wirst du eine geheimnisvolle Frau sehen. Sie ist für dich da.«

Itschak war überwältigt von dem, was er sah. Die aufreizende Haltung der verführerischen Frau, die auf dem Bett lag, weckte augenblicklich seine Begierde. Ein Feuer der Leidenschaft entbrannte in seinen Lenden, und er war nur noch vom Hunger der Lust erfüllt.

62 כוק Kaf Vav Kuf: **Der Gott der sexuellen Magie**

Die ganze Nacht und den Morgen hindurch hatten Francesa und Chaim auf dem Rand des Bettes gesessen und miteinander geredet. Dass sie in einer Stadt, in der der Tod mit lautem Gelächter durch die Straßen zog, beieinander Zuflucht gesucht hatten, hatte jegliche Befangenheit zwischen ihnen vertrieben. Diese Stunden konnten ihre letzten sein. Das ermutigte sie, alles auszusprechen, wozu sie vorher keine Gelegenheit gehabt hatten.

»Meinst du immer noch, dass ich Lilith bin?«, fragte Francesa. »Jedenfalls trägst du noch das Amulett, das dich vor ihr schützt.«

Chaim zog die Schnur, an der Annas Amulett hing, über seinen Kopf.

»Weißt du, worüber Adam und Lilith Streit bekamen?«, fragte er, während er das Amulett in seinen Fingern spielen ließ und die Abbildung der drei Schutzengel betrachtete.

»Natürlich weiß ich das«, sagte Francesa. »Sie wollte beim Liebesakt auf ihm sitzen. Doch das verletzte Adam in seiner Männlichkeit. Er wollte oben sein, um seine Macht über sie zum Ausdruck zu bringen.«

Chaim lächelte. So einfach war es tatsächlich. Lilith und Adam waren gleich. Gott hatte beide aus der gleichen Grundsubstanz geschaffen. Aber offenbar hatte schon Adam mit Unsicherheit zu kämpfen gehabt und eine Frau gebraucht, die aus seiner Rippe gemacht war, damit er ihr Schöpfer und Meister sein konnte. Lilith hatte das nicht akzeptiert. Sie hatte den verbotenen, geheimen Namen Gottes ausgesprochen und ihre Flügel ausgebreitet, und fortan brachte sie von ihrem Zufluchtsort im Roten Meer aus Unheil über Männer und Kinder.

»Und wenn Lilith nun die weibliche Göttin wäre?«, fragte Francesa.

Chaim schaute die verführerische junge Frau an, die da entspannt auf ihre Ellbogen gestützt auf seinem Bett lag. Das war unmöglich! Lilith hatte ihn oft in seinen Träumen besucht und die schändlichsten, aber gleichzeitig auch so lustvollen erotischen Phantasien in ihm geweckt. Itschak erklärte ihm, der auf diese Weise sündig vergossene Same werde zur Brutstätte schlechter Gedanken in einem Mann. Der Same brachte kein neues Leben hervor, sondern unreine Vorstellungen, die erschienen, als seien sie real.

»Ihr Kabbalisten habt ja eine Höllenangst vor Sex«, stellte Francesa spöttisch fest.

»Oh nein«, sagte Chaim. »Wir sehen im Sex die größte schöpferische Kraft des Universums. Sieh nur …«

Er nahm das Gemälde von der Wand und zeigte Francesa die Worte, die Schlomo mit Holzkohle auf die Rückseite geschrieben hatte: »Wer niemals die Kraft der leidenschaftlichen Liebe zu einer Frau erfahren hat, wird sich nie mit der weiblichen Seele Gottes verbinden können.«

»Schön«, sagte Francesa begeistert. »Und der Name der weiblichen Seele Gottes ist Schechina, nicht wahr?«

»Ja«, antwortete Chaim und hängte das Bild wieder an die Wand. »Und für den Mann ist seine Seelengefährtin die Schechina. Deshalb müssen wir uns mit ihr am Schabbat vereinigen. Die Vereinigung von Mann und Frau ist eine magische Handlung.«

»Als würden Sonne und Mond sich vereinigen«, spann Francesa den Gedanken fort. Sie dachte wehmütig an das Märchen, das ihre Mutter ihr so oft erzählt hatte.

»Aber auch die Tora ist unsere Schechina. Hinter einem Schleier verborgen verführt sie uns mit ihren Worten, bis ihre Einsichten uns allmählich durchdringen. Manchmal zeigt sie uns für einen Augenblick ihr Angesicht und verbirgt sich dann wieder, und wir werden verrückt vor Verlangen nach ihr.«

»Wie aufregend«, erwiderte Francesa, fasziniert von dem leidenschaftlichen Feuer in seinen braunen Augen. »Aber stell dir vor, dass Lilith sich hinter dem Vorhang verborgen hält…«

»Lilith, als Braut Gottes? Dass ich nicht lache!«

Francesa ging zu Chaims Schreibtisch, nahm seinen Gänsekiel, ein Blatt Papier, rechnete den Zahlenwert des Wortes »Lilith« aus und kam auf 480.

»Einverstanden, Herr Kabbalist?«, fragte sie ihn.

»Einverstanden«, lachte er.

Dann schrieb sie »Shechina ha-malekh«, die Schechina oder der weibliche Aspekt Gottes.

»Jetzt rechne«, sagte sie.

Chaims Lachen erstarb, als er auch diesmal auf das Ergebnis 480 kam. Triumphierend setzte sie sich neben ihn.

»Nach eurer kabbalistischen Logik ist Lilith also der weibliche Gott.«

Chaim warf ihr einen anerkennenden Blick zu.

»Man muss den Feind mit seinen eigenen Waffen schlagen«, meinte Francesa lachend. »Wenn Lilith nun doch keine Dämonen aus eurem Samen gebärt, sondern starke Engel mit dem Wissen des Baumes der Erkenntnis?«, fragte sie und rückte etwas näher an ihn heran.

»Ein Mann muss für diese Art von Wissen bereit sein. Er muss vorsichtig damit umgehen«, antwortete Chaim, dem das Herz bis zum Halse schlug. »Sonst vernichtet es ihn. Wenn Lilith eine Frucht in ihrem Schoß trägt, lässt sie einen Mann nicht mehr los und sucht ihn dann an jedem Neumond heim.«

»Vielleicht, um ihn an die göttliche weibliche Weisheit zu erinnern«, sagte Francesa lächelnd und ließ wie zufällig die Ärmel ihres Kleides hinuntergleiten.

»Lilith hat eine solch hypnotisierende Wirkung auf den Mann«, sagte Chaim langsam, während er mit offenem Mund Francesas schöne runde Brüste anstarrte, »dass er ihr ganz verfällt und sie ihn von seinem spirituellen Pfad abbringt.«

Sie stand auf und ließ ihr Kleid bis unter den Nabel sinken. Während sie ihre schlanken Hände auf den Bauch legte, sagte sie: »Wie jede Frau hat auch Lilith eine warme Wunderkammer in ihrem Bauch, die darauf wartet, nichts Geringeres als das Leben zu empfangen. In der Gebärmutter vollzieht sich das große Mysterium, die Entstehung des Lebens. Und dabei ist die gleiche Kraft am Werk wie bei der Entstehung des Universums. Es ist ein göttlicher Mikrokosmos …«

Sie wählte ihre Worte mit Bedacht, während sie über ihren Bauch streichelte, ganz langsam mit ihren Händen zu den Hüften hinabglitt und das Kleid Millimeter für Millimeter nach unten schob. Gebannt verfolgte Chaim das atemberaubende Schauspiel, bei dem sich ihr göttlicher Körper allmählich enthüllte.

Schließlich lag das Kleid wie ein magischer Kreis auf dem Boden rund um ihre zierlichen Füße. Chaims Blick streifte ihre schlanken Beine hinauf und kreiste wie in einem Strudel um den unergründlichen Brunnen, der von glänzenden schwarzen Härchen umsäumt war, Strandhafer in den Dünen gleich. Wie das aufgeregte Ticken einer Aufziehuhr allmählich erstirbt, so verklangen seine Gedanken im Nichts, und er verfiel in einen Rausch, in dem es für ihn nur noch den Duft Francesas gab.

Mit ein paar zierlichen Schritten trat sie aus ihrem Kleid heraus und stellte sich vor ihn. Sie legte ihre Hände auf seine Schultern und drängte ihren Schoß gegen seine trockenen Lippen. Das Aroma machte ihn trunken, und seine Lippen saugten sich an der Eingangspforte zu ihrem Göttinnentempel fest, als bäte er lautlos schreiend um Einlass.

Sie strich mit den Händen über sein Haar und küsste und streichelte mit langsam kreisenden Hüftbewegungen sein Gesicht. Als sie an seinem Kragen zog, um ihm zu bedeuten, das Hemd auszuziehen, streckte er bereitwillig die Arme hoch, und mit einem Ruck streifte sie das Kleidungsstück über seinen Kopf und warf es auf den Boden. Dann ging sie mit gespreizten Beinen in die Knie und löste mit einer kraftvollen Bewegung den Gürtel, so dass seine Hose herabfiel. Ihre großen leuchtenden Augen hefteten sich auf sein pochendes beschnittenes Verlangen, das wie poliertes Nussholz aussah. Einem geschnitzten Finger gleich wies es auf die Frau, auf die er sein Leben lang gewartet hatte. Die verlorene Hälfte seiner Seele. Seine Schechina. Sie öffnete ihre vollen Lippen, und im Rhythmus ihrer tiefen Atemzüge wiegte sie ihn in ihrem wärmenden Bad.

Er fühlte, wie ihre warmen Hände seine sich aufbäumende Männlichkeit umklammerten und sie ihm den Weg zu ihrem tiefsten Selbst wies, ihrem unberührten Tempel, den sie für ihn bewahrt hatte.

Das Amulett lag achtlos hingeworfen neben dem Bett.

63 נלכ Nun Lamed Kaf: **Der Gott, der Katastrophen Einhalt gebietet**

»Itschak ist der Nächste«, hatte Sarah zu Beginn des gemeinschaftlichen Mittagessens kreidebleich mitgeteilt und dann den Esstisch verlassen. Die Anwesenden waren sprachlos. Wie viele Schicksalsschläge konnte ein Mensch an einem einzigen Tag verkraften? Sie hatten gehofft, Itschaks Beschluss, die Gruppe an diesem Morgen aufzulösen, sei nur eine vorübergehende Anwandlung von ihm gewesen. Doch nun würden sie ihn wirklich verlieren, und alle Hoffnung, die sie gehegt hatten, erwies sich als vergebens. Seine Autorität war das Einzige gewesen, was diese so unterschiedlichen Menschen zusammengehalten hatte. Während des Essens schwiegen alle und dachten an die vor ihnen liegende düstere Zukunft. Wenn der von Gott Gesandte der Seuche erlag, wie groß war dann ihre Chance, diese Katastrophe zu überleben?

Drei der vier Erkrankten in der Gruppe waren schon gestorben. Bei Mordechai, der unaufhörlich mit krächzender Stimme um Wasser flehte, konnte es nicht mehr lange dauern, bis der Tod ihn ereilen würde. Der Scheiterhaufen für ihn war schon neben den Ascheresten der drei verbrannten Leichname, unter dem Schatten des Johannisbrotbaumes am Rande des Ackers, aufgeschichtet worden.

Esther wurde von allen gemieden, doch ihr Stolz war ungebrochen. Ihrer Meinung nach trug sie keine Schuld an den beiden zerbrochenen Ehen. Samuel und Jonathan waren erwachsene Männer, die wissen mussten, was sie taten. Von den Bewohnern der Stadt hatte in der Vergangenheit niemand so vehement mit dem Finger auf sie gewiesen wie die Kabbalisten. Jetzt hatten sich zwei von ihnen selbst der Verfehlung schuldig gemacht, die man ihr ständig vorwarf. Als Sarah ihr das Geld anbot, hatte sie sich ohne zu zögern mit einer Unterschrift endgültig von dem Bauernhof getrennt. Dann hatte sie in aufgeräumter Stimmung ihren spärlichen Besitz gepackt – ein paar Kleidungsstücke, das Kartenspiel und Chaims Buch, auf dessen Titelseite Itschaks Name prangte – und war, ohne sich zu verabschieden, den Berg hinabgelaufen. Die Welt stand ihr offen. Falls die Cholera Tiberias noch nicht erreicht hatte, würde sie erst einmal eine Weile dort bleiben und danach vielleicht nach Italien zurückkehren, wo man ihr großes Herz sicher besser verstand.

Als die Frauen den Tisch abräumten und die Männer sich zum Gebet zurückzogen, beschloss Abraham, der Tuchhändler, trotz der Ansteckungsgefahr seinen Meister aufzusuchen.

Sarah wollte ihn zuerst nicht vorlassen, doch Abraham flehte sie an, von Itschak Abschied nehmen zu dürfen.

In seinem Schlafraum waren die Vorhänge zugezogen, und es war stickig. Itschak schwitzte stark und sah um Jahrzehnte gealtert aus.

Der treue Abraham sank vor dem Bett des Meisters nieder, der sein Herz von der Habsucht befreit hatte. Er beweinte Itschaks trauriges Los und küsste immer wieder seine knochige Hand.

»Meister«, schluchzte er, »ist dies die Hoffnung, auf die wir alle gewartet haben und nach der es uns verlangte? In der Zeit, die Ihr mit uns verbracht habt, war unser einziger Traum, in der Welt Güte, Weisheit und Größe zu verbreiten. Was bleibt uns noch?«

»Steh auf, Abraham«, sagte Itschak. »Es ziemt sich nicht für einen so angesehenen Mann wie dich, vor mir niederzuknien.«

Abraham gehorchte und setzte sich auf den Bettrand.

»Hätte ich unter euch nur eine einzige gerechte Seele gefunden«, sagte Itschak, »dann bräuchte ich diese Welt nicht vorzeitig wie ein Dieb in der Nacht zu verlassen. Dann wären mir noch fünf Jahre vergönnt gewesen. Genau diese Zeit hätte ich gebraucht, um die Welt endgültig von allem Bösen zu befreien und zu verändern. Ich hätte dann meine Anleitungen für die

Deutung der Tora mit Hilfe des Sohar zum Abschluss bringen können. Es hätte keine Zweideutigkeit mehr gegeben, keinerlei Zweifel mehr an dem, was dort geschrieben steht. Ich hätte der Menschheit eine Anleitung für ein rechtschaffenes Leben hinterlassen. Doch leider haben sich meine Löwenjungen als ein Rudel habgieriger Wölfe entpuppt.«

Schuldbewusst schlug Abraham die Augen nieder. Er wusste, dass auch er versagt hatte. Als Itschak ihn aufforderte, nach Jerusalem zu gehen, hatte ihn eine so große Furcht befallen, dass er das Angebot als Erster ablehnte. Er konnte sich nicht vorstellen, dass einem Mann in seinem Leben zweimal der Segen zuteil werden könnte, die Schechina zu erschauen. Er fürchtete sich davor, enttäuscht zu werden. Er vermutete, andere würden seine Erfahrung an der Westmauer als Halluzination abtun. Seine Angst war größer gewesen als der Glaube an den Meister, dem er seine Veränderung verdankte.

Plötzlich wurde Itschak unruhig. Er schien zu phantasieren. Dann schaute er sich im Zimmer um, als suche er etwas.

»Wo ist Chaim?«, fragte er nervös. »Wo ist Chaim, Abraham?«

»Er hat uns doch gestern verlassen, Meister. Das wisst Ihr doch. Ihr hattet Streit mit ihm. Danach haben wir ihn nicht mehr gesehen.«

»Dass er in einem solchen Augenblick nicht an meiner Seite ist!«, sagte Itschak verbittert.

Abraham blickte ihn hoffnungsvoll an. Vielleicht war der Meister ihm ja dankbar für seine Anwesenheit. Bewies das nicht, dass er sein treuester Schüler war? Doch der Meister seufzte nur und schwieg, in Gedanken versunken.

»Was sollen wir jetzt tun, Meister?«, fragte Abraham.

Itschak wurde zusehends ruhiger und setzte sich auf. Er nahm Abrahams Hand in die seine und gab seinen Worten Nachdruck, indem er sie kräftig drückte.

»Abraham, sage allen meinen Schülern in meinem Namen, sie mögen sofort mit dem Studium der Kabbala aufhören. Im Grunde versteht niemand von euch, worum es geht. Wenn ihr die Kabbala falsch praktiziert, wendet sie sich gegen euch. Sie wird dann zu einer dämonischen Lehre. Hast du mich verstanden, Abraham?«

Durch den Kontakt zu Itschak und das Studium der Kabbala hatte Abraham sein ganzes Leben von Grund auf verändert. Der Gewinn aus seinem Tuchhandel floss nun zu einem großen Teil in ein Gebäude für Obdachlose, das am Stadttor errichtet worden war. Außerdem entwickelte er Pläne für den Bau einer schönen Synagoge auf dem Gipfel des Meron, neben dem Grab von Schimon bar Jochai. Wie konnte etwas so Schönes und Reines, das ihm so viel Kraft und Inspiration und seinem Leben einen Sinn gab, jetzt plötzlich verboten sein?

»Nur Chaim darf sein Studium fortsetzen. Allein, in Stille und im Geheimen. Aber verbiete ihm, auch nur einen einzigen Buchstaben zu veröffentlichen.«

Abraham versprach es.

Mit schwacher Stimme fuhr Itschak fort: »Du musst dafür sorgen, dass Chaim alle eure Aufzeichnungen und Bücher bekommt, Abraham. Alle. Hörst du mich?«

»Ja«, sagte Abraham seufzend. Man durfte einem Sterbenden keinen Wunsch abschlagen.

Itschak zog unter seinem Kopfkissen einen Brief hervor.

»Ich hatte gehofft, ihm diesen Brief selbst aushändigen zu können. Gib ihn Chaim, Abraham. Alles, was er wissen muss, steht darin. Nur er darf ihn lesen.«

Abraham verstaute den Brief sorgfältig. Jetzt verstand er überhaupt nichts mehr.

»Und für uns, Meister? Gibt es irgendeine Hoffnung für uns?«, fragte Abraham mit einem dünnen Stimmchen.

»*Abrakadabra*«, sagte Itschak lächelnd. »Das bedeutet: Fliehe dahin, gleich diesen Worten.«

»Was soll das heißen?«

»Schreibe das Wort ›Abrakadabra‹ einfach auf ein Blatt Pergament, wobei du es mit jeweils einem Buchstaben weniger wiederholst.«

Abraham nahm ein Stück Papier und schrieb auf:

Abrakadabra
abrakadabr
abrakadab
abrakada
abrakad
abraka
abrak
abra
abr
ab
a

»Falte dieses Papier jetzt zusammen, so dass der Text nicht mehr sichtbar ist, ziehe einen weißen Faden hindurch und trage es um deinen Hals. So wie die Buchstaben dieses Wortes verschwinden, so wird sich die Cholera zurückziehen.«

»Ist das alles?«, fragte Abraham enttäuscht. »Ein Zauberspruch?«

»Wenn ihr es wert seid«, sagte Itschak ruhig, »werde ich zurückkommen und meinen Unterricht wieder aufnehmen.«

»Aber Meister«, weinte Abraham, »wie könnt Ihr so etwas sagen? Ihr werdet unsere Welt verlassen. Wie könnt Ihr dann zurückkommen?«

Itschak lächelte erschöpft. Weil seine Zunge stark geschwollen war und er brennenden Durst verspürte, fiel ihm das Sprechen immer schwerer. Sein Gesicht war so grau wie die einzige Wolke, die am strahlend blauen Himmel genau über dem Bauernhof stand. Draußen hatte eines der Kinder die anderen darauf aufmerksam gemacht. Die Familien setzten sich zusammen, die Blicke in banger Erwartung zum Himmel gerichtet. Sie warteten auf das Dahinscheiden des Mannes, der für die einen ein Magier, für die anderen ein Wundertäter und für einige wenige sogar der Messias gewesen war. Jonathans kleiner Sohn spielte auf seiner Flöte eine wehmütige Melodie.

»Soll ich ihm sagen, er soll aufhören zu spielen?«, fragte Abraham.

»Nein«, sagte Itschak, »das Gebet dieses Flötenspiels ist eindringlicher als alle gesprochenen Gebete zusammen.«

Er schloss seine Augen und genoss die Musik. Nach einer Weile fuhr er fort: »Du verstehst die Geheimnisse der Schöpfung nicht, Abraham. Ich werde wiederkommen. Sei es in Träumen, im Wachzustand oder aber in einer Vision.«

Ungläubig schaute Abraham ihn an. Wie konnte sein Meister sich so sicher sein, über welche Kräfte er in einer anderen Welt verfügte?

»Sorge dafür, dass man keinen Zauberer aus mir macht, Abraham«, sagte Itschak mit letzter Kraft. »Eines Tages wird das, was ich euch gelehrt habe, Teil der Wissenschaft sein. Wenn der Verstand in eine Sackgasse gelangt ist, wird der Glaube ihm den Weg weisen. Sie werden Hand in Hand gehen. Alle Geheimnisse werden aufgeklärt und das Wort wird Fleisch werden.«

Dann ließ Itschak seine Hand los und sagte gehetzt: »Schnell jetzt, Abraham, verlasse diesen Raum. Meine Zeit ist gekommen. Es steht mir nicht zu, dir noch mehr zu sagen. Lebe wohl, Freund.«

Abraham hatte Angst und stand sofort auf. Ohne sich noch einmal umzusehen, hastete er aus dem Raum, als sei der Tod ihm auf den Fersen.

Als Sarah den Raum betrat, sah sie gerade noch, wie der alte blinde Engel Itschaks Lippen gnädig küsste. Die Seele des Mannes, der ein Volk verändert hatte, verließ mit einem friedvollen Seufzer die Welt. Die graue Wolke war von einer goldenen Aureole umgeben. Ein Ehrensalut des Himmels, der in jeder Generation nur einem oder zwei Weisen vergönnt war.

Im gleichen Augenblick stieß Chaim einige hundert Meter entfernt in Safed einen verzückten Schrei der Wollust aus. In seiner Vereinigung mit Francesa überwand das Leben den Tod.

TEIL VII

Jerusalem 1572. Sommer, sieben Tage später
(jüdische Zeitrechnung: 5332)

64 פוי Peh Vav Jod: **Der Gott, der den Zorn vertreibt**

Chaim war verrückt nach Francesa. Ihre Reise nach Jerusalem unterbrachen sie viele Male. Sein Hunger nach ihr war unstillbar. Er musste die Ochsen, die den Wagen zogen, immer wieder an den Wegesrand lenken.

Ob andere Reisende vorbeizogen, war ihnen gleichgültig. Wenn die Hitze der Liebe in ihnen aufloderte, vergaßen sie die Welt um sich herum. Chaim entdeckte immer wieder neue Freuden ihres Gartens Eden, in dem er stundenlang umherstreifen konnte. Ihr Staunen ließ nicht nach, als sähen sie einander jedes Mal zum ersten Mal nackt. Chaim und Francesa fühlten sich, als seien sie die ersten Menschen auf Erden und hätten soeben das Geheimnis der Liebeskunst entdeckt. Sie tranken in vollen Zügen von diesem unerschöpflichen Lebenselixier.

Wie Waldgeister in einer Vollmondnacht gaben sie sich ihrer so lange unterdrückten Leidenschaft hin. Ihr Liebesakt glich einem heidnischen Ritual, dem sie sich ohne jede Hemmung und Scham hingaben. Mit den Augen blutrünstiger Raubtiere verschlangen sie einander mit Haut und Haar, bissen und kratzten sich, rollten in den unvorstellbarsten Positionen übereinander und betrieben ihr Spiel, egal wo sie gerade waren, auf

Bäumen, Felsen oder grasbewachsener Erde. Chaim lernte, sie mit der Kraft seines Beckens zu reiten und zu lenken, bis Pferd und Reiter eins wurden und ihre Flanken vorausahnten, wohin sein Rhythmus sie führen würde. Manchmal lockerte er die Zügel seiner dampfenden Stute, die dann die Führung übernahm und ihn im Galopp über die Liebesgründe führte. Sie erfreuten sich an den blutigen Kratzern auf seinem Rücken und dem Abdruck der Zähne auf ihrem Hals, die sie einander stolz wie Kriegstrophäen zeigten.

Unterdessen grasten die Ochsen geduldig mit abgewandten Köpfen an dem mit Wegerich bewachsenen Wegesrand.

»Sieh nur«, rief plötzlich Francesa, »Jerusalem!«

Hand in Hand betrachteten sie vom Berg herab die glitzernde goldene Kuppel des Felsendoms im Zentrum der Stadt. Sie fühlten sich wie zwei Schiffbrüchige, die nach tagelangem Umhertreiben auf dem Meer eine bewohnte Insel entdeckten. Dies war das Ziel einer Reise, die sie endlos hätten fortsetzen können. In dieser Stadt würden sie ein völlig neues, gemeinsames Leben beginnen. Safed lag weit hinter ihnen. Das war das Wichtigste. Vergessen war alles Unheil, das geschehen musste, damit sie endlich zusammenkommen konnten. Jehudas Tod, Itschaks Tod, die Cholera – all dies war notwendig gewesen, um Gottes Plan Wirklichkeit werden zu lassen. Schon als sie einander das erste Mal gesehen hatten, war ihre Sehnsucht erwacht, und sie hatten Hindernis um Hindernis überwinden müssen, um ihre Liebe leben zu können. Schulter an Schulter trotzten sie der Welt mit jener Hochstimmung, die verliebten Menschenherzen eigen ist. Voller Erwartungen und Optimismus waren sie bereit, es mit allem aufzunehmen, was ihnen begegnen würde. Was ihr gemeinsames Leben bringen würde, war völlig offen. Troubadoure würden ihr Leben besingen. Andere Liebesgeschichten würden verblassen, wenn man an fernen Orten erzählte, wie es Chaim und Francesa ergangen war.

An diesem Abend würden sie das letzte Mal ungestört zusammen sein. Die Stadt würde ihre Aufmerksamkeit stark beanspruchen und ihre ausschließliche Zweisamkeit allmählich durch ein Leben abgelöst werden, in dem auch andere Menschen eine Rolle spielten. Doch statt in Wehmut zu schwelgen, genossen sie jeden Augenblick. Nachdem sie am Lagerfeuer ein knuspriges Hühnchen zerteilt und einander mit dem zarten Fleisch gefüttert hatten, sagte Francesa: »Ich könnte mein ganzes Leben lang so mit dir durch die Welt ziehen.«

Chaim streichelte und küsste die schwarzen Härchen auf ihren Beinen.

»Das Einzige, was mir fehlt, ist ein warmes Bad und ein Dienstmädchen, das die Haare von meinen Beinen entfernt«, meinte sie kokett.

Chaim lachte über dieses Bedürfnis nach Luxus, dem Nachhall einer verwöhnten Kindheit.

»Weshalb hast du eigentlich alle diese Bücher mitgenommen, Chaim?«, fragte sie plötzlich.

»Stell dir nur vor, was passieren würde, wenn auch nur ein Exemplar meines Buches, auf dem der Name deines Vaters steht, in Safed zurückgeblieben wäre. Man hätte mich dort blitzschnell vergessen. Es wäre unerträglich für mich, wenn Itschak als Verfasser des Buches gerühmt würde.«

»Und was willst du mit den Büchern machen? Seinen Namen durchstreichen und deinen daraufsetzen?«

»Nein«, sagte Chaim. »Ich weiß es nicht. Ehrlich gesagt, bekomme ich Magenkrämpfe, wenn ich an das Buch denke. Es ist durch alles, was passiert ist, besudelt worden.«

»Ich verstehe dich«, sagte Francesa und streichelte seine Brust. »So hart du auch daran gearbeitet hast, du wirst immer die Stimme meines Vaters hören, die das Buch für sich beansprucht. Dein Stolz wird immer darunter leiden, dass er sagte, du hättest es ohne ihn niemals schreiben können.«

Francesa sprang auf und rannte zum Ochsenkarren, auf dem die Bücher lagen. Abraham hatte den letzten Wunsch Itschaks erfüllt und persönlich dafür gesorgt, dass alle Schüler ihre Bücher und ihre persönlichen Aufzeichnungen ablieferten. Dazu war nicht viel Überzeugungsarbeit notwendig gewesen. Die von den Schülern übrig Gebliebenen – vier waren auf dem Bauernhof gestorben, und zwei hatte Itschak weggeschickt – waren völlig desillusioniert. Nachdem Itschak ihnen verboten hatte, sich weiter mit der Kabbala zu beschäftigen, löste sich ihre Ergebenheit ihm gegenüber schnell in nichts auf. Allerdings hatten sie sich sicherheitshalber den Zauberspruch um den Hals gehängt, und es traten tatsächlich keine weiteren Todesfälle mehr auf.

Nach Itschaks Tod verschwand die Cholera genauso schnell wieder, wie sie aufgetaucht war. Safed leckte seine Wunden, und Itschak war nur einer von vielen Toten, die es zu betrauern gab. Der gnadenlose Tornado des Todes hatte die Überlebenden zutiefst verändert. Nach der Seuche galt ihr Streben nicht mehr ausschließlich der Vermehrung des Reichtums, sondern sie erfreuten sich an ihren überlebenden Angehörigen und unterstützten nach Kräften die Familien, die es am schwersten getroffen hatte. Bei den Spendensammlungen für die notleidenden Familien gaben alle großzügig. Zum ersten Mal wurde diesen Menschen klar, dass Wohltätigkeit nicht nur eine Pflicht, sondern auch ein Privileg war – dass das eigene Glück vom Glück aller anderen Gemeindemitglieder abhing.

Sarah, die sich damit abgefunden hatte, dass sie nun Witwe war, half Abraham, die Exemplare des Buches aufzuspüren. Nachdem er alle eingesammelt hatte, brachte er sie Chaim, der gerade mit Francesa aufbrechen wollte. Chaim warf die Bücher achtlos in den Wagen. Abraham und Chaim verabschiedeten sich als alte Freunde mit einer Umarmung. Dann zog Abraham Itschaks zerknitterten Brief aus seiner Tasche.

»Den sollte ich dir noch geben. Niemand außer dir darf ihn lesen«, sagte er.

Gleichgültig stopfte Chaim den Brief in seine Hosentasche und schwang sich auf den Kutschbock. Als der voll beladene Wagen die Stadt verließ, schaute Abraham ihm noch lange nach. Er verstand nicht, warum Itschak ausgerechnet diesen jungen Mann dazu ausersehen hatte, als Einziger sein Studium fortzusetzen – obwohl Chaim dies selbst gar nicht mehr wollte. Hätte er ihn doch nur dazu ausersehen. Aber tief in seinem Herzen wusste er, dass eine andere Aufgabe auf ihn wartete. Die Schechina hatte ihm zweiundzwanzig Jahre geschenkt, die er gut nutzen wollte. Sein Heim für Obdachlose musste jetzt so schnell wie möglich fertig werden, ganz gleich, wie viel es kostete. In der folgenden Nacht ging Abraham um Mitternacht durch die Straßen von Safed. Er suchte alle noch lebenden Schüler Itschaks auf und rief so lange, bis sie wach wurden: »Steht doch in Gottes Namen auf. Die Schechina sucht uns. Wir müssen diese Welt zurück in ihr Gleichgewicht bringen, damit sie zu uns kommt und bei uns wohnt. Sie hat es mir selbst gesagt.« Er ließ nicht nach, bis auch der letzte widerwillige Schüler sich dem Studium der Tora zugewandt hatte, um von dem hartnäckigen Rufer in Ruhe gelassen zu werden.

Francesa gab Chaim eines der Bücher.

»Wirf es ins Feuer«, sagte sie herausfordernd.

Chaim schaute sie an und lachte.

»Du glaubst wohl, dass ich das nicht über mich bringe, oder?«

»Nein«, sagte sie.

Chaim warf das Buch mit einem lauten Schlag ins Feuer. Sofort loderte eine Stichflamme auf.

Sie küsste ihn.

»Ich bin stolz auf dich«, sagte sie. »Wir müssen alle Bücher verbrennen, um wirklich ganz neu anfangen zu können. Das Buch würde uns nur an meinen Vater erinnern.«

Chaim stand entschlossen auf, holte einen Stapel Bücher aus dem Wagen und warf sie ohne zu zögern ins Feuer. Die auflodernden Flammen, die seine sorgfältig formulierten Sätze verschlangen, weckten in ihm eine regelrechte Zerstörungswut. Genüsslich schaute er zu, wie Francesa ausgelassen nackt um das Feuer tanzte und die Reste, die aus dem Feuer herauswirbelten, wieder hineinwarf. Sie zerrissen die Bücher und ließen die Feuerzungen immer höher aufsteigen, als wollten sie den korallenroten Mond versengen. Staub und Asche klebten an ihren verschwitzten Körpern. Zwei verschmutzte Schattengestalten, die in einem ausgelassenen Ritual ihre Vergangenheit vernichteten. Francesa warf die Überreste ihres Vaters in die Flammen, Chaim seine zerstobenen Jugendträume. Schließlich hielten sie – nackten Priestern einer okkulten Vereinigung gleich – gemeinsam das letzte Exemplar über das Feuer.

»Wagst du es?«, fragte Francesa. Chaim zögerte.

»Wenn du dieses Buch verbrennst, existiert es nur noch in deiner Erinnerung«, sagte sie.

Chaim wusste, dass Francesa seine Liebe auf die Probe stellte. Sich für sie zu entscheiden bedeutete, ein Leben ohne die Kabbala zu führen. Mit ihr würde er das wahre Leben kosten; kein mystisches Leben, bestimmt von Zahlen, hebräischen Buchstaben und kosmischen Kräften, sondern ein sehr konkretes Leben. Ein Leben, in dem es darum ging, im Schweiße des Angesichts zu arbeiten, eine Frau aus Fleisch und Blut zu lieben und Kinder großzuziehen, die plärrten und heulten und Hunger hatten. Für die Kabbala bliebe dann kein Raum mehr. War er in der Lage, sich von seinen erhabenen Jugendträumen zu verabschieden?

Francesa ließ das Buch so fallen, dass Chaim es den gierig emporzüngelnden Flammen gerade noch wegschnappen konnte.

»Du musst es tun, Chaim. Du allein. Entscheidest du dich für mich oder für meinen Vater?«

Er schaute das wilde, nackte Mädchen an, das er so sehr begehrte. Das Rot, Gelb und Blau der Flammen malte ein durchsichtiges Gewand auf ihre runden Brüste. Ihr Gesicht war mit Rußflecken und Beine und Bauch waren mit Erde und Schlamm beschmiert. Er wusste, dass er ohne dieses schrecklich schöne Mädchen nicht mehr leben konnte. Ohne diese nackte Waldelfe, der er in seinen Träumen so verzweifelt nachgejagt war. Er ließ das letzte Buch los und sah zu, wie alle Weisheit, die er einst Wort für Wort niedergeschrieben hatte, zusammenschrumpfte und auf Nimmerwiedersehen verschwand.

65 רהע Resch Heh Ajin: **Der Gott der neuen Möglichkeiten**

Die Juden bildeten im muslimischen Jerusalem eine kleine, jedoch enge Gemeinschaft. Äußerlich unterwarfen sie sich der osmanischen Herrschaft, doch alle ihre Probleme lösten sie unter sich. Sie hüteten sich, Abu Siffin, den Gouverneur, der sowohl in Safed als auch in Jerusalem regierte, vor den Kopf zu stoßen. In Jerusalem war das Verhältnis zwischen Juden und Muslimen viel angespannter als in Safed. Vielen Muslimen war es ein Dorn im Auge, dass es in ihrer heiligen Stadt eine Synagoge gab, in der die Juden ihren Gott anbeteten. Zwar gab es eine Bauvorschrift, nach der die Synagoge eine Moschee nicht überragen durfte, doch viel lieber wäre ihnen ein Jerusalem ohne Juden gewesen. Insgeheim warteten sie nur darauf, dass die Juden ihnen einen Anlass gäben, sie aus der Stadt zu vertreiben.

Die Juden waren Meister in der Kunst, sich den jeweiligen Herrschern anzupassen. Sie begegneten den Muslimen mit dem größten Respekt, damit diese sie in Ruhe ließen. Es genügte ihnen, in der Stadt leben zu können, in der einst König Salomo seinen berühmten Tempel errichtet hatte. Sie hegten nicht einmal den Wunsch, den Felsendom, der auf den Fundamenten ihres Tempels errichtet worden war, niederzureißen, sondern vertrauten darauf, dass dies ohnehin einmal geschehen würde. Unter der Herrschaft des Messias sollte auf dem Moria-Berg ihr dritter und letzter Tempel erbaut werden. An diesem Tag wollte der Schöpfer alle Völker der Erde seinem Willen gefügig machen, und die Juden würden seine Botschafter sein, das auserwählte Volk, dem alle sich unterwarfen, um in Gottes Glorie einzugehen.

Nur ein Jude konnte nicht so lange warten. Er wollte den goldenen Dom möglichst bald in Trümmern liegen und Salomos Tempel daraus auferstehen sehen. Ihm blieben nicht einmal mehr drei Wochen für die Erfüllung seines Wunschtraums. Überall hatte er nach der Bundeslade gesucht. Wenn sein Volk sie wieder in seinen Besitz brächte, wäre es unbesiegbar, und die angebliche Übermacht des *Islam* würde durch einen einzigen Blitzschlag vernichtet. Niemand außer ihm hatte diese Vision, doch er forschte fieberhaft Tag und Nacht in der Tora, um die zweiundsiebzig Namen Gottes zu finden. Er war überzeugt davon, der Messias zu sein, der die Ketten seines gequälten Volkes sprengen würde. Als die reizende Tochter Itschaks bei ihm anläutete, dankte er Gott dafür, dass seine Gebete erhört worden waren.

Zimra hörte sich mit größter Zuvorkommenheit Francesas Geschichte an. Nachdem Francesa endlich den Grund ihres Besuchs erklärt hatte, sagte Zimra mit seinem strahlendsten Lächeln: »Wie vernünftig von dir, mich um Hilfe zu bitten, Francesa. Ich werde mit Hilfe meiner Autorität und meines Einflusses dafür sorgen, dass ihr hier in Jerusalem ein neues Leben beginnen könnt.«

Zimra war ein Chamäleon. Als er vor gut einer Woche in Jerusalem angekommen war, hatte man ihn gebeten, als Richter auszuhelfen. Richter Mosche, ein ehemaliger Schüler Zimras, wollte möglichst schnell nach Safed reisen, um seine vom Unheil heimgesuchte Familie zu unterstützen. Während seiner Abwesenheit wohnte Zimra in seinem Haus. »Wie freundlich von Euch«, rief sie überrascht aus und drückte dem alten Mann spontan einen Kuss auf die Backen. »Ich wusste, dass Ihr uns helfen würdet. Chaim wollte nicht, dass ich Euch aufsuche. Als er hörte, dass Ihr hier als Richter arbeitet, wollte er gleich wieder die Koffer packen und nach Kairo weiterreisen. Aber ich wusste, dass wir in Euch einen Bundesgenossen finden würden. Es tut mir leid, dass ich damals bei uns zu Hause so unhöflich zu Euch war. Ich muss zugeben, dass Ihr damals Recht hattet. Meinen Vater habt Ihr doch auch nie gemocht!«

»Ehrlich gesagt, nein, Mädchen«, murmelte Zimra, der sich noch von der spontanen Umarmung erholen musste. »Dein Vater war talentiert und ein brillanter Kabbalist, aber als Mensch taugte er nichts, wenn du mich fragst. Und in solch einem Fall nützt einem früher oder später auch das ganze Wissen nicht mehr. Weisheit des Kopfes, die das Herz nicht erreicht hat, ist nichts als Eitelkeit. Und damit war dein Vater reich gesegnet.«

»Genau!«, bestätigte sie. »Wie er sich Chaims Buch angeeignet hat, das ist einfach unglaublich!«

»Das war schändlich«, pflichtete Zimra ihr bei. Er ging in die Küche, um ein Glas Wein für sie zu holen. Nachdem er das Glas vor sie gestellt hatte, rückte er mit seinem Stuhl direkt neben sie und flüsterte: »Sag mal, mein Kind, wie war es eigentlich, nach der langen Zeit endlich mit deiner großen Liebe das Bett zu teilen? Ich bin ein alter Mann, mir kannst du alles erzählen.«

Offenherzig vertraute sie ihm an, dass sie Chaim die Angst vor ihr genommen hatte, indem sie ihn überzeugt hatte, dass Lilith die Braut Gottes sei.

»Da hast du völlig Recht, Francesa. Die erste Braut Gottes war Schechina. Mit ihr vereinigte er sich einmal im Jahr, hier in Jerusalem. Im Allerheiligsten, im Tempel des Salomo. Ihre göttliche Vereinigung brachte Güte in die Welt. Doch als der Tempel vernichtet wurde, verlor Gott die Schechina an das Böse. Fremde Völker nahmen sie gefangen und vergewaltigten sie. Vergewaltigung ist das Symbol für das Böse, das die Heiden der Welt und dem jüdischen Volk antun.«

»Ach, tatsächlich?«, fragte Francesa. Sie war stolz darauf, dass die Theorie, die sie sich ausgedacht hatte, um Chaim zu verführen, sich nun als richtig erwies.

»Ja, du warst auf der richtigen Spur. Gott hat durch die Zerstörung des Tempels den einzigen Ort auf Erden verloren, der ihm heilig genug war, um die Liebe zu zelebrieren. Doch wie jeder Mann kam auch Gott nicht ohne Frau aus. Ohne Göttin wäre Gott nicht Gott. Deshalb nahm er Lilith zur Partnerin. Verblüffend, nicht wahr? Sogar Schimon bar Jochai hat sich gefragt: ›Wie können wir den König ohne Schechina unseren König nennen? Wo ist seine Ehre?‹ Mit ihr war es nicht wichtig, wo sie sich vereinigten. Jeder Grasflecken und jeder Felsen waren gut genug. Indem er sich wieder mit dem Weiblichen – wenn auch mit seiner dunklen Seite – verband, brachte er auch wieder Harmonie, Weisheit und Kreativität in die Welt. Lilith ist die Beischläferin Gottes«, erklärte Zimra und schluckte genüsslich den Wein hinunter.

Es erregte ihn, Francesa diese Geschichte zu erzählen. Vielleicht war es ja sogar ihre eigene. In ihrem Schoß ruhte der Schlüssel, nach dem es ihn schon so lange gelüstete. Er barg den Samen ihres Gottes Chaim, der aus Liebe zu Francesa genau das tun würde, was Zimra wünschte. So wie man einen Maulwurf fing, indem man alle unterirdischen Gänge verschloss, hatte Zimra die Falle für Chaim nun aufgestellt – Chaim, der die zweiundsiebzig geheimen Namen Gottes kannte, mit deren Hilfe er, Zimra, den Verschlussstein öffnen würde, hinter dem sich die Lade befand.

»Trinke nur, mein Kind«, nötigte er Francesa, die den Wein etwas bitter fand, das Glas jedoch aus Höflichkeit leerte.

Zimra stand auf und ging zu dem großen Geschirrschrank,

dem Prunkstück des dunklen Speisezimmers. Offensichtlich fehlte hier eine Frau, die diesen Raum etwas gemütlicher gestaltet hätte. Außerdem hatte Mosche, der Besitzer des Hauses, eine abscheuliche Liebhaberei: In einem Glasterrarium krochen blaue, schwarze und violette Skorpione in allen Größen übereinander und umeinander herum.

Aus einer verstaubten Schublade des Geschirrschranks, die klemmte, nahm Zimra ein schwarzes Döschen, das er vor Francesa auf den Tisch stellte.

»Öffne es«, flüsterte er. »Nur zu.«

Francesa klappte die Dose auf und starrte auf die Schmuckstücke, die ihr entgegenfunkelten.

»Die Göttin der bedingungslosen Liebe und die Göttin der Heilung«, seufzte sie bewundernd.

»Ich habe sie damals aus einer Laune heraus gekauft«, erklärte Zimra. »Ich hoffte, irgendwann einmal eine gute Verwendung dafür zu finden. Dieser Tag ist heute gekommen. Eure Liebe rührt mein altes Männerherz. Ich würde mich freuen, wenn ihr sie bei der Hochzeitszeremonie, die ich leiten möchte, als Trauringe annehmt.«

Gerührt von diesem überaus großzügigen Freundschaftsbeweis schlang Francesa ihre Arme um den verschwitzten Hals Zimras, der nicht wusste, wie ihm geschah.

»Ach, das ist doch nur eine Kleinigkeit«, brachte er verlegen heraus.

»Ich weiß genau, was sie wert sind, Rabbi Zimra«, sagte Francesa, zog ihren Ring der Göttin des Schutzes vom Finger und hielt ihn ihm hin.

»Was für ein merkwürdiger Zufall«, lächelte er und ließ seine Finger über die geschmiedeten Buchstaben gleiten.

»Ihr seid viel zu gut zu uns«, sagte Francesa etwas abwesend. Sie dachte schon darüber nach, welchen Ring sie nehmen und welchen Chaim bekommen sollte.

»Ach, es ist doch unsere Pflicht, einander zu helfen, nicht wahr? Wer weiß, ob ihr mir nicht irgendwann auch einmal einen Dienst erweisen könnt.«

»Was immer Ihr wünscht«, sagte Francesa feierlich, während sie sich den Ring der Göttin der Heilung auf den Finger schob. »Es wird uns eine große Ehre sein, Euch diesen Wunsch zu erfüllen.«

»Na, darauf werde ich mit Sicherheit zurückkommen«, antwortete Zimra und lachte bescheiden.

66 האא Heh Alef Alef: **Der Gott, der allem einen Sinn gibt**

»Lieber Chaim, ich diktiere diesen Brief meiner geliebten Sarah auf dem Todeslager, als wollte ich dir aus meinem Grab heraus die Hand reichen«, las Chaim in dem zerknitterten Brief, den er in seiner Hosentasche gefunden hatte. Er hatte Francesa nichts über Itschaks Brief erzählt. Wahrscheinlich hätte sie ihn aufgefordert, ihn ungelesen in die Flammen zu werfen. Der Hass ihrem Vater gegenüber hatte viel tiefere Wurzeln als sein eigener. Dass Itschak sie gezeugt hatte, war die einzige positive Tat, die sie ihm zugestand. Ansonsten äußerte sie sich nur mit Abscheu über den Mann, der ihr Vater war.

Wenn zwei Parteien sich gegen einen gemeinsamen Feind verbünden, entsteht eine intime Verbindung. Nichts fördert die Sympathie so sehr wie der gemeinsame Hass auf einen Dritten. Itschak zu beschimpfen war zu einer Lieblingsbeschäftigung Chaims und Francesas geworden. Während ihrer mehrtägigen Reise nach Jerusalem hatte Francesa Chaim die Geschichte ihrer Kindheit erzählt und ihm so ein hochexplosives Arsenal belastenden Materials überlassen.

»Von meinem achten bis zu meinem fünfzehnten Lebensjahr habe ich meinen Vater nur am Schabbat gesehen. Und glaube nicht, dass er ein liebevoller Vater war. Die einzigen Worte, die über seine Lippen kamen, waren Gebete. Als wir dann in Safed endlich unter einem Dach wohnten, hielt er es plötzlich für notwendig, sich in mein Leben einzumischen!«

Chaim fand, dass die Einsichten, zu denen sein Meister ihm verholfen hatte, den feigen Verrat, den er an ihm begangen hatte, nicht aufwiegen konnten. Aber Chaim sah sich auch nicht in der Lage, seinen Glauben an die Kabbala, den Geheimcode des Lebens, aufzugeben. Dazu war dieser Glaube für ihn zu wichtig geworden, war er zu fest verbunden mit seiner Sicht der Welt. Wenn man den Boten ermordete, war die Botschaft damit noch längst nicht ausgelöscht. Auch für den Mord an seinem Vater konnte er Itschak nicht verantwortlich machen. Ganz gleich, welchen Weg er in Zukunft beschreiten würde, er musste sein Vergehen wiedergutmachen. Nur wenn es ihm gelänge, etwas Großes zu erreichen, würde sein Makel getilgt. Mit diesem inneren Konflikt musste er allein fertigwerden. Francesa konnte sich seinem milden Urteil über Itschaks Lehre ganz und gar nicht anschließen.

Als Chaim versucht hatte, ihr eine differenziertere Betrachtungsweise nahezubringen, hatte sie kurz angebunden gesagt: »Jemand, der anders lebt, als er selbst es lehrt, ist ein Lügner«, und damit den Disput beendet.

Da Francesa an diesem Abend gegen seinen Willen den alten Zimra besuchte, konnte er endlich seine Neugier befriedigen und den Brief lesen. Die Vorhänge der Kammer, die sie in einer schäbigen Herberge bewohnten, waren zugezogen. Das gelbliche Papier zitterte in seinen Händen, als er im Kerzenlicht die letzten Worte seines Meisters in sich aufnahm.

»Ich habe für dich immer höhere Ziele vor Augen gehabt, als du sie selbst siehst. Unmerklich habe ich dich Schritt für Schritt auf die große Lebensaufgabe vorbereitet, die auf deinen Schultern ruht. Selbst in deinen erhabensten Träumen wirst du dir nicht vorstellen können, wie gewaltig die Kräfte des Universums sind, die ich angerufen habe, um dir den Weg zu bereiten. Es galt: entweder dein Leben oder das meine. Dein Name stand schon im Totenbuch vermerkt. Du hattest deine Aufgabe erfüllt und das Buch geschrieben, das den Menschen dazu anleitet, Gott ebenbürtig zu werden. Der Schöpfer war dir gnädig und wollte dich zu sich rufen. Nur durch ein großes Unrecht, das dir zuteil würde, konnte dein Leben auf Erden verlängert werden. Ich habe das Opfer gebracht, ein solches Unrecht zu begehen. Nur ich konnte dich so treffen, dass du von der Schwelle des Todes zurückkehren würdest; ein so großes Unrecht begehen, dass es unser geliebtes Safed an den Rand des Abgrunds brachte. Ich plante eine Zerstörung, die ausnahmslos alle niedermähte, die deiner großen Lebensaufgabe im Wege stehen konnten. Die Realität kann sich in unzählige Richtungen entwickeln. Durch meinen Fluch sind mindestens einige hundert dieser Möglichkeiten weggefallen. Halte den Schöpfer nicht für unbarmherzig, weil er um dieses Zieles willen so viele Seelen in den Tod geschickt hat. Ihre Lebensaufgabe war vollbracht, und auf ihrer weiteren Reise durch die Ewigkeit tragen sie das Opfer, das sie haben bringen müssen, wie ein Kronjuwel auf ihren Häuptern. Auch ich habe mein Leben für die wichtige Aufgabe geopfert, die du vollbringen musst. Ich musste Verrat an dem üben, was du in deinem tiefsten Inneren bist, um dich vor dem Tod zu retten. Mein vorzeitiger Tod ist der Preis, den ich dafür zahle. Alles, was von Wert ist, erfordert Opfer.«

Chaim legte den Brief zur Seite. Er konnte einfach nicht glauben, was er da las. Itschak wollte einen Bund mit dem Schöpfer geschlossen haben, der halb Safed hatte sterben lassen, damit sein, Chaims Leben, eine andere Wendung nehmen konnte. Was für eine geschmacklose Rechtfertigung für seinen Diebstahl! Noch im Tode schaffte Itschak es, Chaim zur Weißglut zu bringen. Er war wütend, weil Itschak immer noch sein Leben zu lenken versuchte. Chaim wollte keinen einzigen Buchstaben des Briefs mehr lesen. Itschak war tot, und das Einzige, was von Itschak stammte und was er von ganzem Herzen liebte, war seine Tochter Francesa.

Da sie ungewöhnlich lange fortblieb, entschloss sich Chaim, allein in der Stadt etwas essen zu gehen. Kurz bevor er die Tür hinter sich zuzog, steckte er noch schnell den Brief in seine Tasche.

Es war ein lauer Sommerabend, und in den engen Gässchen der Stadt waren viele Menschen unterwegs. Zum ersten Mal seit langer Zeit war Chaim allein. Francesa und er hatten keinen Augenblick ihres Zusammenseins ungenutzt verstreichen lassen, so dass es ihm jetzt, wo sie nicht da war, so vorkam, als fehle ein Teil von ihm – als hätte das, was er erlebte, keine Bedeutung, solange er es nicht mit ihr teilen konnte.

Er setzte sich an einen Tisch auf der Terrasse eines einfachen arabischen Restaurants. Als er sich gerade daran machen wollte, den Brief zu Ende zu lesen, hörte er eine Stimme, die wie ein Echo aus der Vergangenheit klang.

»Chaim?«

Überrascht blickte er auf und schaute in die feinen Gesichtszüge einer dunkelhäutigen Frau. Erst als er den violetten Fleck auf ihrem Hals sah, fiel ihm wieder ein, woher er sie kannte.

»Fatima! Du hier? Was für eine Überraschung! Niemand in Safed wusste, wo du geblieben warst. Was machst du hier?«

»Ich arbeite jetzt hier«, sagte sie. »Und weshalb bist du in Jerusalem?«

»Das ist eine lange Geschichte, Fatima«, sagte Chaim, froh, dass er mit jemandem darüber sprechen konnte. »Kannst du dich noch an Francesa erinnern?«

»Das Mädchen in dem Farbbad«, erwiderte Fatima mit einem Anflug von Traurigkeit.

»Genau«, rief Chaim. »Ihr Mann ist an einer schrecklichen Seuche gestorben, die halb Safed ausgerottet hat. Aber mir hat diese Katastrophe das Glück gebracht. Ich bin mit Francesa zusammen nach Jerusalem gekommen, um hier ganz von vorne anzufangen. Wir sind völlig verrückt aufeinander.«

»He, Fatima, hör' auf zu schwätzen. Frag den Mann, was er essen will. Es gibt noch mehr Kunden zu bedienen«, ertönte eine unfreundliche Stimme aus dem Inneren des Restaurants.

»Mein Chef«, erklärte Fatima. »Was möchtest du essen?«

Chaim bestellte Falafel. Er hoffte, dass sie später Zeit hatte, sich mit ihm zu unterhalten. Sicher war sie neugierig, mehr über das Mädchen zu hören, das ihn so bezaubert hatte. Frauen gefiel diese Art von Geschichten für gewöhnlich. Kurz darauf brachte Fatima ihm seinen Teller, doch sie hatte keine Zeit, sich den weiteren Verlauf seiner Geschichte anzuhören.

»Gesegnet sei der Schöpfer«, murmelte er. Dabei musste er unwillkürlich an Anna denken. Sie hatte ihn jedes Mal wie eine Mutter getadelt, wenn er zu essen begann, ohne dem Schöpfer dafür zu danken. Er fragte sich, ob Anna seine Beziehung zu Francesa wohl gutheißen würde, und er dachte an die Nacht zurück, in der sie zu ihm ins Bett gekrochen war. Ihm war bis heute nicht klar, ob er damals Angst vor ihrem Annäherungsversuch oder vor seinen eigenen Gefühlen gehabt hatte. Zu jenem Zeitpunkt war Francesa für ihn noch völlig unerreichbar gewesen, und abgesehen von körperlicher Intimität hatte er mit Anna wie Mann und Frau zusammengelebt. Mit einem leichten Wehmutsgefühl wünschte er sich, über alles, was geschehen war, mit ihr sprechen zu können.

Chaim strich den zerknitterten Brief glatt und las staunend weiter, während er die knusprigen Gemüsebällchen aufschnitt.

»Du musst wissen, Chaim, dass du deine Aufgabe nur mit geläutertem Herzen vollbringen kannst. Solange du noch Hass gegen mich verspürst, brauchst du es gar nicht erst zu versuchen. Ich weiß, dass es dir nicht leicht fallen wird, mir zu vergeben. Doch nur so kannst du deinen tiefsten Wunsch realisieren, unsterblich zu werden. Wenn du deine Aufgabe erfüllst, wird sich dies auf die Geschichte unseres Volkes und der ganzen Welt auswirken. Der erfolgreiche Verlauf deiner Mission hängt einzig und allein davon ab, ob es dir gelingt, deinen Groll in Dankbarkeit umzuwandeln. Du musst dir wirklich darüber klar werden, dass das Buch, das du geschrieben hast, nicht von dir war, dass du nur die Hand warst, die von meinem Geist geführt wurde. Erst wenn du das eingesehen hast, bist du für deine Aufgabe bereit: unser Volk zu befreien, indem du die *Teba*, die Bundeslade, findest.«

Chaim verschluckte sich an seinem Essen. Itschak kannte wirklich keine Grenzen. Unermüdlich versuchte er, seinen Diebstahl als heroische Tat und als einen Akt der Nächstenliebe darzustellen. Fatima klopfte ihm auf den Rücken.

»Alles in Ordnung, Chaim?«

»Ja, schon gut. Könnte ich noch etwas Wein bekommen?«

Als sie ihm den Becher hinstellte, nahm er ihre Hand und fragte sie: »Sag mal, Fatima, wie bist du denn hergekommen? Warum hast du Safed so sang- und klanglos verlassen?«

Sie schaute sich nach ihrem Chef um, doch dieser sprach lebhaft mit einem Lieferanten.

»Eines Morgens sah ich, wie mein Onkel Haman auf seinem Acker einen Mann niederstach.«

»Hast du gesehen, wie Schlomo ermordet wurde?«, fragte Chaim mit großen Augen. »Warum hast du niemandem etwas davon gesagt?«

»Sollte ich denn gegen meinen eigenen Verwandten aussagen? Ich hatte Angst, dass sie mich befragen würden. Ich kann nämlich nicht lügen.«

»Tatsächlich hat der Gouverneur nach dir suchen lassen. Weißt du, dass du den Bauernhof deines Onkels geerbt hast? Ich selbst habe den Vertrag dafür aufgesetzt.«

»Ich will nie mehr nach Safed zurück«, sagte Fatima bestimmt. »Die Schande ist zu groß. Deshalb bin ich mit dem kleinen Josef geflohen.«

»Ach ja, dein kleiner Mann«, sagte Chaim zärtlich. »Wie geht es ihm?«

»Er schläft«, sagte sie und deutete auf das offene Fenster über der Terrasse, hinter dem der kleine Junge schlief. »Zusammen mit seinem Schwesterchen.«

»Schwesterchen?«

»Lea ist jetzt etwas älter als ein Jahr.«

»Hast du hier in Jerusalem den Richtigen kennengelernt?«, fragte Chaim, der das Gespräch wieder in Richtung Liebe lenken wollte.

»Ja«, sagte sie und schaute Chaim sehr direkt in seine schönen braunen Augen. »Ich bin ihm wiederbegegnet, aber er hat mich nicht erkannt.«

»Dann war er sicher noch nicht der Richtige«, tröstete Chaim sie und wollte gerade wieder Lobeshymnen auf Francesa anstimmen, als Fatima sich abrupt umdrehte und im Gewühl auf der Terrasse verschwand. Wie schlecht diese Araber doch zuhören können, dachte Chaim; sie wollen immer nur über sich selbst reden. Verärgert wandte er sich wieder seinem Brief zu.

»Deshalb werde ich jetzt die Frage beantworten, die alle Juden, die jemals gelebt haben, beschäftigt hat: Wo ist die Bundeslade geblieben? Die Antwort lautet: Sie hat sich nie von der Stelle bewegt. Sie befindet sich immer noch in der geheimen Kammer, die Salomo für sie im Allerheiligsten erbauen ließ. Diese Kammer liegt tief unter dem marmornen Verschlussstein verborgen, der sich unter dem Felsen befindet, auf dem die Muslime den Felsendom erbaut haben. Deshalb ist sie nicht mehr zugänglich. Doch östlich von diesem Felsen, auf dem Berg Moria, befindet sich ein seit langem vergessener Eingang, dessen genaue Lage ich dir jetzt enthülle. Der Ort heißt *Hammam esh-Shifa*, das ›Bad der

Heilung‹, ein türkisches Badehaus, in dem die Araber sich entspannen. Darin befindet sich ein Brunnen, der über neunzig Fuß tief unter der Erde liegt und in heißen Sommern austrocknet. Ein Verschlussstein auf dem Boden dieses Brunnens verdeckt ein Labyrinth von Gängen, von denen einer zum Allerheiligsten führt. Das goldene Tor dieser Kammer kann man nur öffnen, indem man – gemäß der Überlieferung der früheren Hohenpriester des Tempels – die geheimen Namen Gottes spricht. Befreie unser Volk, Chaim. Befreie die Welt vom Leiden und schaffe mit Hilfe von Worten ein Paradies auf Erden. Bedeutet Teba, oder Lade, in unserer Sprache denn nicht auch ›das Wort‹? Aber begebe dich nur dann an diesen Ort, wenn dein Herz rein ist. Und wenn du dies tust, dann lasse dich von nichts und niemandem, auch nicht von Francesa, davon abhalten …«

Erschüttert starrte Chaim den goldenen Dom an, der von fast jedem Punkt in Jerusalem aus zu sehen war. Wenn das, was Itschak geschrieben hatte, zutraf, war diese Nachricht von unvorstellbarer Brisanz. Falls die Lade gefunden wurde, würde sich der Lauf der Geschichte ändern. Es wäre der Anfang der Endzeit, in welcher der Mensch endlich mit dem Schöpfer vereinigt würde, der Zeitpunkt, zu dem der Messias in jedem Menschenherzen erwachen würde. Doch dieser großen Tat stand ein unüberwindliches Hindernis im Weg: sein tiefer Hass auf Itschak.

In Gedanken versunken bezahlte er bei Fatima.

»Werde ich dich wiedersehen?«, fragte sie hoffnungsvoll.

»Ganz bestimmt«, sagte er höflich. »Es hat sehr gut geschmeckt. Lebe wohl, Fatima.«

67 אני Alef Nun Jod:
Der Gott, der das große Ganze sieht

Der Mohn in Francesas Wein wirkte nicht sofort. Zimra musste seinen ganzen Charme und alle seine Überredungskünste aufbieten, um zu verhindern, dass sie zu schnell Abschied nahm. Doch Francesa war wohlerzogen und vermutete deshalb, dass der einsame Zimra sich nach Gesellschaft sehnte; deshalb hörte sie den langen Reiseberichten ihres Wohltäters höflich zu. Schließlich wurde sie von einer merkwürdigen Schläfrigkeit überfallen und konnte kaum noch ihre Augen offen halten. Zuerst verbarg sie ihr Gähnen hinter ihren Händen, aber schließlich schlief sie ein, und ihr Kopf sank auf den Esstisch.

»Schlafe sanft, meine kleine Lilith«, flüsterte Zimra. Dann steckte er Francesa in einen Leinensack und schleppte diesen auf die andere Straßenseite zur *Rambam-Synagoge*, in der sein Freund Mosche das Richteramt versah. Nur er besaß einen Schlüssel zu dieser Synagoge. Nachdem er die Türen hinter sich verschlossen hatte, hievte er Francesa auf seine Schultern und trug sie die sechs Stufen des Lesepults hinauf. Gott selbst mochte nun über ihr Schicksal entscheiden.

Wohlgefällig betrachtete er das schlafende Mädchen auf der Bima.

Da lag sie in all ihrer Unschuld. Wirklich ein süßes Mädchen, dachte er und ließ seine trüben grünen Augen über ihren Körper gleiten. Sie war noch entzückender als ihre Mutter. Er umkreiste die Bima wie ein Leopard seine Beute. Dann steckte er seine feuchten Hände durch die Gitterstäbe und streichelte langsam über ihre Stirn und ihren Hals zu den zarten Hügeln hinunter, die im langsamen Rhythmus ihrer Atmung ruhig auf und nieder wogten.

Es war lange her, seit er das letzte Mal eine Frau gespürt hatte. Genüsslich ließ er an seinem inneren Auge ein paar frühere Eroberungen vorüberziehen. Die Mohrin aus Safed war seine Favoritin, aber an Francesa konnte sie nicht heranreichen. Ach, diese Frauen. Als seine geliebte Gattin im Kindsbett gestorben war, hatte er sich an seine kleine Tochter geklammert. Doch nachdem er neunzehn Tage später auch sie verloren hatte, war er monatelang verstummt. Jahrelang war er wie ein Schatten seiner selbst durch Kairo geirrt. Er hatte sich damals geschworen, sich nie mehr an eine Frau zu binden. Gelang es trotzdem einer, die Türen seines Herzens zu öffnen, bekam sie das bitter zu spüren. Doch da auch er nur ein Mann war, musste er sich sexuelle Befriedigung auf andere Weise verschaffen. Erst als er sich für die Bundeslade zu interessieren begonnen hatte und allmählich zu der Überzeugung gelangt war, es sei seine Aufgabe, sie zu finden, hatte sein Leben wieder ein wenig Glanz bekommen. Seine Leidenschaft war zur Besessenheit geworden, und er stand der Vollendung seines Lebenswerks nun näher als je zuvor. Als er in das weiche Fleisch der jungen Frau kniff, seufzte Francesa kurz auf, ein ferner Gruß von dem Ort, an dem ihr Geist weilte. Das Schlafmittel würde sie ungefähr einen Tag und eine Nacht ruhigstellen.

Zimra stieg die Treppe hinauf und kniete neben der schlafenden Schönen nieder. Er drückte sein rundes Gesicht gegen ihren Bauch und atmete gierig ihren süßen Duft ein. Sie war sein Köder, das Vöglein für die Katze. Seine Nase glitt langsam über ihren Nabel zu der Frucht, die sich zwischen zwei Falten ihres Kleides abzeichnete. Dann schob er mit seinen dicken Fingern das Kleid hoch.

»Genau wie ich dachte«, murmelte er und musterte die dunklen Härchen auf ihren Beinen. »Das ist Lilith.«

Er fühlte sich wie König Salomo, sein biblischer Held, der siebenhundert Prinzessinnen geheiratet hatte und dreihundert Nebenfrauen besaß. Und dann hatte ihn eines Tages die Königin von Saba besucht, eine Frau von majestätischer Würde, die seine tausend Bräute in den Schatten gestellt hatte. Wie verliebt Salomo in sie gewesen war. Aber er hatte auch Angst, Todesangst. Er fürchtete, die Königin von Saba sei Lilith. Deshalb dachte er sich eine List aus. In seinem Palast ließ er einen Teich anlegen, dessen Wasser bis zu den Fußknöcheln reichte. Als die Königin zu Besuch kam, musste sie ihr Kleid hochziehen, damit es nicht nass wurde. So konnte Salomo sehen, was er ohnehin vermutet hatte: Die Königin hatte behaarte Beine, das Kennzeichen Liliths. Genauso behaart wie die schlanken Beine Francesas.

»Seht mich nicht an, weil ich so braun bin; denn die Sonne hat mich so verbrannt«, murmelte er. Ein Vers aus dem *Hohen Lied*, geschrieben von König Salomo, mit dem die Königin von Saba dem König die Angst nahm. »Unter seinem Schatten zu sitzen begehre ich, und seine Frucht ist meinem Gaumen süß.«

Es gab sicherlich unangenehmere Möglichkeiten, auf den Tagesanbruch zu warten, dachte er bei sich, während er von einem Schaukelstuhl aus wie hypnotisiert die auf der Bima schlafende junge Frau anstarrte.

Eine Nacht der Sorge und Panik würde ausreichen, um den Widerstand ihres kühnen Ritters zu brechen. In der Morgendämmerung wäre Chaim bereit, alles zu tun, um seine Geliebte zurückzubekommen.

Durch das Buntglasfenster über der Tür fiel das erste trübe Licht. Zimra zog Francesa sittsam das Kleid über die Knie und faltete ihre Hände über ihrer Brust, als bete sie. Dann strich er mit seinem Finger kurz über ihren Ring. Die Göttin der Heilung. »Möge er dir Glück bringen, Kindchen«, flüsterte er.

Daraufhin holte er aus dem Haus seines Freundes das Terrarium mit den Skorpionen und streute diese vorsichtig über das Lesepult aus. Solange Francesa schlief, würde sie unbehelligt bleiben. Doch wenn die Tiere nach ihrem Erwachen ihre Angst witterten, würden sie ihre tödlichen Giftstachel in die junge Frau bohren.

Er verschloss die Tür der Synagoge und ging zufrieden durch

die gerade erwachende Stadt zu dem jungen Mann, der die Landkarte zu seinem Glück besaß.

Er fand Chaim so vor, wie er es sich gewünscht hatte: verzweifelt, völlig außer sich, krank vor Sorge, bereit, für ein Zeichen der verschwundenen Geliebten sein Leben zu geben.

Zimra forderte Chaim mit strengem Ton auf, sich auf das Bett zu setzen und zuzuhören. Behutsam erklärte er ihm, was er von ihm wollte. Aufgrund der Hinweise Itschaks bezüglich der Mauerreste des Tempels Salomos hatte Zimra berechnet, wo sich das Allerheiligste befinden musste. Er hatte nach den in der Bibel angegebenen Maßen einen Grundriss angefertigt, wobei ihm die Überreste der Westmauer als Ausgangspunkt gedient hatten. So war er zum gleichen Schluss wie Itschak gelangt: Die Kammer, die Salomo für die Lade hatte bauen lassen, musste unter dem Gründungsstein liegen, dem Felsen, den die Muslime anbeteten, weil sie glaubten, Mohammed sei dort zum Himmel aufgestiegen.

»Unter dem Felsen liegt ein Gewölbe, in dem die Muslime beten. Und in diesem Gewölbe befindet sich eine Marmorplatte, unter welcher der Zugang zu einem anderen, versiegelten Raum verborgen ist. Die Muslime nennen den Zugang *bir al-Arwah*, ›*Seelenbrunnen*‹. Sie glauben, dass die Seelen der Toten an diesen Ort kommen und beten. Das ist natürlich Unsinn. Wenn man mit dem Fuß auf den Verschlussstein tritt, entsteht ein Geräusch, das auf einen Hohlraum hinweist. Darunter muss sich also ein Raum befinden. Ich bin mir sicher, dass dort die Bundeslade ist. Also Chaim, dieser alte gequälte Mann hier vor dir setzt seine letzte Hoffnung in dich. Wenn du dein Mädchen lebend zurückbekommen willst, dann öffne mit Hilfe der zweiundsiebzig geheimen Namen Gottes den Zugang zum Allerheiligsten. Damit erweist du nicht nur mir, sondern dem gesamten jüdischen Volk einen großen Dienst. Mit der Lade werden wir endlich über die Welt triumphieren«, beendete er seine Erklärung und grinste verschmitzt.

Chaim starrte ihn mit leerem Blick an. Jerusalem hatte sein Gelobtes Land werden sollen, doch nun war es schon am ersten Tag nach seiner Ankunft zu einem Albtraum geworden. Er wusste, dass Zimra ein kranker, gefährlicher Mann war, der über Leichen ging, um seine Ziele zu erreichen. Und Chaim kannte niemanden in Jerusalem, der ihm hätte helfen können, Francesa zu finden und zu befreien. Was Zimra von ihm verlangte, war Wahnsinn. Die Muslime würden zwei jüdischen Männern niemals erlauben, in einer Grotte zu beten, die für sie ein Heiligtum war.

»Ich kann dir helfen«, sagte Chaim, »aber wir können auf diesem Weg nicht zu der Lade gelangen. Die Wächter hacken mir den Kopf ab, wenn sie mich auf Hebräisch beten hören.«

»Kennst du denn einen anderen Weg?«, fragte Zimra.

»Wenn du Francesa auch nur ein einziges Haar krümmst, mache ich Hackfleisch aus dir.«

»Nur keine Angst, mein Freund«, antwortete Zimra liebenswürdig, »im Moment schläft sie sanft und hat süße Träume.«

Chaim schaute ihn misstrauisch an. Wenn er die Bundeslade mit Hilfe von Itschaks Hinweisen tatsächlich finden sollte, würde sie sich aufgrund der unlauteren Motive, die sowohl Zimra als auch ihn selbst trieben, zweifellos gegen sie wenden. Mit der Lade spielte man nicht. In der Tora gab es zahlreiche Geschichten über Männer, die von der Bundeslade zu Asche verbrannt worden waren. Doch ihm blieb gar keine andere Wahl. Er musste die Frau seines Lebens retten.

Einen Moment lang hoffte er, dies sei nur ein böser Traum, doch als ihm der faulige Atem Zimras ins Gesicht schlug, wurde ihm klar, dass er wach war.

»Wir müssen nach einem Hammam suchen«, sagte Chaim. »Hammam esh-Shifa, dem Bad der Heilung.«

»Was sollen wir da?«, fragte Zimra ungläubig.

»Willst du die Lade finden oder nicht?«, fauchte Chaim ihn an und verließ den Raum. Zimra folgte ihm auf den Fersen.

Als sie vor dem ansprechend gestalteten, luxuriösen Kurbad standen, das Hammam esh-Shifa genannt wurde, wurde Zimra und Chaim klar, warum die Araber ihnen so amüsiert den Weg gewiesen hatten. Das Bad der Heilung war ausschließlich für Frauen bestimmt. Zwei kräftige Eunuchen mit farbigen Turbanen und funkelnden Krummschwertern am Gürtel bewachten den mosaikverzierten Eingang. Männern war der Zutritt strengstens verboten.

»Was sollen wir hier?«, fragte Zimra, der von dem langen Weg durch das Labyrinth der hinauf- und hinunterführenden Gässchen und Treppchen völlig außer Atem war.

»Hineingehen«, sagte Chaim entschlossen.

Zimra runzelte seine buschigen Augenbrauen. Man würde zwei Männer, geschweige denn jüdische Männer, niemals in ein Hammam für Frauen einlassen. Nicht, dass er persönlich etwas dagegen gehabt hätte. Er kannte viele Geschichten über die Liebe zwischen Frauen, die in den Hammams betrieben wurde. Diese Art von Bädern hatte die Phantasie aller Geschichtenerzähler beflügelt, denen er auf seinen zahlreichen Reisen am Feuer gelauscht hatte. Je später der Abend, umso anzüglicher wurden die Erzählungen, ein Betthupferl für die Zuhörer, das ihnen süße Träume bescheren sollte. Seine Gedanken wanderten kurz zurück zu dem betörend schönen Weibchen, das ihn in der vergangenen Nacht so sehr in Beschlag genommen hatte. Jammerschade, wenn Gott sie zu sich holen würde. Sie würde ihm während seines messianischen Königtums ein Quell der Freude sein können.

»Ich kenne jemanden, der uns helfen kann«, sagte Chaim und verschwand eilig in einem Seitengässchen. Zimras müde Beine vermochten kaum mit ihm Schritt zu halten.

»Wen denn?«, fragte er und versuchte keuchend, Chaim zu

folgen. »Vor allem könntest du mir vielleicht erst einmal erklären, warum wir überhaupt in diesen Hammam müssen.«

Doch Chaim blieb stumm. Je weniger Zimra wusste, umso besser. Er hoffte immer noch, dass ein Wunder geschehen würde und er Zimra nicht zu helfen bräuchte, seinen perversen Plan in die Tat umzusetzen.

Mit den Fäusten pochte er gegen die verriegelte Tür des kleinen Restaurants, wo er am Abend zuvor gegessen hatte, als ihm das Leben noch wie ein Buch voller unbekannter Möglichkeiten erschienen war. Hätte er Francesa doch nur davon abgehalten, Zimra aufzusuchen! Dieser Mann, der jetzt mit seinem überquellenden Hinterteil auf einem der kleinen Terrassenstühlchen saß, hatte nur Unheil in sein Leben gebracht. Er wusste, dass es töricht gewesen war zu glauben, sein ehemaliger Lehrer würde ihnen helfen. Zimra war ein Mensch von der Sorte, die nicht aus ihren Erfahrungen lernten, jemand, der im Laufe der Jahre immer unbesonnener statt weiser wurde. Da Zimra jedoch schlau genug war, um seiner Strafe jedes Mal zu entkommen, überschritt er immer unverfrorener die Grenze des Schicklichen.

Das Kippfenster über der Türe wurde geöffnet.

»Chaim«, rief Fatima freudig überrascht. »Dass ich dich so schnell wiedersehe!«

»Ich brauche dich«, sagte Chaim in eindringlichem Ton. »Darf ich bitte hochkommen?«

Chaim verbot Zimra mitzukommen. Weil das Fenster wieder geschlossen wurde, konnte er nichts von dem hören, was Chaim mit Fatima besprach. Er rechnete noch einmal kurz nach, wann Francesa aufwachen würde. Der Mohn schenkte ihm selbst meistens eine Nachtruhe von zwölf Stunden. Er vermutete, dass die doppelte Dosis sie für vierundzwanzig Stunden betäubte. Wie kaltblütig würde sie bleiben, wenn sie aufwachte und die Skorpione über ihren Körper kröchen? Wenn Francesa in Panik geriet, hätte sie keine Chance. Sobald die langen Haare auf ihren

Scheren vibrierten und sie sich bedroht fühlten, fuhren die Gliederfüßler blitzschnell ihren Giftstachel aus. Ihre Fangscheren würden dann ihr Fleisch zerfetzen und zwischen ihren zangenförmigen Kiefern zermahlen. Mosche, sein Freund, hatte ihm ans Herz gelegt, sich vor allem vor den Muttertieren in Acht zu nehmen, weil diese besonders aggressiv waren. Sie fraßen sogar ihre eigenen Jungen, wenn diese von ihrem Rücken herunterfielen. Aber man konnte ja nie wissen. Vielleicht gehorchten die Skorpione Francesa, so wie sie Lilith in der Wüste gehorcht hatten. Schrieb Jesaia nicht: »Und Wüstentiere treffen mit wilden Hunden zusammen, und Böcke begegnen einander; ja, dort rastet die Lilith und findet einen Ruheplatz für sich.« Wie dies alles ausgehen würde, lag in Gottes Hand. Erst nach einigen Stunden öffnete sich die Tür des Restaurants wieder, und eine verschleierte Frau trat heraus.

»Bist du Chaims Freundin?«, fragte Zimra.

Die Frau antwortete nicht, sondern setzte sich stattdessen provozierend neben ihn an den Tisch. Was für ein unhöfliches Volk diese Araber doch sind, dachte Zimra.

Da sprach die verschleierte Frau: »Hier bin ich, Rabbi Zimra, ich bin Chaim.«

Zimra rückte überrascht einen halben Meter ab und musterte die verschleierte Frau mit Abscheu. Jetzt erst erkannte er die dunkelbraunen Augen Chaims, die ihn frech anstarrten.

»Was hast du vor, Chaim?«, bellte Zimra. »Was soll dieses Theater? Dir ist hoffentlich klar, dass dein Mädchen in Lebensgefahr schwebt. Solche Spielchen sind im Augenblick fehl am Platze.«

»Ich tue das nicht zu meinem eigenen Vergnügen, Zimra. Fatima hat sogar meinen Bart geschoren. Das ist die einzige Möglichkeit, in den Hammam zu gelangen.«

»Was du nur immer mit deinem Hammam hast«, zischte Zimra ihn an. »Ich will die Lade. Die ist ja wohl kaum in einem Hammam versteckt.«

»Was Francesa angeht, muss ich dir vertrauen«, sagte Chaim in scharfem Ton. »Aber was die Lade betrifft, bleibt dir nichts anderes übrig, als mir zu vertrauen. Wenn ich im Hammam das vorfinde, was ich dort zu finden hoffe, dann ist die Lade dein.«

»Ich kann dir nur wünschen, dass du die Wahrheit sprichst«, drohte Zimra. »Deine Geliebte ist nur für begrenzte Zeit sicher. An deiner Stelle würde ich mich beeilen.«

In diesem Augenblick trat Fatima aus dem Haus. Sie hatte einen kleinen Jungen an der Hand und hielt ihre kleine Tochter an die Brust gedrückt.

»Fatima und ihre Kinder kommen mit«, sagte Chaim, »damit sie das Arabischsprechen übernehmen kann.«

»Nein«, sagte Fatima entschieden und starrte wie versteinert Zimra an.

Als Zimra sie sah, erblasste auch er. Ihre Kinder eng an sich gedrückt, ging Fatima schnell zurück zur Haustür. Chaim eilte hinter ihr her.

»Was ist los, Fatima?«

»Er ist es! Der Mann, der mich überfallen hat. Der all meinen Besitz gestohlen hat. Leas Vater.«

»Was sagst du da?«

Zimra hatte sich inzwischen von dem Schock erholt und näherte sich mit seinem charmantesten Lächeln.

»Was redet Ihr da, liebe Frau? Ich soll Euch beraubt haben? Ich habe so viel Geld, dass ich Euch den Felsendom abkaufen könnte.«

Fatima drehte sich um. Schon hunderttausendmal hatte sie sich vorgestellt, was sie tun würde, wenn sie demjenigen, der sie vergewaltigt hatte, jemals wieder begegnen würde. Sie nahm ihren ganzen Mut zusammen und sagte: »Das ist deine Tochter. Die Frucht deiner Lust.«

Zimra lachte. »Aber liebe Frau, Ihr irrt. Das Mädchen ähnelt mir nicht im Geringsten. Glücklicherweise, würde ich sagen!«

Sie reichte Chaim ihr Töchterchen und riss mit ihren Fingernägeln blitzschnell Zimras fleischige Wangen auf. Zimra unterdrückte einen Schmerzensschrei und schluckte seine Wut hinunter. Er brauchte diese Frau, um seinen Traum erfüllen zu können.

»Gut«, sagte Zimra. »Ich war es tatsächlich. Was willst du von mir? Geld?«

»Mögest du in der Hölle schmoren!«, sagte Fatima hochmütig und schaute ihn mit flammendem Blick an.

»Das habe ich leider nicht in der Hand«, antwortete Zimra.

»Du bist noch schrecklicher, als ich dachte«, stammelte Chaim schockiert, während er das kleine weinende Mädchen in seinen Armen zu beruhigen versuchte.

»War es nicht schlimm genug, dass du sie vergewaltigt hast? Warum musstest du sie auch noch berauben?«

»Ein schweres Vergehen muss man durch ein leichteres tarnen«, erklärte Zimra stolz. »Weil ich sie beraubte, wird niemand jemals glauben, dass ich sie auch vergewaltigt habe.«

»Widerlich«, sagte Chaim.

»Aber ich habe jetzt lange genug gewartet«, fuhr Zimra ungerührt fort. »Dieser kleine Vorfall zeigt dir, dass mit mir nicht zu spaßen ist. Jeder Augenblick, den wir hier mit Reden vergeuden, kann Francesas letzter sein. Wollt ihr sie nun vor dem Tode retten oder nicht?«

Hilflos schaute Chaim Fatima an. Sie war fix und fertig. Aber hatte sie sich in jener fatalen Nacht nicht geschworen, niemals zuzulassen, dass dieser Mann ihren Stolz brechen würde? Sie würde es sich niemals verzeihen, wenn sie eine Frau vor dem Tode retten könnte, es jedoch wegen ihres Hasses unterlassen würde. Selbst wenn diese Frau das Herz des Mannes gestohlen hatte, den sie liebte. Sie schaute Zimra an. Ganz kurz erkannte sie in seinen Augen den Blick ihres Töchterchens wieder. Irgendwann einmal musste auch dieses Monster unschuldig gewesen sein. Was war nur falsch gelaufen? Was hatte ihm so viel Schmerz bereitet, dass er sich mit Teilnahmslosigkeit gepanzert hatte, bis er völlig gefühllos geworden war? Sie nahm ihre Tochter aus Chaims Armen und reichte sie Zimra.

»Ich werde dir helfen«, sagte sie. »Wenn du deine Tochter trägst.«

Seine fleischigen Hände umklammerten das kleine Püppchen, das ihm erstaunt in die Augen blickte. Er musste an das leblose kleine Mädchen denken, das er eines Morgens, genau neunzehn Tage nach dem Begräbnis seiner Frau, in seinem Bett gefunden hatte. Es hatte auf keine seiner verzweifelten Bemühungen reagiert. Seine Äuglein waren für immer geschlossen geblieben, und sein Bäuchlein hatte sich nie mehr auf und ab bewegt. Da lachte die kleine Lea ihn an. Da wurde ihm plötzlich bewusst, dass dies seine Tochter war, und er erwiderte ihr Lachen.

69 נמם Nun Mem Mem: **Der Gott, der inspiriert**

Weder die Eunuchen, die den Eingang bewachten, noch die Dame, die gleichgültig das Eintrittsgeld kassierte, schöpften auch nur den geringsten Verdacht. Fatima nahm Chaim mit in den Umkleideraum, in dem sich zwei Frauen, die mit nacktem Oberkörper dastanden, angeregt unterhielten. Er versuchte, sich so ungezwungen wie möglich zu bewegen, selbst als Fatima ohne jede Scham ihre Kleider ablegte und ein rotkariertes Tuch um ihre Hüften knüpfte.

»Zieh doch deine Kleider aus, meine Liebe«, sagte sie, während sie ihrem kleinen Sohn Josef half, sich auszuziehen.

Chaim zögerte. Je mehr er sich bemühte, sich mit dem kleinen Mädchen an seiner Brust wie eine Frau unter Frauen zu fühlen, umso stärker wurde sein Blick von den kastanienbraunen Frauenkörpern angezogen, deren Reize von dem Licht, das durch die farbigen Bleiglasfenster fiel, noch unterstrichen wurden.

»Komm schon, wir sehen alle gleich aus«, rief eine der beiden fremden Frauen, die sich darüber ärgerte, dass dieses merkwürdige Weib die Schleier immer noch nicht abgelegt hatte und sie die ganze Zeit anstarrte.

»Meine Freundin ist etwas schüchtern«, entschuldigte Fatima Chaim und sagte dann in vertraulichem Ton: »Es ist ihr erstes Mal. Würde es euch etwas ausmachen, sie kurz allein zu lassen, damit sie sich umziehen kann?«

»Tsss, Tsss, Tsss«, zischten die Araberinnen zwischen ihren Zähnen und verließen kopfschüttelnd den Umkleideraum.

Fatima half Chaim in fliegender Eile, schnell seine Frauenkleider abzulegen. Geschickt knüpfte sie ein langes Leinentuch um seine nackten Lenden. Chaim wurde feuerrot.

»Du hast einen schönen Körper«, flüsterte sie ihm ins Ohr.

»Beeile dich«, sagte Chaim, »ich brauche noch Brüste.«

Mit Hilfe zweier birnenförmiger Zitrusfrüchte und eines kleineren Tuchs stattete Fatima Chaim mit einem Busen aus, den man für echt halten konnte. Dann vollendete sie ihr Werk, indem sie ein Tuch wie einen Turban um seine Haare wand.

»Du siehst bezaubernd aus«, stellte sie zufrieden fest.

Trotz der vorangegangenen unerquicklichen Begegnung mit Zimra genoss Fatima dieses unerwartete Abenteuer, das Chaim in ihr Leben gebracht hatte. Im Restaurant verlief ein Tag wie der andere. Seit sie Chaim wiederbegegnet war, schien ihr Leben Farbe bekommen zu haben. Jede Minute, die sie mit ihm verbringen konnte, war ein Geschenk Allahs, das niemand ihr mehr würde nehmen können, auch nicht Francesa.

Um möglichst anmutige Bewegungen bemüht, durchquerte Chaim, begleitet von Fatima, das zentrale Bad, einen kreisförmigen Raum, wo auf einem riesigen Marmoraltar kräftige Masseurinnen Frauen abrieben und abrubbelten, um abgestorbene

Hautzellen zu entfernen. Ringsherum standen in gleichem Abstand zueinander Waschbecken aus Porzellan. Junge Frauen begossen sich mit Wasser aus Kupfertöpfen und wuschen sich gegenseitig die Haare mit Henna. In der großen Kuppel, die diesen Raum überspannte, waren an vielen Stellen kleine Öffnungen eingelassen, durch die Tageslicht in den Raum fiel. Dunstiges Licht wie aus einem arabischen Märchen ergoss sich über die nackten Frauenkörper. Chaim versuchte, seinen Blick ausschließlich auf den ranken Rücken Fatimas, die vor ihm herging, zu richten, doch aus den Augenwinkeln sah er Szenen, die ihn seine Rolle als Frau beinahe hätten vergessen lassen. Ganz kurz überkam ihn der Wunsch, diese Geschichte einmal in allen Einzelheiten bei einem Essen mit Anna zum Besten zu geben. Sie würde ihre helle Freude daran haben.

Sie kamen in einen im orientalischen Stil eingerichteten Ruheraum, in dem Frauen wie Prinzessinnen auf Bergen von Kissen ruhten, während junge Mädchen, ein arabisches Liebeslied summend, sie sanft mit Ölen einrieben. Chaim sah, dass dieser Raum sich zu einem Innenhof öffnete, und er bedeutete Fatima mit einem leichten Kopfnicken, ihn dorthin zu begleiten. Sie zog die Hoftür des Ruheraums hinter sich zu und warf Chaim einen triumphierenden Blick zu.

»Du bist als Frau ein voller Erfolg«, sagte sie und nahm ihm Lea ab. »Niemandem ist etwas aufgefallen.«

In der Mitte des Innenhofes befand sich ein alter, aus Felsgestein gebauter Brunnen. Nachdem Chaim sich davon überzeugt hatte, dass ihnen niemand zuschaute, beugte er sich über den Rand des Brunnens und blickte in einen Schacht, dessen Tiefe er schwer abzuschätzen vermochte. Tief unten wurde das Licht von der dunklen Wasseroberfläche reflektiert.

»Ich glaube, das ist es, was ich suche«, flüsterte er Fatima zu. »Bitte, warte hier, bis ich ganz verschwunden bin. Und vergewissere dich alle halbe Stunde, ob ich noch nicht zurück bin.«

»Ist das, was du vorhast, gefährlich?«, fragte Fatima besorgt.

»Ich weiß es nicht«, sagte Chaim. »Aber ich muss es tun. Ich muss Francesa retten. Du kannst dir gar nicht vorstellen, wie es ist, jemanden so sehr zu lieben. Wenn ein Mann tut, was er tun muss, sorgt Gott für den Rest.«

Fatima blickte voller Mitleid in Chaims glattrasiertes Gesicht. Er war ein hilfloser kleiner Junge, der sich in ein Abenteuer stürzte, das womöglich zu groß für ihn war. Sie streichelte mit ihrer weichen Hand seine Wange und drückte ihm einen Kuss auf die Lippen.

»Viel Erfolg«, sagte sie. »Ich warte hier auf dich.«

Chaim zog das Lendentuch bis über die Knie hoch und schwang sich rasch über den Brunnenrand. Dann kletterte er die Eisenleiter hinunter, die an der Brunnenmauer entlang in die Tiefe führte. Es wurde immer dunkler; der Brunnen schien in die tiefsten Höhlen der Erde zu führen. Wenn er hin und wieder nach oben schaute, sah er das Gesicht Fatimas, die besorgt seinen Abstieg verfolgte. Schließlich erreichte er die Oberfläche des Wassers, dessen Tiefe er nicht abschätzen konnte. Ihm blieb nichts anderes übrig, als sich langsam in das Wasser gleiten zu lassen. Es war eiskalt, und er spürte keinen Boden mehr unter den Füßen. Er holte tief Luft und tauchte hinab. Nach etwa zwei Metern berührte er den Boden des Brunnens, glatten, glitschigen Fels. Allerdings gab es nirgendwo Eisengriffe, die auf einen Verschlussstein hingedeutet hätten. Prustend tauchte er wieder auf und klammerte sich an einer rostigen Sprosse der Leiter fest.

Wenn dieser Felsen ein Verschlussstein war, dann würde er sich nach unten öffnen. Folglich musste es irgendwo einen Hebelmechanismus geben, mit dem man den Stein nach unten wegklappen konnte. Chaim tauchte mehrmals, bis er die Wände vollständig abgetastet hatte, aber er fand nirgendwo etwas, das auch nur entfernt einem versteckten Hebel geähnelt hätte. Die drei Leinentücher, die ihn beim Tauchen behinderten, trieben im Wasser umher. Plötzlich fiel ihm die Mikwe in Safed ein, in der er so oft mit Itschak ein rituelles Bad genommen hatte. Er lächelte, als er an die merkwürdige Gewohnheit dachte, die sie dort entwickelt hatten: nach dem Eintauchen in das Wasser die Arme zum Himmel emporzustrecken und lauthals die drei Verse aus Exodus zu zitieren. Weil ihm nichts Besseres einfiel, beschloss er, dies einfach auszuprobieren. Vielleicht gab es ihm die Kraft, den Felsen wegzuschieben. Ein Gebet war doch im Grunde nichts anderes als ein Seil, das in einen Abgrund hinuntergelassen wurde und an dem sich eine notleidende Seele festklammern konnte. Er tauchte seinen Kopf siebenmal unter Wasser und rezitierte anschließend mit hoch erhobenen Armen die Verse.

Als er gerade erst die Worte »Und Er machte das Meer trocken, und die Wasser teilten sich« ausgesprochen hatte, wurde er unter donnerndem Getöse nach unten gezogen. Der Wasserfall warf ihn auf einen Sandboden, der sich ein paar Meter unter dem aufgeklappten Brunnendeckel befand. Zitternd vor Schreck lag er auf dem Sandhaufen. Erst nach einer Weile wurde ihm klar, dass die heiligen Verse ihm Zutritt zu einem riesigen höhlenartigen Raum verschafft hatten, der sich in alle Himmelsrichtungen ausdehnte.

War es also doch wahr? Der Gedanke erfüllte ihn mit Schaudern. Hatte Itschak ihn während der ganzen Zeit ihrer gemeinsamen Arbeit darauf vorbereitet, diesen Weg zu gehen? Sich in ein Gewölbe unter dem Moria-Berg zu begeben, das möglicherweise Jahrtausende lang kein Mensch betreten hatte? Würde sein Meister ihn durch den Vorhang, der die Toten und die Lebenden voneinander trennte, zu der Kammer geleiten, in der sich Gottes Intelligenz für die Menschheit zu einem Punkt zusammengezogen hatte? Diese biblische Aufgabe war zu groß für ihn. Er hatte doch nicht das Zeug dazu, in die Fußspuren der alttestamentarischen Helden zu treten, vor denen er erfürchtig erzitterte!

An seinem nassen Körper klebte gelblicher Sand. Er versuchte, sich über das Gefühl der eigenen Nichtigkeit hinwegzusetzen und sich stattdessen um seiner Liebe zu Francesa willen auf die unterirdischen Räume zu konzentrieren, die das Ausmaß einer Kathedrale hatten. Der Hammam befand sich einige hundert Meter östlich des Felsendoms. Wenn er in dieser unterirdischen Anlage zum Gründungsstein gelangen wollte, musste er sich in Richtung Westen bewegen.

Beherzt schritt er wie der nackte Simson, der die Säulen im Tempel der Philister umwerfen sollte, durch die von der Natur geschaffenen Gewölbe. Es war dunkel. Außer dem Tropfen des Wassers, das an den Felswänden herablief, war kein Laut zu hören. Chaim versuchte erst gar nicht, sich Erkennungsmerkmale für den Rückweg einzuprägen, denn in der Finsternis fühlte sich alles gleich an – die steinernen Pfeiler, die Granitblöcke und die sandigen Wände. Nachdem er sich ungefähr eine Stunde lang durch das unheimliche Dunkel vorgetastet hatte, stieß er gegen eine Wand aus morschem Holz. Unter seiner Hand brach ein Stück verrottetes Holz heraus. Sein Herz klopfte bis zum Halse, als er darunter Stein und Fugen ertastete, die nur von Menschenhand geschaffen worden sein konnten. Hatte er die Mauern der unterirdischen Räume gefunden, die König Salomo – wie die Legende erzählte – als Versteck für die Lade hatte bauen lassen? Mauern, die mit Zedernholz verkleidet waren? Er folgte der langen Wand, die schräg nach oben anstieg und nach einer scharfen Biegung in einen Gang führte, der in einem dämmrigen Halbdunkel lag. Möglicherweise befand er sich nun direkt unter dem Gründungsstein, von dessen Rändern her etwas Licht in die Höhle einfallen konnte. Die Wände zu beiden Seiten bestanden aus riesigen rechteckigen Granitblöcken. Der Gang endete vor zwei Türflügeln aus massivem Gold, die aussahen, als könnten sie jedem Heer standhalten.

Das musste der Zugang zum Allerheiligsten sein. Die vibrierende Energie, die durch die goldenen Türen zu dringen schien, erzeugte ein seltsam leichtes Gefühl in seinem Kopf. Kein Mensch war Gott jemals so nahe gekommen, dachte er.

70 ההע Heh Heh Ajin: **Die Göttin der bedingungslosen Liebe**

Der goldene Schein der Tür blendete ihn, als schaute er in die Sonne. In einem Abstand von ein paar Metern setzte er sich im Schneidersitz in den weichen Sand. Er schloss die Augen und versuchte, innerlich ganz still zu werden, denn sein Verstand war für diese Aufgabe ein zu grobes Werkzeug und konnte ihm jetzt nicht weiterhelfen. Das funkelnde goldene Licht schimmerte durch seine geschlossenen Augenlider. Er konzentrierte sich auf die tanzenden Lichtpünktchen, damit sich seine Gedanken in dem goldenen Licht auflösten, so wie Zucker sich mit heißem Wasser vermischt und das Wasser zuckrig wird. Er war vollkommen ruhig. Selbst das Wissen, dass Francesas Leben vom Gelingen dieses Unternehmens abhing, trat in den Hintergrund und sank in die entferntesten Schichten seines Bewusstseins. Sein Herz schlug in einem langsamen, gemessenen Rhythmus, wie der Schlag der Pauke bei der Huldigung eines Königs.

Er saß völlig reglos da und glich einer in Sand modellierten Skulptur. Alles Leben schien aus ihm gewichen zu sein, das Blut in seinen Adern geronnen, der Atem in der eisigen Stille gefroren. Seine Seele trennte sich lautlos von seinem Fleisch und Blut.

Chaims Lippen murmelten ein stilles Gebet. So wie die dicken Lichtmoleküle auf seiner Netzhaut auf und ab tanzten, so tauchten die Klänge scheinbar zufälliger hebräischer Buchstaben auf und verschwanden wieder. Buchstaben, die von seinen trockenen Lippen in den Sand sprangen und dort ihren Abdruck hinterließen. Eine Truppe von Buchstaben, die wie gedrillte Rekruten salutierten und, nachdem sie ihren Namen genannt hatten, in straffer Haltung in die Linie zurücktraten. Drei Reihen von zweiundsiebzig Buchstaben, von Gottes Atem geprägt, standen in Reih und Glied. Sein Herz erkannte die erste und die dritte Reihe wieder. Es waren die Verse, in denen beschrieben wurde, wie Moses seine Hand über das Rote Meer ausstreckte. Doch die zweite Zeile erschien auf den ersten Blick wie ein einziges sinnloses Durcheinander.

»rehänthcinrednaniethcaneznageidereeheidnemakosdnuthcaneideisetethcuelrereihdnuretsnifekloweidrawtroddnuslearsireehsaddnuretpygäredreehsadnehcsiwzmakeis«

Die rätselhafte Buchstabenkombination gab jedoch ihr Geheimnis selbst preis, indem sie in umgekehrter Reihenfolge jeden Buchstaben kurz aufleuchten ließ, so dass Chaims still gewordener Geist den berühmten Vers aus Exodus erkannte:

»Sie kam zwischen das Heer der Ägypter und das Heer Israels. Und dort war die Wolke finster, und hier erleuchtete sie die Nacht, und so kamen die Heere die ganze Nacht einander nicht näher.«

Seinem von Gedanken freien Geist enthüllte sich die Bedeutung des Verses. Das ägyptische Heer war seine eigene dunkle Seite, das Heer Israels seine Seele, die auf den Schöpfer vertraute. Das ägyptische Heer wurde in Dunkelheit gehüllt und von seiner Seele getrennt, die im Licht badete.

Da sprangen die ersten drei Buchstaben der drei Zeilen aus ihren Reihen und manifestierten sich als ein in das goldene Tor eingraviertes Wort. Chaims Augenlider hoben sich wie von selbst, und er las: »Vav Heh Vav«. Liebkosend glitten seine Augen über die schlanken Längs- und Querstriche. והו Vav Heh Vav hatte zwar als Wort keine Bedeutung, klang aber in seiner Seele wie Musik. Mit den zweiundzwanzig Buchstaben des Alphabets hatte Gott die Welt erschaffen. Jede Buchstabenkombination war eine Formel, ähnlich einer chemischen Formel, welche die Zusammensetzung eines Stoffes anzeigte. Diese Buchstabenkombinationen standen sowohl für konkrete Dinge als auch für immaterielle Kräfte. Vav Heh Vav umkreiste ihn mit seinem Gesang, bis er ganz davon erfüllt war und mit dem Wort eins wurde.

Dann erloschen die drei Buchstaben auf dem goldenen Tor. Wie erschöpfte Finnwale, die an den Strand gespült wurden, fielen sie auf den Sand.

Auf diese Weise erschien ein Buchstaben-Code nach dem anderen auf der goldenen Fläche, und es bildete sich eine Kette kaum aussprechbarer Namen Gottes. Die Wortfetzen reihten sich aneinander, und es entstand eine Buchstabengirlande, ein immer länger werdender Name, der den Gang erzittern und erbeben ließ. Die Silben verschmolzen miteinander wie Gold.

Auch Chaim vibrierte, produzierte aber unermüdlich immer neue Silben. Nie hatte ihm jemand erklärt, in welcher Reihenfolge die Buchstabenkombinationen benutzt werden mussten. Doch die Buchstaben suchten sich selbst ihren Platz und reihten sich aneinander. Sie wurden zu Sätzen, die sich in einer immer komplexer werdenden, nahezu unaussprechlichen Zusammenstellung verbanden. Als er endlich so viel Kraft aufgebaut hatte, dass der ganze Moria-Berg zu zittern und zu beben begann, rezitierte er, so laut er konnte, eine lange, unverständliche Kombination von Buchstaben, die einander wie Dominosteine umwarfen. Unter gewaltigem Donnern und Dröhnen öffnete sich das goldene Tor.

Durch die Türen fiel ein weißes, gleißendes Licht, das die unterirdischen Gänge bis in die hintersten Winkel erhellte. Nachdem der zweiundsiebzigste Name sich selbst ausgelöscht und sich als letztes Glied an die Buchstabenkette geheftet hatte, stand Chaim der Bundeslade Auge in Auge gegenüber. Seine Lippen priesen lautlos den Schöpfer.

»Willkommen, Chaim«, ertönte eine sanfte Frauenstimme.

Als er seine Augen öffnete, sah er oben auf der goldenen Lade, geschützt von den starken Flügeln der Cherubim, eine in Rauch gehüllte weibliche Gestalt, deren Glanz ihn blendete.

»Schechina? Seid Ihr es, Schechina?«, stammelte er ehrfürchtig.

Die Göttin antwortete mit einem Lachen und setzte sich auf die Lade.

»Ja, ich bin es, Chaim«, sagte sie. »Ich bin niemals fort gewesen. All die Jahrtausende habe ich hier darauf gewartet, dass jemand kommen würde, dessen Glauben so stark war, dass er mich zu finden vermochte.«

»Aber das kann doch nicht ich sein?«, sagte Chaim. »Niemand auf der ganzen Welt kämpft so mit seiner Dunkelheit wie ich.«

Das Lachen der Schechina beruhigte Chaim. Wer war er denn, das Urteil der weiblichen Erscheinung Gottes anzuzweifeln? Sie ließ sich von der Lade hinuntergleiten und kam langsam auf ihn zu.

»Du hast mich *ihr* zuliebe gesucht. Weil du sie so sehr liebst. Du hast nicht an die Gefahr für dein eigenes Leben gedacht. Dir sind Flügel gewachsen. Wenn zwei Menschen einander bedingungslos und ohne Selbstsucht lieben, erscheine ich. Doch wenn deine Liebe auf Selbstsucht beruht, küsst du Lilith wach.«

Sein Herz stockte.

»Francesa ist ein schönes Mädchen«, sagte die Schechina mitfühlend, »und sie hat eine schöne Seele. Du hättest ihr viel geben können, aber du hast es nicht getan. In ihrer Gegenwart hast du alles verleugnet, woran du geglaubt hast, alles, was du bisher gelernt und entdeckt hattest. Du hast deinen Körper auf ihr ruhen lassen, aber nicht deinen Geist. Du hast sie nicht bereichert, ihr nicht geholfen, über sich selbst hinauszuwachsen, und sie dadurch zu Lilith gemacht. Die einzige Sünde Francesas war, dass sie ihren Vater nicht ehrte. Du wurdest für sie zum Symbol. Sie wusste, dass ihr Vater niemals erlauben würde, sich mit dir zu vermählen.«

»Warum nicht?«, fragte Chaim.

»Weil ihm klar war, dass du ihre Seele nicht nähren, sondern zerstören würdest. Du hast ihre Lilith-Kraft geschürt und sie herausgefordert. Du hast ihre Hoffnung genährt. Je mehr sie dich begehrte, umso stärker wurden der Hass und die Zerstörungskraft in ihr. Sie hat die Schechina in sich selbst ermordet.«

»Wie …«

»Wie ich das wissen kann?«

Die Schechina schüttelte ihr goldenes Haar, und im Bruchteil einer Sekunde hatte sie sich in Francesa verwandelt. Chaim zitterte und wollte seine Geliebte umarmen.

»Nein«, sagte Francesa, »nein. Ich liebe dich. Aus ganzem Herzen. Aber was mich trieb, war nicht die Liebe zu dir, sondern der Hass auf meinen Vater. Ich wollte sein Lebenswerk zerstören. Wenn ich dich erobert hätte, wären seine Ideen niemals niedergeschrieben worden. Du warst der Einzige, dem er dies zutraute. Deshalb wollte ich auch, dass du alle seine Bücher verbranntest. Ich hasste seine Lehre. Ich wollte seinen Traum von einer besseren Welt zunichtemachen. Als kleines Mädchen habe ich in meinem Bett so oft seinen Namen gerufen, aber er kam nie. Wenn er überhaupt da war, hatte er keine Zeit für mich. Wie sollte ein Mann, der so mit seiner Tochter umging, eine bessere Welt schaffen können? Durch dich konnte ich ihn am empfindlichsten treffen. Allmählich wurde ich zu einer Tochter Liliths. Die dunklen Kräfte in mir nahmen überhand. Meine Liebe zu dir war aufrichtig, aber sie wurde zu einer schwarzen, verkohlten Glut. Ich habe dich von deinem Lebenswerk abgelenkt. Deine Aufgabe ist es zu schreiben. Was ist meine Liebe zu dir wert, wenn ich das, was du in deiner tiefsten Seele bist, verändern will? Ich wollte durch dich meinen Vater verletzen. Doch dann habe ich meinen Vater in dir gefunden. Ihr ähnelt euch so stark. Ich habe mich in den Vater verliebt, der mir endlich Aufmerksamkeit schenkte.«

Als Francesa ihre Augen schloss, verwandelte sie sich wieder in die goldene Gestalt der Schechina.

»Was war das?«, fragte Chaim.

Die Schechina lächelte.

»Du hast eine große Aufgabe zu erfüllen, Chaim. Die Bücher, die du schreiben wirst, werden jahrhundertelang unbeachtet bleiben. Doch in vierhundert Jahren wird die Menschheit sie entdecken. Sie werden den Menschen als Wegweiser dienen und die Welt von Grund auf verändern.«

Die Schechina legte ihre warme Hand auf seine Stirn.

Er wurde von Gold umhüllt, das seinen ganzen Körper mit seinem Licht durchdrang. Er fühlte sich wie ein dunkles Fass, das mit einem unvorstellbar klaren Licht gefüllt wurde. Es war, als hätte er sich von seinem irdischen Dasein losgelöst. Sein Kopf fühlte sich leicht an, leicht wie eine Wolke, die in dem leuchtenden Nebel, der über dem Allerheiligsten schwebte, hätte aufgehen können. Der Mensch war ein unerfüllter Wunsch. Verlangen war die treibende Kraft von allem, was lebte und wuchs. Das stärkste Verlangen war die sexuelle Begierde. Wenn sie nicht mit dem Spirituellen verbunden war, konnte sie alle anderen Wünsche ersticken. Wer keine Wünsche hatte, erlosch wie ein implodierender Stern. Er war dann so schwer und dunkel, dass er an dem Ort, wo er gelebt hatte, alles Licht in einem unermesslichen Trichter aus Leere in sich aufsaugte, um in einer anderen Dimension als Wunsch wiedergeboren zu werden. Doch ein einziger selbstloser Gedanke vermochte die Welt zu verändern. Liebe war eine gewaltige Kraft, die alles und jeden verwandeln konnte.

»Hier bin ich. Was kann ich für Euch tun?«, fragte sein Herz.

71 עשל Ajin Schin Lamed: **Der Gott, der alles verändert**

Zimra hatte den ganzen Tag über auf der Terrasse des Verkaufsstandes, der dem Badehaus gegenüberlag, gewartet. Misstrauisch hatte er jede Frau, die das Badehaus verließ, belästigt, um zu überprüfen, ob es nicht Chaim in einer anderen Verkleidung war. Er hätte sich vor Wut darüber, dass er Chaim den Freibrief für einen Plan gegeben hatte, dessen Einzelheiten er nicht kannte, seine spärlichen Haare ausreißen können. Zimras Stimmung schwankte zwischen Besorgnis und ohnmächtiger Wut.

»Wenn dein Liebchen stirbt, Chaim, ist es einzig und allein deine Schuld«, murmelte er mit zusammengebissenen Zähnen. Als der Abend anbrach, hielt er es nicht mehr aus. Am liebsten hätte er das Gebäude gestürmt, doch er wusste, dass er an den schwergewichtigen Eunuchen niemals vorbeikommen würde. Ihm blieb nur noch eine Möglichkeit: Er konnte versuchen, den türkischen Gouverneur für seine Ziele zu gewinnen.

Abu Siffin hatte ihm zuerst ohne das geringste Anzeichen von Interesse zugehört. Dass ein jüdischer Mann in Frauenkleidern in einen Hammam eingedrungen war, war in seinen Augen keine Staatsangelegenheit, mit der er sich persönlich befassen musste. Auch die verworrene Geschichte darüber, dass dieser Jude im Frauenbadehaus nach einem Hinweis auf die legendäre Bundeslade suchte, konnte ihm nur ein müdes Lächeln entlocken. Natürlich kannte Abu Siffin die vielen Legenden, die über die Lade kursierten. Die Geschichte war auch Teil der muslimischen Überlieferung, und wenn er sich nicht irrte, glaubten einige Muslime, dass die Lade sich auf dem Grund des Sees von Tiberias befand. Doch Abu Siffin war ein Mann nüchterner Fakten.

»Ich kann verstehen, dass Euch diese Geschichte äußerst merkwürdig erscheint«, war das letzte Argument, das Zimra anführte, um Abu Siffins Interesse zu erregen. »Aber der Name des Juden, von dem ich rede, ist Chaim Vital. Er ist der Lieblingsschüler Itschak Lurias, dessen Ruhm Euch nicht entgangen sein kann.«

Abu Siffin richtete sich in seinem Stuhl auf.

»Itschak Luria, natürlich kenne ich ihn«, sagte der Gouverneur. »Ich habe ihn einmal in Safed aufgesucht, und er hat mich mit seiner mathematischen Methode des Torastudiums sehr beeindruckt. Er wirkte auf mich nicht wie ein Mann, der sich mit Phantastereien aufhält. Hat er seinem Schüler den Auftrag gegeben, die Lade zu suchen?«

»Ja«, bluffte Zimra, »und die Lade könnte Euren Untergang bedeuten.«

Abu Siffin zog spöttisch seine Augenbrauen hoch.

»Und wieso?«, fragte er.

»Ihr wisst doch, dass die Lade das Geschenk Gottes an die Juden ist? Sie hat im Laufe der Geschichte viele Feinde des jüdischen Volkes vernichtet. Es heißt, an dem Tag, an dem die Lade wiedergefunden werde, würden die Juden über alle Völker triumphieren. Das wäre das Ende Eurer Herrschaft.«

Zimra hatte die Kunst der Manipulation noch nicht verlernt. Er genoss die Verwirrung, in die er den Gouverneur gestürzt hatte. Er wusste, dass Abu Siffin ihm nicht glaubte, aber sicher würde er nicht das Risiko eingehen wollen, dass sich Zimras Geschichte später doch als wahr herausstellte. Abu Siffin galt als mutig, als jemand, der vor keiner Herausforderung zurückschreckte. Er selbst würde es mit der Lade aufnehmen wollen, ohne sich darüber im Klaren zu sein, dass er damit seinen eigenen Untergang besiegelte.

»Es ist und bleibt eine merkwürdige Geschichte, aber wir können uns die Sache ja einmal genauer anschauen«, beschloss Abu Siffin nach einer Weile.

Die beiden begaben sich zusammen mit einem Dutzend Soldaten zum Badehaus. Die Eunuchen verbeugten sich tief vor dem Gouverneur und gehorchten auf der Stelle seinem Befehl, alle

Frauen, die im Bad waren, in die Umkleidekammer zu schicken. Die Frauen protestierten heftig, weil ihrem Vergnügen so plötzlich ein Ende gesetzt werden sollte, und schrien Zeter und Mordio, als der Gouverneur die Tür zum Umkleideraum aufstieß. Es war ein schweres Vergehen gegen die Gesetze des *Korans*, dass ein Mann sie in diesem unbekleideten Zustand sah.

»Sage mir«, sagte Abu Siffin, der das hysterische Geschrei ignorierte, »befindet sich dein jüdischer Freund unter diesem Frauenvolk?«

Zimras Schweinsäuglein glitten über die versammelten Frauen, die sich mit allem zu bedecken versuchten, was sie zu fassen bekamen, und er hätte darüber fast vergessen, wonach er suchte. Da fiel sein Blick auf Fatima, die ihr Gesicht hinter dem Rücken ihres Söhnchens versteckte.

»Diese Frau dort war bei ihm«, sagte Zimra und deutete auf sie. »Sie muss wissen, wo er ist.«

Die anderen Frauen wurden aufgefordert, sich möglichst rasch anzuziehen und das Badehaus zu verlassen. Fatima weigerte sich trotz eines strengen Verhörs zu antworten. Sie konnte schlecht lügen, hoffte aber, Chaim durch ihr Schweigen schützen zu können. Doch Abu Siffin hatte wenig Geduld und entriss ihr grob den kleinen Josef. Er zog sein blitzendes Schwert und legte die Klinge auf den Hals des Jungen.

»Wo ist dein jüdischer Freund?«

Fatima wusste, dass der Gouverneur nicht mit sich scherzen ließ. Als sie den panischen Blick ihres Sohnes sah, konnte sie nicht anders, als ihr Versprechen Chaim gegenüber zu brechen.

»Bitte, lasst ihn los«, flehte sie. »Ich zeige Euch, wo Chaim ist.«

Sie führte die Männer in den Innenhof, und durch den Brunnen und die unterirdischen Räume erreichten diese bald den Gang.

»Seht nur, das goldene Licht dort«, rief einer der schwerbewaffneten Soldaten, die Abu Siffin auf seiner Suche durch die unterirdischen Gewölbe anführte. Von Ehrfurcht ergriffen wandten die tapferen Soldaten ihre Augen ab. Auch Abu Siffin konnte dem reinen Licht nur wenige Augenblicke standhalten.

»Ist die Lade gefährlich?«, fragte er Zimra.

»Wenn Ihr es wünscht, werde ich vorgehen«, bot Zimra dem Gouverneur an. Obwohl dieser sich nicht gern eingestand, dass er sich von einer Erscheinung einschüchtern ließ, deren Ursprung er sich nicht erklären konnte, spürte er doch instinktiv, dass hier eine Kraft am Werk war, gegen die er nicht einmal mit seinem ganzen Heer etwas hätte ausrichten können. Er traute Zimra nicht. Irgendetwas war faul daran, dass dieser alte Richter einen Juden verriet, der angeblich im Begriff war, seine, Abu Siffins Herrschaft zu beenden. Wenn dies tatsächlich der Fall war, hätte Abu Siffin mit Sicherheit als Letzter davon erfahren. Er wusste nur zu gut, dass die Juden sich nichts sehnlicher wünschten, als Jerusalem wieder in Besitz zu nehmen.

»Lass dir von einem alten Mann sagen, dass man besser nicht den Helden spielt, wenn man sich dadurch in Gefahr bringt«, belehrte Zimra den Gouverneur.

Abu Siffin gab einem seiner Soldaten den Befehl, ein Seil um Zimras Bauch zu binden. »Geh nur voraus«, befahl er Zimra. »Aber wenn die Spannung auf dem Seil nachlässt, kommen wir sofort und schneiden dir den Kopf ab.«

Diese Drohung prallte wirkungslos an Zimra ab. Es würde nicht mehr lange dauern, bis er die Macht der Lade an seiner Seite hätte und die Muslime zu Staub zermalmt würden.

»Selbstverständlich«, antwortete er dem Gouverneur unterwürfig und schritt triumphierend dem goldenen Licht entgegen. Im Geiste sah er sich schon als den Befreier des jüdischen Volkes, der die Vorherrschaft der Juden unter den Völkern für immer sichern würde. Er war so stolz auf sich und seinen Heldenmut, dass er gar nicht merkte, wie die Hitze des Lichts seine Kleider ansengte und das Leinen zischend an seiner Haut festklebte. In der Ferne sah er, umgeben von Rauch, Chaim sitzen, dem er in strafendem Ton zurief: »Chaim! Chaim! Mach Platz für den Messias. Du hast deine Aufgabe erfüllt. Scher dich fort!«

Chaim schreckte aus seinem tiefen meditativen Zustand auf, und während er zu sich kam, floss das Licht in die geheime Kammer zurück. Zimra fürchtete, zu spät zu kommen, und beschleunigte seine Schritte, um noch die letzten Strahlen, die in der Dunkelheit aufglühten, zu erhaschen.

Furchtlos eilte er durch den Gang, in dem nur noch am Ende das Licht hell erstrahlte. Je näher er kam, umso heißer brannten sich die Strahlen in seinen Körper und brachten sein Blut zum Kochen. Doch Zimra war überzeugt davon, dass er, der sich so sehr nach diesem einen Ziel gesehnt hatte, dem Licht würde standhalten können, dass er würdig war, es zu empfangen. Er eilte weiter, bis er unmittelbar vor den sich schließenden goldenen Torflügeln stand. Das Licht bohrte sich, Kugelblitzen gleich, in seinen Körper und verbrannte ihn von innen. Seine Organe verschmorten, und seine Lunge platzte. Als er die Augen aufriss, wurden die Linsen von der Netzhaut gesengt, und seine Augäpfel explodierten. Seine Nase wurde von der glühenden Hitze zerfressen, und sogar seine Zähne schmolzen zu einer breiigen Masse zusammen. Die Haut schälte sich in großen Lappen von seinem Körper, und die Knochen fingen Feuer. Innerhalb von wenigen Augenblicken hatte das glutheiße Feuer Zimra völlig verzehrt. Übrig blieb ein Häufchen glühender Asche.

Abu Siffin und seine Soldaten hörten nur noch das Zischen des Fleisches, das in Sekundenschnelle verbrannte und zerschmolz. Als sie den Geruch verbrannten Menschenfleischs rochen, packte sie das kalte Grauen. Dann wurde es völlig finster, und sie hörten nur noch, wie sich die Türen mit einem dumpfen Knall endgültig schlossen.

Abu Siffin befahl den Männern, das Seil einzuholen. Diese

folgten seinem Befehl und starrten entsetzt auf das brennende Seilende in ihren Händen. Welche schreckliche Naturkraft hatte nur dort hinten in dem Gang gewütet?

Dann hörten sie Schritte näher kommen, und eine jugendliche Stimme, die rief: »Habt keine Angst, ich bin Chaim Vital, der Kabbalist. Ich kann euch alles erklären.«

Zum zweiten Mal in seinem Leben wurde Abu Siffin mit einem Phänomen konfrontiert, das sein scharfer Geist nicht zu fassen vermochte. Das erste Mal waren es die üppigen Früchte an einem Johannisbrotbaum mitten im Winter gewesen. Doch nun stand er vor einem noch größeren Rätsel: Ein gleißendes Licht, das sich hinter einem goldenen Tor verbarg und auf seinem Weg einen Mann innerhalb von wenigen Augenblicken verbrannt, einen anderen hingegen völlig unversehrt gelassen hatte. Er befahl seinen Soldaten, das goldene Tor aufzubrechen, doch alle ihre Bemühungen waren vergeblich, und alle Werkzeuge zerbrachen an dem massiven Gold.

»Du behauptest also, dass sich hinter diesem Tor die Bundeslade befindet?«, sagte er zu Chaim.

»Ja«, antwortete dieser. »Ich habe sie mit eigenen Augen gesehen.«

»Wie hast du das Tor geöffnet?«

»Mit den zweiundsiebzig geheimen Namen Gottes«, murmelte Chaim beschämt. Er wusste, dass der Gouverneur, der auch Vater des Schwerts genannt wurde, nicht an Zaubersprüche glaubte.

»Dann öffne es noch einmal«, befahl Abu Siffin.

»Das käme einem Mordanschlag auf Eure Männer gleich«, sagte Chaim.

»Weshalb wurde Zimra verbrannt und du nicht?«

Chaim seufzte. Wie sollte er einem Mann, für den allein der logische Verstand maßgeblich war, die Macht des Schöpfers erklären?

»Existiert Liebe?«, fragte er den Gouverneur.

»Ja, natürlich«, antwortete Abu Siffin überrumpelt.

»Hast du Liebe jemals gesehen oder angefasst?«

»Wie meinst du das?«

»Für jemanden, der farbenblind ist, existiert Rot nicht, auch wenn die ganze Welt ihm sagt, dass eine Tomate rot ist. Er ist nicht in der Lage, Rot wahrzunehmen. Genauso verhält es sich mit dem Schöpfer. Um ihn und seine Braut wahrnehmen zu können, benötigt man ein spezielles Sinnesorgan: Hingabe, Glaube und Ehrfurcht. Wer nicht an sie glaubt, findet sie nicht. Aber wenn jemand sie nicht findet, heißt das noch lange nicht, dass sie nicht existieren.«

»Was hat das mit der Bundeslade zu tun?«, unterbrach Abu Siffin ihn ungeduldig.

»Die Schechina, Gottes weibliche Emanation, wohnt in der Bundeslade. Sie wartet auf uns. Jahrhundertelang. Sie hat unendlich viel Zeit, unendlich viel Vertrauen. Sie ist Ahava, Liebe.«

Während Chaim in die glasigen Augen Abu Siffins schaute, fand er plötzlich die Worte, die es ihm ermöglichten, den Zynismus des Gouverneurs, seinen Schutzschild, zu durchbrechen.

»Der Zahlenwert von Ahava ist 13. Aber Liebe wirkt in zwei Richtungen. Wenn ich Euch liebe, ist das 13, und auch der Zahlenwert für den Fall, dass Ihr mich liebt, ist 13. Wenn man nun 13 und 13 zusammenzählt, ergibt das 26, den Zahlenwert des Wortes havaya. Und Havaya ist ein Anagramm von *Jahwe*. Dies bedeutet: Wenn zwei Menschen einander lieben, weilt Gott in ihrer Mitte.«

»Aha«, sagte Abu Siffin, dem diese Art von mathematischen Gleichungen gefiel. »Wenn ich dich richtig verstehe, ist die Schechina die Liebe zwischen zwei Menschen?«

»Ja«, antwortete Chaim zögernd, »die Schechina ist der Aspekt Gottes, der für die bedingungslose Liebe steht, für Licht.«

»Ein Licht, das so stark ist, dass es jemanden zu Asche verbrennen kann?«

»Wenn wir einen anderen Menschen wegen dem, was wir von ihm bekommen können, und nicht wegen dem, was wir ihm schenken können, lieben, verbrennt diese Liebe. Ihr brennt Eure Geliebte dann im wahrsten Sinne des Wortes aus und Euch selbst auch.«

»Die Schechina verbirgt sich also in diesem Raum dort hinten, damit sie uns nicht verbrennt?«, fragte Abu Siffin mit einem deutlichen Ausdruck von Skepsis.

»Genau«, antwortete Chaim bestimmt, ohne dass er wusste, woher er seine Gewissheit eigentlich nahm. »Wir müssen sie zuerst in uns selbst entdecken.«

»Und die Schechina offenbart sich, wenn alle einander lieben?«

Ein paar Soldaten konnten sich nicht mehr beherrschen und fingen an zu lachen, aber Abu Siffin bedeutete ihnen, still zu sein.

»Ja«, rief Chaim begeistert aus.

»Und warum hat sie sich dann dir gezeigt?«

»Ich weiß es nicht. Vielleicht, damit ich es weitererzähle? Um alle Menschen dazu anzuhalten, ihren Nächsten so zu lieben wie sich selbst.«

»Und wenn wir das tun würden, könnte sie dann jeder sehen? Auch Muslime?«

»Ja, natürlich«, antwortete Chaim und lächelte.

Abu Siffin hatte das Gefühl, dass dieser Jude aufrichtig war. Er tat sein Bestes, sein Wissen und seine Überzeugungen an andere weiterzugeben. Siffin war kein Mensch, der über die Liebe philosophierte, geschweige denn, dass er bereit war, an Liebesgöttinnen zu glauben, die sich hinter einer goldenen Tür verbargen. Doch ihm war sehr wohl klar, dass auch von ihm jetzt nur noch ein Häufchen Asche übrig geblieben wäre, wenn er Zimra gefolgt wäre. Was immer es sein mochte, ob Liebe oder etwas anderes, in jedem Fall war es eine Waffe, der keine Heeresmacht gewachsen war. Er beschloss, Chaim auf die Probe zu stellen.

»Was hieltest du davon, wenn ich diesen Gang zumauern und den dunklen Brunnen im Hammam für immer zuschütten ließe?«

»Das scheint mir eine sehr vernünftige Entscheidung zu sein«, antwortete Chaim. »Es verhindert, dass noch mehr Unheil geschieht. Für die Schechina ist der richtige Zeitpunkt noch nicht gekommen. Solange Menschen einander im Namen ihres Glaubens ermorden, haben sie nicht verstanden, was die Essenz der Schöpfung ist: dass wir alle eins sind. Ich hoffe, dass ich die Menschheit durch die Bücher, die ich schreiben werde, dem Tage näherbringe, an dem alle Menschen die Schechina erschauen können und wo in jedem Menschen der Messias erwacht. Aber ich fürchte, dies wird noch einige Jahrhunderte dauern.«

»Ich jedenfalls werde deine Bücher sehr aufmerksam lesen«, sagte Abu Siffin zufrieden. »Du bist ein freier Mann. Du kannst gehen, wohin du willst.«

72 נ׳ית Nun Jod Tav: **Der Gott der Unsterblichkeit**

Fatima hatte den ganzen Tag und den ganzen Abend für Chaim gebetet. Sie dankte Allah, als er endlich wieder aus dem Brunnen auftauchte, der sein Grab hätte werden können.

»Es tut mir leid, dass ich dich verraten habe«, flüsterte sie, während sie sich an ihm festklammerte. »Josef wurde bedroht, ich konnte nicht anders.«

»Das verstehe ich. Es macht nichts. Alles ist gut ausgegangen. Jetzt müssen wir nur noch Francesa finden.«

Fatima erschauderte. Sie hatte keinen Augenblick mehr an ihre Konkurrentin gedacht, die irgendwo eingesperrt war. Deshalb schämte sie sich.

»Suche schnell nach deiner Liebsten«, sagte sie.

Chaim hatte keine Zeit, ihr zu erklären, wie ihn das, was er in den unterirdischen Gewölben erlebt hatte, zutiefst verändert hatte. Er bat sie, ihm zu helfen, sich mit Badetüchern provisorisch einzukleiden.

»Ich werde dir nie vergessen, was du für mich getan hast«, sagte er zum Abschied. »Ich hoffe, dass der Mann, von dem du mir erzählt hast, bald seine Augen öffnen wird. Er muss ja blind sein, wenn er nicht sieht, was für eine besondere Frau du bist.«

Fatima fror innerlich, als sie mit der schlafenden Lea auf dem Arm und Josef an der Hand Chaim nachblickte, der im dunklen Jerusalem verschwand.

Chaim hastete zum jüdischen Teil der Stadt, wo Passanten ihm den Weg zu Mosches Haus wiesen, in dem Zimra gewohnt hatte. Ohne zu zögern, schlug er ein Fenster des Hauses ein und durchsuchte alle Räume, fand aber nirgends eine Spur von Francesa – abgesehen von zwei geleerten Weingläsern und dem aufgeklappten Döschen mit den beiden Ringen, das auf dem Tisch lag: der Göttin des Schutzes und der Göttin der bedingungslosen Liebe. Warum mochte Francesa ihren Schutzring hier liegen gelassen haben? Er steckte sich die beiden Ringe, die sein Bruder angefertigt hatte, an die Finger. Wenn sie auf eine so wunderbare Weise zu ihm gekommen waren, musste er darauf vertrauen, dass er auch zu Francesa geführt werden würde.

In diesem Augenblick klopfte jemand an die Tür. Auf der Straße stand ein Mann in zerknitterter Kleidung, der höflich nach Zimra fragte.

»Rabbi Zimra … ist tot«, sagte Chaim, und erst jetzt, wo er dies aussprach, wurde ihm bewusst, was für einen schrecklichen Tod sein Feind gefunden hatte.

»Wie furchtbar!«, rief der Mann.

»Ja«, sagte Chaim zögernd, »tretet doch ein.«

Der Mann lächelte.

»Bitte, entschuldigt mich, ich habe mich noch nicht vorgestellt. Mein Name ist Mosche. Ich wohne hier. Ich bin gerade aus Safed zurückgekehrt. Zimra hat mein Haus gehütet und mich als Richter vertreten.«

Chaim war verlegen, weil er in das Haus eines so freundlichen Mannes eingebrochen war. »Soll ich Euch helfen, Euer Gepäck ins Haus zu tragen?«

Der Kutscher hatte die Koffer schon an der Türschwelle abgestellt und half gerade einer Frau beim Aussteigen.

»Sehr freundlich von Euch«, antwortete Mosche und nahm das Angebot an. Unterdessen bezahlte er den Kutscher.

Als Chaim das zweite Mal aus dem Haus trat, um einen weiteren Koffer zu holen, traf er auf eine aufreizend gekleidete Italienerin, die gerade das Haus betreten wollte.

Verdutzt schauten sie sich an.

»Esther«, rief Chaim.

»Chaim? Chaim, ohne Bart!«

»Ihr kennt euch?«, fragte Mosche überrascht.

»Ja, Chaim ist ein guter Freund von mir aus Safed, und Mosche ist ... Ja, was bist du eigentlich von mir, Mosche?«, fragte Esther neckend.

Er legte seinen Arm um ihre Taille.

»Dein Freund? Dein Geliebter? Vielleicht demnächst sogar dein Mann?«, sagte er verliebt.

Sie drückte ihm einen flüchtigen Kuss auf die Lippen.

»Mosche und ich, wir haben uns in Tiberias kennengelernt. Er war unterwegs nach Safed, und ich bin gerade von dort geflüchtet. Wir wohnten in der gleichen Herberge.«

»Freut mich, dich kennenzulernen, Chaim«, sagte Mosche lachend. »Normalerweise würde ich jetzt sagen, komm herein, aber das ist in diesem Fall ja wohl überflüssig.«

Sie schlossen die Tür hinter sich, und während Mosche sich in seiner Wohnung umschaute, setzte Esther sich an den Tisch.

»Warum hast du dir den Bart abrasiert?«, fragte sie amüsiert.

»Um in Frauenkleidern einen Hammam betreten zu können«, erklärte Chaim verschämt lächelnd.

»Du ungezogener Junge!«, neckte ihn Esther.

»Sehr merkwürdig«, murmelte Mosche. »Mein Terrarium steht nicht an seinem Platz.«

»Mosche, Chaim hat das Buch geschrieben.«

»Ez Chaim?«, fragte Mosche aufgeregt. Er ging zu seinem Koffer, öffnete ihn und kam mit dem Buch zum Tisch zurück.

»Wie ist das möglich?«, stammelte Chaim ungläubig, als er das Buch sah.

»Wie du vielleicht gehört hast, habe ich den Bauernhof Hals über Kopf verlassen.«

Natürlich hatte Chaim von den Seitensprüngen der Kabbala-Schüler gehört. Doch seine neu erwachte Leidenschaft Francesa gegenüber hatte ihn zu sehr beschäftigt, als dass er noch daran gedacht hätte. Chaim bestätigte mit einem Nicken, dass er ungefähr wusste, was geschehen war. Er wollte das Gespräch auf Francesa lenken, doch Esther fuhr unbeirrt fort: »Als ich den Bauernhof verließ, habe ich unter anderem dieses Buch mitgenommen. Wie alle Schüler hatte ich es von Itschak bekommen – mit seinem Namen darauf. Durch dein Buch haben Mosche und ich einander kennengelernt. Er sah es beim Frühstück auf meinem Tisch liegen und begann ein Gespräch darüber. Zuerst hat er sich sogar stärker für dein Buch interessiert als für mich!«

»Ich habe es während unserer Rückreise fast vollständig gelesen«, bestätigte Mosche. »Ein wirklich erstaunliches Buch. Es könnte die Welt verändern. Und … oder willst du ihm das lieber selbst erzählen, Esther?«

So sehr Chaim sich durch dieses Lob geschmeichelt fühlte, er konnte sich nicht so recht darüber freuen, solange er sich um Francesa sorgte.

»Wir haben beschlossen, es drucken zu lassen. Natürlich nur, wenn du damit einverstanden bist. Denn ich bin jetzt eine reiche

Frau. Itschak hat mir den Bauernhof abgekauft, und es wäre mir eine große Ehre, das Buch verbreiten zu dürfen … mit deinem Namen darauf!«

Chaim fiel ihr um den Hals. Dieser Abend war ein Abend voller Wunder. Esther hatte sein Buch gerettet, von dem er geglaubt hatte, es sei unwiderruflich verloren. Dieses überraschende Wiedersehen musste ein gutes Omen sein, dass auch mit Francesa alles ein gutes Ende nehmen würde.

»Ich danke dir, Esther. Du weißt gar nicht, wie glücklich du mich machst.«

Esther kannte die Freude eines Künstlerherzens, das Anerkennung fand.

»Eigentlich hat uns Anna auf diese Idee gebracht«, bekannte Esther.

»Anna? Hast du mit ihr gesprochen?«

»Ja, sie war auch in Tiberias. Sie hat sich wegen dir große Sorgen gemacht, als ich ihr erzählte, was auf dem Bauernhof geschehen war. Sie hat mir ans Herz gelegt, für dein Buch wie für mein eigenes Kind zu sorgen.«

»Die liebe Anna«, sagte Chaim gerührt, »geht es ihr gut?«

»Ja, nach dem Ende der grauenhaften Seuche kehrte sie nach Safed zurück. Aber wie steht es mit deinem Liebesleben, Chaim?«, fragte Esther neugierig, während Mosche eine Flasche Wein öffnete. »Hast du dir bei dem schönen Töchterchen deines Lehrers ein Herz gefasst, oder hast du dich damit begnügt, vor ihrem Bild zu phantasieren …?«

»Das ist eine lange und komplizierte Geschichte. Ihretwegen bin ich in dein Haus eingebrochen, Mosche. Ich weiß nicht, wie gut du mit Zimra befreundet bist, aber er hat Francesa entführt und irgendwo eingesperrt. Ich glaubte, sie sei hier.«

»Ich muss gestehen, ich kenne ihn nicht besonders gut«, sagte Mosche, »aber ich weiß, dass er Frauen nicht verschmähte …«

Plötzlich erinnerte er sich wieder an das verschwundene Terrarium und zählte eins und eins zusammen. Wenn Zimra dieses schwere Ungetüm weggeschafft hatte, konnte es nicht weit sein. Ihm fiel die Flasche Wein aus der Hand.

»Was ist los?«, fragte Esther.

»Mir schwant Schreckliches. Wir müssen sofort in die Synagoge.«

Chaim und Esther folgten ihm auf die andere Seite der Straße, zur Synagoge, in der er als Richter wirkte. Doch das Gotteshaus war fest verriegelt, und Mosche hatte Zimra den Schlüssel gegeben.

»Wir müssen einbrechen«, erklärte Mosche.

Mit vereinten Kräften drückten die Männer das Bleiglas über der Tür ein, das einzige Fenster der Synagoge. Mosche kletterte auf Chaims Schultern, zwängte sich durch das Fenster und öffnete dann von innen die Tür. Er tastete sich zu den Kerzen neben dem Eingang vor. Ihre Augen mussten sich erst an die Dunkelheit gewöhnen, doch als sie sich dann in der Synagoge umschauten und Francesa auf der Bima liegen sahen, war es, als griffe eine eiskalte Hand nach ihren Herzen.

»Bleibt hier«, sagte Mosche, nachdem er die Fassung wiedergefunden hatte. »Die Skorpione sind lebensgefährlich, wenn man nicht weiß, wie man mit ihnen umgehen muss.«

Geschickt fing er die sattgefressenen Tiere am Schwanz ein und warf sie nacheinander in das Terrarium. So arbeitete er sich Stufe um Stufe zum Lesepult hinauf, bis er die gefräßigen Tiere vom Körper der jungen Frau abpflücken konnte. Francesas Augen waren weit aufgerissen, und in ihnen stand die Todesangst. Sie sah entsetzlich aus. Ihr Gesicht war von dem tödlichen Gift überall angeschwollen, die aufgerissene, blutende Brust von den Krebsscheren zerfleischt. Die Haut und ihr üppiges schwarzes Haar hatten allen Glanz verloren. Obwohl ihm klar war, dass seine Mühe vergeblich sein würde, überprüfte Mosche an ihrem Hals, ob noch ein Pulsschlag zu spüren war.

»Sie ist tot«, sagte er.

Chaim schrie vor Schmerz. Francesa war tot! Sie hatte ihn für immer verlassen! Mutterseelenallein in ihrem Gefängnis vergiftet und totgebissen! Ohnmächtig musste sie die Tür angestarrt und darum gebetet haben, dass sie sich öffnen möge. Bis das Gift schließlich alle ihre Körperfunktionen ausgeschaltet hatte. Ein sinnloser, schrecklicher Tod. Chaim sank zu Boden. Wäre er schneller gewesen, hätte er sie vielleicht retten können. Ihm wurde schwarz vor Augen, und er verlor das Bewusstsein.

Als er später in der Nacht wieder zu sich kam, setzte er sich zu ihr. Esther hatte ihr ganzes Wissen über Kosmetik genutzt, um Francesa wie eine Prinzessin herzurichten. Sie sah nun so aus, als könnte sie jederzeit von einem beherzten Prinzen wachgeküsst werden. Er erzählte ihr alles, was er ihr schon immer hatte erzählen wollen. Er dankte ihr für die Leidenschaft, die sie in ihm entfacht hatte, für das grenzenlose Glück und die gemeinsam genossene Lust. Er weinte um sie, darum, dass ihr junges Leben ein so jähes Ende gefunden hatte. Er bat sie um Verzeihung, weil er sich so stark von seiner Begierde hatte leiten lassen und sich so wenig um den Aufschrei ihrer Seele gekümmert hatte. Er betete dafür, dass sie irgendwann und irgendwo im Laufe ihrer Reise durch die Ewigkeit einen Seelengefährten finden möge. Vielleicht war dies doch Jehuda, und sie könnte sich nun in der Seelenwelt mit ihm vereinigen. Als er das sagte, glaubte er einen Augenblick lang, ein Lächeln auf ihren Lippen zu sehen.

»Dies hier haben wir neben der Bima gefunden«, sagte Esther und zeigte ihm vorsichtig einen in ein Tuch eingewickelten abgerissenen Finger. Chaim packte das Grauen, doch er riss sich zusammen. An dem Finger befand sich der Ring der Göttin der Heilung. Er wusste nicht, dass Francesa sich diesen als Trauring ausgesucht hatte und dass sie ihm die Göttin der bedingungslosen Liebe zugedacht hatte.

»Mein Gott, warum musste dieses abscheuliche Ungeziefer

ihr die einzige Chance nehmen, gerettet zu werden?«, sagte er schluchzend.

Chaim drückte ihr den Ring in die geschwollene Hand und verschränkte seine Finger mit den ihren. Die Göttin der bedingungslosen Liebe und die Göttin der Heilung waren für immer auf ihrem Totenbett vereinigt.

»Wenn du willst, kannst du bei uns wohnen«, sagte Esther leise.

Chaim schüttelte den Kopf. Er gehörte nicht nach Jerusalem. Nach Francesas Begräbnis wollte er nach Safed zurückkehren. Das war sein Zuhause. Dort wartete die Aufgabe auf ihn, bis zu seinem letzten Atemzug zu schreiben. Und dort wartete Anna.

Glossar

A

Abel Bedeutet im Hebräischen »Atem« oder »Vergänglichkeit«. Abel, ein Schafhirte, war der zweite Sohn von Adam und Eva. Nach dem Midrasch hatte Abel die Schechina erschaut, als er Gott sein Opfer darbrachte. Dies galt als Todsünde, derentwegen er von Kain, seinem eifersüchtigen Bruder, getötet wurde. Siehe auch *Schechina.*

Abessinien ist ein alter Name für Äthiopien. In der Bibel wird Äthiopien Kusch genannt.

Abiram Diese Romanfigur ist der biblischen Gestalt Abiram nachempfunden, einem der Söhne von Eliab. Abiram war an der Verschwörung gegen Moses und Aaron beteiligt, wie es in Numeri 16, 1–27 und 26, 9 geschrieben steht. Alle Verschwörer wurden während eines Erdbebens von der Erde verschlungen. Die Szene, in der Itschak sich über Abiram und seinen Bruder Datan erzürnt, entspricht der biblischen Überlieferung, in der beschrieben wird, wie Itschak seine Sanftmut verliert. Siehe auch *Datan.*

Abraham, biblisch Der erste Stammvater, mit dem Gott den Bund schloss. Er soll um 2166 vor Christus geboren worden sein. Seine Lebensgeschichte wird im Buch Genesis 11 ff. geschildert. Nach der jüdischen Überlieferung ist er der Begründer des Monotheismus. Abrahams Vater verkaufte Götzenbilder. Weil dies dem dreijährigen Abraham als Unrecht erschien, zerstörte er die Bildnisse. Seine spätere Frau Sarah war unfruchtbar, und in relativ hohem Alter versprach Gott ihr, sie werde noch ein Kind bekommen. Darüber lachte sie, doch dann gebar sie tatsächlich Isaak.

Um Abrahams Treue auf die Probe zu stellen, befahl Gott ihm, seinen Sohn zu opfern. Kurz bevor Abraham Gottes Befehl Folge leistete, errettete dieser Isaak. Als Belohnung für seine Treue versprach er Abraham eine Nachkommenschaft so zahlreich wie die Sterne am Himmel. Mit seiner Dienstmagd Hagar hatte Abraham noch einen zweiten Sohn, Ismael, der als der Stammvater der Araber angesehen wird. Abraham gründete eine Schule, die das Gesetz Gottes lehrte. Abraham soll der Autor des *Sefer Jezirah*, des Buches der Schöpfung, gewesen sein, eines der Grundlagenwerke der Kabbala. Siehe auch *Araber*.

Abraham, Romanfigur Die Romanfigur Abraham ist inspiriert von Abraham Ben Eliezer ha-Levi Berukhim. Dieser wurde in Marokko geboren und starb 1593 in Safed, Itschaks Prophezeiung gemäß genau 22 Jahre, nachdem er an der Klagemauer in Jerusalem die Schechina erschaut hatte. Abraham studierte die Kabbala mit großem Eifer und Fanatismus, und er war Itschak Luria sehr ergeben. So pflegte er um Mitternacht durch die Straßen von Safed zu laufen und zu rufen: »Steht auf, um Gottes Namen zu ehren, denn die Schechina ist im Exil, und unser Heiligtum ist vom Feuer zerstört.« Er hörte nicht auf zu rufen, bis alle Schüler wach waren! Lange vor Beginn des Schabbats lief er durch die Straßen und ermahnte alle, ihre Geschäfte zu schließen und sich auf die Schabbatfeier vorzubereiten. Nachdem Itschak von Abrahams Stirn die Sünden abgelesen hatte, erniedrigte dieser sich selbst vor seinem Personal. Es war bekannt, dass Abraham sich oft geißelte. Er forderte die Menschen auf der Straße auf, ihm zur Synagoge zu folgen und ihn dort mit faustgroßen Steinen zu bewerfen. Oft wälzte er sich in einem Bett aus Brennnesseln und forderte die Umstehenden auf, es ihm gleichzutun. Abraham hat ein Buch geschrieben, *Tiqqunei Shabbat*, »Vorschriften für den Schabbat«, das sehr bekannt wurde. Außerdem sammelte er Texte des Sohar, die in Safed kursierten, jedoch in der gedruckten Ausgabe nicht enthalten waren. Diese Texte wurden später unter dem Namen »Neuer Sohar« veröffentlicht.

Abrakadabra *Abrakadabra*, oder im Hebräischen *Abbara Kedabra*, bedeutet: »Verschwinde gleich diesen Worten.« *Abbara Keda-*

bra in geschriebener Form bedeutet: »Nimm ab wie dieses Wort oder diese Formel.« Das Wort wird in Form eines Dreiecks auf ein Stück Pergament geschrieben und als Heilmittel gegen Malaria, Zahnschmerzen und andere Beschwerden um den Hals getragen. Die Schmerzen sollen sich dann wie das Wort auf dem Papier allmählich auflösen. Dieses Amulett war während der großen Pestepidemie im Jahre 1665 sehr beliebt. Über den Ursprung des Wortes gibt es unterschiedliche Auffassungen. Abrakadabra könnte eine Verballhornung von *Habrachah* (Segnung oder Fluch) und *Dabra* (aramäisch für Pest) sein. Nach Auffassung anderer stammt das Wort von drei hebräischen Wörtern ab: *Ab* (Vater), *Ben* (Sohn) und *Acadsch* (Heiliger Geist). Wieder andere behaupten, es leite sich her von *abreq ad habra*, hebräisch für »Schleudere deinen Bannblitz, selbst auf die Toten«.

Abu Siffin Türkischer Gouverneur im 16. Jahrhundert, der als Tyrann bekannt war. Abu Siffin bedeutet »Vater zweier Schwerter«. Nach der Überlieferung verurteilte der Gouverneur einen arabischen Bauern, der Schlomo Halevi ermordet hatte, zum Tode. Außerdem soll er Chaim Vital beauftragt haben, die verborgene Gihon-Quelle in Jerusalem zu suchen und zugänglich zu machen. Nach Itschak Luria war Abu Siffin eine Reinkarnation des assyrischen Königs Sanherib, der von 705 bis 681 v. Chr. lebte. Siehe auch *Schlomo Halevi*, *Hammam esh-Shifa*.

Adam Der Name Adam leitet sich von dem Wort *Adama* her, das »Erde« bedeutet. Nachdem er in den verbotenen Apfel gebissen hatte, verfiel Adam nach dem Sohar in eine lange Depression oder in ein »Getrenntsein vom Licht«. Adam hatte 130 Jahre lang Geschlechtsverkehr mit weiblichen Geistern, bis Naama kam. Durch ihre Schönheit brachte sie die Söhne von Elohim, Asa und Asael vom rechten Weg ab. Sie gebar ihnen neue Kelipoth, Nachkommen von Lilith. Durch sie breiteten sich böse Geister und Dämonen in der ganzen Welt aus, die nachts ihr Unwesen treiben. Wenn sie Männer allein zu Hause schlafend vorfinden, schweben sie über ihnen, wecken bei ihnen wollüstige Begierden und bekommen Kinder von ihnen. Siehe auch *Eva*, *Lilith*.

Adam Kadmon Der Urmensch, der vor der Erschaffung der Welt nach Gottes Ebenbild geschaffen wurde. In seinem Buch *Paraschat Bereschit* legt Chaim Vital dar, dass der Mann bei der körperlichen Liebe in der gleichen Haltung liegen soll wie Adam Kadmon bei seiner Erschaffung: »Sein Kopf muss gen Osten gerichtet sein, in Übereinstimmung mit Daat; seine Füße gen Westen, in Übereinstimmung mit Jessod; seine rechte Hand in südliche Richtung, in Übereinstimmung mit Chessed; seine linke Hand nordwärts, in Übereinstimmung mit Gebura. Dies war, wie uns überliefert ist, Adams Haltung, als er erschaffen wurde.« Daat, Jessod, Chessed und Gebura verweisen auf vier Sefiroth. Mit Adam ist in diesem Text Adam Kadmon gemeint, ein übernatürliches Wesen, das Gott schuf, bevor er die Welt erschuf – ein »Wesen« mit den Eigenschaften der zehn Sefiroth. Siehe auch *Eva*, *Lilith*, *Sefiroth*.

Adrianopolis (Adrianopel) Sultan Murad I. eroberte 1361 Adrianopolis (das heutige Edirne in der Türkei) und machte die Stadt zur Hauptstadt des Osmanischen Reiches.

Alchimie Alchimie oder *al kymiya* bedeutet »Stein der Weisen«. Die Alchimie ist eine Wissenschaft, die versucht, unedle Metalle in Gold zu verwandeln, Gegengifte gegen Giftstoffe zu finden und Elixiere zu entwickeln, die unsterblich machen. Die alchimistische Praxis beeinflusst sowohl den Alchimisten als auch die Resultate seiner Experimente. Je weiter er in seiner persönlichen Entwicklung fortschreitet, umso besser gelingen ihm die Experimente. Deshalb wird die Herstellung von Gold aus Blei auch als Metapher für den Reinigungsprozess des Menschen benutzt. Die Herstellung von Gold bzw. des Steins des Weisen entspricht dem, was in anderen Traditionen als Erleuchtung bezeichnet wird. Chaim Vital schrieb ein Buch über Alchimie, das nicht veröffentlicht wurde.

Allah ist das arabische Wort für Gott.

Allerheiligstes In I. Könige 8, 12 erklärt Gott, er wolle in Dunkelheit wohnen. Deshalb wurde im Tempel des Salomo das »Allerheiligste« als Wohnstätte Gottes erbaut. Es handelte sich um einen würfelförmigen Raum von etwa zehn Metern Seitenlänge, dessen Wände mit Gold überzogen waren. Dieser Raum beherbergte die Bundeslade und Gottes Gegenwart auf Erden, die Schechina. Niemand außer dem Hohenpriester durfte den Raum betreten, und dieser begab sich einmal im Jahr, am Versöhnungstag, in das Allerheiligste, um dort für das Volk Israel um Vergebung zu bitten. Der jüdische Archäologe Leen Ritmeyer gelangte 1992 nach zwanzigjähriger Forschung zu dem Schluss, dass die Fundamente des Allerheiligsten genau unter der Kuppel des Felsendoms liegen müssten.

Alschich Rabbi Alschich lebte von 1508 bis 1600. Er schrieb *Torat Moshe*, ein Werk, das für einen der besten Bibelkommentare gehalten wird. Alschich war Schüler des Richters Karo und einer der Lehrer von Chaim Vital. Karo beauftragte Alschich, Chaim besondere Aufmerksamkeit zu schenken, weil er voraussah, dass dieser einst ein wichtiger Lehrer werden würde.

Anna Die Romanfigur Anna basiert teilweise auf der realen Gestalt der Francesa Sarah, einer einzigartigen Frau der jüdischen Geschichte. Chaim Vital schrieb über sie: »Es wohnt eine heilige Frau in Safed, die in Wachträumen Visionen sieht und Stimmen hört. Die meisten ihrer Prophezeiungen treffen ein.« Sie ist die einzige Frau, von der bekannt ist, dass ein Engel ihr ermöglichte, eine Voraussage über die Zukunft zu machen. Sie sandte den weisen Rabbis die Botschaft, die Stadt werde an einer Seuche zugrunde gehen. Dies könne nur verhindert werden, wenn sie fasteten, beteten und Almosen gäben. Die Rabbis nahmen ihre Warnung ernst und ordneten einen Fastentag an. An diesem Tag hatte Francesa Sarah eine Vision, dass acht Tage später ein berühmter Rabbi sterben werde, um die Sünden der ganzen Gemeinschaft zu sühnen. Genau acht Tage später starb dieser Rabbi.

Araber Als Araber bezeichnet man Menschen, deren Muttersprache Arabisch ist. Nicht alle Araber sind Muslime. Die Araber stammen genau wie die Juden von Abraham (arabisch: Ibrahim) ab. Ibrahim schickte seinen Sohn Ismael in die Wüste. Ismael zog nach Mekka, wo er später mit Ibrahim die Kaaba erbaute. Fromme Muslime glauben, dass sie von Ismael abstammen, während die Juden glauben, sie seien Nachkommen von Ismaels Bruder Isaak. Siehe auch *Abraham*.

Arche Noah Noah baute dieses Schiff nach genauen Anweisungen Gottes. Als die Sintflut kam, nahm Noah auf Geheiß Gottes von allen reinen Tieren je sieben Männchen und Weibchen und von den unreinen Tieren je ein Paar in der Arche auf. Dann ging er mit seiner Familie an Bord und überlebte so die große Flut. Nach vierzehn Monaten, als sich das Wasser zurückzog, strandete die Arche auf einem Berg, möglicherweise dem Ararat an der damaligen östlichen Grenze des Landes zur Türkei. Der Regenbogen, der sich nach der Sintflut zeigte, soll Newton zur Entwicklung seiner Farbtheorie angeregt haben. Gott gab Noah die sogenannten sieben Noachidischen Gebote, an die sich Nichtjuden halten sollen. Den Juden selbst gab er 613 Ge- und Verbote.

Assyrer Die Assyrer waren ein reiches Volk, dessen Land zwischen Euphrat und Tigris lag. Es ist auch unter dem Namen Mesopotamien bekannt und wird als die Wiege der Zivilisation bezeichnet. Die Assyrer erfanden unter anderem das Rad und die Keilschrift und entwickelten Musik, Astronomie, Ackerbau und Bautechnik. Um 2900 v. Chr. gründeten sie den ersten Staat. Im Jahr 722 v. Chr. eroberten sie unter der Führung von Salmanassar V. Samaria, die Hauptstadt des Reiches Israel. Salmanassar starb im Laufe der Belagerung, und Sargon II. übernahm die Herrschaft. Die Assyrer verlagerten während ihrer Feldzüge immer wieder die Hauptstadt, damit der Weg zu ihr nicht zu lang wurde. Die Völker, deren Land sie erobert hatten, verschleppten sie in ein anderes Gebiet. So verbannten sie zehn der zwölf jüdischen Stämme aus ihrem Heimatland.

Axum (oder Aksum) ist eine Stadt im äußersten Norden Äthiopiens, nicht weit von der Grenze zu Eritrea. In der Stadt befinden sich noch die Ruinen des Palastes der Königin von Saba.

Azarius war der älteste Sohn des Hohenpriesters Zodok, der zur Zeit König Salomos in Jerusalem sein Amt versah. Äthiopischen Quellen zufolge tauschte er die Bundeslade im Allerheiligsten gegen eine Nachahmung aus und nahm die echte Lade mit nach Abessinien, als Salomo ihn mit allen Söhnen der Höflinge dorthin sandte.

B

Badchen Zeremonienmeister und Spaßmacher auf Hochzeiten.

Bethlehem liegt zehn Kilometer südlich von Jerusalem. Mitten in der Ortschaft befindet sich nach der Überlieferung das Grab der jüdischen Stammmutter Rachel, zu dem viele Juden pilgern. Mütter beten hier für das Wohl ihrer Kinder, Kranke bitten um Gesundheit, Irrende um Erlösung. Siehe auch *Rachel.*

Bima Podest in der Mitte der Synagoge, von dem aus die Tora vorgelesen wird. Dies soll daran erinnern, dass das jüdische Volk die Tora auf dem Berg Sinai von Gott empfing.

Bir al-Arwah oder der »*Seelenbrunnen*« ist ein Keller unter dem Heiligen Stein bzw. dem Gründungsstein im Felsendom. Die Muslime glauben, dass dort die verstorbenen Weisen zweimal wöchentlich zum Gebet zusammenkommen. Mohammed soll sie eines Nachts zum Gebet angeleitet haben. Manchmal behaupten Besucher des Ortes, sie hätten seltsame Stimmen gehört. Auch soll man dort die Flüsse des Gartens Eden rauschen hören können. Zimra schrieb über diesen Verschlussstein: »Es gibt einen Keller unter dem Felsen, in den die ersten Könige unsere Männer sandten, woraufhin sie verschwanden. Deshalb wurde der Keller mit Erde versiegelt.« In diesem Keller unter dem Keller sollen sich die Tempelschätze befinden. Im Jahr 1911 ging in Jerusalem das Gerücht um, ein englisches Forscherteam sei in dem geheimen Keller gewesen und habe sich mit den Tempelschätzen (unter anderem der Bundeslade) davongemacht. Siehe auch *Bundeslade, Felsendom, Gründungsstein/Heiliger Felsen, Zimra.*

Bücher Mose Die ersten fünf Bücher der Bibel, die Moses auf dem Berg Sinai von Gott empfing: Genesis, Exodus, Levitikus, Numeri, Deuteronomium.

Bundeslade Die Bundeslade ist ein Holzkasten, der mit Blattgold überzogen ist. Gott gab Moses genaue Anweisungen für seine Anfertigung (Exodus 37). Der Deckel, auch Sühndeckel genannt, ist aus massivem Gold, auf dem zwei Cherubim stehen, die ihre Flügel schützend über den Kasten ausbreiten. An ihm waren goldene Ringe für die Tragestöcke befestigt, die nicht entfernt werden durften. In der Bundeslade wurden die Gesetzestafeln aufbewahrt. Auf dem Deckel der Lade erschien die Schechina, die Braut Gottes, in einer Feuersglut. Bei falschem Gebrauch wirkte die Lade zerstörerisch. Sie tötete zahlreiche Menschen (siehe Samuel 6, 5–10). Auch setzten die Israeliten sie bei Feldzügen als Waffe ein. Etwa 955 v. Chr. wurde sie von König David nach Jerusalem gebracht. Sein Sohn, König Salomo, ließ einen Tempel für die Lade erbauen, in dessen Allerheiligstem sie untergebracht wurde. Einmal im Jahr brachte der Hohepriester ein Sühneopfer dar, indem er das Blut eines unschuldigen Lamms auf den Sühndeckel sprengte. Im Babylonischen Talmud heißt es, die Bundeslade sei in einer unterirdischen Kammer unter dem Allerheiligsten versteckt. Siehe auch *Schechina, Allerheiligstes, Sankt Maria von Zion, Jordan, Jericho.*

C

Chaim Vital Chaim bedeutet ebenso wie Vital »leben«. Chaim Vital Calabrese wurde 1542 in Safed geboren. Er fühlte sich schon bald von esoterischen und mystischen Themen angezogen und widmete sich früh der Alchimie, was er allerdings später sehr bedauerte. Er glaubte, er müsse für diese Vernachlässigung der Tora Buße tun. Als Itschak Luria im Jahre 1570 nach Safed zog, wurde Chaim Vital prophezeit, aus Ägypten werde ein Lehrer kommen, der ihm zu großer Weisheit verhelfe. Doch da Chaim Vital sich für viel gelehrter hielt als alle anderen, dauerte es eine Weile, bis er Itschak als seinen Lehrer akzeptierte. Nach Itschaks Tod hoffte er, das neue Oberhaupt der Kabbalisten von Safed zu werden. Außerdem hat Itschak Luria ihm als einzigem seiner Schüler erlaubt, sich auch nach seinem Tode weiter mit seiner Lehre zu befassen und sie auszulegen. 1575 scharte Chaim Vital zwölf Schüler um sich. Die Mitglieder dieser Gruppe unterzeichneten eine Erklärung, in der sie sich verpflichteten, die lurianische Kabbala nur unter Chaims Leitung zu studieren und über die ihnen vermittelte Weisheit Stillschweigen zu wahren. Chaim glaubte, wenn Schüler nicht über genügend Disziplin verfügten, könnten sie aufgrund der Intensität des Studiums ihren

Verstand verlieren. Doch 1577 löste sich die Schülergruppe schon wieder auf. Chaim ließ sich daraufhin in Jerusalem nieder und wirkte dort bis zum Jahre 1586 als Rabbi. Dann kehrte er nach Safed zurück. 1598 siedelte er nach Damaskus über. In dieser Zeit war er sehr deprimiert und verzweifelt und lebte in großer Armut. Es frustrierte ihn, dass die Juden von Damaskus nichts von seiner Weisheit hören wollten und dass sie seinem Aufruf zur Reue nicht Folge leisteten. Er deutete sogar an, das Verhalten der Einwohner von Damaskus verhindere die Rückkehr des Messias. Chaim Vital heiratete dreimal. In seiner ersten Ehe dauerte es neun Monate, bis er sich mit seiner Frau vereinigen konnte, weshalb er sehr niedergeschlagen war. Später zeugte er viele Kinder, von denen mehrere schon bei der Geburt oder in jungem Alter starben. Außer den Büchern, die auf den Lehren Itschak Lurias basierten, schrieb Chaim Vital auch selbst einen Kommentar zum Sohar (bevor er Itschak kennenlernte), eine Abhandlung über Alchimie, ein Werk über Astronomie und einen Kommentar zum Talmud. Nicht alle diese Schriften wurden veröffentlicht. Außerdem stammt von ihm die erste Autobiographie eines jüdischen Mystikers (»Book of Visions«). In diesem Buch versuchte er die Frage zu beantworten, wer er sei und welche spirituelle Mission er in dieser Welt habe. In seiner mystischen Autobiographie schreibt er, schon vor seiner Geburt sei die Ankunft seiner erhabenen Seele prophezeit worden. Chaim hoffte, noch zu seinen Lebzeiten die endgültige Erlösung seines Volkes bewirken zu können. In dem Buch beschreibt er seine Träume und Visionen und geht ausführlich auf die inkarnierten Seelen ein, die in ihm wohnen und deren Sünden er in seinem Leben wiedergutmachen muss. Die »persönlichen« Sünden, die er korrigieren müsse, seien unter anderem: Arroganz, Spott und Pollitionen (feuchte Träume). Er starb im Jahre 1620 in Damaskus. Kurz vor seinem Tod äußerte er den Wunsch, alle seine Bücher zusammen mit ihm zu begraben. Jahre später wurde seine Seele in einem kabbalistischen Ritual um Einverständnis gebeten, dass die Manuskripte aus seinem Grab geholt werden dürften. Siehe auch *Ez Chaim*, *Hammam esh-Shifa*, *Joschua Vital*.

Chanukka wird auch »Einweihungsfest« oder »Lichterfest« genannt. Es dauert acht Tage und wird je nach Stand des jüdischen Kalenders im November oder Dezember gefeiert. Das Fest geht zurück auf das Jahr 164 v. Chr., als das Wunder geschah, dass der siebenarmige Leuchter mit nur einem Krug Öl acht Tage lang brannte. Dieses Wunder ist im Talmud beschrieben. Während des Chanukkafestes wird – meist vom jüngsten Hausbewohner – zum Gedenken daran jeden Tag eine weitere Kerze angezündet. Meist wird der Kerzenleuchter ins Fenster gestellt, wo die Kerzen mindestens eine halbe Stunde lang brennen. Das Chanukkafest symbolisiert den Sieg des Lichtes über die Dunkelheit – das Wunder des spirituellen Überlebens in schwierigen Zeiten, den Sieg des Geistes über die physische Kraft.

Cholera Eine Krankheit, die so schnell verläuft, dass der Patient innerhalb weniger Stunden daran stirbt. Symptome der Cholera sind Bauchschmerzen, Übelkeit, Erbrechen, Durchfall, schwarz verfärbte Nägel und eine bleigraue Verfärbung der Haut. Der Patient altert zusehends; seine Augen sinken in die Augenhöhlen zurück, und das Gesicht verzieht sich zu einer verkrampften Grimasse. Auf der Zunge bildet sich ein dicker weißlicher Belag, und der Bauch des Opfers verwandelt sich in eine weiche Masse. Ein wirksames Heilmittel, das im 16. Jahrhundert leider noch nicht bekannt war, ist eine wässrige Lösung, die Zucker und Salze enthält. Im Jahr 1572 wütete in Safed eine Choleraepidemie, die unter anderem Itschak Luria das Leben kostete.

Chuppa »Traubaldachin« und davon abgeleitet »Hochzeit«. Unter dem Baldachin, einem Tuch, das von vier Stangen gehalten wird, finden die wichtigsten Hochzeitsrituale statt. Es symbolisiert das Zelt des Bräutigams und das künftige Haus des Brautpaars. Nach dem jüdischen Gesetz muss der Baldachin als Glückssymbol unter freiem Himmel aufgestellt werden: Er verkörpert den Segen, der Abraham zuteil wurde, als ihm verheißen wurde, dass seine Nachkommen so »zahlreich wie die Sterne am Himmel« sein würden.

Cordovero Die Romanfigur Cordovero basiert auf Moses Cordovero, der von 1522 bis 1570 lebte. Er zeigte eine so große Begabung für das Studium der Tora, dass er schon im Alter von zwanzig Jahren Rabbi wurde. Zwei Jahre später nahm er zusammen mit seinem Schwager Schlomo Halevi das Studium der Kabbala auf: Er beschäftigte sich sehr intensiv mit dem Sohar, von dem im Jahre 1558 die erste gedruckte Ausgabe erschien. Später schrieb er zahlreiche Bücher, darunter »Der Palmbaum der Deborah«, das sich im 16. Jahrhundert großer Beliebtheit erfreute und sich mit der Anwendung der Kabbala im Alltag befasst. Außerdem schrieb er unter anderem die kabbalistischen Bücher *Or Yakar*, »Kostbares Licht« (Kommentar zum Sohar) und *Pardes rimonim*, »Der Granatapfelgarten«, in dem er kabbalistisches Gedankengut darlegt. Cordovero versuchte als Erster, alle historischen kabbalistischen Schriften zu systematisieren und zu ordnen. Als Itschak Luria nach Safed zog, wurde er Cordoveros Schüler. Auf seinem Totenbett prophezeite Cordovero: »Der Mann, der die Wolke sieht, die meiner Totenbahre folgt, wird mein Nachfolger werden.« Itschak war es, der auf die Wolke aufmerksam machte und erklärte, Cordovero müsse dort, wo die Wolke zum Stillstand komme, begraben werden. Siehe auch *Schlomo Halevi*.

D

Dan ist einer der zwölf Söhne Jakobs. Er wurde ca. 1737 v. Chr. geboren. Seine Mutter ist nicht Rachel, sondern deren Sklavin Bilha. In Genesis 49, 16–17 spricht Jakob folgenden Segen über Dan: »Dan wird Richter sein in seinem Volk wie nur irgendein Stamm in Israel. Dan wird eine Schlange werden auf dem Wege und eine Otter auf dem Steige und das Pferd in die Fersen beißen, dass sein Reiter zurückfalle.« Siehe auch *Rachel*.

Daniter Einer der zehn Stämme, aus denen das Königreich Israel bestand und die von den Assyrern vertrieben wurden. Deshalb werden sie die »verlorenen Stämme« genannt. Manche vertreten die Ansicht, dass die Falaschas von den Danitern abstammen. Die Daniter waren Seefahrer. Siehe auch *Eldad ha-Dani*, *Falascha*.

Datan Bruder von Abiram, einer derjenigen, die sich in der Wüste gegen Moses erhoben. Siehe auch *Abiram*.

David Der zweite König von Israel, der etwa von 1080 bis 970 v. Chr. lebte. Er machte Jerusalem zur Hauptstadt und war der Vater von König Salomo.

E

Eldad ha-Dani 875 bereiste der bemerkenswerte Händler Eldad ha-Dani unter anderem Spanien und Italien und sprach einen auffälligen Dialekt, ein Mittelding zwischen Arabisch und Hebräisch. Er behauptete, dem Stamm Dan anzugehören, und nannte sich auch »Eldad der Daniter«. Auch sein Name *ha-Dani* verweist auf diese angebliche Herkunft. Er berichtete, die Vorfahren seines Stammes seien beim Einfall der Assyrer geflohen und hätten sich in einem fernen Land angesiedelt. In der Nähe ihres Zufluchtsortes hätten sich angeblich auch noch andere Stämme angesiedelt, unter anderem die verschollenen Stämme Naphtali, Gad und Ascher. »Am anderen Ufer des Flusses Kusch«, so behauptete er, »wohnen die Leviten. An sechs Tagen in der Woche befördert dieser Fluss weißen Sand und Steine, doch am Schabbat ruht er.« Seine Berichte ließen den Glauben der Juden wiederaufleben, dass die verlorenen Stämme einst wiedergefunden würden. Er schrieb seine Behauptungen in Form einer Chronik nieder, die sehr bekannt wurde. Zimra maß dieser Schrift einen hohen Wahrheitsgehalt zu, wohingegen andere Rabbis an dieser Darstellung zweifelten. Siehe auch *Assyrer, Dan, Daniter, Zimra.*

Eva Die erste Frau. Von Gott aus einer Rippe Adams geschaffen. Die Schlange verführte Eva, vom Baum der Erkenntnis zu essen, obwohl Gott dies verboten hatte. Sie gab den Apfel auch Adam. Nach dem Verzehr wurden sich beide ihrer Nacktheit bewusst, und Gott vertrieb sie aus dem Garten Eden. Eva bekam drei Söhne: Kain, Abel und Seth. Siehe auch *Adam, Lilith.*

Exodus Das zweite Buch der Tora, das über die Befreiung der Israeliten aus der ägyptischen Sklaverei berichtet und die Zeit um 1300 v. Chr. behandelt.

Ezana war König von Äthiopien (Abessinien) und trat 331 n. Chr. zum Christentum über. Hiervon zeugen die Münzen mit dem Kreuzsymbol, die er prägen ließ.

Ez Chaim Das bekannteste Buch von Chaim Vital, *Ez Chaim* (»Der Baum des Lebens«), besteht aus acht Teilen: *Schaar ha-Hakdamot*, über die Erschaffung der Welt. *Schaar Maamare Raschbi*, ein Kommentar zu Passagen aus dem Sohar. *Schaar Maamare Rasal*, eine kabbalistische Erklärung des Talmud. *Schaar ha-Pesukim*, Kommentar zu den Versen des Tanach. *Schaar ha-Kawanot*, über mystische Bräuche, Meditationen und Gebete. *Schaar ha-Mizwot*, eine kabbalistische Erklärung der Gebote und Verbote. *Schaar Ruach ha-Kodesch*, über Meditationen und kabbalistische Bräuche. *Schaar ha-Gilgulim*, eine Abhandlung über Inkarnation und Seelenwanderung. Siehe auch *Chaim Vital*.

F

Falascha Wörtlich »Fremder« oder »Verbannter«. Die Falaschas nennen sich selbst *Beta Israel*, »Haus Israel«. Zimra war der erste Rabbi in der Geschichte, der die Falaschas nach jüdischem Gesetz als echte Juden anerkannte. 1908 wurde sein Urteil von den Hauptrabbinern aus 45 Ländern bestätigt. Sie erkannten die Falaschas als Nachkommen von Dan an, einem der verlorenen Stämme Israels. Die Falaschas selbst behaupten von sich, sie seien aus der in der Bibel nicht aufgezeichneten Romanze zwischen der Königin von Saba und König Salomo hervorgegangen. Diese Geschichte wird in ihrem Geschichtswerk *Kebra Nagast* beschrieben. Die Falaschas waren so lange von der übrigen Welt isoliert, dass sie glaubten, alle Juden seien schwarz. Ihre jüdischen Bräuche weichen in einigen Punkten von denen des traditionellen Judentums ab. Bei ihnen gibt es keine Rabbis, sondern nur Mönche, die ausschließlich zölibatär leben und eine ältere Form der Kabbala studieren. Von 1980 an wurde ihr jüdischer Glaube in Äthiopien verboten. Damals wurden zwölfjährige Falascha-Jungen aus ihren Familien verschleppt. Sie verschwanden spurlos. Die Falaschas wurden in jener Zeit verfolgt und gefangen genommen. 1975 erkannte der Staat Israel sie offiziell als echte Juden an. Dies führte im Jahre 1984 zur »Operation Moses«, bei der zehntausend Falaschas nach Israel gebracht wurden. Doch auch danach lebten noch viele tausende ihrer Glaubensbrüder unter elenden Bedingungen in Äthiopien. Viele Familien waren auseinandergerissen worden, und zahlreiche Kinder wuchsen ohne ihre Eltern im fremden Israel auf. 1991 brachte man in der »Operation Salomo« weitere 14300 Falaschas nach Israel. Siehe auch *Eldad ha-Dani, Jakob, verlorene Stämme, Zimra.*

Felsendom Der Felsendom liegt auf dem Berg Moria (bekannt unter dem Namen Tempelberg) und ist eines der Glanzstücke islamischer Architektur. Er ist keine Moschee, sondern ein religiöser Schrein. Abd el-Malik erbaute ihn 691 n. Chr. auf dem sogenannten Heiligen Stein oder Gründungsstein, genau an der Stelle, an der einst der Tempel Salomos gestanden hatte. Zusammen mit der nahegelegenen al-Aksa-Moschee nennen die Muslime diesen Gebäudekomplex *al-Haram esh-sharif*, »das edle Heiligtum«. Das achteckige Gebäude wird von einer zentralen Kuppel mit einem Durchmesser von gut zwanzig Metern überdacht, die außen mit vergoldetem Kupfer verkleidet ist. Der Sockel des Gebäudes ist mit verschiedenfarbigem Marmor verziert, die obere Fassade mit bunten Fliesen. Am südlichen Eingang des Felsendoms befindet sich in der Mauer ein schwarzer Stein, auf dem zwei Vögel mit rosa und weißen Linien eingezeichnet sind, die einander anschauen. Diese beiden Vögel soll König Salomo dort für ewig versteinert haben. Siehe auch *Gründungsstein / Heiliger Felsen.*

Flavius Josephus Berühmter jüdischer Geschichtsschreiber, der von 37 bis 100 n. Chr. lebte. Er stammte aus einer Priesterfamilie, die in Jerusalem den Tempeldienst versah. Flavius Josephus hat die Geschichte der Juden von der Erschaffung der Welt bis zu seiner Zeit in griechischer Sprache niedergeschrieben. Einige seiner jüdischen Zeitgenossen hielten ihn für einen Verräter und warfen ihm vor, mit den Römern zu kollaborieren.

G

Geheime Namen Gottes In der Tora werden zehn verschiedene Namen für Gott benutzt. Darüber hinaus kennen die Kabbalisten zusätzlich zu den im vorliegenden Buch genannten 72 noch eine Anzahl weiterer geheimer Namen. So gibt es beispielsweise

Namen, die aus 12, 42 und 45 Buchstaben bestehen. Siehe auch *Jahwe, Sefiroth, Zweiundsiebzig Namen Gottes.*

Goliath Ein Philister und ein Riese, der über ungeheure Kräfte verfügte und zwischen 3,25 Metern und 21,85 Metern groß gewesen sein soll. Er forderte Saul, den Führer des Heeres der Israeliten, auf, ihm jemanden zu senden, der bereit sei, zum Zweikampf mit ihm anzutreten. Dem Sieger dieses Kampfes sollte die Herrschaft über das Volk des gegnerischen Heeres zufallen. Erst nach vierzig Tagen wagte es der Hirtenjunge David, die Herausforderung anzunehmen. Er besiegte Goliath, indem er ihm einen Stein gegen die Stirn schleuderte.

Gründungsstein (Heiliger Felsen, Stein der Grundsetzung) Der *Es-Sakhra*, Gründungsstein oder Heilige Felsen liegt in der Mitte des Felsendoms. Aus diesem Fels soll einst die Welt erschaffen worden sein. Zimra bezeichnete diesen Fels in seiner »Responsa« erstmals als »den offiziell anerkannten Fels«. Es handelt sich um einen Felsen, mit dem unterschiedliche religiöse Bedeutungen verbunden werden. Unter anderem soll es auch der Stein sein, auf dem Abraham auf Geheiß Gottes seinen Sohn Isaak opfern wollte. Außerdem soll dies der Platz sein, an dem im Allerheiligsten des Tempels Salomos die Bundeslade gestanden hatte. Nach Auffassung der Muslime stammt der Fels aus dem Garten Eden und soll auf der Krone einer Palme ruhen, die an einem Fluss steht. An diesem Fluss sitzen Mirjam und die Frau des Pharao und weben Kleider für die zukünftigen Bewohner des Gartens Eden. Andere glauben, in diesen Felsen sei der geheime Name Gottes eingraviert, weshalb er besonders streng bewacht wird, um so zu verhindern, dass dieser mächtige Name missbräuchlich verwendet wird. Unter dem Felsen befindet sich ein kleines Gewölbe, in das man über eine Treppe gelangen kann. Siehe auch *Bir al-Arwah, Moria-Berg, Felsendom.*

H

Haman Biblischer Judenhasser, der im Buch Esther erwähnt wird. Siehe auch *Purim.*

Hammam esh-Shifa oder »Bad der Heilung«, lag in Jerusalem am Marktplatz in der Nähe des Tempelberges. In seinem Reisebericht »Jerusalem« beschreibt Jacob Israel de Haan im Jahre 1921, dass sich in diesem Hammam ein über dreißig Meter tiefer Brunnen befinde. Der Autor lernte einen Araber kennen, der von sich behauptete, er sei in einem besonders trockenen Sommer in den ausgetrockneten Brunnen hinabgestiegen. Dort habe er ein Labyrinth aus Gängen und Gewölben gefunden, die zu der Gihon-Quelle führen sollten, die König Hiskia im Jahre 700 v. Chr. hatte versiegeln lassen. Der assyrische König Sanherib beendete die Belagerung von Jerusalem, weil seine Soldaten vor Durst umkamen, nachdem die Gihon-Quelle versiegelt worden war. Wenn diese Quelle wiedergefunden würde, so sollte das Israel nach Auffassung der Kabbalisten Glück bringen. Die Gihon-Quelle lag außerhalb der Stadtmauern. Deshalb ließ König Hiskia einen 533 Meter langen Tunnel in den harten Fels hacken, durch den das Wasser des Gihon in die Stadt geleitet wurde. Bei neueren archäologischen Untersuchungen wurden die unterirdischen Gewölbe entdeckt, die durch die von Hiskia veranlassten Arbeiten mittels eines Tunnels miteinander verbunden worden waren. Man nimmt an, dass unter diesen Tunneln weitere Gewölbe, Brunnen und Tunnel liegen. Unter anderem vermuten die Archäologen dort die Mikwe, in der sich der Hohepriester reinigte, bevor er sich der Bundeslade näherte. König Hiskia wurde von späteren Rabbis verurteilt, weil er durch den Bau des Tunnels gezeigt hatte, dass er nicht auf Gott vertraute. Nach Itschak Lurias Auffassung war Chaim eine Reinkarnation des Königs Hiskia und Abu Siffin eine Reinkarnation eines Feindes des Königs, Sanherib. Abu Siffin gab Chaim den Auftrag, die Quelle zu suchen und zu öffnen. Die Überlieferungen geben keine eindeutige Auskunft darüber, ob er dies getan hat oder nicht. Nach bestimmten Theorien wurde Salomos Tempel über der Gihon-Quelle errichtet. Siehe auch *Abu Siffin*.

Herodes lebte von 73 v. Chr. bis 4 n. Chr. und war der römische König von Palästina. Er herrschte dort zur Zeit der Geburt Jesu und ist wegen der Kindermorde, die er anordnete, bekannt geworden. Er baute den Tempel des Salomo wieder auf, gestaltete ihn in großem Maße um und schmückte ihn aus. Die Westmauer, auch Klagemauer genannt, soll ein Überrest einer der Mauern des von Herodes erbauten Tempels sein. Siehe auch *Tempel von Jerusalem/Salomo.*

Hetter Iska Weil Juden einander kein Geld gegen Zinsen leihen dürfen, empfahlen Rabbis, Darlehen in Investitionsgemeinschaften zu verwandeln, in einen *Hetter Iska*. Die Person, die das Geld verlieh, investierte in die Person, die das Geld borgte, und wurde so Teilhaber am Erfolg oder Misserfolg der Unternehmungen der betreffenden Person; im Erfolgsfall erhielt sie einen Anteil des erzielten Gewinns.

Hohes Lied Der erste Vers aus diesem Buch aus dem Tanach lautet »Das Hohelied Salomos«, weshalb es Salomo zugeschrieben wird. Das Lied gibt ein Zwiegespräch zwischen zwei Liebenden wieder und ist hinsichtlich seiner Thematik und Sprache sehr erotisch. Diese Erotik wird manchmal auch als Liebe zwischen einem Anbetenden und der Synagoge verstanden. Siehe auch *König Salomo, Königin von Saba.*

Hure von Babylon Siehe Bibel, Offenbarung 17, 1–6.

I

Islam bedeutet wörtlich »Hingabe«. Ein Anhänger des Islams überantwortet sich Allahs Willen. Das heilige Buch des Islam ist der Koran, ein Text, von dem es heißt, der Erzengel Gabriel habe ihn Mohammed übergeben. Der Islam entstand im 7. Jahrhundert n. Chr. Siehe auch *Mohammed, Koran, Muslim.*

Israel bedeutet: »Er, der mit Gott ringt«. Gott gab Jakob diesen Namen, nachdem dieser mit dem Engel gekämpft hatte. Siehe auch *Jakob.*

Itschak Luria Diese Romanfigur basiert auf Itschak ben Solomon Aschkenasi Luria, der auch Ari oder Arisal genannt wurde, »der Löwe, dessen Angedenken gesegnet ist«. Itschak Luria wurde im Jahre 1534 in Jerusalem geboren. Als Itschak sieben Jahre alt war, starb sein Vater, woraufhin er zusammen mit seiner Mutter zu seinem reichen Onkel Mordechai Francis zog, der in Kairo wohnte. Dieser Onkel veranlasste, dass Itschak von den besten

Lehrern unterrichtet wurde, unter anderem von Zimra. Schon sehr früh zeigte sich seine besondere Begabung. Im Alter von fünfzehn Jahren heiratete er seine Kusine. Dem Reichtum seines Onkels hatte er zu verdanken, dass er nicht zu arbeiten brauchte und sein Studium fortsetzen konnte. Im Alter von zweiundzwanzig Jahren entdeckte er den Sohar. In den folgenden sieben Jahren lebte er zurückgezogen in einem kleinen Häuschen auf einer Insel im Nil. Seine Familie besuchte er nur am Schabbat und wechselte dann kaum ein Wort mit seinen Angehörigen. Sein Schwiegervater sorgte dafür, dass Diener ihm Essen brachten, sodass er sich ungestört dem Studium widmen konnte. Er behauptete, er sei während seines selbst gewählten Exils vom Propheten Elias und von anderen berühmten Lehrern in seinen Träumen belehrt worden. Elias habe ihn gedrängt, sich in Safed niederzulassen, wo er Chaim Vital begegnen sollte. Im Jahre 1569 zog Itschak nach Palästina, blieb aber zunächst eine Zeitlang in Jerusalem, wo ihm allerdings der Erfolg versagt blieb. Später ließ er sich in Safed nieder und wurde dort bald berühmt. Cordovero erkannte als Erster Itschaks überragendes Wissen. Als Itschak nach Cordoveros Tod selbst zu unterrichten begann, versuchte Zimra ihm dies zu verbieten, doch Itschak weigerte sich, mit ihm zu disputieren. Auch andere ältere Schüler Cordoveros kritisierten ihn. Chaim Vital gab seinen Widerstand gegen Itschak Luria auf, nachdem dieser ihm eine Passage aus dem Sohar erklären konnte, die sich ihm selbst nicht erschlossen hatte. Itschak Luria hatte zwei Gruppen von Schülern: Anfänger, denen er die Grundprinzipien erklärte, und Eingeweihte, die er in seinen geheimen Lehren unterwies. Sein bekanntester Schüler war Chaim Vital. Itschak selbst verfasste nur zwei Gedichte. Chaim Vital war dazu auserwählt, Itschaks Lehren schriftlich festzuhalten. Gemeinsam besuchten sie oft die Gräber berühmter Rabbis wie Schimon bar Jochai. An jedem Schabbat kleidete sich Luria in das vierteilige weiße Gewand, das den unaussprechlichen Namen Gottes symbolisierte. Auf dem Feld, auf dem er sich am Freitagabend mit seinen Schülern versammelte, um den Schabbat willkommen zu heißen, steht heute die Ari-Synagoge. Chaim Vital schrieb in seiner Einleitung zu *Schaar ha-Hakdamot*: »Der Ari strömte über von der Tora. Auch war er ein herausragender Kenner aller anderen heiligen Werke wie des Tanach, der Mischna und des Talmud. Er verstand die Sprache der Bäume, die Sprache der Vögel und die Sprache der Engel. Er konnte Gesichter lesen, wie es im Sohar geschrieben steht. Er sah alles, was jemand getan hatte und in Zukunft tun würde. Er konnte Gedanken lesen, oft schon, bevor die betreffende Person sie selbst im Kopf hatte. Er kannte die zukünftigen Geschehnisse und war sich all dessen, was auf der Erde geschah und im Himmel beschlossen wurde, bewusst. Er kannte die Geheimnisse der Reinkarnation. Er wusste, wer schon früher einmal geboren worden war und wer zum ersten Mal hier war. Alle diese Dinge haben wir mit eigenen Augen gesehen, wir haben sie nicht von anderen gehört. Es waren wundersame Dinge, die seit Schimon bar Jochais Zeit niemand mehr auf Erden gesehen hat. Dabei war keine Magie im Spiel. Es gibt ein strenges Verbot der magischen Künste. Es entsprang seiner Heiligkeit, die das Resultat jahrelangen Studiums sowohl alter als auch neuerer kabbalistischer Schriften war.« Dokumente aus dem Jahr 1559 belegen, dass Itschak unter anderem mit Gewürzen und Getreide handelte. Drei Tage vor seinem Tod beendete er alle geschäftlichen Aktivitäten und ordnete seine Angelegenheiten. Am 5. August 1572 starb er in Safed an der Cholera. Sein Grab auf dem Friedhof in Safed, ganz in der Nähe von Cordoveros Grab, ist bis heute noch ein Wallfahrtsort. An seinem Todestag besuchen zehntausende von Juden sein Grab. Viele der Bräuche, die Itschak eingeführt hat, sind von Generation zu Generation weitergegeben worden, obwohl sie zu älteren jüdischen Bräuchen teilweise im Widerspruch standen. Siehe auch *Chaim Vital, Cholera, Zimra.*

J

Jad Ein Zeigestock. Jad bedeutet im Hebräischen »Hand«. Ein Jad ist oft aus Silber, manchmal auch aus Holz oder Elfenbein angefertigt und hat eine Länge von 15–20 Zentimetern. Am Ende des Stocks befindet sich eine kleine Hand mit einem ausgestreckten

Zeigefinger, der dazu dient, während der Tora-Lesung auf den Text zu deuten. Ein menschlicher Finger könnte die Buchstaben und Wörter verwischen, wodurch die Tora-Rolle unbrauchbar würde.

Jahwe Die kabbalistische Tradition enthüllt zehn Namen Gottes, die den zehn Sefiroth entsprechen. Der Name Jahwe, auch YHVH, wird nie ausgesprochen und ist damit der unaussprechliche Name. Er wird in Zusammenhängen benutzt, in denen Gott sich in Form seiner Eigenschaften Edelmut, Mitgefühl und Barmherzigkeit manifestiert. Der Zahlenwert von YHVH ist 26. Kommt er in einem Text vor, sagt man *Adonai*, Herr oder *Ha-Schem*, »der Name«. Siehe auch *geheime Namen Gottes, Sefiroth, Tora.*

Jakob ist der dritte Stammvater der Juden, der Sohn von Isaak und Rebekka. Er hatte nach Angaben der Bibel zwölf Söhne (Ruben, Simeon, Levi, Juda, Issachar, Sebulon, Dan, Naphtali, Gad, Asser, Josef und Benjamin), die ihrerseits Stammväter eines speziellen Stammes wurden. Wegen einer Hungersnot ließen sie sich auf Einladung ihres Bruders Josef in Ägypten nieder. Aufgrund ihrer zahlreichen Nachkommenschaft befahl der Pharao, alle jüdischen erstgeborenen männlichen Kinder zu töten. Daraufhin machte sich Moses mit den jüdischen Stämmen durch die Wüste auf den Weg ins Gelobte Land. Dieses wurde unter elf der Söhne Jakobs aufgeteilt. Nur der Stamm Levi erhielt kein Land, weil er dazu auserwählt worden war, die Bundeslade zu hüten und Gott zu dienen. Die zwölf jüdischen Stämme ließen sich an beiden Ufern des Jordans nieder. Siehe auch *verlorene Stämme.*

Jehuda Karo Diese Romanfigur basiert auf dem Sohn der zweiten Frau Karos. Es ist bekannt, dass er die Tochter Itschak Lurias heiratete. Richter Karo erzählte seiner (dritten) Frau, die bei dieser Hochzeitsfeier nicht anwesend war: »Meine liebe Frau, was kann ich dir erzählen? Wie soll ich es in Worte fassen, was über die geheimen Dimensionen der Tora und der Gebote enthüllt wurde? Wie kann ich die Tiefe der Geheimnisse beschreiben, die der Vater der Braut heute enthüllte? Indem ich ihm zuhörte, habe ich unermesslich viel Wissen und Einsicht gewonnen. Dass ein menschliches Wesen so tief schauen kann, ist unvorstellbar. Selbst ein Engel weiß nicht das, was er weiß.« Offenbar war er von Itschak noch begeisterter als von der Braut. Jehuda starb – so hieß es –, weil Itschak ihm zu tiefe Geheimnisse enthüllte. Siehe auch *Karo*.

Jericho Zum Einsturz der Stadtmauer von Jericho durch die Macht der Bundeslade siehe in der Bibel das Buch Josua, Kapitel 6.

Jerusalem Das Wort Jerusalem leitet sich vermutlich von dem Wort *Urusalim* her, was »Fundament Gottes« bedeutet. Wahrscheinlich war die Umgebung von Jerusalem schon vor 5000 Jahren besiedelt. Die Kanaaniter ließen sich an der Gihon-Quelle nieder, die nie versiegte. König David eroberte Jerusalem um 1000 v. Chr. von den Jebusitern, indem er durch einen horizontalen Wasserschacht, der die Festung Jerusalem und die Gihon-Quelle verband, in die Stadt eindrang. Jerusalem ist die Hauptstadt Israels und die heilige Stadt der Juden, der Christen und des Islam. Um 1570 lebten in Jerusalem etwa 2500 Juden. Es gab kein zusammenhängendes jüdisches Viertel, doch die meisten Juden wohnten in drei Stadtteilen im Südosten der Stadt. Siehe auch *Hammam esh-Shifa*.

Jesaia Jüdischer Prophet des 8. Jahrhunderts v. Chr., der die Ankunft des Messias voraussagte. In Kapitel 12 des vorliegenden Buches bezieht sich Zimra unter anderem auf Jesaia 11, 11–12, wo es heißt: »Und der Herr wird zu der Zeit zum zweiten Mal seine Hand ausstrecken, dass er den Rest seines Volks loskaufe, der übriggeblieben ist in Assur, Ägypten, Patros, Kusch, Elam, Schinar, Hamat und auf den Inseln des Meeres. Und er wird ein Zeichen aufrichten unter den Völkern und zusammenbringen die Verjagten Israels und die Zerstreuten Judas sammeln von den vier Enden der Erde.« Patros liegt in Oberägypten, Kusch in Äthiopien. Elam ist ein Gebiet in Persien, Schinar ein anderer Name für Babylonien. Hamat ist Hama in Mittelsyrien. Mit den Inseln des Meeres sind die Inseln und Küsten des Mittelmeers gemeint.

Jichud Einswerdung, Vereinigung oder Einheit. Dies ist das Ziel des Kabbala-Studiums und der Kabbala-Praxis. Am Ende der

Hochzeitsfeierlichkeiten begeben sich Braut und Bräutigam in ein abgeschiedenes Zimmer. Die Zeugen, die bei der Ring-Zeremonie anwesend waren, begleiten das Paar. Sie untersuchen, ob sich niemand anderes in dem Raum befindet, um zu gewährleisten, dass Braut und Bräutigam ganz allein sind. Durch dieses Zusammensein wird die Ehe, im buchstäblichen Sinne oder auch nicht, besiegelt. Prinzipiell reicht es aus, dass die Brautleute in einem separaten Zimmer zusammen sind. In diesem Raum essen und trinken sie etwas und brechen dadurch die der Hochzeit vorangegangene Fastenzeit. In früheren Zeiten zeigten die Vermählten den Zeugen manchmal ein blutbeflecktes Laken, um den Vollzug der Ehe zu demonstrieren. Erst nach dem Jichud ist die Hochzeit offiziell vollzogen. Im *Schaar ha-Mizwot* und *Taame ha-Mizwot* (Werke über Gebote und Verbote) schreibt Chaim Vital, in früheren Zeiten habe die eheliche Vereinigung in Ausnahmefällen sogar ein Jahr vor der Hochzeitszeremonie im Beisein der Zeugen stattgefunden. Siehe auch *Ez Chaim*.

Johannisbrotbaum Ein im Mittelmeergebiet heimischer Baum. Der Name verweist auf den Propheten Johannes den Täufer. Dieser soll sich während seines Aufenthalts in der Wüste von Heuschrecken ernährt haben. Doch wird vermutet, dass die »Heuschrecken« in Wahrheit Früchte des Johannisbrotbaums waren. Manche nennen den Johannisbrotbaum deshalb den Heuschreckenbaum. Der Baum wird 6–10 Meter (manchmal sogar 20 Meter) hoch und zählt zu den Schmetterlingsblütlern. Seine rostbraunen Blüten gehen im März-April oder im Oktober-November auf. Während der Blüte verbreitet der Baum einen unangenehmen Geruch. Die Schoten werden Johannisbrot genannt und können 20–30 Zentimeter lang werden. Diese glänzenden braunen Hülsen enthalten zwölf harte Samenkörner, die fast alle gleich schwer sind. Sie wurden als Gewichtseinheit für Gold und Edelsteine verwendet. Siehe auch *Kirat*.

Jom Kippur oder der Versöhnungstag wird kurz nach dem jüdischen Neujahrsfest gefeiert. Die zehn »ehrfurchtsvollen Tage« zwischen Neujahr und Jom Kippur werden auch »Tage der Einkehr« genannt. An Jom Kippur wird Reue und Versöhnung gesucht, und somit ist es ein sehr persönliches Fest. Den ganzen Tag über wird gefastet und nicht gearbeitet. Die Gläubigen sprechen das Gebet *Kol Nidre*, in dem sie Gott um die Entlassung aus allen Gelübden und Schwüren ihm gegenüber bitten, ebenso um die Entlassung aus allen Verpflichtungen, welche die Betreffenden sich selbst gegenüber einzuhalten gelobt hatten, aber nicht eingehalten haben. Zur Zeit des Tempels schützte sich der Hohepriester, wenn er das Allerheiligste betrat, indem er den unaussprechlichen Namen Gottes aussprach. Er besprengte dann die Lade mit Blut und bat für das ganze jüdische Volk um Vergebung. Siehe auch *Schofar*, *Tana Kirkos*.

Jordan Mit Hilfe der Bundeslade überquerten die Juden den Fluss Jordan, wie es im Buch Josua, Kapitel 3, geschrieben steht.

Joschua Vital Romanfigur, die auf Chaim Vitals Bruder basiert. Tatsächlich hieß dieser mit Vornamen Mosche. Von ihm ist bekannt, dass er, als Chaim schwer krank war, 600 Seiten eines Manuskripts seines Bruders auslieh, um sie kopieren zu lassen. Dieses Manuskript wurde innerhalb von drei Tagen hundertmal abgeschrieben und die Kopien unter den Kabbalisten verbreitet; doch aufgrund der Eile, in der die Kopien erstellt worden waren, waren sie voller Fehler. Chaims Sohn brachte dieses Manuskript schließlich in seine endgültige Form, und dieses Werk wurde vom Jahre 1660 an unter dem Namen *Schemonah Schearim* verbreitet; es ist jedoch als *Ez Chaim* bekannt geworden. Zwischen 1863 und 1898 wurde das Werk in Jerusalem zum ersten Mal offiziell in sieben Teilen publiziert. Es heißt, einige der ersten hundert Kopien existierten noch und würden von kabbalistischen Mystikern studiert. Siehe auch *Ez Chaim*.

Josef, biblisch Der Sohn von Jakob und Rachel. Er rettete das ägyptische und israelische Volk aus der siebenjährigen Hungersnot.

Josef Vital Calabrese Chaims Vater, ein angesehener Toraschreiber und Kommentator, der ebenfalls in Safed lebte. Er war für die Tefillin, die er anfertigte, bekannt. Dabei handelt es sich um zwei würfelförmige Döschen, die an einem schwarzen Lederriemen befestigt sind und Verse aus der Tora enthalten. Eine dieser kleinen Kapseln wird am linken Arm befestigt, die andere an der

Stirn. Der Riemen wird in Form des hebräischen Buchstabens Schin (ש) siebenmal um den Arm geschlungen. Dies ist der erste Buchstabe des Wortes *Schem*, »Name«, ein Verweis auf Gott. Die Gebetsriemen ermahnen die Juden, ihre Gedanken auf Gott zu richten und ihm zu dienen. Die Tefillin, die Josef Vital herstellte, standen in dem Ruf, weit und breit die besten zu sein.

Jüdische Zeitrechnung Die jüdische Zeitrechnung stellt eine Beziehung zwischen der Zeit, in der wir leben, und den ersten Sätzen der Schöpfungsgeschichte im Buch Genesis her. Nach jahrhundertelangen Diskussionen und Streitigkeiten einigte man sich im 12. Jahrhundert darauf, dass Gott Himmel und Erde am 7. Oktober 3761 v. Chr. erschaffen habe. Die Berechnungen, die zu dieser Auffassung führten, basierten unter anderem auf der Lebenszeit Adams und seiner Nachkommenschaft, wie sie in der Tora dokumentiert wird. Außerdem berechnete man, wie lange der Tempel existiert hatte, wobei anzumerken ist, dass diese Berechnungen häufig von den historischen Fakten abweichen. Den Rabbinern ging es hauptsächlich um eine harmonische, religiösen Überlieferungen entsprechende Geschichtsdarstellung und um schöne, symmetrische Zahlen. Das Judentum rechnet in Mondmonaten statt den im gregorianischen Kalender zugrunde gelegten Sonnenmonaten. Ein Mondmonat dauert 29,5 Tage, was praktisch zur Folge hat, dass einem Monat 29 und dem nächsten 30 Tage zugeordnet werden. Um den Kalender mit Mondmonaten berechnen zu können, wobei elf Tage weniger anfallen als beim Sonnenjahr, fügt man innerhalb von jeweils 19 Jahren sieben Schaltjahre mit 13 Monaten ein.

K

Kabbala bedeutet »empfangen« oder »das, was empfangen worden ist«. Die Kabbala ist die mystische, esoterische Seite des Judentums, und sie forscht nach tieferen Bedeutungen der Tora hinter ihrem buchstäblichen Sinn. Sie untersucht und beantwortet Fragen über das Wesen Gottes, die Entstehung der Welt, die spirituelle Welt und unsere individuelle Beziehung zu Gott und zueinander. Das Wissen der Kabbala basiert auf der geheimen Lehre, die Moses auf dem Berg Sinai (neben den schriftlichen Zehn Geboten und der Tora) mündlich von Gott empfing. Deshalb wird Moses als der erste Kabbalist angesehen. Nach Auffassung der Kabbalisten sind alle Antworten auf die großen Fragen, die jede Generation sich von Neuem stellt – »Wer bin ich? Woher komme ich? Warum sind wir hier?« – im Code der Tora zu finden. Die Kabbala war sehr lange eine Geheimlehre, die in jeder Generation einer kleinen Anzahl auserwählter Rabbis mündlich übermittelt wurde. Ihr Studium war besonders verheirateten Rabbis vorbehalten, die älter als 40 Jahre waren. Studierten Uneingeweihte die Kabbala, liefen sie Gefahr, dem Wahnsinn zu verfallen. Man hielt das kabbalistische Wissen für zu gefährlich, als dass es allen Juden hätte mitgeteilt werden können, weil es für verwerfliche Zwecke hätte missbraucht werden können. Das in der Tora enthaltene Wissen wird manchmal mit einer Zwiebel verglichen: Unter jeder ihrer Schichten liegt eine weitere verborgen, die neue, höhere Einsichten enthüllt. Nach der Überlieferung hat die Tora 70 Gesichter, was bedeutet, dass jede Passage der Bibel 70 verschiedene Bedeutungsebenen birgt.

Kain Im Sohar heißt es, Kain habe mit der Kelipa (Lilith) geschlechtlich verkehrt. Zunächst habe er sie abgewiesen, doch mittels ihrer bösen Kräfte sei es ihr gelungen, ihn zu überreden. Viele negative Kräfte, die sich in der Welt ungehindert entfalten können, sind den Nachkommen von Kain und der Kelipa zuzuschreiben. Im Sohar heißt es: »Als Kain geboren wurde, gelang es der Kelipa nicht, sich an ihn zu heften, aber später konnte sie sich doch an ihn heften und offenbarte ihm die erdgebundenen und die fliegenden Geister.« Der Sohar benutzt das Wort Kelipa, weil es verboten ist, die Bezeichnung Lilith zu verwenden. Kelipa bedeutet »Schale« und verweist auf die Schale, die sich um uns bildet, wenn wir der Negativität oder Selbstsucht verfallen. Siehe auch *Abel*.

Kainsmal Das Zeichen auf der Stirn, das auf Kains Verbrechen verweist, den Mord an seinem Bruder Abel.

Karo Die Romanfigur Karo basiert auf Joseph Karo, der 1488 in Spanien oder Portugal geboren wurde und 1575 in Safed starb.

Im Jahr 1497 zog Karo in die Türkei, wo er nicht nur das jüdische Gesetz studierte, sondern auch Wissen über die Kabbala erwarb. Seine erste Frau starb jung. Mit seiner zweiten Frau wohnte er eine Weile in Bulgarien. Im Jahre 1537 ließ er sich in Safed nieder. Dort wurde er eine Autorität auf dem Gebiet des jüdischen Rechts. Sein Buch *Schulchan Aruch* wurde das Standardwerk des jüdischen Gesetzes und ist es bis zum heutigen Tag geblieben. Chaim Vital schreibt, Karo sei einer der wenigen gewesen, die das Privileg genossen hatten, mit einem *Maggid*, einem »Engel«, zu sprechen. Über diese Begegnungen (die sich über fünfzig Jahre erstreckten) und über die Offenbarungen des Engels schrieb Karo ein Buch mit dem Titel *Maggid Meisharim*. Im Jahre 1564 starb Karos zweite Frau. Dem Rat der Weisen folgend, dass ein Mann nicht lange unverheiratet bleiben dürfe, heiratete er ein drittes Mal. Karo war als äußerst bescheidener und rechtschaffener Mann bekannt. Wegen seiner Mildtätigkeit war er sehr beliebt. Seine Tür stand 24 Stunden am Tag den Armen, Bedürftigen und allen, die spirituelle Hilfe benötigten, offen. Neben seinem Haus befand sich die Synagoge, wo er Recht sprach. Ein Wiederaufbau dieser Synagoge existiert noch heute in Safed, und sie wird rege benutzt, unter anderem als Schule für das Tora-Studium. Karos Sohn Jehuda heiratete Itschaks Tochter. Siehe auch *Bima*, *Jehuda Karo*.

Kebra Nagast oder das »Buch des Ruhms der äthiopischen Könige« ist nach Auffassung der Äthiopier die einzig gültige Darstellung der Geschichte, die »die Wahrheit, die ganze Wahrheit und nichts als die Wahrheit« enthält. Das Werk soll im 13. Jahrhundert entstanden sein. Es erzählt die Geschichte über die Liebe zwischen König Salomo und der Königin von Saba, über ihren Sohn Menelik und wie die Bundeslade nach Äthiopien gelangte. Eine der ersten Übersetzungen dieses Buches stammt von dem Alchimisten und Kabbalisten Enrique Cornelio Agrippa (1486–1535). Siehe auch *Falascha*, *König Salomo*, *Königin von Saba*.

Ketuba Die Urkunde, in der die moralischen und finanziellen Pflichten des Mannes gegenüber seiner Frau festgelegt sind. Die Notwendigkeit, die Ketuba zu unterzeichnen, dokumentiert, dass die Ehe nicht nur eine emotionale und körperliche Verbindung ist, sondern auch eine gesetzlich-moralische Grundlage in Form eines Vertrages hat. Dieser wird vom Bräutigam und den beiden Trauzeugen unterzeichnet.

Kirat Bereits im Altertum war bekannt, dass die Samenkörner des Johannisbrotbaums sich hinsichtlich ihrer Größe und ihres Gewichts kaum voneinander unterschieden. Ihr Gewicht beträgt immer etwa 197 Milligramm. Deshalb wurden sie als Gewichtseinheit für Gold und Juwelen benutzt. 1907 wurde die Gewichtseinheit Karat auf genau 200 Milligramm festgelegt. Ein Gramm beträgt also fünf Karat. Die Gewichtseinheit Karat ist nicht mit dem im Goldhandel gebräuchlichen Begriff Karat identisch, welcher den Goldgehalt einer Legierung bezeichnet. Siehe auch *Johannisbrotbaum*.

Klagemauer Als der Tempel in Jerusalem auf Befehl von Herodes dem Großen ausgebaut wurde, errichtete man die Westmauer als Stützmauer für die Ausbauten. Diese Mauer diente später lange als Abladeplatz für Abfall. Nach der Überlieferung ist es Itschak Luria zu verdanken, dass die Westmauer als Überrest des Tempels anerkannt wurde. Die Bezeichnung Klagemauer ist ein Spottname, weil die Juden an dieser Mauer ihre Gebete sprechen und Gott ihre Wünsche vortragen. Siehe auch *Herodes*.

König Salomo ist der Sohn und Thronfolger Davids. Als Salomo – in jungem Alter – gerade König geworden war, gab Gott ihm die Möglichkeit, einen Wunsch zu äußern, der in Erfüllung gehen sollte. Daraufhin wünschte Salomo sich Weisheit und die Fähigkeit, Gut und Böse voneinander zu unterscheiden. König Salomo wird als der weiseste König aller Zeiten bezeichnet, und ihm wird nachgesagt, dass er über Kräfte verfügte, die die Geister der unsichtbaren Welt zu bezwingen vermochten. Ein weises Urteil wird bis auf den heutigen Tag »salomonisches Urteil« genannt. Salomo regierte ungefähr von 970 bis 930 v. Chr. Besonders bekannt wurde er, weil er den Tempel von Jerusalem erbauen ließ und ihn zur Heimstatt der Bundeslade machte. Er regierte sein Land vortrefflich. Außerdem war er der geniale Autor zahlreicher Schriften, unter denen eine der bekanntesten das Hohelied ist.

Seine Liebesbeziehungen und Ehen mit vielen heidnischen Frauen (nach der Bibel 300 Frauen und 700 Nebenfrauen) brachten ihn in die Versuchung, deren Religionen zu ehren und Götzendienst zu betreiben. Die Propheten weissagten ihm, dass seine Nachkommen deshalb schwere Zeiten durchleben mussten und der jüdische Staat zerfallen würde. Fast unmittelbar nach seinem Tode brach ein Bürgerkrieg aus, aus dem zwei neue Königreiche hervorgingen: Juda und Israel. Diese beiden Reiche wurden von fremden Völkern angegriffen, und 400 Jahre später hatten die Juden keinen eigenen Staat mehr, was bis zur Gründung des heutigen Israel so blieb. Siehe auch *Kebra Nagast*, *Menelik*, *Tempel von Jerusalem/Salomo*.

Königin von Saba Die Königin von Saba herrschte im 11. Jahrhundert v. Chr. über ein großes Reich im heutigen Süd-Jemen und Äthiopien. Ihr äthiopischer Name ist Makeda. In 1. Könige, 1 wird berichtet, wie sie König Salomo begegnete. Weil sie so viele Geschichten über Salomos Weisheit gehört hatte, besuchte sie ihn, beladen mit Gold, Spezereien und Edelsteinen, und stellte ihm knifflige Rätselfragen. Eines dieser Rätsel, das im Midrasch erwähnt wird, lautet: »Sieben gehen heraus, neun gehen hinein, zwei mischen den Trank, und einer trinkt.« Salomos Lösung lautete: »Sieben Tage sind die Zeit, in der eine Frau unrein ist. Neun Monate dauert eine Schwangerschaft. Die Mutter hat zwei Brüste, und ein Kind trinkt.« Die Königin war so beeindruckt von Salomos Weisheit, dass sie sich zu seinem Glauben bekehrte. Der jüdische Geschichtsschreiber Flavius Josephus hat als Erster die Vermutung geäußert, dass zwischen Salomo und der Königin von Saba eine sexuelle Beziehung bestanden habe. Der äthiopischen Geschichtsschreibung gemäß war die Königin schwanger, als sie nach ihrem Besuch bei Salomo in ihr Land zurückkehrte. Sie gebar einen Sohn, Menelik. Einige behaupten, die Königin von Saba sei in Wirklichkeit Lilith gewesen, die deren Gestalt angenommen habe. Siehe auch *Kebra Nagast*, *Lilith*, *Menelik*.

Koran Der Koran respektiert die Tora, die Psalmen und das biblische Evangelium, weil durch diese Schriften Gott in früheren

Zeiten zu den Menschen gesprochen habe. Allerdings enthalte der Koran die letzten und entscheidenden Offenbarungen Gottes. Koran bedeutet wörtlich »Lesung« oder »Vortrag«. Siehe auch *Islam, Mohammed, Muslim.*

Krappwurzel Alizarinrot ist ein roter Farbstoff, der ursprünglich aus der Wurzel des Färberkrapp oder der Färberröte gewonnen wurde. Die Pflanze wurde zwei oder drei Jahre nach der Anpflanzung geerntet. Sie hat dicke Wurzelstöcke und dünne Nebenwurzeln. Letztere enthalten den Grundstoff der Farbe. Die Wurzeln wurden in einem Trockenofen getrocknet und danach pulverisiert. Das Pulver wurde als Farbstoff verwendet. Die Farbe wird auch Krapplack genannt.

L

Lade (in einer Synagoge) hebräisch *Hechal.* In der Heiligen Lade oder dem Schrein, der sich gewöhnlich an der Ostwand der Synagoge befindet, werden die Gesetzesrollen aufbewahrt.

Lea Siehe *Rachel.*

Lecha Dodi Rabbi Schlomo Halevi Alkabez schrieb Text und Melodie des Liedes Lecha Dodi im Jahre 1571. Die Anfangsbuchstaben der einzelnen Strophen bilden seinen Namen. Im Jahre 1900 errechnete ein Musikwissenschaftler, dass mittlerweile 2000 Melodien zu dem Text existieren. Das Lied wird auch heute noch an jedem Schabbat in fast allen Synagogen der Welt gesungen, um »die Braut« Schabbat zu begrüßen. Siehe auch *Schlomo Halevi.*

Lilith Bedeutet wörtlich: »schreiende Eule«. Nach einer anderen Version der Schöpfungsgeschichte erschuf Gott von allen Tieren ein Paar. Adam, ein zwanzigjähriger junger Mann, war eifersüchtig auf die Tiere. Er versuchte deshalb, sich mit den Weibchen zu paaren, fand darin aber keine Befriedigung. Er beklagte sich bei Gott und flehte ihn an, ihm eine Frau zu geben. Da schuf Gott Lilith aus »Schmutz und unreinem Sediment« (also nicht aus Staub wie Adam). Ihrer Vereinigung entsprang Tubal, Kains Schwester, die zusammen mit zahlreichen anderen weiblichen Dämonen in der Welt noch immer ihr Unwesen treibt. Nachdem Lilith Adam verlassen hatte (weil sie beim Geschlechtsverkehr nicht unten liegen wollte), sandte Gott ihr die drei Engel Senoy, Sansenoy und Semangelof, die sie zurückbringen sollten. Doch Lilith sagte: »Wie könnte ich jemals zu Adam zurückkehren, nachdem ich hier im Roten Meer war?« Sie vereinbarte mit den Engeln, wenn sich in der Nähe eines neugeborenen Kindes ein Amulett mit dem Namen der drei Engel befände, werde sie dieses Kind verschonen und stattdessen eines ihrer eigenen Kinder töten. Doch Lilith verfolgt nicht nur Neugeborene, sondern auch Männer, die allein schlafen, und erzeugt bei ihnen »feuchte Träume«. Einer Geschichte aus dem Midrasch zufolge schuf Gott nach Lilith und vor der Erschaffung Evas noch eine weitere Frau, »die erste Eva«. Er formte sie aus Knochen, Blut und Muskeln und bedeckte sie dann mit Haut und Haaren. Adam lehnte es ab, sich mit dieser Frau einzulassen, weil er »ihr Blut und ihre Ausscheidung« sah und er sich davor ekelte. Daraufhin nahm Gott »die erste Eva« fort, doch niemand wusste, wohin sie ging. Erst danach erschuf er Eva aus Adams Rippe, während Adam schlief, schmückte sie mit 24 Juwelen und weckte ihn dann. Adam verliebte sich in sie. Siehe auch *Adam, Eva, Königin von Saba.*

M

Massel tov Hebräisch für »viel Glück«.

Menelik Sohn von König Salomo und der Königin von Saba. Ein ursprünglich arabischer Name, der »Sohn des Weisen« bedeutet. Menelik wird als der Stammvater des äthiopischen Fürstenhauses angesehen. Er und seine Nachfolger sollen in den vielen Kriegen im Laufe der Jahrhunderte immer wieder die Bundeslade als eine Quelle »spiritueller Kraft gegen die Aggressoren« benutzt haben. Der letzte, 225. Nachkomme von Menelik, Kaiser Haile Selassie, auch »der Löwe von Juda« genannt, wurde im Jahr 1974 von dem kommunistischen Führer Mengistu vertrieben. Haile Selassie nahm für sich in Anspruch, ein direkter Nachkomme der Königin von Saba zu sein. Siehe auch *Bundeslade, Falascha, König Salomo, Königin von Saba.*

Meron Der Berg Meron ist der höchste in Galiläa. Er ist wegen der vielen großen Weisen, die dort begraben liegen, bekannt. Die Grabstätte des Schimon bar Jochai liegt auf der Spitze des Meron, und alljährlich pilgern Tausende von Gläubigen an seinem Todestag zu seinem Grab. Sie singen, tanzen mit Fackeln, feiern und studieren. Auch ist es Tradition, an diesem Tag dreijährigen Jungen zum ersten Mal das Haar zu schneiden.

Messias Der Gesalbte. Eine Person oder eine Periode, die nach jüdischer Auffassung kommt bzw. anbricht, wenn die Welt unter Gottes Herrschaft wieder auf den rechten Weg gebracht wird. Die Vertreibung der Juden in Spanien wurde als »die Geburtsschmerzen des Messias« interpretiert. Die Messiaserwartung war im 16. Jahrhundert sehr lebendig. Beispielsweise versuchte Salomon Molcho (1500–1532), den Papst zum Judentum zu bekehren. Molcho starb als Märtyrer und wurde ein Volksheld. Und Karo träumte davon, genau wie Molcho auf dem Scheiterhaufen zu sterben. Siehe auch *Karo*, *Salomon Molcho*.

Midrasch Bedeutet »Untersuchung« oder »Auslegung«. Unterricht in Form von Parabeln. Abgeleitet vom hebräischen Verb *darasch*, das »auslegen« oder »untersuchen« bedeutet.

Mikwe Rituelles Bad für sowohl Frauen als auch Männer im Falle religiöser Unreinheit, beispielsweise bei Menstruation, nach dem Geschlechtsverkehr und vor der Hochzeit. In Safed gibt es immer noch auf dem Friedhof die Mikwe von Itschak Luria, die von vielen besucht wird. Benutzer der Mikwe bezeugen manchmal, das Licht und die Heiligkeit Itschak Lurias in dieser Mikwe erfahren zu haben.

Mirjam war die Schwester von Moses und Aaron. Sie war eine Prophetin. Beim Teilen des Roten Meeres in der Wüste führte sie die Frauen mit Gesang und Tanz durch das Wasser. Sie genoss beim Volk großes Ansehen. Genau wie Moses erreichte auch Mirjam schließlich nicht das Gelobte Land. Ihr Enkel Bezalel war einer der wichtigsten Erbauer der Bundeslade. Siehe auch *Mirjams Brunnen*.

Mirjams Brunnen Raschi brachte im 11. Jahrhundert n. Chr. in Frankreich zum ersten Mal Mirjams Tod und den Wassermangel, der danach entstand, in einen Zusammenhang. »Daraus entnehmen wir, dass die Juden 40 Jahre lang aus einem Brunnen trinken konnten, der Mirjams Verdienst war.« Er wird auch als »wandernder Brunnen« umschrieben, der den Juden bis zu Mirjams Tod 40 Jahre lang folgte. Der legendäre Brunnen wurde gefunden, als Mirjam Moses anwies, mit seinem Stock in der Wüste auf einen Felsen zu schlagen. Angeblich handelte es sich um den Brunnen, den Gott am zweiten Schöpfungstag wie ein Juwel auf die Erde gebracht hatte. Dieser Brunnen folgte dem Volk während seiner vierzigjährigen Wanderung durch die Wüste. Einige behaupten, überall dort, wo sie mit ihrer Ferse aufstampfte, sei eine Quelle entsprungen. Das Wasser hatte den Geschmack alten und neuen Weines, den Geschmack von Milch und Honig und wirkte außerdem heilend. Manche glauben, dass der Brunnen immer noch wandert und andere Brunnen füllt. Ein Kranker, egal wie krank er auch sein mag, wird geheilt, wenn er von diesem Wasser trinkt. Der Brunnen soll sich heute im See von Tiberias befinden. Nach der Legende war Chaim, nachdem er vom Wasser der Mirjam getrunken hatte, plötzlich in der Lage, alle Geheimnisse, die Itschak ihn lehrte, zu ergründen. Siehe auch *Mirjam*.

Mohammed Der Begründer des Islam, lebte von 570 bis 632. Mohammed wird im Islam als der letzte Prophet Allahs angesehen, der die Geschichte der fortlaufenden Offenbarungen des Willens Gottes vollendet hat. Seine Worte werden als direkte Offenbarungen Allahs angesehen und sind sowohl mündlich wie auch schriftlich überliefert. Später wurden sie gesammelt und im Koran niedergelegt. Siehe auch *Islam*, *Koran*, *Muslim*.

Moria-Berg Ein Berg im Osten der Altstadt von Jerusalem. In 1. Chroniken 21 kauft König David von Ornan, einem Ackerbauern, »die Tenne«, um einen Altar für Jahwe darauf zu errichten. Das Grundstück, auf dem die Tenne stand, war der Berg Moria, der damals schon als heilig galt, weil dort Abraham seinen Sohn Isaak hatte opfern sollen. Der Sohn von König David, Salomo, erbaute auf dem Berg den Tempel als Heimstatt für die Bundeslade. Als im Jahre 638 n. Chr. die Muslime Jerusalem eroberten, wurde der Moria-Berg in *Haram esh-Sharif* oder »Das erhabene

Heiligtum« umbenannt. Im Jahr 691 n. Chr. ließ der Kalif Abd el-Malik auf dem Platz, an dem der Tempel gestanden hatte, den »Felsendom« errichten. Seine Kuppel liegt genau über dem Felsen, von dem aus – wie die Muslime glauben – Mohammed auf einer in goldenem Licht materialisierten Leiter seine Reise in den Himmel angetreten hatte. Siehe auch *Felsendom*, *Jerusalem*.

Moses soll ungefähr im 13. Jahrhundert v. Chr. gelebt haben. Er sollte wie alle jüdischen neugeborenen Jungen getötet werden, aber seine Mutter setzte ihn in einem Schilfkörbchen auf dem Nil aus. Er wurde von der Tochter des Pharao gefunden und wuchs am Hof auf. Als heranwachsender junger Mann sah er mit an, wie seinem Volk Unrecht getan wurde. Daraufhin tötete er einen ägyptischen Aufseher und musste fliehen. Er wurde Schafhirte, heiratete, doch dann sprach Gott aus einem brennenden Dornbusch zu ihm und forderte ihn auf, sein Volk zu befreien. Der Pharao will die Juden nicht ziehen lassen, aber als sein Land von zehn Plagen heimgesucht wird, gibt er nach. Moses führt sein Volk, sechshunderttausend Menschen, vierzig Jahre lang durch die Wüste. Nach Itschak Luria soll dieses Volk bei der Ankunft des Messias wiedergeboren werden. Auf dem Berg Horeb in der Wüste Sinai empfängt Moses von Gott das mündliche und schriftliche Gesetz. Den Einzug in das Land Kanaan erlebt Moses nicht mehr. Vom Berg Nebo aus erblickt er das Gelobte Land und stirbt im Alter von 120 Jahren. Er wird von den Juden als der Verfasser der Tora angesehen. Die Kabbalisten sagen, dass er den Geheimcode kannte, der sich in den Geschichten der Tora verbirgt, und dass er diesen einigen wenigen Auserwählten mitgeteilt habe. Seitdem wird die Kabbala mündlich den Weisen einer jeden Zeit von Generation zu Generation übermittelt. Siehe auch *Kabbala*, *Mirjam*, *Teba*, *Tora*.

Muslim Ein Muslim ist ein Anhänger des Islam. Wörtlich bedeutet das Wort »jemand, der sich hingibt«. Von einem Muslim wird erwartet, dass er sich an die fünf Säulen des Islam hält. Das Glaubensbekenntnis eines Muslims beinhaltet, dass es nur einen Gott gibt (Allah) und Mohammed sein Prophet ist.

O

Ofir »Königstöchter sind unter Euren Schönen, erhaben, zu Eurer Rechten Eure Gemahlin in dem glänzenden Gold von Ofir« (aus *Der Kabbalist*). Ofir ist möglicherweise das heutige Jemen. In der Bibel steht geschrieben, dass König Salomo sein Gold aus Ofir geholt habe. »Und sie kamen nach Ofir und holten dort vierhundertundzwanzig Zentner Gold und brachten's dem König Salomo.« 1. Könige 9, 28.

Osmanisches Reich Das osmanische Reich ist das türkische Reich, das von Osman I., dem Stammvater der osmanischen Dynastie, gegründet wurde. Vom 14. bis zum 20. Jahrhundert war es ein Weltreich und islamisch. Im Jahre 1516 wurde Palästina dem Osmanischen Reich einverleibt und von Istanbul aus regiert. Es erhielt den Namen *Jund Filastin* oder »Governorat Palästina«. Der türkische Gouverneur, der dieses Gebiet regierte, war Abu Siffin. Siehe auch *Abu Siffin*.

P

Petrusfisch Eine Tilapienart (zu unterscheiden von den sogenannten Petersfischen). Genannt nach dem Fisch, den Petrus auf Geheiß Jesu fangen sollte, um Steuern zu bezahlen (Matthäus 17, 27). Ein ausgewachsener Petrusfisch ist 40 Zentimeter lang und wiegt anderthalb Kilogramm. Nach der Befruchtung werden die Eier eine Zeitlang im Maul der Eltern ausgebrütet. Deshalb heißt der Fisch im Hebräischen *Amnun*, nach *Am* für »Pflegerin« und *nun* für »Fisch«.

Purim wird auch *Losfest* genannt. An Purim wird der Errettung der jüdischen Gemeinde in Persien vor 25 Jahrhunderten gedacht, so wie sie im Buch Esther beschrieben wird. Esthers Bruder Mordechai weigerte sich damals, sich vor Haman, einem Günstling des persischen Königs, niederzuwerfen. Aus Rache befahl Haman, alle in Persien lebenden Juden auszurotten. Doch Esther, die mit dem König verheiratet war, konnte erreichen, dass dieser Befehl nicht ausgeführt wurde. Haman wurde daraufhin zum Tode verurteilt. Purim ist ein fröhliches Fest, bei dem man sich kostümieren und sich betrinken darf. Man darf so betrunken sein, dass man nicht mehr zwischen »Verflucht sei Haman« und »Gesegnet sei Mordechai« unterscheiden kann. Die Ohren Hamans werden an diesem Tag in Form von Gebäck gegessen. Siehe auch *Haman*.

Q

Quassienholz Holz des Quassiabaums, der auffallend rote Blüten hat. Das Holz und die Rinde schmecken sehr bitter, wirken fiebersenkend und werden als Mittel gegen Fadenwürmer benutzt.

R

Rabbi (auch Rabbiner, Rebbe, Reb) Abgeleitet vom hebräischen Wort *Rav*, »Herr« oder »Meister«. Diese Bezeichnung ist kein Titel und wird nur in Verbindung mit einem Eigennamen verwendet.

Rachel, biblisch Der Name Rachel ist mit dem hebräischen Wort *Rachil* verwandt, das »Lamm« oder »Schaf« bedeutet. Ein Schaf steht still, während es geschoren wird. Dies symbolisiert Demut. Rachel lehrt uns, demütig vor Gott zu sein wie ein Schaf vor seinem Hirten. Obwohl sie mit ansehen musste, wie ihre Schwester Lea die erste Frau Jakobs wird und diese ihm Kinder gebiert, gönnt sie Lea dieses Glück. Deshalb ist sie zur Beschützerin vor dem »bösen Blick« geworden. Auf diese Weise entstand der Brauch, zum Schutz ein rotes Armband aus Wolle zu tragen. Die Wolle erinnert daran, dass Rachel Schafshirtin war. Rachel starb, als ihr zweiter Sohn, Benjamin, entbunden wurde. Sie wurde in Bethlehem begraben. Siehe auch *Bethlehem*, *Jakob*.

Rambam-Synagoge Die Rambam-Synagoge befand sich in der Mitte der drei überwiegend von Juden bewohnten Stadtteile von Jerusalem. Dadurch kam es hin und wieder zu Konflikten zwischen Muslimen und Juden. Um 1570 war dies die einzige Synagoge, und sie fiel besonders durch ihre vier Säulen ins Auge.

Reinkarnation Der in der jüdischen Mystik gehegte Glaube, dass die Seele nach dem Tode eines Menschen in einem anderen menschlichen Körper wiedergeboren wird.

Rizinussamen Aus diesen Samenkörnern, die in ihrem Aussehen Zecken ähneln, wird Rizinusöl gewonnen.

S

Saba (Scheba) Diese Stadt wurde vom griechischen Geschichtsschreiber Herodotes »die Mutter von ganz Abessinien« genannt. Siehe auch *Königin von Saba*.

Safed (auch Tzfat, Tsfat, Zefat, Zfat, Safad, Tzefat) Eine der vier heiligen Städte Israels (die übrigen drei sind Jerusalem, Hebron und Tiberias) ist ein Bergstädtchen im Norden Israels, das ungefähr 26 000 Einwohner hat. Außer der vielen Tora- und Kabbala-Schulen ist Safed bekannt für seine zahlreichen Kunstgalerien. Die Stadt wurde 66 n. Chr. gegründet. Safed galt als der wichtigste Zufluchtsort tausender von Kabbalisten des 15. Jahrhunderts, die in Spanien verfolgt worden waren. Sie ließen sich in Safed nieder, weil sich in der Nähe der Stadt das Grab von Schimon bar Jochai befand, dem Verfasser des Sohar. Anfang 1500 gab es in Safed 18 Kabbala-Schulen und 21 Synagogen. Um 1570 wohnten ungefähr 1800 Familien dort, für eine so kleine Stadt ausgesprochen viele. In Safed erlebte die Kabbala dank der gegenseitigen Befruchtung der großen jüdischen Mystiker, die zur gleichen Zeit in dem kleinen Städtchen wohnten, ihre Blüte: Cordovero, Luria, Vital, Karo und viele andere. Zudem war Safed das größte Webereizentrum des Osmanischen Reiches. Doch so schnell, wie die Stadt ihren Ruhm erworben hatte, fiel alle Aktivität nach dem Tod der berühmten Mystiker in sich zusammen. Safed wurde danach ein ruhiges, unauffälliges Bergstädtchen. Siehe auch *Meron*.

Salomon Molcho war ein apokalyptisch orientierter Seher, der die Ankunft des Messias prophezeite. Er starb 1532 als Märtyrer in der Türkei auf dem Scheiterhaufen. Karo wohnte zu dieser Zeit ebenfalls in der Türkei und bewunderte ihn sehr. Karo erzählte, sein Schutzengel habe ihm zugeflüstert: »Ich werde dir das Verdienst zukommen lassen, verbrannt zu werden, damit mein Name geheiligt wird. Alle deine Sünden und Verfehlungen sollen vom Feuer gereinigt werden, so dass du wie reingewaschene Wolle aus dem Feuer aufsteigen wirst.« Siehe auch *Karo*, *Messias*.

Samuel, biblisch Samuel war der letzte Richter, der in Israel herrschte. Ihm folgten die jüdischen Könige. Im Buch Samuel wünscht sich das Volk Israel, wie alle anderen Völker einen König zu haben. Und so geschieht es. Samuel weist das Volk darauf hin, dass Gott auch dann König seines Volkes bleibt und den Lauf seiner Geschichte bestimmt, wenn ein König eingesetzt wird, der über die Soldaten und das Volk herrscht.

Sankt Maria von Zion Kirche in Axum, in der sich nach Auffassung der Äthiopier jahrtausendelang die Bundeslade befand. 1535 wurde die Kirche von den Muslimen zerstört. Nach der Überlieferung gelang es, die Bundeslade rechtzeitig in Sicherheit zu bringen. Jahrhunderte später wurde die Kirche wieder aufgebaut, und angeblich kehrte dann auch die Bundeslade wieder an diesen Ort zurück. Heute heißt es, die Lade befinde sich in der in neuerer Zeit erbauten Kapelle gleichen Namens und werde dort von einem Priester bewacht, der nach uraltem Brauch erst kurz vor seinem Tode einen Nachfolger ernennt. Nur er darf die Lade sehen. Einmal im Jahr, am Dreikönigstag im Januar, wird sie im Rahmen des Timkat-Festes in Tücher gehüllt in einer Prozession durch Axum getragen.

Sarsa Dengel oder »Spross der Jungfrau« war ein salomonischer Kaiser, der von 1563 bis 1594 den abessinischen Thron besetzte. Als Kaiser nannte er sich Malak Sagad I. Siebzehn Jahre lang führte er einen christlichen Kreuzzug gegen die Falaschas, wobei er ihre Festungen im Semien-Gebirge belagerte. Der Chronist von Sarsa Dengel schreibt über die Enthauptung des Falascha-Königs: »… Bewunderung für den Mut des Juden, der kurz vor seinem Tod erklärte, dass weltliche Dinge schlecht und himmlische Dinge gut seien.« Sarsa Dengel nahm die beiden Festungen ein, aber die jüdischen Anführer und ihre auserwählten Männer zogen den Tod der Gefangenschaft vor. Ein pikantes Detail ist, dass Sarsa Dengel mit einer adeligen Falascha-Frau verheiratet war. Herablassend nur »die Konkubine« genannt, schenkte sie Sarsa Dengel fünf Söhne und drei Töchter. Mönche warnten den Herrscher vor dem Verzehr von Fischen aus einem Fluss, den er überqueren werde. Als er dies trotzdem tat, wurde er krank und starb im Jahr 1597. Siehe auch *Falascha*.

Saturn, astrologisch Der Planet Saturn braucht für seinen Kreislauf um die Sonne fast 30 Jahre. Er symbolisiert in der Astrologie Schwierigkeiten und Frustrationen. Er fordert uns auf, uns mit unseren Problemen auseinanderzusetzen.

Schabbat abgeleitet von einem hebräischen Verb, das »aufhören, ruhen« bedeutet. Am Schabbat meidet man 39 Arten von Arbeiten, die von bei der Erbauung der Bundeslade wichtigen Arbeiten abgeleitet worden sind. In Exodus 35, 1–3 heißt es: »Und Mose versammelte die ganze Gemeinde der Kinder Israel und sprach zu ihnen: Dies sind die Worte, die Jahwe geboten hat, sie zu tun: Sechs Tage soll man Arbeit tun, aber am siebten Tage soll euch ein heiliger Tag sein, ein Sabbath der Ruhe dem Jahwe; wer irgend an ihm eine Arbeit tut, soll getötet werden. Ihr sollt am Tage des Sabbaths kein Feuer anzünden in allen euren Wohnungen.« Jüdische Tage beginnen und enden mit dem Sonnenuntergang. Die Wochentage haben keine Namen, sondern werden nummeriert. Der Sonntag ist der erste Tag. Nur der siebte Tag, der am Freitagabend beginnt, trägt einen Namen: Schabbat. Dies ist ein Ruhetag, weil auch Gott nach der Schöpfung am siebten Tag ausruhte. Rabbi Schimon bar Jochai erzählt, dass »Schabbat« sich bei Gott beklagte: »Herr, jeder Tag der Woche hat einen Partner; ich bin der einzige, der keinen Partner hat.« Gott antwortete: »Das jüdische Volk wird dein Partner sein.« Deshalb geht das jüdische Volk am Schabbat auf die Straße, um wie ein Bräutigam seine Braut willkommen zu heißen. Siehe auch *Lecha Dodi*.

Schechina *Schechina* wird abgeleitet vom hebräischen Verb *schachan*, was »verweilen« oder »wohnen« bedeutet. Die Schechina ist die weibliche Erscheinungsform oder der weibliche Aspekt Gottes, der unsere »niederen« Welten unterstützt. Sie wird auch »niedere Mutter«, »Prinzessin«, »Braut« und »Königin« genannt. Gott ist ohne Schechina unvollständig. Weil er die Schechina bei der Zerstörung des Tempels verlor, konnte das Böse in die Welt gelangen. Seither hat Gott in dieser Welt keine Heimstatt mehr gehabt. Im Sohar (3, 69a) heißt es darüber: »Wir sehen, dass alle Völker groß werden und dass Israel immer kleiner wird. Weshalb ist das so? Weil der König die Schechina fortgeschickt hat und die Sklavin (Lilith) an ihrer Stelle nahm ... Der König ohne Schechina darf nicht König genannt werden.« Für Kabbalisten ist es wichtig, die männlichen und weiblichen kosmischen Prinzipien zu vereinen, beispielsweise am Schabbat die Sonne (den Mann) und den Mond (die Frau), so dass Gott an diesem Tag mit seiner Braut vereinigt wird. Der Mann braucht seine Schechina, um erleuchtet zu werden, so wie Gott die Schechina für seine Weisheit und Kreativität benötigt. Die Schechina wird mit der mündlichen Tora gleichgesetzt. Sie ist in diese gekleidet. Die geschriebene Tora entspricht *Tifereth* (Schönheit, einer der zehn Sefiroth der Kabbala). Beide sollen eine Einheit bilden. Eine der Neuerungen der Kabbalisten aus Safed bestand darin, dass die geheime Weisheit allen zugänglich gemacht werden sollte, damit jeder zur Schechina in Kontakt treten und an der Verbesserung der Welt mitwirken konnte. Siehe auch *Sefiroth*.

Schimon bar Jochai ist im Buch Sohar, das größtenteils in Dialogform geschrieben ist, der Hauptsprecher. Er war Schüler des berühmten Rabbi Akiba. Er soll sich zusammen mit seinem Sohn Eleasar dreizehn Jahre lang in einer Grotte versteckt gehalten haben, weil ihn die römischen Kaiser verfolgen ließen. In dieser Zeit empfing er sein Wissen und seine Weisheit direkt von Gott. Als die beiden aus der Abgeschiedenheit zurückkehrten, war Schimon so entsetzt über die mangelnde Spiritualität des jüdischen Volkes, dass er in seine Höhle zurückkehrte, um weiter zu meditieren. Dort wurde ihm offenbart, dass er das heilige Wissen nur an Menschen weitergeben dürfe, die bereit seien, es zu empfangen. Ob Schimon bar Jochai wirklich der Verfasser des Sohar ist, ist umstritten. Die Gegner dieser Auffassung behaupten, das Buch sei von Rabbi Mosche de Leon aus Spanien verfasst worden. De Leon hat dies abgestritten. Er behauptete, das Manuskript habe jahrhundertelang in der Grotte gelegen, in der Schimon bar Jochai Zuflucht gesucht habe. Es sei zufällig gefunden worden und so in seine Hände gelangt, und er habe es lediglich redigiert. Doch der angebliche Finder des Manuskripts konnte diese Darstellung nicht bestätigen, weil er schon verstorben war. Ein Schüler des Finders bezweifelte de Leons Geschichte, woraufhin dieser ihm anbot, ihm das Manuskript zu zeigen. Bevor sie jedoch in seinem Haus ankamen, verstarb de Leon. Seine Witwe bestritt die Existenz eines solchen Manuskripts. Der Sohar sei gänzlich das Werk ihres Mannes. Er habe die Geschichte über das Manuskript Schimon bar Jochais erfunden, um seinem Werk mehr Gewicht zu verleihen. Ohne diesen Bezug hätte es wohl niemand ernst genommen. Trotz der Kontroverse bezüglich der Autorenschaft gelangte der Sohar zu ebenso großem Ansehen wie die Tora und der Talmud. Siehe auch *Sohar*.

Schlomo Halevi Diese Romanfigur basiert auf dem Kabbalisten Schlomo Halevi Alkabetz, der 1505 in Salonica geboren wurde. 1529 heiratete er die Tochter eines reichen Immobilienbesitzers. Statt seiner Frau ein traditionelles Hochzeitsgeschenk zu machen, schenkte er ihr sein neuestes Werk, *Manot ha-Levi*, über die biblische Esther. Sein Schwiegervater wusste dies sehr zu schätzen. Das junge Ehepaar beschloss, in das Heilige Land zu reisen, doch auf dem Weg dorthin wurden sie lange in Adrianopel aufgehalten. Die Kabbalisten vor Ort flehten die beiden an, sie zu unterweisen, und während ihres dortigen Aufenthaltes verfasste Schlomo Halevi mehrere Werke. 1535 zog er nach Safed. Seine Schwester heiratete Cordovero. Schlomo wurde zuerst von Cordovero und später von Itschak Luria unterrichtet. Er wurde vor allem durch sein Lied *Lecha Dodi* berühmt, in dem der Schabbat als Braut begrüßt wird. Itschak nahm dieses Lied als Erster in die Schabbat-Liturgie auf. Die meisten anderen Werke, die er verfasst hat, beispielsweise eines über die mystische Bedeutung der sexuellen Vereinigung – gerieten in Vergessenheit. Schlomo Halevi starb 1580. Nach der Überlieferung wurde er von einem arabischen Bauern ermordet, der nicht dulden wollte, dass die Kabbalisten auf seinem Acker den Schabbat feierten. An diesem Ort befindet sich heute in Safed eine Synagoge, die nach Itschak Luria benannt ist. Siehe auch *Abu Siffin*, *Cordovero*, *Lecha Dodi*.

Schofar (Widderhorn) Zu *ha-Schanah*, dem jüdischen Neujahrsfest, wird das Widderhorn geblasen, um eine zehntägige Zeit der Selbsterforschung einzuleiten. Die gläubigen Juden erforschen zehn Tage lang, welches Unrecht sie getan haben, und versuchen dann, dieses wiedergutzumachen. Danach können sie sich am zehn Tage später stattfindenden Jom Kippur, dem Versöhnungstag, mit Gott aussöhnen. Siehe auch *Jom Kippur*.

Schulchan Aruch Das bekannteste Buch von Joseph Karo. Der Name bedeutet »Der gedeckte Tisch«, und es handelt sich dabei um ein Kompendium des jüdischen Rechts, eine Zusammenfassung der in der Tora enthaltenen Vorschriften, die sich auf alle Aspekte des jüdischen Lebens beziehen: auf das Persönliche, Soziale, Familiäre, Geschäftliche und Religiöse. Das Buch ist immer noch das Standardwerk über das jüdische Recht. Im Laufe der Jahrhunderte wurden nur wenige Korrekturen an ihm vorgenommen, und alle jüdischen Gemeinden auf der ganzen Welt erkennen es an.

See von Tiberias Der Tiberias-See, der auch See Genezareth oder Galiläisches Meer und von den Juden *Yam Kinneret* genannt wird, ist das größte Süßwasserreservoir Israels. Es befindet sich 209 Meter unter dem Meeresspiegel, ist 21 Kilometer lang und 12 Kilometer breit. An der tiefsten Stelle misst dieser See 42 Meter, und er hat die Form einer Harfe. Das Ufer besteht überwiegend aus Kiesstränden. Weil es dort Wasser im Überfluss gibt, ist der Ackerboden rund um den See sehr fruchtbar. Jesus stillte hier den Sturm und ging über das Wasser. Siehe auch *Petrusfisch*.

Sefiroth Nach Auffassung der Kabbalisten ist Gott nicht greifbar und kann deshalb auch nicht benannt werden. Dennoch nennen sie ihn *Ajin Sof*, was »ohne Ende« bedeutet. Die Bezeichnung Ajin Sof kommt in der Bibel nicht vor, aber in der hebräischen Bibel werden zehn andere Namen für Gott erwähnt: *Ehje Ascher Ehje* (ich bin, der ich bin; oder: ich bin), *YHWH* (der ewige Gott), *Elohim* (Gott der Schöpfer), *El* (allmächtiger Gott), *Ya* (der ewige Gott, der gepriesen wird), *YHWH Elohim* (ewiger Gott der Schöpfung), *YHWH Zwaot* (auch: *Zebaoth*, Herr der Heerscharen), *Elohim Zwaot* (Schöpfer – Herr der Heerscharen), *El Chai Shaddai* (allmächtiger lebendiger Gott), *Adonai* (mein Herr). In der kabbalistischen Lehre hingegen repräsentieren diese zehn Namen zehn verschiedene Eigenschaften von Ajin Sof, und sie werden Sefiroth genannt. Jedes Mal wenn in der Bibel ein neuer Name genannt wird, wirkt in der betreffenden Passage eine andere charakteristische Eigenschaft Gottes. Die Sefiroth sind die treffendsten und verständlichsten Bezeichnungen, die es ermöglichen, über Gott zu sprechen. Ihre kabbalistischen Namen sind *Kether* (Krone), *Chochma* (Weisheit), *Bina* (Verstehen), *Chessed* (Gnade, Barmherzigkeit), *Gebura* (Urteil, Stärke), *Tifereth* (Schönheit), *Nezach* (beständige Dauer), *Hod* (Herrlichkeit, Majestät), *Jessod* (Fundament) und *Malchuth* (Königreich). Zusammen werden sie der »Baum des Lebens« (*Ez Chaim*) genannt. Der lurianische Lebensbaum sollte helfen, mystisches Wissen in die Praxis umzusetzen. Die Kabbalisten legen den Baum des Lebens auf den Körper des Urmenschen Adam Kadmon, der das Ebenbild Gottes war. Siehe auch *Adam Kadmon*.

Simson ein Richter, der Daniter gewesen sein soll. In der Zeit zwischen Joschua und David waren die Richter vorübergehend die Herrscher des Volkes Israel. Nachdem die Israeliten unter der Führung von Joschua das Land Kanaan erobert hatten, wurde es unter den zwölf Stämmen aufgeteilt. Simson war ein Richter, der sein Haar nicht scheren durfte, weil er dann seine Kraft verloren hätte, und es deshalb in sieben Zöpfen zusammenband. Er verfügte über unvorstellbare Kräfte und kämpfte gegen die Philister. Allerdings hatte er auch eine Schwäche für Philisterinnen. Seine Affäre mit Delilah wurde ihm zum Verhängnis. Als sie seine Haare abschnitt, verlor er seine Kraft. Während Simsons Gefangenschaft bei den Philistern wuchs sein Haar jedoch nach, und er erlangte seine Kraft wieder zurück, wodurch es ihm gelang, die Säulen des Götzentempels umzuwerfen, so dass der Tempel einstürzte und er dabei selbst umkam.

Sodom und Gomorrha Zwei biblische Städte in Kanaan, die wegen der Verdorbenheit ihrer Bewohner bekannt waren. Das Wort Sodomie, ein Ausdruck für den sexuellen Verkehr mit Tieren, ist vom Stadtnamen Sodom abgeleitet.

Sohar »Buch des Glanzes« oder »Buch der Pracht«. Es handelt sich um einen Kommentar zu Texten der Tora, der auf Aramäisch und Hebräisch verfasst ist. Das Buch beschreibt die Wanderungen von vier Rabbinern (unter denen Schimon bar Jochai der bedeutendste ist), die einander während ihrer Reise Einsichten über die Geheimnisse der Tora mitteilen. Das Buch enthält mystische Gespräche über die Erschaffung des Menschen, über die Natur von Gut und Böse und darüber, wie unsere Taten sich auf die Bestimmung unserer Seele auswirken. Andere Themen sind die Natur Gottes, die Entstehung des Universums und seine Struktur, die Eigenschaften von Seelen, Sünde, Reue, Erlösung usw. Der erste Teil des Buches besteht aus Allegorien über die Natur und das Seelenleben. Im zweiten Teil werden die Eigenschaften Gottes, der Welt und der Seele untersucht. Im letzten Teil wird ein Gespräch zwischen Schimon bar Jochai und Moses über die Geheimnisse der Zehn Gebote wiedergegeben. Obwohl dieses Buch die Geheimnisse der Tora in ihrer Tiefe enthüllt, geschieht dies nicht in strukturierter Form, sondern eher auf assoziative Weise. Der konkreten Realität der Tora wird im Sohar eine spirituelle Dimension hinzugefügt. Unter anderem ist darin die Theorie über den Lebensbaum (*Ez Chaim*) und die Sefiroth erläutert. Das Grundprinzip besteht darin, dass alles mit allem verbunden ist und die Schöpfung sich in einem unaufhörlichen Prozess befindet, also kein abgeschlossenes Ereignis ist, das in der Vergangenheit liegt. Mehrere Kabbala-Zentren arbeiten an einer Gesamtausgabe dieses umfangreichen Werks. Siehe auch *Schimon bar Jochai*.

Synagoge Griechische Bezeichnung für ein jüdisches Versammlungs- oder Gebetshaus. Im Hebräischen heißt die Synagoge *Beth Knesset*, »Haus der Versammlung«. Manchmal wird sie auch *Schul* genannt. In der Synagoge befinden sich die Heilige Lade, der Sitz für den Rabbi, die Bima und getrennte Sitzplätze für Männer und Frauen.

T

Talmud Eine Sammlung von Schriften, die zur sogenannten mündlichen Tora gehören.

Tana Kirkos Eine kleine Insel im Tana-See in Äthiopien. Der Journalist und Soziologe Graham Hancock beschreibt in seinem

Buch *Die Wächter des heiligen Siegels*, wie er auf dieser Insel in den 1990er Jahren einem Priester begegnete. Dieser bestätigte, dass jüdische Priester die Bundeslade hunderte von Jahren auf der Insel bewacht hatten. Der Priester kannte sogar noch das Opferritual des Besprengens mit Blut, und die für diesen Zweck benutzte Opferschale befand sich noch in seinem Besitz. Vor 1700 Jahren sollen seine Vorgänger zum Christentum übergetreten sein. Siehe auch *Falascha*, *Jom Kippur*.

Tana-See Binnengewässer in Äthiopien, das zu Meleniks Zeiten als heilig galt.

Tarot Kartenspiel mit 78 Karten, das benutzt wird, um Einsichten zu erlangen, Lebensfragen zu stellen oder die Zukunft vorherzusagen. Es gibt Parallelen zwischen der Symbolik des Tarot und der Kabbala.

Teba bedeutet sowohl »Lade« als auch »Wort«. Das Wort Teba kommt in der Tora zweimal vor: Sowohl die Arche Noah wird Teba genannt als auch das Körbchen, in dem Moses von seiner Mutter auf dem Nil ausgesetzt wurde, damit er nicht auf Geheiß des Pharaos ermordet würde.

Tempel von Jerusalem/Salomo In nicht weniger als sieben Kapiteln werden im Exodus detaillierte Anweisungen Gottes bezüglich des Tempelbaus beschrieben. König David kaufte »das Baugrundstück«, entwarf die Baupläne und besorgte das erforderliche Material. Doch die Ehre, den Tempel zu erbauen, kam seinem Sohn Salomo zu, weil David als Kriegsherr zu viel Blut vergossen hatte. Der Tempel wurde von 70 000 Lastenträgern, 80 000 Steinmetzen und 3600 Aufsehern erbaut. Trotz dieser riesigen Zahl von Menschen ging die Arbeit lautlos vonstatten. Nach der Einweihung des Tempels warnte Gott Salomo, er werde den Tempel zerstören und das Volk vertreiben, wenn seine Vorschriften nicht genau befolgt würden. Diese Warnung schlugen sowohl Salomo als auch die auf ihn folgenden Könige in den Wind. Sie betrieben Götzendienst, zerschlugen die Tempelgeräte, und der Tempel wurde sogar als heidnisches Heiligtum benutzt. Im Jahre 587 v. Chr. zerstörte der Babylonier Nebukadnezar den Tempel vollständig. Unter der Leitung von Serubabel wurden die ersten Fundamente für einen zweiten Tempel gelegt, der 515 v. Chr. vollendet war. Diesen Tempel baute Herodes der Große später um und schmückte ihn aus. Er wurde zu einem der größten und schönsten Tempelkomplexe des Altertums. Doch auch in diesem Fall schlugen die Juden alle Warnungen, unter anderem auch von Jesus, in den Wind. Genau 650 Jahre später warf ein römischer Soldat ein brennendes Holzscheit in die niedrige goldene Tür an der Vorderseite des Tempels und legte so das ganze Bauwerk in Schutt und Asche. Dies geschah im Jahre 70 n. Chr. Flavius Josephus schreibt darüber: »Der Moria-Berg war bis auf seine Grundfesten ein wirbelnder Feuersee, und die Ströme von Blut schienen den Feuersee noch zu übertreffen.« Seit diesem Tag träumen die Juden davon, den Tempel wiederaufzubauen. Dreimal haben sie dies schon versucht, doch sie sind jedes Mal gescheitert. Der große jüdische Philosoph Maimonides vertrat die Ansicht, jede Generation von Juden habe die Pflicht, den Tempel neu zu errichten, falls dieser Ort jemals wieder in ihren Besitz gelange. Auch in der heutigen Zeit streben immer noch viele Juden die Wiedererrichtung des Tempels zu Jerusalem an. Siehe auch *Bundeslade*, *Herodes*, *König Salomo*, *Moria-Berg*.

Tharabis war die Tochter des Königs von Abessinien, der um 1530 v. Chr. lebte. Der jüdische Geschichtsschreiber Flavius Josephus berichtet, sie habe Moses geheiratet und ihm einen Sohn geboren. Dies beschreibt er im zweiten Teil seines Werkes *Jüdische Altertümer*. Sie war die Urmutter einer Dynastie »dunkelhäutiger« Könige, die Namen wie Ahmose und Tutmose trugen, was möglicherweise auf Moses hindeutet.

Tiberias Kleine Stadt am See Genezareth. Die Dörfer um den See wurden bekannt, weil Jesus dort einst umherzog. Er fand dort seine Schüler, heilte Kranke und predigte auf den Gipfeln der Berge in der Nähe des Sees und in den Synagogen. Bis zum 4. Jahrhundert war Tiberias ein wohlhabendes Städtchen. Der Talmud und die Mischna wurden in Tiberias vollendet. Auf dem Friedhof von Tiberias befinden sich die Gräber so legendärer Rabbis wie Maimonides. Im Jahr 1517 wurde Tiberias Teil des Osmanischen

Reiches. Der türkische Sultan förderte die Niederlassung verbannter Juden aus Spanien und Portugal in dieser Stadt, weil er sich davon einen wirtschaftlichen Vorteil versprach. Zwei dieser Flüchtlinge, Dona Grazia und ihr Neffe Joseph Nasi, spielten wichtige Rollen am Hof des Sultans. Sie erkauften sich 1564 das Recht, die Stadtmauern von Tiberias wiederaufzubauen und Steuern zu erheben. Joseph Nasi setzte sich für die Einwanderung von Steinmetzen, Bauern und Fischern ein. Siehe auch *See von Tiberias.*

Tora (auch Torah, Thora) »Belehrung«, »Gesetz« oder »Lehre«. Dieser Name bezeichnet die ersten fünf Bücher der Bibel (Genesis, Exodus, Leviticus, Numeri und Deuteronomium). Jede Woche am Schabbat wird in der Synagoge ein Teil daraus vorgelesen. Der Zyklus der Lesungen beginnt mit Genesis und endet zwölf Monate später mit Deuteronomium. Tora-Rollen werden aus Pergament gefertigt und handbeschrieben. An beiden Enden der Pergamentrolle befindet sich ein Stab, so dass die aneinandergenähten Pergamentstücke mühelos aufgerollt werden können. Die Tora-Rollen werden in einen Mantel aus Samt gehüllt. Die Enden der Stäbe sind mit Metallaufsätzen und Glöckchen verziert, die leise klingeln, wenn die Tora umhergetragen wird. Wenn Juden die Tora lesen, bewegen sie sich hin und her. Eine Erklärung dafür lautet, dass sie dies aus Ehrfurcht vor Gott tun, weil der Berg Sinai auch bebte, als Gott Moses die Tora gab. Schimon bar Jochai schreibt über die Tora: »Wenn jemand die Tora einfach nur als ein Buch ansieht, in dem Geschichten und alltägliche Ereignisse beschrieben werden, befindet er sich in einem bedauernswerten Zustand. So wie Wein nur in einem Krug aufbewahrt werden kann, muss die Tora in ein äußeres Gewand gekleidet werden. Dieses Gewand besteht aus Erzählungen und Geschichten, aber wir sind verpflichtet, tiefer in sie einzudringen.« Siehe auch *Moses, Synagoge.*

V

Verlorene Stämme Nach dem Tod von König Salomo wurde das jüdische Volk geteilt. Die Stämme Juda und Benjamin wurden zum

Königreich Juda, dessen Hauptstadt Jerusalem war. Man nannte sie Judäer. Die übrigen zehn Stämme vereinigten sich zum Königreich Israel und wählten Samaria als ihre Hauptstadt. Im Jahr 722 v. Chr. eroberten die Assyrer das Königreich Israel, und die zehn Stämme wurden in das assyrische Reich verschleppt. Nur die Stämme Benjamin und Juda blieben in ihrer Heimat, und sie wählten Jerusalem zu ihrer Hauptstadt. Die meisten heutigen Juden glauben, sie seien Nachkommen dieser beiden Stammväter. Außerdem nahmen zahlreiche Gruppen für sich in Anspruch, von den zehn verlorenen Stämmen abzustammen. Siehe auch *Assyrer*, *Jakob*.

Z

Zaddik vom hebräischen Wort »tsedek« abgeleitet, das »gerecht« oder »gesetzestreu« bedeutet. Ein gerechter oder heiliger Jude, der durch religiöse Übung eine besonders intensive Beziehung zu Gott aufgebaut hat.

Zimra Diese Romanfigur basiert auf Rabbi David ben Abi Zimra, der von 1479 bis 1573 lebte. Er war ein bekannter spanischer Kabbalist, der im Alter von dreizehn Jahren mit seinen Eltern nach Safed zog. Später lebte er in Kairo, und im Jahre 1517 war er Oberrabbiner von Ägypten. Dies blieb er 40 Jahre lang. Er wurde ein wichtiger Lehrer, und zu seinen Studenten zählte unter anderem Itschak Luria, der ihn später überflügelte. Nicht zuletzt aufgrund seines Reichtums hatte er in der Gemeinde sozial und politisch großen Einfluss. 1524 nahm Ahmed Pascha, der türkische Gouverneur von Ägypten, ihn zusammen mit elf anderen Vorstehern der jüdischen Gemeinde als Geisel. Doch hohe Offiziere seines Gefolges verrieten Ahmed und töteten ihn, als er aus dem türkischen Badehaus kam. Die Geiseln wurden daraufhin wieder freigelassen. Nachdem Zimra seine Position in Kairo aufgegeben hatte, wohnte er kurzzeitig in Jerusalem, blieb aber wegen der hohen Steuern, die dort anfielen, nicht lange in der Stadt. Er zog nach Safed und stellte Karo sein Wissen zur Verfügung. Zimra schrieb viele Werke, in denen er unter anderem tausende von Fragen über das jüdische Recht beantwortete. Beispielsweise wurde er gefragt, von welcher Seite aus die Juden den Tempelberg betreten sollten, um das Gebot, dem zerstörten Tempel Ehre zu erweisen, zu erfüllen. Er beantwortete diese Frage sehr ausführlich und sorgfältig, und seine Anweisungen werden bis auf den heutigen Tag befolgt. Siehe auch *Bir al-Arwah, Falascha, Itschak Luria, Karo.*

Zweiundsiebzig Namen Gottes Sie werden auch der »geteilte Name« oder *Schemhamphoras* genannt. Die 72 geheimen Namen Gottes waren schon im Altertum bekannt und sind unter anderem im Sohar erwähnt. Sie bestehen aus jeweils drei Konsonanten, über die man meditieren kann, um Erleuchtung zu erlangen. Chaim Vital beschreibt diese Meditationstechnik ausführlich im vierten Teil seines Buchs *Shaarei Kedushah* (»Die Pforten der Heiligkeit«). Dieser vierte Teil wurde früher nicht veröffentlicht, möglicherweise weil sich Chaim in dem Buch mit großer Bewunderung über den kontroversen Abulafia äußert. Abulafia selbst schrieb: »Es besteht kein Zweifel daran, dass die Buchstaben der Ursprung aller Weisheit und allen Wissens sind und dass sie die Zukunft vorauszusagen vermögen. Sie erscheinen in prophetischen Visionen als Verkörperungen, die wie lebendige Wesen kommunizieren. Sie erscheinen als lebende Engel, und einigen erscheinen sie als Berge.« Die Namen wurden einmal im Jahr zu Jom Kippur, dem Versöhnungstag, vom Hohenpriester ausgesprochen, was nur im Allerheiligsten gestattet war. Man band ein Seil um den Fußknöchel des Hohenpriesters, damit ihn die Hilfspriester, falls er sich versprach, aus dem Allerheiligsten ziehen konnten. So hätte er ihnen noch vor seinem Tode mitteilen können, wie der Name korrekt ausgesprochen wurde. Hätte ein anderer Mensch als der Hohepriester den Namen ausgesprochen, wäre der Betreffende gestorben; so viel Macht barg der Name. Der Hohepriester durfte das Geheimnis der korrekten Aussprache des Namens Gottes nur alle sieben Jahre einem Schüler mündlich übermitteln. Nach der letzten Zerstörung des Tempels ging das Wissen über die korrekte Aussprache des Namens Gottes verloren. Es heißt, nur der künftige Messias kenne die Aussprache. Nach Itschak Lurias Lehre wurden alle Welten

(Dimensionen) und alle Wesen mit Hilfe der geheimen Namen geschaffen. Der grundlegende Name lautet YHVH oder Havaya. Diese vier Buchstaben kann man in zwölf unterschiedlichen Kombinationen aufschreiben (z. B. YHHV, YVHH usw.). Die so erhaltenen zwölf Namen repräsentieren jeweils zwölf der insgesamt 72 Namen (6 x 12 = 72).
Folglich gibt es nach Auffassung Lurias in dieser Welt 72 Arten von Geschöpfen und 72 Arten von Pflanzen. Ebenso gibt es 72 Arten von Tieren und 72 Arten von Vögeln. Alle diese Arten sind aus den 72 Namen entstanden. Der Amerikaner Yehuda Berg hat ein leicht verständliches Buch über die Anwendung der Namen geschrieben: »Die 72 Namen Gottes. Technologie für die Seele«. Siehe auch: *Geheime Namen Gottes.*

Wie Schamanen sich und die Welt heilen

Geistreisen werden bei den Schamanen genutzt, um verlorene Seelenanteile zurückzuholen und die eigene Bestimmung zu finden. Ein Weg zu Heilung und persönlichem Wachstum.

ISBN 978-3-442-21765-6

Das Leben ist nichts als ein Traum, und die Welt ist, was wir durch unsere Gedanken und Vorstellungen ins Dasein hineinträumen. Schamanen traditioneller Naturvölker wussten dies, und sie entwickelten Techniken, um ihre Realität zu verändern.

ISBN 978-3-442-21857-1

GOLDMANN ARKANA

Überall, wo es Bücher gibt und unter www.arkana-verlag.de